OEUVRES

DE

P. L. COURIER

PRÉCÉDÉES D'UN

ESSAI SUR LA VIE ET LES ÉCRITS DE L'AUTEUR

PAR

ARMAND CARREL

NOUVELLE ÉDITION

REVUE D'APRÈS LES MEILLEURS TEXTES

PARIS

GARNIER FRÈRES, LIBRAIRES-ÉDITEURS

6, RUE DES SAINTS-PÈRES ET PALAIS-ROYAL, 215

ESSAI

SUR LA VIE ET LES ÉCRITS

DE P.-L. COURIER

PAR ARMAND CARREL

C.

OEUVRES

DE

P.-L. COURIER

Paris. — Imprimerie de P.-A. BOURDIER ET Cᵉ, rue des Poitevins, 6.

ŒUVRES

DE

P.-L. COURIER

PRÉCÉDÉES D'UN

ESSAI SUR LA VIE ET LES ÉCRITS DE L'AUTEUR

PAR

ARMAND CARREL

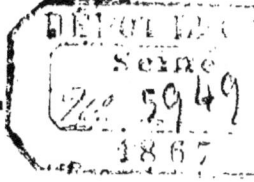

NOUVELLE ÉDITION

REVUE D'APRÈS LES MEILLEURS TEXTES

PARIS

GARNIER FRÈRES, LIBRAIRES-ÉDITEURS

6, RUE DES SAINTS-PÈRES ET PALAIS-ROYAL, 215

AVIS DES ÉDITEURS

Les œuvres de P.-L. Courier, l'un des meilleurs écrivains de ce siècle, étaient appelées naturellement à figurer dans notre collection. Nous ne pouvions les donner tout entières en un volume. Nous les avons réduites à l'essentiel, et nous en avons recueilli toute la fleur, sans en mutiler aucune. Chacun des ouvrages que nous publions dans ce volume est complet. Dans la *Correspondance*, d'ailleurs si charmante et si exquise, nous avons supprimé seulement quelques lettres insignifiantes et sans valeur, conservant avec soin toute la partie vivante de ce chef-d'œuvre épistolaire. En somme, nous offrons ici au public tout ce qui doit rester de P.-L. Courier.

G. F.

ESSAI

SUR LA VIE ET LES ÉCRITS

DE P. L. COURIER [1]

La vie d'un grand écrivain est le meilleur commentaire de ses écrits; c'est l'explication et pour ainsi dire l'histoire de son talent. Cela est vrai surtout de celui qui n'a point suivi les lettres comme une carrière, et dont l'imagination, dans l'âge de l'activité et des vives impressions, ne s'est point appauvrie entre les quatre murs d'un cabinet ou dans l'étroite sphère d'une coterie littéraire. S'il est aujourd'hui peu d'écrivains dont on soit curieux de savoir la vie après les avoir lus, c'est qu'il en est peu qui frappent par un caractère à eux, et chez qui se révèle l'homme éprouvé et développé à travers un grand nombre de situations diverses. Les mêmes études faites sous les mêmes maîtres, sous l'influence des mêmes circonstances et des mêmes doctrines, le même poli cherché dans un monde qui se compose de quelques salons, voilà les sources de l'originalité pour beaucoup d'écrivains qui, se tenant par la main depuis le collége jusqu'à l'Académie, vivant entre eux, voyant peu, agissant moins encore, s'imitent, s'admirent, s'entre-louent avec bien plus de bonne foi qu'on ne leur en suppose. De là vient que tant de livres, dans les genres les plus diffé-

---

1. Cette notice a été écrite en 1829 pour la première édition des œuvres complètes de Paul-Louis Courier.

1

rents, ont une physionomie tellement semblable, qu'on les prendrait pour sortis de la même plume. Vous y trouvez de l'esprit, du savoir, de la profondeur parfois. Le cachet d'une individualité un peu tranchée n'y est jamais. C'est toujours certaine façon roide, précieuse, uniforme, assez exacte, mais sans chaleur, sans vie, décolorée ou faussement pittoresque ; cette manière enfin qu'un public, trop facilement pris aux airs graves, a tout à fait acceptée comme un grand progrès littéraire. L'exemple est contagieux, et l'applaudissement donné au mauvais goût pervertit le bon : aussi n'a-t-on plus aspiré à des succès d'un certain ordre, qu'on ne se soit efforcé d'écrire comme les hommes soi-disant forts ; il a fallu revêtir cette robe de famille pour se faire compter comme capacité, pour n'être point accusé de folle résistance à la révolution opérée par le dix-neuvième siècle dans les formes de la pensée [1].

Si l'affranchissement complet du joug des conventions d'une époque peut être regardé comme le principal caractère du talent, Paul-Louis Courier a été l'écrivain le plus distingué de ce temps ; car il n'est pas une page sortie de sa plume qui puisse être attribuée à un autre que lui. Idées, préjugés, vues, sentiments, tour, expression, dans ce qu'il a produit tout lui est propre. Vivant avec un passé que seul il eut le secret de reproduire, et devenu lui-même la tentation et le désespoir des imitateurs, il a toujours été, pour ainsi parler, seul de son bord, allant à sa fantaisie, tenant peu de compte des réputations, même des gloires contemporaines, et marchant droit au peuple des lecteurs, parce qu'il était plus assuré d'être senti par le grand nombre illettré qu'approuvé par les académiciens et les docteurs de bonne compagnie. Trop savant pour n'avoir pas vu que nul ne l'égalait en connaissance des

---

1. On voit qu'il est question ici de l'école doctrinaire, et l'on ne peut pas s'étonner que M. Carrel, qui en 1829 se livrait déjà à d'assez vives hostilités littéraires contre cette coterie, soit devenu l'un de ses plus ardents adversaires politiques après la révolution de Juillet, lorsqu'il l'a vue s'emparer de cette révolution qu'elle n'avait pas faite, et fausser l'honneur français comme elle avait faussé la philosophie, l'histoire et la littérature nationale.

(*Note des éditeurs.*)

ressources générales du langage et du génie particulier de notre littérature, convaincu que ses vagabondes études lui avaient appris ce que les livres n'avaient pu enseigner à aucun autre, il n'écouta ni critiques ni conseils. Au milieu de gens qui semblaient travailler à se ressembler les uns aux autres, et qui faisaient commerce des douceurs réciproques de la confraternité littéraire, il se présenta seul, sans prôneurs, sans amis, sans compères, parla comme il avait appris, du ton qu'il jugea lui convenir le mieux, et fut écouté. Il arriva jusqu'à la célébrité sans avoir consenti à se réformer sur aucun des exemples qui l'entouraient, sans avoir subi aucune des influences sous lesquelles des talents non moins heureusement formés que le sien avaient perdu le mouvement, la liberté, l'inspiration. Mais aussi quelle vie plus errante et plus recueillie, plus semée d'occupations, d'aventures, de fortunes diverses; plus absorbée par l'étude des livres et plus singulièrement partagée en épreuves, en expériences, en mécomptes du côté des événements et des hommes? En considérant cette vie, on convient qu'en effet Courier devait rester de son temps un écrivain tout à fait à part.

Paul-Louis Courier est né à Paris en 1773. Son père, riche bourgeois, homme de beaucoup d'esprit et de littérature, avait failli être assassiné par les gens d'un grand seigneur, qui l'accusait d'avoir séduit sa femme, et qui, en revanche, lui devait, sans vouloir les lui rendre, des sommes considérables. L'aventure avait eu infiniment d'éclat, et le séducteur de la duchesse d'O... avait dû quitter Paris et aller habiter une province. Cette circonstance fut heureuse pour le jeune Courier. Son père, retiré dans les beaux cantons de Touraine, dont les noms ont été popularisés par le *Simple Discours* et la *Pétition des villageois qu'on empêche de danser*, se consacra tout à fait à son éducation. Ce fut donc en ces lieux mêmes et dans les premiers entretiens paternels que notre incomparable pamphlétaire puisa l'aversion qu'il a montrée toute sa vie pour une certaine classe de nobles, et ce goût si pur de l'antiquité que respirent tous ses écrits. Il s'en fallait de beaucoup, toutefois, que l'élève fût deviné par le maître. Paul-Louis était destiné par son père à la carrière du génie. A quinze ans il était entre les mains des mathématiciens Callet et Labey. Il montrait sous ces excellents professeurs une grande facilité à tout comprendre, mais peu de cette curiosité, de cette activité d'esprit qui seules font faire de grands progrès dans les sciences exactes. Son père eût voulu que ses exercices littéraires ne fussent pour lui qu'une distraction, un soulagement à des travaux moins riants et plus utiles. Mais Paul-Louis était toujours plus vivement ramené vers les études qui avaient occupé sa première jeunesse. La séduction opérée sur lui par quelques écrivains anciens, déjà ses modèles favoris, augmentait avec les années et par les efforts qu'on faisait pour le rendre savant plutôt qu'érudit : il eût donné, disait-il, toutes les vérités d'Euclide pour une page d'Isocrate. Ses livres grecs ne le quittaient point ; il leur consacrait tout le temps qu'il pouvait dérober aux sciences. Il entrait toujours plus à fond dans cette littérature unique, devinant déjà tout le profit qu'il en devait tirer plus tard en écrivant sa langue maternelle. Cependant la Révolution éclatait. Les événements se pressaient et menaçaient d'arracher pour longtemps les hommes aux habitudes studieuses et retirées. Le temps était venu où il fallait que chacun eût une part d'activité dans le mouvement général de la nation. On se sentait marcher à la conquête de la liberté. La guerre se préparait. On pouvait présager qu'elle durerait tant qu'il y aurait des bras en France et des émigrés au delà du Rhin. Les circonstances voulurent donc que le jeune Courier sacrifiât ses goûts aux vues que son père avait de tout temps formées sur lui. Il entra à l'école d'artillerie de Châlons : il y était au moment de l'invasion prussienne de 1792. La ville était alors tout en trouble, et le jeune Courier, employé comme ses camarades à la garde des portes, fut soldat pendant quelques jours. L'invasion ayant cédé aux hardis mouvements de Dumouriez dans l'Argone, Paul-Louis eut le loisir d'achever ses études militaires ; enfin, en 1793, il sortit de l'école de Châlons officier d'artillerie, et fut dirigé sur la frontière.

Ici commence la vie militaire de Courier, l'une des plus

singulières assurément qu'aient vues les longues guerres et les grandes armées de la Révolution. Ceci n'est point une exagération. Ouvrez nos énormes biographies contemporaines. Presque à chaque page est l'histoire de quelqu'un de ces citoyens, soldats improvisés en 1792, qui, faisant peu à peu de la guerre leur métier, s'avancèrent dans les grades et moururent, çà et là, sur les champs de bataille, obtenant une mention plus ou moins brillante. Quelle famille n'a pas eu ainsi son héros, dont elle garde encore le plumet républicain ou la croix impériale, et qu'elle a eu le soin d'immortaliser par une courte notice dans *le Moniteur* ou dans les tables nécrologiques de M. Panckoucke ? Toutes ces vies d'officiers morts entre le grade de capitaine et celui de commandant de brigade ou de division se ressemblent. Quand on a dit leur enthousiasme de vingt ans, le feu sacré de leur âge mûr, leurs campagnes par toute l'Europe, les victoires auxquelles ils ont contribué, perdus dans les rangs, les drapeaux qu'ils ont pris à l'ennemi, enfin leurs blessures, leurs membres emportés, leur fin glorieuse, il ne reste rien à ajouter qui montre en eux plus que l'homme fait pour massacrer et pour être massacré. C'est vraiment un bien autre héros que Courier. Soldat obligé à l'être, et sachant le métier pour l'avoir appris, comme Bonaparte, dans une école, il prend la guerre en mépris dès qu'il la voit de près, et toutefois il reste où l'éducation et les événements l'ont placé. Le bruit d'un camp, les allées et venues décorées du nom de marches savantes, lui paraissent convenir autant que le tapage d'une ville à la rêverie, à l'observation, à l'étude sans suite et sans travail de quelques livres, faciles à transporter, faciles à remplacer. Le danger est de plus ; mais il ne le fuit ni ne le cherche. Il y va pour savoir ce que c'est et pour avoir le droit de se moquer des braves qui ne sont que braves. On s'avance autour de lui ; on fait parler de soi ; on se couvre de gloire ; on s'enrichit de pillage ; pour lui, les rapports des généraux, le tableau d'avancement, l'ordre du jour de l'armée, ne sont que mensonges et cabales d'état-major : il se charge souvent des plus mauvaises commissions sans trouver moyen de s'y distinguer, comme si c'était science qu'il ignore ; et, quant à son lot de vainqueur, il le trouve à voir et revoir les monuments des arts et de la civilisation du peuple vaincu. Encore est-ce à l'insu de tout le monde qu'il est érudit, qu'il se connaît en inscriptions, en manuscrits, en langues anciennes ; il est aussi peu propre à faire un héros de bulletin qu'un savant à la suite des armées, pensionné pour estimer les dépouilles ennemies, et retrouver ce qui n'est pas perdu. Quinze années de sa vie sont employées ainsi, et au bout de ce temps les premières pages qu'il livre au public révèlent un écrivain tel que la France n'en avait pas eu depuis Pascal et La Fontaine. Assurément ce n'était pas trop de dire que cette carrière militaire a été unique en son genre pendant les longues guerres de notre révolution.

Sans doute, avec de l'instruction et du caractère, il fallait bien peu ambitionner l'avancement pour n'en pas obtenir un très-rapide, lorsque Courier arriva, en 1793, à l'armée du Rhin. C'était le fort de la révolution, et il suffisait d'être jeune et de montrer de l'enthousiasme pour être porté aux plus hauts grades. Hoche, général d'armée, âgé de vingt-trois ans, et commandant sur le Rhin, avait un chef d'état-major de dix-huit ans [1] et était entouré de colonels et de chefs de brigade qui n'en avaient pas vingt. Il en était de même sur toute la frontière. Courier, qui servit jusqu'en 1795 aux deux armées du Rhin et de Rhin-et-Moselle, n'eut point le feu républicain que les commissaires de la Convention récompensaient avec tant de libéralité. Il n'éprouva probablement pas non plus pour les proconsuls le dévouement et l'admiration qu'ils inspiraient à de jeunes militaires plus ardents et moins instruits que lui. Se laissant employer et s'offrant peu aux occasions, il passait le meilleur de son temps à bouquiner dans les abbayes et les vieux châteaux des deux rives du Rhin. Les lettres qu'il écrivait alors à sa mère sont, comme toutes celles de l'époque, retenues, mystérieuses, faisant à peine allusion aux affaires ; un sentiment triste et peu confiant dans l'avenir y domine. Mais à la manière dont le jeune officier d'artillerie parle de

---

1. Voir es Mémoires récemment publiés par le maréchal Gouvion-Saint-Cyr.

ses études et de ses livres, on voit déjà sa carrière et ses systèmes d'écrivain tout à fait tracés : « J'aime, dit-il, à « relire les livres que j'ai déjà lus nombre de fois, et par là « j'acquiers une érudition moins étendue, mais plus solide. Je « n'aurai jamais une grande connaissance de l'histoire, qui « exige bien plus de lectures; mais j'y gagnerai autre chose « qui vaut mieux selon moi. » C'est ainsi que Courier a étudié toute sa vie; tel a été aussi presque invariablement son peu de goût pour l'histoire. Il ne l'a jamais lue pour le fond des événements, mais pour les ornements dont les grands écrivains de l'antiquité l'ont parée. Bonaparte, tout jeune, avait deviné la politique et la guerre dans Plutarque. Courier, lieutenant d'artillerie, faisait ses délices du même historien; mais il le prenait comme artiste, comme ingénieux conteur. La vie d'Annibal ne le ravissait que comme Peau-d'âne *conté* eût charmé La Fontaine. Il a toujours persisté dans cette préférence qui semble d'un esprit peu étendu, et cependant, en s'abandonnant à elle, il a su de l'histoire tout ce qu'il lui en fallait pour être un écrivain politique de premier ordre. Il a beaucoup cité, beaucoup pris en témoignage l'histoire de tous les temps, et toujours avec un sens qui n'appartenait qu'à lui, avec une raison, une force, une sûreté d'applications toujours accablantes pour les puissances qu'il voulait abattre.

En 1795 on voit Courier, toujours officier subalterne dans l'artillerie, quitter subitement l'armée devant Mayence et rentrer en France sans autorisation du gouvernement. La misère, les privations, les travaux sans compensation de gloire et de succès à ce blocus de Mayence, sont peut-être la plus rude épreuve qu'aient eu à subir nos armées républicaines : le maréchal Gouvion-Saint-Cyr en fait dans ses Mémoires une peinture lamentable. A propos de cette campagne Courier a depuis écrit : « J'y pensai geler, et jamais je ne fus si près « d'une cristallisation complète. » Mais il paraît qu'il eut pour abandonner son poste un motif plus excusable que la crainte d'être surpris par le froid dans la tranchée et cristallisé. Son père venait de mourir, et la nécessité toute filiale de voler auprès de sa mère malade et désespérée lui avait fait oublier le devoir qui l'attachait à ses canons. A la suite de cette escapade il alla s'enfermer dans une petite campagne aux environs d'Alby, où il se mit à traduire avec une admirable sécurité la harangue *Pro Ligario*, tandis qu'on le réclamait de l'armée comme déserteur, et que peut-être il courait grand risque d'être traité comme tel. Des amis plus prudents que lui s'employaient pendant ce temps pour le mettre à couvert des poursuites qu'il avait encourues. Ils y réussirent ; mais la note resta, et peut-être elle a beaucoup aidé Courier dans la suite de sa carrière à se maintenir dans son philosophique éloignement des hauts grades. Vinrent les belles années de 1796 et 1797, qui assurèrent le triomphe de la Révolution. Pendant que, sous Bonaparte, en Italie, la victoire faisait sortir des rangs une foule d'hommes nouveaux dont les noms ne cessaient plus d'occuper la renommée, Courier comptait des boulets et inspectait des affûts dans l'intérieur, service qui pouvait passer pour une disgrâce dans de telles circonstances. Mais Courier s'arrangeait de tout. Il avait alors vingt-trois ans. Ses premières années, au sortir de l'école de Châlons, avaient été attristées par le sombre régime imposé aux armées sous la Convention. Entrer dans le monde au temps de la Terreur avec l'amour de l'indépendance et des libres jouissances de l'esprit, c'était avoir bien mal rencontré ; aussi Courier donna-t-il vivement dans la réaction non sanglante mais fort bruyante que la première période du Directoire vit éclater contre l'austérité décrétée par la Convention, réaction plus emportée et plus folle dans le Midi que partout ailleurs. On se ruait en fêtes, en danses, en festins, en plaisirs de toutes sortes. Hommes et femmes éprouvaient à se retrouver ensemble comme amis, comme parents, comme gens du même cercle, non plus comme citoyens et citoyennes, un plaisir qui n'était pas lui-même sans inconvénient pour la paix intérieure des familles. Notre philosophe apprit à danser avec la plus sérieuse application, et courut les bals, les spectacles, les sociétés. Sa gaieté, sa verve comique, qui n'étaient pas encore tournées à la satire et à l'amertume, le firent rechercher des femmes. Il plut si bien, qu'un beau matin il lui fallut quitter Toulouse pour échapper, comme son père, au ressentiment d'une famille outragée. Sa société en hommes était très-nombreuse ; il affectionnait surtout un Polonais fort savant et antiquaire d'un grand goût. Il passait des journées entières en tête-à-tête avec lui, soit dans une chambre, soit en suivant les allées qui bordent le canal du Midi. Ce qu'étaient ces conversations on peut s'en faire une idée en lisant les lettres, malheureusement peu nombreuses, adressées d'Italie par Courier à M. Chlewaski.

En passant à Lyon (en 1798) pour se rendre en Italie, où on l'envoyait prendre le commandement d'une compagnie d'artillerie, Courier écrivait à M. Chlewaski : « Lectures, « voyages, spectacles, bals, auteurs, femmes, Paris, Lyon, « les Alpes, l'Italie, voilà l'Odyssée que je vous garde. Mes « lettres vous pleuvront une page pour une ligne. » Il ne tint parole qu'en partie. En général, plus on voit, et moins on écrit ; plus les impressions sont vives, accumulées, pressantes, moins on est tenté de les vouloir rendre. Et puis il s'en fallut de beaucoup que cette Italie que Courier avait toujours désirée lui vînt fournir les riantes peintures auxquelles son imagination s'était sans doute préparée. A peine eut-il passé les Alpes, que l'état d'oppression, d'avilissement et de misère dans lequel était le pays affligea son âme d'artiste. Il traversa la belle et triste Péninsule, et de Milan jusqu'à Tarente il eut le même spectacle. Il vit le trop sévère régime imposé par Bonaparte à sa conquête, menaçant déjà de tomber en ruine et rendu insupportable par l'avidité, l'ignorante et brutale morgue des hommes qu'il avait fallu employer à ces gouvernements improvisés. Il vit l'élite de la société italienne rampant bassement sous les agents français, faisant sa cour à nos soldats parvenus, bien que les appréciant ce qu'ils valaient, et toute cette race abâtardie s'épuisant en démonstrations républicaines, méprisée de ses maîtres, se laissant dépouiller, mettre à nu par des commis, des valets d'armée, des fournisseurs qui, prévoyant nos prochains revers, se faisaient auprès des généraux un mérite d'emporter tout ce qui ne pouvait se détruire. On ne saurait nier que ce ne fût là l'état de l'Italie après le premier départ de Bonaparte, et que les plus honteux désordres, le plus effréné pillage n'y déshonorassent avec impunité la domination française. La guerre qui s'était déclarée entre les commissaires du gouvernement et les commandants militaires avait rendu toute discipline, toute administration régulière impossible, et il n'y avait si bas agent qui ne se crût autorisé à imiter Bonaparte faisant payer en chefs-d'œuvre la rançon des villes d'Italie. Courier ne sera point compté parmi les détracteurs de notre révolution, pour avoir écrit sous l'impression d'un pareil spectacle ces éloquentes protestations auxquelles il n'a manqué, pour émouvoir toute l'Europe éclairée et la soulever contre les déprédateurs de l'Italie, que d'être rendues publiques à l'époque où elles furent écrites.

« Dites, écrivait-il à son ami Chlewaski, dites à ceux qui « veulent voir Rome qu'ils se hâtent, car chaque jour le fer « du soldat et la serre des agents français flétrissent ses beautés « naturelles et la dépouillent de sa parure. Permis à vous, « monsieur, qui êtes accoutumé au langage naturel et noble « de l'antiquité, de trouver ces expressions trop fleuries, ou « même trop fardées; mais je n'en sais point d'assez tristes « pour vous peindre l'état de délabrement, de misère et d'op « probre où est tombée cette pauvre Rome que vous avez vue « si pompeuse, et de laquelle à présent on détruit jusqu'aux « ruines. On s'y rendait autrefois, comme vous savez, de tous « les pays du monde. Combien d'étrangers, qui n'y étaient « venus que pour un hiver, y ont passé toute leur vie? Main « tenant il n'y reste plus que ceux qui n'ont pu fuir, ou qui, « le poignard à la main, cherchent encore dans les haillons « d'un peuple mourant de faim quelque pièce échappée à « tant d'extorsions et de rapines... Les monuments de Rome « ne sont guère mieux traités que le peuple... Je pleure en « core un joli Hermès enfant, que j'avais vu dans son entier, « vêtu et encapuchonné d'une peau de lion, et portant sur « son épaule une petite massue. C'était, comme vous voyez, « un Cupidon dérobant les armes d'Hercule; morceau d'un

« travail exquis, et grec, si je ne me trompe. Il n'en reste
« que la base, sur laquelle j'ai écrit avec un crayon : *Lugete,*
« *Veneres, Cupidinesque,* et les morceaux dispersés qui fe-
« raient mourir de douleur Mengs et Winckelmann, s'ils
« avaient eu le malheur de vivre assez longtemps pour voir ce
« spectacle. Tout ce qui était aux Chartreux, à la villa Al-
« bani, chez les Farnèse, les Honesti, au muséum Clémenti,
« au Capitole, est emporté, pillé, perdu ou vendu. Des sol-
« dats, qui sont entrés dans la bibliothèque du Vatican, ont
« détruit, entre autres raretés, le fameux Térence du Bembo,
« manuscrit des plus estimés, pour avoir quelques dorures
« dont il était orné. Vénus de la villa Borghèse a été blessée
« à la main par quelque descendant de Diomède, et l'Herma-
« phrodite, *immane ne fas!* a un pied brisé... »

Qu'on juge de l'effet qu'eussent produit à Paris, en 1798,
dans certains cercles où l'on se croyait la mission de rallumer
parmi nous le flambeau demi-éteint de l'intelligence, beaucoup
de passages de ce genre, expression si vive, si touchante
et si gracieuse encore de ce qu'éprouvait dans un coin de
l'Italie, confondu parmi les dévastateurs de cette infortunée
patrie des arts, un jeune officier, amateur exquis de l'antiquité, savant inconnu, écrivain déjà parfait. Car ces premières
lettres d'Italie ont toute la verve, toute l'originalité qu'on
trouve dans les plus célèbres écrits de l'âge mûr de Courier.
Elles sont avec cela d'un goût irréprochable ; nulle affectation,
nulle manière ne s'y fait sentir ; chacune d'elles est un petit
chef-d'œuvre d'élégance et de pureté de langage, de convenance de ton, d'éloquence même, toutes les fois que la matière
le comporte, comme lorsqu'elles peignent l'avilissement du
caractère italien, et sondent si énergiquement, dix ans avant
que personne y pensât, la plaie de notre révolution, l'esprit
d'envahissement et de destruction plus noblement appelé l'esprit militaire. Et cependant celui qui, dans sa droiture naturelle, jugeait si bien d'illustres pillages, sur lesquels la
France n'a ouvert les yeux que lorsque, vaincue, on la paya
de représailles, l'homme qui, seul peut-être dans nos armées, écrivait et pensait ainsi, était exposé chaque jour de

sa vie à périr obscurément sous le poignard italien, victime
privée de la haine qu'inspiraient les Français. Il y songeait à
peine, disant gaiement que pour voir l'Italie il fallait bien se
faire conquérant, qu'on n'y pouvait avancer un pas sans une
armée, et que, puisqu'à la faveur de son harnais il avait à
souhait un pays admirable, l'antique, la nature, les ruines de
Rome, les tombeaux de la grande Grèce, c'était le moins qu'il
ne sût pas toujours *où il serait ni s'il serait le lendemain.* On
ne saurait compter après lui les périlleuses rencontres auxquelles ses excursions d'antiquaire, bien plus que son service
d'officier d'artillerie, l'exposèrent tant de fois parmi les montagnards du midi de l'Italie. Portant un sabre et des pistolets
comme on porte un chapeau et une chemise, il était toujours
à la découverte en curieux, point en héros. Facile à prendre
et à désarmer, il se tirait d'affaire par sa présence d'esprit,
son grand usage de la langue italienne, ou par le sacrifice
d'une partie de son bagage; et le lendemain il allait affronter
les brigands sans plus de précaution, sans plus de crainte,
surtout sans désirs de vengeance. Ces malheureux Calabrais
lui paraissaient tout à fait dans leur droit quand ils nous
assassinaient en embuscade, et il ne pouvait sans horreur les
voir massacrer au nom du droit des gens par nos professeurs
de tactique.

Ce débonnaire et nonchalant mépris du danger était chose
plus rare aux armées que la bouillante valeur qui emportait
des redoutes. C'était une bravoure à part. Courier la portait
dans l'esprit, non dans le sang, et comme elle n'allait point
sans quelque mélange d'insubordination, elle ne devait guère
plus sûrement le mener au bâton de maréchal que *le Pamphlet des pamphlets* à l'Académie. Aussi n'avançait-il qu'en
science, et n'était-il récompensé que par la science des dangers qu'il était venu chercher. Il aimait à raconter qu'un jour
les douze ou quinze volumes qu'il portait toujours avec lui,
ayant été enlevés par les hussards de Wurmser, l'officier
commandant le détachement les lui avait renvoyés avec une
lettre fort aimable. Cette politesse, extrêmement remarquable
de la part d'un ennemi dans une guerre qui se faisait sans

courtoisie, souvent même sans humanité, lui paraissait une exception très-flatteuse et faite uniquement pour lui, car nul autre n'eût été capable de la mériter par la perte d'un tel bagage. Moins heureux dans sa prédilection de savant pour le séjour de Rome, Courier faillit y être mis en pièces lorsque les Français furent obligés de l'abandonner. Il faisait partie de la division que Macdonald, en marchant vers la Trébia, avait laissée dans Rome. Cette division capitula, et dut être embarquée et transportée en France. Courier voulut dire un dernier adieu à la bibliothèque du Vatican ; il oublia l'heure marquée pour le départ de la division, et lorsqu'il en sortit il n'y avait déjà plus un seul Français dans Rome. C'était le soir ; on le reconnut à la clarté d'une lampe allumée devant une madone. On cria sur lui au *giaccobino;* un coup de fusil tiré sur lui tua une femme, et, à la faveur du tumulte que cela causa, il parvint à gagner le palais d'un noble Romain qui l'aimait et qui l'aida à fuir. Voilà comme il quitta Rome et l'Italie pour la première fois.

A cette époque, certains départements de la France ne valaient guère mieux que l'Italie pour les militaires républicains. Courier, débarqué à Marseille et se rendant à Paris, fut encore traité comme *giaccobino* par les honnêtes gens qui pillaient les voitures publiques sur les grandes routes, au nom de la religion et de la légitimité. Il perdit argent, papiers, effets, et arriva à Paris ainsi dépouillé et de plus atteint d'un crachement de sang qui l'a tourmenté toute sa vie. Bientôt éclata la révolution qui mit aux mains de Bonaparte la dictature militaire. Courier ne s'était point mêlé jusque-là de politique d'une manière active. Il ne s'était point déclaré avec les militaires contre les avocats, ni avec ceux-ci contre les traîneurs de sabres. Il resta donc sous le Consulat ce qu'il avait été sous le Directoire, bornant son ambition à rechercher la société du petit nombre de savants que la Révolution avait laissés, s'occupant obscurément d'antiquités et de philologie. Riche d'observations, le goût formé, apprécié déjà des érudits qu'il avait rencontrés en Italie, il fut accueilli, encouragé. Il eut pour amis Akerbald, Millin, Clavier, Sainte-

Croix, Boissonnade, qui certes ne devinèrent point son avenir, mais qui donnèrent à ses Essais l'attention qu'ils méritaient. Ce ne fut guère que pour obtenir les suffrages d'un petit cercle d'amis et de connaisseurs qu'il composa, de 1800 à 1802, divers Opuscules, longtemps ignorés d'ailleurs : l'*Éloge d'Hélène*, ouvrage nouveau, comme il le dit quelque part, donné sous un titre ancien et comme une simple traduction d'Isocrate; le *Voyage de Ménélas à Troie pour redemander Hélène*, composition d'un autre genre, dans laquelle il semblait s'être proposé d'effacer l'auteur de *Télémaque*, comme imitateur de la narration antique; enfin un article sur l'édition de *l'Athénée* de Schweighauser, le morceau de critique le plus habilement et le plus élégamment écrit qui ait paru dans le *Magasin encyclopédique* de Millin. Sans les *Pamphlets* qui ont fait la célébrité de Courier, on saurait à peine aujourd'hui l'existence de ces opuscules. On est étonné de ne les trouver guère inférieurs aux publications qui ont suivi. C'est que le grand style qu'on ne se lasse point d'admirer dans Courier n'a pas été moins en lui un don naturel que le produit des études de toute sa vie.

Le Consulat approchait de sa fin, et avec lui la paix conquise sur les champs de bataille de Marengo et de Hohenlinden. Courier fut désigné pour aller commander comme chef d'escadron l'artillerie d'un des corps qui occupaient l'Italie, redevenue française. Les travaux qu'il avait entrepris, les relations qu'il s'était faites pendant trois années de non-activité, ne furent rien auprès du bonheur de revoir un pays, des mers, un ciel qu'il aimait avec passion, et dont il ne parlait jamais sans ravissement. Il était à peine en Italie que l'ordre y vint de prendre l'opinion des différents corps sur un nouveau changement dans le gouvernement de la France. La république n'était déjà plus qu'un mot, et Bonaparte voulait au pouvoir qu'il exerçait seul et presque sans contrôle un titre plus décidé. L'empire était créé, mais il fallait le légitimer par une apparence de délibération nationale. Nous n'avons point encore de mémoires qui nous apprennent comment fut accueillie par l'armée cette consultation

extraordinaire, qui par elle-même était déjà la destruction de
la république. Les militaires qui servaient à cette époque, et
qui depuis, rentrés dans la vie civile, ont mieux connu le
prix de la liberté, assurent généralement qu'ils virent avec
indignation le pouvoir d'un seul succéder à la volonté de tous.
Mais aucun fait éclatant n'a prouvé cette disposition des
armées de la république. N'est-il pas bien plus probable que
les choses se passèrent partout comme on le voit dans ce comique récit de Courier, où tout un corps d'officiers, assis en
rond autour du général d'Anthouard, reste muet à la question : « Voulez-vous encore la république, ou bien aimez-
vous mieux un empereur ? » En effet, pour des militaires, dire
non, c'était tirer l'épée, ou protester inutilement. Car où était
l'autorité qui présiderait au dépouillement de ce vaste scrutin,
qui compterait les voix et répondrait du respect de Bonaparte
pour les répugnances de la majorité ? Courier se garda bien
de dire non; il avait son opinion cependant. « Un homme
« comme Bonaparte, disait-il énergiquement, soldat, chef
« d'armée, le premier capitaine du monde, vouloir qu'on
« l'appelle Majesté !... Être Bonaparte et se faire Sire !... Il
« aspire à descendre... »

Si le caractère indépendant mais peu vigoureux de Courier,
si son esprit frondeur plutôt qu'arrêté en certains principes,
sont assez compris par ce qui précède, on ne s'étonnera point
qu'il continuât à servir malgré son peu de goût pour la nouvelle forme de gouvernement établie en France. Courier n'a-
vait jamais aimé la République. La Convention l'avait repoussée
comme violente et impitoyable. Il avait méprisé le Directoire
comme incapable et vénal. Il n'avait guère éprouvé le bienfait
du Consulat que par le loisir dont trois années de paix l'avaient
laissé jouir. Peu porté d'ailleurs à accorder aux actions humaines des intentions bien profondes, il vit moins dans l'élé-
vation de Bonaparte à l'empire un attentat d'ambition qu'un
égarement de vanité digne de compassion. Le mot d'usurpa-
tion ne lui vint même pas pour caractériser l'entreprise du
nouveau César, et il ne s'enveloppa point contre lui dans la
sombre haine d'un Brutus. L'empire avec ses cordons, ses

titres, ses hautes dignités, ses princes, ses ducs, ses barons, estropiant la langue et l'étiquette, sa grotesque fusion de la noblesse des deux régimes, ses conquêtes féodales et ses distributions de royaumes, lui parut d'un bout à l'autre une farce parfois odieuse, presque toujours bouffonne à l'excès. Dans ses lettres écrites d'Italie de 1803 à 1809, il épuise les traits de la plus amère satire contre ces généraux devenus des majestés à l'image de l'empereur, contre ces états-majors transformés en petites cours et livrés à la brigue des parentés, à l'adoration des noms anciens et des illustrations nouvelles.

Assurément c'est bien là l'époque prise par son côté ridicule ; côté de vérité, oui, mais qui n'est point toute la vérité. L'histoire y saura montrer autre chose. Si l'on ne s'attache ici qu'au moindre aspect, celui des travers individuels, des vanités, du sot orgueil de tant d'hommes qui, enchaînés à une pensée supérieure, firent, réunis, de si grandes choses, c'est que cet aspect frappa surtout Courier. Il faut voir un instant les choses comme il les vit, pour concevoir en ce qu'elles ont eu de fort excusable dès préventions qu'on lui a trop reprochées. L'empire avec ses foudroyantes campagnes de trois jours, ses armées transportées par enchantement d'un bout de l'Europe à l'autre, ses trônes élevés et renversés en un trait de plume, son prodigieux agrandissement, sa calamiteuse et retentissante chute, sera de loin un grand spectacle ; mais de près un contemporain y aura vu des misères que la postérité ne verra point. Il y a mieux, il fallait en être à distance pour l'embrasser dans son vaste ensemble, qui seul est digne d'admiration. Tant qu'il exista, ses grandeurs ne furent célébrées que par des préfets ou des poëtes à gages, et tel qui paraîtrait aujourd'hui un esprit libre, en jugeant cette fameuse administration de Bonaparte comme elle doit l'être, se serait tu par pudeur sous la censure impériale, ou n'aurait pas vu, comme aujourd'hui, les choses par leur grand côté. Les lettres de Courier tiendront une toute première place parmi les mémoires du temps ; elles font l'histoire malheureusement assez triste du moral de nos armées, depuis le moment où Bonaparte eut ouvert à toutes les ambitions la perspective d'arriver à tout par du dévouement à sa personne, autant que par des services réels.

Courier se vantait de posséder et de pouvoir publier quand il le voudrait, comme pièces à l'appui de ses portraits et de ses récits, un grand nombre de lettres à lui écrites aux diverses époques de la Révolution par les maréchaux, généraux, grands seigneurs de l'empire, dévoués depuis 1815 à la maison de Bourbon. On aurait vu, disait-il, les mêmes personnages professer dans ces lettres, et avec un égal enthousiasme, suivant l'ordre des dates révolutionnaires, les principes républicains les plus outrés et les doctrines les plus absolues de la servilité; tenir à honneur d'être regardés comme ennemis des rois, et ramper orgueilleusement dans leurs palais; commencer leur fortune en sans-culotte et la finir en habit de cour. Mais ce monument des contradictions politiques du temps et de la versatilité humaine dans tous les temps, ne s'est point trouvé dans les papiers de Courier, et la perte assurément n'est pas grande. Le ridicule et l'odieux méritent peu de vivre par eux-mêmes. C'est le coup de pied que leur donne en passant le génie qui les immortalise. Les précieuses, les marquis, les faux dévots du temps de Louis XIV seraient oubliés sans Molière. Peut-être on s'occuperait peu de nos révolutionnaires scapins dans cinquante ans; les ravissantes lettres de Courier les feront vivre plus que leurs lâchetés.

Mais voici qui va bien surprendre de la part de l'homme qu'on a vu jusqu'ici tant détaché des idées de gloire et d'ambition! Courier sollicitant la protection d'un grand seigneur de l'empire et briguant l'occasion de se distinguer sous les yeux de l'empereur! C'est pourtant ce qui arriva à l'auteur des lettres écrites d'Italie. Il eut son grain d'ambition, son quart d'heure de folie, comme un autre; la tête aussi lui tourna. Mais cela ne dura guère, il en revint bientôt avec mécompte et corrigé pour toute sa vie. Voici l'histoire. Vers la fin de l'année 1808, Courier, ayant sollicité, sans pouvoir l'obtenir, un congé qui lui permît d'aller prendre un peu de soin de ses affaires domestiques, avait donné sa démission.

Il arrive à Paris, se donnant aux érudits ses anciens amis comme séparé pour jamais de son *vil métier*, comme ayant de la gloire par-dessus les épaules. Mais voilà qu'une nouvelle guerre se déclare du côté de l'Allemagne. Les immenses préparatifs de la campagne de 1809 mettent la France entière en mouvement. Paris est encore une fois agité, transporté dans l'attente de quelqu'une de ces merveilles d'activité et d'audace auxquelles l'empereur a habitué les esprits, et dont les récits plaisent à cette population mobile, comme ceux des victoires d'Alexandre au peuple d'Athènes. C'était alors le flot le plus impétueux de notre débordement militaire, et Bonaparte, comme porté et poussé par cet ouragan, brisait et abîmait sous lui de trop impuissantes digues. En ce moment il revenait d'Espagne, où il lui avait suffi de paraître un instant pour ramener à nous toutes les chances d'une guerre d'abord peu favorable. D'autres armées l'avaient précédé vers le Danube, et il y courait en toute hâte, parce que déjà ses instructions étaient mal comprises, ses ordres mal exécutés. Quel homme alors, en le contemplant au passage, n'eût été atteint de la séduction commune ? Courier ne résista point au désir de voir s'achever cette guerre qui commençait comme une Iliade. Ce n'était point un esprit sec, étroit, absolu. Il avait la prompte et hasardeuse imagination d'un artiste. Faire une campagne sous Bonaparte, lui qui n'avait jamais vu que des généraux médiocres ; rencontrer peut-être l'homme qu'il lui fallait, l'occasion qu'il n'avait jamais eue ; montrer que, s'il faisait fi de la gloire, ce n'était pas qu'il ne fût point fait pour elle : toutes ces idées l'entraînèrent.

Le voilà donc faisant son paquet et partant furtivement dans la crainte du blâme de ses amis. La difficulté était d'être rétabli sur les contrôles de l'armée après une démission, chose que l'empereur ne pardonnait pas. Il se glisse comme ami dans l'état-major d'un général d'artillerie, et, sans fonctions, sans qualités bien décidées, il arrive à la grande armée. Mais Courier ne savait pas ce que c'était que la guerre comme Bonaparte la faisait. Quoiqu'il eût assisté à plusieurs affaires chaudes, il n'avait jamais vu les hommes noyés par milliers, les généraux tués par cinquantaines, les régiments entiers disparaissant sous la mitraille, les tas de morts et de blessés servant de rempart ou de pont aux combattants, l'artillerie, la cavalerie, roulant, galopant sur un lit de débris humains, et quatre cents pièces de canon faisant pendant deux jours et deux nuits l'accompagnement non interrompu de pareilles scènes. Or il y eut de tout cela pendant les quarante-huit heures que Courier passa dans la célèbre et trop désastreuse île de Lobau. Notre canonnier ne vit rien, ne comprit rien, ne sut que faire dans l'immense destruction qui l'entourait. La faim, la fatigue, l'horreur, eurent bientôt triomphé de l'illusion qui l'avait amené. Il tomba d'épuisement au pied d'un arbre, et ne se réveilla qu'à Vienne, où on l'avait fait transporter. Aussi prompt à revenir qu'à se prendre, il quitta la ville autrichienne comme il avait quitté Paris, et, sans permission, sans ordre, se regardant comme libre de partir parce que les dernières formalités de sa réintégration n'avaient pas été entièrement remplies, il alla se remettre en Italie des épouvantables impressions qu'il avait été chercher à la grande armée. Depuis lors son opinion sur les héros, sur la guerre, sur le génie des grands capitaines, a été ce qu'on la voit dans la *Conversation chez la duchesse d'Albani.* Courier n'a plus voulu croire qu'une pensée, une intention quelconque aient jamais présidé à un désordre tel que celui dont il avait été témoin. Il a été jusqu'à nier absolument qu'il y eût un art de la guerre. A la vérité, on pouvait tomber mieux qu'à Essling et Wagram pour saisir et voir en quelque sorte opérer le génie militaire de Bonaparte. Ce n'est pas à ces deux sanglantes journées, mais aux quinze jours de marches et d'opérations qui les amenèrent que la campagne de 1809 doit sa juste immortalité. Courier l'eût compris mieux que personne, si ses émotions de Wagram ne l'eussent brouillé sans retour avec la guerre.

La vie de Courier n'est désormais plus que littéraire. A peine arrivé en Italie, il se rendit à Florence pour y chercher dans la bibliothèque Laurentine un manuscrit de Longus,

dans lequel existait un passage inédit qui remplissait la lacune remarquée dans toutes les éditions de ce roman. Mais,
dans le transport avec lequel il se livrait au bonheur de sa
découverte, une certaine quantité d'encre se répandit sur le
précieux passage. C'est là l'histoire de ce fameux pâté qui
sembla, en barbouillant trois mots grecs, avoir détruit le palladium de Florence. Les bibliothécaires dénoncèrent Courier
au monde savant, comme ayant anéanti ce grec dans l'original pour trafiquer de la copie, ou pour empêcher qu'on pût
vérifier la découverte qu'il s'attribuait. L'affaire eût fait peu
de bruit si Courier n'eût voulu répondre aux attaques des
bouquinistes qui le poursuivaient; mais il fit sous le titre de
Lettre à M. Renouard, libraire de Paris, qui s'était trouvé
présent à la découverte du Longus, quelques pages remplies
de ce fiel satirique, de cette verve de raillerie méprisante et
cruelle, dont il n'y avait plus de modèles depuis les réponses
de Voltaire à Fréron et à Desfontaines; et c'était le style des
Provinciales. La *Lettre à M. Renouard* ne pouvait manquer
d'attirer l'attention. Le gouvernement lui-même s'en inquiéta.
Courier avait voulu intéresser à sa querelle l'opinion française, toute faible qu'elle était alors. Il insinuait que les pédants florentins ne s'attaquaient à lui si vivement que parce
qu'il était Français, et qu'on était bien aise en Italie de s'en
prendre à un pauvre savant de la haine qu'inspirait la vice-
royauté. La chose étant montée si haut, on sut que l'homme
de la tache d'encre était précisément un chef d'escadron qu'on
réclamait à l'armée depuis Wagram. Voilà Courier dans un
grand embarras pour s'être si bien vengé des bibliothécaires
florentins. Le ministre de l'intérieur voulait le poursuivre
comme voleur de grec, et dans le même temps celui de la
guerre prétendait le faire juger comme déserteur. Il s'en tira
toutefois, mais à la condition de ne plus employer contre
personne cette plume qui venait de révéler sa terrible puissance : il se le tint pour dit. Courier ne fit donc plus qu'étudier et voyager jusqu'à la paix. Il voyageait en 1812, à l'époque de la conspiration de Mallet. Il était sans passe-port; on
l'arrêta comme suspect, puis on le relâcha en reconnaissant

qu'il ne se mêlait point de politique. Ce fut là son dernier démêlé avec le régime militaire impérial.

La restauration des Bourbons, le retour et la seconde chute de Bonaparte se succédèrent trop rapidement pour tirer Courier de l'inactivité politique à laquelle il s'était condamné. La catastrophe lui avait paru dès longtemps inévitable, et peut-être il y voyait à gémir à la fois et à espérer. D'ailleurs, un mariage, qui sur ces entrefaites mêmes était venu combler tous ses vœux, l'absorbait en partie. Ainsi, dans ces deux années désastreuses, dont les résultats dominent encore l'époque actuelle, Courier ne prit point parti entre Bonaparte et la coalition, entre la vieille cause de Fleurus, qui de lassitude laissait tomber l'épée, et celle de Coblentz, hypocritement parée de l'olivier de paix. Mais voir la France deux fois envahie, pillée, insultée, mise à contribution, et tous ces malheurs, toute cette honte ne tourner d'abord qu'au profit d'une famille qui trouvait le trône vide et s'y replaçait; voir une poignée d'émigrés, vagabonds et mendiants de la veille, se donner l'orgueil et revendiquer insolemment l'odieux de ces deux conquêtes; voir d'affreuses persécutions éclater jusque dans la plus paisible, et de tout temps la moins révolutionnaire de nos provinces, contre quiconque n'avait pas refusé un gîte et du pain à nos tristes vaincus de Waterloo; il n'y avait pas d'animosité contre Bonaparte, pas de ressentiment contre la tyrannie militaire, pas d'amour du repos et de préférence studieuse, qui pût tenir à un pareil spectacle, chez un homme aussi droit, aussi impressionnable que l'était Courier. Aussi bientôt se montra-t-il parmi les adversaires du nouvel ordre de choses. Alors seulement il éprouva quelque fierté d'avoir autrefois combattu l'étranger dans les armées de la république; alors aussi il cessa de se désavouer lui-même comme soldat de l'empire; car à Florence, à Mayence, à Marengo, à Wagram, c'était le même drapeau, c'était la même nécessité révolutionnaire, vaincre pour n'être pas enchaînés, conquérir pour n'être pas conquis [1].

1. Tout ceci a été écrit sous la Restauration et n'a pas été poursuivi; pas

En se déterminant à élever la voix et à dire au public son avis sur les affaires, Courier avait senti, comme un autre, le besoin d'arranger son personnage, et, par un bonheur peu commun, tout dans sa vie passée prenait sans effort le caractère du patriotisme le plus désintéressé. La singularité si rare d'avoir été quinze ans les armes à la main contre les coalitions et l'émigration, sans obtenir, sans briguer faveur ni titres, sans être d'aucun des partis qui s'étaient disputé le pouvoir, lui devenait d'un merveilleux secours pour l'autorité de ses paroles. Ce qui parfois était le fait d'une humeur un peu bizarre, d'un esprit distrait et capricieux, passait sur le compte de la fermeté de caractère et de la supériorité de jugement. Le vigneron de Touraine faisait désormais un même homme avec l'ancien canonnier à cheval. Ce n'était plus par hasard, mais par amour du pays, qu'il était allé à la frontière en 1792. Ce n'était plus par insouciance qu'il était demeuré dans son humble condition, mais par haine du pouvoir qui corrompt. Soldat par devoir, paysan par goût, écrivain par passe-temps, tel il se donnait et tel il fut pris. D'ailleurs ne voulant de la Charte qu'autant que le gouvernement en voulait, ni plus ni moins, et ne croyant pas à la subite illumination des aveugles-nés, il prétendait appeler les choses par leur nom, parler aux puissances suivant leurs intentions bien connues, et non pas suivant celles qu'une opposition trop polie voulait bien leur accorder : l'attitude était vraiment unique [1].

En tout cela Courier n'obéissait pas moins à l'instinct de son talent qu'à son indignation d'honnête homme et de citoyen contre un système de persécution qui atteignait autour de lui quiconque ne voulait point être persécuteur. Son début ne se fit pas longtemps attendre. Au mois de décembre 1816, il adressa aux chambres, pour les habitants de Luynes, la fa-

---

un mot n'a été changé : il est bon de le faire remarquer à ceux qui prétendent que sous la Restauration on n'attaquait ni la dynastie ni le principe du gouvernement, et qu'on se contentait de l'opposition contre les ministres.
(*Note des éditeurs.*)

1. L'auteur de cette notice avait déjà le malheur de n'être pas très-partisan des prétendues habiletés de l'opposition suivant la Charte. Il n'a pas changé depuis.
(*Note des éditeurs.*)

meuse pétition : *Messieurs, je suis Tourangeau* : la sensation
fut des plus vives. Ce n'était que le tableau de la réaction
royaliste dans un village de Touraine ; mais la France entière
s'y pouvait reconnaître, car partout la situation était la
même, avec une égale impossibilité de publier la vérité.
Courier avait rendu à la nation cet immense service de publicité, dans un écrit de six pages fait pour être recherché
de ceux mêmes qui, s'intéressant moins aux victimes qu'aux
persécuteurs, se piquaient d'aimer l'esprit en gens de cour.
Or c'était là le point : tout dire dans une feuille d'impression et savoir se faire lire. Courier y avait réussi ; aucune
porte fermée n'avait pu empêcher cette vérité d'arriver à son
adresse. M. Decazes, alors ministre de la police, se servit de
la pétition contre le parti extrême qu'il ne gouvernait plus et
qui voulait le renverser lui-même. Il chercha par toutes sortes
de moyens à s'attacher Courier, mais inutilement. Courier ne
voulait pas plus qu'auparavant se faire une carrière politique.
Il était bien réellement paysan, occupé de sa vigne, de ses
bois, de ses champs. Précisément alors ses propriétés avaient
à souffrir de la part de gens qui trouvaient protection auprès
des autorités du pays ; et il était toujours allant et venant de
Paris à sa terre, de sa terre à Paris, poussant un procès contre
l'un, demandant inutilement justice contre l'autre. Comme
M. Decazes réitérait auprès de lui ses assurances d'envie de
lui être utile, il crut pouvoir profiter de dispositions si rares
de la part d'un ministre, au moins pour obtenir dans son village repos du côté des autorités et satisfaction de ceux qui
volaient impunément ses bois. Il parut dans les salons ministériels du temps, et cela seul suffit pour faire changer de
conduite à son égard le préfet du département et tout ce qui
dépendait du préfet. C'était là tout ce qu'il voulait ; il remer-
cia, salua, et ne reparut plus.

La lettre *A Messieurs de l'Académie des Inscriptions et
Belles-Lettres*, donnée en 1820, coupa court aux petites attentions ministérielles, dont Courier avait continué d'être l'objet
depuis la pétition de Luynes. Ses amis avaient tous blâmé
l'âpreté de ce nouvel écrit. Lui s'étonnait qu'on pût y voir

autre chose que ce que tout le monde pensait des académies
et de certains académiciens. On sait l'histoire de cette lettre.
Courier s'était présenté pour succéder, à l'Académie des inscriptions, à Clavier, son beau-père. A l'en croire, il avait parole du plus grand nombre des académiciens, et cependant,
au jour de l'élection, il avait été unanimement rejeté. Il s'en
fâcha et fit la lettre. On remarqua que, puisqu'il avait trouvé
la place de Clavier assez honorable pour la vouloir occuper
après lui, il s'était fustigé lui-même sur cette prétention en
voulant humilier le corps entier des académiciens ; qu'il était
peu conséquent à lui d'avoir frappé à la porte d'une académie,
uniquement fondée, d'après son dire actuel, « pour composer
« des devises aux tapisseries du roi et, en un besoin, aux
« bonbons de la reine. » Si Courier était coupable ici de
quelque légèreté, il en fut puni dans le temps par l'endroit
le plus sensible à un auteur. Sa lettre aujourd'hui si admirée
n'eut d'abord point de succès. Ce qu'on appelait la méchanceté et la vanité blessée de l'académicien aspirant ferma
beaucoup d'yeux sur l'art infini avec lequel était composé ce
petit écrit, ou plutôt on fut sciemment injuste, parce que la
personnalité maniée si cruellement effraye jusqu'aux rieurs,
pour peu qu'ils soient exposés à rencontrer un si terrible
homme et à lui déplaire. « Nulle part cependant Courier n'a
« répandu avec plus de bonheur les traits d'une satire à
« la fois bouffonne et sérieuse, qui excite le rire en même
« temps qu'elle soulève l'indignation et le mépris ; telle qu'on
« l'admire dans les immortelles *Provinciales*. » C'est le jugement émis par Courier lui-même dans une courte notice sur
sa personne et sur ses écrits qui n'a point été publiée sous
son nom, mais dans laquelle il est impossible de le méconn-
aître, et dont il serait ridicule de rougir ici pour lui[1]. S'il
était possible de prendre ainsi sur le fait tous ceux qui, dans
les biographies et dans les journaux, se sont chargés de parler

1. L'opinion de madame Courier et de quelques personnes qui ont connu
très-particulièrement Courier est que cette notice n'est point de lui. L'auteur
de cet Essai a cru pouvoir, malgré des autorités si respectables, persister
dans l'assertion qu'il a émise ici.

d'eux-mêmes, et l'ont fait avec quelque avantage pour leur réputation, l'histoire littéraire de ce temps aurait à recueillir nombre de plaisantes confidences d'amour-propre : tel n'est point le caractère de la petite notice dont il est question ici. Courier n'y a point changé sa manière si connue ; il n'a probablement ni espéré ni désiré qu'on s'y trompât ; et sans précautions oratoires, sans ambages, sans grimaces de fausse modestie, il a dit de chacun de ses écrits, bonnement, franchement, avec la plus naïve conviction, ce qu'il en pensait. Ce trait peint bien moins les mœurs littéraires de l'époque qu'il ne peint Courier lui-même. Le curieux n'est point en effet à ce qu'il se soit loué de sa propre plume comme tant d'autres ; mais au peu de façon et de déguisement avec lequel il s'est rendu ce petit témoignage d'une bonne conscience.

Après tout, qu'on ne s'y trompe pas, ces éloges sont littérairement parlant l'exacte mesure de l'homme, telle qu'on serait charmé de l'avoir de Corneille, de La Fontaine, de Montesquieu, de Molière, si ces grands écrivains avaient été capables de parler d'eux-mêmes avec cette liberté ou plutôt cette ingénuité de bonne opinion. N'est-ce point, par exemple, une bonne fortune de trouver sur les *Lettres au Censeur*, qui parurent en 1820, l'opinion de l'écrivain même qui nous ravit et nous vengea par ces hardis opuscules ? « La petite collection des *Lettres au Censeur*, dit Courier, « commença à populariser le nom de l'auteur. Jusque-là les « éloquentes et courageuses dénonciations dont il avait pour- « suivi les magistrats iniques qui faisaient peser leur despo- « tisme sur la population timide et muette des campagnes, « n'avaient guère retenti au delà du département d'Indre-et- « Loire. Il était l'écrivain patriote de sa commune, de son « canton ; il n'était pas encore l'homme populaire de toute la « France. Les *Lettres au Censeur*, assez répandues, révélèrent « au public ce talent et ce courage nouveau d'un sincère ami « du pays, dont l'esprit élevé au-dessus de tous les préjugés « voit partout la vérité, la dit sans aucune crainte, et la dit « de manière à la rendre accessible à tous, vulgaire, et, si l'on « veut même, triviale et villageoise. Ajoutez à cela que, par

2

« un prodige tout à fait inouï, cet écrivain, qui semble ne
« chercher que le bon sens, s'exprime avec une pureté et une
« élégance de langage entièrement perdues de nos jours, et
« qui empreint ses écrits d'un caractère inimitable. »

Tout le monde assurément aura reconnu ici la plume du maître, et s'il est impossible de rien ajouter à cet éloge des *Lettres
au Censeur*, on conviendra aussi qu'il n'y a rien à en ôter. C'est
de ce même ton, avec cette même absence de pruderie littéraire que la notice, dont l'anonyme est assez dévoilé, continue
l'histoire et l'examen des écrits du vigneron de la Chavonnière. Cette notice est postérieure au *Pamphlet des Pamphlets*,
et conséquemment le dernier écrit de Courier, comme s'il
eût dû terminer sa carrière par ce rapide et glorieux coup
d'œil jeté sur elle avec un sentiment si juste de sa valeur
d'écrivain. Il est bien impossible de ne pas s'aider de cette
curieuse pièce quand on l'a sous les yeux, et ce serait faire
au lecteur un véritable tort que de ne pas laisser parler Courier toutes les fois qu'on est de son avis sur lui-même. On
accepte bien un grand capitaine ou un politique fameux pour
historien de ses propres actions; on trouve même qu'il est
trop peu de tels historiens; que le plus capable de faire de
grandes choses est aussi le plus capable d'en bien parler.
Pourquoi un grand écrivain ne serait-il pas aussi quelquefois
le meilleur commentateur de ses propres ouvrages? Courier,
par exemple, l'homme de son temps qui sut le mieux l'histoire de notre langue, le seul qui ait possédé le génie particulier de chacun des âges de cette langue, quel serait aujour-
d'hui le critique compétent à le juger sur toutes ses parties
d'écrivain? Boileau, le grand critique du dix-septième siècle,
n'osa point parler de La Fontaine; Voltaire en déraisonna, et,
jusqu'à ces derniers temps, c'est-à-dire jusqu'à Paul Courier,
le bonhomme, dont Molière seul comprit la supériorité, n'avait
peut-être rencontré ni biographe, ni commentateur qui en sût
assez pour parler de lui.

Entre la dernière *Lettre au Censeur* et le *Simple Discours*
sur la souscription pour Chambord, il y eut un immense progrès dans la réputation de Courier; cependant le talent est

le même dans ces deux opuscules. Tout l'avantage du *Simple Discours* est dans l'à-propos, aussi heureux que hardi, de ce fer chaud appliqué sur l'épaule des courtisans dans le temps même où ils s'agitaient pour donner à un tribut imposé à la faiblesse de beaucoup de gens la couleur d'une amoureuse offrande nationale. Courier fut condamné pour cette brochure à deux mois de prison et à trois cents francs d'amende. On trouva qu'en disant tout haut : « Je ne souscrirai point pour donner Chambord au duc de Bordeaux, » il avait offensé la morale. « Or le *Simple Discours*, comme dit très-bien le biographe anonyme, est un des plus éloquents plaidoyers qu'on ait parlés jamais en faveur de la morale, non publique et telle qu'on l'inscrit dans nos lois, mais de la morale véritable, telle que les croyances populaires l'ont reconnue. » On ne s'étonnera point de voir ce mot d'éloquence appliqué à une production en apparence toute simple, toute naïve. Le vigneron de la Chavonnière semble ne parler qu'à des paysans comme lui ; mais, tout en s'accommodant à leur intelligence, il trouve moyen de faire entendre sur la cour, sur les courtisans, sur les mœurs de l'ancien régime naturellement rappelées par Chambord, ce lieu témoin de tant d'illustres débauches, des choses à faire frémir les intéressés.

La brochure dans laquelle Courier rend compte de son procès est elle-même un délicieux pamphlet. Quant à l'admirable plaidoyer qui le termine, on ne pense pas que Courier ait jamais sérieusement pensé à le réciter en face de ses juges. Il avait montré trop d'émotion dans les réponses, où il se peint d'une fermeté et d'une ironie si imperturbables, pour être capable de l'assurance nécessaire au débit d'un pareil morceau. Il est probable même que cette harangue étudiée, si belle à la lecture, eût manqué son effet à l'audience ; on y eût trop reconnu les effets oratoires calculés dans le cabinet. Si la parole est souveraine, c'est quand l'enfantement de la pensée est visible comme un spectacle, c'est quand un homme privilégié semble divulguer à toute une assemblée le secret de la plus haute des facultés humaines, l'inspiration.

La veille du jour où expirait sa détention de deux mois,

Courier fut tiré de la prison de Sainte-Pélagie et conduit devant le tribunal pour un nouveau pamphlet, la *Pétition pour des villageois qu'on empêche de danser*. Il en fut quitte cette fois pour une simple réprimande ; mais, reconnaissant à ce second réquisitoire qu'il lui était désormais impossible de causer, comme il le disait, avec le gouvernement, par la voie de la presse légale, il eut recours à la presse clandestine. Son secret fut si bien gardé que ses meilleurs amis ne surent pas comment il s'y prenait pour faire imprimer et répandre ses nouvelles causeries, lesquelles se succédaient avec une rapidité plus surprenante encore pour ceux qui avaient entendu parler de la sévérité et de la nécessaire lenteur que Courier apportait dans ses compositions. Ainsi parurent de 1822 à 1824, sans être avouées de leur auteur, mais le faisant trop bien reconnaître, la *Première* et la *Deuxième réponse aux Anonymes ;* l'une des deux admirable par le récit du forfait de Maingrat, et cette poétique et vivante peinture des combats du jeune prêtre confessant la jeune fille qu'il aime ; enfin par ce continuel et si facile passage de la simplicité villageoise la plus naïve au pathétique le plus déchirant et au raisonnement le plus rigoureux, le plus élevé, le plus entraînant. Tout le dix-huitième siècle a écrit contre les couvents d'hommes et de femmes, contre les vœux de religion, contre la confession des jeunes filles par les jeunes prêtres. Si l'on en excepte la profession de foi du Vicaire savoyard de Jean-Jacques, qu'a-t-on produit dans ce siècle de guerre emportée qui fasse descendre dans les âmes la conviction de l'abus, aussi bien que cette éloquente lettre où le prêtre, excusé et plaint comme homme, intéresse presque dans son irrésistible passion, comme victime de cette robe qui n'empêche point le cœur de battre, mais qui lui prescrit le mensonge s'il est faible, qui le pousse au meurtre si la peur de voir révéler son secret l'a saisi.

Le Livret de Paul-Louis, la Gazette du village, ces croquis délicieux, ces comiques boutades d'un *ennemi du gouvernement*, plus artiste et homme d'esprit que factieux ; enfin la *Pièce diplomatique*, supposition bien hardie, sans doute, de ce qui pouvait se passer en 1823 au fond d'une âme royale quelque peu double et assez mal dévote, précédèrent de très-peu de temps *le Pamphlet des Pamphlets*, qui fut le chant du cygne, comme on l'a bien et tristement dit quelque part [1]. « Cet ouvrage, a dit Courier dans la notice anonyme, est, à « proprement parler, la justification de tous les autres. L'au- « teur, qui toujours a su resserrer en quelques pages les vé- « rités qu'il a voulu dire, s'attache à démontrer que le pam- « phlet est, de sa nature, la plus excellente sorte de livre, la « seule vraiment populaire par sa brièveté même. Les gros « ouvrages peuvent être bons pour les désœuvrés des salons ; « le pamphlet s'adresse aux gens laborieux de qui les mains « n'ont pas le loisir de feuilleter une centaine de pages. Cette « thèse heureuse à la fois et ingénieuse est soutenue en une « façon qu'on appellerait volontiers dramatique. L'opinion « d'un libraire parisien est mise en face de celle d'un baronnet « anglais ; l'un prétend flétrir, l'autre glorifier l'auteur du « titre de pamphlétaire ; et des débats sortent une foule de « ces bonnes vérités qui vont à leur adresse. » Voilà bien l'esquisse décolorée, ou si l'on veut, tout simplement la donnée du *Pamphlet des Pamphlets*. Mais ici le biographe anonyme laisse trop à dire sur ce magnifique discours dont la lecture doit rendre à jamais déplorable la fin prématurée de Courier. Tout ce qu'il avait produit jusque-là, parfait à beaucoup d'égards, n'était point sans déplaire à quelques lec-teurs par le retour fréquent des mêmes formes, par le suranné d'expressions qui montrent la recherche et n'ajoutent pas toujours au sens, par le maniéré de cette naïveté villageoise, un peu trop ingénieuse, qui va, se transformant à travers les combinaisons de raisonnement les plus déliées, du paysan au savant et du soldat au philosophe. En un mot, l'art du monde le plus raffiné semblait embarrassé de lui-même. Ce pam-

1. N'est-il pas étonnant que sous la Restauration, sous le ministère Poli-gnac lui-même, on ait pu avouer si hardiment les écrits longtemps anonymes de Courier, et réimprimer comme œuvres d'art les attaques les plus cruelles que jamais gouvernement ait essuyées. Qu'en pense l'opposition dynastique de 1834 ?   (*Note des éditeurs.*

phlétaire, qui ne se gênait d'aucune vérité périlleuse à dire, hésitait sur un mot, sur une virgule, se montrait timide à toute façon de parler qui n'était pas de la langue de ses auteurs. *Le Pamphlet des Pamphlets* montra le talent de Courier arrivé à ce periode de puissance où l'écrivain n'imite plus personne et prétend servir d'exemple à son tour. On peut voir dans sa correspondance avec madame Courier la confiance lui venant avec ses succès. D'abord il s'étonne, il s'effraye presque de sa célébrité si rapide, il la comprend à peine. N'ayant eu jusque-là de l'esprit que pour lui et pour quelques amis, il semble ne pouvoir se reconnaître dans l'écrivain qui fait la curiosité des salons et que les feuilles publiques appellent le Rabelais de la politique, le Montaigne du siècle, l'émule heureux de Pascal, l'imitateur heureux de tout ce qu'il y a jamais eu d'inimitable. Mais, assez vite, Paul-Louis se rassure ; il s'habitue à sa réputation ; il éprouve la sympathie universelle du public français pour un talent qu'il n'avait connu, lui, que par le laborieux et pénible côté de la composition. A mesure qu'il produit, on peut remarquer son allure plus dégagée, plus libre, sa manière se séparant de plus en plus de celle des écrivains auxquels on a pu d'abord le comparer, jusqu'à ce qu'enfin elle soit tout à fait l'expression de l'originalité de son esprit et de la trempe un peu sauvage de son caractère. Cet assouplissement graduel est assez marqué depuis la *Lettre à Monsieur Renouard* jusqu'au *Simple Discours*; mais depuis le *Simple Discours* jusqu'au *Pamphlet des Pamphlets* il l'est bien davantage. C'est là seulement que la lente formation de ce talent de premier ordre, qui tout à l'heure va disparaître, est accomplie. La maturité peut-être un peu factice des premiers écrits de Courier a fait place à une maturité réelle, dans laquelle la vigueur est alliée à la grâce et l'originalité la plus âpre au naturel le plus parfait. On voit que ce lumineux et mordant génie a rencontré enfin la langue qui convient à ses amères impressions sur les hommes et les choses de son temps, et qu'il va marcher armé de toutes pièces. Dans *le Pamphlet des Pamphlets*, ce n'est plus un villageois discourant savamment sur les intérêts publics, c'est Paul-Louis se livrant avec une sorte d'enthousiasme au besoin de dire sa vocation de pamphlétaire et de la venger des mépris d'une portion de la société. Il s'est mis en cause commune avec Socrate, Pascal, Cicéron, Franklin, Démosthènes, saint Paul, saint Basile; il s'est environné de ces grands hommes comme d'une glorieuse milice d'apôtres de la liberté de penser, de publier, d'imprimer; il les montre pamphlétaires comme lui, faisant, chacun de son temps, contre une tyrannie ou contre l'autre, ce qu'il a fait du sien, lançant de petits écrits, attirant, prêchant, enseignant le peuple, malgré les plaisanteries de la cour, le blâme des honnêtes gens, la fureur des hypocrites et les réquisitoires du parquet; les uns allant en prison comme lui, les autres forcés d'avaler la ciguë ou mourant sous le fer de quelque ignoble soldat. Voilà le *Pamphlet des Pamphlets*, morceau d'un entraînement irrésistible et dont le style, d'un bout à l'autre en harmonie avec le mouvement de l'inspiration la plus capricieuse et la plus hardie, est peut-être ce que l'on peut citer dans notre langue de plus achevé comme goût et de plus merveilleux comme art.

On ne s'est point arrêté aux derniers travaux de Courier comme helléniste. Le plus important, sa traduction d'Hérodote, n'a point été achevé. Ce n'est guère ici le lieu de discuter le système dans lequel cette traduction a été commencée. Courier s'en est expliqué dans une préface qui n'a point mis tout le monde de son avis, mais qui a peut-être donné l'idée la plus complète des richesses littéraires silencieusement acquises par lui pendant ses campagnes, ses voyages, ses séjours à Naples, à Rome, à Paris, et sa dernière retraite en Touraine. Ce n'est pas trop de dire qu'il avait encore toute une réputation à se faire comme critique.

Voilà l'écrivain que la France a perdu dans toute la vigueur de son talent, et la tête plus que jamais pleine de projets. L'Europe sait que Paul-Louis Courier a été, le 10 avril 1825, atteint d'un coup de fusil à quelques pas de sa maison, et qu'il est mort sur la place.

On verra qu'une année avant sa tragique fin Courier se

faisait dire dans son *Livret : Paul-Louis, les cagots te tueront.*
Le procès auquel a donné lieu cette déplorable mort n'a point
accusé les cagots ; aujourd'hui même encore on n'accuse personne. Quelques amis de Courier savent seulement que, devenu dans ses dernières années d'une humeur assez difficile,
il n'était pas sans ennemis dans son voisinage. Mais ce dont
il est impossible de n'être pas vivement frappé, c'est le vague
pressentiment de malheur qui règne dans la dernière partie
du *Pamphlet des Pamphlets.* Quelques lignes semblent être
un confus adieu de Courier à la vie, à ses études favorites, à
sa carrière déjà si glorieuse, un involontaire retour sur lui-
même, et comme un touchant désaveu de ses préventions
contre son temps. « Détournez de moi ce calice, dit-il ; la
« ciguë est amère, et le monde se convertit assez sans que je
« m'en mêle, chétif ; je serai la mouche du coche, qui se pas-
« sera bien de mon bourdonnement : il va, mes chers amis,
« et ne cesse d'aller. Si sa marche nous paraît lente, c'est
« que nous vivons un instant ; mais que de chemin il a fait
« depuis cinq ou six siècles ! à cette heure, en plaine roulant,
« rien ne le peut plus arrêter. »

C'est parmi ces espérances d'un temps meilleur pour la
France et pour l'humanité que l'ardent ennemi des oppresseurs de grande et de petite taille, héros ou cagots, semblait
pressentir à la fois et la fin et l'inutilité prochaine de son rôle
de pamphlétaire. Il y a six ans de cela, et certes le coche
n'est point resté depuis lors immobile. Hier il avançait, aujourd'hui il recule. C'est toujours la lutte des passions et des
ineptes fantaisies de quelques débris d'ancien régime contre
les résultats de la Révolution. Assurés de vaincre un jour,
mais pressés d'en finir, qui de nous n'a point senti cruellement dans ces derniers temps l'absence de Paul-Louis Courier ?
Combien de fois ne s'est-on pas surpris à penser qu'en tel acte
arbitraire ou honteux le pouvoir, qui se riait des attaques
concertées de cent journaux, eût tremblé à l'idée de rencontrer la petite feuille du pamphlétaire ? Non, Courier n'est
point oublié et ne le sera point. La place qu'il occupa dans
nos rangs demeurera vide jusqu'à la fin du combat. **Mais**

avant de rencontrer sa destinée, il a du moins gravé sur l'airain tous les sentiments qui lui furent communs avec nous, et qui absoudraient cette génération si jamais elle était accusée d'avoir été muette spectatrice de toutes les hontes de la France depuis quinze ans.

ARMAND CARREL.

ŒUVRES

DE

P. L. COURIER

PAMPHLETS POLITIQUES

1816 — 1824

PÉTITION AUX DEUX CHAMBRES

(1816)

MESSIEURS,

Je suis Tourangeau; j'habite Luynes, sur la rive droite de la Loire, lieu autrefois considérable, que la révocation de l'édit de Nantes a réduit à mille habitants, et que l'on va réduire à rien par de nouvelles persécutions, si votre prudence n'y met ordre.

J'imagine bien que la plupart d'entre vous, messieurs, ne savent guère ce qui s'est passé à Luynes depuis quelques mois. Les nouvelles de ce pays font peu de bruit en France, et à Paris surtout. Ainsi je dois, pour la clarté du récit que j'ai à faire, prendre les choses d'un peu haut.

Il y a eu un an environ à la Saint-Martin qu'on commença chez nous à parler de bons sujets et de mauvais sujets. Ce qu'on entendait par là, je ne le sais pas bien; et si je le savais,

peut-être ne le dirais-je pas, de peur de me brouiller avec
trop de gens. En ce temps, François Fouquet, allant au grand
moulin, rencontra le curé qui conduisait un mort au cime-
tière de Luynes. Le passage était étroit ; le curé, voyant venir
Fouquet sur son cheval, lui crie de s'arrêter ; il ne s'arrête
point ; d'ôter son chapeau, il le garde ; il passe ; il trotte ; il
éclabousse le curé en surplis. Ce ne fut pas tout ; aucuns
disent, et je n'ai pas peine à le croire, qu'en passant il jura,
et dit qu'il se moquait (vous m'entendez assez) du curé et de
son mort. Voilà le fait, messieurs ; je n'y ajoute ni n'en ôte ;
je ne prends point, Dieu m'en garde ! le parti de Fouquet, ni
ne cherche à diminuer ses torts. Il fit mal ; je le blâme, et le
blâmai dès lors. Or écoutez ce qui en advint.

Trois jours après, quatre gendarmes entrent chez Fouquet,
le saisissent, l'emmènent aux prisons de Langeais, lié, garrotté, pieds nus, les menottes aux mains, et pour surcroît
d'ignominie, entre deux voleurs de grand chemin. Tous trois
on les jeta dans le même cachot. Fouquet y fut deux mois ;
pendant ce temps sa famille n'eut, pour subsister, d'autre
ressource que la compassion des bonnes gens qui, dans notre
pays, heureusement ne sont pas rares. Il y a chez nous plus
de charité que de dévotion. Fouquet donc étant en prison, ses
enfants ne moururent pas de faim ; en cela il fut plus heureux que d'autres.

On arrêta vers le même temps, et pour une cause aussi
grave, Georges Mauclair, qui fut détenu cinq à six semaines.
Celui-là avait mal parlé, disait-on, du gouvernement. Dans
le fait, la chose est possible ; peu de gens chez nous savent
ce que c'est que le gouvernement ; nos connaissances sur ce
point sont assez bornées ; ce n'est pas le sujet ordinaire de
nos méditations ; et si Georges Mauclair en a voulu parler, je
ne m'étonne pas qu'il en ait mal parlé ; mais je m'étonne
qu'on l'ait mis en prison pour cela. C'est être un peu sévère,
ce me semble. J'approuve bien plus l'indulgence qu'on a eue
pour un autre, connu de tout le monde à Luynes, qui dit en
plein marché, au sortir de la messe, hautement, publiquement, qu'il gardait son vin pour le vendre au retour de

Bonaparte, ajoutant qu'il n'attendrait guère, et d'autres sottises pareilles. Vous jugerez là-dessus, messieurs, qu'il ne
vendait ni ne gardait son vin, mais qu'il le buvait. Ce fut mon
opinion dans le temps. On ne pouvait plus mal parler. Mauclair n'en avait pas tant dit pour être emprisonné; celui-là
cependant, on l'a laissé en repos; pourquoi ? c'est qu'il est
bon sujet : et l'autre? il est mauvais sujet; il a déplu à ceux
qui font marcher les gendarmes : voilà le point, messieurs.
Chateaubriand a dit dans le livre défendu, que tout le monde
lit : *Vous avez deux poids et deux mesures; pour le même fait,
l'un est condamné, l'autre absous.* Il entendait parler, je crois,
de ce qui se passe à Paris; mais à Luynes, messieurs, c'est
toute la même chose. Êtes-vous bien avec tels ou tels ? bon
sujet, on vous laisse vivre. Avez-vous soutenu quelque procès
contre un tel, manqué à le saluer, querellé sa servante, ou
jeté une pierre à son chien? vous êtes mauvais sujet, partant
séditieux; on vous applique la loi, et quelquefois on vous
l'applique un peu rudement, comme on fit dernièrement à dix
de nos plus paisibles habitants, gens craignant Dieu et monsieur
le maire, pères de famille la plupart, vignerons, laboureurs,
artisans, de qui nul n'avait à se plaindre, bons voisins, amis
officieux, serviables à tous, sans reproche dans leur état,
dans leurs mœurs, leur conduite; mais mauvais sujets. C'est
une histoire singulière, qui a fait et fera longtemps grand
bruit au pays; car nous autres, gens de village, nous ne
sommes pas accoutumés à ces coups d'État. L'affaire de Mauclair, et de l'autre mis en prison pour n'avoir pas ôté son
chapeau, en passant, au curé, au mort, n'importe; tout cela
n'est rien au prix.

Ce fut le jour de la mi-carême, le 25 mars, à une heure du
matin; tout dormait; quarante gendarmes entrent dans la
ville; là, de l'auberge où ils étaient descendus d'abord, ayant
fait leurs dispositions, pris toutes leurs mesures et les indica-
tions dont ils avaient besoin, dès la première aube du jour,
ils se répandent dans les maisons. Luynes, messieurs, est, en
grandeur, la moitié du Palais-Royal. L'épouvante fut bientôt
partout. Chacun fuit ou se cache; quelques-uns surpris au

3

lit, sont arrachés des bras de leurs femmes ou de leurs enfants; mais la plupart, nus, dans les rues, ou fuyant dans la
campagne, tombent aux mains de ceux qui les attendaient
dehors. Après une longue scène de tumulte et de cris, dix
personnes demeurent arrêtées : c'était tout ce qu'on avait pu
prendre. On les emmène; leurs parents, leurs enfants les auraient suivis, si l'autorité l'eût permis.

L'autorité, messieurs, voilà le grand mot en France. Ailleurs
on dit la loi, ici l'autorité. Oh! que le père Canaye [1] serait
content de nous, s'il pouvait revivre un moment! il trouverait
partout écrit : *Point de raison; l'autorité.* Il est vrai que cette
autorité n'est pas celle des Conciles, ni des Pères de l'Eglise,
moins encore des jurisconsultes; mais c'est celle des gendarmes, qui en vaut bien une autre.

On enleva donc ces malheureux sans leur dire de quoi ils
étaient accusés, ni le sort qui les attendait, et on défendit à
leurs proches de les conduire, de les soutenir jusqu'aux portes
des prisons. On repoussa des enfants qui demandaient encore
un regard de leur père, et voulaient savoir en quel lieu il
allait être enseveli. Des dix arrêtés cette fois, il n'y en avait
point qui ne laissât une famille à l'abandon. Brulon et sa
femme, tous deux dans les cachots six mois entiers; leurs
enfants, autant de temps, sont demeurés orphelins. Pierre Au-
bert, veuf, avait un garçon et une fille; celle-ci de onze ans,
l'autre plus jeune encore, mais dont, à cet âge, la douceur et
l'intelligence intéressaient déjà tout le monde. A cela se joignait
alors la pitié qu'inspirait leur malheur, chacun de son mieux
les secourut. Rien ne leur eût manqué, si les soins paternels
se pouvaient remplacer; mais la petite bientôt tomba dans
une mélancolie dont on ne la put distraire. Cette nuit, ces
gendarmes, et son père enchaîné, ne s'effaçaient point de sa
mémoire. L'impression de terreur qu'elle avait conservée d'un
si affreux réveil ne lui laissa jamais reprendre la gaieté ni
les jeux de son âge; elle n'a fait que languir depuis, et se

1. Voyez la conversation du Père Canaye et du maréchal d'Hocquincourt,
dans Saint-Évremond.

consumer peu à peu. Refusant toute nourriture, sans cesse
elle appelait son père. On crut, en le lui faisant voir, adoucir
son chagrin, et peut-être la rappeler à la vie; elle obtint,
mais trop tard, l'entrée de la prison. Il l'a vue, il l'a embras-
sée, il se flatte de l'embrasser encore; il ne sait pas tout son
malheur, que frémissent de lui apprendre les gardiens mêmes
de ces lieux. Au fond de ces terribles demeures, il vit de l'espérance d'être enfin quelque jour rendu à la lumière et de
retrouver sa fille; depuis quinze jours elle est morte.

Justice, équité, providence! vains mots dont on nous
abuse! Quelque part que je tourne les yeux, je ne vois que
le crime triomphant, et l'innocence opprimée. Je sais tel qui,
à force de trahisons, de parjures et de sottises tout ensemble,
n'a pu consommer sa ruine; une famille qui laboure le champ
de ses pères est plongée dans les cachots et disparaît pour
toujours. Détournons nos regards de ces tristes exemples, qui
feraient renoncer au bien et douter même de la vertu.

Tous ces pauvres gens, arrêtés comme je viens de vous
raconter, furent conduits à Tours, et, là, mis en prison. Au
bout de quelques jours, on leur apprit qu'ils étaient bonapartistes; mais on ne voulut pas les condamner sur cela, ni même
leur faire leur procès. On les renvoya ailleurs, avec grande
raison; car il est bon de vous dire, messieurs, qu'entre ceux
qui les accusaient et ceux qui devaient les juger comme bonapartistes, ils se trouvaient les seuls peut-être qui n'eussent
point juré fidélité à Bonaparte, point recherché sa faveur, ni
protesté de leur dévouement à sa personne sacrée. Le magistrat qui les poursuit avec tant de rigueur aujourd'hui, sous
prétexte de bonapartisme, traitait de même leurs enfants il y
a peu d'années, mais pour un tout autre motif, pour avoir
refusé de servir Bonaparte. Il faisait, par les mêmes suppôts,
saisir le conscrit réfractaire, et conduire aux galères l'enfant
qui préférait son père à Bonaparte. Que dis-je! au défaut de
l'enfant, il saisissait le père même, faisait vendre le champ,
les bœufs et la charrue du malheureux dont le fils avait manqué deux fois à l'appel de Bonaparte. Voilà les gens qui nous
accusent de bonapartisme. Pour moi, je n'accuse ni ne dé-

nonce, car je ne veux nul emploi, et n'ai de haine pour qui que ce soit; mais je soutiens qu'en aucun cas on ne peut avoir de raison d'arrêter à Luynes dix personnes, ou à Paris cent mille; car c'est la même chose. Il n'y saurait avoir à Luynes dix voleurs reconnus parmi les habitants, dix assassins domiciliés; cela est si clair, qu'il me semble aussitôt prouvé que dit. Ce sont donc dix ennemis du roi qu'on prive de leur liberté, dix hommes dangereux à l'État. Oui, messieurs, à cent lieues de Paris, dans un bourg écarté, ignoré, qui n'est pas même lieu de passage, où l'on n'arrive que par des chemins impraticables, il y a là dix conspirateurs, dix ennemis de l'État et du roi, dix hommes dont il faut s'assurer, avec précaution toutefois. Le secret est l'âme de toute opération militaire. A minuit on monte à cheval; on part; on arrive sans bruit aux portes de Luynes; point de sentinelles à égorger, point de postes à surprendre; on entre, et, au moyen de mesures si bien prises, on parvient à saisir une femme, un barbier, un sabotier, quatre ou cinq laboureurs ou vignerons, et la monarchie est sauvée.

Le dirai-je? les vrais séditieux sont ceux qui en trouvent partout; ceux qui, armés du pouvoir, voient toujours dans leurs ennemis les ennemis du roi, et tâchent de les rendre tels à force de vexations; ceux enfin qui trouvent dans Luynes dix hommes à arrêter, dix familles à désoler, à ruiner de par le roi; voilà les ennemis du roi. Les faits parlent, messieurs. Les auteurs de ces violences ont assurément des motifs autres que l'intérêt public. Je n'entre point dans cet examen; j'ai voulu seulement vous faire connaître nos maux, et par vous, s'il se peut, en obtenir la fin. Mais je ne vous ai pas encore tout dit, messieurs.

Nos dix détenus, soupçonnés d'avoir mal parlé, le tribunal de Tours déclarant qu'il n'était pas juge des paroles, furent transférés à Orléans. Pendant qu'on les traînait de prison en prison, d'autres scènes se passaient à Luynes. Une nuit, on met le feu à la maison du maire. Il s'en fallut peu que cette famille, respectable à beaucoup d'égards, ne pérît dans les flammes. Toutefois les secours arrivèrent à temps. Là-dessus gendarmes de marcher : on arrête, on emmène, on emprisonne tous ceux qui pouvaient paraître coupables. La justice cette fois semblait du côté du maire ; il soupçonnait tout le monde, peut-être avec raison. Je ne vous fatiguerai point, messieurs, des détails de ce procès que je ne connais pas bien, et qui dure encore. J'ajouterai seulement que, des dix premiers arrêtés, on en condamna deux à la déportation (car il ne fallait pas que l'autorité eût tort) ; deux sont en prison ; six, renvoyés sans jugement, revinrent au pays, ruinés pour la plupart, infirmes, hors d'état de reprendre leurs travaux. Ceux-là, il est permis de croire qu'ils n'avaient pas même mal parlé. Dieu veuille qu'ils ne trouvent jamais l'occasion d'agir !

Mais vous allez croire Luynes un repaire de brigands, de malfaiteurs incorrigibles, un foyer de révolte, de complots contre l'État. Il vous semblera que ce bourg, bloqué en pleine paix, surpris par les gendarmes à la faveur de la nuit, dont on emmène dix prisonniers, et où de pareilles expéditions se renouvellent souvent, ne saurait être peuplé que d'une engeance ennemie de toute société. Pour en pouvoir juger, messieurs, il vous faut remarquer d'abord que la Touraine est, de toutes les provinces du royaume, non-seulement la plus paisible, mais la seule peut-être paisible depuis vingt-cinq ans. En effet, où trouverez-vous, je ne dis pas en France, mais dans l'Europe entière, un coin de terre habitée, où il n'y ait eu, durant cette période, ni guerre, ni proscriptions, ni troubles d'aucune espèce ? C'est ce qu'on peut dire de la Touraine qui, exempte à la fois des discordes civiles et des invasions étrangères, sembla réservée par le ciel pour être, dans ces temps d'orage, l'unique asile de la paix. Nous avons connu par ouï-dire les désastres de Lyon, les horreurs de la Vendée, et les hécatombes humaines du grand-prêtre de la raison, et les massacres calculés de ce génie qui inventa la grande guerre et la haute police ; mais alors, de tant de fléaux, nous ne ressentions que le bruit, calmes au milieu des tourmentes, comme ces oasis entourées des sables mouvants du désert.

Que si vous remontez à des temps plus anciens, après les funestes revers de Poitiers et d'Azincourt, quand le royaume était en proie aux armées ennemies, la Touraine, intacte, vierge, préservée de toute violence, fut le refuge de nos rois.

Ces troubles, qui, s'étendant partout comme un incendie, couvrirent la France de ruines, durant la prison du roi Jean, s'arrêtèrent aux campagnes qu'arrosent le Cher et la Loire. Car tel est l'avantage de notre position ; éloignés des frontières et de la capitale, nous sentons les derniers les mouvements populaires et les secousses de la guerre. Jamais les femmes de Tours n'ont vu la fumée d'un camp.

Or, dans cette province, de tout temps si heureuse, si pacifique, si calme, il n'y a point de canton plus paisible que Luynes. Là, on ne sait ce que c'est que vols, meurtres, violences ; et les plus anciens de ce pays, où l'on vit longtemps, n'y avaient vu ni prévôts ni archers, avant ceux qui vinrent, l'an passé, pour apprendre à vivre à Fouquet. Là, on ignore jusqu'aux noms de factions et de partis ; on cultive ses champs ; on ne se mêle d'autre chose. Les haines qu'a semées partout la révolution n'ont point germé chez nous, où la révolution n'avait fait ni victimes, ni fortunes nouvelles. Nous pratiquons surtout le précepte divin d'obéir aux puissances ; mais, avertis tard des changements, de peur de ne pas crier à propos : Vive le Roi ! vive la Ligue ! nous ne crions rien du tout ; et cette politique nous avait réussi, jusqu'au jour où Fouquet passa devant le mort sans ôter son chapeau. A présent même, je m'étonne qu'on ait pris ce prétexte de cris séditieux pour nous persécuter : tout autre eût été plus plausible ; et je trouve qu'on eût aussi bien fait de nous brûler comme entachés de l'hérésie de nos ancêtres, que de nous déporter ou nous emprisonner comme séditieux.

Toutefois vous voyez que Luynes n'est point, messieurs, comme vous l'auriez pu croire, un centre de rébellion, un de ces repaires qu'on livre à la vengeance publique, mais le lieu le plus tranquille de la plus soumise province qui soit dans tout le royaume. Il était tel du moins, avant qu'on y eût allumé, par de criantes iniquités, des ressentiments et des haines qui ne s'éteindront de longtemps. Car, je dois vous le dire, messieurs, ce pays n'est plus ce qu'il était ; s'il fut calme pendant des siècles, il ne l'est plus maintenant. La terreur à présent y règne et ne cessera que pour faire place à la vengeance. Le feu mis à la maison du maire, il y a quelques mois, vous prouve à quel degré la rage était alors montée ; elle est augmentée depuis, et cela chez des gens qui, jusqu'à ce moment, n'avaient montré que douceur, patience, soumission à tout régime supportable. L'injustice les a révoltés. Réduits au désespoir par ces magistrats mêmes, leurs naturels appuis, opprimés au nom des lois qui doivent les protéger, ils ne connaissent plus de frein, parce que ceux qui les gouvernent n'ont point connu de mesure. Si le devoir des législateurs est de prévenir les crimes, hâtez-vous, messieurs, de mettre un terme à ces dissensions. Il faut que votre sagesse et la bonté du roi rendent à ce malheureux pays le calme qu'il a perdu.

Paris, le 10 décembre 1816.

LETTRES

AU RÉDACTEUR DU CENSEUR

1819 — 1820

LETTRE PREMIÈRE.

Véretz, le 10 juillet 1819.

Vous vous trompez, monsieur, vous avez tort de croire que mon placet imprimé [1], dont vous faites mention dans une de vos feuilles, n'a produit nul effet. Ma plainte est écoutée. Sans doute, comme vous le dites, il est fâcheux pour moi que l'innocence de ma vie ne puisse assurer mon repos; mais c'est la faute des lois, non celle des ministres. Ils ont écrit à leurs agents comme je le pouvais désirer, et plût à Dieu qu'ils eussent écrit de même aux juges, quand j'avais des procès, et à l'Académie, quand j'étais candidat. Cela m'eût mieux valu que tous les droits du monde, pour avoir le fauteuil et pour garder mon bien. Il faut en convenir, de trois sortes de gens auxquels j'ai eu affaire depuis un certain temps, savants, juges, ministres, je n'ai pu vraiment faire entendre raison qu'à ceux-ci. J'ai trouvé les ministres incomparablement plus amis des *belles-lettres* que l'académie de ce nom, et plus justes que *la justice*. Ceci soit dit sans déroger à mes principes d'opposition.

Vous nous plaignez beaucoup, nous autres paysans, et vous avez raison, en ce sens que notre sort pourrait être meilleur. Nous dépendons d'un maire et d'un garde champêtre

---

1. Le placet aux ministres. Voyez plus loin.

qui se fâchent aisément. L'amende et la prison ne sont pas des bagatelles. Mais songez donc, monsieur, qu'autrefois on nous tuait pour *cinq sous parisis*. C'était la loi. Tout noble ayant tué un vilain devait jeter cinq sous sur la fosse du mort. Mais les lois libérales ne s'exécutent guère, et la plupart du temps on nous tuait pour rien. Maintenant il en coûte à un maire sept sous et demi de papier marqué pour seulement mettre en prison l'homme qui travaille, et les juges s'en mêlent. On prend des conclusions, puis on rend un arrêté conforme au bon plaisir du maire et du préfet. Vous paraît-il, monsieur, que nous ayons peu gagné en cinq ou six cents ans? Nous étions la gent *corvéable, taillable et tuable* à volonté; nous ne sommes plus qu'*incarcérables.* Est-ce assez, direz-vous? Patience; laissez faire; encore cinq ou six siècles, et nous parlerons au maire *tout comme je vous parle;* nous pourrons lui demander de l'argent s'il nous en doit, et nous plaindre, s'il nous en prend, sans encourir peine de prison.

Toutes choses ont leurs progrès. Du temps de Montaigne, un vilain, son seigneur le voulant tuer, s'avisa de se défendre. Chacun en fut surpris, et le seigneur surtout, qui ne s'y attendait pas, et Montaigne qui le raconte. Ce manant devinait les droits de l'homme. Il fut pendu, cela devait être. Il ne faut pas devancer son siècle.

Sous Louis XIV, on découvrit qu'un paysan était un homme, ou plutôt cette découverte, faite depuis longtemps dans les cloîtres par de jeunes religieuses, alors seulement se répandit, et d'abord parut une rêverie de ces bonnes sœurs, comme nous l'apprend La Bruyère. *Pour des filles cloîtrées,* dit-il, *un paysan est un homme.* Il témoigne là-dessus combien cette opinion lui semble étrange. Elle est commune maintenant, et bien des gens pensent sur ce point tout comme les religieuses, sans en avoir les mêmes raisons. On tient assez généralement que les paysans sont des hommes. De là à les traiter comme tels, il y a loin encore. Il se passera longtemps avant qu'on s'accoutume, dans la plupart de nos provinces, à voir un paysan vêtu, semer et recueillir pour lui; à voir un homme de bien posséder quelque chose. Ces nouveautés choquent furieusement les propriétaires, j'entends ceux qui pour le devenir n'ont eu que la peine de naître.

LETTRE II.

PROJET D'AMÉLIORATION DE L'AGRICULTURE, PAR J. BUJAULT, AVOCAT A MELLE, DÉPARTEMENT DES DEUX-SÈVRES.

Brochure de cinquante pages où l'on trouve des calculs, des remarques, des idées dignes de l'attention de tous ceux qui ont étudié cette matière. L'auteur aime son sujet, le traite en homme instruit, et dont les connaissances s'étendent au delà. Il ne tiendrait qu'à lui d'approfondir les choses qu'il effleure en passant; plein de zèle d'ailleurs pour le bonheur public et la gloire de l'État, il conseille au gouvernement d'*encourager l'agriculture.* Il veut qu'on *dirige la nation vers l'économie rurale, qu'on instruise les cultivateurs,* et il en indique les moyens. Rien n'est mieux pensé ni plus louable. Mais, avec tout cela, il ne contentera pas les gens, en très-grand nombre, qui sont persuadés que toute influence du pouvoir nuit à l'industrie, et qui croient *gouvernement* synonyme d'*empêchement,* en ce qui concerne les arts. Ils diront à M. Bujault : Laissez le gouvernement percevoir des impôts et répandre des grâces; mais, pour Dieu, ne l'engagez point à se mêler de nos affaires. Souffrez, s'il ne peut nous oublier, qu'il pense à nous le moins possible. Ses intentions à notre égard sont sans doute les meilleures du monde, ses vues toujours parfaitement sages, et surtout désintéressées; mais, par une fatalité qui ne se dément jamais, tout ce qu'il encourage languit, tout ce qu'il dirige va mal, tout ce qu'il conserve périt, hors les maisons de jeu et de débauche. L'Opéra, peut-être, aurait peine à se passer du gouvernement; mais nous, nous ne sommes pas brouillés avec le public. Laboureurs, artisans, nous ne l'ennuyons pas, même en chantant ; à qui travaille, il ne faut que la liberté.

Voilà ce que l'on pourra dire, et que certainement diront à M. Bujault les partisans du libre exercice de l'industrie. Mais les mêmes gens l'approuveront, lorsqu'il reproche aux oisifs, dont abondent la ville et la campagne, aux jeunes gens, et, chose assurément remarquable, aux grands propriétaires de terres, leur dédain pour l'agriculture, suite de cette fureur pour les places, qui est un mal ancien chez nous, et dont Philippe de Commines, il y a plus de trois cents ans, a fait des plaintes toutes pareilles. *Ils n'ont*, dit-il, *souci de rien*, parlant des Français de son temps, *sinon d'offices et états, que trop bien ils savent faire valoir, cause principale de mouvoir guerres et rébellions*. Les choses ont peu changé ; seulement cette convoitise des *offices et états* (curée autrefois réservée à nobles limiers) est devenue plus âpre encore, depuis que tous y peuvent prétendre, et ne donne pas peu d'affaires au gouvernement. Quelque multiplié que paraisse aujourd'hui le nombre des emplois, qui ne se compare plus qu'aux étoiles du ciel et aux sables de la mer, il n'a pourtant nulle proportion avec celui des demandeurs, et on est loin de pouvoir contenter tout le monde. Suivant un calcul modéré de M. Bujault, il y a maintenant en France, pour chaque place, dix aspirants, ce qui, en supposant seulement deux cent mille emplois, fait un effectif de deux millions de solliciteurs actuellement dans les antichambres, *le chapeau dans la main, se tenant sur leurs membres*, comme dit un poëte [1] : accordons qu'ils ne fassent nul mal (ainsi la charité nous oblige à le croire), ils pourraient faire quelque bien, et par une honnête industrie fuir les tentations du malin. C'est ce que voudrait M. Bujault, et qu'il n'obtiendra pas, selon toute apparence : l'esprit du siècle s'y oppose. Chacun maintenant cherche à se placer, ou, s'il est placé, à se pousser. On veut être quelque chose. Dès qu'un jeune homme sait faire la révérence, riche ou non, peu importe, il se met sur les rangs ;

---

1. Régnier, *Satires*.

il demande des gages, en tirant un pied derrière l'autre : cela s'appelle se présenter ; tout le monde se présente pour être quelque chose. On est quelque chose en raison du mal qu'on peut faire. Un laboureur n'est rien ; un homme qui cultive, qui bâtit, qui travaille utilement, n'est rien. Un gendarme est quelque chose ; un préfet est beaucoup ; Bonaparte était tout. Voilà les gradations de l'estime publique, l'échelle de la considération suivant laquelle chacun veut être Bonaparte, sinon préfet, ou bien gendarme. Telle est la direction générale des esprits, la même depuis longtemps, et non prête à changer. Sans cela, qui peut dire jusqu'où s'élancerait le génie de l'invention ? où atteindrait avec le temps l'industrie humaine, à laquelle Dieu sans doute voulut mettre des bornes, en la détournant vers cet art de se faire petit pour complaire, de s'abaisser, de s'effacer devant un supérieur, de s'ôter à soi-même tout mérite, toute vertu, de s'anéantir, seul moyen d'être quelque chose ?

LETTRE III.

Véretz, 10 septembre 1819.

Monsieur,

Quelqu'un se plaint, dans une de vos feuilles, que, sous prétexte de vacances, on lui a refusé l'entrée de la bibliothèque du Roi. Je vois ce que c'est ; on l'a pris pour un de ces curieux, comme il en vient là fréquemment, qui ne veulent que voir des livres, et gênent les gens studieux. Ceux-ci n'ont point à craindre un semblable refus, et la bibliothèque pour eux ne vaque jamais. Aux autres on assigne certains jours, certaines heures, ordre fort sage ; votre ami, pour peu qu'il y veuille réfléchir, lui-même en conviendra. S'il m'en croit, qu'il retourne à la bibliothèque, et, parlant à quelqu'un de ceux qui en ont le soin, qu'il se fasse connaître pour être

de ces hommes auxquels il faut, avec des livres, silence, repos, liberté ; je suis trompé, s'il ne trouve des gens aussi
prompts à le satisfaire que capables de l'aider et de le diriger
dans toutes sortes de recherches. J'en ai fait l'expérience ;
d'autres la font chaque jour à leur très-grand profit. Après
cela, s'il a voyagé, s'il a vu en Allemagne les livres enchaînés, en Italie *purgés*, c'est-à-dire biffés, raturés, mutilés, par
la cagoterie, enfermés le plus souvent, ne se communiquer
que sur un ordre d'en haut, il cessera de se plaindre de nos
bibliothèques, de celle-là surtout ; enfin il avouera, s'il est
de bonne foi, que cet établissement n'a point de pareil au
monde, pour les facilités qu'y trouvent ceux qui vraiment
veulent étudier.

Quant au factionnaire suisse qu'il a vu à la porte, ce n'é-
taient pas sans doute les administrateurs qui l'avaient placé
là. Rarement les savants posent des sentinelles, si ce n'est
dans les guerres de l'École de droit. Je ne connais point messieurs de la bibliothèque assez pour pouvoir vous rien dire de
leurs sentiments ; mais je les crois Français, et je me persuade que, s'il dépendait d'eux, on ferait venir *d'Amiens des
gens pour être suisses*, puisque enfin il en faut dans la garde
du roi.

LETTRE IV.

Véretz, 18 octobre 1819.

MONSIEUR,

Le hasard m'a fait tomber entre les mains une lettre d'un
procureur du roi à un commandant de gendarmes. En voici
la copie, sauf les noms que je supprime.

*Monsieur le commandant, veuillez faire arrêter et conduire
en prison un tel de tel endroit.*

Voilà toute la lettre. Je crois, si vous l'imprimez, qu'on
vous en saura gré. Le public est intéressé dans une pareille

correspondance ; mais il n'en connaît d'ordinaire que les résultats. Ceci est bref, concis ; c'est le style impérial, ennemi des longueurs et des explications. *Veuillez mettre en prison,* cela dit tout. On n'ajoute pas : *car tel est notre plaisir.* Ce serait rendre raison, alléguer un motif ; et, en style de l'empire, on ne rend raison de rien. Pour moi, *je suis charmé de ce petit morceau.*

Quelqu'un pourra demander (car on devient curieux, et le monde s'avise de questions maintenant qui ne se faisaient pas autrefois), on demandera peut-être combien de gens en France ont le droit ou le pouvoir d'emprisonner qui bon leur semble, sans être tenus de dire pourquoi. Est-ce une prérogative des procureurs du roi et de leurs substituts? Je le croirais, quant à moi. Ces places sont recherchées ; ce n'est pas pour l'argent. On en donnait jadis, on en donnait beaucoup pour être procureur du roi. Fouquet vendit sa charge dix-huit cent mille francs, cinq millions d'aujourd'hui, et elles coûtent à présent bien plus que de l'argent. Ce qu'achètent si cher *d'honnêtes gens*, c'est l'honneur (*l'honneur seul peut flatter un esprit généreux*), ce sont les priviléges attachés à ces places. En est-il en effet de plus beau, de plus grand que de pouvoir dire : Gendarmes, qu'on l'arrête, qu'on le mène en prison ! Cela ne sent pas du tout le robin, l'homme de loi. On ne voit rien là-dedans de ces lentes et pesantes formalités de justice que le cardinal de Retz reproche, avec tant de raison, à la magistrature, et qui, tant de fois, le firent enrager, comme lui-même le raconte.

Il ne se plaindrait pas maintenant : tout a changé au delà même de ce qu'il eût pu désirer alors. Notre jurisprudence, nos lois sont prévôtales ; nos magistrats aussi doivent être expéditifs et le sont. Vite, tôt ; emprisonnez, tuez ; on n'aurait jamais fait s'il fallait tant d'ambages et de circonlocutions. Tout chez nous porte empreint le caractère de ce héros, le génie du pouvoir, qui faisait en une heure une constitution, en quelques jours un code pour toutes les nations, gouvernait à cheval, organisait en poste, et fonda, en se débottant, un empire qui dure encore.

Tout bien considéré, le parti le plus sûr, c'est de respecter fort les procureurs du roi, leurs substituts et leurs clercs ; de les éviter, de fuir toute rencontre avec eux, tout démêlé ; de leur céder non-seulement le haut du pavé, mais tout le pavé, s'il se peut. Car enfin, on le sait, ce sont des gens fort sages, qui ne mettent en prison que pour de bonnes raisons, exempts de passions, calmes, imperturbables, des hommes éprouvés sous le grand Napoléon *qui, cent fois dans le cours de sa gloire passée, tenta leur patience et ne l'a point lassée*. Mais ce ne sont pas des saints ; ils peuvent se fâcher. Un mot avec paraphe, le commandant est là. *Veuillez...* et aussitôt gendarmes de courir, prison de s'ouvrir ; quand vous y serez, la Charte ne vous en tirera pas. Vous pourrez rêver à votre aise la liberté individuelle. Non, respectons les gens du roi, ou les gens de l'empereur, qui happent au nom du roi. C'est le conseil que je prends pour moi, et que je donne à mes amis.

Mais je me suis trompé, monsieur, je m'en aperçois ; ce n'est pas là toute la lettre du procureur du roi : avec ce que je vous ai transcrit, il y a quelque chose encore. Il y a d'abord ceci : *Le procureur du roi, à M. le commandant de la gendarmerie. Monsieur le commandant ;* et puis, *j'ai l'honneur d'être, Monsieur le commandant, avec considération, votre très-humble et très-obéissant serviteur.*

Le tout s'accorde parfaitement avec *veuillez mettre en prison. Veuillez*, c'est comme on dit : faites-moi l'amitié, obligez-moi de grâce, rendez-moi ce service, à la charge d'autant. *Je suis votre serviteur*, cela s'entend. Il est serviteur du gendarme qui, au besoin, sera le sien ; ils sont serviteurs l'un de l'autre contre l'*administré* qui les paye tous deux ; car l'homme qu'on emprisonne est un cultivateur. C'est un bon paysan qui a déplu au maire en lui demandant de l'argent. Celui-ci, par le moyen du procureur du roi, dont il est serviteur, a fait juger et condamner l'insolent vilain, que ledit procureur du roi, par son serviteur le gendarme, a fait constituer ès-prisons. C'est l'histoire connue ; cela se voit partout.

Oh! que nos magistrats donnent de grands exemples! quelle sévérité ! quelle exactitude scrupuleuse dans l'observation de toutes les formes de la civilité ! Celui-ci peut-être oublie dans sa lettre quelque chose, comme de faire mention d'un jugement; mais il n'oubliera pas le très-humble serviteur, l'honneur d'être, et le reste, bien plus important que le jugement, et tout, pour monsieur le gendarme. Au bourreau, sans doute, il écrit : Monsieur le bourreau, veuillez tuer, et je suis votre serviteur. Les procureurs du roi ne sont pas seulement d'honnêtes gens, ce sont encore des gens fort honnêtes. Leur correspondance est civile comme les parties de monsieur Fleurant. Mais on pourrait leur dire aussi comme le malade imaginaire, *ce n'est pas tout d'être civil*, ce n'est pas tout pour un magistrat d'être serviteur des gendarmes; il faudrait être bon et ami de l'équité.

LETTRE V.

Véretz, 12 novembre 1819.

MONSIEUR,

Dans ces provinces, nous avons nos *bandes noires*, comme vous à Paris, à ce que j'entends dire. Ce sont des gens qui n'assassinent point, mais ils détruisent tout. Ils achètent de gros biens pour les revendre en détail, et de profession décomposent les grandes propriétés. C'est pitié de voir quand une terre tombe dans les mains de ces gens-là; elle se perd, disparaît. Château, chapelle, donjon, tout s'en va, tout s'abîme. Les avenues rasées, labourées de çà, de là, il n'en reste pas trace. Où était l'orangerie s'élèvent une métairie, des granges, des étables pleines de vaches et de cochons. Adieu bosquets, parterres, gazons, allées d'arbrisseaux et de fleurs; tout cela morcelé entre dix paysans : l'un y va fouir des haricots, l'autre de la vesce. Le château, s'il est vieux, se fond en une douzaine de maisons qui ont des portes et des fenêtres; mais ni tours, ni créneaux, ni ponts-levis, ni cachots, ni an-

tiques souvenirs. Le parc seul demeure entier, défendu par
de vieilles lois, qui tiennent bon contre l'industrie; car on ne
permet pas de défricher les bois, dans les cantons les mieux
cultivés de la France, de peur d'être obligé d'ouvrir ailleurs
des routes et de creuser des canaux pour l'exploitation des
forêts. Enfin, les gens dont je vous parle se peuvent nommer
les fléaux de la propriété. Ils la brisent, la pulvérisent, l'épar-
pillent encore après la révolution, mal voulus pour cela
d'un chacun. On leur prête, parce qu'ils rendent, et passent
pour exacts; mais d'ailleurs on les hait, parce qu'ils s'enrichissent de ces spéculations; eux-mêmes paraissent en avoir
honte, et n'osent quasi se montrer. De tous côtés on leur crie:
Hepp! hepp! Il n'est si mince autorité qui ne triomphe de les
surveiller. Leurs procès ne sont jamais douteux; les juges se
font parties contre eux. Ces gens me semblent bien à plaindre,
quelque succès qu'aient, dit-on, leurs opérations, quelques
profits qu'ils puissent faire.

Un de mes voisins, homme bizarre, qui se mêle de raisonner, parlant d'eux l'autre jour, disait : Ils ne font de mal à
personne, et font du bien à tout le monde; car ils donnent à
l'un de l'argent pour sa terre, à l'autre de la terre pour son
argent; chacun a ce qu'il lui faut, et le public y gagne. On
travaille mieux et plus. Or, avec plus de travail, il y a plus
de produits, c'est-à-dire plus de richesse, plus d'aisance
commune, et, notez ceci, plus de mœurs, plus d'ordre dans
l'État comme dans les familles. Tout vice vient d'oisiveté,
tout désordre public vient du manque de travail. Ces gens
donc, chaque fois que simplement ils achètent une terre et la
revendent, font bien, font une chose utile; très-utile et très-
bonne, quand ils achètent d'un pour revendre à plusieurs;
car accommodant plus de gens, ils augmentent d'autant plus
le travail, les produits, la richesse, le bon ordre, le bien de
tous et de chacun. Mais, lorsqu'ils revendent et partagent
cette terre à des hommes qui n'avaient point de terre, alors le
bien qu'ils font est grand; car ils font des propriétaires, c'est-
à-dire d'honnêtes gens, selon Côme de Médicis. *Avec trois*
aunes de drap fin, disait-il, *je fais un homme de bien;* avec

trois quartiers de terre il aurait fait un saint. En effet, tout
propriétaire veut l'ordre, la paix, la justice, hors qu'il ne soit
fonctionnaire ou pense à le devenir. Faire propriétaire, sans
dépouiller personne, l'homme qui n'est que mercenaire, donner la terre au laboureur, c'est le plus grand bien qui se
puisse faire en France, depuis qu'il n'y a plus de serfs à
affranchir. C'est ce que font ces gens.

Mais une terre est détruite; mais le château, les souvenirs,
les monuments, l'histoire....... Les monuments se conservent
où les hommes ont péri, -à Balbek, à Palmyre, et sous la
cendre du Vésuve; mais ailleurs, l'industrie, qui renouvelle
tout, leur fait une guerre continuelle. Rome elle-même a détruit ses antiques édifices, et se plaint des Barbares. Les
Goths et les Vandales voulaient tout conserver. Il n'a pas
tenu à eux qu'elle ne demeurât et ne soit aujourd'hui telle
qu'ils la trouvèrent. Mais, malgré leurs édits portant peine de
mort contre quiconque endommageait les statues et les monuments, tout a disparu, tout a pris une forme nouvelle. Et où
en serait-on? que deviendrait le monde, si chaque âge res-
pectait, révérait, consacrait, à titre d'ancienneté, tout œuvre
des âges passés, n'osait toucher à rien, défaire ni mouvoir
quoi que ce soit? scrupule de madame de Harlai qui, plutôt
que de remuer le fauteuil et les pantoufles du feu chancelier
son grand-père, toute sa vie vécut dans sa vieille, incom-
mode et malsaine maison. M. Marcellus chérit, dans les forêts,
le souvenir des druides, et, pour cela, ne veut pas qu'on ex-
ploite aucun bois, qu'on abatte même un arbre, le plus creux,
le plus caduc, tout, de peur d'oublier les sacrifices humains
et les dieux teints de sang de ces bons Gaulois nos aïeux. Il
défend tant qu'il peut, en mémoire du vieux âge, les ronces,
les broussailles, les landes féodales, que d'ignobles guérets
chaque jour envahissent. Les souvenirs! dit-on. Est-ce par
les souvenirs que se recommandent ces châteaux et ces cloîtres
gothiques? Autour de nous, Chenonceaux, le Plessis-lèz-
Tours, Blois, Amboise, Marmoutiers, que retracent-ils à l'esprit? de honteuses débauches, d'infâmes trahisons, des assassinats, des massacres, des supplices, des tortures, d'exécrables

forfaits, le luxe et la luxure, et la crasse ignorance des abbés et des moines, et, pis encore, l'hypocrisie. Les monuments, il faut l'avouer, pour la plupart, ne rappellent guère que des crimes ou des superstitions, dont la mémoire, sans eux, dure toujours assez ; et, s'ils ne sont utiles aux arts comme modèles, ce qui se peut dire d'un petit nombre, que gagne-t-on à les conserver, lorsqu'on en peut tirer parti pour l'avantage de tous ou de quelqu'un seulement ? Les pierres d'un couvent sont-elles profanées, ne sont-elles pas plutôt purifiées, lorsqu'elles servent à élever les murs d'une maison de paysan, d'une sainte et chaste demeure, où jamais ne cesse le travail, ni par conséquent la prière ? Qui travaille prie.

Une terre non plus n'est pas détruite ; c'est pure façon de parler. Bien le peut être un marquisat, un titre noble quand la terre passe à des vilains. Encore dit-on qu'il se conserve et demeure au sang, à la race, tant qu'il y a race ; je m'en rapporte....... *Prenez le titre*, a dit La Fontaine, *et laissez-moi la rente.* C'est, je pense, à peu près le partage qui a lieu, lorsqu'un fief tombe en roture, malheur si commun de nos jours ! Le gentilhomme garde son titre pour le faire valoir à la cour. Le vilain acquiert seulement le sol, et n'en demande pas davantage, content de posséder la glèbe à laquelle il fut attaché ; il la fait valoir à sa mode, c'est-à-dire par le travail. Or, plus la glèbe est divisée, plus elle s'améliore et prospère. C'est ce que l'expérience a prouvé. Telle terre, vendue il y a vingt-cinq ans, est à cette heure partagée en dix mille portions, qui vingt fois ont changé de mains depuis la première aliénation, toujours de mieux en mieux cultivée (on le sait : nouveau propriétaire, nouveau travail, nouveaux essais) ; le produit d'autrefois ne payerait pas l'impôt d'aujourd'hui. Recomposez un peu l'ancien fief par les procédés indiqués dans le *Conservateur*, et que chaque portion retourne du propriétaire laboureur à ce bon seigneur adoré de ses vassaux dans son château, pour être *substitué à lui et à ses hoirs, de mâle en mâle, à perpétuité*; ses *hoirs* ne laboureront pas, ses vassaux peu. Plus d'industrie. Tout ce qui maintenant travaille se fera laquais, ou mendiant, ou moine, ou soldat, ou voleur.

Monseigneur aura ses pacages et ses lods et ventes, avec les grâces de la cour. Bientôt reparaîtront les créneaux, puis les ronces et les épines, et puis les forêts, les druides de M. de Marcellus; et la terre alors sera détruite.

Ils ne songent pas, les bonnes gens qui veulent maintenir toutes choses intactes, qu'à Dieu seul appartient de créer; qu'on ne fait point sans défaire; que ne jamais détruire, c'est ne jamais renouveler. Celui-ci, pour conserver les bois, défend de couper une solive; un autre conservera les pierres de la carrière; à présent, bâtissez. L'abbé de La Mennais conserve les ruines, les restes de donjons, les tours abandonnées, tout ce qui pourrit et tombe. Que l'on construise un pont du débris délaissé de ces vieilles masures, qu'on répare une usine, il s'emporte, il s'écrie: *L'esprit de la révolution est éminemment destructeur.* Le jour de la création, quel bruit n'eût-il pas fait! il eût crié: Mon Dieu, conservons le chaos.

En somme, ces gens-ci, ces destructeurs de terres, font grand bien à la terre, divisent le travail, aident à la production, et, faisant leurs affaires, font plus pour l'industrie et l'agriculture que jamais ministre, ni préfet, ni société d'encouragement, sous l'autorisation du préfet. Le public les estime peu. En revanche, il honore fort ceux qui le dépouillent et l'écrasent; toute fortune faite à ses dépens lui paraît belle et bien acquise.

Voilà ce que me dit mon voisin. Mais, moi, tous ces discours me persuadent peu. Je ne suis pas né d'hier, et j'ai mes souvenirs. J'ai vu les grandes terres, les riches abbayes; c'était le temps des bonnes œuvres. J'ai vu mille pauvres recevoir mille écuelles de soupe à la porte de Marmoutiers. Le couvent et les terres vendues, je n'ai plus vu ni écuelles, ni soupes, ni pauvres, pendant quelques années, jusqu'au règne brillant de l'empereur et roi, qui remit en honneur toute espèce de mendicité. J'ai vu jadis, j'ai vu madame la duchesse, marraine de nos cloches; le jour de Sainte-Andoche, donner à la fabrique cinquante louis en or et dix écus aux pauvres. Les pauvres ont acheté ses terres et son château, et ne donnent rien à personne. Chaque jour la charité s'éteint, depuis qu'on songe à travailler, et se perdra enfin, si la Sainte-Alliance n'y met ordre.

<hr>

LETTRE VI.

Véretz, 30 novembre 1819.

Monsieur,

Il faut mettre de l'encre et tirer avec soin. Dites cela, je vous prie, de ma part à votre imprimeur, s'il a quelque envie que ses feuilles sortent lisibles de la presse. Je déchiffre à peine la moitié d'un de vos paragraphes du 22, dans lequel je vois bien pourtant que vous louez les Français comme un peuple rempli de sentiments chrétiens, et faites un juste éloge de notre dévotion, bonne conduite, soumission aux pasteurs de l'Église. Nous vous en sommes bien obligés; cela est généreux à vous dans un moment où tant de gens nous traitent de mauvais sujets, et appellent pour nous corriger les puissances étrangères. Votre dessein, si je ne me trompe, est de faire voir que nous pouvons nous passer de missions, et que, chez nous, les bons Pères prêchent des convertis. Vous dites d'abord excellemment : *La religion est honorée;* puis vous ajoutez quelque chose que j'eusse voulu pouvoir lire, car la matière m'intéresse. Mais, dans mon exemplaire, je distingue seulement ces lettres, *l. p. p.. e cro. t .t p.. e;* là-dessus, quoi que nous ayons pu faire, moi et tous mes amis, *à grand renfort de bésicles,* comme dit maître François, nous sommes encore à deviner si vous avez écrit en style d'Atala, *le peuple croit et prie,* ou, moins poétiquement, *le peuple croit* (circonflexe) *et paye.* Voilà sur quoi nous disputons, moi et ces messieurs, depuis deux jours. Ils soutiennent la première leçon; je défends la seconde, sans me fâcher néanmoins, car mon opinion est probable; mais, comme disent les jésuites, le contraire est probable aussi.

Mes raisons cependant sont bien bonnes. Mais je veux premièrement vous dire celles de mes adversaires, sans vous en rien dissimuler ni rien diminuer de leur force. Le peuple croit, disent-ils, cela est évident. Il croit qu'on songe à tenir ce qu'on lui a promis; que tout à l'heure on va exécuter la Charte, et il prie qu'on se hâte, parce qu'il se souvient de la poule au pot qu'on lui promit jadis, et qui lui fut ravie par un de ces tours que *l'agneau enseigne à ceux de la société* (belle expression du père Garasse). Or, le peuple, en même temps qu'on lui présente la Charte, aperçoit dans un coin la société de l'agneau, et cela l'inquiète.

Il croit que ses mandataires vont faire ses affaires. Il croit bien d'autres choses, car il est fort crédule. Il prie les gouvernants de l'épargner un peu, et il croit qu'on l'écoute. En un mot, le peuple est toujours priant et croyant. Croire et prier, c'est son état, sa façon d'être de tout temps; et le journaliste, homme d'esprit, ne peut avoir eu d'autre idée. C'est ainsi qu'ils expliquent et commentent ce passage. Doctement !

Mais je dis : le peuple croît (avec un accent circonflexe). Il croît à vue d'œil, comme le fils de Gargantua, et paye. Ce sont deux vérités que le journaliste, en ce peu de mots, a heureusement exprimées. Le peuple croît et multiplie; se peut-il autrement? tout le monde se marie. Les jeunes gens prennent femme dès qu'ils pensent savoir ce que c'est qu'une femme. Peu font vœu de chasteté, parce qu'un pareil vœu *sent le libertinage;* ou plutôt, on sait aujourd'hui qu'il n'y a de chasteté que dans le mariage. Aussi les filles n'attendent guère. Autrefois, dans ce pays, une mariée de village avait rarement moins de trente ou trente-cinq ans. A cet âge maintenant elles sont toutes grand'mères, et fort éloignées de s'en plaindre. On ne craint plus d'avoir des enfants depuis qu'on a de quoi les élever, et même de quoi les racheter quand le gouvernement s'en empare. Chaque paysan presque possède ce que nous appelons *goulée de benace,* un ou deux arpents de terre en huit ou dix morceaux, qui, labourés, retournés, travaillés sans relâche, font vivre la famille. C'est un grand mal que cela. Mais on y va remédier. On va recomposer les grandes propriétés pour les gens qui ne veulent rien faire. La terre alors se reposera. Chaque gentilhomme ou chanoine aura, pour sa part, mille arpents, à charge de dormir ; et, s'il ronfle, le double.

Ce qui fait aussi que le peuple croît, c'est qu'en tout, on vit mieux à présent qu'autrefois. On est nourri, vêtu, logé bien mieux qu'on ne l'était, et les mœurs s'améliorent avec le vivre physique. Moins de célibataires, moins de vices, moins de débauches. Nous n'avons plus de couvents : détestable sottise qui se pratiquait jadis, de tenir ensemble enfermés, contre tout ordre de nature, des mâles sans femelles, et des femelles sans mâles, dans l'oisiveté du cloître, où fermentait une corruption qui, se répandant au dehors, de proche en proche, infectait tout. Dieu sans doute ne permettra pas que ceux qui, chez nous, veulent rétablir de pareils lieux d'impureté, réussissent dans leurs desseins. Nos péchés, quelque grands qu'ils soient, n'ont pas mérité ce châtiment ; notre orgueil, cette humiliation. Il en faut convenir pourtant : ce serait une chose curieuse à voir parmi le peuple actif, laborieux, dont chaque jour l'industrie augmente, les travaux se multiplient, et dont par conséquent la morale s'épure, car l'un suit l'autre ; ce serait un bizarre contraste, qu'au milieu d'un tel peuple, une société de gens faisant vœu publiquement de fainéantise et de mendicité, si l'on ne veut dire encore et d'impudicité.

Parmi les causes d'accroissement de la population, il ne faut pas compter pour peu le repos de Napoléon. Depuis que ce grand homme est là où son rare génie l'a conduit, s'il eût continué de l'exercer, trois millions de jeunes gens seraient morts pour sa gloire, qui ont femmes et enfants maintenant ; un million seraient sous les armes, sans femmes, corrompant celles des autres. Il est donc force, en toute façon, que le peuple croisse ; ainsi fait-il, ayant repos, *biens et chevances*, peu de soldats et point de moines.

A présent, je dis le peuple paye, et nul ne me contredira. Si ce n'est là, monsieur, ce que vous avez écrit, c'est ce qu'il

fallait écrire, pour n'avoir point de dispute. Le peuple prie
est une thèse un peu sujette à examen. Le peuple paye est un
axiome de tout temps, de tout pays, de tout gouvernement.
Mais le peuple français sur ce point se distingue entre tous,
et se pique de payer largement, d'entretenir magnifiquement
ceux qui prennent soin de ses affaires, de quelque nation,
condition, mérite ou qualité qu'ils soient; aussi n'en manque-
t-il jamais. Quand tous ses gouvernants s'en allèrent un jour,
croyant lui faire pièce et le laisser en peine, d'autres se présentèrent qu'on ne demandait pas, et s'impatronisèrent; puis
les premiers revenant comme on y pensait le moins (avec
quelques voisins), grand conflit, grand débat, que le peuple
accommoda en les payant tous, et tous ceux qui s'étaient mêlés de l'affaire; tant il est de bonne nature; peuple charmant,
léger, volage, muable, variable, changeant, mais toujours
payant. Qui l'a dit? Je ne sais, Bonaparte ou quelque autre :
le peuple est fait pour payer; et lisez là-dessus, si vous en
êtes curieux, un chapitre du testament de ce grand cardinal
de Richelieu, dans lequel il examine, en profond politique et
en homme d'État, cette importante question : *Jusqu'à quel
point on doit permettre que le peuple soit à son aise.* Trop
d'aise le rend insolent; il faut le faire payer pour lui ôter ce
trop d'aise. Trop peu l'empêche de payer; il faut lui laisser
quelque chose, comme aux abeilles on laisse du miel et de la
cire. Il lui faut même encore, sans quoi il ne travaillerait,
n'amasserait ni ne payerait, un peu de liberté. Mais combien,
c'est là le point. M. Decazes nous le dira. En attendant, nous
lui payons, bon an, mal an, neuf cents millions, et s'il payait
comme nous tout ce qu'on lui demande, il aurait bien moins
de querelles.

A vrai dire aussi, on le chicane sur l'emploi de ces neuf
cents millions. Le meilleur usage qu'il en pût faire, ce serait,
selon moi, de les jouer au biribi, ou d'en entretenir des nymphes d'Opéra, à l'insu de madame la comtesse. Cela serait
tout à fait dans le bel air de la cour, et vaudrait mieux pour
nous que de le voir donner notre argent à des soldats qui
communient et nous *suicident* dans les rues, qui escortent la

procession et nous coupent le nez en passant; à des juges qui appliquent la loi si rudement aux uns, si doucement aux autres; à des prêtres qui ne nous enterrent que quand nous mourons à leur guise et en restituant. Il arriverait que bientôt, ne comptant plus sur ces gens-là, nous essayerions de nous en passer, de nous garder, de nous juger, de nous enterrer les uns les autres, et, en un besoin, de nous défendre nous-mêmes sans soldat; seul moyen, ce dit-on, d'être bien défendus, et tout en irait mieux. La cour passerait le temps gaiement, sans s'embarrasser de contenter les puissances étrangères. Voilà le conseil que je donne à M. Decazes, par la voie de votre journal. Mais M. Decazes ne vous lit point; il travaille avec Mademoiselle.

Au reste, il est bien vrai, monsieur, et vous avez raison de le dire, que nous sommes un peuple religieux, et plus que jamais aujourd'hui. Nous gardons les commandements de Dieu bien mieux depuis qu'on nous prêche moins. Ne point voler, ne point tuer, ne convoiter la femme ni l'âne, honorer père et mère, nous pratiquons tout cela mieux que n'ont fait nos pères, et mieux que ne font actuellement, non tous nos prêtres, mais quelques-uns revenus de lointain pays. *Rarement à courir le monde devient-on plus homme de bien;* mais un ecclésiastique, dans la vie vagabonde, prend d'étranges habitudes. Messire Jean Chouart était bonhomme, tout à son bréviaire, à ses ouailles; il était doux et humble de cœur, secourait l'indigent, confortait le dolent, assistait le mourant, il apaisait les querelles, pacifiait les familles : le voilà revenu d'Allemagne ou d'Angleterre, espèce de hussard en soutane, dont le hardi regard fait rougir nos jeunes filles, et dont la langue sème le trouble et la discorde; hardi, querelleur, cherchant noise; c'est un drôle qui n'a pas peur, tout prêt à faire feu sur les bleus au premier signe de son évêque. Tels sont nos prêtres de retour de l'émigration. Ils ont besoin de bons exemples et en trouveront parmi nous. Mais si nous sommes plus forts qu'eux sur les commandements de Dieu, ils nous en remontreront à leur tour sur les commandements de l'Église, qu'ils se rappellent mieux que nous, et dont le principal est,

4

je crois, donner tout son bien pour le ciel. *Vous me demandez,*
disait ce bon prédicateur Barlette, *comment on va en paradis?*
Les clochés du couvent vous le disent : donnez, donnez, donnez.
Le latin du moine est joli. *Vos quæritis a me, fratres caris-*
simi, quomodo itur ad paradisum? Hoc dicunt vobis campanæ
monasterii, dando, dando, dando.

LETTRE VII.

Vérctz, 20 décembre 1819.

Monsieur,

Chacun ici commente à sa manière le discours royal d'ouverture. Il y a des gens qui disent : On ne restaure point un
culte. Les *ruines d'une maison,* c'est le mot du bonhomme, *se*
peuvent réparer, non les ruines d'un culte. Dieu a permis que
l'Église romaine, depuis le temps de Léon X, déchût constamment jusqu'à ce jour. Elle ne périra point, parce qu'il est
écrit : *Les portes de l'enfer...*; mais sont-ce nos ministres qui
la doivent relever avec le télégraphe, ou M. de Marcellus avec
quelques grimaces? Pour restaurer le paganisme à Rome, les
empereurs firent tout ce qu'ils purent, et ils pouvaient beaucoup; ils n'en vinrent point à bout. Marie, en Angleterre, et
d'autres souverains, essayèrent aussi de restaurer l'ancien
culte; ils n'y réussirent pas, et même, comme on sait, mal
en prit à quelques-uns. En matière de religion, ainsi que de
langage, le peuple fait loi ; le peuple de tout temps a converti
les rois. Il les a faits chrétiens de païens qu'ils étaient ; de
chrétiens catholiques, schismatiques, hérétiques ; il les fera
raisonnables, s'il le devient lui-même ; il faut finir par là.

D'autres disent : Il y aurait moyen, si on le voulait tout de
bon, de rallumer le zèle dans les cœurs un peu tièdes pour la
vraie religion; le moyen serait de la persécuter : infaillible
recette, éprouvée mille fois, et même de nos jours. La religion

doit plus aux gens de 93 qu'à ceux de 1815. Si elle languit
encore, et s'il faut un peu d'aide au culte dominant, comme
l'assurent les ministres, la chose est toute simple. Au lieu de
gager les prêtres, mettez-les en prison et défendez la messe;
demain le peuple sera dévot, autant qu'il le peut être à présent qu'il travaille ; car l'abbé de La Mennais a dit une vérité :
Le mal de notre siècle, en fait de religion, ce n'est pas l'hérésie, l'erreur, les fausses doctrines ; c'est bien pis, c'est l'indifférence. La froide indifférence a gagné toutes les classes, tous
les individus, sans même en excepter l'abbé de La Mennais et
d'autres orateurs de la cause sacrée, qui ne s'en soucient pas
plus, et le font assez voir. Ces amis de l'autel ne s'en approc-
chent guère : *Je ne remarque point qu'ils hantent les églises.*
Quel est le confesseur de M. de Chateaubriand ? Certes ceux
qui nous prêchent ne sont pas des Tartufes, ce ne sont pas des
gens qui veuillent en imposer. A leurs œuvres on voit qu'ils
seraient bien fâchés de passer pour dévots, d'abuser qui que ce
soit : ils ont le masque à la main.

C'est toi qui l'as nommé, docte abbé : notre mal et le tien,
l'indifférence pour la religion. Il en a fait un livre, comme ces
médecins qui composent les traités sur une maladie dont eux-
mêmes sont atteints, et en raisonnent d'autant mieux. Il dit
en un endroit, et j'ai bonne mémoire : *Est-ce faute de zèle qu'on
ne dispute plus, ou faute de disputes qu'il n'y a plus de zèle ?*
Je trouve, quant à moi, que l'on dispute assez et que le zèle
ne manque pas ; mais depuis quelque temps il a changé d'objet : car, même dans ce qui s'écrit sur la religion maintenant,
de quoi est-il question ? De la présence réelle ? en aucune
façon. De la fréquente communion ? nullement. De la lumière
du Thabor, de l'immaculée conception, de l'accessibilité, de la
consubstantialité du Père et du Fils ? aussi peu. De quoi donc
s'agit-il ? Du revenu des prêtres, des biens vendus, de la dîme
et des bois du clergé, soit futaies ou taillis : voilà de quoi l'on
dispute. Ajoutez-y les donations, les legs par testament. l'argent, l'argent comptant, les espèces ayant cours : voilà ce qu
enflamme le zèle de nos docteurs, voilà sur quoi on argu-
mente; mais *de Caron, pas un mot.* Du dogme on n'en dit

rien ; il semble que là-dessus tout le monde soit d'accord ; **on** s'embarrasse peu que les cinq propositions soient ou ne soient pas dans le livre de Jansénius. Il est question de savoir si les évêques auront de quoi entretenir des chevaux, des laquais et des...

On demandait naguère au grand vicaire de S... : Quels sont vos sentiments sur la grâce efficace, sur le pouvoir que Dieu nous donne d'exécuter les commandements ? Comment accordez-vous avec le libre arbitre le *mandata impossibilia volentibus et conantibus?* Que pensez-vous de la suspension du sacrement dans les espèces, et croyez-vous qu'il en dépende, comme la substance de l'accident? — Je pense, répondit-il en colère, je pense à ravoir mon prieuré, et je crois que je le raurai.

C'est un homme à connaître que ce grand vicaire de S..., homme de bonne maison et d'excellente compagnie. On dit bien ; l'air aisé ne se prend qu'à l'armée. Il a tant vu le monde! sa vie est un roman. C'est lui dont l'aventure, à Londres, fit du bruit, quand sa jeune pénitente, belle fille vraiment, épousa le comte D***, officier de cavalerie. Au bout de quinze jours, la voilà qui accouche. Le mari se fâcha ; demandez-moi pourquoi? et l'abbé s'en alla, par prudence, en Bohême. Là, on le fit aumônier d'un régiment de Croates. Cette vie lui convenait. Sain, gaillard et dispos, se tenant aussi bien à cheval qu'à table, il disait bravement sa messe sur un tambour, et ne pouvait souffrir que de jeunes officiers restassent sans maîtresse, lorsqu'il connaissait des filles vertueuses qui n'avaient point d'amant. Obligeant, bon à tout, le quartier-maître un jour le prend pour secrétaire. Fort peu de temps après, la caisse se trouva, non comme la pénitente. Bref, l'abbé s'en alla encore cette fois; et de retour en France, depuis quelques années, **il** y prêche les bonnes mœurs et la restitution.

LETTRE VIII.

Véretz, 12 février 1820.

MESSIEURS,

Vous vous fâchez contre M. Decazes, et je crois que vous
avez tort. Il nous méprise, dites-vous. Sans doute cela n'est
pas bien. Mais d'abord, je vous prie, d'où le pouvez-vous savoir, que M. Decazes nous méprise? quelle preuve en avez-
vous? Il l'a dit. Belle raison! Vous jugez par ce qu'il dit de
ce qu'il pense. En vérité, vous êtes simples. Et s'il disait tout
le contraire, vous l'en croiriez? Il n'en faudrait pas davantage
pour vous persuader que M. le comte nous honore, nous estime et révère, et n'a rien tant à cœur que de nous voir contents. Un homme de cour agit-il, parle-t-il d'après sa pensée?
Il l'a dit, je le veux, plusieurs fois, publiquement et en pleine
assemblée, à la droite, à la gauche ; eh bien, que prouve cela?
qu'il entre dans ses vues, pour quelque combinaison de politique profonde que nous ignorons vous et moi, de parler de
la sorte, de se donner pour un homme qui fait peu de cas de
nous et de nos députés; qui craint Dieu et le congrès et n'a
point d'autre crainte ; se moque également de la noblesse et du
tiers, n'ayant d'égard que pour le clergé. Voilà certainement
ce qu'il veut qu'on croie de lui; mais de là à ce qu'il pense,
vous ne pouvez rien conclure, ni même former de conjectures,
fussiez-vous son intime ami, son confident, ou, mieux, son
valet de chambre. Car il n'est pas donné à l'homme de savoir
ce que pense un courtisan, ni s'il pense. *O altitudo!*
Vous n'avez donc nulle preuve, et n'en sauriez avoir, de
ces sentiments que vous attribuez au premier ministre; mais
quand vous en auriez, quand nous serions certains (comme, à
vous dire vrai, j'y vois de l'apparence) que M. Decazes au
fond n'a pas pour nous beaucoup de considération, faudrait-il
nous en plaindre et nous en étonner? Il nous voit si petits de

4.

ces hautes régions où la faveur l'emporte, qu'à peine il nous
distingue; il ne nous connaît plus; il ne se souvient plus des
choses d'ici-bas, ni d'avoir joué à la fossette. Et, en un autre
sens, M. Decazes est de la cour; il n'est pas de Paris, de
Gonesse ou de Rouen, comme, par exemple, nous sommes de
notre pays, chacun de son village, et tous Français; mais
lui : *La cour est mon pays, je n'en connais point d'autre;* et,
de fait, y en a-t-il d'autre? On le sait; dans l'idée de tous les
courtisans, la cour est l'univers; leur coterie, c'est le monde;
hors de là, c'est néant. La nature, pour eux, se borne à
l'œil-de-bœuf. La faveur, la disgrâce, le lever, le débotter,
voilà les phénomènes. Tout roule là-dessus. Demandez-leur
la cause du retour des saisons, du flux de l'Océan, du mouvement des sphères; c'est le petit coucher. Ainsi M. Decazes,
absorbé tout entier dans la contemplation de l'étiquette, des
présentations, du tabouret, des préséances, ne nous méprise
pas, à proprement parler, il nous ignore.

Mais soit, je veux, pour vous satisfaire, qu'il ait dit sa pensée, comme un homme du commun, naïvement, sans détour,
ainsi qu'il eût pu faire avant d'être ce qu'il est; qu'enfin, il
nous méprise dans le vrai sens du mot, ayant pour nous ce
dédain qu'à sa place montrèrent pour la gent gouvernée
Mazarin, Bonaparte, Alberoni, Dubois; je lui pardonne encore,
et comme moi, monsieur, vous lui pardonnerez, si vous faites
attention à ce que je vais vous dire. On juge par ce qu'on
voit de ce qu'on ne voit pas; du tout par la partie que l'on a
sous les yeux. Faiblesse de nos sens et de l'entendement humain! on juge d'une nation, d'une génération, de tous les
hommes par ceux avec qui l'on déjeune; et ce voyageur disait, apercevant l'hôtesse : Les femmes ici sont rousses.
Ainsi fait M. Decazes, ainsi faisons-nous tous. Cette nation
qu'il méprise, nous l'estimons; pourquoi? c'est qu'à nos yeux
s'offrent des gens dont la vie tout entière s'emploie à des
choses louables, et de qui l'existence est fondée sur le travail,
père des bonnes mœurs, la foi dans les contrats, la confiance
publique, l'observation des lois. Je vois des laboureurs aux
champs dès le matin, des mères occupées du soin de leur fa-

mille, des enfants qui apprennent les travaux de leur père, et
je dis (supposant qu'ils jeûnent le carême) : Il y a d'honnêtes gens. Vous voyez à la ville des savants, des artistes,
l'honneur de leur patrie, de riches fabricants, d'habiles artisans, dont l'industrie chez nous, secondée par la nature, lutte
contre les taxes et les encouragements ; une jeunesse passion-
née pour tous les genres d'études et de belles connaissances,
instruite, non par ses docteurs, de ce qu'il importe le plus à
l'homme de savoir, et mieux inspirée qu'enseignée sur le véritable devoir : vous n'avez garde, je crois, de mal penser des
Français, de mépriser cette nation, la connaissant par là.
Mais le comte Decazes, par où nous connait-il? et que voit-
il? La cour.

Mazarin, étant roi, disait familièrement aux grands qui
l'entouraient : « *Affe* (dans son langage demi-*trasteverin*),
vous m'aviez bien trompé, *signori Francesi*, avant que j'eusse
l'honneur de vous voir, comme je fais. Que je sois *impiso*, si
je me doutai d'abord de votre caractère. Je vous trouvais un
air de fierté, de courage, de générosité. Non, je ne plaisante
point : je vous croyais du cœur. Je m'en souviens très-bien,
quoiqu'il y ait longtemps. » Ceci est dit notable, et vient à
mon propos. Jules *Mazarini*, arrivant de son pays avec peu
d'équipage et petit compagnon, estime les Français, parce
qu'il voit la nation ; devenu cardinal, ministre, il les méprise,
parce qu'il voit la cour, et cependant la cour alors était
polie.

Je ne la vois pas, moi ; de ma vie je ne l'ai vue, ni ne la
verrai, j'espère, mais j'en ai ouï parler à des gens instruits.
Les témoignages s'accordent, et par tous ces rapports, autant
que par calcul, méthode géodésique et trigonométrique, je
suis parvenu, monsieur, à connaître la cour mieux que ceux
qui n'en bougent ; comme on dit que d'Anville, n'étant jamais
sorti, je crois, de son cabinet, connaissait mieux l'Égypte que
pas un Égyptien ; et d'abord, je vous dirai, ce qui va vous
surprendre et que je pense avoir le premier reconnu : la cour
est un lieu bas, fort bas, fort au-dessous du niveau de la nation. Si le contraire paraît, si chaque courtisan se croit, par

sa place, et semble élevé plus ou moins, c'est erreur de la
vue, ce qu'on nomme proprement *illusion optique*, aisée à
démontrer : soit A le point où se trouve M. Decazes à cette
heure (haut selon l'apparence, comme serait un cerf-volant,
dont le fil répondrait aux Tuileries, à Londres ou à Vienne,
peu importe), B le point le plus bas appelé point de chute, où
gît M. Benoît *avec l'abbé de Pure*, entendez bien ceci, car le
reste en dépend : le rayon visuel passant d'un milieu rare et
pur, celui où nous vivons, dans un milieu plus dense, l'atmo-
sphère fumeuse et chargée de miasmes de la cour, nécessairement il y a réfraction ; ce qui paraît dessus est en effet dessous.
Vous comprenez maintenant ; ou, s'il vous demeurait quelque
difficulté, consultez les savants, le marquis de Laplace, le
chevalier Cuvier ; ces gentilshommes, à moins qu'ils n'aient
oublié toute leur géométrie en apprenant le blason et l'étiquette, vous sauront dire de combien de degrés la cour est
au-dessous de l'horizon national ; et, remarquez aussi, tout
notre argent y va, tout, jusqu'au moindre sou ; jamais n'en
revient à nous rien. Je vous le demande, notre argent, chose
pesante de soi, tendante en bas ! M. Decazes, quelque adroit
et soigneux qu'on le suppose de tirer à soi tout, saurait-il si
bien faire qu'il ne lui en échappe entre les doigts quelque peu,
qui, par son seul poids, nous reviendrait naturellement si
nous étions au-dessous ? telle chose jamais n'arrive, jamais
n'est arrivée. Tout s'écoule, s'en va toujours de nous à lui :
donc il y a une pente ; donc nous sommes en haut, M. Decazes en bas, conséquence bien claire ; et la cour est un trou,
non un sommet, comme il paraît aux yeux du stupide vulgaire.

  Ne sait-on pas d'ailleurs que c'est un lieu fangeux, *où la
vertu respire un air empoisonné*, comme dit le poëte, et aussi
ne demeure guère. Ce qui s'y passe est connu ; on y dispute
des prix de différentes sortes et valeurs dont le total s'élève
chaque année à plus de huit cent millions. Voilà de quoi ex-
citer l'émulation sans doute ; et l'objet de ces prix ancienne-
ment fondés, depuis peu renouvelés, accrus, multipliés par
Napoléon le Grand, c'est de favoriser et de récompenser avec

une royale munificence toute espèce de vice, tout genre de corruption. Il y en a pour le mensonge et toutes ses subdivisions, comme flatterie, fourberie, calomnie, imposture, hypocrisie, et le reste. Il y en a pour la bassesse beaucoup et de fort considérables, non moins pour la sottise, l'ineptie, l'ignorance; d'autres pour l'adultère et la prostitution, les plus enviés de tous, dont un seul fait souvent la grandeur d'une famille. Mais pour ceux-là, ce sont les femmes qui concourent; on couronne les maris; du reste, point de faveur, de préférence injuste; la palme est au plus vil, l'honneur au plus rampant, sans distinction de naissance; ainsi le veut la Charte, et le roi l'a jurée. C'est un droit garanti par la constitution, acheté de tout le sang de la révolution; le vilain peut prétendre à vivre et s'enrichir comme le gentilhomme sans industrie, talents, mœurs ni probité, dont la noblesse enrage, et sur cela réclame ses antiques priviléges.

Tout le monde cependant use du droit acquis comme si on craignait de n'en pas jouir longtemps. Chacun se lance; non : à la cour, on se glisse, on s'insinue, on se pousse. Il n'est fils de bonne mère qui n'abandonne tout pour être présenté, faire sa révérence avec l'espoir fondé, si elle est agréée, d'emporter pied ou aile, comme on dit, du budget, et d'avoir part aux grâces. Les grâces à la cour pleuvent soir et matin; et une fois admis, il faudrait être bien brouillé avec le sort, avoir bien peu de souplesse, ou une femme bien sotte, pour ne rien attraper, lorsqu'on est alerte, à l'épreuve des dégoûts, et qu'on ne se rebute pas. Sans humeur, sans honneur; c'est le mot, la devise : *Quiconque ne sait pas digérer un affront....*

Alerte, il le faut être. Bien des gens croient la cour un pays de fainéants, où, dès qu'on a mis le pied, la fortune vous cherche, les biens viennent en dormant; erreur. Les courtisans, il est vrai, ne font rien; nulle œuvre, nulle besogne qui paraisse. Toutefois, les forçats ont moins de peine, et le comte de Sainte-Hélène dit que les galères, au prix, sont un lieu de repos. Le laboureur, l'artisan, qui chaque soir prend somme, et répare la nuit les fatigues du jour, voilà de vrais paresseux. Le courtisan jamais ne dort, et l'on a calculé mathématiquement que la moitié des soins perdus dans les antichambres, la moitié des travaux, des efforts, de la constance nécessaires pour seulement parler à un sot en place, suffirait, employée à des objets utiles, pour décupler en France les produits de l'industrie, et porter tous les arts à un point de perfection dont on n'a nulle idée.

Mais la patience surtout, la patience aux gens de cour, est ce qu'est aux fidèles la charité, tient lieu de tout autre mérite. *Monseigneur, j'attendrai*, dit l'abbé de Bernis au ministre qui lui criait : *Vous n'aurez rien*, et le chassait, le poussait dehors par les épaules. J'en sais qui sur cela eussent pris leur parti, cherché quelque moyen de se passer de monseigneur, de vivre par eux-mêmes, comme le cocher de fiacre : *La cour me blâme, je m'en...* ; c'est-à-dire : je travaillerai. Ignoble mot, langage de roturier né pour toujours l'être. Le gentilhomme de Louis XVI, noble de race, dit *j'attendrai*. Le gentilhomme de Bonaparte, noble par grâce, dit *j'attendrons*. Et tous deux se prennent la main, s'embrassent, amis de cour !

LETTRE IX.

Véretz, 10 mars 1820.

MONSIEUR ,

C'est l'imprimerie qui met le monde à mal. C'est la lettre moulée qui fait qu'on assassine depuis la création ; et Caïn lisait les journaux dans le paradis terrestre. Il n'en faut point douter ; les ministres le disent, les ministres ne mentent pas, à la tribune surtout.

Que maudit soit l'auteur de cette damnable invention, et, avec lui, ceux qui en ont perpétué l'usage, ou qui jamais apprirent aux hommes à se communiquer leurs pensées !

pour telles gens l'enfer n'a point de chaudières assez bouil-
lantes. Mais remarquez, monsieur, le progrès toujours croissant de la perversité. Dans l'état de nature célébré par Jean-
Jacques avec tant de raison, l'homme exempt de tout vice et
de la corruption des temps où nous vivons, ne parlait point,
mais criait, murmurait ou grognait, selon ses affections du
moment. Il y avait plaisir alors à gouverner. Point de pamphlets, point de journaux, point de pétitions pour la charte,
point de réclamations sur l'impôt. Heureux âge qui dura trop
peu !

Bientôt des philosophes, suscités par Satan pour le ren-
versement d'un si bel ordre de choses, avec certains mouvements de la langue et des lèvres, articulèrent des sons, pro-
noncèrent des syllabes. Où étais-tu, Séguier? Si on eût
réprimé dès le commencement ces coupables excès de l'esprit
anarchique, et mis au secret le premier qui s'avisa de dire
ba be bi bo bu, le monde était sauvé ; l'autel sur le trône, ou
le trône sur l'autel, avec le tabernacle affermis pour jamais,
en aucun temps il n'y eût eu de révolutions. Les pensions,
les traitemens, augmenteraient chaque année. La religion, les
mœurs... Ah ! que tout irait bien ! Nymphes de l'Opéra, vous
auriez part encore à la mense abbatiale et au revenu des
pauvres. Mais fait-on jamais rien à temps? Faute de mesures
préventives, il arriva que les hommes parlèrent, et tout aussitôt commencèrent à médire de l'autorité, qui ne le trouva pas
bon, se prétendit outragée, avilie, fit des lois contre les abus
de la parole; la liberté de la parole fut suspendue pour trois
mille ans, et, en vertu de cette ordonnance, tout esclave qui
ouvrait la bouche pour crier sous les coups ou demander du
pain était crucifié, empalé, étranglé, au grand contentement
de tous les honnêtes gens. Les choses n'allaient point mal
ainsi, et le gouvernement était considéré.

Mais, quand un Phénicien (ce fut, je m'imagine, quelque
manufacturier, sans titre, sans naissance) eut enseigné aux
hommes à peindre la parole, et fixer par des traits cette voix
fugitive, alors commencèrent les inquiétudes vagues de ceux
qui se lassaient de travailler pour autrui, et en même temps

le dévouement monarchique de ceux qui voulaient a toute force qu'on travaillât pour eux. Les premiers mots tracés furent *liberté, loi, droit, équité, raison*; et dès lors on vit bien que cet art ingénieux tendait directement à rogner les pensions et les appointemens. De cette époque datent les soucis des gens en place, des courtisans.

Ce fut bien pis, quand l'homme de Mayence (aussi peu noble, je le crois, que celui de Sidon) à son tour eut imaginé de serrer entre deux ais la feuille qu'un autre fit de chiffons réduits en pâte; tant le démon est habile à tirer parti de tout pour la perte des âmes! L'Allemand, par tel moyen, multipliant ces traits de figures tracées qu'avait inventées le Phénicien, multiplia d'autant les mots que fait la pensée. O terrible influence de cette race qui ne sert ni Dieu, ni le roi, adonnée aux sciences mondaines, aux viles professions mécaniques! engeance pernicieuse, que ne ferait-elle pas si on la laissait faire, abandonnée sans frein à ce fatal esprit de connaître, d'inventer et de perfectionner! Un ouvrier, un misérable ignoré dans son atelier, de quelques guenilles fait une colle, et, de cette colle, du papier qu'un autre rêve de gaufrer avec un peu de noir; et voilà le monde bouleversé, les vieilles monarchies ébranlées, les canonicats en péril. Diabolique industrie! rage de travailler, au lieu de chômer les saints et de faire pénitence! Il n'y a de bons que les moines, comme dit M. de Coussergue, la noblesse présentée, et messieurs les laquais. Tout le reste est perverti, tout le reste raisonne, ou bientôt raisonnera. Les petits enfants savent que deux et deux font quatre. *O tempora! ô mores!* O M. Clauzel de Coussergue, ô Marcassus de Marcellus!

Tant il y a qu'il n'y a plus qu'un moyen de gouverner, surtout depuis qu'un autre émissaire de l'enfer a trouvé cette autre invention de distribuer chaque matin à vingt ou trente mille abonnés une feuille où se lit tout ce que le monde dit et pense, et les projets des gouvernants et les craintes des gouvernés. Si cet abus continuait, que pourrait entreprendre la cour, qui ne fût contrôlé d'avance, examiné, jugé, critiqué, apprécié? Le public se mêlerait de tout, voudrait fourrer

dans tout son petit intérêt, compterait avec la trésorerie, sur-
veillerait la haute police, et se moquerait de la diplomatie.
La nation enfin ferait marcher le gouvernement, comme un
cocher qu'on paie, et qui doit nous mener, non où il veut, ni
comme il veut, mais où nous prétendons aller, et par le chemin qui nous convient; chose horrible à penser, contraire au
droit divin et aux capitulaires.

Mais, comme si c'était peu de toutes ces *machinations*
contre les bonnes mœurs, la grande propriété et les priviléges
des hautes classes, voici bien autre chose. On mande de Berlin que le docteur Kirkausen, fameux mathématicien, a depuis
peu imaginé de nouveaux caractères, une nouvelle presse ma-
niable, légère, mobile, portative, à mettre dans la poche,
expéditive surtout, et dont l'usage est tel, qu'on écrit comme
on parle, aussi vite, aisément : c'est une *tachitypie*. On peut,
dans un salon, sans que personne s'en doute, imprimer tout
ce qui se dit, et, sur le lieu même, tirer à mille exemplaires
toute la conversation, à mesure que les acteurs parlent. La
plume, de cette façon, ne servira presque plus, va devenir
inutile. Une femme, dans son ménage, au lieu d'écrire le
compte de son linge à laver, ou le journal de sa dépense,
l'imprimera, dit-on, pour avoir plus tôt fait. Je vous laisse à
penser, monsieur, quel déluge va nous inonder, et ce que
pourra la censure contre un pareil débordement. Mais on
ajoute, et c'est le pis pour quiconque pense bien ou touche
un traitement, que la combinaison de ces nouveaux caractères est si simple, si claire, si facile à concevoir, que l'homme
le plus grossier apprend en une leçon à lire et à écrire. Le
docteur en a fait publiquement l'expérience avec un succès
effrayant; et un paysan qui, la veille, savait à peine compter
ses doigts, après une instruction de huit à dix minutes, a
composé et distribué aux assistants un petit discours, fort
bien tourné, en bon allemand, commençant par ces mots.
Despotés ho nomos; c'est-à-dire, comme on me l'a traduit :
La loi doit gouverner. Où en sommes-nous, grand Dieu ! qu'al-
lons-nous devenir! Heureusement l'autorité avertie a pris des
mesures pour la sûreté de l'État : les ordres sont donnés;

5

toute la police de l'Allemagne est à la poursuite du docteur, avec un prix de cent mille florins à qui le livrera mort ou vif, et l'on attend à chaque moment la nouvelle de son arrestation. La chose n'est pas de peu d'importance ; une pareille invention, dans le siècle où nous sommes, venant à se répandre, c'en serait fait de toutes les bases de l'ordre social ; il n'y aurait plus rien de caché pour le public. Adieu les ressorts de la politique : intrigues, complots, notes secrètes ; plus d'hypocrisie qui ne fût bientôt démasquée, d'imposture qui ne fût démentie. Comment gouverner après cela ?

LETTRE X.

Véretz, 10 avril 1820.

Je trouve comme vous, monsieur, que nos orateurs ont fait merveille pour la liberté de la presse. Rien ne se peut imaginer de plus fort ni de mieux pensé que ce qu'ils ont dit à ce sujet, et leur éloquence me ravit, en même temps que sur bien des choses j'admire leur peu de finesse. L'un, aux ministres qui se plaignent de la licence des écrits, répond que la famille royale ne fut jamais si respectée, qu'on n'imprime rien contre le roi. En bonne foi, il faut être un peu de son département pour croire qu'il s'agit du roi, lorsqu'on crie *vengez le roi*. Ainsi ce bonhomme, au théâtre, voyant représenter le *Tartufe*, disait : Pourquoi donc les dévots haïssent-ils tant cette pièce ? il n'y a rien contre la religion. L'autre, non moins naïf, s'étonne, trouve que partout tout est tranquille, et demande de quoi on s'inquiète. Celui-là certes n'a point de place, et ne va pas chez les ministres ; car il y verrait que le monde (le monde, comme vous savez, ce sont les gens à places), bien loin d'être tranquille, est au contraire fort troublé par l'appréhension du plus grand de tous les désastres, la diminution du budget, dont le monde en effet est menacé, si le gouvernement n'y apporte remède. C'est à éloigner ce fléau que tendent ses soins paternels, bénis de Dieu jusqu'à ce jour. Car, depuis cinq ou six cents ans, le budget, si ce n'est à quelques époques de Louis XII et de Henri IV, a continuellement augmenté, en raison composée, disent les géomètres, de l'avidité des gens de cour et de la patience des peuples.

Mais, de tous ceux qui ont parlé dans cette occasion, le plus amusant, c'est M. Benjamin Constant, qui va dire aux ministres : Quoi! point de journaux libres? point de papiers publics (ceux que vous censurez sont à vous seuls)? Comment saurez-vous ce qui se passe? vos agents vous tromperont, se moqueront de vous, vous feront faire mille sottises, comme ils faisaient avant que la presse fût libre. Témoin l'affaire de Lyon. Car, qu'était-ce, en deux mots? On vous mande qu'il y a là une conspiration. Eh bien, qu'on coupe les têtes, répondîtes-vous d'abord, bonnement. L'ordre part ; et puis, par réflexion, vous envoyez quelqu'un savoir un peu ce que c'est. Le moindre journal libre vous l'eût appris à temps, bien mieux qu'un maréchal et à bien moins de frais. Que sûtes-vous par le rapport de votre envoyé? peu de chose. A la fin on imprime, tout devient public, et il se trouve qu'il n'y a point eu de conspiration. Cependant les têtes étaient coupées. Voilà un furieux pas de clerc, une bévue qui coûte cher, et que la liberté des journaux vous eût certainement épargnée. De pareilles âneries font grand tort, et voilà ce que c'est que d'enchaîner la presse.

Là-dessus, dit-on, le ministère eut peine à se tenir de rire ; et M. Pasquier, le lendemain, s'égaya aux dépens de l'honorable membre, non sans cause. Car on pouvait dire à M. Benjamin Constant : Oui, les têtes sont à bas, mais monseigneur est duc ; il n'en faut plus qu'autant, le voilà prince de plein droit. Les bévues des ministres coûtent cher, il est vrai, mais non pas aux ministres. Mieux vaut tuer un marquis, disent les médecins, que guérir cent vilains : cela vaut mieux pour le médecin ; pour les ministres non ; mieux vaut tuer les vilains, et, selon leurs conséquences, les fautes changent de nom. Contenter le public, s'en faire estimer est fort bien ; il n'y a nul mal assurément, et Laffitte a raison de se conduire comme il fait, parce qu'il a besoin, lui, de l'estime, de la confiance publique, étant homme de négoce, roturier, non pas duc. Mais le point pour un ministre, c'est de rester ministre ; et, pour cela, il faut savoir, non ce qui s'est fait à Lyon, mais ce qui s'est dit au lever, dont ne parlent pas les journaux. La presse étant libre, il n'y a point de conspiration, dites-vous, messieurs de gauche. Vraiment on le sait bien. Mais, sans conspiration, comment sauver l'État, le trône, la monarchie ? et que deviendraient les agents de sûreté, de surveillance ? Comme le scandale est nécessaire pour la plus grande gloire de Dieu, aussi sont les conspirations pour le maintien de la haute police. Les faire naître, les étouffer, charger la mine, l'éventer, c'est le grand art du ministère ; c'est le fort et le fin de la science des hommes d'État ; c'est la politique transcendante chez nous perfectionnée depuis peu par d'excellents hommes en ce genre, que l'Anglais jaloux veut imiter et contrefait, mais grossièrement. N'y ayant ni complots, ni machinations, ni ramifications, que voulez-vous qu'un ministre fasse de son génie et de son zèle pour la dynastie ? Quelle intrigue peut-on entamer avec espoir de la mener à bien, si tout est affiché le même jour ? Quelle trame saurait-on mettre sur le métier ? Les journaux apprennent aux ministres ce que le public dit, chose fort indifférente ; ils apprennent au public ce que les ministres font, chose fort intéressante, ou ce qu'ils veulent faire, encore meilleur à savoir. Il n'y a nulle parité ; le profit est tout d'une part. Outre que les ministres, dès qu'on sait ce qu'ils veulent faire, aussitôt ne le peuvent ou ne le veulent plus faire. Politique connue, politique perdue ; affaires d'État, secrets d'État, secrétaires d'État !... Le secret, en un mot, est l'âme de la politique, et la publicité n'est bonne que pour le public.

Voilà une partie de ce qu'on eût pu répondre aux orateurs de gauche, admirables d'ailleurs dans tout ce qu'ils ont dit pour la défense de nos droits, et forts sur la logique autant qu'imperturbables sur la dialectique. Leurs discours seront des monuments de l'art de discuter, d'éclaircir la question ;

réfuter les sophismes, analyser, approfondir. Courage, mes amis, courage, les ministres se moquent de nous ; mais nous raisonnons bien mieux qu'eux. Ils nous mettent en prison, et nous y consentons ; mais nous les mettons dans leur tort, et ils y consentent aussi. Que cette poignée de protégés du général Foy nous lie, nous dépouille, nous égorge ; il sera toujours vrai que nous les avons menés de la belle manière ; nous leur avons bien dit leur fait, sagement toutefois, prudemment, décemment. La décence est de rigueur dans un gouvernement constitutionnel.

Mais ce qui m'étonne de ces harangues si belles dans le *Moniteur*, si bien déduites, si frappantes par le raisonnement, qu'il ne semble pas qu'on puisse répliquer un mot ; ce qui me surprend, c'est de voir le peu d'effet qu'elles produisent sur les auditeurs. Nos Cicérons, avec toute leur éloquence, n'ont guère persuadé que ceux qui, avant de les entendre, étaient de leur avis. Je sais la raison qu'on en donne : ventre n'a point d'oreilles, et il n'est pire sourd... Vous dirai-je ma pensée ? Ce sont d'habiles gens, sages et bien disants, orateurs, en un mot ; mais ils ne savent pas faire usage de l'apostrophe, une des plus puissantes machines de la rhétorique, ou n'ont pas voulu s'en servir dans le cours de ces discussions, par civilité, je m'imagine, par ce même principe de décence, preuve de la bonne éducation qu'ils ont reçue de leurs parents ; car l'apostrophe n'est pas polie ; j'en demeure d'accord avec M. de Corday. Mais aussi trouvez-moi une tournure plus vive, plus animée, plus forte, plus propre à remuer une assemblée, à frapper le ministère, à étonner la droite, à émouvoir le ventre ? L'apostrophe, monsieur, l'apostrophe, c'est la mitraille de l'éloquence. Vous l'avez vu, quand Foy, artilleur de son métier... Sans l'apostrophe, je vous défie d'ébranler une majorité, lorsque son parti est bien pris. Essayez un peu d'employer avec des gens qui ont dîné chez M. Pasquier, le syllogisme et l'enthymème. Je vous donne toutes les figures de Quintilien, tous les tropes de Dumarsais et tout le sublime de Longin ; allez attaquer avec cela un M. Poyféré de Cerre. Poussez à Marcassus, poussez à Mar-

cellus la métaphore, l'antithèse, l'hypotypose, la catachrèse ;
polissez votre style et choisissez vos termes ; à la force du
sens unissez l'harmonie infuse dans vos périodes, pour
charmer l'oreille d'un préfet, ou porter le cœur d'un ministre
à prendre pitié de son pays,

> Vous serez étonné, quand vous serez au bout,
> De ne leur avoir rien persuadé du tout.

Pas un seul ne vous écoutera ; vous verrez la droite bâiller,
le ministère se moucher, le ventre aller à ses affaires. Mais
que Foy, dans ce moment de verve applaudi de toute la
France, prélude une espèce d'apostrophe, sans autrement,
peut-être, y penser, on dresse l'oreille aussitôt, l'alarme est
au camp, les muets parlent, tout s'émeut ; et, s'il eût continué
sur ce ton (mais il aima mieux rendre hommage aux classes
élevées), s'il eût pu soutenir ce style, la scène changeait ;
M. Pasquier, surpris comme un fondeur de cloches, eût remis
ses lois dans sa poche ; et moi, petit propriétaire, ici je
taillerais ma vigne, sans crainte des honnêtes gens. O puissance de l'apostrophe !

C'est, comme vous savez, une figure au moyen de laquelle
on a trouvé le secret de parler aux gens qui ne sont pas là, de
lier conversation avec toute la nature, interroger au loin
les morts et les vivants. *Ou ma tous en Marathôni*, s'écrie
Démosthène en fureur. Cet *ou ma tous* est d'une grande force,
et Foy l'eût pu traduire ainsi : Non, par les morts de Waterloo, qui tombèrent avec la patrie ; non, par nos blessures
d'Austerlitz et de Marengo, non jamais de tels misérables...
Vous concevez l'effet d'une pareille figure poussée jusqu'où
elle peut aller, et dans la bouche d'un homme comme Foy ;
mais il aima mieux embrasser les auteurs des notes secrètes.

Moi, si j'eusse été là (c'est mon fort que l'apostrophe, et je
ne parle guère autrement, je ne dis jamais : *Nicole, apporte-
moi mes pantoufles* ; mais je dis : *O mes pantoufles : et toi,*

Nicole, et toi !...), si j'eusse été là, député des classes inférieures de mon département, quand on proposa cette question
de la liberté de la presse, j'aurais pris la parole ainsi :

Mylord Castlereagh, mêlez-vous de vos affaires ; pour Dieu,
Herr Metternich, laissez-nous en repos ; et vous, *Mein lieber
Hardenberg*, songez à bien cuire vos *sauerkraut*.

Ou je me trompe, ou cette tournure eût fait effet sur l'assemblée, eût éveillé son attention, premier point pour persuader, premier précepte d'Aristote. Il faut se faire écouter,
dit-il, et c'est à quoi n'ont pas pensé nos députés de gauche ;
à employer quelque moyen, tel qu'en fournit l'art oratoire
pour avoir audience de l'assistance. Autre chose ne leur a
manqué ; car du langage, ils en avaient, et des raisons, ils
l'ont fait voir ; de l'invention et du débit, et avec tout cela
n'ont su se faire écouter, faute de quoi ? d'apostrophes, de
ces vives apostrophes aux hommes et aux dieux, dans le goût
des anciens. Sans laisser au ventre le temps de se rendormir,
j'aurais continué de la sorte :

Excellents ministres des hautes puissances étrangères, ne
vous fiez pas trop à vos amis de deçà. Ils vous en font accroire avec leurs notes secrètes ; non que je les soupçonne
de vouloir vous trahir. Ce sont d'honnêtes gens, fidèles, sur
lesquels vous pouvez compter, dont les services vous sont
acquis, et la reconnaissance assurée pour jamais, incapables
de manquer à ce qu'ils vous ont promis, d'oublier ce qu'ils
vous doivent. J'entends par là, seulement, qu'ils s'abusent et
vous trompent avec le zèle le plus pur pour vos excellences
étrangères. Venez, il y fait bon ; accourez, vous disent-ils.
Cette nation est lâche. Ce ne sont plus ces Français, la terreur de l'Europe, l'admiration du monde. Ils furent grands,
fiers, généreux. Mais domptés aujourd'hui, abattus, mutilés,
distournés par Napoléon, ils se laissent ferrer et monter à
tous venants ; il n'est bât qu'ils refusent, coups dont ils se
ressentent, ni joug trop humiliant pour eux. Quand d'abord
nous revînmes derrière vous dans ce pays, nous les appré-
hendions ; ce nom, cette gloire, nous en imposaient, et longtemps nous n'osâmes les regarder en face. Mais à présent

nous les bravons, chaque jour nous les insultons, et non-seulement ils le souffrent, mais, le croiriez-vous, ils nous craignent ; nous, que vous avez vus dans l'opprobre, la fange, rebutés partout, signalés parmi les espions, les escrocs, à toutes les polices de l'Europe, nous sommes ici l'épouvantail de ceux qui vous firent trembler ; et c'est de nous qu'on les menace, lorsqu'on veut qu'ils obéissent. Venez donc, accourez ; butin sûr, proie facile et tributs vous attendent ; ou ne bougez ; fiez-vous à nous. Avec sept hommes, nous nous chargeons de tondre et d'écorcher le Français pour votre compte, moyennant part dans la dépouille ; et récompense, comme de raison.

Voilà ce qu'ils vous mandent par M. de Montlosier. Gardez-vous de les croire, puissances étrangères, ne les écoutez *mie*, car ils vous mèneraient loin. Leurs notes ne sont pas mot d'Évangile. Demandez à Fouché ce qu'il en pense, et combien de fois lui-même a été pris pour dupe, lorsqu'il croyait, par leur moyen, en attraper d'autres. Il faut l'avouer néanmoins, il y a du vrai dans ce qu'ils vous disent. Nous souffrons des choses... des gens... Quinze ans de galère, tranchons le mot, ont abaissé notre humeur fière, et sont cause que nous endurons vos correspondants ; ce qui à bon droit les étonne. Cependant par bonheur, échappés du bagne de Napoléon, nous avons des hommes encore, et ne sommes pas sans quelque vigueur ; témoin tant de machines qu'on emploie pour nous empêcher de faire acte de virilité, à quoi même on ne réussit pas. Préfets, télégraphes, gendarmes, censure, loi des suspects, rien n'y sert ; missionnaires, jésuites, aumôniers, y perdent leur peu de latin : et l'on a beau prêcher, menacer, caresser, promettre, destituer, dès qu'il s'agit d'élire, les choix tombent sur des hommes. Soit hasard ou malice, en voilà cent quinze de compte fait dans une seule chambre où il y en aurait bien plus, n'était ce qui s'y introduit de la cour et des antichambres ministérielles. Anglais, dont on nous vante ici *l'esprit public*, ayant fait ce mot, vous avez la chose sans doute ; mais, en bonne foi, croyez-vous vos ministres fort empêchés à écarter de leur chemin les citoyens incor-

ruptibles, à se débarrasser de ces gens que rien ne peut gagner, qui ne composent point, ne connaissent que leur mandat, et ne voient de bien pour eux que dans le bien commun
de tous, préférant l'estime publique aux places offertes ou
acquises, aux rangs, aux honneurs, à l'argent, et, que sert de
le dire? à la vie, moins chère, moins nécessaire aux hommes,
sans quoi les verrait-on en faire si bon marché? Aurions-
nous vu, dans le cours de nos révolutions, tant d'âmes à l'é-
preuve du péril, si peu à l'épreuve de l'or et des discussions,
et souvent le plus brave soldat être le plus lâche courtisan,
s'il n'était vrai qu'on aime les biens et les honneurs plus que
la vie? Celui qui meurt pour son pays fait moins que celui
qui refuse de gouverner contre les lois. Or, de telles gens,
nous en avons ; nous avons de ces hommes qui savent rendre
un portefeuille, mépriser une préfecture, une direction de la
Banque, et qui, avant de vous livrer, messieurs du congrès,
cette terre, soit à vous, soit à vos féaux, y périront, eux et
bien d'autres : car tout le peuple est avec eux, non tel qu'on
vous le dépeint, faible, abattu, timide. Cette nation n'est
point avilie : par vous provoquée au combat, usant de la victoire, elle vous fit esclaves et le fut avec vous, parce qu'autrement ne se peut. Insensé qui croit asservir et se dispenser
d'obéir ; mais, rompue la chaîne commune, il vous en reste
plus qu'à nous.

Ne vous hâtez donc point, n'accourez pas si vite, ne cédez
pas sitôt aux vœux qui vous appellent, et ne croyez point
trop aux promesses qu'on vous fait, de peur, en arrivant, de
trouver du mécompte ; car voici, en peu de mots, comment
vous serez reçus, si vous venez ici au secours du parti habile,
fort et nombreux.

Les missionnaires prêcheront pour vous, les religieuses du
Sacré-Cœur prieront Dieu, non de vous convertir, mais de
vous amener à Paris, et lèveront au ciel leurs innocentes
mains en faveur des Pandours, supplieront en mauvais latin
le Seigneur infiniment miséricordieux d'exterminer la race
impie, de livrer à la fureur du glaive les ennemis de son saint
nom, c'est-à-dire ceux qui refusent la dîme, et d'écraser

5.

contre la pierre les têtes de leurs enfants. Mais malheureusement tout n'est pas moines chez nous.

　La nation (laissons là cette classe élevée pour qui le général
Foy a tant d'estime depuis qu'il ne la protége plus, poignée
de fidèles tout à vous, qui ne peut se passer de vous, et n'a
de patrie qu'avec vous), la nation se divise en nobles et vilains : des nobles, les uns le sont par la grâce de Dieu, les
autres par le bon plaisir de Napoléon. Lequel vaut mieux?
on ne sait. Ce sont deux corps qui s'estiment, dit Foy, réci-
proquement, s'admirent, et volontiers prennent des airs l'un
de l'autre. La Tulipe, homme de cour, a quitté son briquet
pour se faire talon rouge : c'est maintenant, on le peut dire,
un cavalier parfait, rempli de savoir-vivre et de délicatesse :
on n'a pas meilleur ton que monsieur ou monseigneur le
comte de la Tulipe. Et voilà Dorante hussard; depuis quand?
depuis la paix. Sentant la caserne, si ce n'est peut-être le
bivouac. Sous le fardeau de deux énormes épaulettes, il jure
comme Lannes, bat ses gens comme Junot, et, faute de blessures, il a des rhumatismes, fruit de la guerre, entendez-vous,
de ses campagnes de Hyde-Park et de Bond-Street; épe-
ronné, botté, prêt à monter à cheval, il attend le boute-selle.
L'esprit de Bonaparte n'est pas à Sainte-Hélène, il est ici
dans les hautes classes. On rêve, non les conquêtes, mais la
grande parade; on donne le mot d'ordre, on passe des revues,
on est fort satisfait. Un grand ne va point p.....r sans son
état-major et le p..... d. M..... couche en bonnet de police.
La vieille garde cependant grasseye et porte des odeurs.

　Telle est l'admiration qu'ont les uns pour les autres ces
gens de deux régimes en apparence contraires. Ils s'imitent,
se copient. Ni les uns ni les autres ne vous donneront d'embarras. Vous trouverez des manières dans l'ancienne noblesse,
et dans la nouvelle des formes. Les seigneurs vous accueille-
ront avec cette grâce vraiment française et cette politesse
chevaleresque, apanage de la haute naissance. Nos aimables
barons, formés sur le modèle d'Elléviou, vous enseigneront
la belle tenue de l'état-major de Berthier et l'étiquette des
maréchaux, sans oublier le dévouement, l'enthousiasme, le

feu sacré. Tout ce qui est issu de race, ou destiné à faire race, s'accommode sans peine avec vous. Ces gens qui tant de fois ont juré de mourir ; ces gens toujours prêts à verser leur sang jusqu'à la dernière goutte pour un maître chéri, une famille auguste, une personne sacrée, ces gens qui meurent et ne se rendent pas sont de facile composition, et vous le savez bien. Mais il y a chez nous une classe moins élevée, quoique mieux élevée, qui ne meurt pour personne, et qui, sans dévouement, fait tout ce qui se fait ; bâtit, cultive, fabrique autant qu'il est permis ; lit, médite, calcule, invente, perfectionne les arts, sait tout ce qu'on sait à présent, et sait aussi se battre, si se battre est une science. Il n'est vilain qui n'en ait fait son apprentissage, et qui là-dessus n'en remontre aux descendants des Duguesclin. Georges le laboureur, André le vigneron, Pierre, Jacques le bonhomme, et Charles qui cultive ses trois cents arpents de terre, et le marchand, l'artisan, le juge, l'avocat, et notre digne vicaire, tous ont porté les armes ; tous vous ont fait la guerre. Ah ! s'ils n'eussent jamais eu le grand homme à leur tête,.... sans la troupe dorée, les comtes, les ducs, les princes, les officiers de marque...., si la roture en France n'eût jamais dérogé, ni la valeur dégénéré en gentilhommerie, jamais nos femmes n'eussent entendu battre vos tambours.

Or, ces gens-là et leurs enfants, qui sont grandis depuis Waterloo, ne font pas chez nous si peu de monde, qu'il n'y en ait bien quelques millions n'ayant ni manières de Versailles, ni formes de la Malmaison, et qui, au premier pas que vous ferez sur leurs terres, vous montreront qu'ils se souviennent de leur ancien métier ; car il n'est alliance qui tienne, et si vous venez les piller au nom de la très-sainte et très-indivisible Trinité, eux, au nom de leurs familles, de leurs champs, de leurs troupeaux, vous tireront des coups de fusil. Ne comptant plus pour les défendre sur le génie de l'empereur, ni sur l'héroïque valeur de son invincible garde, ils prendront le parti de se défendre eux-mêmes ; fâcheuse résolution, comme vous savez bien, qui déroute la tactique, empêche de faire la guerre *par raison démonstrative*, et suffit pour déconcerter les plans d'attaque et de défense le plus savamment combinés. Alors, si vous êtes sages, rappelez-vous l'avis que je vais vous donner. Lorsque vous marcherez en Lorraine, en Alsace, n'approchez pas des haies, évitez les fossés, n'allez pas le long des vignes; tenez-vous loin des bois, gardez-vous des buissons, des arbres, des taillis, et méfiez-vous des herbes hautes; ne passez point trop près des fermes, des hameaux, et faites le tour des villages avec précaution; car les haies, les fossés, les arbres, les buissons, feront feu sur vous de tous côtés, non feu de file ou de peloton, mais feu qui ajuste, qui tue; et vous ne trouverez pas, quelque part que vous alliez, une hutte, un poulailler qui n'ait garnison contre vous. N'envoyez point de parlementaires, car on les retiendra; point de détachements, car on les détruira; point de commissaires, car...... Apportez de quoi vivre; amenez des moutons, des vaches, des cochons, et puis n'oubliez pas de les bien escorter ainsi que vos fourgons. Pain, viande, fourrage et le reste, ayez provision de tout, car vous ne trouverez rien où vous passerez, si vous passez, et vous coucherez à l'air, quand vous vous coucherez; car nos maisons, si nous ne pouvons vous en écarter, nous savons qu'il vaut mieux les rebâtir que les racheter; cela est plus tôt fait, coûte moins. Ne vous rebutez pas, d'ailleurs, si vous trouviez, dans cette façon de guerroyer, quelques inconvénients. Il y a peu de plaisir à conquérir des gens qui ne veulent pas être conquis, et nous en savons des nouvelles. Rien ne dégoûte de ce métier comme d'avoir affaire aux classes inférieures. Mais ne perdez point courage; car si vous reculiez, s'il vous fallait retourner sans avoir fait la paix ni stipulé d'indemnités, alors, alors, peu d'entre vous iraient conter à leurs enfants ce que c'est que la France en tirailleurs, n'ayant ni héros ni péquins.

Apprenez, dit le prophète, *apprenez, grands de la terre;* c'est-à-dire, messieurs du congrès, renoncez aux vieilles sottises. *Instruisez-vous, arbitres du monde;* c'est-à-dire, Excellences, regardez ce qui se passe, et faites-vous sages, s'il se peut. L'Espagne se moque de vous, et la France ne vous craint

pas. Vos amis ont beau dire et faire, nous ne sommes pas disposés à nous gouverner par vos ordres ; et ni eux, avec leurs
sept hommes, ni vous, avec vos sept cent mille, ne nous faites
la moindre peur ; partant, je ne vois nulle raison de changer
notre allure pour vous plaire, et je conclus à rejeter toute la
loi venant d'eux ou de vous.

Voilà ce que j'aurais dit après le général Foy, si j'eusse pu,
député indigne, lui succéder à la tribune.

A MESSIEURS

DU CONSEIL DE PRÉFECTURE

A TOURS

(1820)

MESSIEURS,

Je paye dans ce département 1,314 francs d'impôts, et ne puis obtenir d'être inscrit sur la liste des électeurs. A la préfecture, on me dit que mon domicile est à Paris, que je ne dois pas voter ici, et l'on me renvoie à l'article 104 du Code civil, ainsi conçu :

« Le domicile est au lieu du principal établissement

« Le changement de domicile s'opérera par le fait d'une
« habitation réelle dans un autre lieu, joint à l'intention d'y
« fixer son principal établissement.

« La preuve de l'intention résultera d'une déclaration ex-
« presse faite, tant à la municipalité du lieu que l'on quittera
« qu'à celle du lieu où l'on aura transféré son domicile. »

Cette déclaration, je ne l'ai faite nulle part, ni à Paris, ni ailleurs; mon principal établissement est la maison de mon père, à Luynes; là est le champ que je cultive, et dont je vis avec ma famille; là, mon toit paternel, la cendre de mes pères, l'héritage qu'ils m'ont transmis et que je n'ai quitté que quand il a fallu le défendre à la frontière. N'ayant rempli, en aucun lieu, aucune des formalités qui constituent, suivant la loi, le changement de domicile, je suis à cet égard comme si jamais je n'eusse bougé de ma maison de Luynes. C'est l'opinion des gens de loi que j'ai consultés là-dessus, et j'en ai consulté plusieurs qui, de contraire avis en tout le reste (car ils suivent différents partis dans nos malheureuses dissensions), sur ce point seul n'ont qu'une voix. En résumé, voici ce qu'ils disent :

Mon domicile de droit est, selon le Code, à Luynes. Mon domicile de fait à Véretz, où j'ai, depuis deux ans, maison, femme et enfants. Ces deux communes étant dans le même arrondissement du département d'Indre-et-Loire, mon domicile est, de toute façon, dans ce département, où je dois voter comme électeur. Si je nommais les jurisconsultes de qui je tiens cette décision, vous seriez étonnés, messieurs, vous admireriez, j'en suis sûr, qu'entre des hommes de sentiments si opposés, surtout en matière d'élections, il ait pu se trouver un point sur lequel tous fussent d'accord, et c'est ce qui donne d'autant plus de poids à leur avis.

Mais que dire après cela d'une note qu'on me produit comme pièce convaincante et d'une autorité irréfragable, décisive? Cette note du maire de Véretz, adressée au préfet de Tours, porte en termes clairs et précis : *Courier, propriétaire domicilié à Paris.* Dans ce peu de mots, je trouve, messieurs, deux choses à remarquer, l'une que le maire de Véretz, qui me voit depuis deux ans établi à sa porte, dans cette commune dont il est le premier magistrat, et où lui-même m'a adressé des citations à domicile, ne veut pas néanmoins que j'y sois domicilié; l'autre, chose fort remarquable, est qu'en même temps il me déclare domicilié à Paris. Le préfet, prenant acte de cette déclaration, part de là. Mon affaire est faite, ou la sienne peut-être, j'entends celle du préfet. Il refuse, quelque réclamation que je lui puisse adresser, de m'admettre au rang des électeurs, et me voilà déchu de mon droit.

Que signifie cependant cette assertion du maire? sur quoi l'a-t-il fondée? Il pouvait nier mon domicile dans la commune de Véretz, si je n'en avais fait aucune déclaration légale; mais avancer et affirmer que mon domicile est à Paris, où je n'ai pas une chambre, pas un lit, pas un meuble, c'est

être un peu hardi, ce me semble. De quelque part qu'aient
pu lui venir ces instructions, fût-ce même de Paris, il est mal
informé. Aussi mal informé est le préfet, qui, sur ce point,
eût mieux fait de s'en rapporter à la notoriété publique, re-
commandée par les ministres comme un bon moyen de compléter les listes électorales. Cette notoriété lui eût appris
d'abord que nul n'est mieux que moi établi et domicilié dans
ce département, et que je n'eus de ma vie domicile à Paris,
non plus qu'à Vienne, à Rome, à Naples, et dans les autres
capitales où tour à tour me conduisirent les chances de la
guerre et l'étude des arts, et où j'ai résidé plus longtemps
qu'à Paris, sans perdre pour cela mon domicile au lieu de
mon unique établissement dans le département d'Indre-et-
Loire.

Certes quand je bivouaquais sur les bords du Danube, mon
domicile n'était pas là. Quand je retrouvais, dans la poussière des bibliothèques d'Italie, les chefs-d'œuvre perdus de
l'antiquité grecque, je n'étais pas à demeure dans ces bibliothèques. Et depuis, lorsque seul, au temps de 1815, je rompis
le silence de la France opprimée, j'étais bien à Paris, mais
non domicilié. Mon domicile était à Luynes, dans le pays
malheureux alors dont j'osai prendre la défense.

Si je me présentais pour voter à Paris, où on me dit domicilié, le préfet de Paris, sans doute aussi scrupuleux que
celui-ci, ne manquerait pas de me dire : Vous êtes Tourangeau, allez voter à Tours ; vous n'avez point ici de
domicile élu, votre établissement est à Luynes. Et si je con-
testais, il me présenterait une pièce imprimée, signée de moi,
connue de tout le monde à Paris. C'est la pétition que
j'adressai en 1816 aux deux Chambres, en faveur de la commune de Luynes, et qui commence par ces mots: Je suis
Tourangeau, j'habite Luynes. Vous voyez bien, me dirait-il,
que quand vous parliez de la sorte pour les habitants de
Luynes, persécutés alors et traités en ennemis par les autorités de ce temps, vous vous regardiez comme ayant parmi
eux votre domicile. Montrez-moi que depuis vous avez transporté ce domicile à Paris, et je vous y laisse voter. Le préfet

de Paris me tenant ce langage, aurait quelque raison; les ministres l'approuveraient indubitablement, et le public ne pourrait le blâmer. Mais ici le cas est différent, j'en ai donné ci-dessus la preuve, et n'ai pas besoin d'y revenir; j'y ajouterai seulement que, pour m'ôter mon domicile et le droit de voter dans ce département où est mon manoir paternel, il faudrait me prouver que j'ai fait élection de domicile ailleurs, et non le dire simplement; au lieu que ma négative suffit quand on n'y oppose aucune preuve, et ce n'est pas à moi de prouver cette négative, ce qui ne se peut humainement; c'est à ceux qui veulent m'ôter l'usage de mon droit de faire voir que je l'ai perdu, sans quoi mon droit subsiste, et ne peut m'être enlevé par la seule parole du préfet.

Un mot encore là-dessus, messieurs. Je prouve mon domicile ici, non-seulement par le fait de mon établissement héréditaire à Luynes, mais par une infinité d'actes, de citations, de jugements, acquisitions et ventes de propriétés foncières faites en différents temps par moi, dans ce département. Il faudrait, pour détruire ces preuves, m'opposer un acte formel d'élection de domicile ailleurs. Ce sont là des choses connues de tout le monde et de moi-même, qui ne sais rien en pareille matière.

Vous êtes bien surpris, messieurs; ceux d'entre vous qui ont pu voir et connaître, dans ce pays, mon père, ma mère et mon grand-père, et qui m'ont vu leur succéder; qui savent que non-seulement j'ai conservé les biens de mon père dans ce département, mais qu'ailleurs je ne possède rien, et ne puis être chez moi qu'ici, dans la maison de mon père, à Luynes, où je n'ai jamais cessé d'avoir, je ne dis pas mon principal, mais mon unique établissement, connu de tous ceux qui me connaissent; les personnes qui savent tout cela penseront que ce qui m'arrive a quelque chose d'extraordinaire, et ne concevront sûrement pas qu'on puisse nier, parlant à vous, mon domicile parmi vous; car autant vaudrait, moi présent, nier mon existence. Oui de pareilles chicanes sont extraordinaires. Cela est nouveau, surprenant, et je pardonne à ceux qui refusent d'y ajouter foi, l'ayant seulement entendu dire. Voici cependant une chose encore plus, dirai-je, incroyable? non! plus bizarre, plus singulière.

Quand je serais domicilié (comme il est clair que je ne le suis pas, puisque le maire l'assure au préfet), quand même je serais domicilié dans ce département, payant 1300 francs d'impôts, cela ne suffirait pas encore, il me faudrait, pour exercer mes droits d'électeur, prouver à M. le préfet, et le convaincre, qui plus est, que je n'ai voté nulle part ailleurs, nulle part depuis quatre ans. Entendez bien ceci, messieurs; je vais le répéter. Pour qu'on me laisse user de mes droits de citoyen dans ce département, il faut que je fasse voir clairement au préfet, par des documents positifs, par des preuves irrécusables, que je n'ai pas voté comme électeur à Lyon, que je n'ai pas voté à Rouen, point voté à Bordeaux, ni à Nantes, ni à Lille, ni...; mais prenez la liste de tous les départements, c'est celle des preuves de non-vote et de non-exercice de mes droits que je dois fournir au préfet; sans compter que quand j'aurai prouvé que je n'ai point voté cette année, il me faudra faire la même preuve pour l'an passé, pour l'autre année, enfin pour toutes les années, tous les chefs-lieux de départements où j'ai pu voter depuis qu'on vote. Comprenez-vous maintenant, messieurs? Si vous refusez de m'en croire, lisez la circulaire imprimée du préfet, en date du 16 septembre, vous y trouverez ce paragraphe:

Dans le cas où vous n'auriez pas encore joui de vos droits d'électeur dans le département (c'est, messieurs, le cas où je me trouve), *il est nécessaire que vous vouliez bien m'envoyer un acte qui constate que depuis quatre ans vous n'avez pas exercé ces droits dans un autre département.*

Que vous en semble, messieurs? Pour moi, lisant cela, je me crus déchu sans retour du droit que la Charte m'octroie, et sans pouvoir m'en plaindre, puisque c'était la loi. Ainsi l'avait réglé la loi que le préfet citait exactement. Car, à ce même paragraphe, la circulaire ajoute: *Comme le prescrit la loi du 5 février* 1817. Le moyen, je vous prie, messieurs, de fournir la preuve qu'on demandait? Comment démontrer au préfet, de manière à le satisfaire, que depuis quatre ans je n'ai voté dans aucun des quatre-vingt-quatre départements qui, avec celui-ci, composent toute la France? Il m'eût fallu pour cela non un acte seulement, mais quatre-vingt-quatre actes d'autant de préfets aussi sincères et d'aussi bonne foi que celui de Tours; encore ne pourrais-je, avec toutes leurs attestations, montrer que je n'ai point voté. Quelque absurde en soi que me parût la demande d'une telle preuve, de la preuve d'un fait négatif, je croyais bonnement, je l'avoue, cette demande autorisée par la loi qu'on me citait, et n'avais aucun doute sur cette allégation, tant je connaissais peu les ruses, les profondeurs... J'admirais qu'il pût y avoir des lois si contraires au bon sens. Or, on me l'a fait voir cette loi, où j'ai lu ce qui suit à l'article cité :

« Le domicile politique de tout Français est dans le département où il a son domicile réel. Néanmoins il pourra le
transférer dans tout autre département où il payera des
« contributions directes, à la charge par lui d'en faire, six
« mois d'avance, une déclaration expresse devant le préfet du
« département où il aura son domicile politique actuel, et
« devant le préfet du département où il voudra le transférer.

« La translation du domicile réel ou politique ne donnera
« l'exercice du droit politique, relativement à l'élection des
« députés, qu'à celui qui, dans les quatre ans antérieurs, ne
« l'aura point exercé dans un autre département. »

Tout cela paraît fort raisonnable ; mais s'y trouverait-il un seul mot qui autorise le préfet à demander un acte tel que celui dont il est question dans la circulaire, et qui m'oblige à le produire? il ne s'agit là d'autre chose que de translation de domicile, et l'on m'applique cet article à moi, cultivant l'héritage de mon père et de mon grand-père, et de cette application résulte la demande d'une preuve négative qu'aucune loi ne peut exiger.

Il faut cependant m'y résoudre, et montrer à la préfecture que je n'ai voté nulle part. Sans cela je ne puis voter ici, sans cela je perds mon droit, et le pis de l'affaire, c'est que ce sera ma faute. La même circulaire le dit expressément, et finit par ces mots:

J'ai lieu de croire que vous vous empresserez de m'envoyer la pièce dont la loi réclame la remise (quoique la loi n'en dise rien), *afin de ne pas vous priver de l'avantage de concourir à des choix utiles et honorables. On aurait droit de vous reprocher votre négligence, si vous en apportiez dans cette circonstance.*

Belle conclusion ! Si je néglige.de prouver que je n'ai voté nulle part, si je ne produis une pièce impossible à produire, je suis déchu de mon droit, et de plus ce sera ma faute. Ciel, donnez-nous patience ! C'est là ce qu'on appelle ici administrer, et ailleurs gouverner.

Je ne m'arrêterai pas davantage, messieurs, à vous faire sentir le ridicule de ce qu'on exige de moi. La chose parle d'elle-même. Je n'ai vu personne qui ne fût choqué de l'absurdité de telles demandes, et affligé en même temps de la figure que font faire au gouvernement ceux qui emploient, en son nom, de si pitoyables finesses, en le servant, à ce qu'ils disent. Dieu nous préserve, vous et moi, d'être jamais servis de la sorte ! Non, parmi tant d'individus qui dans les choses de cette nature diffèrent d'opinion presque tous, et desquels on peut dire avec juste raison, autant de têtes, autant d'avis et de façons de voir toutes diverses, je n'en ai pas trouvé un seul qui pût rien comprendre aux prétextes dont on se sert pour m'écarter de l'assemblée électorale. Et par quelle raison veut-on m'en éloigner? Que craint-on de moi qui, depuis trente ans, ayant vu tant de pouvoirs nouveaux, tant de gouvernements se succéder, me suis accommodé à tous, et n'en ai blâmé que les abus, partisan déclaré de tout ordre établi, de tout état de choses supportable, ami de tout gouvernement, sans rien demander à aucun? D'où peut venir, messieurs, ce système d'exclusion dirigé contre moi, contre moi seul ? car je ne crois pas qu'on ait fait à personne les mêmes difficultés, et j'ai lieu de penser que des lettres imprimées, et en apparence adressées à tous les électeurs de ce département, ont été composées pour moi. Par où ai-je pu m'attirer cette attention, cette distinction ? Je l'ignore, et ne vois rien dans ma vie, dans ma conduite, jusqu'à ce jour, qui puisse être suspect de mauvaise intention, de cabale, d'intrigue, de vue particulière ou d'esprit de parti, ni faire ombrage à qui que ce soit. Est-ce haine personnelle de M. le préfet? me croit-il son ennemi, parce qu'il m'est arrivé de lui parler librement? Il se tromperait fort. Ce n'est pas d'aujourd'hui, ni avec lui seulement, que j'en use de cette façon. J'ai bien d'autres griefs, moi Courier, contre lui qui cherche à me ravir le plus beau, le plus cher, le plus précieux de mes droits, et pourtant je ne lui en veux point. Je sais à quoi oblige une place, ou je m'en doute, pour mieux dire, et plains les gens qui ne peuvent ni parler ni agir d'après leur sentiment, s'ils ont un sentiment.

Mon droit est évident, palpable, incontestable. Tout le monde en convient, et nul n'y contredit, excepté le préfet. Je vous prie donc, messieurs, de m'inscrire sur les listes où mon nom doit paraître et n'a pu être omis que par la plus insigne mauvaise foi. Je suis électeur, je veux l'être et en exercer tous les droits. Je n'y renoncerai jamais, et je déclare ici, messieurs, devant vous, devant tous ceux qui peuvent entendre ma voix, je les prends à témoin que je proteste ici contre toute opération que pourrait faire, sans moi, le collége électoral, et regarde comme nulle toute nomination qui en résulterait, à moins qu'une décision légale n'ait statué sur la requête que j'ai l'honneur de vous adresser

LETTRES PARTICULIÈRES

———

•

Iʳᵉ LETTRE PARTICULIÈRE.

Tours, le 18 octobre 1820.

J'ai reçu la vôtre du 12. Nos métayers sont des fripons qui vendent la poule au renard ; leurs valets me semblent comme à vous les plus méchants drôles qu'on ait vus depuis bien du temps. Ils ont mis le feu aux granges, et maintenant, pour l'éteindre, ils appellent les voleurs. Que faire ? sonner le toc- sin ? les secours sont à craindre presque autant que le feu. Croyez-moi ; sans esclandre, à nous seuls, étouffons la flamme, s'il se peut. Après cela nous verrons ; nous ferons un autre bail avec d'autres fripons ; mais il faudra compter, il faudra faire une part à cette valetaille, puisqu'on ne peut s'en pas- ser, et surtout point de pot-de-vin.

Voilà mon sentiment sur ce que vous nous mandez. En re- vanche, apprenez les nouvelles du pays. A Saumur il y a eu bataille, coups de fusil, mort d'homme ; le tout à cause de Benjamin Constant. Cela se conte de deux façons.

Les uns disent que Benjamin, arrivant à Saumur, dans sa chaise de poste avec madame sa femme, insulta sur la place toute la garnison qu'il trouva sous les armes, et particulière- ment l'école d'équitation. Cela ne me surprend point ; il a l'air ferrailleur, surtout en bonnet de nuit, car c'était le ma- tin. Douze officiers se détachent, tous gentilshommes de nom, marchent à Benjamin, voulant se battre avec lui ; l'arrêtent, et d'abord, en gens déterminés, mettent l'épée à la main. L'autre mit ses lunettes pour voir ce que c'était. Ils lui demandaient *raison*. Je vois bien, leur dit-il, que c'est ce qui vous manque. Vous en avez besoin; mais je n'y puis que faire. Je vous recommanderai au bon docteur Pinel qui est de mes amis. Sur ces entrefaites arrive l'autorité, en grand costume, en écharpes, en habit brodé, qui intime l'ordre à Benjamin de vider le pays, de quitter sans délai une ville où sa présence mettait le trouble. Mais lui : C'est moi, dit-il, qu'on trouble. Je ne trouble personne, et je m'en irai, messieurs, quand bon me semblera. Tandis qu'il contestait, refusant également de partir et de se battre, la garde nationale s'arme, vient sur le lieu, sans en être requise et *proprio motu*. On s'aborde; on se choque; on fait feu de part et d'autre. L'affaire a été chaude. Les gentilshommes seuls en ont eu l'honneur. Les officiers de fortune et les bas officiers ont refusé de donner, ayant peu d'envie, disaient-ils, de combattre avec la noblesse, et peu de chose à espérer d'elle. Voilà un des récits.

Mais notez en passant que les bas officiers n'aiment point la noblesse. C'est une étrange chose : car enfin la noblesse ne leur dispute rien, pas un gentilhomme ne prétend être caporal ou sergent. La noblesse, au contraire, veut assurer ces places à ceux qui les occupent, fait tout ce qu'elle peut pour que les bas officiers ne cessent jamais de l'être, et meurent bas officiers, comme jadis au bon temps. Eh bien! avec tout cela, ils ne sont pas contents. Bref, les bas officiers, ou ceux qui l'ont été, qu'on appelle à présent officiers de fortune, s'accommodent mal avec les officiers de naissance, et ce n'est pas d'aujourd'hui.

De fait, il m'en souvient, ce furent les bas officiers qui firent la révolution autrefois. Voilà pourquoi peut-être ils n'aiment point du tout ceux qui la veulent défaire, et ceci rend vraisemblable le dialogue suivant, qu'on donne pour authentique, entre un noble lieutenant de la garnison de Saumur et son sergent-major.

Prends ton briquet, Francisque, et allons assommer ce Benjamin Constant. — Allons, mon lieutenant. Mais qui est ce

Benjamin? — C'est un coquin, un homme de la révolution. — Allons, mon lieutenant, courons vite l'assommer. C'est donc un de ces gens qui disent que tout allait mal du temps de mon grand-père? — Oui. — Oh! le mauvais homme! et je gage qu'il dit que tout va mieux maintenant? — Oui. — Oh! le scélérat. Dites-moi, mon lieutenant : on va donc rétablir tout ce qui était jadis? — Assurément : mon cher. — Et ce Benjamin ne veut pas? — Non, le coquin ne veut pas. — Et il veut qu'on maintienne ce qui est à présent? — Justement. — Quel maraud! Dites-moi, mon lieutenant : ce bon temps-là, c'était le temps des coups de bâton, de la *schlague* pour les soldats? — Que sais-je, moi? — C'était le temps des coups de plat de sabre? — Que veux-tu que je te dise? ma foi, je n'y étais pas. — Je n'y étais pas non plus; mais j'en ai ouï parler; et, s'il vous plaît, il dit, ce monsieur Benjamin, que tout cela n'était pas bien? — Oui. C'est un drôle qui n'aime que sa révolution; il blâme généralement tout ce qui se faisait alors. — Alors, mon lieutenant, nous autres sergents, pouvions-nous devenir officiers? — Non certes, dans ce temps-là. — Mais la révolution changea cela, je crois, nous fit des officiers, ôta les coups de bâton? — Peut-être; mais qu'importe? — Et ce Benjamin-là, dites-vous, mon lieutenant, approuve la révolution, ne veut pas qu'on remette les choses comme elles étaient? — Que de discours; marchons. — Allez, mon lieutenant; allez en m'attendant. — Ah! coquin, je te devine. Tu penses comme Benjamin; tu aimes la révolution. — Je hais les coups de bâton. — Tu as tort, mon ami; tu ne sais pas ce que c'est. Ils ne déshonorent point quand on les reçoit d'un chef ou bien d'un camarade. Que moi, ton lieutenant, je te donne la bastonnade, tu la donnes aux soldats en qualité de sergent; aucun de nous, je t'assure, ne serait déshonoré. — Fort bien. Mais, mon lieutenant, qui vous la donnerait? — A moi? personne, j'espère. Je suis gentilhomme. — Je suis homme. — Tu es un sot, mon cher. C'était comme cela jadis. Tout allait bien. L'ancien régime vaut mieux que la révolution. — Pour vous, mon lieutenant. — Puis, c'est la discipline des puissances étrangères : Anglais, Suisses, Allemands, Russes, Prussiens,

Polonais, tous bâtonnent le soldat. Ce sont nos bons amis, nos fidèles alliés; il faut faire comme eux. Les cabinets se fâcheront, si nous voulons toujours vivre et nous gouverner à notre fantaisie. Martin bâton commande les troupes de la Sainte-Alliance. — Ma foi, mon lieutenant, je n'ai pas grande envie de servir sous ce général; et puis, je vous l'avoue, j'aime l'avancement. Je voudrais devenir, s'il y avait moyen, maréchal. — Oui, j'entends, maréchal des logis dans la cavalerie. — Non, ce n'est pas cela. — Quoi? maréchal ferrant? — Non. — Propos séditieux. Tu te gâtes, Francisque. Qui diable te met donc ces idées dans la tête? tu ne sais ce que tu dis. Tu rêves, mon ami; ou bien tu n'entends pas la distinction des classes. Moi, noble, ton lieutenant, je suis de la haute classe. Toi, fils de mon fermier, tu es de la basse classe. Comprends-tu maintenant? Or, il faut que chacun demeure dans sa classe; autrement ce serait un désordre, une cohue; ce serait la révolution. — Pardon, mon lieutenant; répondez-moi, je vous prie. Vous voulez, j'imagine, devenir capitaine. — Oui. — Colonel ensuite? — Assurément. — Et puis général? — A mon tour. — Puis maréchal de France? — Pourquoi non? Je peux bien l'espérer comme un autre. — Et moi, je reste sergent? — Quoi? ce n'est pas assez pour un homme de ta sorte, né rustre, fils d'un rustre? Souviens-toi donc, mon cher, que ton père est paysan. Tu voudrais me commander peut-être? — Mon lieutenant, le maréchal duc de.... qui nous passe en revue, est fils d'un paysan? — On le dit. — Il vous commande. — Eh! vraiment c'est le mal. Voilà le désordre qu'a produit la révolution. Mais on y remédiera, et bientôt, j'en suis sûr, mon oncle me l'a dit, on arrangera cela en dépit de Benjamin, qui sera pendu le premier, si nous ne l'assommons tout à l'heure. Viens, Francisque, mon ami, mon frère de lait, mon camarade; viens, sabrons tous ces vilains avec leur Benjamin. Il n'y a point de danger; tu sais bien qu'à Paris ils se sont laissé faire. — Allez, mon lieutenant, mon camarade; allez devant et m'attendez. — Francisque, écoute-moi. Si tu te conduis bien, quand tu sabres ces vilains quand je te le commanderai, si je suis content de toi, j'écrirai à mon père

6

qu'il te fasse laquais, garde-chasse ou portier. — Allez, mon lieutenant. — Oh ! le mauvais sujet. Va, tu en mangeras, de la prison, je te le promets.

D'autres content autrement. L'arrivée de Benjamin, annoncée à Saumur, fit plaisir aux jeunes gens, qui voulurent le fêter : non que Benjamin soit jeune ; mais ils disent que ses idées sont de ce siècle-ci et leur conviennent fort. La jeunesse ne vaut rien nulle part, comme vous savez ; à Saumur elle est pire qu'ailleurs. Ils sortent au-devant du député de gauche, et vont à sa rencontre avec musique, violons, flûtes, fifres, hautbois. Les gentilshommes de la garnison, qui ne veulent entendre parler ni du siècle ni de ses idées, trouvèrent celle-là très-mauvaise ; et, résolus de troubler la fête, attaquent les donneurs d'aubade, croyant ne courir aucun risque. Mais, en ce pays-là, la garde nationale ne laisse point sabrer les jeunes gens dans les rues ; aussi n'est-elle pas commandée par un duc. La garde nationale armée fit tourner tête aux nobles assaillants, qui bientôt, mal menés, quittent le champ de bataille en y laissant des leurs. Tel est le second récit.

A Nogent-le-Rotrou, il ne faut point danser, ni regarder danser, de peur d'aller en prison. Là, les droits réunis s'en viennent au milieu d'une fête de village *exercer* (c'est le mot, nous appelons cela *vexer*) ; on chasse mes coquins. Gendarmes aussitôt arrivent ; en prison le bal et les violons, danseurs et spectateurs, en prison tout le monde. Un maire verbalise ; un procureur du roi (c'est comme qui dirait *un loup quelque peu clerc*) voit là-dedans des complots, des machinations, des ramifications ! Que ne voit pas le zèle d'un procureur du roi ! Il traduit devant la cour d'assises vingt pauvres gens qui ne savaient pas que le roi eût un procureur. Les uns sont artisans, les autres laboureurs, quelques-uns parents du maire, tous perdus sans ressource. Qui sèmera leur champ ? qui fera leurs travaux pendant six mois de prison ou plus ? qui prendra soin de leurs familles ? Et sortis, s'ils en sortent, que deviendront-ils après ? mendiants ou voleurs par force ; nouvelle matière pour le zèle de M. le procureur du roi.

Ici scène moins grave ; il s'agit de préséance. A l'église c'était grande cérémonie, office pontifical, cierges allumés, faux bourdon, procession, cloches en branle ; le concours des fidèles et cet ordre pompeux faisaient plaisir à voir. Au beau milieu du chœur, deux champions couverts d'or se gourment, s'apostrophent. Ote-toi. — Non, c'est ma place. — C'est la mienne. — Tu mens. Coups de pied, coups de poing. Tu n'es pas royaliste. — Je le suis plus que toi. — Non, mais moi plus que toi ; je te le prouverai, je te le ferai voir. Votre mère sainte Église, affligée du scandale, y voulut mettre fin ; le ministre du Très-Haut arrive crossé, mitré. Ah ! monsieur le général ! ah ! monsieur le commandant de la garde nationale ! Mon cher comte ! mon cher chevalier ! Laissez là cette chaise, monsieur le général ; rengaînez votre épée, monsieur le commandant.

Par malheur, le payeur ne se trouvait pas là, car il eût apaisé la noise tout d'abord, en faisant savoir à ces messieurs ce que chacun d'eux touche par mois du gouvernement ; on eût pu calculer, en francs, de combien l'un était plus royaliste que l'autre, et régler les rangs sans dispute. La charge de payeur devrait toujours s'unir à celle de maître des cérémonies. Je l'ai dit à Perceval, un de nos députés ; il en fera la proposition dès qu'il sera conseiller d'État.

Mais dites-moi, je vous prie, vous qui avez couru, sauriez-vous un pays où il n'y eût ni gendarmes, ni rats de cave, ni maire, ni procureur du roi, ni zèle, ni appointements (je voulais dire *dévouement* ; n'importe, c'est tout un), ni généraux, ni commandants, ni nobles, ni vilains qui pensent noblement ? Si vous savez un tel pays sur la mappemonde, montrez-le-moi, et me procurez un passe-port.

Voilà Perceval en bon chemin. Secrétaire de la guerre ! cela s'appelle tirer son épingle du jeu. C'est un habile garçon ; il n'en demeurera pas là : tant vaut l'homme, tant vaut la députation. Les sots n'attrapent rien, quelques-uns y mettent du leur. Il n'ose, dit-on, revenir ici, de peur de la sérénade. Quelle faiblesse ! je me moquerais et de la sérénade et de mes commettants. Bellart n'en est pas mort à Brest. Un autre de nos députés, M. Gouin Moisan, est ici un peu fâché, à ce qu'on dit, de n'avoir pu encore rien tirer des ministres, ni pour lui, ni pour sa famille. Ce M. Gouin Moisan est un honnête marchand que la noblesse méprise, et qui vote avec elle sans qu'elle le méprise moins, comme vous pensez bien. Pour les services par lui rendus au parti gentilhomme, il voudrait qu'on le fît noble ; il se contenterait du titre de baron. La noblesse française n'a point de baron Gouin et s'en passe volontiers ; mais Gouin ne se passe pas de noblesse. Depuis trois ans entiers, il se lève, il s'assied avec le côté droit, dans l'espérance d'un parchemin. Quand on peut à ce prix rendre les gens heureux, il faut avoir le cœur bien ministériel pour les laisser languir. Le service des nobles est dur et profite peu ; on leur sacrifie tout ; on renie ses amis, ses œuvres, ses paroles ; on abjure le vrai ; toujours dire et se dédire, parler contre son sens ; combattre l'évidence et mentir sans tromper ; je ne m'étonne pas que de Serre en soit malade. Renoncer à toute espèce de bonne foi, d'approbation de soi-même et d'autrui ; affronter le haro, l'indignation publique ! pour qui ? pour des ingrats qui vous payent d'un cordon et disent : Le sieur Lainé, le nommé de Villèle, un certain Donnadieu. Eh ! bonjour, mon ami, votre père fait-il toujours de bons souliers ? Ça, vous dînerez chez moi, quand je n'aurai personne. Voilà la récompense. Va, pour telles gens, va trahir ton mandat, et livre à l'étranger ta patrie et tes dieux. Ainsi parle un vilain dégoûté de bien penser ; mais *la moindre faveur d'un coup d'œil caressant* le rengage comme Sosie, et fait taire la conscience, la patrie et le mandat.

Nous en allons faire de nouveaux, je dis des députés, Dieu sait quels, blancs ou noirs, mais bonnes gens, à coup sûr. En attendant ce jour, on rit de la querelle de Paul et du préfet ; c'est affaire d'élections[1]. Paul veut être électeur ; le préfet ne veut pas qu'il le soit, et lui fait la plus plaisante chicane... Paul n'a pas de domicile, dit le préfet, attendu

1. Voir la requête au conseil de préfecture, qui précède.

qu'il a été soldat ; il a femme et enfant dans ce département, cultive son héritage, habite la maison de son père et de son grand-père, paye treize cents francs d'impôts : tout cela n'y fait rien. Il a été soldat pendant seize ans, rebelle aux puissances étrangères, aux cabinets de l'Europe ; il a quitté le pays. Que ne restait-il chez lui ? ou, s'il eût émigré... C'est un mauvais sujet, un vagabond, indigne d'être même électeur. Cette bouffonnerie réjouit toute la ville, et le département, et le bonhomme Paul, qui, labourant son champ, se moque des cabinets. Adieu, portez-vous bien ; que tout ceci soit entre nous.

IIe LETTRE PARTICULIÈRE.

Tours, 28 novembre 1820.

Vous êtes babillard, et vous montrez mes lettres, ou bien vous les perdez ; elles vont de main en main, et tombent dans les journaux. Le mal serait petit si je ne vous mandais que les nouvelles du Pont-Neuf ; mais de cette façon tout le monde sait nos affaires. Et croyez-vous, je vous prie, moi qui ai toujours fui la mauvaise compagnie, que je prenne plaisir à me voir dans la Gazette ?

Notre vigne n'est point si chétive qu'on le voudrait bien faire croire. Les vieilles souches, à vrai dire, sont pourries jusqu'au cœur, et le fruit n'en vaut guère ; mais un jeune plant s'élève, qui va prendre le dessus et couvrir tout bientôt. Laissez-le croître avec cette vigueur, cette séve, seulement cinq ou six ans encore, et vous m'en direz des nouvelles.

Si vous me promettiez de tenir votre langue, je vous conterais... mais non ; car vous iriez tout dire, et je suis averti ; je vous conterais nos élections, comment tout cela s'est passé, la messe du Saint-Esprit, le noble pair et son urne, le club des gentilshommes, l'embarras du préfet, et d'autres choses non moins utiles à savoir qu'agréables ; mais quoi ? vous ne

6.

pouvez rien taire ; un peu de discrétion est bien rare aujour-
d'hui. Les gens crèveraient plutôt que de ne point jaser, et
vous tout le premier. Vous ne saurez rien cette fois; pas un
mot, nulle nouvelle ; pour vous punir, je veux ne vous rien
dire, si je puis.

Oui, par ma foi, c'était une chose curieuse à voir. Figurez-
vous, sur une estrade, un homme tout brillant de crachats,
devant lui une table, et sur la table une urne. Si vous me
demandez ce que c'est que cette urne, cela m'avait tout l'air
d'une boîte de sapin. L'homme, c'était le président, comte
Villemanzy, noble pair, dont le père n'était ni pair ni noble,
mais procureur fiscal, ou quelque chose d'approchant. Je
note ceci pour vous qui aimez la nouvelle noblesse. Jadis La
Rochefoucault était de votre avis, il la voulait toute neuve ;
neuve elle se vendait alors ; elle valait mieux. La vieille ne se
vendait pas. Pour moi ce m'est tout un, l'ancienne, la nouvelle, la Tremouille ou Godin, Rohan ou Ravigot, j'en donne
le choix pour une épingle.

Il tira de sa poche une longue écriture (c'est le président
que je dis), et lut : *Le roi tout seul pouvait faire les lois ; il en*
avait le droit et la pleine puissance ; mais, par un rare
exemple de bonté paternelle, il veut bien prendre notre avis.
Je n'entendis pas le reste; on cria vive le roi, les princes,
les princesses et le duc de Bordeaux. Puis le président se
leva. Nous étions au parterre quelque deux cent cinquante,
choisis par le préfet pour en choisir d'autres qui doivent lui
demander des comptes. Le président debout nous donna des
billets sur lesquels chacun de nous devait écrire deux noms ;
mais il fallait jurer d'abord. Nous jurâmes tous. Nous
levâmes la main de la meilleure grâce du monde et en gens
exercés ; puis, nos billets remplis, le président les reprenait
avec le doigt index et le pouce seulement, ses manchettes
retroussées, les remettait dans la boîte d'où nous vîmes sortir
un ultra-royaliste et un ministériel.

Sans être son compère, j'avais parié pour cela et deviné
d'abord ce qui devait sortir de la boîte ou de l'urne, par un
raisonnement tout simple, et le voici: Nous étions trois

sortes de gens appelés là par le préfet, gens de droite, aisés à compter ; gens de gauche, aussi peu nombreux, et gens du milieu à foison, qui, se tournant d'un côté, font le gain de la partie, et se tournent toujours du côté où l'on mange. Or, en arrivant, je sus que tous ceux de la droite dînaient chez le préfet ou chez l'homme aux crachats avec ceux du milieu, et que ceux de la gauche ne dînaient nulle part. J'en conclus aussitôt que leur affaire était faite ; qu'ils perdraient la partie, et payeraient le dîner dont ils ne mangeaient pas ; je ne me suis point trompé.

J'étais là le plus petit des grands propriétaires, ne sachant où me placer parmi tant d'honnêtes gens qui payaient plus que moi, quand je trouvai, devinez qui ? Cadet Roussel, vieille connaissance, à qui je dis, en l'abordant : Qu'as-tu, Cadet ? puis je me repris : Qu'avez-vous, M. de Cadet ? (car c'est sa nouvelle fantaisie de mettre un *de* avec son nom, depuis qu'il est éligible et maire de sa commune). Je vous vois soucieux, inquiet. — Ce n'est pas sans sujet, me dit-il. J'ai trois maisons, comme vous savez : l'une est celle de mon père, où je n'habite plus ; l'autre appartenait ci-devant à M. le marquis de... chose, qui s'en alla, je ne sais pourquoi, dans le temps de la révolution. J'achetai sa maison pendant qu'il voyageait. C'est celle où je demeure et me trouve fort bien. La troisième appartenait à Dieu, et de même je m'en suis accommodé. Je viens de voir là-bas, vers la droite, des gens qui parlaient de restituer, et disaient que de mes trois maisons la dernière doit retourner à Dieu, les deux autres pourraient servir à recomposer une grande propriété pour le marquis. A ce compte, je n'aurais plus de maison. Je vous avoue que cela m'a donné à penser. — C'est dommage pour vous, lui dis-je, que d'autres comme vous, peu amis de la restitution, ne se trouvent point ici. On ne les a pas invités, et je m'étonne de vous y voir. — Ah ! me dit-il, c'est que je pense bien. Je ne pense point comme la canaille. Je vois la haute société, ou je la verrai bientôt du moins, car mon fils me doit présenter chez ses parents. — Qui ? quels parents ? — Eh ! oui, mon fils de la Rousselière se marie, ne le savez-vous point ? il épouse une fille d'une famille... Ah! il sera dans peu quelque chose. J'espère par son moyen arranger tout. — J'entends, vous voudriez par son moyen voir la haute société et ne point restituer. — Justement. — Garder l'hôtel de *chose* et y recevoir le marquis? — C'est cela. — Vous aurez de la peine.

Comme je regardais curieusement partout, j'aperçus Germain dans un coin, parlant à quelques-uns de la gauche; il semblait s'animer, et, m'approchant, je vis qu'il s'agissait entre eux de ce qu'on devait écrire sur ces petits billets. Écrivez, disait-il, écrivez le bonhomme Paul, qui demeure là-haut, sur le coteau du Cher. Il n'est pas jacobin, mais il ne veut point du tout qu'on pende les jacobins; il n'aime pas Bonaparte, mais il ne veut point qu'on emprisonne les bonapartistes : nommez-le, croyez-moi. Il sait écrire, parler; il vous défendra bien : vous êtes sûrs au moins qu'il ne vous vendra pas; c'est quelque chose à présent. —Non, répondirent-ils, ce Paul n'est pas des nôtres. — Il en sera bientôt, reprit Germain, car on l'a vu toujours du parti opprimé. Aristocrate sous Robespierre, libéral en 1815, il va être pour vous, et ne vous renoncera que quand vous serez forts, c'est-à-dire insolents. — Non, nous voulons des nôtres. — Mais personne n'en veut; vous allez être seuls, et que pensez-vous faire? — Rien, nous voulons ceux-là. Ils ne savent pas grand'chose, et sont peut-être un peu sujets à caution. Mais ce sont nos compères, et Paul, dont vous parlez, n'est compère de personne. Germain, à ce discours : Mes amis, leur dit-il, je crois que vous serez pendus, vous et les vôtres, oui, pendus à vos pruniers, et j'aurai le plaisir d'y avoir contribué. Car je vais de ce pas me joindre à messieurs de droite, et voter avec eux. Que me faut-il à moi, culbuter les ministres; pour cela les ultras sont aussi bons que d'autres, sinon meilleurs. Adieu.

Je voulais passer avec lui du côté des honnêtes gens. Mais en chemin je trouvai des ministériels qui parlaient de *places*, et disaient : Il n'y en a point qui soit sûre. Comme j'entends un peu la fortification, je m'arrêtai à les écouter. Il n'y en a pas une, disaient-ils, sur laquelle on puisse compter. C'est sans doute, leur dis-je, que les remparts ne sont pas bien entretenus, ou faute d'approvisionnement? Ils me regardaient étonnés. Oui, reprit un d'eux, que je meure s'il y a une place à présent qu'aucune compagnie d'assurance voulût garantir pour un mois. Cependant, leur dis-je, il me semble qu'avec de grandes demi-lunes, des fronts en ligne droite et un bon défilement, on doit tenir un certain temps. Ils me regardèrent plus surpris que la première fois, et le même homme continua : Ma foi, vu leur peu de sûreté, les places aujourd'hui ne valent pas grand'chose. — Vous voulez dire, lui répliquai-je, que les meilleures ont été livrées à l'ennemi.

Comme je semblais les gêner, je m'en allai, fâché de quitter cette conversation, et plus loin je rencontrai l'honnête procureur, qui passe pour mener tout le parti noble ici. C'est Calas ou Colas qu'on le nomme, je crois; garçon d'un vrai mérite. Avez-vous remarqué que depuis quelque temps les nobles nulle part ne font rien, s'ils ne sont menés par des vilains? Qu'est-ce que Lainé, de Villèle, Ravez, Donnadieu, Martainville, sinon les chefs de la noblesse, et tous vilains? Sans eux, que deviendrait le parti des puissances étrangères, réduit à M. de Marcellus? et, chez ces puissances, qu'aurait fait la noblesse allemande, si les vilains ne l'eussent entraînée contre l'armée de Bonaparte, qui elle-même alla très-bien, étant menée par des vilains, mal aussitôt qu'elle fut commandée par des nobles; autre point à noter. Mais où en étions-nous? à Colas, procureur et chef de la noblesse. Je suis content, disait-il, oui, je suis fort content de M. de Duras, il a du caractère, et je n'aurais pas cru qu'un gentilhomme, un duc..... aussi l'ai-je fait président de notre club des Carmélites, club d'honnêtes gens. Nous nous assemblâmes hier, lui président, moi secrétaire; nous avons tous prêté serment entre les mains de M. le duc. Ils ont juré foi de gentilhomme, moi, foi de procureur, et j'ai fait le procès-verbal de la séance. Mais le bon de l'affaire, c'est que le préfet s'est avisé d'y trouver à redire. Là-dessus nous l'avons mené de la bonne manière, et M. de Duras a montré ce qu'il est. Monsieur, lui a-t-il dit, je vous défends, au nom de mon gouvernement, de vous mêler des élections. Voilà parler cela, et voilà ce que c'est que de la fermeté. Le pauvre préfet n'a su que dire. Je vous assure, moi, que la noblesse a du bon, et fera quelque chose, Dieu aidant, avec les puissances étrangères. Tout cela ne demande qu'à être un peu conduit, et j'en fais mon affaire.

Il continua, et je l'écoutais avec grand plaisir, quand le président, m'appelant, me donna un de ces billets où il fallait écrire deux noms. Pour moi, j'y voulais mettre Aristide et Caton. Mais on me dit qu'ils n'étaient pas sur la liste des éligibles. J'écrivis Bignon et un autre; Bignon, vous le connaissez, je crois, celui qui ne veut pas qu'on proscrive; et je m'en allai comme j'étais venu, à travers les gendarmes.

Je voudrais bien répondre à ce monsieur du journal. Car, comme vous savez, j'aime assez causer. Je me fais tout à tous, et ne dédaigne personne; mais je le crois fâché. Il m'appelle jacobin, révolutionnaire, plagiaire, voleur, empoisonneur, faussaire, pestiféré ou pestifère, enragé, imposteur, calomniateur, libelliste, homme horrible, ordurier, grimacier, chiffonnier. *C'est tout, si j'ai mémoire.* Je vois ce qu'il veut dire; il entend que lui et moi sommes d'avis différent; peut-être se trompe-t-il.

Il aime les ministres, et moi aussi je les aime; je leur suis trop obligé pour ne pas les aimer. Jamais je n'ai eu recours à eux, qu'ils ne m'aient rendu bonne et prompte justice. Ils m'ont tiré trois fois des mains de leurs agents. C'est bien, si vous voulez, un peu ce que ce Romain appelait *beneficium latronis, non occidere.* Mais enfin c'est *beneficium.* Et quand tout le monde est larron, le meilleur est celui qui ne tue pas.

J'aime bien mieux les ministres que messieurs les jurés nommés par le préfet, beaucoup mieux que les électeurs choisis par le préfet, beaucoup mieux que mes juges qu'on appelle naturels, et dont je n'ai jamais pu obtenir une sentence qui eût le moindre air d'équité. J'aime cent fois mieux le gouvernement ministériel qu'un jeu, une piperie, une ombre de gouvernement rimant en *el*; je suis plus ministériel que monsieur du journal, et *si* je le suis gratis.

Il dit que nous sommes libres, et j'en dis tout autant; nous sommes libres, comme on l'est la veille d'aller en prison. Nous vivons à l'aise, ajoute-t-il, et rien ne nous gêne à présent. Je sens ce bonheur, et j'en jouis comme faisait Arlequin, dit-on, qui, tombant du haut d'un clocher, se trouvait assez bien en l'air, avant de toucher le pavé.

Il n'est que de s'entendre. Cet homme-là et moi sommes quasi d'accord, et ne nous en doutions pas. Il se plaint de mon langage. Hélas! je n'en suis pas plus content que lui. Mon style, lui déplaît; il trouve ma phrase obscure, confuse, embarrassée. Oh! qu'il a raison, selon moi! Il ne saurait dire tant de mal de ma façon de m'exprimer, que je n'en pense davantage, ni maudire plus que je ne fais la faiblesse, l'insuffisance des termes que j'emploie. Autant la plupart s'étudient à déguiser leur pensée, autant il me fâche de savoir si peu mettre la mienne au jour. Ah! si ma langue pouvait dire ce que mon esprit voit, si je pouvais montrer aux hommes le vrai qui me frappe les yeux, leur faire détourner la vue des fausses grandeurs qu'ils poursuivent, et regarder la liberté, tous l'aimeraient, la désireraient. Ils connaîtraient, en rougissant, qu'on ne gagne rien à dominer, qu'il n'est tyran qui n'obéisse, ni maître qui ne soit esclave; et perdant la funeste envie de s'opprimer les uns les autres, ils voudraient vivre et laisser vivre. S'il m'était donné d'exprimer, comme je le sens, ce que c'est que l'indépendance, Decazes reprendrait la charrue de son père, et le roi, pour avoir des ministres, serait obligé d'en requérir, ou de faire faire ce service à tour de rôle, par corvée, sous peine d'amende et de prison.

Sur les injures je me tais: il en sait plus que moi; je n'aurais pas beau jeu. Mais il m'appelle *loustic*, et c'est là-dessus que je le prends. Il dit, et croit bien dire, parlant de moi, *le loustic du parti national*, et fait là une faute, sans s'en douter, le bonhomme! Ce mot est étranger. Lorsqu'on prend le mot des puissances étrangères, il ne faut pas le changer. Les puissances étrangères disent *loustig*, non *loustic*, et je crois même qu'il ignore ce que c'est que le *loustig* dans un régiment *Teutsche*. C'est le plaisant, le jovial qui amuse tout le monde, et fait rire le régiment, je veux dire les soldats et les bas-officiers; car tout le reste est noble, et, comme de raison, rit à part. Dans une marche, quand le *loustig* a ri, toute la colonne rit, et demande : Qu'a-t-il dit? Ce ne doit pas être un sot. Pour faire rire des gens qui reçoivent des coups de bâton, des coups de plat de sabre, il faut quelque talent, et plus d'un journaliste y serait embarrassé. Le *loustig* les distrait, les amuse,. les empêche quelquefois de se pendre, ne pouvant déserter, les console un moment de la *schlague*, du pain noir, des fers, de l'insolence des nobles officiers. Est-ce là l'emploi qu'on me donne? Je vais avoir de la besogne. Mais quoi? j'y ferai de mon mieux. Si nous ne rions encore, quoi qu'il puisse arriver, il ne tiendra pas à moi; car j'ai toujours été de l'avis du chancelier Thomas Morus : Ne faire rien contre la conscience, et rire jusqu'à l'échafaud inclusivement. Comme cet emploi d'ailleurs n'a point de traitement, ni ne dépend des ministres, je m'en accommode d'autant mieux.

Tout cela ne serait rien, et je prendrais patience sur les noms qu'il me donne. Mais voici pis que des injures. Il me menace du sabre, non du sien, je ne sais même s'il en a un, mais de celui du soldat. Écoutez bien ceci : Quand le soldat, dit-il (faites attention ; chaque mot est officiel, approuvé des censeurs), quand le soldat voit ces gens qui n'aiment pas les hautes classes, les classes à privilége, il met d'abord la main sur la garde de son sabre. *Tudieu, ce ne sont pas des prunes que cela.* Le chiffonnier valait mieux. On ne me sabre pas encore, comme vous voyez; mais on tardera peu; on n'attend que le signal du noble qui commande. Profitons de ce moment; je quitte mon journaliste, et je vais au soldat. Camarade, lui dis-je. Il me regarde à ce mot : Ah! c'est vous, bonhomme Paul. Comment se portent mon père, ma mère, ma sœur, mes frères et tous nos bons voisins? Ah! Paul, où est le temps que je vivais avec eux et vous, vous souvient-il? labourant mon champ près du vôtre. Combien ne m'avez-vous pas de fois prêté vos bœufs lorsque les miens étaient las! Aussi vous aidais-je à semer, ou serrer vos gerbes, quand le temps me-

naçait d'orage. Ah! bonhomme, si jamais... Comptez que vous
me reverrez. Dites à mes bons parents qu'ils me reverront, si
je ne meurs. — Tu n'as donc point, lui dis-je, oublié tes parents? — Non plus que le premier jour. — Ni ton pays? —
Oh! non. Pays de mon enfance! terre qui m'as vu naître! —
Mon ami, tu es triste. Tu te promènes seul; tu fuis tes camarades; tu as le mal du pays. — Nous l'avons tous, bonhomme Paul.

Touché de pitié, je m'assieds, et il continue : Vous savez,
père Paul, comment je vivais chez nous, toujours travaillant,
labourant ou façonnant ma vigne, et chantant la vendange ou
le dernier sillon; attendant le dimanche pour faire danser ma
Sylvine aux *assemblées* de Véretz ou de Saint-Avertin. On m'a
ôté de là, pourquoi? pour escorter la procession, ou bien
prendre les armes lorsque le bon Dieu passe. On m'apprend
la charge en douze temps. A quoi bon? Pour quelle guerre?
On s'y prend de manière à n'avoir jamais de querelle avec
les puissances étrangères. Pourquoi donc charger : et sur qui
faire feu? Je sers; mais à quoi sers-je? A rien, bonhomme
Paul. Tout cela nous ennuie et nous fait regretter le pays
dans nos casernes. Ah! Véretz, ah! Sylvine! ah! mes bœufs,
mes beaux bœufs! Fauveau à la raie noire, et l'autre qui
avait une étoile sur le front! Vous en souvient-il, bonhomme
Paul?

Là-dessus, sans répondre, je lui glisse ce mot : Sais-tu
bien ce qu'on m'a dit de toi? Mais je n'en crois rien. Je me
suis laissé dire que tu voulais nous sabrer. — Moi, vous sabrer, bonhomme! Quiconque vous l'a dit est un.... — Oui,
mon ami, c'est un gazetier censuré.

Mais que fais-tu? Comment te trouves-tu à ton régiment?
Es-tu content, dis-moi, de tes chefs? — Fort content, bonhomme, je vous jure. Nos sergents et nos caporaux sont les
meilleures gens du monde. Voilà là-bas Francisque, notre
sergent-major, brave soldat, bon enfant; il a fait les campagnes d'Égypte et de Russie, et il fait aujourd'hui sa première
communion. — Tout de bon? — Oui vraiment; c'est aujourd'hui
le numéro cinq, demain ce sera le numéro six. — Comment? que

7

veux-tu dire? — Nous communions par numéros de compagnie, la droite en tête. — Fort bien. Tes officiers? — Mes officiers? Ma foi, je ne les connais guère. Nous les voyons à la parade. Nous autres soldats, bonhomme Paul, nous ne connaissons que nos sergents. Ils vivent avec nous; ils logent avec nous; ils nous mènent à vêpres. — En vérité? cependant tu dois savoir, mon cher, si ton capitaine te veut du bien. — Notre capitaine n'a pas rejoint; nous ne l'avons jamais vu. Il prêche les missions dans le Midi. — Bon! Mais ton colonel? — Oh! celui-là, nous l'aimons tous. C'est un joli garçon, bien tourné, fait à peindre, bel homme en uniforme, jeune; il est né peu de temps avant l'émigration. — Dis-moi: il a servi? — Oh! oui; en Angleterre il a servi la messe; et il y paraît bien, car il aime toujours l'Angleterre et la messe.

A ce que je puis voir, tu ne te soucies point de rester au régiment, de suivre jusqu'au bout la carrière militaire. — Où me mènerait-elle? Sergent après vingt ans, la belle perspective! — Mais, par la loi Gouvion, ne peux-tu pas aussi devenir officier! — Ah! officier de fortune! Si vous saviez ce que c'est! J'aime mieux labourer et mener bien ma charrue que d'être ici malmené par les nobles. Adieu, bonhomme Paul; la retraite m'appelle. Au revoir, mon bonhomme. — Au revoir, mon ami.

A quatre pas de là, je trouve le seigneur du fief de Haubert, et je lui dis: Mon gentilhomme, vous n'aurez jamais ces gens-là. — Pourquoi, s'il vous plaît? — C'est qu'ils ont tâté de l'avancement. Vous voulez toutes les places, mais surtout vous voulez toutes les places d'officier, et vous avez raison; car sans cela point de noblesse. Eux veulent avancer. Le marquis aura beau faire, c'est une fantaisie qu'il ne leur ôtera pas. Je ne vois guère moyen de vous accommoder. M. Quatremère de Quincy, bourgeois de Paris, vous accordera ce que vous voudrez: privilèges, pensions, traitements, et la restitution, et la substitution, et la grande propriété. Vous le gagnerez aisément en l'appelant mon cher ami et lui serrant la main quelquefois. Mais les soldats ne se payent point de cette monnaie. Pour lui, l'ancien régime est une chose admirable, c'est le temps des belles manières ; mais, pour les soldats, c'est le temps des coups de bâton. Vous ne les ferez pas aisément consentir à rétrograder jusque-là. Puis le public est pour eux. On sait qu'un bon soldat est un bon officier et un bon général, tant qu'il ne se fait point gentilhomme. On ne le savait pas autrefois. En un mot comme en cent, vous n'aurez jamais en ce pays une armée à vous. — Nous aurons les gendarmes et le procureur du roi.

P. S. — M. le Tissier, le dernier de nos députés (j'entends dernier nommé), nous assure, par une circulaire, qu'il a de la vertu plus que nous ne croyons. Il n'acceptera, nous dit-il, ni places, ni titres, ni argent. Beau sacrifice ! car sans doute on ne manquera pas de lui tout offrir. Ses talents oratoires, ses rares connaissances, sa grande réputation vont lui donner une influence prodigieuse sur l'assemblée des députés de la nation. Les ministres tenteront tout pour s'acquérir un homme comme M. le Tissier ; mais leurs avances seront perdues ; il n'acceptera rien, dit-il, quand on voudrait le faire gentilhomme et le mettre à la garde-robe.

On va ici couper le cou à un pauvre diable pour tentative d'homicide. Il se plaint et dit à ses juges : Supposons qu'en effet j'aie voulu tuer un homme. Vous connaissez des gens qui ont tenté de faire tuer la moitié de la France par les puissances étrangères. Ils voulaient de l'argent, et moi aussi. Le cas est tout pareil. Vous n'avez contre moi que des preuves douteuses ; vous avez leurs notes secrètes signées d'eux ; vous me coupez le cou, et vous leur faites la révérence.

Je lis avec grand plaisir les Mémoires de Montluc. C'est un homme admirable, il raconte des choses ! par exemple celle-ci : Un jour, il avait pris quinze cents huguenots, et, ne sachant qu'en faire, il écrit à la cour. Le roi lui mande de les bien traiter. La reine lui fait dire de les tuer. Le roi, qui alors négociait avec leur parti, se flattait d'un accommodement. Mais la reine-mère ne voulait point d'accommodement. Voilà le bon maréchal en peine entre deux ordres si contraires. Enfin il se décide. Je crus, dit-il, ne pouvoir faillir en obéissant à la reine. Je tuai mes huguenots, et fis bien ; car le traité manqua, la guerre continua, et la reine me sut gré de tout. Ce livre est plein de traits pareils. Mais, pour en entendre le fin, il faut savoir l'histoire du temps. Il y avait en France alors deux gouvernements.

Est-il donc vrai que les notes secrètes ne savent plus où s'adresser, et que tout se brouille là-bas? Leurs excellences européennes veulent, dit-on, se couper la gorge ; l'Anglais défie l'Allemand. Celui-ci, plus rusé, lui joue un tour de diplomate, gagne le postillon de milord, qui verse Sa Grâce dans un trou, pensant bien lui rompre le cou. Mais l'Anglais roule jusqu'au fond sans s'éveiller, et cuve son vin ; puis, sorti de là, demande raison. Voilà les comptes qu'on nous fait, et nous écoutons tout cela. Que vous êtes heureux à Paris de savoir ce qui se passe, et de voir les choses de près, surtout la garde-robe et Rapp dans ses fonctions! C'est là ce que je vous envie.

SIMPLE DISCOURS

DE

PAUL-LOUIS·

VIGNERON DE LA CHAVONNIÈRE

AUX MEMBRES

DU CONSEIL DE LA COMMUNE DE VÉRETZ

DÉPARTEMENT D'INDRE - ET - LOIRE

A L'OCCASION D'UNE SOUSCRIPTION

PROPOSÉE PAR S. E. LE MINISTRE DE L'INTÉRIEUR

POUR L'ACQUISITION DE CHAMBORD

(1821)

Si nous avions de l'argent à n'en savoir que faire, toutes nos dettes payées, nos chemins réparés, nos pauvres soulagés, notre église d'abord (car Dieu passe avant tout) pavée, recouverte et vitrée, s'il nous restait quelque somme à pouvoir dépenser hors de cette commune, je crois, mes amis, qu'il faudrait contribuer, avec nos voisins, à refaire le pont de Saint-Avertin, qui, nous abrégeant d'une grande lieue le transport d'ici à Tours, par le prompt débit de nos denrées, augmenterait le prix et le produit des terres dans tous ces environs ; c'est là, je crois, le meilleur emploi à faire de notre superflu, lorsque nous en aurons. Mais d'acheter Chambord pour le duc de Bordeaux, je n'en suis pas d'avis, et ne le voudrais pas quand nous aurions de quoi, l'affaire étant,

selon moi, mauvaise pour lui, pour nous et pour Chambord.
Vous l'allez comprendre, j'espère, si vous m'écoutez; il est
fête, et nous avons le temps de causer.

Douze mille arpents de terre enclos que contient le parc de
Chambord, c'est un joli cadeau à faire à qui les saurait labourer. Vous et moi connaissons des gens qui n'en seraient
pas embarrassés, à qui cela viendrait fort bien; mais lui, que
voulez-vous qu'il en fasse? Son métier, c'est de régner un
jour, s'il plaît à Dieu, et un château de plus ne l'aidera de
rien. Nous allons nous gêner et augmenter nos dettes, remettre à d'autres temps nos dépenses pressées, pour lui donner une chose dont il n'a pas besoin, qui ne lui peut servir et
servirait à d'autres. Ce qu'il lui faut pour régner, ce ne sont
pas des châteaux, c'est notre affection; car il n'est sans cela
couronne qui ne pèse. Voilà le bien dont il a besoin et qu'il
ne peut avoir en même temps que notre argent. Assez de gens
là-bas lui diront le contraire, nos députés tout les premiers,
et sa cour lui répétera que plus nous payons, plus nous
sommes sujets amoureux et fidèles; que notre dévouement
croît avec le budget. Mais, s'il en veut savoir le vrai, qu'il
vienne ici, et il verra, sur ce point-là et sur bien d'autres,
nos sentiments fort différents de ceux des courtisans. Ils
aiment le prince en raison de ce qu'on leur donne; nous, en
raison de ce qu'on nous laisse; ils veulent Chambord pour en
être, l'un gouverneur, l'autre concierge, bien gagés, bien
logés, bien nourris, sans faire œuvre, et peu leur importe du
reste. L'affaire sera toujours bonne pour eux, quand elle serait
mauvaise pour le prince, comme elle l'est, je le soutiens;
acquérant de nos deniers pour un million de terres, il perd
pour cent millions au moins de notre amitié : Chambord,
ainsi payé, lui coûtera trop cher; de telles acquisitions le
ruineraient bientôt, s'il est vrai, ce qu'on dit, que les rois ne
sont riches que de l'amour des peuples. Le marché paraît d'or
pour lui, car nous donnons et il reçoit : il n'a que la peine de
prendre; mais lui, sans débourser de fait, y met beaucoup du
sien, et trop, s'il diminue son capital dans le cœur de ses
sujets : c'est spéculer fort mal et se faire grand tort. Qui le

conseille ainsi n'est pas de ses amis, ou, comme dit l'autre, mieux vaudrait un sage ennemi.

Mais quoi ! je vous le dis, ce sont les gens de cour dont l'imaginative enfante chaque jour ces merveilleux conseils ; ils ont plus tôt inventé cela que le semoir de Fehlemberg, ou bien le bateau à vapeur. On a eu l'idée, dit le ministre, de faire acheter Chambord par les communes de France, pour le duc de Bordeaux. On a eu cette pensée ! qui donc ? Est-ce le ministre ? il ne s'en cacherait pas, ne se contenterait pas de l'honneur d'approuver en pareille occasion. Le prince ? à Dieu ne plaise que sa première idée ait été celle-là, que cette envie lui soit venue avant celle des bonbons et des petits moulins ! Les communes donc apparemment ? non pas les nôtres, que je sache, de ce côté-ci de la Loire, mais celles-là peut-être qui ont logé deux fois les Cosaques du Don. Ici nous nous sentons assez des bienfaits de la Sainte-Alliance : mais c'est tout autre chose là où on a joui de sa présence, possédé Sacken et Platow ; là naturellement on s'avise d'acheter des châteaux pour les princes, et puis on songe à refaire son toit et ses foyers.

Du temps du bon roi Henri IV, le roi du peuple, le seul roi dont il ait gardé la mémoire, pareils dons furent offerts à son fils nouveau-né ; on eut l'idée de faire contribuer toutes les communes de France en l'honneur du royal enfant, et, de la seule ville de la Rochelle, des députés vinrent apportant cent mille écus en or, somme énorme alors. Mais le roi : « C'est trop, mes amis, leur dit-il, c'est trop pour de la bouillie ; gardez cela, et l'employez à rebâtir chez vous ce que la guerre a détruit, et n'écoutez jamais ceux qui vous parleront de me faire des présents, car telles gens ne sont vos amis ni les miens. » Ainsi pensait ce roi protecteur déclaré de la petite propriété, qui, toute sa vie, fut brouillé avec les puissances étrangères, et qui faisait couper la tête aux courtisans, aux favoris, quand il les surprenait à faire des notes secrètes.

Ceci soit dit, et revenant à l'idée d'acheter Chambord, avouons-le, ce n'est pas nous, pauvres gens de village, que le Ciel favorise de ces inspirations ; mais qu'importe, après tout ?

Un homme s'est rencontré dans les hautes classes de la société, doué d'assez d'esprit pour avoir cette heureuse idée ; que ce soit un courtisan fidèle, jadis pensionnaire de Fouché, ou un gentilhomme de Bonaparte employé à la garde-robe, c'est la même chose pour nous qui n'y saurions avoir jamais d'autre mérite que celui de payer. Laissons aux gens de cour, en fait de flatterie, l'honneur des inventions, et nous exécutons ; les frais seuls nous regardent ; il saura bien se nommer l'auteur de celle-ci, demander son brevet, et nous suffise à nous, habitants de Véretz, qu'il ne soit pas du pays.

Elle est nouvelle assurément l'idée que le ministre admire et nous charge d'exécuter. On avait vu de tels dons payer de grands services, des actions éclatantes ; Eugène, Marlborough, à la fin d'une vie toute pleine de gloire, obtinrent des nations qu'ils avaient su défendre ces témoignages de la reconnaissance publique ; et Chambord même (sans chercher si loin des exemples), qu'on veut donner au prince pour sa layette, fut au comte de Saxe le prix d'une victoire qui sauva la France à Fontenoi. La France, par lui libre, je veux dire indépendante, délivrée de l'étranger, au dedans florissante, respectée au dehors, fit présent de cette terre à son libérateur, qui s'y vint reposer de trente ans de combats. Monseigneur n'a encore que six mois de nourrice, et, il faut en convenir, de Maurice vainqueur au prince à la bavette, il y a quelque différence, à moins qu'on ne veuille dire peut-être que, commençant sa vie où l'autre a fini la sienne, il finira par où Maurice a commencé, par nous débarrasser des puissances étrangères. Je le souhaite et l'espère du sang de ce Henri qui chassa l'Espagne de France ; mais le payer déjà, je crois que c'est folie, et n'approuve aucunement qu'il ait ses invalides avant de sortir du maillot. Récompenser l'enfant d'être venu au monde comme le capitaine qui gagna des batailles, et, par d'heureux exploits, acquit à ce pays et la paix et la gloire, c'est ce qu'on n'a point vu, c'est là l'idée nouvelle, qui ne nous fût pas venue sans l'avis officiel. Pour inventer cela, et mettre à la place des hulans du comte de Saxe les dames du berceau, il faut avoir non pas l'esprit, mais le génie de l'adulation, qui ne se trouve

que là où ce genre d'industrie est puissamment encouragé;
ce trait sort des bassesses communes, et met son auteur, quel
qu'il soit, hors du gros des flatteurs de cour. Il se moque fort
apparemment de ses camarades qui, marchant dans la route
battue des vieilles flagorneries usées, ne savent rien imaginer;
on va l'imiter maintenant jusqu'à ce qu'un autre aille au delà.

Quand le gouverneur d'un roi enfant dit à son élève jadis:
Maître, tout est à vous; ce peuple vous appartient corps et
biens, bêtes et gens; faites-en ce que vous voudrez; cela fut
remarqué. La chambre, l'antichambre et la galerie répétèrent:
Maître, tout est à vous, qui, dans la langue des courtisans,
voulait dire tout est pour nous, car la cour donne tout aux
princes, comme les prêtres tout à Dieu; et ces domaines, ces
apanages, ces listes civiles, ces budgets ne sont guère autrement pour le roi que le revenu des abbayes n'est pour Jésus-
Christ. Achetez, donnez Chambord, c'est la cour qui le man-
gera; le prince n'en sera ni pis ni mieux. Aussi ces belles
idées de nous faire contribuer en tant de façons, viennent
toujours de gens de cour, qui savent très-bien ce qu'ils font
en offrant au prince notre argent. L'offrande n'est jamais
pour le saint, ni nos épargnes pour les rois, mais pour cet
essaim dévorant qui sans cesse bourdonne autour d'eux, depuis
leur berceau jusqu'à Saint-Denis.

Car, après la leçon du sage gouverneur, au temps dont je
vous parle, bon temps, comme vous savez, les princes ayant
appris une fois et compris que tout était à eux, on leur enseignait à donner; un précepteur abbé de cour, en lisant
avec eux l'histoire, leur faisait admirer cet empereur Titus,
qui, dit-on, donnait à toutes mains, croyant perdu le jour
qu'il n'avait rien donné, *qu'on n'alla jamais voir sans revenir
heureux*, avec une pension, quelque gratification ou des cou-
pons de rente; prince adoré de tout ce qui avait les grandes
entrées ou qui montait dans les carrosses. La cour l'ido-
lâtrait; mais le peuple? le peuple? il n'y en avait pas:
l'histoire n'en dit mot. Il n'y avait alors que les honnêtes
gens, c'est-à-dire les gens présentés: c'était là le monde,
tout le monde, et le monde était heureux. Faites ainsi, mon

7.

maître, vous serez adoré comme ce bon empereur ; la cour
vous bénira, les poëtes vous loueront, et la postérité en
croira les poëtes. Voilà les éléments d'histoire qu'on enseignait
alors aux princes. Peu de mention d'ailleurs de ces rois tels
que Louis XII et Henri IV, en leur temps maudits de la cour
pour n'avoir su donner comme d'autres faisaient si généreusement, si magnifiquement, avec choix néanmoins. Donner au
riche, aider le fort, c'est la maxime du bon temps, de ce bon
temps qui va revenir tout à l'heure, sans aucun doute, à
moins que jeunesse ne grandisse et vieillesse ne périsse.

Mais la jeunesse croît chez nous, et voit croître avec elle
ses princes ; je dis avec elle, et je m'entends. Nos enfants,
plus heureux que nous, vont connaître leurs princes élevés
avec eux, et en seront connus. Déjà voilà le fils aîné du duc
d'Orléans, je sais cela de bonne part, et vous le garantis plus
sûr que si les gazettes le disaient; voilà le duc de Chartres au
collége, à Paris. Chose assez simple, direz-vous, s'il est en âge
d'étudier : simple sans doute, mais nouvelle pour les personnes
de ce rang. On n'a point encore vu de prince au collége ; celui-ci, depuis qu'il y a des colléges et des princes, est le premier qu'on ait élevé de la sorte, et qui profite du bienfait de
l'instruction publique et commune ; et de tant de nouveautés
écloses de nos jours, ce n'est pas la moins faite pour surprendre. Un prince étudier, aller en classe ! un prince avoir
des camarades ! Les princes jusqu'ici ont eu des serviteurs,
et jamais d'autre école que celle de l'adversité, dont les rudes
leçons étaient perdues souvent. Isolés à tout âge, loin de toute
vérité, ignorant les choses et les hommes, ils naissaient, ils
mouraient dans les liens de l'étiquette et du cérémonial,
n'ayant vu que le fard et les fausses couleurs étalées devant
eux ; ils marchaient sur nos têtes, et ne nous apercevaient
que quand par hasard ils tombaient. Aujourd'hui, connaissant
l'erreur qui les séparait des nations, comme si la clef d'une
voûte, pour user de cette comparaison, pouvait en être hors
et ne tenir à rien, ils veulent voir des hommes, savoir ce que
l'on sait, et n'avoir plus besoin des malheurs pour s'instruire;
tardive résolution, qui, plus tôt prise, leur eût épargné com-

bien de fautes, et à nous combien de maux! Le duc de Chartres au collége, élevé chrétiennement et monarchiquement,
mais, je pense, aussi un peu constitutionnellement, aura bientôt appris ce qu'à notre grand dommage ignoraient ses aïeux,
et ce n'est pas le latin que je veux dire, mais ces simples notions de vérités communes que la cour tait aux princes, et
qui les garderaient de faillir à nos dépens. Jamais de Dragonnades ni de Saint-Barthélemy, quand les rois, élevés au milieu de leur peuple, parleront la même langue, s'entendront
avec eux sans truchement ni intermédiaire ; de Jacquerie non
plus, de Ligues, de Barricades. L'exemple ainsi donné par le
jeune duc de Chartres aux héritiers des trônes, ils en profiteront sans doute. Exemple heureux autant qu'il est nouveau !
que de changements il a fallu, de bouleversements dans le
monde pour amener là cet enfant ! Et que dirait le grand roi,
le roi des honnêtes gens, Louis le Superbe, qui ne put souffrir confondus avec la noblesse du royaume ses bâtards mêmes,
ses bâtards! tant il redoutait d'avilir la moindre parcelle de
son sang ! Que dirait ce parangon de l'orgueil monarchique,
s'il voyait aux écoles, avec tous les enfants de la race sujette,
un de ses arrière-neveux, sans pages, ni jésuites, suivre des
exercices et disputer des prix ; tantôt vainqueur, tantôt vaincu ;
jamais, dit-on, favorisé ni flatté en aucune sorte, chose admirable au collége même (car où n'entre pas cette peste de
l'éducation ?), croyable pourtant si l'on pense que la publicité
des cours rend l'injustice difficile, qu'entre eux les écoliers
usent peu de complaisance, peu volontiers cèdent l'honneur,
non encore exercés aux feintes qu'ailleurs on nomme défé-
rences, égards, ménagements, et qu'a produits l'horreur du
vrai. Là, au contraire, tout se dit, toutes choses ont leur vrai
nom et le même nom pour tous ; là, tout est matière d'instruction, et les meilleures leçons ne sont pas celles des maîtres.
Point d'abbé Dubois, point de menins : personne qui dise au
jeune prince : Tout est à vous, vous pouvez tout ; il est l'heure
que vous voulez. En un mot, c'est là le bruit commun qu'on
élève le duc de Chartres comme tous les enfants de son âge ;
nulle distinction, nulle différence, et les fils de banquiers, de

juges, de négociants, n'ont aucun avantage sur lui ; mais il en
aura lui beaucoup, sorti de là, sur tous ceux qui n'auront pas
reçu cette éducation. Il n'est, vous le savez, meilleure éducation
que celle des écoles publiques, ni pire que celle de la cour.
Ah ! si au lieu de Chambord pour le duc de Bordeaux, on nous
parlait de payer sa pension au collége (et plût à Dieu qu'il
fût en âge, que je l'y puisse voir de mes yeux), s'il était question de cela, de bon cœur j'y consentirais et voterais ce qu'on
voudrait, dût-il m'en coûter ma meilleure coupe de sainfoin :
il ne faudrait pas plaindre cette dépense ; il y va de tout pour
nous. Un roi ainsi élevé ne nous regarderait pas comme sa
propriété, jamais ne penserait nous tenir à cheptel de Dieu ni
d'aucune puissance.

Mais à Chambord qu'apprend-il ? ce que peuvent enseigner
et Chambord et la cour. Là, tout est plein de ses aïeux. Pour
cela précisément je ne l'y trouve pas bien, et j'aimerais mieux
qu'il vécût avec nous qu'avec ses ancêtres. Là, il verra partout les chiffres d'une Diane, d'une Châteaubriant, dont les
noms souillent encore ces parois infectées jadis de leur présence. Les interprètes, pour expliquer de pareils emblèmes,
ne lui manqueront pas, on peut le croire ; et quelles instructions pour un adolescent destiné à régner ! Ici, Louis, le modèle des rois, vivait (c'est le mot à la cour) avec la femme
Montespan, avec la fille la Vallière, avec toutes les femmes
et les filles que son bon plaisir fut d'ôter à leurs maris, à
leurs parents. C'était le temps alors des mœurs, de la religion ; et il communiait tous les jours. Par cette porte entrait
sa maîtresse le soir, et le matin son confesseur. Là, Henri
faisait pénitence entre ses mignons et ses moines ; mœurs et
religion du bon temps ! Voici l'endroit où vint une fille éplorée
demander la vie de son père, et l'obtint (à quel prix !) de
François, qui la mourut de ses bonnes mœurs. En cette chambre, un autre Louis... ; en celle-ci. Philippe... sa fille..., ô
mœurs ! ô religion ! perdues depuis que chacun travaille et vit
avec ses enfants. Chevalerie, cagoterie, qu'êtes-vous devenues ?
Que de souvenirs à conserver dans ce monument, où tout respire l'innocence des temps monarchiques ! et quel dommage

c'eût été d'abandonner à l'industrie ce temple des vieilles mœurs, de la vieille galanterie (autre mot de cour qui ne se peut honnêtement traduire), de laisser s'établir des familles laborieuses et d'ignobles ménages sous ces lambris, témoins de tant d'augustes débauches! Voilà ce que dira Chambord au jeune prince, logé là d'ailleurs comme l'était le roi François Ier, et comme aucun de nous ne voudrait l'être. Dieu préserve tout honnête homme de jamais habiter une maison bâtie par le Primaticcio. Les demeures de nos pères ne nous conviennent non plus aujourd'hui que leurs lois; et, comme nous valons mieux qu'eux, à tous égards, sans nous vanter trop, ce me semble, et à n'en juger seulement que par la conduite des princes, qui n'étaient pas, je crois, pires que leurs sujets; vivant mieux de toute manière, nous voulons être et sommes en effet mieux logés.

Que si l'acquisition de Chambord ne vaut rien pour celui à qui on le donne, je vous laisse à penser pour nous qui le payons. J'y vois plus d'un mal, dont le moindre n'est pas le voisinage de la cour. La cour, à six lieues de nous, ne me plaît point. Rendons aux grands ce qui leur est dû; mais tenons-nous-en loin le plus que nous pourrons, et, ne nous approchant jamais d'eux, tâchons qu'ils ne s'approchent point de nous, parce qu'ils peuvent nous faire du mal, et ne nous sauraient faire de bien. A la cour tout est grand, jusqu'aux marmitons. Ce ne sont là que grands officiers, grands seigneurs, grands propriétaires. Ces gens qui ne peuvent souffrir qu'on dise mon champ, ma maison; qui veulent que tout soit terre, parc, château, et tout le monde seigneurs ou laquais, ou mendiants; ces gens ne sont pas tous à la cour. Nous en avons ici; et même c'est de ceux-là qu'on fait nos députés; à la cour il n'y en a point d'autres. Vous savez de quel air ils nous traitent, et le bon voisinage que c'est. Jeunes, ils chassent à travers nos blés avec leurs chiens et leurs chevaux, ouvrent nos haies, gâtent nos fossés, nous font mille maux, mille sottises; et plaignez-vous un peu, adressez-vous au maire, ayez recours, pour voir, aux juges, au préfet, puis vous m'en direz des nouvelles quand vous serez sorti de prison. Vieux, c'est encore pis ; ils nous plaident, nous dépouillent, nous ruinent juridiquement, par arrêt de *messieurs* qui dînent avec eux, honnêtes gens comme eux, incapables de manger viande le vendredi ou de manquer la messe le dimanche ; qui, leur adjugeant votre bien, pensent faire œuvre méritoire et recomposer, l'ancien régime. Or, dites si un seul près de vous de ces honnêtes éligibles suffit pour vous faire enrager et souvent quitter le pays, que sera-ce d'une cour à Chambord, lorsque vous aurez là tous les grands réunis autour d'un plus grand qu'eux ? Croyez-moi, mes amis, quelque part que vous alliez, quelque affaire que vous ayez, ne passez point par là ; détournez-vous plutôt, prenez un autre chemin, car, en marchant, s'il vous arrive d'éveiller un lièvre, je vous plains. Voilà les gardes qui accourent. Chez les princes, tout est gardé ; autour d'eux, au loin et au large, rien ne dort qu'au bruit des tambours et à l'ombre des baïonnettes ; vedettes, sentinelles, observent, font le guet ; infanterie, cavalerie, artillerie en bataille, rondes, patrouilles jour et nuit ; armée terrible à tout ce qui n'est pas étranger. Le voilà : qui vive ? Wellington ; ou bien laissez-vous prendre et mener en prison. Heureux si on ne trouve dans vos poches un pétard ! Ce sont là, mes amis, quelques inconvénients du voisinage des grands. Y passer est fâcheux, y demeurer est impossible, à qui du moins ne veut être ni valet ni mendiant.

Vous seriez bientôt l'un et l'autre. Habitant près d'eux, vous feriez comme tous ceux qui les entourent. Là, tout le monde sert ou veut servir. L'un présente la serviette, l'autre le vase à boire. Chacun reçoit ou demande salaire, tend la main, se recommande, supplie. Mendier n'est pas honte à la cour : c'est toute la vie du courtisan. Dès l'enfance, appris à cela, voué à cet état par honneur, il s'en acquitte bien autrement que ceux qui mendient par paresse ou nécessité. Il y apporte un soin, un art, une patience, une persévérance, et aussi des avances, une mise de fonds ; c'est tout, en tout genre d'industrie. Gueux à la besace, que peut-on faire ? Le courtisan mendie en carrosse à six chevaux, et attrape plus tôt un million que l'autre un morceau de pain noir. Actif, infatigable, il ne s'endort jamais; il veille la nuit et le jour, guette le temps de demander, comme vous celui de semer, et mieux. Aucun refus, aucun mauvais succès ne lui fait perdre courage. Si nous mettions dans nos travaux la moitié de cette constance, nos greniers chaque année rompraient. Il n'est affront, dédain, outrage ni mépris qui le puissent rebuter. Éconduit, il insiste; repoussé, il tient bon; qu'on le chasse, il revient; qu'on le batte, il se couche à terre. *Frappe, mais écoute* et donne. Du reste, prêt à tout. On est encore à inventer un service assez vil, une action assez lâche, pour que l'homme de cour, je ne dis pas s'y refuse, chose inouïe, impossible, mais n'en fasse point gloire et preuve de dévouement. Le dévouement est grand à la personne d'un maître. C'est à la personne qu'on se dévoue, au corps, au contenu du pourpoint, et même quelquefois à certaines parties de la personne, ce qui a lieu surtout quand les princes sont jeunes.

La vertu semble avoir des bornes. Cette grande hauteur, qu'ont atteinte certaines âmes, paraît en quelque sorte mesurée. Caton et Washington montrent où peut s'élever le plus beau, le plus noble de tous les sentiments, c'est l'amour du pays et de la liberté. Au-dessus on ne voit rien. Mais le dernier degré de bassesse n'est pas connu; et ne me citez point ceux qui proposent d'acheter des châteaux pour les princes, d'ajouter à leur garde une nouvelle garde; car on ira plus bas, et eux-mêmes demain vont trouver d'autres inventions qui feront oublier celles-là.

Vous, quand vous aurez vu les riches demander, chacun recevoir des aumônes proportionnées à sa fortune, tous les honnêtes gens abhorrer le travail et ne fuir rien tant que d'être soupçonnés de la moindre relation avec quiconque a jamais pu faire quelque chose en sa vie, vous rougirez de la charrue, vous renierez la terre votre mère, et l'abandonnerez, ou vos fils vous abandonneront, s'en iront valets de valets à la cour, et vos filles, pour avoir seulement ouï parler de ce qui s'y passe, n'en vaudront guère mieux au logis.

Car, imaginez ce que c'est. La cour... il n'y a ici ni femmes ni enfants. Écoutez : La cour est un lieu honnête, si l'on

veut, cependant bien étrange. De celle d'aujourd'hui, j'en
sais peu de nouvelles; mais je connais, et qui ne connaît
celle du grand Louis XIV, le modèle de toutes, la cour par
excellence, dont il nous reste tant de Mémoires, qu'à présent
on n'ignore rien de ce qui s'y fit jour par jour? C'est quelque
chose de merveilleux ; par exemple, leur façon de vivre avec
les femmes... Je ne sais trop comment vous dire. On se prenait, on se quittait, ou, se convenant, on s'arrangeait. Les
femmes n'étaient pas toutes communes à tous; ils ne vivaient
pas pêle-mêle. Chacun avait la sienne, et même ils se ma-
riaient. Cela est hors de doute. Ainsi je trouve qu'un jour,
dans le salon d'une princesse, deux femmes au jeu s'étant
piquées, comme il arrive, l'une dit à l'autre : Bon Dieu, que
d'argent vous jouez ! combien donc vous donnent vos amants?
Autant, repartit celle-ci sans s'émouvoir, autant que vous
donnez aux vôtres. Et la chronique ajoute : les maris étaient
là. Elles étaient mariées ; ce qui s'explique peut-être en disant que chacune était la femme d'un homme, et la maîtresse
de tous. Il y a de pareils traits une foule. Ce roi eut un ministre, entre autres, qui, aimant fort les femmes, les voulut
avoir toutes ; j'entends celles de la cour qui en valaient la
peine : il paya et les eut. Il lui en coûta. Quelques-unes se
mirent à haut prix, connaissant sa manie. Mais enfin il les
eut toutes comme il voulut. Tant que, voulant avoir aussi
celle du roi, c'est-à-dire sa maîtresse d'alors, il la fit mar-
chander, dont le roi se fâcha et le mit en prison. S'il fit bien,
c'est un point que je laisse à juger; mais on en murmura.
Les courtisans se plaignirent. Le roi veut, disaient-ils, entretenir nos femmes, c....... avec nos sœurs, et nous interdire
ses...; je ne vous dis pas le mot; mais ceci est historique, et,
si j'avais mes livres, je vous le ferais lire. Voilà ce qui fut
dit, et prouve qu'il y avait du moins quelque espèce de com-
munauté, nonobstant les mariages et autres arrangements.

Une telle vie, mes amis, vous paraît impossible à croire.
Vous n'imaginez pas que, dans de pareils désordres, une famille, une maison subsistent, encore moins qu'il y eût jamais
un lieu où tout le monde se conduisît de la sorte. Mais quoi?

ce sont des faits, et m'est avis aussi que vous raisonnez mal. Vos maisons périraient, dites-vous, si les choses s'y passaient ainsi. Je le crois. Chez vous on vit de travail, d'économie; mais à la cour on vit de faveur. Chez vous, l'industrie du mari amène tous les biens à la maison, où la femme dispose, ordonne, règle chaque chose. Dans le ménage de cour, au contraire, la femme au dehors s'évertue. C'est elle qui fait les bonnes affaires. Il lui faut des liaisons, des rapports, des amis, beaucoup d'amis. Sachez qu'il n'y a pas en France une seule famille noble, mais je dis noble de race et d'antique origine, qui ne doive sa fortune aux femmes; vous m'entendez. Les femmes ont fait les grandes maisons; ce n'est pas, comme vous croyez bien, en cousant les chemises de leurs époux, ni en allaitant leurs enfants. Ce que nous appelons, nous autres, honnête femme, mère de famille, à quoi nous attachons tant de prix, trésor pour nous, serait la ruine du courtisan. Que voudriez-vous qu'il fît d'une dame *Honesta*, sans amants, sans intrigues, qui, sous prétexte de vertu, claquemurée dans son ménage, s'attacherait à son mari? Le pauvre homme verrait pleuvoir des grâces autour de lui, et n'attraperait jamais rien. De la fortune des familles nobles il en paraît bien d'autres causes, telles que le pillage, les concussions, l'assassinat, les proscriptions et surtout les confiscations. Mais qu'on y regarde, et l'on verra qu'aucun de ces moyens n'eût pu être mis en œuvre sans la faveur d'un grand, obtenue par quelque femme. Car, pour piller, il faut avoir commandements, gouvernements, qui ne s'obtiennent que par les femmes; et ce n'était pas tout d'assassiner Jacques Cœur ou le maréchal d'Ancre, il fallait, pour avoir leurs biens, le bon plaisir, l'agrément du roi, c'est-à-dire des femmes qui gouvernaient alors le roi ou son ministre. Les dépouilles des huguenots, des frondeurs, des traitants, autres faveurs, bienfaits qui coulaient, se répandaient par les mêmes canaux aussi purs que la source. Bref, comme il n'est, ne fut, ni ne sera jamais, pour nous autres vilains, qu'un moyen de fortune, c'est le travail : pour la noblesse non plus, il n'y en a qu'un, et c'est... c'est la prostitution, puisqu'il faut, mes amis, l'appeler par son nom. Le vilain s'en aide parfois, quand il se fait homme de cour, mais non avec tant de succès.

C'en est assez sur cette matière, et trop peut-être. Ne dites mot de tout cela dans vos familles ; ce ne sont pas des contes à faire à la veillée, devant vos enfants. Histoire de cour et des courtisans, mauvais récits pour la jeunesse, qui ne doit pas de nous apprendre jusqu'à quel point on peut mal vivre, ni même soupçonner au monde de pareilles mœurs. Voilà pourquoi je redoute une cour à Chambord. Qu'une fois ils entendent parler de cette honnête vie et d'un lieu, non loin d'ici, où l'on gagne gros à se divertir et à ne rien faire, où pour être riche à jamais, il ne faut que plaire un moment, chose que chacun croît facile, en n'épargnant aucun moyen ; à ces nouvelles, je vous demande qui les pourra tenir qu'ils n'aillent d'abord voir ce que c'est ; et, l'ayant vu, adieu parents, adieu le champ qui paye si mal un labeur sans fin, rendant quelques gerbes au bout de l'an pour tant de fatigues, de sueurs. On veut chaque mois toucher des gages, et non s'attendre à des moissons ; on veut servir, non travailler. De là, mes amis, tout ce qu'engendre l'oisiveté, plus féconde encore quand elle est compagne de servitude. La cour, centre de corruption, étend partout son influence ; il n'est nul qui ne s'en ressente, selon la distance où il se trouve. Les plus gâtés sont les plus proches ; et nous, que la bonté du Ciel fit naître à cent lieues de cette fange, nous irions payer pour l'avoir à notre porte! à Dieu ne plaise.

C'est ce que me disait un bonhomme du pays de Chambord même, que je vis dernièrement à Blois ; car, comme je lui demandai ce qu'on pensait chez lui de cette affaire, et que désiraient les habitants : Nous voudrions bien, me dit-il, avoir le prince, mais non la cour. Les princes, en général, sont bons, et, n'était ce qui les entoure, il y aurait plaisir à demeurer près d'eux ; ce seraient les voisins du monde les meilleurs : charitables, humains, secourables à tous, exempts des vices et des passions que produit l'envie de parvenir, comme ils n'ont point de fortune à faire. J'entends les princes qui sont nés princes ; quant aux autres, sans eux eût-on jamais deviné jusqu'où peut aller l'insolence? Nous en pouvons parler, habitants de Chambord. Mais ces princes enfin, quels qu'ils soient, d'ancienne ou de nouvelle date, par la grâce de Dieu, ou de quelqu'un, affables ou brutaux, nous ne les voyons guère; nous voyons leurs valets, gentilshommes ou vilains, les uns pires que les autres; leurs carrosses qui nous écrasent, et leur gibier qui nous dévore. De tout temps le gibier nous fit la guerre. Une seule fois il fut vaincu, en mil sept cent quatre-vingt-neuf : nous le mangeâmes à notre tour. Maîtres alors de nos héritages, nous commencions à semer pour nous, quand le héros parut, et fit venir d'Allemagne des parents ou alliés de nos ennemis morts dans la campagne de quatre-vingt-neuf. Vingt couples de cerfs arrivèrent, destinés à repeupler les bois, et ravager les champs pour le plaisir d'un homme, et la guerre ainsi rallumée continue. Depuis lors, nous sommes sur le qui vive, menacés chaque jour d'une nouvelle invasion de bêtes fauves, ayant à leur tête Marcellus ou Marcassus. Paris en saura des nouvelles, et devrait y penser au moins autant que nous. Paris fut bloqué huit cents ans par les bêtes fauves, et sa banlieue, si riche, si féconde aujourd'hui, ne produisait pas de quoi nourrir les gardes de chasse. Pour moi, je vous l'avoue, en de pareilles circonstances, songeant à tout cela, considérant mûrement, rappelant à ma mémoire ce que j'ai vu dans mon jeune âge, et qu'on parle de rétablir, je fais des vœux pour la bande noire qui, selon moi, vaut bien la bande blanche, servant mieux l'État et le roi. Je prie Dieu qu'elle achète Chambord.

En effet, qu'elle l'achète six millions; c'est le moins à cinq cents francs l'arpent : tel arpent de la futaie vaut dix fois plus; que le tout soit revendu à huit millions à trois ou quatre familles; comme nous avons vu dépecer tant de terres ici et ailleurs. Je trouve à cela beaucoup et de grands avantages pour le public et pour un nombre infini de particuliers. Premièrement, acheteurs et vendeurs s'enrichissent, travaillent, cultivent au profit de tous et de chacun. L'État, le Trésor ou le roi, ou enfin qui vous voudrez, reçoit, tant en impôts que droits de mutation, la valeur du fonds en vingt ans : huit millions, c'est par an quatre cent mille francs qu'on diminuera du budget, quand le budget se pourra diminuer ; nous, voisins de Chambord, nous y gagnerons sur tous. Plus de gibier qui détruise nos blés, plus de gardes qui nous tourmentent, plus de valetaille près de nous, fainéante, corrompue, corruptrice, insolente ; au lieu de tout cela, une colonie heureuse, active, laborieuse, dont l'exemple autant que les travaux nous profiteront pour bien vivre ; colonie qui ne coûte rien, ni transport, ni expédition, ni flotte, ni garnison ; point de frais d'état-major ni de gouvernement ; point de permission ni de protection à obtenir de l'Angleterre ; c'est autre chose que le Sénégal. Et de fait, remarquez, me dit-il, que l'on envoie ici des missionnaires chez nous, et en Afrique des gens qui ont besoin de terre ; double erreur : en Afrique il faut des missionnaires ; en France, des colonies. Là doivent aller ces bons pères, où ils auront à convertir païens, musulmans, idolâtres ; ici doivent rester les colons, où il y a tant à défricher, et où les domaines de la couronne sont encore tels que les trouva le roi Pharamond.

Cette pensée me plut ; mais les gens de Chambord, comme vous voyez, ont peu d'envie de faire partie d'un apanage, croyant peut-être qu'il vaut mieux être à soi qu'au meilleur des princes, à part l'intérêt que chacun peut y avoir personnellement ; car il n'en est pas un, je crois, qui n'achetât plus volontiers pour lui-même un morceau de Chambord que le tout pour les courtisans ; ils aiment mieux d'ailleurs pour voisins de bons paysans comme eux, laboureurs, petits propriétaires, qu'un grand, un protecteur, un prince ; et en tant qu'il nous touche, je suis de cet avis. Je prie Dieu pour la bande noire, qui d'elle-même doit avoir Dieu favorable, car elle aide à l'accomplissement de sa parole. Dieu dit : Croissez, multipliez, remplissez la terre, c'est-à-dire cultivez-la bien ; car sans cela, comment peupler ? et la partagez ; sans cela, comment cultiver ? Or, c'est à faire ce partage d'accord, amiablement, sans noise, que s'emploie la bande noire, bonne œuvre et sainte, s'il en est.

Mais il y a des gens qui l'entendent autrement. La terre,

selon eux, n'est pas pour tous, et surtout elle n'est pas pour les cultivateurs, appartenant de droit divin à ceux qui ne la voient jamais et demeurent à la cour. Ne vous y trompez pas : le monde fut fait pour les nobles. La part qu'on nous en laisse est pure concession, émanée de lieu haut, et partant révocable. La petite propriété, octroyée seulement, comme telle peut être suspendue et le sera bientôt; car nous en abusons ainsi que de la Charte. D'ailleurs, et c'est le point, la grande propriété est la seule qui produise. On ne recueillera plus, on va mourir de faim, si la terre se partage, et que chacun en ait ce qu'il peut labourer. Au laboureur aussi cultivant pour soi seul sans ferme ni censive, la terre ne rend rien. Il la paye bien cher; il achète l'arpent huit ou dix fois plus cher que le gros éligible qui place à deux et demi; c'est qu'il n'en tire rien. Si tant est qu'il laboure, le petit propriétaire; la bêche, l'ignoble bêche, disent nos députés, déshonore le sol, bonne tout au plus à nourrir une famille, et quelle famille! en blouse, en guêtres, en sabots. Le pis, c'est que la terre morcelée, une fois dans les mains de la gent corvéable, n'en sort plus. Le paysan achète du monsieur, non celui-ci de l'autre, qui, ayant payé cher, vendrait plus cher encore. L'honnête homme, bloqué chez lui par la petite propriété, ne peut acquérir aux environs, s'étendre, s'arrondir (il en coûterait trop), ni le château ravoir les champs qu'il a perdus. La grande propriété, une fois décomposée, ne se recompose plus. Un fief, une abbaye sont malaisés à refaire, et comme chaque jour les gens les mieux pensants, les plus mortels ennemis de la petite propriété, vendent pourtant leurs terres, alléchés par le prix, à l'arpent, à la perche, et en font les morceaux les plus petits qu'ils peuvent, la bêche gagne du terrain, la rustique famille bâtit et s'établit sans aller pour cela en Amérique, aux Indes; les grandes terres disparaissent, et le capitaliste, las d'espérer, de craindre ou la hausse ou la baisse, ne sait comment placer. Il y aurait moyen de se faire un domaine sans acheter en détail, ce serait de défricher. Mais, diantre, il ne faut pas, et les lois s'y opposent, afin de conserver; on en viendra là cependant, si le morcellement

continue : les landes, les bruyères périront. Quelle pitié !
quel dommage ! O vous, législateurs nommés par les préfets,
prévenez ce malheur, faites des lois, empêchez que tout le
monde ne vive ! Otez la terre au laboureur et le travail à l'artisan, par de bons priviléges, de bonnes corporations ; hâtez-
vous, l'industrie, aux champs comme à la ville, envahit tout,
chasse partout l'antique et noble barbarie ; on vous le dit, on
vous le crie : que tardez-vous encore ? qui vous peut retenir ?
peuple, patrie, honneur ? lorsque vous voyez là emplois, argent, cordons, et le baron de Frimont.

AMES DÉVOTES

DE LA PAROISSE DE VÉRETZ

DÉPARTEMENT D'INDRE - ET - LOIRE

(1821)

On recommande a vos prières le nommé Paul-Louis, vigneron de la Chavonnière, bien connu dans cette paroisse. Le pauvre homme est en grande peine, ayant eu le malheur d'irriter contre lui tout ce qui s'appelle en France courtisans, serviteurs, flatteurs, adulateurs, complaisants, flagorneurs et autres gens vivant de bassesses et d'intrigues, lesquels sont au nombre, dit-on, de quatre ou cinq cent mille, tous enrégimentés sous diverses enseignes et déterminés à lui faire un mauvais parti; car ils l'accusent d'avoir dit, en taillant sa vigne :

Qu'eux, gens de cour, sont à nous autres, gens de travail et d'industrie, cause de tous maux ;

Qu'ils nous dépouillent, nous dévorent au nom du roi, qui n'en peut mais [1] :

Que les sauterelles, la grêle, les chenilles, le charançon ne nous pillent pas tous les ans, au lieu que lesdits courtisans des hautes classes s'abattent sur nous chaque année, au temps du budget, enlèvent du produit de nos champs le plus clair,

---

1. Voyez la page 117.

le plus net, le meilleur et le plus beau, dont bien fâché audit seigneur roi, qui n'y peut apporter remède [1] ;

Que tous ces impôts, qu'on lève sur nous en tant de façons, vont dans leur poche et non pas dans celle du roi [2] ; étant par eux seuls inventés, accrus, multipliés chaque jour à leur profit comme au dommage du roi non moins que des sujets [3] ;

Que lesdits courtisans veulent manger Chambord et le royaume et nous, et le peuple et le roi devant lequel ils se prosternent, se disant dévoués à sa personne [4] ;

Que les princes sont bons, charitables, humains, secourables à tous et bien intentionnés [5] ; mais qu'ils vivent entourés d'une mauvaise valetaille [6] qui les sépare de nous, et travaille sans cesse à corrompre eux et nous ;

Que c'est là un grand mal, et que, pour y remédier, il serait bon d'élever les princes au collége, loin desdits courtisans [7], comme on voit à Paris le jeune duc de Chartres, enfant qui promet d'être quelque jour un homme de bien, et dont on espère beaucoup ;

Que par ce moyen lesdits princes, instruits à l'égal de leurs sujets, élevés au milieu d'eux, parlant la même langue, s'entendraient avec eux contre lesdits gens de cour, et peut-être parviendraient à délivrer le monde de cette engeance perverse, détestable, maudite ;

Qu'ainsi on ne verrait plus ni Saint-Barthélemy, ni frondes, ni dragonnades, ni révolutions, ni contre-révolutions [8], qui, après force coups et grand massacre de gens, tournent toutes au profit de la susdite valetaille ;

Qu'un tel amendement aux choses de ce monde, bien loin d'être impossible [9], comme quelques-uns le croient, se fait

---

1. Voyez la page 117.
2. Même page.
3. Voyez page 118.
4. Même page.
5. Voyez page 124.
6. Voyez pages 126 et suiv.
7. Voyez page 120.
8. Voyez page 118.
9. Voyez même page.

quasi de soi, sans qu'on y prenne garde; que le temps d'à présent vaut mieux que le passé; que princes et sujets sont meilleurs qu'autrefois[1]; qu'il y a parmi nous moins de vices, plus de vertus; ce qui tend à insinuer calomnieusement, contre toute vérité, que même les courtisans, exerçant près des rois l'art de la flagornerie, sont maintenant moins vils, moins lâches, moins dévoués, moins fidèles au trésor que ne furent leurs devanciers.

Et, pour conclusion, que les princes, nés princes, sont les seuls bons, aimables, avec qui l'on puisse vivre. Que les autres connus sous les noms de héros ou princes d'aventure, ne valent rien du tout. Que nous en avons vu[2] montrer une insolence à nulle autre pareille, et que ceux qui les flattaient valaient encore moins, apôtres aujourd'hui de la légitimité, prêts à verser pour elle leur sang, etc.

Lesquelles propositions scandaleuses, impies et révolutionnaires, auraient été par lui recueillies, mises en lumière dans un pamphlet intitulé *Simple Discours*, espèce de *factum* pour les princes contre les courtisans, saisi par la police comme contraire aux pensions, gratifications et dilapidations de la fortune publique; poursuivi par M. le procureur du roi, comme propre à éclairer lesdits princes et rois sur leurs vrais intérêts.

Tels sont les principaux griefs articulés contre Paul-Louis par les syndics du corps de la flagornerie, Siméon, Jacquinot de Pampelune et autres, poursuivant en leur nom, et comme fondés de pouvoir de la corporation.

Et ajoutent lesdits syndics, aux charges ci-dessus énoncées, qu'en outre Paul-Louis, voulant porter atteinte à la bonne renommée dont jouissent dans le monde lesdites gens de cour, aurait mal à propos, sans en être prié, conté à tout venant les histoires oubliées de leurs pères et grands-pères, rappelé les aventures de leurs chastes grand'mères, en donnant à entendre que tous chiens chas-

1. Voyez page 121.
2. Voyez page 126.

8

sent de race, et autres discours pleins de malice et d'imposture.

Et que, par maints propos plus coupables encore, subversifs de tout ordre et de toute morale, comme de toute religion, il aurait essayé de troubler aucunement lesdites gens de cour dans l'antique, légitime et juste possession où ils sont, de tous temps, de partager entre eux les revenus publics, le produit des impôts, dont l'objet principal, ainsi que chacun le sait, est d'entretenir la paresse et d'encourager la bassesse de tous les fainéants du royaume.

A raison de quoi ils ont cité et personnellement ajourné ledit Paul-Louis à comparoir devant les assises de Paris, comme ayant *offensé la morale publique*, en racontant tout haut ce qui se passe chez eux, *et la personne du roi*[1] dans celle des courtisans : le tout conformément à l'article connu du titre... de la loi... du code des gens de cour, commençant par ces mots : *Qui n'aime pas Cottin, n'estime point son roi, etc.*

Et doit en conséquence, ledit Paul, ci-devant canonnier à cheval, aujourd'hui vigneron, laboureur, bûcheron, etc., etc., comparoir en personne aux assises de Paris, le 27 du présent mois, pour s'ouïr condamner à faire aux courtisans, fainéants, intrigants, réparation publique et amende honorable, déclarant qu'il les tient pour valets aussi bons, aussi bas, aussi vils, aussi rampants que furent oncques leurs pères et prédécesseurs ; qu'à tort et méchamment il a dit le contraire ; et en même temps confesser, la hart au cou, la torche au poing, que le passé seul est bon, que le présent ne vaut rien, n'a jamais rien valu, ne vaudra jamais rien ; qu'autrefois il y eut d'honnêtes gens et des mœurs ; mais qu'aujourd'hui les femmes sont toutes débauchées, les enfants tous fils de coquettes, garnements tous nos jeunes gens, et nous marauds à pendre tous, si Bellart faisait son devoir.

Après quoi ledit Paul sera détenu et conduit ès prisons de Paris, pour y apprendre à vivre et faire pénitence, sous la

1. Voyez le réquisitoire signé Jacquinot Pampelune.

garde d'un geôlier, gentilhomme de nom et d'armes, qui répondra de sa personne aussi longtemps qu'il conviendra pour l'entière satisfaction desdits courtisans, gens de cour, flatteurs, flagorneurs, flagornant par tout le royaume, etc., etc.

Voilà, mes chers amis, en quelle extrémité se trouve réduit le bonhomme Paul, que nous avons vu faire tant et de si bons fagots dans son bois de Larçai, tant de beau sainfoin dans son champ de la Chavonnière, sage s'il n'eût fait autre chose ! On l'avait maintes fois averti que sa langue lui attirerait quelque méchante affaire ; mais il n'en a tenu compte, Dieu sans doute le voulant châtier, afin d'instruire ses pareils, qui ne se peuvent empêcher de crier quand on les écorche. Le voilà mis en jugement et condamné, ou autant vaut. Car vous savez tous comme il est chanceux en procès. Chaque fois qu'on le volait ici, c'était lui qui payait l'amende. Et de fait, se peut-il autrement ? Il ne va pas même voir les juges ! Prions Dieu pour lui, mes amis, et que son exemple nous apprenne à ne jamais dire ce que nous pensons des gens qui vivent à nos dépens.

PÉTITION

A LA CHAMBRE DES DÉPUTÉS

POUR LES VILLAGEOIS

QUE L'ON EMPÊCHE DE DANSER

(1820)

MESSIEURS,

L'objet de ma demande est plus important qu'il ne semble ;
car, bien qu'il ne s'agisse, au vrai, que de danse et d'amusements, comme d'une part ces amusements sont ceux du
peuple, et que rien de ce qui le touche ne vous peut être
indifférent ; que d'autre part, la religion s'y trouve intéressée,
ou compromise, pour mieux dire, par un zèle mal entendu,
je pense, quelque peu d'accord qu'il puisse y avoir entre
vous, que tous vous jugerez ma requête digne de votre attention.

Je demande qu'il soit permis, comme par le passé, aux
habitants d'Azai de danser le dimanche sur la place de leur
commune, et que toutes défenses faites, à cet égard, par le
préfet, soient annulées.

Nous y sommes intéressés, nous, gens de Véretz, qui allons
aux fêtes d'Azai, comme ceux d'Azai viennent aux nôtres.
La distance des deux clochers n'est que d'une demi-lieue environ : nous n'avons point de plus proches ni de meilleurs
voisins. Eux ici, nous chez eux, on se traite tour à tour, on

se divertit le dimanche, on danse sur la place, après midi, les jours d'été. Après midi viennent les violons et les gendarmes en même temps, sur quoi j'ai deux remarques à faire.

Nous dansons au son du violon ; mais ce n'est que depuis une certaine époque. Le violon était réservé jadis aux bals des honnêtes gens ; car d'abord il fut rare en France. Le grand roi fit venir des violons d'Italie, et en eut une compagnie pour faire danser sa cour gravement, noblement, les cavaliers en perruque noire, les dames en vertugadin. Le peuple payait ces violons, mais ne s'en servait pas, dansait peu, quelquefois au son de la musette ou cornemuse, témoin ce refrain : *Voici le pèlerin jouant de sa musette : danse, Guillot, saute, Perrette.* Nous, les neveux de ces Guillots et de ces Perrettes, quittant les façons de nos pères, nous dansons au son du violon, comme la cour de Louis le Grand. Quand je dis comme, je m'entends ; nous ne dansons pas gravement ni ne menons, avec nos femmes, nos maîtresses et nos bâtards. C'est là la première remarque ; l'autre, la voici.

Les gendarmes se sont multipliés en France bien plus encore que les violons, quoique moins nécessaires pour la danse. Nous nous en passerions aux fêtes de village, et, à dire vrai, ce n'est pas nous qui les demandons ; mais le Gouvernement est partout aujourd'hui, et cette *ubiquité* s'étend jusqu'à nos danses, où il ne se fait pas un pas dont le préfet ne veuille être informé pour en rendre compte au ministre. De savoir à qui tant de soins sont plus déplaisants, plus à charge, et qui en souffre davantage des gouvernants ou de nous gouvernés, surveillés, c'est une grande question et curieuse, mais que je laisse à part, de peur de me brouiller avec les classes, ou de dire quelque mot tendant à je ne sais quoi.

Outre ces danses ordinaires les dimanches et fêtes, il y a ce qu'on nomme l'assemblée une fois l'an, dans chaque commune, qui reçoit à son tour les autres. Grande affluence ce jour-là, grande joie pour les jeunes gens. Les violons n'y font faute, comme vous pouvez croire. Au premier coup d'archet, on se place, et chacun mène sa prétendue. Autre part on joue

8.

à des jeux que n'afferme point le Gouvernement : au palet, à
la boule, aux quilles. Plusieurs, cependant, parlent d'affaires;
des marchés se concluent, mainte vache est vendue qui n'a-
vait pu l'être à la foire. Ainsi ces assemblées ne sont pas des
rendez-vous de plaisir seulement, mais touchent les intérêts
du public et de chacun, et le lieu où elles se tiennent n'est
pas non plus indifférent. La place d'Azai semble faite exprès
pour cela ; située au centre de la commune, en terrain battu,
non pavé, par là propre à toutes sortes de jeux et d'exercices,
entourée de boutiques, à portée des hôtelleries, des cabarets;
car peu de marchés se fo t sans boire; peu de contredanses
se terminent sans vider quelques pots de bière ; nul désordre,
jamais l'ombre d'une querelle. C'est l'admiration des Anglais
qui nous viennent voir quelquefois, et ne peuvent quasi comprendre que nos fêtes populaires se passent avec tant de
tranquillité sans coups de poing comme chez eux, sans meurtres comme en Italie, sans ivres-morts comme en Allemagne.

Le peuple est sage, quoi qu'en disent les notes secrètes.
Nous travaillons trop pour avoir le temps de penser à mal, et
s'il est vrai ce mot ancien, que tout vice naît d'oisiveté, nous
devons être exempts de vices, occupés comme nous le sommes
six jours de la semaine sans relâche, et bonne part du sep-
tième, chose que blâment quelques-uns. Ils ont raison, et je
voudrais que ce jour-là toute besogne cessât ; il faudrait, dimanches et fêtes, par tous les villages, s'exercer au tir, au
maniement des armes, penser aux puissances étrangères qui
pensent à nous tous les jours. Ainsi font les Suisses nos voisins, et ainsi devrions-nous faire, pour être gens à nous défendre en cas de noise avec les forts. Car de se fier au Ciel et
à notre innocence, il vaut bien mieux apprendre la charge en
douze temps et savoir au besoin ajuster un Cosaque. Je l'ai dit
et le redis : labourer, semer à temps, être aux champs dès le
matin, ce n'est pas tout : il faut s'assurer la récolte. Aligne
tes plants, mon ami, tu provigneras l'an qui vient, et quelque
jour, Dieu aidant, tu feras du bon vin. Mais qui le boira?
Rostopschin, si tu ne te tiens prêt à le lui disputer. Vous,
messieurs, songez-y, pendant qu'il en est temps : avisez entre

vous s'il ne conviendrait pas, vu les circonstances présentes
ou imminentes, de vaquer le saint jour du dimanche, sans
préjudice de la messe, à des exercices qu'approuve le dieu des
armées, tels que le pas de charge et les feux de bataillon.
Ainsi pourrions-nous employer, avec très-grand profit pour
l'État et pour nous, des moments perdus à la danse.

Nos dévots toutefois l'entendent autrement. Ils voudraient
que, ce jour-là, on ne fît rien du tout que prier et dire ses
heures. C'est la meilleure chose et la seule nécessaire, l'affaire du salut. Mais le percepteur est là ; il faut payer et
travailler pour ceux qui ne travaillent point. Et combien
pensez-vous qu'ils soient à notre charge : enfants, vieillards,
mendiants, moines, laquais, courtisans? que de gens à entretenir, et magnifiquement la plupart. Puis, la splendeur du
trône, et puis la Sainte-Alliance ; que de coûts, quelles dépenses ! et pour y satisfaire, a-t-on trop de tout son temps?
Vous le savez d'ailleurs et le voyez, messieurs ; ceux qui
haïssent tant le travail du dimanche veulent des traitements,
envoient des garnisaires, augmentent le budget. Nous devons
chaque année, selon eux, payer plus et travailler moins.

Mais quoi? la lettre tue, et l'esprit vivifie. Quand l'Église
a fait ce commandement de s'abstenir à certains jours de
toute œuvre servile, il y avait des serfs alors liés à la glèbe ;
pour eux, en leur faveur, le repos fut prescrit ; alors il n'était
saint que la gent corvéable ne chômât volontiers ; le maitre
seul y perdait, obligé de les nourrir, qui, sans cela les eût
accablés de travail ; le précepte fut sage et la loi salutaire
dans ces temps d'oppression. Mais depuis qu'il n'y a plus ni
fiefs, ni haubert ; qu'affranchis, peu s'en faut, de l'antique
servitude, nous travaillons pour nous quand l'impôt est payé,
nous ne saurions chômer qu'à nos propres dépens ; nous y
contraindre, c'est... c'est pis que le budget, car le budget du
moins profite aux courtisans, mais notre oisiveté ne profite à
personne. Le travail qu'on nous défend, ce qu'on nous empêche de faire, le vivre et le vêtement qu'on nous ôte par là,
ne produisent point de pensions, de grâces, de traitements,
c'est nous nuire en pure perte.

Les Anglais, en voyant nos fêtes, montrent tous la même surprise, font tous la même réflexion; mais, parmi eux, il y en a qu'elles étonnent davantage, ce sont les plus âgés, qui, venus en France autrefois, ont quelque mémoire de ce qu'était la vieille Touraine et le peuple des bons seigneurs. De fait, il m'en souvient : jeune alors, j'ai vu, avant cette grande époque, où, soldat volontaire de la révolution, j'abandonnai des lieux si chers à mon enfance, j'ai vu les paysans affamés, déguenillés, tendre la main aux portes et partout sur les chemins, aux avenues des villes, des couvents, des châteaux, où leur inévitable aspect était le tourment de ceux-là mêmes que la prospérité commune indigne, désole aujourd'hui. La mendicité renaît, je le sais, et va faire, si ce qu'on dit est vrai, de merveilleux progrès, mais n'atteindra de longtemps ce degré de misère. Les récits que j'en ferais seraient faibles pour ceux qui l'ont vue comme moi; aux autres sembleraient inventés a plaisir; écoutez un témoin, un homme du grand siècle, observateur exact et désintéressé; son dire ne peut être suspect, c'est La Bruyère.

« On voit, dit-il, certains animaux farouches, des mâles
« et des femelles, répandus dans la campagne, noirs, livides,
« nus, et tout brûlés du soleil, attachés à la terre qu'ils fouil-
« lent et remuent avec une opiniâtreté invincible. Ils ont
« comme une voix articulée, et, quand ils se lèvent sur leurs
« pieds, ils montrent une face humaine, et en effet ils sont
« des hommes; ils se retirent la nuit dans des tanières, où
« ils vivent de pain noir, d'eau et de racines. Ils épargnent
« aux autres hommes la peine de semer, de labourer et de
« recueillir pour vivre, et méritent ainsi de ne pas manquer
« de ce pain qu'ils ont semé. »

Voilà ses propres mots; il parle des heureux, de ceux qui avaient du pain, du travail, et c'était le petit nombre alors.

Si La Bruyère pouvait revenir, comme on revenait autrefois, et se trouver a nos assemblées, il y verrait non-seulement des faces humaines, mais des visages de femmes et de filles plus belles, surtout plus modestes que celles de sa cour tant vantée, mises de meilleur goût sans contredit, parées

avec plus de grâce, de décence; dansant mieux, parlant la
même langue (chose particulière au pays), mais d'une voix si
joliment, si doucement articulée, qu'il en serait content, je
crois. Il les verrait le soir se retirer, non dans des tanières,
mais dans leurs maisons proprement bâties et meublées.
Cherchant alors ces animaux dont il a fait la description, il
ne les trouverait nulle part, et sans doute bénirait la cause,
quelle qu'elle soit, d'un si grand, si heureux changement.

Les fêtes d'Azai étaient célèbres, entre toutes celles de nos
villages, attiraient un concours de monde des champs, des
communes d'alentour. En effet, depuis que les garçons, dans
ce pays, font danser les filles, c'est-à-dire depuis le temps
que nous commençâmes d'être à nous, paysans des rives du
Cher, la place d'Azai fut toujours notre rendez-vous de préférence pour la danse et pour les affaires. Nous y dansions
comme avaient fait nos pères et nos mères, sans que jamais
aucun scandale, aucune plainte en fût avenue, de mémoire
d'homme, et ne pensions guère, sages comme nous sommes,
ne causant aucun trouble, devoir être troublés dans l'exercice
de ce droit antique, légitime, acquis et consacré par un si
long usage, fondé sur les premières lois de la raison et du
bon sens; car, apparemment, c'est chez soi qu'on a droit de
danser, et où le public sera-t-il, sinon sur la place publique?
On nous en chasse néanmoins. Un *firman* du préfet, qu'il appelle arrêté, naguère publié, proclamé au son du tambour,
Considérant, etc., défend de danser à l'avenir, ni jouer à la
boule ou aux quilles, sur ladite place, et ce, sous peine de
punition. Où dansera-t-on? nulle part; il ne faut point danser
du tout. Cela n'est pas dit clairement dans l'arrêté de M. le
préfet; mais c'est un article secret entre lui et d'autres puissances, comme il a bien paru depuis. On nous signifia cette
défense quelques jours avant notre fête, notre assemblée de
la Saint-Jean.

Le désappointement fut grand pour tous les jeunes gens,
grand pour les marchands en boutique, et autres qui avaient
compté sur quelque débit. Qu'arriva-t-il? la fête eut lieu,
triste, inanimée, languissante; l'assemblée se tint, peu nom-

breuse et comme dispersée çà et là. Malgré l'arrêté, on dansa
hors du village, au bord du Cher, sur le gazon, sous la cou-
drette ; cela est bien plus pastoral que les échoppes du marché, de meilleur effet dans une églogue, et plus poétique en
un mot. Mais chez nous, gens de travail, c'est de quoi on se
soucie peu ; nous aimons mieux, après la danse, une omelette
au lard, dans le cabaret prochain, que le murmure des eaux
et l'émail des prairies.

Nos dimanches d'Azai, depuis lors, sont abandonnés. Peu
de gens y viennent de dehors, et aucun n'y reste. On se rend
à Véretz, où l'affluence est grande, parce que là nul arrêté
n'a encore interdit la danse. Car le curé de Véretz est un
homme sensé, instruit, octogénaire quasi, mais ami de la
jeunesse, trop raisonnable pour vouloir la réformer sur le patron des âges passés, et la gouverner par des bulles de Boni-
face ou d'Hildebrand. C'est devant sa porte qu'on danse, et
devant lui le plus souvent. Loin de blâmer ces amusements,
qui n'ont rien en eux-mêmes que de fort innocent, il y assiste
et croit bien faire, y ajoutant par sa présence et le respect
que chacun lui porte, un nouveau degré de décence et d'honnêteté. Sage pasteur, vraiment pieux, le puissions-nous longtemps conserver pour le soulagement du pauvre, l'édification
du prochain et le repos de cette commune, où sa prudence
maintient la paix, le calme, l'union, la concorde.

Le curé d'Azai, au contraire, est un jeune homme bouillant
de zèle, à peine sorti du séminaire, conscrit de l'Église mili-
tante, impatient de se distinguer. Dès son installation, il attaqua la danse, et semble avoir promis à Dieu de l'abolir dans
sa paroisse, usant pour cela de plusieurs moyens, dont le
principal et le seul efficace, jusqu'à présent, est l'autorité du
préfet. Par le préfet, il réussit à nous empêcher de danser, et
bientôt nous fera défendre de chanter et de rire. Bientôt ! que
dis-je ? il y a eu déjà de nos jeunes gens mandés, menacés,
réprimandés pour des chansons, pour avoir ri. Ce n'est pas,
comme on sait, d'aujourd'hui que les ministres de l'Église
ont eu la pensée de s'aider du bras séculier dans la conver-
sion des pécheurs, où les apôtres n'employaient que l'exemple

et la parole, selon le précepte du maître. Car Jésus avait dit : Allez et instruisez. Mais il n'avait pas dit : Allez avec des gendarmes, instruisez de par le préfet ; et depuis, l'Ange de l'école, saint Thomas, déclara nettement qu'on ne doit pas contraindre à bien faire. On ne nous contraint pas, il est vrai ; on nous empêche de danser. Mais c'est un acheminement ; car les mêmes moyens, qui sont bons pour nous détourner du péché, peuvent servir et serviront à nous décider aux bonnes œuvres. Nous jeûnerons par ordonnance, non du médecin, mais du préfet.

Et ce que je viens de vous dire n'a pas lieu chez nous seulement. Il en est de même ailleurs, dans les autres communes de ce département où les curés sont jeunes. A quelques lieues d'ici, par exemple, à Fondettes, delà les deux rivières de la Loire et du Cher, pays riche, heureux, où l'on aime le travail et la joie, autant pour le moins que de ce côté, toute danse est pareillement défendue aux administrés par un arrêté du préfet. Je dis toute danse sur la place, où les fêtes amenaient un concours de plusieurs milliers de personnes des villages environnants et de Tours, qui n'en est qu'à deux lieues. Les hameaux près de Paris, les bastides de Marseille, au dire des voyageurs, avec plus d'affluence, en gens de ville surtout, avaient moins d'agrément, de rustique gaieté. N'en soyez plus jaloux, bals champêtres de Sceaux et du pré Saint-Gervais : ces fêtes ont cessé, car le curé de Fondettes est aussi un jeune homme sortant du séminaire, comme celui d'Azai, du séminaire de Tours, maison dont les élèves, une fois en besogne dans la vigne du Seigneur, en veulent extirper d'abord tout plaisir, tout divertissement, et faire d'un riant village un sombre couvent de la Trappe. Cela s'explique : on explique tout dans le siècle où nous sommes ; jamais le monde n'a tant raisonné sur les effets et sur les causes. Le monde dit que ces jeunes prêtres, au séminaire, sont élevés par un moine, un frère picpus, frère Isidore, c'est son nom ; homme envoyé des hautes régions de la monarchie, afin d'instruire nos docteurs, de former les instituteurs qu'on destine à nous réformer. Le moine fait les curés, les curés nous feront moines.

Ainsi l'horreur de ces jeunes gens pour le plus simple amusement, leur vient du triste picpus, qui lui-même tient d'ailleurs sa morale farouche. Voilà comme en remontant dans les causes secondes on arrive à Dieu, cause de tout. Dieu nous livre au picpus. Ta volonté, Seigneur, soit faite en toute chose. Mais qui l'eût dit à Austerlitz!

Une autre guerre que font à nos danses de village ces jeunes séminaristes, c'est la confession. Ils confessent les filles, sans qu'on y trouve à redire, et ne leur donnent l'absolution qu'autant qu'elles promettent de renoncer à la danse, à quoi peu d'entre elles consentent, quelque ascendant que doive avoir, et sur le sexe et sur leur âge, un confesseur de vingt-cinq ans, à qui les aveux, le secret et l'intimité qui s'ensuit nécessairement, donnent tant d'avantages, tant de moyens pour persuader; mais les pénitentes aiment la danse. Le plus souvent aussi elles aiment un danseur qui, après quelque temps de poursuite et d'amour, enfin devient un mari. Tout cela se passe publiquement; tout cela est bien, et en soi beaucoup plus décent que des conférences tête-à-tête avec ces jeunes gens vêtus de noir. Y a-t-il de quoi s'étonner que de tels attachements l'emportent sur l'absolution, et que le nombre des communiants se trouve diminué cette année de plus des trois-quarts, à ce qu'on dit? La faute en est toute au pasteur qui les met dans le cas d'opter entre ce devoir de religion et les affections les plus chères de la vie présente, montrant bien par là que le zèle pour conduire les âmes ne suffit pas, même uni à la charité. Il y faut ajouter encore la discrétion, dit saint Paul, aussi nécessaire aujourd'hui, dans ce ministère pieux, qu'elle le fut au temps de l'Apôtre.

En effet, le peuple est sage, comme j'ai déjà dit, plus sage de beaucoup et plus heureux aussi qu'avant la révolution; mais, il faut l'avouer, il est bien moins dévot. Nous allons à la messe le dimanche à la paroisse, pour nos affaires, pour y voir nos amis ou nos débiteurs; nous y allons; combien reviennent (j'ai grand'honte à le dire), sans l'avoir entendue, partent, leurs affaires faites, sans être entrés dans l'église! Le curé d'Azai, à Pâques dernières, voulant quatre hommes pour porter le dais, qui eussent communié, ne les put trouver dans le village ; il en fallut prendre de dehors, tant est rare chez nous et petite la dévotion. En voici la cause, je crois. Le peuple est d'hier propriétaire, ivre encore, épris, possédé de sa propriété ; il ne voit que cela, ne rêve d'autre chose, et nouvel affranchi de même, quant à l'industrie, se donne tout au travail, oublie le reste et la religion. Esclave auparavant, il prenait du loisir, pouvait écouter, méditer la parole de Dieu et penser au ciel où était son espoir, sa consolation. Maintenant il pense à la terre qui est à lui et le fait vivre. Dans le présent ni dans l'avenir, le paysan n'envisage plus qu'un champ, une maison qu'il a ou veut avoir, pour laquelle il travaille, amasse, sans prendre repos ni repas. Il n'a d'idée que celle-là, et vouloir l'en distraire, lui parler d'autre chose, c'est perdre son temps. Voilà d'où vient l'indifférence qu'à bon droit nous reproche l'abbé de La Mennais, en matière de religion. Il dit bien vrai ; nous ne sommes pas de ces tièdes que Dieu vomit, suivant l'expression de saint Paul, nous sommes froids, et c'est le pis. C'est proprement le mal du siècle. Pour y remédier, et nous amener de cette indifférence à la ferveur qu'on désire, il faut user de ménagements, de moyens doux et attrayants, car d'autres produiraient un effet opposé. La prudence y est nécessaire, ce qu'entendent mal ces jeunes curés, dont le zèle, admirable d'ailleurs, n'est pas assez selon la science. Aussi leur âge ne le porte pas.

Pour en dire ici ma pensée, j'écoute peu les déclamations contre la jeunesse d'à présent, et tiens fort suspectes les plaintes qu'en font certaines gens, me rappelant toujours le mot *vengeons-nous par en médire* (si on médisait seulement ; mais on va plus loin) ; pourtant il doit y avoir du vrai dans ces discours, et je commence à me persuader que la jeunesse séculière, sans mériter d'être sabrée, foulée aux pieds, ou fusillée, peut ne valoir guère aujourd'hui, puisque même ces jeunes prêtres, dans leurs pacifiques fonctions, montrent de telles dispositions, bien éloignées de la sagesse et de la retenue de leurs anciens. Je vous ai déjà cité, messieurs, notre bon curé de Véretz, qui semble un père au milieu de nous ;

9

mais celui d'Azai, que remplace le séminariste, n'avait pas moins de modération, et s'était fait de même une famille de tous ses paroissiens, partageant leurs joies, leurs chagrins, leurs peines comme leurs amusements, où de fait on n'eût su que reprendre ; voyant très-volontiers danser filles et garçons, et principalement sur la place ; car il l'approuvait là bien plus qu'en quelque autre lieu que ce fût, et disait que le mal rarement se fait en public. Aussi trouvait-il à merveille que le rendez-vous des jeunes filles et de leurs prétendus fût sur cette place plutôt qu'ailleurs, plutôt qu'au bosquet ou aux champs, quelque part loin des regards, comme il arrivera quand nos fêtes seront tout à fait supprimées. Il n'avait garde de demander cette suppression, ni de mettre la danse au rang des péchés mortels, ou de recourir aux puissances pour troubler d'innocents plaisirs. Car, enfin, ces jeunes gens, disait-il, doivent se voir, se connaître avant de s'épouser, et où se pourraient-ils jamais rencontrer plus convenablement que là, sous les yeux de leurs amis, de leurs parents et du public, souverain juge en fait de convenance et d'honnêteté ?

Ainsi raisonnait ce bon curé, regretté de tout le pays, homme de bien s'il en fut oncques, irréprochable dans ses mœurs et dans sa conduite, comme sont aussi, à vrai dire, les jeunes prêtres successeurs de ces anciens-là. Car il ne se peut voir rien de plus exemplaire que leur vie. Le clergé ne vit pas maintenant comme autrefois, mais il fait paraître en tout une régularité digne des temps apostoliques. Heureux effet de la pauvreté ! Heureux fruit de la persécution soufferte à cette grande époque où Dieu visita son Église ! Ce n'est pas un des moindres biens qu'on doive à la révolution, de voir non-seulement les curés, ordre respectable de tout temps, mais les évêques avoir des mœurs.

Toutefois il est à craindre que de si excellents exemples, faits pour grandement contribuer au maintien de la religion, ne soient en pure perte pour elle, par l'imprudence des nouveaux prêtres qui la rendent peu aimable au peuple en la lui montrant ennemie de tout divertissement, triste, sombre, sévère, *n'offrant de tous côtés que pénitence à faire et tour-*

ments mérités, au lieu de prêcher sur des textes plus convenables à présent: *Sachez que mon joug est léger,* ou bien
celui-ci: *Je suis doux et humble de cœur.* On ramènerait ainsi
des brebis égarées que trop de rigueur effarouche. Quelque
grands que soient nos péchés, nous n'avons guère maintenant
le temps de faire pénitence. Il faut semer et labourer. Nous
ne saurions vivre en moines, en dévots de profession, dont
toutes les pensées se tournent vers le ciel. Les règles faites
pour eux, détachés de la terre, *et comme du fumier regardant
tout le monde,* ne conviennent point à nous qui avons ici-bas
et famille et chevance, comme dit le bonhomme, et malheureusement tenons à toutes ces choses. Puis, que faisons-nous
de mal, quand nous ne faisons pas bien, quand nous ne travaillons pas? Nos délassements, nos jeux, les jours de fête,
n'ont rien de blâmable en eux-mêmes ni par aucune circonstance. Car ce qu'on allègue au sujet de la place d'Azai, pour
nous empêcher d'y danser : cette place est devant l'église,
dit-on; danser là, c'est danser devant Dieu, c'est l'offenser; et depuis quand? Nos pères y dansaient, plus dévots
que nous, à ce qu'on nous dit; nous y avons dansé après eux.
Le saint roi David dansa devant l'arche du Seigneur, et le
Seigneur le trouva bon, il en fut aise, dit l'Écriture; et nous qui
ne sommes saints ni rois, mais honnêtes gens néanmoins, ne
pourrons danser devant notre église, qui n'est pas l'arche,
mais sa figure selon les sacrés interprètes. Ce que Dieu aime
de ses saints, de nous l'offense; l'église d'Azai sera profanée
du même acte qui sanctifia l'arche et le temple de Jérusalem!
Nos curés, jusqu'à ce jour, étaient-ils mécréants, hérétiques,
impies, ou prêtres catholiques, aussi sages pour le moins que
des séminaristes? ils ont approuvé de tels plaisirs et pris part
à nos amusements, qui ne pouvaient scandaliser que les élèves
du Picpus. Voilà quelques-unes des raisons que nous opposons
au trop de zèle de nos jeunes réformateurs.

Partant, vous déciderez, messieurs, s'il ne serait pas convenable de nous rétablir dans le droit de danser comme auparavant sur la place d'Azai, les dimanches et les fêtes; puis
vous pourrez examiner s'il est temps d'obéir aux moines et

d'apprendre des oraisons, lorsqu'on nous couche en joue de près, à bout touchant, lorsqu'autour de nous toute l'Europe en armes fait l'exercice à feu, ses canons en batterie et la mèche allumée.

Véretz, 15 juillet 1822.

PAMPHLET

DES PAMPHLETS

(1824)

Pendant que l'on m'interrogeait à la préfecture de police
sur mes nom, prénoms, qualités, comme vous avez pu voir
dans les gazettes du temps, un homme se trouvant là sans
fonctions apparentes, m'aborda familièrement, me demanda
confidemment si je n'étais point auteur de certaines brochures ; je m'en défendis fort. Ah ! monsieur, me dit-il, vous
êtes un grand génie, vous êtes inimitable. Ce propos, mes
amis, me rappela un fait historique peu connu que je vous
veux conter par forme d'épisode, digression, parenthèse,
comme il vous plaira ; ce m'est tout un.

Je déjeunais chez mon camarade Duroc, logé en ce temps-
là, mais depuis peu, notez, dans une vieille maison fort laide
selon moi, entre cour et jardin, où il occupait le rez-de-
chaussée. Nous étions à table plusieurs, joyeux, en devoir de
bien faire, quand tout à coup arrive, et sans être annoncé,
notre camarade Bonaparte, nouveau propriétaire de la vieille
maison, habitant le premier étage. Il venait en voisin, et cette
bonhomie nous étonna au point que pas un des convives ne
savait ce qu'il faisait. On se lève, et chacun demandait :
Qu'y a-t-il ? Le héros nous fit rasseoir. Il n'était pas de ces
camarades à qui l'on peut dire, mets-toi, et mange avec nous.

Cela eût été bon avant l'acquisition de la vieille maison. Debout à nous regarder, ne sachant trop que dire, il allait et
venait. « Ce sont des artichauts dont vous déjeunez là ? — Oui,
général. — Vous, Rapp, vous les mangez à l'huile ? — Oui, général. — Et vous, Savary, à la sauce ? moi, je les mange au sel. —
Ah !général, répond celui qui s'appelait alors Savary, vous êtes
un grand homme; vous êtes inimitable. »

Voilà mon trait d'histoire que je rapporte exprès, afin de
vous faire voir, mes amis, qu'une fois on m'a traité comme
Bonaparte, et par les mêmes motifs. Ce n'était pas pour rien
qu'on flattait le consul; et quand ce bon monsieur, avec ses
douces paroles, se mit à me louer si démesurément que j'en
faillis perdre contenance, m'appelant homme sans égal, incomparable, inimitable, il avait son dessein, comme m'ont dit depuis des gens qui le connaissent, et voulait de moi quelque
chose, pensant me louer à mes dépens. Je ne sais s'il eut contentement. Après maints discours, maintes questions, auxquelles je répondis le moins mal que je pus, « Monsieur, me
dit-il en me quittant, monsieur, écoutez, croyez-moi;
employez votre grand génie à faire autre chose que des
pamphlets. »

J'y ai réfléchi et me souviens qu'avant lui M. de Broë,
homme éloquent, zélé pour la morale publique, me conseilla
de même, en termes moins flatteurs, devant la cour d'assises.
Vil pamphlétaire.... Ce fut un mouvement oratoire des plus
beaux, quand se tournant vers moi qui, foi de paysan, ne songeais à rien moins, il m'apostropha de la sorte : *Vil pamphlétaire,* etc., coup de foudre, non, de massue, vu le style de
l'orateur, dont il m'assomma sans remède. Ce mot soulevant
contre moi les juges, les témoins, les jurés, l'assemblée (mon
avocat lui-même en parut ébranlé), ce mot décida tout. Je
fus condamné dès l'heure dans l'esprit de Messieurs, dès que
l'homme du roi m'eut appelé pamphlétaire, à quoi je ne sus
que répondre. Car il me semblait bien en mon âme avoir fait
ce qu'on nomme un pamphlet; je ne l'eusse osé nier. J'étais
donc pamphlétaire à mon propre jugement; et voyant l'horreur
qu'un tel nom inspirait à tout l'auditoire, je demeurai confus.

Sorti de là, je me trouvai sur le grand degré avec M. Arthus
Bertrand, libraire, un de mes jurés, qui s'en allait dîner,
m'ayant déclaré coupable. Je le saluai ; il m'accueillit, car
c'est le meilleur homme du monde, et chemin faisant, je le
priai de me vouloir dire ce qui lui semblait à reprendre dans
le *Simple Discours* condamné. Je ne l'ai point lu, me dit-il ;
mais c'est un pamphlet, cela me suffit. Alors je lui demandai
ce que c'était qu'un pamphlet, et le sens de ce mot qui, sans
m'être nouveau, avait besoin pour moi de quelque explication.
C'est, répondit-il, un écrit de peu de pages comme le vôtre,
d'une feuille ou deux seulement. De trois feuilles, repris-je,
serait-ce encore un pamphlet ? Peut-être, me dit-il, dans
l'acception commune ; mais proprement parlant, le pamphlet
n'a qu'une feuille seule ; deux ou plus font une brochure. Et
dix feuilles ? quinze feuilles ? vingt feuilles ? Font un volume,
dit-il, un ouvrage.

Moi, là-dessus, monsieur, je m'en rapporte à vous qui devez
savoir ces choses. Mais hélas ! j'ai bien peur d'avoir fait en
effet un pamphlet, comme dit le procureur du roi. Sur votre
honneur et conscience, puisque vous êtes juré, M. Arthus
Bertrand, mon écrit d'une feuille et demie est-ce pamphlet
ou brochure ? Pamphlet, me dit-il, pamphlet sans nulle difficulté. Je suis donc pamphlétaire ? Je ne vous l'eusse pas dit
par égard, ménagement, compassion du malheur ; mais c'est
la vérité. Au reste, ajouta-t-il, si vous vous repentez, Dieu
vous pardonnera (tant sa miséricorde est grande !) dans l'autre monde. Allez, mon bon monsieur, et ne péchez plus ; allez
à Sainte-Pélagie.

Voilà comme il me consolait. « Monsieur, lui dis-je, de grâce,
encore une question. — Deux, me dit-il, et plus, et tant qu'il
vous plaira, jusqu'à quatre heures et demie, qui, je crois, vont
sonner. — Bien, voici ma question. Si, au lieu de ce pamphlet
sur la souscription de Chambord, j'eusse fait un volume, un
ouvrage, l'auriez-vous condamné ? — Selon. — J'entends, vous
l'eussiez lu d'abord pour voir s'il était condamnable. Oui, je l'aurais examiné. — Mais le pamphlet, vous ne le lisez pas ! — Non
parce que le pamphlet ne saurait être bon. Qui dit pamphlet,

dit un écrit tout plein de poison. — De poison? — Oui, monsieur, et de plus détestable, sans quoi on ne le lirait pas. — S'il n'y avait du poison? — Non, le monde est ainsi fait; on aime le poison dans tout ce qui s'imprime. Votre pamphlet que nous venons de condamner, par exemple, je ne le connais point; je ne sais, en vérité, ni ne veux savoir ce que c'est, mais on le lit; il y a du poison. M. le procureur du roi nous l'a dit, et je n'en doutais pas. C'est le poison, voyez-vous, que poursuit la justice dans ces sortes d'écrits. Car autrement la presse est libre; imprimez, publiez tout ce que vous voudrez, mais non pas du poison. Vous avez beau dire, messieurs, on ne vous laissera pas distribuer le poison. Cela ne se peut en bonne police, et le Gouvernement est là qui vous en empêchera bien. »

Dieu, dis-je en moi-même tout bas, Dieu, délivre-nous du malin et du langage figuré! Les médecins m'ont pensé tuer, voulant me *rafraichir le sang ;* celui-ci m'emprisonne de peur que je n'écrive du *poison ;* d'autres laissent *reposer* leur champ, et nous manquons de blé au marché. Jésus, mon Sauveur, sauvez-nous de la métaphore.

Après cette courte oraison mentale, je repris : En effet, monsieur, le poison ne vaut rien du tout, et l'on fait à merveille d'en arrêter le débit. Mais je m'étonne comment le monde, à ce que vous dites, l'aime tant. C'est sans doute qu'avec ce poison il y a dans les pamphlets quelque chose... — Oui, des sottises, des calembours, de méchantes plaisanteries. Que voulez-vous, mon cher monsieur, que voulez-vous mettre de bon sens en une misérable feuille? Quelles idées s'y peuvent développer? Dans les ouvrages raisonnés, au sixième volume à peine entrevoit-on où l'auteur en veut venir. — Une feuille, dis-je, il est vrai, ne saurait contenir grand'chose. — Rien qui vaille, me dit-il, et je n'en lis aucune. Vous ne lisez donc pas les mandements de monseigneur l'évêque de Troyes pour le carême et pour l'avent? — Ah! vraiment ceci diffère fort. — Ni les pastorales de Toulouse sur la suprématie papale! — Ah! c'est autre chose cela. — Donc, à votre avis, quelquefois une brochure, une simple feuille... — Fi! ne m'en parlez pas,

opprobre de la littérature, honte du siècle et de la nation, qu'il
se puisse trouver des auteurs, des imprimeurs et des lecteurs
de semblables impertinences. — Monsieur, lui dis-je, les *Lettres
provinciales* de Pascal... — Oh! livre admirable, divin, le chef-
d'œuvre de notre langue! — Eh bien, ce chef-d'œuvre divin, ce
sont pourtant des pamphlets, des feuilles qui parurent... — Non,
tenez, j'ai là-dessus mes principes, mes idées. Autant j'honore
les grands ouvrages faits pour durer et vivre dans la postérité,
autant je méprise et déteste ces petits écrits éphémères, ces
papiers qui vont de main en main, et parlent aux gens d'à
présent des faits, des choses d'aujourd'hui; je ne puis souffrir
les pamphlets. — Et vous aimez les Provinciales, *petites lettres*,
comme alors on les appelait, quand elles allaient de main en
main. — Vrai, continua-t-il sans m'entendre, c'est un de mes
étonnements, que vous, monsieur, qui, à voir, semblez homme
bien né, homme *éduqué*, fait pour être quelque chose dans le
monde; car enfin qui vous empêchait de devenir baron
comme un autre? Honorablement employé dans la police, les
douanes, geôlier ou gendarme, vous tiendriez un rang, feriez
une figure. Non, je n'en reviens pas, un homme comme vous
s'avilir, s'abaisser jusqu'à faire des pamphlets! Ne rougissez-
vous point? — Blaise, lui répondis-je, Blaise Pascal n'était ni
geôlier ni gendarme, ni employé de M. Franchet. — Chut! paix!
Parlez plus bas, car il peut nous entendre. — Qui donc? L'abbé
Franchet? Serait-il si près de nous? — Monsieur, il est partout.
Voilà quatre heures et demie; votre humble serviteur. — Moi
le vôtre. » Il me quitte et s'en alla courant.

Ceci, mes chers amis, mérite considération; trois si honnêtes gens : M. Arthus Bertrand, ce monsieur de la police, et
M. de Broë, personnage éminent en science, en dignité; voilà
trois hommes de bien ennemis des pamphlets. Vous en verrez
d'autres assez et de la meilleure compagnie, qui trompent un
ami, séduisent sa fille ou sa femme, prêtent la leur pour obtenir une place honorable, mentent à tout venant, trahissent,
manquent de foi, et tiendraient à grand déshonneur d'avoir dit
vrai dans un écrit de quinze ou seize pages; car tout le mal
est dans ce peu. Seize pages, vous êtes pamphlétaire, et gare

9.

Sainte-Pélagie. Faites-en seize cents, vous serez présenté au roi. Malheureusement je ne saurais. Lorsqu'en 1815, le maire de notre commune, celui-là même d'à présent, nous fit donner de nuit l'assaut par ses gendarmes, et du lit traîner en prison de pauvres gens qui ne pouvaient mais de la révolution, dont les femmes, les enfants périrent, la matière était ample à fournir des volumes, et je n'en sus tirer qu'une feuille, tant l'éloquence me manqua. Encore m'y pris-je à rebours. Au lieu de décliner mon nom, et de dire d'abord comme je fis, *mes bons messieurs, je suis Tourangeau,* si j'eusse commencé : *Chrétiens, après les attentats inouïs d'une infernale révolution*..... dans le goût de l'abbé de La Mennais, une fois monté à ce ton, il m'était aisé de continuer et mener à fin mon volume sans fâcher le procureur du roi. Mais je fis seize pages d'un style à peu près comme je vous parle, et je fus pamphlétaire insigne; et depuis, coutumier du fait, quand vint la souscription de Chambord, sagement il n'en fallait rien dire; ce n'était matière à traiter en une feuille ni en cent; il n'y avait là ni pamphlet, ni brochure, ni volume à faire, étant malaisé d'ajouter aux flagorneries, et dangereux d'y contredire, comme je l'éprouvai. Pour avoir voulu dire là-dessus ma pensée en peu de mots, sans ambages ni circonlocutions, pamphlétaire encore, en prison deux mois à Sainte-Pélagie. Puis, à propos de la danse qu'on nous interdisait, j'opinai de mon chef, gravement, entendez-vous, à cause de l'église intéressée là-dedans, longuement, je ne puis, et retombai dans le pamphlet. Accusé, poursuivi, mon innocent langage et mon parler timide trouvèrent grâce à peine; je fus blâmé des juges. Dans tout ce qui s'imprime il y a du poison plus ou moins délayé selon l'étendue de l'ouvrage, plus ou moins malfaisant, mortel. De l'*acétate de morphine*, un grain dans une cuve se perd, n'est point senti, dans une tasse fait vomir, en une cuillerée tue, et voilà le pamphlet.

Mais, d'autre part, mon bon ami sir John Bickerstaff, écuyer, m'écrit ce que je vais tout à l'heure vous traduire. Singulier homme, philosophe, lettré autant qu'on saurait être, grand partisan de la réforme, non parlementaire seulement,

mais universelle, il veut refaire tous les gouvernements de
l'Europe, dont le meilleur, dit-il, ne vaut rien. Il jouit dans
son pays d'une fortune honnête. Sa terre n'a d'étendue que
dix lieues en tout sens, un revenu de deux ou trois millions
au plus; mais il s'en contente et vivait dans cette douce médiocrité, quand les ministres le voyant homme à la main,
d'humeur facile, comme sont les savants, comme était Newton,
le firent entrer au parlement. Il n'y fut pas, que voilà qu'il
tonne, tempête contre les dépenses de la cour, la corruption,
les *sinécures*. On crut qu'il en voulait sa part, et les ministres
lui offrirent une place qu'il accepta, et une somme qu'il toucha, proportionnée à sa fortune, selon l'usage des gouvernants de donner plus à qui plus a. Nanti de ces deniers, il
retourne à sa terre, assemble les paysans, les laboureurs et
tous les fermiers du comté, auxquels il dit : J'ai rattrapé le
plus heureusement du monde une partie de ce qu'on vous
prend pour entretenir les fripons et les fainéants de la cour.
Voici l'argent dont je veux faire une belle restitution. Mais
commençons par les plus pauvres. Toi, Pierre, combien as-tu
payé cette année-ci? Tant; le voilà. Toi, Paul; vous, Isaac et
John, votre *quote?* Et il la leur compte; et ainsi tant qu'il en
resta. Cela fait, il retourne à Londres, où prenant possession
de son nouvel emploi, d'abord il voulait élargir tous les gens
détenus pour délits de paroles, propos contre les grands, les
ministres, les Suisses, et l'eût fait, car sa place lui en donnait le pouvoir, si on ne l'eût promptement révoqué.

Depuis il s'est mis à voyager, et m'écrit de Rome : « Laissez
« dire, laissez-vous blâmer, condamner, emprisonner, laissez-
« vous pendre, mais publiez votre pensée. Ce n'est pas un
« droit, c'est un devoir, étroite obligation de quiconque a une
« pensée, de la produire et mettre au jour pour le bien com-
« mun. La vérité est toute à tous. Ce que vous connaissez
« utile, bon à savoir pour un chacun, vous ne le pouvez taire
« en conscience. Jenner, qui trouva la vaccine, eût été un
« franc scélérat d'en garder une heure le secret; et comme il
« n'y a point d'homme qui ne croie ses idées utiles, il n'y en
» a point qui ne soit tenu de les communiquer et répandre

« par tous moyens à lui possibles. Parler est bien, écrire est
« mieux ; imprimer est excellente chose. Une pensée déduite
« en termes courts et clairs, avec preuves, documents, exem-
« ples, quand on l'imprime, c'est un pamphlet et la meilleure
« action, courageuse souvent, qu'homme puisse faire au
« monde. Car, si votre pensée est bonne, on en profite ; mau-
« vaise, on la corrige, et l'on profite encore. Mais l'abus....
« sottise que ce mot ; ceux qui l'ont inventé, ce sont eux vrai-
« ment qui abusent de la presse, en imprimant ce qu'ils veu-
« lent, trompant, calomniant et empêchant de répondre.
« Quand ils crient contre les pamphlets, journaux, brochures,
« ils ont leurs raisons admirables. J'ai les miennes, et voudrais
« qu'on en fît davantage, que chacun publiât tout ce qu'il
« pense et sait ! Les jésuites aussi criaient contre Pascal et
« l'eussent appelé pamphlétaire, mais le mot n'existait pas
« encore ; ils l'appelaient *tison d'enfer*, la même chose en style
« cagot. Cela signifie toujours un homme qui dit vrai et se
« fait écouter. Ils répondirent à ses pamphlets par d'autres
« d'abord, sans succès, puis par des lettres de cachet qui leur
« réussirent bien mieux. Aussi était-ce la réponse que faisaient
« d'ordinaire aux pamphlets les gens puissants et les jésuites.
   « A les entendre cependant, c'était peu de chose, ils mépri-
« saient les *petites lettres*, misérables bouffonneries, capables
« tout au plus d'amuser un moment par la médisance, le scan-
« dale ; écrits de nulle valeur, sans fonds, ni consistance, ni
« substance, comme on dit maintenant, lus le matin, oubliés
« le soir, en somme, indignes de lui, d'un tel homme, d'un
« savant ! L'auteur se déshonorait en employant ainsi son
« temps et ses talents ; écrivant des feuilles non des livres, et
« tournant tout en raillerie, au lieu de raisonner gravement ;
« c'était le reproche qu'ils lui faisaient, vieille et coutumière
« querelle de qui n'a pas pour soi les rieurs. Qu'est-il arrivé ?
« la raillerie, la fine moquerie de Pascal a fait ce que n'avaient
« pu les arrêts, les édits, a chassé de partout les jésuites. Ces
« feuilles si légères ont accablé le grand corps. Un pamphlé-
« taire, en se jouant, met en bas ce colosse craint des rois et
« des peuples. La Société tombée ne se relèvera pas, quelque

« appui qu'on lui prête, et Pascal reste grand dans la mémoire
« des hommes, non par ses ouvrages savants, sa roulette, ses
« expériences, mais par ses pamphlets, ses petites lettres.

  « Ce ne sont pas les Tusculanes qui ont fait le nom de
« Cicéron, mais ses harangues, vrais pamphlets. Elles paru-
« rent en feuilles volantes, non roulées autour d'une baguette,
« à la manière d'alors, la plupart même et les plus belles
« n'ayant pas été prononcées. Son *Caton*, qu'était-ce qu'un
« pamphlet contre César, qui répondit très-bien, ainsi qu'il
« savait faire et en homme d'esprit, digne d'être écouté,
« même après Cicéron ? Un autre depuis, féroce, et n'ayant
« de César ni la plume, ni l'épée, maltraité dans quelque
« autre feuille, pour réponse fit tuer le pamphlétaire romain.
« Proscription, persécution, récompense ordinaire de ceux
« qui seuls se hasardent à dire ce que chacun pense. De même
« avant lui avait péri le grand pamphlétaire de la Grèce,
« Démosthènes, dont les Philippiques sont demeurées modèles
« du genre. Mal entendues et de peu de gens dans une assem-
« blée, s'il les eût prononcées seulement, elles eussent pro-
« duit peu d'effet ; mais écrites, on les lisait, et ces pamphlets,
« de l'aveu même du Macédonien, lui donnaient plus d'affaires
« que les armes d'Athènes, qui, enfin succombant, perdit
« Démosthènes et la liberté.

  « Heureuse de nos jours l'Amérique, et Franklin qui vit son
« pays libre, ayant plus que nul autre aidé à l'affranchir par
« son fameux *Bon Sens*, brochure de deux feuilles. Jamais
« livre ni gros volume ne fit tant pour le genre humain. Car,
« aux premiers commencements de l'insurrection américaine,
« tous ces États, villes, bourgades, étaient partagés de senti-
« ments ; lès uns tenant pour l'Angleterre, fidèles, non sans
« cause, au pouvoir légitime ; d'autres appréhendaient qu'on
« ne s'y pût soustraire, et craignaient de tout perdre en ten-
« tant l'impossible ; plusieurs parlaient d'accommodement,
« prêts à se contenter d'une sage liberté, d'une charte
« octroyée, dût-elle être bientôt modifiée, suspendue ; peu
« osaient espérer un résultat heureux de volontés si discor-
« dantes. On vit en cet état de choses ce que peut la parole

« écrite dans un pays où tout le monde lit, puissance nou-
« velle et bien autre que celle de la tribune. Quelques mots
« par hasard d'une harangue sont recueillis de quelques-uns ;
« mais la presse parle à tout un peuple, à tous les peuples à
« la fois, quand ils lisent comme en Amérique ; et de l'im-
« primé rien ne se perd. Franklin écrivit ; son *Bon Sens*,
« réunissant tous les esprits au parti de l'indépendance, dé-
« cida cette grande guerre qui, là terminée, continue dans le
« reste du monde.

« Il fut savant ; qui le saurait s'il n'eût écrit de sa science ?
« Parlez aux hommes de leurs affaires, et de l'affaire du mo-
« ment, et soyez entendu de tous, si vous voulez avoir un nom.
« Faites des pamphlets comme Pascal, Franklin, Cicéron,
« Démosthènes, comme saint Paul et saint Basile ; car vrai-
« ment j'oubliais ceux-là, grands hommes dont les opuscules,
« désabusant le peuple païen de la religion de ses pères,
« abolirent une partie des antiques superstitions, et firent des
« nations nouvelles. De tous temps les pamphlets ont changé
« la face du monde. Ils semèrent chez les Anglais ces princi-
« pes de tolérance que porta Penn en Amérique, et celle-ci
« doit à Franklin sa liberté maintenue par les mêmes moyens
« qui la lui ont acquise, pamphlets, journaux, publicité. Là
« tout s'imprime ; rien n'est secret de ce qui importe à cha-
« cun. La presse y est plus libre que la parole ailleurs, et l'on
« en abuse moins. Pourquoi ? C'est qu'on en use sans nul em-
« pêchement, et qu'une fausseté, de quelque part qu'elle
« vienne, est bientôt démentie par les intéressés que rien n'o-
« blige à se taire. On n'a de ménagement pour aucune im-
« posture, fût-elle officielle ; aucune hâblerie ne saurait sub-
« sister ; le public n'est point trompé, n'y ayant là personne en
« pouvoir de mentir et d'imposer silence à tout contradicteur.
« La presse n'y fait nul mal, et en empêche..... combien ?
« C'est à vous de le dire, quand vous aurez compté chez vous
« tous les abus. Peu de volumes paraissent, de gros livres pas
« un, et pourtant tout le monde lit ; c'est le seul peuple qui
« lise, et aussi le seul instruit de ce qu'il faut savoir pour
« n'obéir qu'aux lois. Les feuilles imprimées, circulant chaque

« jour et en nombre infini, font un enseignement mutuel et de
« tout âge. Car tout le monde presque écrit dans les jour-
« naux, mais sans légèreté ; point de phrases piquantes, de
« tours ingénieux ; l'expression claire et nette suffit à ces
« gens-là. Qu'il s'agisse d'une réforme dans l'état, d'un péril,
« d'une coalition des puissances d'Europe contre la liberté,
« ou du meilleur terrain à semer les navets, le style ne diffère
« pas, et la chose est bien dite dès que chacun l'entend ; d'au-
« tant mieux dite qu'elle l'est plus brièvement, mérite non com-
« mun, savez-vous ? ni facile, de clore en peu de mots beau-
« coup de sens. Oh, qu'une page pleine dans les livres est
« rare ! et que peu de gens sont capables d'en écrire dix sans
« sottises ! La moindre lettre de Pascal était plus malaisée à
« faire que toute l'Encyclopédie. Nos Américains, sans peut-
« être avoir jamais songé à cela, mais avec ce bon sens de
« Franklin qui les guide, brefs dans tous leurs écrits, ménagers
« de paroles, font le moins de livres qu'ils peuvent, et ne pu-
« blient guère leurs idées que dans les pamphlets, les jour-
« naux qui, se corrigeant l'un l'autre, amènent toute invention,
« toute pensée nouvelle à sa perfection. Un homme, s'il ima-
« gine ou découvre quelque chose d'intéressant pour le pu-
« blic, n'en fera point un gros ouvrage avec son nom en
« grosses lettres, *par monsieur....... de l'Académie*, mais un
« article de journal, ou une brochure tout au plus. Et notez
« ceci en passant, mal compris de ceux qui chez vous se
« mêlent d'écrire, il n'y a point de bonne pensée qu'on ne
« puisse expliquer en une feuille, et développer assez ; qui
« s'étend davantage, souvent ne s'entend guère, ou manque de
« loisir, comme dit l'autre, pour méditer et faire court.

« De la sorte, en Amérique, sans savoir ce que c'est qu'é-
« crivain ni auteur, on écrit, on imprime, on lit autant ou
« plus que nulle part ailleurs, et des choses utiles, parce que
« là vraiment il y a des affaires publiques, dont le public
« s'occupe avec pleine connaissance, sur lesquelles chacun
« consulté opine et donne son avis. La nation, comme si elle
« était toujours assemblée, recueille les voix et ne cesse de
« délibérer sur chaque point d'intérêt commun, et forme ses

« résolutions de l'opinion qui prévaut dans le peuple, dans le
« peuple tout entier, sans exception aucune; c'est le bon
« sens de Franklin. Aussi ne fait-elle point de bévues et se
« moque des cabinets, des boudoirs même peut-être.

« De semblables idées dans vos pays de boudoirs, ne réus-
« siraient pas, je le crois, près des dames. Cette forme de
« gouvernement s'accommode mal des pamphlets et de la
« vérité naïve. Il ferait beau parler bon sens, alléguer l'opi-
« nion publique à mademoiselle de Pisseleu, à mademoiselle
« Poisson, à madame du B..., à madame du C... Elles écla-
« teraient de rire les aimables personnes en possession chez
« vous de gouverner l'État, et puis feraient coffrer le bon
« sens et Franklin et l'opinion. Français charmants! sous
« l'empire de la beauté, des grâces, vous êtes un peuple
« courtisan, plus que jamais maintenant. Par la révolution,
« Versailles s'est fondu dans la nation; Paris est devenu
« l'Œil-de-Bœuf. Tout le monde en France fait sa cour.
« C'est votre art, l'art de plaire dont vous tenez école; c'est
« le génie de votre nation. L'Anglais navigue, l'Arabe pille,
« le Grec se bat pour être libre, le Français fait la révérence
« et sert ou veut servir; il mourra s'il ne sert. Vous êtes, non
« le plus esclave, mais le plus valet de tous les peuples.

« C'est dans cet esprit de valetaille que chez vous chacun
« craint d'être appelé pamphlétaire. Les maîtres n'aiment
« point que l'on parle au public ni de quoi que ce soit, sot-
« tise de Rovigo qui, voulant de l'emploi, fait, au lieu d'un
« placet, un pamphlet, où il a beau dire : *Comme j'ai servi je*
» *servirai*, on ne l'écoute seulement pas, et le voilà sur le
« pavé. Le vicomte pamphlétaire est placé, mais comment?
« Ceux qui l'ont mis et maintiennent là n'en voudraient pas
« chez eux. Il faut des gens discrets dans la haute livrée,
« comme dans tout service, et n'est pire valet que celui qui
« raisonne : pensez donc s'il imprime, et des brochures en-
« core! Quand M. de Broë vous appela pamphlétaire, c'était
« comme s'il vous eût dit : Malheureux, qui n'auras jamais
« ni places ni gages; misérable, tu ne seras dans aucune an-
« tichambre, de la vie n'obtiendras une faveur, une grâce,

« un sourire officiel, ni un regard auguste. Voilà ce qui fit
« frissonner et fut cause qu'on s'éloigna de vous quand on
« entendit ce mot.

« En France vous êtes tous honnêtes gens, trente millions
« d'honnêtes gens qui voulez gouverner le peuple par la mo-
« rale et la religion. Pour le gouverner on sait bien qu'il ne
« faut pas lui dire vrai. La vérité est populaire, populace
« même, s'il se peut dire, et sent tout à fait la canaille, étant
« l'antipode du bel air, diamétralement opposée au ton de la
« bonne compagnie. Ainsi le véridique auteur d'une feuille
« ou brochure un peu lue, a contre lui de nécessité tout ce
« qui ne veut pas être peuple, c'est-à-dire tout le monde
« chez vous. Chacun le désavoue, le renie. S'il s'en trouve
« toujours néanmoins, par une permission divine, c'est qu'il
« est nécessaire qu'il y ait du scandale. Mais malheur à celui
« par qui le scandale arrive, qui sur quelque sujet important
« et d'un intérêt général dit au public la vérité. En France,
« excommunié, maudit, enfermé par faveur à Sainte-Pélagie,
« mieux lui vaudrait n'être pas né.

« Mais c'est là ce qui donne créance à ses paroles, la per-
« sécution. Aucune vérité ne s'établit sans martyrs, excepté
« celles qu'enseigne Euclide. On ne persuade qu'en souffrant
« pour ses opinions ; et saint Paul disait : Croyez-moi, car je
« suis souvent en prison. S'il eût vécu à l'aise et se fût enrichi
« du dogme qu'il prêchait, jamais il n'eût fondé la religion
« du Christ. Jamais F... ne fera de ses homélies que des em-
« plois et un carrosse. Toi donc, vigneron, Paul-Louis, qui
« seul en ton pays consens à être homme du peuple, ose en-
« core être pamphlétaire et le déclarer hautement. Écris,
« fais pamphlet sur pamphlet, tant que la matière ne te
« manquera. Monte sur les toits, prêche l'Évangile aux na-
« tions, et tu en seras écouté, si l'on te voit persécuté ; car il
« faut cette aide, et tu ne ferais rien sans M. de Broë. C'est à
« toi de parler et à lui de montrer par son réquisitoire la
« vérité de tes paroles. Vous entendant ainsi et secondant
« l'un l'autre, comme Socrate et Anytus, vous pouvez con-
« vertir le monde. »

Voilà l'épître que je reçois de mon tant bon ami sir John, qui, sur les pamphlets, pense et me conseille au contraire de M. Arthus Bertrand. Celui-ci ne voit rien de si abominable, l'autre rien de si beau. Quelle différence! et remarquez; le Français léger ne fait cas que des lourds volumes, le gros Anglais veut mettre tout en feuilles volantes; contraste singulier, bizarrerie de nature! Si je pouvais compter que delà l'Océan les choses sont ainsi qu'il me les représente, j'irais; mais j'entends dire que là, comme en Europe, il y a des Excellences et, bien pis, des héros. Ne partons pas, mes amis, n'y allons point encore. Peut-être, Dieu aidant, peut-être aurons-nous ici autant de liberté, à tout prendre, qu'ailleurs, quoi qu'en dise sir John. Bonhomme, en vérité! J'ai peur qu'il ne s'abuse, me croyant fait pour imiter Socrate jusqu'au bout. Non, *détournez ce calice;* la ciguë est amère, et le monde de soi se convertit assez sans que je m'en mêle, chétif. Je serais la mouche du coche, qui se passera bien de mon bourdonnement. Il va, mes chers amis, et ne cesse d'aller. Si sa marche nous paraît lente, c'est que nous vivons un instant. Mais que de chemin il a fait depuis cinq ou six siècles! A cette heure, en plaine roulant, rien ne le peut plus arrêter.

LES

PASTORALES DE LONGUS

OU

DAPHNIS ET CHLOÉ

TRADUCTION DE MESSIRE JACQUES AMYOT

REVUE, CORRIGÉE, COMPLÉTÉE

DE NOUVEAU REFAITE EN GRANDE PARTIE

PAR P. L. COURIER

PRÉFACE DU TRADUCTEUR[1]

La version faite par Amyot des Pastorales de Longus, bien
que remplie d'agrément, comme tout le monde sait, est in-
complète et inexacte ; non qu'il ait eu dessein de s'écarter en
rien du texte de l'auteur, mais c'est que d'abord il n'eut point
l'ouvrage grec entier, dont il n'y avait en ce temps-là que des
copies fort mutilées. Car tous les anciens manuscrits de Longus ont des lacunes et des fautes considérables, et ce n'est
que depuis peu qu'en en comparant plusieurs, on est parvenu
à suppléer l'un par l'autre, et à donner de cet auteur un texte
lisible. Puis Amyot, lorsqu'il entreprit cette traduction, qui
fut de ses premiers ouvrages, n'était pas aussi habile qu'il le
devint dans la suite, et cela se voit en beaucoup d'endroits où
il ne rend point le sens de l'auteur, partout assez clair et facile, faute de l'avoir entendu. Il y a aussi des passages qu'il a
entendus et n'a point voulu traduire. Enfin, il a fait ce travail avec une grande négligence, et tombe à tous coups dans
des fautes que le moindre degré d'attention lui eût épargnées.
De sorte qu'à vrai dire, il s'en faut de beaucoup qu'Amyot
n'ait donné en français le roman de Longus ; car ce qu'il en a
omis exprès, ou pour ne l'avoir point trouvé dans son manuscrit, avec ce qu'il a mal rendu par erreur ou autrement,
fait en somme plus de la moitié du texte de l'auteur, dont sa
version ne représente que certaines parties, des phrases, des

1. Voir, dans ce volume, la *Lettre à Monsieur Renouard,* et toute la po-
lémique au sujet de la découverte du fragment ; voir aussi la Correspondance
à cette époque.

morceaux bien traduits parmi beaucoup de contre-sens, et
quelques passages rendus avec tant de grâce et de précision,
qu'il ne se peut rien de mieux. Aussi s'est-on appliqué à conserver avec soin dans cette nouvelle traduction jusqu'aux
moindres traits d'Amyot conformes à l'original, en suppléant
le reste d'après le texte tel que nous l'avons aujourd'hui, et
il semble que c'était là tout ce qui se pouvait faire. Car de
vouloir dire en d'autres termes ce qu'il avait si heureusement
exprimé dans sa traduction, cela n'eût pas été raisonnable,
non plus que d'y respecter ces longues traînées de langage,
comme dit Montaigne, dans lesquelles croyant développer la
pensée de son auteur, car il n'eut jamais d'autre but, il dit
quelquefois tout le contraire, ou même ne dit rien du tout. Si
quelques personnes toutefois n'approuvent pas qu'on ose toucher à cette version, depuis si longtemps admirée comme un
modèle de grâce et de naïveté, on les prie de considérer que
telle qu'Amyot l'a donnée, personne ne la lit maintenant. Le
Longus d'Amyot, imprimé une seule fois il y a plus de deux
siècles, n'a reparu depuis qu'avec une foule de corrections,
et des pages entières de suppléments, ouvrage des nouveaux
éditeurs qui, pour en remplir les lacunes et remédier aux
contre-sens les plus palpables d'Amyot, se sont aidés comme
ils ont pu d'une faible version latine, et ainsi ont fait quelque
chose qui n'est ni Longus ni Amyot. C'est là ce qu'on lit aujourd'hui. Le projet n'est donc pas nouveau de retoucher la
version d'Amyot; et si on le passe à ceux-là qui n'ont pu
avoir nulle idée de l'original, en fera-t-on un crime à quelqu'un qui, voyant les fautes d'Amyot changées plutôt que
corrigées par ses éditeurs, aura entrepris de rétablir dans
cette traduction, avec le vrai sens de l'auteur, les belles et
naïves expressions de son interprète? Un ouvrage, une composition, une œuvre créée ne se peut finir ni retoucher que
par celui qui l'a conçue; mais il n'en va pas ainsi d'une traduction, quelque belle qu'elle soit; et cette Vénus qu'Apelle
laissa imparfaite, on aurait pu la terminer, si c'eût été une
copie, et la corriger même d'après l'original.

Nous ne savons rien de l'auteur de ce petit roman : son

nom même n'est pas bien connu. On le trouve diversement
écrit en tête des vieux exemplaires, et il n'en est fait nulle
mention dans les notices que Suidas et Photius nous ont laissées de beaucoup d'anciens écrivains : silence d'autant plus
surprenant, qu'ils n'ont pas négligé de nommer de froids imitateurs de Longus, tels qu'Achille Tatius et Xénophon d'É-
phèse. Ceux-ci contrefaisant son style, copiant toutes ses
phrases et ses façons de dire, témoignent assez en quelle estime il était de leur temps. On n'imite guère que ce qui est
généralement approuvé. Nicétas Eugénianus, dont l'ouvrage
se trouve dans quelques bibliothèques, n'a presque fait que
mettre en vers la prose de Longus. Mais le plus malheureux de tous ceux qui ont tenté de s'approprier son langage
et ses expressions, c'est Eumathius, l'auteur du roman des
Amours d'Isméne et d'Isménias. Quant à Héliodore, ce qu'il a
de commun avec notre auteur se réduit à quelques traits
qu'ils ont pu puiser aux mêmes sources, et ne suffit pas pour
prouver que l'un d'eux ait imité l'autre. Quoi qu'il en soit, on
voit que le style de Longus a servi de modèle à la plupart de
ceux qui ont écrit en grec de ces sortes de fables que nous
appelons romans. Il avait lui-même imité d'autres écrivains
plus anciens. On ne peut douter qu'il n'ait pris des poëtes
érotiques, qui étaient en nombre infini, et de la nouvelle comédie, ainsi qu'on l'appelait, la disposition de son sujet, et
beaucoup de détails, dont même quelques-uns se reconnaissent encore dans les fragments de Ménandre et des autres
comiques. Il a su choisir avec goût et unir habilement tous
ces matériaux, pour en composer un récit où la grâce de l'expression et la naïveté des peintures se font admirer dans
l'extrême simplicité du sujet. Aussi aura-t-on peine à croire
qu'un tel ouvrage ait pu paraître au milieu de la barbarie du
siècle de Théodose, ou même plus tard, comme quelques savants l'ont conjecturé.

LES

PASTORALES DE LONGUS

LIVRE PREMIER

En l'île de Lesbos, chassant dans un bois consacré aux Nymphes, je vis la plus belle chose que j'aie vue en ma vie, une image peinte, une histoire d'amour. Le parc, de soi-même, était beau ; fleurs n'y manquaient, arbres épais, fraîche fontaine qui nourrissait et les arbres et les fleurs ; mais la peinture, plus plaisante encore que tout le reste, était d'un sujet amoureux et de merveilleux artifice ; tellement que plusieurs, même étrangers, qui en avaient ouï parler, venaient là dévots aux Nymphes, et curieux de voir cette peinture. Femmes s'y voyaient accouchant, autres enveloppant de langes des enfants, des petits poupards exposés à la merci de fortune, bêtes qui les nourrissaient, pâtres qui les enlevaient, jeunes gens unis par amour, des pirates en mer, des ennemis à terre qui couraient le pays, avec bien d'autres choses, et toutes amoureuses, lesquelles je regardai en si grand plaisir, et les trouvai si belles, qu'il me prit envie de les coucher par écrit. Si cherchai quelqu'un qui me les donnât à entendre par le menu ; et ayant le tout entendu, en composai ces quatre livres, que je dédie comme une offrande à Amour et aux Nymphes et à Pan, espérant que le conte en sera agréable à plusieurs manières de gens ; pour ce qu'il peut servir à guérir le malade, consoler le dolent, remettre en mémoire de ses amours celui qui autrefois aura été amou-

10

reux, et instruire celui qui ne l'aura encore point été. Car jamais ne fut rien ni ne sera qui se puisse tenir d'aimer, tant qu'il y aura beauté au monde, et que les yeux regarderont. Nous-mêmes, veuille le Dieu que sages puissions ici parler des autres!

Mitylène est ville de Lesbos, belle et grande, coupée de canaux par l'eau de la mer qui flue dedans et tout à l'entour, ornée de ponts de pierre blanche et polie; à voir, vous diriez non une ville, mais comme un amas de petites îles. Environ huit ou neuf lieues loin de cette ville de Mitylène, un riche homme avait une terre : plus bel héritage n'était en toute la contrée; bois remplis de gibier, coteaux revêtus de vignes, champs à porter froment, pâturages pour le bétail, et le tout au long de la marine, où le flot lavait une plage étendue de sable fin.

En cette terre un chevrier nommé Lamon, gardant son troupeau, trouva un petit enfant qu'une de ses chèvres allaitait, et voici la manière comment. Il y avait un hallier fort épais de ronces et d'épines, tout couvert par-dessus de lierre, et au dessous, la terre feutrée d'herbe menue et délicate, sur laquelle était le petit enfant gisant. Là s'en courait cette chèvre, de sorte que bien souvent on ne savait ce qu'elle devenait, et abandonnant son chevreau, se tenait auprès de l'enfant. Pitié vint à Lamon du chevreau délaissé. Un jour il prend garde par où elle allait, sur le chaud du midi; la suivant à la trace, il voit comme elle entrait sous le hallier doucement et passait ses pattes tout beau par dessus l'enfant, peur de lui faire mal; et l'enfant prenait à belles mains son pis comme si c'eût été mamelle de nourrice. Surpris, ainsi qu'on peut penser, il approche, et trouve que c'était un petit garçon, beau, bien fait, et en plus riche maillot que convénir ne semblait à tel abandon, car il était enveloppé d'un mantelet de pourpre avec une agrafe d'or, près de lui était un petit couteau à manche d'ivoire.

Si fut entre deux d'emporter ces enseignes de reconnaissance, sans autrement se soucier de l'enfant; puis ayant honte de ne se montrer du moins aussi humain que sa chèvre, quand la nuit fut venue il prend tout, et les joyaux, et l'enfant, et la chèvre qu'il conduisit à sa femme Myrtale, laquelle, ébahie, s'écria si à cette heure les chèvres faisaient de petits garçons? et Lamon lui conta tout, comme il l'avait trouvé gisant et la chèvre le nourrissant, et comment il avait eu honte de le laisser périr. Elle fut bien d'avis que vraiment il ne l'avait pas dû faire; et tous deux d'accord de l'élever, ils serrèrent ce qui s'était trouvé quant et lui, disant partout qu'il est à eux, et afin que le nom même sentît mieux son pasteur, l'appelèrent Daphnis.

A quelques deux ans de là, un berger des environs, qui avait nom Dryas, vit une toute pareille chose et trouva semblable aventure. Un antre était en ce canton, qu'on appelait l'antre des Nymphes, grande et grosse roche creuse par le dedans, toute ronde par le dehors, et dedans y avait les figures des Nymphes, taillées de pierre, les pieds sans chaussure, les bras nus jusques aux épaules, les cheveux épars autour du cou, ceintes sur les reins, toutes ayant le visage riant et la contenance telle comme si elles eussent ballé ensemble. Du milieu de la roche et du plus creux de l'antre sourdait une fontaine, dont l'eau qui s'épandait en forme de bassin, nourrissait là au devant une herbe fraîche et touffue, et s'écoulait à travers le beau pré verdoyant. On voyait attachées au roc force seilles à traire le lait, force flûtes et chalumeaux, offrandes des anciens pasteurs.

En cette caverne une brebis, qui naguère avait agnelé, allait si souvent, que le berger la crut perdue plus d'une fois. La voulant châtier, afin qu'elle demeurât au troupeau, comme devant, à paître avec les autres, il coupe un scion de franc osier, dont il fit un collet en manière de lacs courant, et s'en venait pour l'attraper au creux du rocher. Mais quand il y fût, il trouva autre chose : il voit la brebis donner son pis à un enfant, avec amour et douceur telles que mère autrement n'eût su faire; et l'enfant, de sa petite bouche belle et nette, pour ce que la brebis lui léchait le visage après qu'était saoul de teter, prenait sans un seul cri puis l'un puis l'autre bout du pis, de grand appétit. Cette enfant était une fille, et avec elle aussi, pour marques à la pouvoir un jour connaître, on avait laissé une coiffe de réseau d'or, des patins dorés et des chaussettes brodées d'or.

Dryas estimant cette rencontre venir expressément des dieux, et instruit à la pitié par l'exemple de sa brebis, enlève l'enfant dans ses bras, met les joyaux dans son bissac, non sans faire prière aux Nymphes qu'à bon heu pût-il élever leur pauvre petite suppliante; puis, quand vint l'heure de remener son troupeau au tect, retournant au lieu de sa demeurance champêtre, conte à sa femme ce qu'il avait vu, lui montre ce qu'il avait trouvé, disant qu'elle ne ferait que bien si elle voulait de là en avant tenir cet enfant pour sa fille, et comme sienne la nourrir, sans rien dire de telle aventure. Napé, c'était le nom de la bergère, Napé, de ce moment, fut mère à la petite créature et tant l'aima qu'elle paraissait proprement jalouse de surpasser en cela sa brebis, qui toujours l'allaitait de son pis : et pour mieux faire croire qu'elle fût sienne, lui donna aussi un nom pastoral, la nommant Chloé.

Ces deux enfants en peu de temps devinrent grands, et d'une beauté qui semblait autre que rustique. Et sur le point que l'un fut parvenu à l'âge de quinze ans, et l'autre de deux moins, Lamon et Dryas en une même nuit songèrent tous deux un tel songe. Il leur fut avis que les Nymphes, celles-là même de l'antre où était cette fontaine, et où Dryas avait trouvé la petite fille, livraient Daphnis et Chloé aux mains d'un jeune garçonnet fort vif et beau à merveille, qui avait des ailes aux épaules, portait un petit arc et de petites flèches; et les ayant touchés tous deux d'une même flèche, commandait à l'un paître de là en avant les chèvres, et à l'autre les brebis. Telle vision aux bons pasteurs présageant le sort à venir de leurs nourrissons, bien leur fâchait qu'ils fussent aussi destinés à garder les bêtes. Car jusque-là ils avaient cru que les marques trouvées quant et eux leur promettaient meilleure fortune, et aussi les avaient élevés plus délicatement qu'on ne fait les enfants des bergers, leur faisant apprendre les lettres, et tout le bien et honneur qui se pouvait en un lieu champêtre; se résolurent toutefois d'obéir aux dieux touchant l'état de ceux qui, par leur providence, avaient été sauvés, et, après avoir communiqué leurs songes ensemble, et sacrifié en la caverne à ce jeune garçonnet qui avait des ailes aux épaules (car ils n'en eussent su dire le nom), les envoyèrent aux champs, leur enseignant toutes choses que bergers doivent savoir; comment il faut faire paître les bêtes avant midi, et comment après que le chaud est passé; à quelle heure convient les mener boire, à quelle heure les ramener au tect; à quoi il est besoin user de la houlette, à quoi de la voix seulement. Eux prirent cette charge avec autant de joie comme si c'eût été quelque grande seigneurie, et aimaient leurs chèvres et brebis trop plus affectueusement que n'est la coutume des bergers; pour ça qu'elle se sentait tenue de la vie à une brebis, et lui de sa part se souvenait qu'une chèvre l'avait nourri.

Or était-il lors environ le commencement du printemps, que toutes fleurs sont en vigueur, celles des bois, celles des prés, et celles des montagnes. Aussi jà commençait à s'ouïr par les champs bourdonnement d'abeilles, gazouillement d'oiseaux, bêlement d'agneaux nouveau-nés. Les troupeaux bondissaient sur les collines, les mouches à miel murmuraient par les prairies, les oiseaux faisaient résonner les buissons de leur chant. Toutes choses adonc faisant bien leur devoir de s'égayer à la saison nouvelle, eux aussi, tendres, jeunes d'âge, se mirent à imiter ce qu'ils entendaient et voyaient. Car entendant chanter les oiseaux, ils chantaient; voyant bondir les agneaux, ils sautaient à l'envi; et, comme les abeilles, allaient cueillant des fleurs, dont ils jetaient les unes dans leur sein, et des autres arrangeaient des chapelets pour les Nymphes; et toujours se tenaient ensemble, toute besogne faisaient en commun, paissant leurs troupeaux l'un près de l'autre. Souventefois Daphnis allait faire revenir les brebis de Chloé, qui s'étaient un peu loin écartées du troupeau; souvent Chloé retenait les chèvres trop hardies voulant monter au plus haut des rochers droits et coupés; quelquefois l'un tout seul gardait les deux troupeaux, pendant le temps que l'autre vacquait à quelque jeu. Leurs jeux étaient

10.

jeux de bergers et d'enfants. Elle, s'en allant dès le matin
cueillir quelque part du menu jonc, en faisait une cage à
cigale, et cependant ne se souciait aucunement de son troupeau ; lui, d'autre côté, ayant coupé des roseaux, en pertuisait
les jointures, puis les collait ensemble avec de la cire molle,
et s'apprenait à en jouer bien souvent jusques à la nuit. Quelquefois ils partageaient ensemble leur lait ou leur vin, et de
tous vivres qu'ils avaient portés du logis se faisaient part l'un
à l'autre. Bref, on eût plutôt vu les brebis dispersées paissant
chacune à part, que l'un de l'autre séparés Daphnis et Chloé.

Or, parmi tels jeux enfantins, Amour leur voulut donner
du souci. En ces quartiers y avait une louve, laquelle ayant
naguère louveté, ravissait des autres troupeaux de la proie à
foison, dont elle nourrissait ses louveteaux ; et pour ce, gens
assemblés des villages d'alentour faisaient la nuit des fosses
d'une brasse de largeur et quatre de profondeur, et la terre
qu'ils en tiraient non toute, mais la plupart, l'épandaient au
loin ; puis étendant sur l'ouverture des verges longues et grêles,
les couvraient en semant par-dessus le demeurant de la terre,
afin que la place parût toute plaine et unie comme devant ;
en sorte que s'il n'eût passé par-dessus qu'un lièvre en courant, il eût rompu les verges, qui étaient, par manière de dire,
plus faibles que brins de paille, et lors eût-on bien vu que ce
n'était point terre ferme, mais une feinte seulement. Ayant
fait plusieurs telles fosses en la montagne et en la plaine, ils
ne purent prendre la louve, car elle sentit l'embûche ; mais
furent cause que plusieurs chèvres et brebis périrent, et presque Daphnis lui-même par tel inconvénient.

Deux boucs s'échauffèrent de jalousie à cosser l'un contre
l'autre, et si rudement se heurtèrent que la corne fut rompue ;
de quoi sentant grande douleur celui qui était écorné, se mit
en bramant à fuir, et le victorieux à le poursuivre, sans le
vouloir laisser en paix. Daphnis fut marri de voir ce bouc
mutilé de sa corne ; et, se courrouçant à l'autre, qui encore
n'était content de l'avoir ainsi laidement accoutré, si prend
en son poing sa houlette et s'en court après ce poursuivant.
De cette façon le bouc fuyant les coups, et lui le poursuivant

en courroux, guère ne regardaient devant eux ; et tous deux tombèrent dans un de ces piéges, le bouc le premier et Daphnis après, ce qui l'engarda de se faire du mal, pour ce que le bouc soutint sa chute. Or au fond de cette fosse, il attendait si quelqu'un viendrait point l'en retirer et pleurait. Chloé ayant de loin vu son accident, accourt, et, voyant qu'il était en vie, s'en va vite appeler au secours un bouvier de là auprès. Le bouvier vint : il eût bien voulu avoir une corde à lui tendre, mais ils n'en purent trouver brin. Par quoi Chloé déliant le cordon qui entourait ses cheveux, le donne au bouvier, lequel en dévale un bout à Daphnis, et tenant l'autre avec Chloé, tant firent-ils eux deux en tirant de dessus le bord de la fosse, et lui en s'aidant et grimpant du mieux qu'il pouvait, que finalement ils le mirent hors du piége. Puis. retirant par même moyen le bouc, dont les cornes en tombant s'étaient rompues toutes deux (tant le vaincu avait été bien et promptement vengé), ils en firent don au bouvier pour sa récompense, et entre eux convinrent de dire au logis, si on le demandait, que le loup l'avait emporté.

Revenus ensuite à leurs troupeaux, les ayant trouvés qui paissaient tranquillement et en bon ordre, chèvres et brebis, ils s'assirent au pied d'un chêne, et regardèrent si Daphnis était point quelque part blessé. Il n'y avait en tout son corps trace de sang ni mal quelconque, mais bien de la terre et de la boue parmi ses cheveux et sur lui. Si résolut de se laver, afin que Lamon et Myrtale ne s'aperçussent de rien. Venant donc avec Chloé à la caverne des Nymphes, il lui donna sa panetière et son, sayon à garder, et se mit au bord de la fontaine à laver ses cheveux et son corps.

Ses cheveux étaient noirs comme ébène, tombant sur son col bruni par le hâle ; on eût dit que c'était leur ombre qui en obscurcissait la teinte. Chloé le regardait, et lors elle s'avisa que Daphnis était beau ; et comme elle ne l'avait point jusque-là trouvé beau, elle s'imagina que le bain lui donnait cette beauté. Elle lui lava le dos et les épaules, et en le lavant sa peau lui sembla si fine et si douce, que plus d'une fois, sans qu'il n'en vît rien, elle se toucha elle-même, doutant à part soi qui des deux avait le corps plus délicat. Comme il se faisait tard pour lors, étant déjà le soleil bien bas, ils ramenèrent leurs bêtes aux étables, et de là en avant Chloé n'eut plus autre chose en l'idée que de revoir Daphnis se baigner. Quand ils furent le lendemain de retour au pâturage, Daphnis, assis sous le chêne à son ordinaire, jouait de la flûte et regardait ses chèvres couchées, qui semblaient prendre plaisir à si douce mélodie. Chloé, pareillement assise auprès de lui, voyait paître ses brebis; mais plus souvent elle avait les yeux sur Daphnis jouant de la flûte, et alors aussi elle le trouvait beau; et pensant que ce fût la musique qui le faisait paraître ainsi, elle prenait la flûte après lui, pour voir d'être belle comme lui. Enfin, elle voulut qu'il se baignât encore, et pendant qu'il se baignait elle le voyait tout nu, et le voyant elle ne se pouvait tenir de le toucher; puis le soir, retournant au logis, elle pensait à Daphnis nu, et ce penser-là était commencement d'amour. Bientôt elle n'eut plus souci ni souvenir de rien que de Daphnis, et de rien ne parlait que de lui. Ce qu'elle éprouvait, elle n'eût su dire ce que c'était, simple fille nourrie aux champs, et n'ayant ouï en sa vie le nom seulement d'amour. Son âme était oppressée; malgré elle bien souvent ses yeux s'emplissaient de larmes. Elle passait les jours sans prendre de nourriture, les nuits sans trouver le sommeil : elle riait et puis pleurait; elle s'endormait et aussitôt se réveillait en sursaut; elle pâlissait, et au même instant son visage se colorait de feu. La génisse piquée du taon n'est point si follement agitée. De fois à autre elle tombait en une sorte de rêverie, et toute seulette discourait ainsi : « A cette heure je suis malade, et ne sais quel est mon mal. « Je souffre, et n'ai point de blessure. Je m'afflige, et si n'ai « perdu pas une de mes brebis. Je brûle, assise sous une « ombre si épaisse. Combien de fois les ronces m'ont égrati- « gnée ! et je ne pleurais pas. Combien d'abeilles m'ont piquée « de leur aiguillon ! et j'en étais bientôt guérie. Il faut donc « dire que ce qui m'atteint au cœur cette fois est plus poignant « que tout cela. De vrai Daphnis est beau, mais il ne l'est pas « seul. Ses joues sont vermeilles, aussi sont les fleurs; il

« chante, aussi font les oiseaux; pourtant quand j'ai vu les
« fleurs ou entendu les oiseaux, je n'y pense plus après. Ah!
« Que ne suis-je sa flûte, pour toucher ses lèvres! Que ne
« suis-je son petit chevreau, pour qu'il me prenne dans ses
« bras! O méchante fontaine qui l'as rendu si beau, ne peux-
« tu m'embellir aussi? O Nymphes! vous me laissez mourir,
« moi que vous avez vue naître et vivre ici parmi vous! Qui
« après moi vous fera des guirlandes et des bouquets, et qui
« aura soin de mes pauvres agneaux? et de toi aussi, ma jolie
« cigale, que j'ai eu tant de peine à prendre? Hélas! que te
« sert maintenant de chanter au chaud du midi? Ta voix ne
« peut plus m'endormir sous les voûtes de ces antres; Daphnis
« m'a ravi le sommeil. » Ainsi disait et soupirait la dolente
jouvencelle, cherchant en soi-même que c'était d'amour, dont
elle sentait les feux, et si n'en pouvait trouver le nom.

Mais Dorçon, ce bouvier qui avait retiré de la fosse Daphnis et le bouc, jeune gars à qui le premier poil commençait à
poindre, étant jà dès cette rencontre féru de l'amour de Chloé,
se passionnait de jour en jour plus vivement pour elle, et tenant peu de compte de Daphnis qui lui semblait un enfant, fit
dessein de tout tenter, ou par présents, ou par ruse, ou à
l'aventure par force, pour avoir contentement, instruit qu'il
était, lui, du nom et aussi des œuvres d'amour. Ses présents
furent d'abord, à Daphnis une belle flûte ayant ses cannes
unies avec du laiton au lieu de cire, à la fillette une peau de
faon toute marquetée de taches blanches, pour s'en couvrir
les épaules. Puis croyant par de tels dons s'être fait l'ami de
l'un et de l'autre, bientôt il négligea Daphnis; mais à Chloé
chaque jour il apportait quelque chose. C'étaient tantôt fromages gras, tantôt fruits en maturité, tantôt chapelets de
fleurs nouvelles, ou bien des oiseaux qu'il prenait au nid;
même une fois il donna un gobelet doré sur les bords, et une
autre fois un petit veau qu'il lui porta de la montagne. Elle,
simple et sans défiance, ignorant que tous ces dons fussent
amorce amoureuse, les prenait bien volontiers, et en montrait
grand plaisir; mais son plaisir était moins d'avoir que donner
à Daphnis.

Et un jour Daphnis (car si fallait-il qu'il connût aussi la
détresse d'amour) prit querelle avec Dorcon. Ils contestaient
de leur beauté devant Chloé, qui les jugea, et un baiser de
Chloé fut le prix destiné au vainqueur; là où Dorcon le premier parla : « Moi, dit-il, je suis plus grand que lui. Je garde
« les bœufs, lui les chèvres; or autant les bœufs valent
« mieux que les chèvres, d'autant vaut mieux le bouvier que
« le chevrier. Je suis blanc comme le lait, blond comme
« gerbe à la moisson, frais comme la feuillée au printemps.
« Aussi est-ce ma mère, et non pas quelque bête, qui m'a
« nourri enfant. Il est petit, lui, chétif, n'ayant de barbe non
« plus qu'une femme, le corps noir comme peau de loup. Il
« vit avec les boucs, ce n'est pas pour sentir bon. Et puis,
« chevrier, pauvre hère, il n'a pas vaillant tant seulement de
« quoi nourrir un chien. On dit qu'il a teté une chèvre; je le
« crois, ma fy, et n'est pas merveille si, nourrisson de bique,
« il a l'air d'un biquet. »

Ainsi dit Dorcon; et Daphnis : « Oui, une chèvre m'a
« nourri de même que Jupiter, et je garde les chèvres, et les
« rends meilleures que ne seront jamais les vaches de celui-
« ci. Je mène paître les boucs, et si n'ai rien de leur senteur,
« non plus que Pan, qui toutefois a plus de bouc en soi que
« d'autre nature. Pour vivre, je me contente de lait, de fro-
« mage, de pain bis et de vin clairet, qui sont mets et bois-
« sons de pâtres comme nous, et les partageant avec toi,
« Chloé, il ne me soucie de ce que mangent les riches. Je
« n'ai point de barbe, ni Bacchus non plus; je suis brun,
« l'hyacinthe est noire, et si vaut mieux pourtant Bacchus
« que les Satyres, et préfère-t-on l'hyacinthe au lys. Celui-là
« est roux comme un renard, blanc comme une fille de la
« ville, et le voilà tantôt barbu comme un bouc. Si c'est moi
« que tu baises, Chloé, tu baiseras ma bouche; si c'est lui,
« tu baiseras ces poils qui lui viennent aux lèvres. Qu'il te
« souvienne, pastourelle, qu'à toi aussi une brebis t'a donné
« son lait, et cependant tu es belle. » A ce mot Chloé ne put
le laisser achever; mais, en partie pour le plaisir qu'elle eut
de s'entendre louer, et aussi que de longtemps elle avait envie

de le baiser, sautant en pieds, d'une gentille et toute naïve
façon, elle lui donna le prix. Ce fut bien un baiser innocent
et sans art ; toutefois c'était assez pour enflammer un cœur
dans ses jeunes années.

Dorcon se voyant vaincu, s'enfuit dans le bois pour cacher
sa honte et son déplaisir, et depuis cherchait autre voie à
pouvoir jouir de ses amours. Pour Daphnis, il était comme
s'il eût reçu, non pas un baiser de Chloé, mais une piqûre
envenimée. Il devint triste en un moment, il soupirait, il fris-
sonnait, le cœur lui battait, il pâlissait quand il regardait la
Chloé, puis tout à coup une rougeur lui couvrait le visage.
Pour la première fois alors il admira le blond de ses cheveux,
la douceur de ses yeux et la fraîcheur d'un teint plus blanc
que la jonchée du lait de ses brebis. On eût dit que de cette
heure il commençait à voir, et qu'il avait été aveugle jusque-
là. Il ne prenait plus de nourriture que comme pour en goûter,
de boisson seulement que pour mouiller ses lèvres. Il était
pensif, muet, lui auparavant plus babillard que les cigales ;
il restait assis, immobile, lui qui avait accoutumé de sauter
plus que ses chevreaux. Son troupeau était oublié ; sa flûte
par terre abandonnée ; il baissait la tête comme une fleur qui
se penche sur sa tige ; il se consumait, il séchait comme les
herbes au temps chaud, n'ayant plus de joie, de babil, fors
qu'il parlât à elle ou d'elle. S'il se trouvait seul aucune fois, il
allait devisant en lui-même : « Dea, que me fait donc le baiser
« de Chloé ? Ses lèvres sont plus tendres que roses, sa bouche
« plus douce qu'une gauffre à miel, et son baiser est plus
« amer que la piqûre d'une abeille. J'ai bien baisé souvent
« mes chevreaux ; j'ai baisé de ses agneaux à elle, qui ne fai-
« saient encore que d'être ; et aussi ce petit veau que lui a
« donné Dorcon ; mais ce baiser ici est tout autre chose. Le
« pouls m'en bat ; le cœur m'en tressaut ; mon âme en lan-
« guit, et pourtant je désire la baiser derechef. O mauvaise
« victoire ! O étrange mal dont je ne saurais dire le nom !
« Chloé avait-elle goûté de quelque poison avant que de me
« baiser ? Mais comment n'en est-elle point morte ? Oh !
« comme les arondelles chantent, et ma flûte ne dit mot !

« Comme les chevreaux sautent, et je suis assis! Comme
« toutes fleurs sont en vigueur, et je n'en fais point de bou-
« quets ni de chapelets! La violette et le muguet florissent,
« Daphnis se fane. Dorcon à la fin paraîtra plus beau que
« moi. » Voilà comment se passionnait le pauvre Daphnis, et
les paroles qu'il disait, comme celui qui lors premier expéri-
mentait les étincelles d'amour.

Mais Dorcon, ce gars, ce bouvier amoureux aussi de Chloé,
prenant le moment que Dryas plantait un arbre pour soutenir
quelque vigne, comme il le connaissait déjà, d'alors que lui
Dryas gardait les bêtes aux champs, le vient trouver avec de
beaux fromages gras, et d'abord il lui donna ses fromages;
puis commençant à entrer en propos par leur ancienne connaissance, fit tant qu'il tomba sur les termes du mariage de
Chloé, disant qu'il la veut prendre à femme, lui promet pour
lui de beaux présents, comme bouvier ayant de quoi. Il lui
voulait donner, dit-il, une couple de bœufs de labour, quatre
ruches d'abeilles, cinquante pieds de pommiers, un cuir de
bœuf à semeler souliers, et par chacun an un veau tout prêt
à sevrer; tellement que, touché de son amitié, alléché par ses
promesses, Dryas lui cuida presque accorder le mariage.
Mais songeant puis après que la fille était née pour bien plus
grand parti, et craignant qu'un jour, si elle venait à être reconnue, et ses parents à savoir que pour la friandise de tels
dons il l'eût mariée en si bas lieu, on ne lui en voulût mal de
mort, il refusa toutes ses offres, et l'éconduisit en le priant de
lui pardonner.

Par ainsi Dorcon se voyant pour la deuxième fois frustré
de son espérance, et encore qu'il avait pour néant perdu ses
bons fromages gras, délibéra, puisque autrement ne pouvait,
la première fois qu'il la trouverait seule à seul, mettre la
main sur Chloé. Pour à quoi parvenir, s'étant avisé qu'ils menaient l'un après l'autre boire leurs bêtes, Chloé un jour,
Daphnis l'autre, il usa d'une finesse de jeune pâtre qu'il était.
Il prend la peau d'un grand loup qu'un sien taureau, en combattant pour la défense des vaches, avait tué avec ses cornes,
et se l'étend sur le dos, si bien que les jambes de devant lui

couvraient les bras et les mains, celles de derrière lui pendaient sur les cuisses jusqu'aux talons, et la hure le coif-
fait en la forme même et manière du cabasset d'un homme
de guerre. S'étant ainsi fait loup tout au mieux qu'il pouvait,
il s'en vient droit à la fontaine, où buvaient chèvres et brebis
après qu'elles avaient pâturé. Or était cette fontaine en une
vallée assez creuse, et toute la place à l'entour pleine de
ronces et d'épines, de chardons et bas génevriers, tellement
qu'un vrai loup s'y fût bien aisément caché. Dorcon se musse
là dedans entre ces épines, attendant l'heure que les bêtes
vinssent boire; et avait bonne espérance qu'il effrayerait Chloé
sous cette forme de loup, et la saisirait au corps pour en
faire à son plaisir.

Tantôt après elle arriva. Elle amenait boire les deux troupeaux, ayant laissé Daphnis coupant de la plus tendre ramée
verte pour ses chevreaux après pâture. Les chiens qui leur
aidaient à la garde des bêtes suivaient; et comme naturellement ils chassent mettant le nez partout, ils sentirent Dorcon
se remuer voulant assaillir la fillette; si se prennent à aboyer,
se ruent sur lui comme sur un loup, et l'environnant qu'il
n'osait encore, tant il avait de peur, se dresser tout à fait sur
ses pieds, mordent en furie la peau de loup, et tiraient à
belles dents. Lui, d'abord honteux d'être reconnu, et défendu
quelque temps de cette peau qui le couvrait, se tenait tapi
contre terre dans le hallier, sans dire mot; mais quand Chloé,
apercevant au travers de ces broussailles oreille droite et poil
de tête, appela tout épouvantée Daphnis au secours, et que
les chiens lui ayant arraché sa peau de loup, commencèrent
à le mordre lui-même à bon escient; lors il se prit à crier si
haut qu'il put, priant Chloé et Daphnis qui jà était accouru,
de lui vouloir être en aide; ce qu'ils firent, et avec leur sif-
flement accoutumé, eurent incontinent apaisé les chiens; puis
amenèrent à la fontaine le malheureux Dorcon, qui avait été
mors et aux cuisses et aux épaules, lui lavèrent ses blessures
où les dents l'avaient atteint, et puis lui mirent dessus de
l'écorce d'orme mâchée, étant tous deux si peu rusés et si
peu expérimentés aux hardies entreprises d'amour, qu'ils

11

estimèrent que cette embûche de Dorcon avec sa peau de loup ne fût que jeu seulement ; au moyen de quoi ils ne se courroucèrent point à lui, mais le réconfortèrent et le reconvoyèrent quelque espace de chemin, et le menant par la main : et lui qui avait été en si grand danger de sa personne, et que l'on avait recous de la gueule, non du loup, comme il se dit communément, mais des chiens, s'en alla panser les morsures qu'il avait par tout le corps.

Daphnis et Chloé cependant *jusques à nuit close* travaillèrent après leurs chèvres et brebis, qui, effrayées de la peau de loup, effarouchées d'ouïr si fort aboyer les chiens, fuyaient les unes à la cime des plus hauts rochers, les autres au plus bas des plages de la mer, toutes au demeurant bien apprises de venir à la voix de leurs pasteurs se ranger au son du flageolet, s'amasser ensemble en oyant seulement battre des mains ; mais la peur leur avait alors fait tout oublier ; et après les avoir suivies à la trace comme des lièvres, et à grand'peine retrouvées, les ramenèrent toutes au tect ; puis s'en allèrent aussi reposer ; là où ils dormirent cette seule nuit de bon sommeil. Car le travail qu'ils avaient pris leur fut un remède pour l'heure au mésaise d'amour : mais revenant le jour, ils eurent même passion qu'auparavant, joie à se revoir, peine à se quitter ; ils souffraient, ils voulaient quelque chose, et ne savaient ce qu'ils voulaient. Cela seulement savaient-ils bien, l'un que son mal était venu d'un baiser, l'autre, d'un baigner.

Mais plus encore les enflammait la saison de l'année. Il était jà environ la fin du printemps et commencement de l'été, toutes choses en vigueur ; et déjà montraient les arbres leurs fruits, les blés leurs épis ; et aussi était la voix des cigales plaisante à ouïr, tout gracieux le bêlement des brebis, la richesse des champs admirable à voir, l'air tout embaumé suave à respirer ; les fleuves paraissaient endormis, coulant lentement et sans bruit ; les vents semblaient orgues ou flûtes, tant ils soupiraient doucement à travers les branches des pins. On eût dit que les pommes d'elles-mêmes se laissaient tomber enamourées, que le soleil amant de beauté faisait chacun dépouiller. Daphnis de toutes parts échauffé se jetait dans les rivières, et tantôt se lavait, tantôt s'ébattait à vouloir saisir les poissons, qui glissant dans l'onde se perdaient sous sa main ; et souvent buvait, comme si avec l'eau il eût dû éteindre le feu qui le brûlait. Chloé, après avoir trait toutes ses brebis, et la plupart aussi des chèvres de Daphnis, demeurait longtemps empêchée à faire prendre le lait et à chasser les mouches, qui fort la molestaient, et les chassant la piquaient ; cela fait, elle se lavait le visage, et couronnée des plus tendres branchettes de pin, ceinte de la peau de faon, elle emplissait une sébile de vin mêlé avec du lait, pour boire avec Daphnis.

Puis quand ce venait sur le midi, adonc étaient-ils tous deux plus ardemment épris que jamais, pour ce que Chloé, voyant entièrement nue une beauté de tout point accomplie, se fondait et périssait d'amour, considérant qu'il n'y avait en toute sa personne chose quelconque à redire ; et lui, la voyant avec cette peau de faon et cette couronne de pin, lui tendre à boire dans sa sébile, pensait voir une des Nymphes mêmes qui étaient dans la caverne ; si accourait incontinent, et lui ôtant sa couronne qu'il baisait d'abord, se la mettait sur la tête, et elle, pendant qu'il se baignait tout nu, prenait sa robe et se la vêtissait, la baisant aussi premièrement. Tantôt ils s'entre-jettaient des pommes, tantôt ils aornaient leurs têtes et tressaient leurs cheveux l'un à l'autre, disant Chloé que les cheveux de Daphnis ressemblaient aux grains de myrte, pour ce qu'ils étaient noirs, et Daphnis accomparant le visage de Chloé à une belle pomme, pour ce qu'il était blanc et vermeil. Aucunes fois il lui apprenait à jouer de la flûte ; et quand elle commençait à souffler dedans, il la lui ôtait ; puis il en parcourait des lèvres tous les tuyaux d'un bout à l'autre, faisant ainsi semblant de lui vouloir montrer où elle avait failli, afin de la baiser à demi, en baisant la flûte aux endroits que quittait sa bouche.

Ainsi comme il était après à en sonner joyeusement sur la chaleur de midi pendant que leurs troupeaux étaient tapis à l'ombre, Chloé ne se donna de garde qu'elle fût endormie : co

que Daphnis apercevant, pose sa flûte pour à son aise la regarder et contempler n'ayant alors nulle honte, et disait à
part soi ces paroles tout bas : « Oh ! comme dorment ses
« yeux ! Comme sa bouche respire ! Pommes ni aubépines
« fleuries n'exhalent un air si doux. Je ne l'ose baiser toute-
« fois ; son baiser pique au cœur, et fait devenir fou, comme
« le miel nouveau. Puis, j'ai peur de l'éveiller. O fâcheuses
« cigales ! elles ne la laisseront jà dormir, si haut elles crient.
« Et d'autre côté ces boucquins ici ne cesseront aujour-
« d'hui de s'entre-heurter avec leurs cornes. O loups plus
« couards que renards, où êtes-vous à cette heure, que vous
« ne les venez happer ? »

Ainsi qu'il était en ces termes, une cigale poursuivie par
une arondelle se vint jeter d'aventure dedans le sein de Chloé ;
pourquoi l'arondelle ne la put prendre, ni ne put aussi retenir son vol, qu'elle ne s'abattît jusqu'à toucher de l'aile le
visage de Chloé, dont elle s'éveilla en sursaut, et ne sachant
que c'était, s'écria bien haut : mais quand elle eut vu l'arondelle voletant encore autour d'elle, et Daphnis riant de sa
peur, elle s'assura, et frottait ses yeux qui avaient encore envie de dormir ; et lors la cigale se prend à chanter
entre les tetins mêmes de la gente pastourelle, comme si dans
cet asile elle lui eût voulu rendre grâce de son salut, dont
Chloé de nouveau surprise, s'écria encore plus fort, et Daphnis de rire ; et usant de cette occasion, il lui mit la main bien
avant dans le sein, d'où il retira la gentille cigale, qui ne se
pouvait jamais taire, quoiqu'il la tint dans la main. Chloé fut
bien aise de la voir, et l'ayant baisée, la remit chantant toujours dans son sein.

Une autre fois ils entendirent du bois prochain un ramier,
au roucoulement duquel Chloé ayant pris plaisir, demanda à
Daphnis que c'était qu'il disait, et Daphnis lui fit le conte
qu'on en fait communément. « Ma mie, dit-il, au temps passé
« il y avait une fille belle et jolie, en fleur d'âge comme toi.
« Elle gardait les vaches et chantait plaisamment ; et, tant
« ses vaches aimaient son chant ! elle les gouvernait de la
« voix seulement ; jamais ne donnait coup de houlette ni pi-

« qûre d'aiguillon ; mais assise à l'ombre de quelque beau
« pin, la tête couronnée de feuillage, elle chantait Pan et Pi-
« tys ; dont ses vaches étaient si aises qu'elles ne s'éloignaient
« point d'elle. Or y avait-il non guère loin de là un jeune
« garçon qui gardait les bœufs, beau lui-même, chantant
« bien aussi, lequel étrivait à chanter à l'encontre d'elle, d'un
« chant plus fort comme étant mâle, et aussi doux, comme
« étant jeune ; tellement qu'il attire à travers le bocage et
« emmène avec soi huit des plus belles vaches qu'elle eût en
« son troupeau. La pauvrette adonc déplaisante autant de son
« troupeau diminué comme d'avoir été vaincue au chanter,
« demandait aux dieux d'être oiseau avant que retourner
« ainsi à la maison. Les dieux accomplirent son désir, et en
« firent un oiseau de montagne, qui aime toujours à chanter
« comme quand elle était fille, et encore aujourd'hui se plaint
« de sa déconvenue, et va disant qu'elle cherche ses vaches
« égarées. »

Tels étaient les plaisirs que l'été leur donnait. Mais la
saison d'automne venue, au temps que la grappe est pleine,
certains corsaires de Tyr s'étant mis sur une flûte du pays de
Carie, afin possible qu'on ne pensât que ce fussent barbares,
vinrent aborder en cette côte, et descendant à terre armés de
corselets et d'épées, pillèrent ce qu'ils purent trouver, comme
vin odorant, force grain, miel en rayons, et même emmenè-
rent quelques bœufs et vaches de Dorcon. Or en courant çà
et là, ils rencontrèrent de mâle aventure Daphnis qui s'allait
ébattant le long du rivage de la mer, seul, car Chloé, comme
simple fille, crainte des autres pasteurs, qui eussent pu en
folâtrant lui faire quelque déplaisir, ne sortait si matin du
logis, et ne menait qu'à haute heure paître les brebis de
Dryas. En voyant ce jeune garçon grand et beau, et de plus
de valeur que ce qu'ils eussent pu davantage ravir par les
champs, ne s'amusèrent plus ni à poursuivre les chèvres, ni
à chercher à dérober autre chose de ces campagnes, mais
l'entraînèrent dans leur flûte, pleurant et ne sachant que
faire, sinon qu'il appelait à haute voix Chloé tant qu'il pouvait crier.

Or ne faisaient-ils guère que remonter en leur esquif et mettre les mains aux rames, quand Chloé vint qui apportait une flûte neuve à Daphnis. Mais voyant çà et là les chèvres dispersées, et entendant sa voix, qui l'appelait toujours de plus fort en plus fort, elle jetia la flûte, laisse là son troupeau, et s'en va courant vers Dorcon, pour le faire venir au secours. Elle le trouva étendu par terre, tout taillé de grands coups d'épée que lui avaient donnés les brigands, et à peine respirant encore, tant il avait perdu de sang; mais lorsqu'il entrevit Chloé, le souvenir de son amour le ranimant quelque peu : « Chloé, ma mie, lui dit-il, je m'en vas tout à « l'heure mourir. J'ai voulu défendre mes bœufs, ces mé- « chants larrons de corsaires m'ont navré comme tu vois. « Mais toi, Chloé, sauve Daphnis ; venge-moi; fais-les périr. « J'ai accoutumé mes vaches à suivre le son de ma flûte, et « de si loin qu'elles soient, venir à moi dès qu'elles en enten- « dent l'appel. Prends-la, va au bord de la mer; joue cet air « que j'ai appris à Daphnis et qu'il t'a montré. Au demeurant « laisse faire ma flûte et mes bœufs sur le vaisseau. Je te la « donne, cette flûte, de laquelle j'ai gagné le prix contre tant « de bergers et bouviers; et pour cela seulement, je te prie, « baise-moi avant que je meure, pleure-moi quand je serai « mort, et à tout le moins, lorsque tu verras vacher gardant « ses bêtes aux champs, aie souvenance de moi. »

Dorcon achevant ces paroles et recevant d'elle un dernier baiser, laissa sur ses lèvres, avec le baiser, la voix et la vie en même temps. Chloé prit la flûte, la mit à sa bouche, et sonnant si haut qu'elle pouvait, les vaches qui l'entendent reconnaissent aussitôt le son de la flûte et la note de la chanson, et toutes d'une secousse se jettent en meuglant dans la mer; et comme elles prirent leur élan toutes du même bond, et que par leur chute la mer s'entr'ouvrit, l'esquif renversé, l'eau se renfermant, tout fut submergé. Les gens plongés en la mer revinrent bientôt sur l'eau, mais non pas tous avec même espérance de salut. Car les brigands avaient leurs épées au côté, leurs corselets au dos, leurs bottines à mi-jambe, tandis que Daphnis était tout déchaux, comme celui qui ne

menait ses chèvres que dans la plaine, et quasi nud au demeurant ; car il faisait encore chaud. Eux donc, après avoir duré
quelque temps à nager, furent tirés à fond et noyés par la
pesanteur de leurs armes ; mais Daphnis eut bientôt quitté si
peu de vêtements qu'il portait, et encore se lassait-il à force,
n'ayant coutume de nager que dans les rivières. Nécessité
toutefois lui montra ce qu'il devait faire. Il se mit entre deux
vaches, et se prenant à leurs cornes avec les deux mains, fut
par elles porté sans peine quelconque, aussi à son aise comme
s'il eût conduit un chariot. Car le bœuf nage beaucoup mieux
et plus longtemps que ne fait l'homme ; et n'est animal au
monde qui en cela le surpasse, si ce ne sont oiseaux aquati-
ques, ou bien encore poissons ; tellement que jamais bœuf ni
vache ne se noieraient, si la corne de leurs pieds ne s'amol-
lissait dans l'eau, de quoi font foi plusieurs détroits en la
mer, qui jusques aujourd'hui sont appelés Bosphores, c'est-
à-dire trajet ou passage de bœufs.

Voilà comment se sauva Daphnis, et contre toute espérance échappant deux grands dangers, ne fut ni prit ni noyé.
Venu à terre là où était Chloé sur la rive, qui pleurait et riait
tout ensemble, il se jette dans ses bras, lui demandant pourquoi elle jouait ainsi de la flûte ; et Chloé lui conta tout :
qu'elle avait été pour appeler Dorcon, que ses vaches étaient
apprises à venir au son de la flûte, qu'il lui avait dit d'en
jouer, et qu'il était mort. Seulement oublia-t-elle, ou possible
ne voulut dire qu'elle l'eût baisé.

Adonc tous deux délibérèrent d'honorer la mémoire de
celui qui leur avait fait tant de bien, et s'en allèrent, avec ses
parents et amis, ensevelir le corps du malheureux Dorcon,
sur lequel ils jetèrent force terre, plantèrent à l'entour des
arbres stériles, y pendirent chacun quelque chose de ce qu'il
recueillait aux champs, versèrent du lait sur sa tombe, y
épreignirent des grappes, y brisèrent des flûtes. On ouït ses
vaches mugir et bramer piteusement ; on les vit çà et là courir
comme bêtes égarées ; ce que ces pâtres et bouviers déclarèrent être le deuil que les pauvres bêtes menaient du trépas de
leur maître.

Finies en cette manière les obsèques de Dorcon, Chloé conduisit Daphnis à la caverne des Nymphes, où elle le lava, et lors elle-même pour la première fois en présence de Daphnis lava aussi son beau corps blanc et poli, qui n'avait que faire de bain pour paraître beau ; puis cueillant ensemble des fleurs, que portait la saison, en firent des couronnes aux images des Nymphes, et contre la roche attachèrent la flûte de Dorcon pour offrande. Cela fait, ils retournèrent vers leurs chèvres et brebis, lesquelles ils trouvèrent toutes tapies contre terre, sans paître ni bêler, pour l'ennui et regret qu'elles avaient, ainsi qu'on peut croire, de ne voir plus Daphnis ni Chloé. Mais sitôt qu'elles les aperçurent, et qu'eux se mirent à les appeler comme de coutume et à leur jouer du flageolet, elles se levèrent incontinent, et se prirent les brebis à paître, et les chèvres à sauteler en bêlant, comme pour fêter le retour de leur chevrier.

Mais quoi qu'il y eût, Daphnis ne se pouvait éjouir à bon escient depuis qu'il eut vu Chloé nue, et sa beauté à découvert, qu'il n'avait point encore vue. Il s'en sentait le cœur malade ne plus ne moins que d'un venin qui l'eût en secret consumé. Son souffle aucunes fois était fort et hâté, comme si quelque ennemi l'eût poursuivi prêt à l'atteindre, d'autres fois faible et débile, comme d'un à qui manquent tout à coup la force et l'haleine, et lui semblait le bain de Chloé plus redoutable que la mer dont il était échappé. Bref, il lui était avis que son âme fût toujours entre les brigands, tant il avait de peine, jeune garçon nourri aux champs, qui ne savait encore que c'est du brigandage d'amour.

LIVRE DEUXIÈME

ÉTANT jà l'automne en sa force et le temps des vendanges venu, chacun aux champs était en besogne à faire ses apprêts : les uns racoutraient les pressoirs, les autres nettoyaient les jarres; **ceux-ci** émoulaient leurs serpettes, ceux-là se tissaient des paniers; aucuns mettaient à point la meule à pressurer les grappes écrasées; d'autres apprêtaient l'osier sec dont on avait ôté l'écorce à force de le battre, pour en faire flambeaux à tirer le moût pendant la nuit; et à cette cause Daphnis et Chloé, cessant pour quelques jours de mener leurs bêtes aux champs, prêtaient aussi à tels travaux l'œuvre et labeur de leurs mains. Il portait lui la vendange dedans une hotte et la foulait en la cuve, puis aidait à remplir les jarres; elle d'autre côté préparait à manger aux vendangeurs, et leur versait du vin de l'année précédente; puis elle se mettait à vendanger aussi les plus basses branches des vignes où elle pouvait avenir. Car les vignes de Lesbos sont basses pour la plupart, au moins non élevées sur arbres fort hauts, et les branches en pendent jusque contre terre, s'étendant çà et là comme lierre, si qu'un enfant hors du maillot, par manière de dire, atteindrait aux grappes.

Et comme la coutume est en telle fête de Bacchus, à la naissance du vin, on avait appelé des champs de là entour bon nombre de femmes pour aider, lesquelles jetaient toutes les yeux sur Daphnis, et en le louant disaient qu'il était aussi beau que Bacchus; et y en eut une d'elles, plus éveillée que les autres, qui le baisa, dont il fut bien aise, mais non Chloé qui en avait de la jalousie. Les hommes, d'autre part, dans les cuves et pressoirs, jetaient à Chloé plusieurs paroles à la traverse, et en la voyant trépignaient comme des Satyres à la vue de quelque Bacchante, disant que de bon cœur ils deviendraient moutons, pour être menés et gardés par une telle bergère; à quoi Chloé prenait plaisir, mais Daphnis en avait de l'ennui. Tellement que l'un et l'autre souhaitaient que les vendanges fussent bientôt finies, pour pouvoir retourner aux champs en la manière accoutumée, et, au lieu du bruit et des cris de ces vendangeurs, entendre le son de la flûte ou le bêlement des troupeaux.

En peu de jours tout fut achevé, le raisin cueilli, la vendange foulée, le vin dans les jarres, si qu'il ne fut plus besoin d'en empêcher tant de gens; au moyen de quoi ils recom

11.

mencèrent à mener leurs bêtes aux champs comme devant ;
et portant aux Nymphes des grappes pendantes encore au
sarment pour prémices de la vendange, les vinrent en grande
joie honorer et saluer, de quoi faire ils n'avaient par le passé
jamais été paresseux. Car et le matin, dès que leurs troupeaux commençaient à paître, ils les venaient d'abord saluer,
et le soir retournant de pâture, les allaient derechef adorer ;
et jamais n'y allaient qu'ils ne leur portassent quelque offrande,
tantôt des fleurs, tantôt des fruits, une fois de la ramée verte,
et une autre fois quelque libation de lait ; dont puis après ils
reçurent des déesses bien ample récompense. Mais pour lors
ils folâtraient comme deux jeunes levrons : ils sautaient, ils
flûtaient ensemble, ils chantaient, luttaient bras à bras l'un
contre l'autre, à l'envie de leurs béliers et bouquins.

Et ainsi comme ils s'ébattaient, survint un vieillard portant
grosse cape de poil de chèvre, des sabots en ses pieds, panetière à son col, vieille aussi la panetière. Se séant auprès
d'eux il se prit à leur dire : « Le bonhomme Philétas, enfants,
« c'est moi, qui jadis ai chanté maintes chansons à ces Nym-
« phes, maintes fois ai joué de la flûte à ce dieu Pan que voici ;
« grand troupeau de bœufs gouvernais avec la seule musique,
« et m'en viens vers vous à cette heure, vous déclarer ce que
« j'ai vu, et annoncer ce que j'ai ouï.

« Un jardin est à moi, ouvrage de mes mains, que j'ai planté
« moi-même, affié, accoutré depuis le temps que, pour ma
« vieillesse, je ne mène plus les bêtes aux champs. Toujours
« y a dans ce jardin tout ce qu'on y saurait souhaiter selon
« la saison ; au printemps des roses, des lis, des violettes
« simples et doubles ; en été du pavot, des poires, des pommes
« de plusieurs espèces ; maintenant qu'il est automne, du
« raisin, des figues, des grenades, des myrtes verts ; et y vien-
« nent chaque matin à grandes volées toutes sortes d'oiseaux,
« les uns pour y trouver à repaître, les autres pour y chanter ;
« car il est à couvert d'ombrage, arrosé de trois fontaines, et
« si épais planté d'arbres, que qui ôterait la muraille qui le
« clôt, on dirait à le voir que ce serait un bois.

« Aujourd'hui environ midi, j'y ai vu un jeune garçonnet

« sous mes myrtes et grenadiers, qui tenait en ses mains des
« grenades et des grains de myrte, blanc comme lait, rouge
« comme feu, poli et net comme ne venant que d'être lavé. Il
« était nud, il était seul, et se jouait à cueillir de mes fruits
« comme si le verger eût été sien. Si m'en suis couru pour le
« tenir, crainte, comme il était frétillant et remuant, qu'il ne
« me rompît quelque arbuste; mais il m'est légèrement
« échappé des mains, tantôt se coulant entre les rosiers, tantôt
« se cachant sous les pavots, comme ferait un petit perdreau.
« J'ai autrefois eu bien affaire à courir après quelques che-
« vreaux de lait, et souvent ai travaillé voulant attraper de
« jeunes veaux qui sautaient autour de leur mère; mais ceci
« est tout autre chose, et n'est pas possible au monde de le
« prendre. Par quoi me trouvant bientôt las, comme vieux et
« ancien que je suis, et m'appuyant sur mon bâton, en pre-
« nant garde qu'il ne s'enfuît, je lui ai demandé à qui il était
« de nos voisins, et à quelle occasion il venait ainsi cueillir
« les fruits du jardin d'autrui. Il ne m'a rien répondu; mais
« s'approchant de moi, s'est pris à me sourire fort délicate-
« ment, en me jetant des grains de myrte, ce qui m'a, ne sais
« comment, amolli et attendri le cœur, de sorte que je n'ai
« plus su me courroucer à lui. Si l'ai prié de s'en venir à moi
« sans rien craindre, jurant par mes myrtes que je le laisserais
« aller quand il voudrait, avec des pommes et des grenades
« que je lui donnerais, et lui souffrirais prendre des fruits de
« mes arbres, et cueillir de mes fleurs autant comme il vou-
« drait, pourvu qu'il me donnât un baiser seulement.
  « Et adonc se prenant à rire avec une chère gaie, et bonne
« et gentille grâce, m'a jeté une voix si aimable et si douce,
« que ni l'arondelle, ni le rossignol, ni le cygne, fût-il aussi
« vieux comme je suis, n'en saurait jeter de pareille, disant :
« Quant à moi, Philétas, ce ne me serait point de peine de te
« baiser; car j'aime plus être baisé que tu ne désires toi re-
« tourner en ta jeunesse : mais garde que ce que tu me de-
« mandes ne soit un don mal séant et peu convenable à ton âge,
« pour ce que ta vieillesse ne t'exemptera point de me vouloir
« poursuivre, quand tu m'auras une fois baisé; et n'y a aigle

« ni faucon, ni autre oiseau de proie, tant ait–il l'aile vite et
« légère, .qui me pût atteindre. Je ne suis point enfant, com-
« bien que j'en aie l'apparence ; mais suis plus ancien que
« Saturne, plus ancien même que tout le temps. Je te connais
« dès lors qu'étant en la fleur de ton âge, tu gardais en ce
« prochain pâtis un si beau et gras troupeau de vaches, et
« étais près de toi, quand tu jouais de la flûte sous ces hêtres,
« amoureux d'Amaryllide. Mais tu ne me voyais pas, encore
« que je fusse avec ton amie, laquelle je t'ai enfin donnée, et
« tu en as eu de beaux enfants, qui maintenant sont bons
« laboureurs et bouviers ; et pour le présent je gouverne
« Daphnis et Chloé ; et après que je les ai le matin mis en-
« semble, je m'en viens en ton verger, là où je prends plaisir
« aux arbres et aux fleurs, et me lave en ces fontaines ; qui
« est la cause que toutes les plantes et les fleurs de ton jardin
« sont si belles à voir, pour ce que mon bain les arrose. Re-
« garde si tu verras pas une branche d'arbre rompue, ton
« fruit aucunement abattu ou gâté, aucun pied d'herbe ou de
« fleur foulé, ni jamais tes fontaines troublées ; et te répute
« bien heureux de ce que toi seul entre les hommes, dans ta
« vieillesse, tu es encore bien voulu de cet enfant.

« Cela dit, il s'est enlevé sur les myrtes, ne plus ne moins
« que ferait un petit rossignol, et sautelant de branche en
« branche par entre les feuilles, est enfin monté jusques à la
« cime. J'ai vu ses petites ailes, son petit arc et ses flèches
« en écharpe sur ses épaules, puis ai été tout ébahi que je
« n'ai plus vu ni ses flèches ni lui. Or, si je n'ai pour néant
« vécu tant d'années, et diminué de sens en avançant d'âge,
« mes enfants, je vous assure que vous êtes tous deux dé-
« voués à l'Amour, et qu'Amour a soin de vous. »

Ils furent aussi aises d'ouïr ce propos comme si on leur eût
conté quelque belle et plaisante fable. Si lui demandèrent
que c'était d'amour ; s'il était oiseau ou enfant, et quel pouvoir il avait. Adonc Philétas se prit derechef à leur dire :
« Amour est un dieu, mes enfants. Il est jeune, beau, a
« des ailes ; pourquoi il se plait avec la jeunesse, cherche la
beauté et ravit les âmes, ayant plus de pouvoir que Jupiter

« même. Il règne sur les astres, sur les éléments, gouverne
« le monde, et conduit les autres dieux comme vous avec la
« houlette menez vos chèvres et brebis. Les fleurs sont ou-
« vrage d'Amour; les plantes et les arbres sont de sa fac-
« ture; c'est par lui que les rivières coulent, et que les vents
« soufflent. J'ai vu les taureaux amoureux; ils mugissaient
« ne plus ne moins que si le taon les eût piqués; j'ai vu le
« bouquin aimer sa chèvre, et il la suivait partout. Moi-
« même j'ai été jeune, et j'aimais Amaryllide; mais lors il
« ne me souvenait de manger ni de boire, ni ne prenais au-
« cun repos; mon âme souffrait; mon cœur palpitait; mon
« corps tressaillait; je pleurais, je criais comme qui m'eût
« battu : je ne parlais non plus que si j'eusse été mort; je
« me jetais dans les rivières comme si un feu m'eût brûlé;
« j'invoquais Pan, qui fut aussi blessé de l'amour de Pitys;
« je remerciais Écho, qui appelait Amaryllide après moi, et
« de dépit rompais ma flûte de ce qu'elle savait bien mener
« mes vaches, et ne me pouvait faire venir mon Amaryllide.
« Car il n'est remède, ni breuvage quelconque, ni charme,
« ni chant, ni paroles qui guérissent le mal d'amour, sinon
« le baiser, embrasser, coucher ensemble nue à nu. »

Philétas, après les avoir ainsi enseignés, se départit d'avec
eux, emportant pour son loyer quelques fromages et un chevreau daguet, qu'ils lui donnèrent. Mais quand il s'en fut allé,
eux demeurés tout seuls et ayant alors pour la première fois
entendu le nom d'amour, se trouvèrent en plus grande détresse qu'auparavant, et retournés en leur maison, passèrent
la nuit à comparer ce qu'ils sentaient en eux-mêmes avec les
paroles du vieillard : « Les amants souffrent, nous souffrons;
« ils ne font compte de boire ni de manger, aussi peu en
« faisons-nous; ils ne peuvent dormir, ni nous clore la pau-
« pière; il leur est avis qu'ils brûlent, nous avons le feu au
« dedans de nous; ils désirent s'entrevoir, las! pour autre
« chose ne prions que le jour revienne bientôt. C'est cela
« sans point de doute qu'on appelle amour; tous deux sommes
« enamourés, et si ne le savions pas. Mais si c'est amour ce
« que nous sentons, je suis aimé; que me manque-t-il donc?

« Et pourquoi sommes-nous ainsi mal à notre aise? A quoi
« faire nous entre-cherchons-nous? Philétas nous dit vrai;
« ce jeune garçonnet qu'il a vu en son jardin, c'est lui-même
« qui jadis apparut à nos pères et leur dit en songe qu'ils
« nous envoyassent garder les bêtes aux champs. Comment
« le pourra-t-on prendre? Il est petit et s'enfuira; de lui
« échapper n'est possible, car il a des ailes et nous attein-
« dra. Faut-il avoir recours aux Nymphes? Pan n'aida de
« rien Philétas quand il aimait Amaryllide. Essayons les re-
« mèdes qu'il a dits, baiser, accoler, coucher nue à nu. Vrai
« est qu'il fait froid, mais nous l'endurerons. » Ainsi leur
était la nuit une seconde école en laquelle ils recordaient les
enseignements de Philétas.

Le lendemain au point du jour ils menèrent leurs bêtes aux
champs, s'entre-baisèrent l'un l'autre aussitôt qu'ils se virent,
ce qu'ils n'avaient oncques fait encore, et croisant leurs bras
s'accolèrent; mais le dernier remède....., ils n'osaient se dépouiller et coucher nus. Aussi eût-ce été trop hardiment fait,
non pas seulement à une jeune bergère telle qu'était Chloé,
mais même à lui chevrier. Ils ne purent donc la nuit suivante
reposer non plus que l'autre, et n'eurent ailleurs la pensée
qu'à remémorer ce qu'ils avaient fait, et regretter ce qu'ils
avaient omis à faire, disant ainsi en eux-mêmes : « Nous nous
« sommes baisés, et de rien ne nous a servi; nous nous
« sommes l'un l'autre accolés, et rien ne nous en est amendé.
« Il faut donc dire que coucher ensemble est le vrai remède
« d'amour; il le faut donc essayer aussi. Car pour sûr il y
« doit avoir quelque chose plus qu'au baiser. »

Après semblables pensers, leurs songes, ainsi qu'on peut
croire, furent d'amour et de baisers, et ce qu'ils n'avaient
point fait le jour, ils le faisaient lors en songeant, couchés
nue à nu. Dès le fin matin donc ils se lèvent plus épris encore que devant, et chassant avec le sifflet leurs bêtes aux
champs, leur tardait qu'ils ne se trouvaient pour répéter leurs
baisers, et de si loin qu'ils se virent, coururent en souriant
l'un vers l'autre, puis s'entre-baisèrent, puis s'entre-acco-
lèrent; mais le troisième point ne pouvait venir ; car Daphnis

n'osait en parler, ni ne voulait Chloé commencer, jusqu'à ce que l'aventure les conduisît à ce faire en cette manière.

Ils étaient sous le chêne assis l'un près de l'autre, et ayant goûté du plaisir de baiser, ne se pouvaient saouler de cette volupté. L'embrassement suivait quant et quant pour baiser plus serré, et en ce point comme Daphnis tira sa prise un peu trop fort, Chloé sans y penser se coucha sur un côté, et Daphnis en suivant la bouche de Chloé pour ne perdre l'aise du baiser, se laissa de même tomber sur le côté, et reconnaissant tous deux en cette contenance la forme de leur songe, longtemps demeurèrent couchés de la sorte, se tenant bras à bras aussi étroitement comme s'ils eussent été liés ensemble, sans y chercher rien davantage : mais pensant que ce fût le dernier point de jouissance amoureuse, consumèrent en ces vaines étreintes la plus grande partie du jour, tant que le soir les y trouva ; et lors en maudissant la nuit, ils se séparèrent et ramenèrent leurs troupeaux au tect. Et peut-être enfin eussent-ils fait quelque chose à bon escient, n'eût été un tel tumulte qui survint en la contrée.

Des jeunes gens riches de Méthymne voulant passer joyeusement le temps des vendanges et s'aller ébattre quelque peu au loin, tirèrent un bateau en mer, mirent leurs valets à la rame, et s'en vinrent dans les parages du territoire de Mitylène, pour ce qu'il y a partout bons abris pour se retirer, belle plage pour se baigner, et est bordée de beaux édifices, avec jardins, parcs et bois que les uns nature a produits, les autres la main de l'homme. En voyageant ainsi au long de la côte, et descendant ci et là, où désir leur en prenait, ils ne faisaient mal quelconque ni déplaisir à personne, mais s'ébattaient entre eux à divers passe-temps. Tantôt avec des hameçons attachés d'un brin de fil au bout de quelque long roseau, ils pêchaient, de dessus un écueil jeté fort avant en la mer, des poissons qui hantent autour des rochers, tantôt prenaient avec leurs chiens et leurs filets les lièvres qui fuyaient des vignes pour le bruit des vendangeurs ; ou bien ils tendaient aux oiseaux, trouvant temps et lieu favorables, et avec des lacs courants prenaient des oies sauvages, des

albrans, des outardes et autre tel gibier de plaine, dont ils
avaient, outre le plaisir, de quoi fournir à leurs repas. S'il
leur fallait quelque chose plus, ils l'achetaient au prochain
village, payant le prix et au delà. Il ne leur fallait que le pain
et le vin, et le logis aussi, car ils ne trouvaient pas qu'il fût
sûr, étant la saison de l'automne, de coucher en mer, et, à
cette cause, ils tiraient la nuit leur bateau à terre, peur de la
tourmente pendant qu'ils dormaient.

Mais quelque paysan de là autour ayant affaire d'une corde
dont on suspend la meule à presser le raisin, étant la sienne
par aventure usée ou rompue, s'en vint de nuit au bord de
la mer, et trouvant le bateau sans garde, délia la corde qui
le liait, l'emporta en son logis, et s'en servit à son besoin.
Le matin ces jeunes gens cherchèrent partout leur corde;
mais nul ne confessait l'avoir prise : par quoi, après qu'ils
eurent un peu querellé avec leurs hôtes, ils tirèrent outre,
et ayant fait environ deux lieues, vinrent aborder à ces
champs où se tenaient Daphnis et Chloé, pour ce qu'il y
avait, ce leur sembla, belle plaine à courir le lièvre. Or n'a-
vaient-ils plus de corde pour attacher leur bateau, et à cette
cause prirent du franc osier vert, le plus long qu'ils purent
finer, le tordirent et en firent une hart, dont ils lièrent leur
bateau à terre, puis lâchant leurs chiens, se mirent à chasser
et tendirent leurs toiles aux passages qu'ils trouvèrent plus
à propos. Ces chiens en courant çà et là, et aboyant, effrayè-
rent les chèvres de Daphnis, lesquelles abandonnèrent incontinent les coteaux, et s'enfuirent vers la marine, là où ne
trouvant rien à brouter parmi le sable, aucunes plus hardies
que les autres s'approchèrent du bateau, et rongèrent la hart
d'osier vert dont il était attaché.

La mer était un peu émue d'un vent de terre qui se le-
vait; le bateau une fois délié, les vagues le poussèrent, l'é-
loignèrent du bord et le portaient en mer; de quoi les chasseurs s'étant aperçus, les uns accoururent au rivage, les
autres rappelèrent leurs chiens, et tous ensemble menaient
tel bruit que les gens de là autour, pâtres, vignerons, laboureurs, les entendant, vinrent de toutes parts; mais ils n'y

purent que faire. Car le vent fraîchissant toujours de plus
en plus, mena la barque au gré du flot si roide et si loin,
qu'elle fut tantôt hors de vue.

Par quoi ces jeunes gens dolents outre-mesure, perdant
leur bateau, biens et tout, cherchèrent le chevrier qui devait
garder les chèvres, et trouvant là Daphnis parmi les regar-
dants, en chaude colère commencèrent à le battre et à le
vouloir dépouiller ; même y en eut un d'entre eux qui détacha
la laisse dont il menait son chien, et prit les deux mains à
Daphnis pour les lui lier derrière le dos. Lui, comme ils le
battaient, criait, implorait l'aide d'un chacun, mais sur tous
appelait à son secours Lamon et Dryas, lesquels accourus,
tous deux verts vieillards, ayant les mains rudes, endurcies
du labeur des champs, prirent très-bien sa défense contre
les jeunes Méthymniens, en leur remontrant qu'il fallait entendre du moins ce garçon, pour voir s'il avait tort, et que
chacun dit ses raisons. Ceux de Méthymne le voulurent, et
d'un commun accord on élut pour arbitre le bouvier Philétas,
à cause que c'était le plus ancien qui se trouvât là présent,
et qu'entre ceux de son village, il avait le bruit d'être homme
de grande foi et loyauté. Adonc les jeunes gens prenant la
parole, firent en termes courts et clairs leur plainte de telle
sorte, devant le juge bouvier :

« Nous étions descendus en ces champs pour chasser, et
« avions attaché notre barque au rivage avec une hart d'osier
« vert, puis nous nous étions mis en quête avec nos chiens,
« et cependant les chèvres de celui-ci sont venues, ont mangé
« l'osier dont notre bateau était attaché, et par ainsi l'ont
« détaché. Vous-mêmes l'avez pu voir emporté en pleine mer.
« Et ce qu'il y a dedans perdu pour nous, combien pensez-
« vous qu'il vaille ? Combien d'habits et d'équipages ! Com-
« bien de beaux harnais pour nos chiens ! et de l'argent plus
« qu'il n'en faudrait pour acheter tous ces champs ! En ré-
« compense de quoi, nous voulons emmener ce méchant
« chevrier-ci, lequel entend si mal le métier dont il se mêle,
« que de hanter avec ses chèvres au long des plages de la
« mer, comme s'il était marinier. »

Voilà ce que dirent les Méthymniens. Daphnis était tout moulu des coups qu'il avait reçus ; mais voyant Chloé présente, il ne s'étonna de rien et leur répondit franchement : « Je garde bien mes chèvres, et n'y a personne en tout le village qui se soit jamais plaint que pas une d'elles ait rien brouté en son jardin, ni rompu ou gâté un bourgeon dans sa vigne. Mais ceux-ci eux-mêmes sont mauvais chasseurs, et ont des chiens mal appris, qui ne font que courir çà et là, et aboyer tant et si fort, qu'ils ont effarouché mes chèvres, et les ont chassées de la plaine et de la montagne vers la mer, comme eussent pu faire des loups. Or à présent elles ont mangé quelque osier ; pouvaient-elles emmi ces sables brouter le thym ou le serpolet ? Leur bateau est péri en mer ; qu'ils s'en prennent à la tourmente ; mes chèvres n'en sont pas cause. Voire mais il y avait dedans tant de biens, des habits, de l'argent ? Et qui serait si sot de croire qu'un bateau portant tout cela, n'eût pour l'attacher qu'une hart d'osier ? »

En disant ces paroles il se prit à pleurer, et fit grande pitié à tous les assistants ; tellement que Philétas, qui devait donner sa sentence, jura le dieu Pan et les Nymphes que Daphnis n'avait point de tort, ni ses chèvres non plus, et que la faute, si faute y avait, était aux vents et à la mer, desquels il n'était pas juge pour la leur faire réparer. Ce néanmoins le bon Philétas ne sut si bien dire que les Méthymniens s'en contentassent ; mais derechef en grande fureur prirent Daphnis, et le voulaient lier pour l'emmener, n'eût été que les paysans, de ce mutinés, se ruèrent, en criant, sur eux, comme une volée d'étourneaux, et leur ôtèrent des mains Daphnis, qui se défendait bien aussi et à son tour les chargeait. Si qu'à grands coups de pierres et de bâton, ils chassèrent les Méthymniens, et ne cessèrent de les poursuivre, qu'ils ne les eussent menés battant hors de leur territoire. Daphnis et Chloé restés seuls, elle eut tout loisir de le conduire en la caverne des Nymphes, où elle lui lava le visage tout souillé du sang qui lui était coulé du nez ; puis tirant de sa panetière un peu de fromage et du tourteau, elle lui en fit manger, et qui plus le conforta, lui donna de sa tendre bouche un baiser plus doux que miel.

Ainsi échappa Daphnis de ce danger : mais la chose n'en demeura pas là. Car ces jeunes gens de Méthymne, retournés chez eux à pied, au lieu qu'ils étaient venus en un beau bateau ; blessés et mal menés, au lieu qu'ils étaient partis gais et bien délibérés, firent assembler le conseil de la ville, auquel ils requirent, en habits et contenance de suppliants, être vengés de l'outrage qu'ils avaient souffert, ne disant de vrai pas un mot, de peur que, s'ils eussent conté le fait comme il était allé, on ne se fût moqué d'eux de s'être ainsi laissé battre par des paysans, mais accusant hautement les Mityléniens de les avoir pillés, et pris leur bateau sans autre forme de procès, comme en guerre ouverte.

Ceux de Méthymne ajoutèrent aisément foi à leur dire, pour autant mêmement qu'ils les voyaient blessés ; et quant et quant estimant chose juste et raisonnable de venger un tel outrage fait aux enfants des plus nobles maisons de leur ville, décernèrent sur-le-champ la guerre contre les Mityléniens, sans leur envoyer ni héraut ni déclaration, et commandèrent à leur capitaine qu'il mît promptement en mer dix galères pour aller faire du pis qu'il pourrait en toute leur côte. Ils pensèrent que ce ne serait pas sûrement ni sagement fait de hasarder plus grosse flotte à l'approche de l'hiver.

Le capitaine dès le lendemain eut dressé son équipage, et usant pour moins d'embarras de ses soldats mêmes au lieu de rameurs, alla fourrager toutes les terres des Mityléniens qui étaient voisines de la mer, là où il prit force bétail, force grain, vin en quantité, pour ce qu'il n'y avait guère que vendanges étaient faites, et grand nombre de prisonniers, gens qui travaillaient à ces champs ; et aussi s'en vint débarquer où gardaient leurs bêtes Daphnis et Chloé, courut le pays : ravit et pilla tout ce qu'il y trouva. Daphnis pour lors n'était pas avec son troupeau ; il était dans le bois à cueillir de la ramée verte pour donner l'hiver aux chevreaux, et, voyant du haut des arbres les ennemis dans la plaine, se cacha au creux d'un vieux chêne. Chloé, qui était demeurée

avec les troupeaux, se cuida sauver de vitesse, et se jeta
comme en un asile dans l'antre des Nymphes, poursuivie
jusqu'au lieu même, et là, priait au nom des Nymphes ces
soldats de ne vouloir faire déplaisir ni à elle ni à ses bêtes ;
mais en vain. Car les gens de Méthymne, après avoir fait plusieurs vilenies et moqueries aux images des Nymphes, l'em-
menèrent elle et ses bêtes, en la chassant devant eux à coups
de houssine comme une chèvre ou une brebis, et voyant
qu'ils avaient déjà plein leurs vaisseaux de toute sorte de
butin, ne voulurent plus tirer outre, mais reprirent la route
de leurs maisons, craignant l'hiver et les ennemis.

Ainsi s'en allaient les Méthymniens à force de rames, faisant peu de chemin ; car le temps fut si calme, qu'il ne tirait
ni vent ni halcine quelconque ; et Daphnis, sorti de son creux,
après que tout ce bruit fut passé, s'en vint dans la plaine où
leurs bêtes avaient coutume de pâturer, et, n'y voyant plus
ni ses chèvres, ni les brebis, ni Chloé, mais seulement les
champs tout seuls, et la flûte de laquelle Chloé se saoulait
ébattre jetée là, se prit à crier et pleurer, et, en soupirant
amèrement, s'en courait tantôt sous le fouteau à l'ombre duquel ils avaient accoutumé de se seoir, tantôt au rivage de la
mer, pour voir s'il la trouverait point, et tantôt dans l'antre
des Nymphes où il l'avait vue fuir, et là, se jetant par terre
devant leurs images, se complaignit à elles, disant qu'elles
lui avaient bien failli au besoin. « Chloé, disait-il, vient d'être
« arrachée de vos autels, et vous avez bien eu le cœur de le
« voir et l'endurer ! elle qui vous a fait tant de beaux cha-
« pelets de fleurs ! elle qui vous offrait toujours du premier
« lait ! elle qui vous a donné ce flageolet même que je vois ici
« pendu ! Jamais loup ne me ravit une seule de mes chèvres,
« et mes ennemis m'ont maintenant ravi le troupeau entier et
« ma compagne bergère aussi. Mes chèvres, ils les tueront et
« écorcheront incontinent ; les brebis, ils en feront des sa-
« crifices aux dieux, et Chloé demeurera en quelque ville loin
« de moi. Comment oserai-je à cette heure m'en aller devers
« mon père et ma mère, sans mes chèvres, sans Chloé, pour
« être désormais misérable manœuvre ; car il n'y a plus chez

« nous de bêtes que je pusse garder. Mais non, je ne bouge-
« rai d'ici, attendant la mort ou d'autres ennemis qui m'em-
« mènent aussi. Hélas ! Chloé, es-tu en même peine que moi ?
« te souvient-il de ces champs ? as-tu point de regret aux
« Nymphes et à moi ? ou si te reconfortent nos brebis et nos
« chèvres prisonnières avec toi ? »

Comme il achevait ces paroles, le cœur gros de chagrin,
de pleurs, le voilà pris d'un profond somme, et lui apparaissent
les trois Nymphes, en guise de belles et grandes femmes, de-
mi-nues, les pieds sans chaussure, les cheveux épars, en tout
semblables aux images. Si lui fut avis, dès l'abord, qu'elles
avaient pitié de lui ; puis d'elles trois la plus âgée lui dit en
le reconfortant : « Ne te plains point de nous, Daphnis ; nous
« avons plus de souci de Chloé que tu n'as toi-même. Nous
« en prîmes pitié dès lors qu'elle venait de naître, et, aban-
« donnée en cet antre, l'avons fait élever et nourrir. Car, afin
« que tu le saches, rien n'a de commun Chloé avec Dryas et
« ses brebis, ni toi non plus avec Lamon. Et, quant à ce qui
« est d'elle, nous y avons déjà pourvu. Elle n'ira point pri-
« sonnière avec ces soldats à Méthymne, ni ne fera partie de
« leur butin. Pan, qui est là sous ce pin, et que vous n'hono-
« rez jamais seulement de quelques fleurettes, c'est lui que
« nous avons prié de vouloir secourir Chloé, parce qu'il fré-
« quente volontiers entre gens de guerre, et lui-même a con-
« duit des guerres, quittant le repos des champs. Il marche
« dès cette heure, dangereux ennemi, contre ceux de Mé-
« thymne. Pourtant ne t'afflige point, mais te lève et t'en
« va consoler Lamon et Myrtale, qui sont jetés à terre comme
« toi, croyant que tu aies été pris et emmené sur les vais-
« seaux. Demain reviendra ta Chloé avec vos brebis et vos
« chèvres ; et si les garderez encore et jouerez de la flûte en-
« semble. Au demeurant, Amour aura soin de vous. »

Daphnis ayant ouï et vu telles choses, s'éveilla soudain en
sursaut, et pleurant autant de joie que de tristesse, adora les
Nymphes, prosterné devant leurs images, et leur promit, si
Chloé retournait à sauveté, de leur sacrifier la plus grasse
de ses chèvres ; et, courant au pin sous lequel était le dieu

Pan, représenté avec les pieds d'un bouc, deux cornes en la
tête, qui d'une main tenait sa flûte, et de l'autre arrêtait un
bouquin, l'adora aussi, et le pria qu'il lui plût faire promptement revenir Chloé, lui promettant semblablement de lui
sacrifier un bouc ; et jusqu'au soir environ le soleil couchant,
à peine cessa-t-il ses larmes et ses vœux pour le retour de
Chloé. Enfin, ramassant sa feuillée, il s'en retourna au logis,
où il ôta de grand émoi Lamon et Myrtale, et les remplit de
liesse, puis mangea un petit, et s'en alla dormir ; mais ce ne
fut pas sans pleurer, ni sans faire prières aux Nymphes
qu'elles lui apparussent encore, et que le jour revînt bientôt,
et avec le jour, selon leur promesse, Chloé. Jamais nuit ne
lui fut si longue. Or, voici comme il en alla.

Le capitaine de Méthymne ayant navigué à la rame environ cinq quarts de lieue, voulut un petit rafraîchir ses gens
las d'avoir couru le pays, et trouvant un promontoire assez
avancé en mer, dont l'extrémité présentait deux pointes en
manière de croissant, abri aussi sûr qu'aucun port, il y jeta
l'ancre sous une roche haute et droite, sans autrement aborder, afin que de la côte à toute aventure on ne lui pût faire
nul déplaisir, et ainsi permit à ses gens de se traiter et réjouir en pleine assurance. Eux ayant à bord foison de tous
vivres qu'ils avaient pillés, se mirent à manger, boire et faire
fête, comme on fait pour une victoire. Mais dès que le jour
fut failli, et que la nuit eut mis fin à leur bonne chère, il leur
fut avis soudainement que la terre était toute en feu, et vers
la haute mer entendirent un bruissement dans le lointain,
comme des rames d'une grosse flotte qui fût venue contre
eux. L'un criait aux armes, l'autre appelait ses compagnons ; l'un pensait être jà blessé, l'autre croyait voir un
homme mort gisant devant lui. Bref, il y avait tout tel tumulte comme en un combat de nuit : et si, n'y avait point
d'ennemis.

Après une nuit si terrible, le jour vint qui les effraya encore davantage ; car ils virent les boucs de Daphnis et ses
chèvres, les cornes toutes entortillées de rameaux de lierre
avec leurs grappes ; ils entendirent les brebis et béliers de

Chloé qui hurlaient comme loups; elle-même on la vit couronnée de branchages de pin. Et en la mer se faisaient aussi choses étranges à conter. Car, quand ils pensaient lever les ancres, elles tenaient au fond; quand ils cuidaient abattre leurs rames pour voguer, elles se rompaient. Les dauphins, sautant autour des vaisseaux et les battant de leur queue, en décousaient les jointures. Et entendait-on du haut de la roche le son d'une flûte à sept cannes, telle qu'en ont les bergers; mais ce son n'était point plaisant à ouïr, comme serait le son d'une flûte ordinaire, ains épouvantait ceux qui l'entendaient, comme l'éclat imprévu d'une trompette de guerre : de quoi ils étaient tous en merveilleux effroi, et couraient aux armes, disant que c'étaient les ennemis qui les venaient attaquer, et ne savait-on par où; et lors désiraient que la nuit revînt, comme s'ils eussent dû avoir trêve quand elle serait venue.

Or, n'était celui parmi eux conservant tant soit peu de sens, qui ne connût clairement que tous ces prodiges venaient du dieu Pan irrité contre eux pour quelque méfait; mais ils n'en pouvaient deviner la cause, n'ayant touché chose qu'ils sussent appartenir à Pan; jusqu'à ce qu'environ midi le capitaine, non sans expresse ordonnance divine, s'endormit, et lui apparut Pan lui-même disant telles paroles : « O méchants « sacriléges! comme avez-vous été si forcenés que d'oser « emplir d'alarme les champs que j'aime uniquement, ravir « les troupeaux qui sont en ma protection, et arracher par « force d'un lieu saint une jeune fille de laquelle Amour veut « faire une histoire singulière, et n'avez point eu de crainte « ni de révérence aux Nymphes qui le vous ont vu faire, ni « à moi qui suis le dieu Pan! Jamais vous ne verrez Mé-« thymne, si vous y prétendez porter un tel butin, ni jamais « n'échapperez le son de cette mienne flûte, qui vous a na-« guère effrayés. Je vous ferai tous abîmer au fond de la mer « et manger aux poissons, si tu ne rends, et bientôt, Chloé « aux Nymphes à qui vous l'avez enlevée, et quant et elle « ses brebis et tout le troupeau de chèvres. Pourtant lève-« toi sans délai, et la remets à terre avec ce que je t'ai dit,

« et je vous conduirai tous deux en vos maisons, elle par
« terre et toi par mer. »

A ces paroles, tout troublé, le capitaine Bryaxis (car ainsi
avait-il nom) s'éveilla en sursaut, et de chaque galère aussitôt
faisant appeler les chefs, commanda qu'on cherchât, entre les
prisonniers, Chloé jeune bergère, et fut fait; et n'eurent pas
de peine à la trouver, car elle était assise la tête couronnée
de pin. Si la mènent au capitaine; et lui, connaissant bien à
cela que c'était pour elle qu'il avait eu cette apparition en
dormant, la conduisit lui-même à terre dans la galère capitainesse, dont elle ne fut pas plutôt hors, que du haut de la
roche aussitôt on entend un nouveau son de flûte, non plus
épouvantable en matière de l'alarme, mais tel que bergers ont
coutume de sonner, quand c'est pour mener leurs bêtes aux
champs; et brebis aussitôt de sortir du navire par l'escale sans
broncher, et les chèvres encore mieux, comme celles qui savaient jà gravir et descendre tous lieux escarpés. Puis chèvres
et brebis à terre entourèrent Chloé, bondissant, sautelant et
bêlant, et semblaient s'éjouir avec elle de leur commune délivrance.

Mais les troupeaux des autres bergers et chevriers demeurèrent où on les avait mis, et ne bougèrent de dessous le
tillac des galères, comme n'étant point pour eux le son de la
flûte; de quoi tout le monde s'émerveilla grandement, et en
loua la puissance et bonté de Pan. Et encore vit-on de plus
étranges merveilles en l'un et en l'autre élément. Car les galères des Méthymniens démarrèrent d'elles-mêmes, avant
qu'on eût levé les ancres, et y avait un dauphin qui les conduisait sautant hors de l'eau devant la capitainesse; et sur
terre un fort doux et plaisant son de flûte conduisait les deux
troupeaux, sans que l'on pût voir qui en jouait; si que les
brebis et les chèvres marchaient et paissaient en même temps,
avec très-grand plaisir d'ouïr telle mélodie.

C'était environ l'heure qu'on ramène les bêtes aux champs
après midi. Daphnis apercevant de tout loin, d'une vedette
élevée, Chloé avec les deux troupeaux : O Nymphes! ô Pan!
s'écria-t-il; et, descendu dans la plaine, court à elle, se jette

dans ses bras, épris de si grande joie qu'il en tomba tout pâmé. A peine purent le ranimer les baisers même de Chloé qui le pressait contre son sein. Ayant enfin repris ses esprits, il s'en fut avec elle sous le hêtre, là où s'étant tous deux assis, il ne faillit à lui demander comme elle avait pu échapper des mains de tant d'ennemis; et Chloé lui conta tout, son enlèvement dans la grotte, son départ sur le vaisseau, et le lierre venu aux cornes de ses chèvres, et la couronne de feuillage de pin sur sa tête; ses brebis qui avaient hurlé, le feu sur la terre le bruit en la mer, les deux sortes de son de flûte, l'un de paix, l'autre de guerre, la nuit pleine d'horreur, et comme une certaine mélodie musicale l'avait conduite tout le chemin sans qu'elle en vît rien.

Adonc reconnaissant Daphnis le secours manifeste de Pan et l'effet de ce que les Nymphes lui avaient promis, conta de sa part à Chloé tout ce qu'il avait ouï, tont ce qu'il avait vu, et comme, se mourant d'amour et de regret, il avait été par les Nymphes rendu à la vie. Puis il l'envoya quérir Dryas et Lamon, et quant et quant tout ce qui fait besoin pour un sacrifice, et lui-même cependant prit la plus grasse chèvre qui fût en son troupeau, de laquelle il entortilla les cornes avec du lierre, en la même sorte et manière que les ennemis les avaient vues, et après lui avoir versé du lait entre les cornes, la sacrifia aux Nymphes, la pendit et l'écorcha, et leur en consacra la peau attachée au roc. Puis quand Chloé fut revenue, amenant Dryas et Lamon et leurs femmes, il fit rôtir une partie de la chair et bouillir le reste; mais avant tout il mit à part les prémices pour les Nymphes, leur épandit de la cruche pleine une libation de vin doux, et ayant accommodé de petits lits de feuillage et verte ramée pour tous les convives, se mit avec eux à faire bonne chère, et néanmoins avait toujours l'œil sur les troupeaux, crainte que le loup survenant d'emblée ne fît son coup pendant ce temps-là. Puis tous ayant bien repu, se mirent à chanter des hymnes aux Nymphes que d'anciens pasteurs avaient composées. La nuit venue ils se couchèrent en la place même emmi les champs, et le lendemain eurent aussi souvenance de Pan. Si prirent lo

12

bouc chef du troupeau, et couronné de branchages de pin le menèrent au pin sous lequel était l'image du dieu, et louant et remerciant la bonté de Pan, le lui sacrifièrent, le pendirent, l'écorchèrent, puis firent bouillir une partie de la chair et rôtir l'autre, et le tout étendirent emmi le beau pré sur verte feuillade. La peau avec les cornes fut au tronc de l'arbre attachée tout contre l'image de Pan, offrande pastorale à un dieu pastoral ; et ne s'oublièrent non plus de lui mettre à part les prémices, et si firent en son honneur les libations accoutumées. Chloé chanta, Daphnis joua de la flûte, et chacun prit place à table.

Ainsi qu'ils faisaient chère lie, survint de cas d'aventure le bonhomme Philétas, apportant à Pan quelques chapelets de fleurs, et des moissines avec les grappes et la pampre encore au sarment ; et quant et lui amenait son plus jeune fils Tityre, jeune petit gars ayant cheveux blonds et couleur vermeille, air vif et malin, et qui en courant sautait ne plus ne moins qu'un chevreau. Dès qu'ils aperçurent Philétas, ils se levèrent tous, allèrent avec lui couronner l'image de Pan, et suspendirent les moissines du bon Philétas aux branches du pin ; puis, lui faisant place parmi eux, le convièrent à leur repas. Or quand ces vieillards eurent un peu bu, adonc commencèrent-ils à conter de leurs jeunes ans, comme ils gardaient leurs bêtes aux champs, comme ils étaient échappés de plusieurs dangers et surprises d'écumeurs de mer et de larrons. L'un se vantait qu'il avait une fois tué un loup, l'autre qu'après Pan il n'y avait homme qui sût si bien jouer de la flûte que lui. C'était Philétas qui se donnait cette louange. Daphnis et Chloé le prièrent qu'il leur voulût de grâce montrer un petit de sa science, et qu'en ce sacrifice fait à Pan, il honorât avec sa flûte le dieu amateur de tels sons. Philétas y consentit, encore que pour sa vieillesse il se plaignît de n'avoir plus guère d'haleine, et prit la flûte de Daphnis. Mais elle se trouva trop petite pour y pouvoir montrer beaucoup de savoir et d'artifice, comme celle de quoi jouait un jeune garçon seulement ; par quoi il envoya Tityre en son logis, distant environ demi-lieue, pour lui apporter la sienne. L'enfant jette là son hoqueton, et s'en court comme un faon de biche, et cependant Lamon se mit à leur conter la fable de Syringe, pour laquelle apprendre il avait donné à un chevrier de Sicile, qui en savait la chanson, un bouc et une flûte.

« Cette Syringe, leur dit-il, aujourd'hui flûte pastorale,
« jadis était une belle fille ayant voix mélodieuse et grande
« science de musique. Elle gardait les chèvres, chantait et se
« jouait avec les Nymphes. Pan, qui la voyait aux champs
« garder ses bêtes, jouer, chanter, un jour vient à elle et la
« prie de ce qu'il voulait, lui promettant faire que ses chè-
« vres porteraient toutes deux chevreaux à chaque portée.
« Elle se moqua de son amour, et dit que jamais elle n'au-
« rait ami, non-seulement tel comme lui qui semblait pro-
« prement un bouc, mais ni autre quel qu'il fût. Pan la voulut
« prendre à force ; elle s'enfuit ; il la poursuivit ; tant que
« pieds la purent porter, elle courut ; mais, lasse à la fin de
« courir, elle se jette en un marais, et là se perd dans les
« roseaux. Pan coupe les cannes en courroux, et n'y trouvant
« point la pucelle, connut son inconvénient, et lors unissant
« avec de la cire les roseaux taillés inégaux, en signe d'amour
« non égal, il en fit cet instrument. Ainsi elle qui paravant
« était belle jeune fille, depuis a été un plaisant instrument
« de musique. »

Lamon à peine achevait son conte, et bon Philétas de le louer, disant n'avoir ouï en sa vie chanson si jolie que cette fable, quand Tityre arriva portant la flûte de son père, grande à merveille, composée des plus grosses cannes que l'on trouve, accoutrée de laiton par-dessus la cire. On eût dit que c'était celle-là même que Pan fit la première. Philétas adonc se leva et, assis sur son lit de feuillage, premièrement il essaya tous les chalumeaux voir si rien n'empêchait le vent ; et voyant que chaque tuyau rendait le son convenable, souffla dedans à bon escient. Si semblait proprement un air de plusieurs flageolets jouant ensemble, tant menaient de bruit ces pipeaux : puis petit à petit diminuant la force du vent, ramena son jeu en un son tout à fait doux et plaisant, et leur montrant tout l'artifice de la musique pastorale pour bien mener et faire paître les

bêtes aux champs, leur fit voir comment il fallait souffler pour
un troupeau de bœufs, quel son est mieux séant à un chevrier,
quel jeu aiment les brebis et moutons; celui des brebis était
gracieux, fort et grave celui des bœufs, celui des chèvres clair
et aigu; et une seule flûte imitait toutes ces diverses flûtes
du berger, du bouvier et du chevrier.

La compagnie à table écoutait sans mot dire, couchée sur
le feuillage, prenant très-grand plaisir d'ouïr si bien jouer
Philétas, jusqu'à ce que Dryas se levant, le pria de jouer quelque gaie chanson en l'honneur de Bacchus, et lui cependant
leur dansa une danse de vendange, faisant les gestes comme
s'il eût, tantôt cueilli la grappe au cep, tantôt porté le raisin
dans la hotte, puis les mines d'un qui foule la vendange, qui
verse le vin dans les jarres, et d'un qui hume à bon escient
la liqueur nouvelle. Toutes lesquelles choses il fit si proprement et de si bonne grâce, approchant du naturel, qu'ils pensaient voir devant leurs yeux la vigne, le pressoir et les jarres,
et Dryas buvant le vin doux.

Ayant ainsi le troisième vieillard bien et gentiment fait son
devoir de danser, à la fin alla baiser Daphnis et Chloé, lesquels
incontinent se levèrent et dansèrent le conte de Lamon.
Daphnis contrefaisait le dieu Pan, Chloé la belle Syringe; il
lui faisait sa requête, et elle s'en riait; elle s'enfuyait, lui la
poursuivait, courant sur le bout des orteils pour mieux contrefaire les pieds de bouc; elle feignait d'être lasse et de ne
pouvoir plus courir, et au lieu de roseaux s'allait cacher dans
le bois.

Et Daphnis alors prenant la grande flûte de Philétas, en
tira d'abord un son douloureux, comme Pan qui se fût plaint
de la jouvencelle; puis un son passionné, comme le priant
d'amour; puis un son de rappel, comme cherchant partout ce
qu'elle était devenue. Si que le bonhomme lui-même Philétas
tout émerveillé accourut le baiser, et après l'avoir baisé lui fit
présent de sa flûte, en priant aux dieux que Daphnis la laissât
un jour à pareil successeur que lui. Daphnis donna la sienne
petite à Pan, et ayant baisé Chloé comme revenue et retrouvée
d'une véritable fuite, ramena jouant de la flûte ses bêtes aux

étables, pour ce qu'il était déjà tard; et aussi fit Chloé les
siennes au son des mêmes chalumeaux. Les chèvres marchaient côte à côte des brebis, et Chloé tout joignant Daphnis,
de sorte qu'à chaque pas ils se baisaient l'un l'autre, et durè-
rent ainsi jusques à nuit close, et en se quittant complotèrent
ensemble de ramener paître leurs troupeaux le lendemain au
plus matin, comme ils firent. Car incontinent que le jour
commença à poindre, ils revinrent au pâturage, et ayant premièrement salué les Nymphes, puis après Pan, s'allèrent
asseoir dessous le chêne, où ils jouèrent de la flûte ensemble,
s'entre-baisèrent, s'embrassèrent, se couchèrent l'un près de
l'autre, et sans y faire rien davantage, se relevèrent. Ensuite
ils songèrent à manger; et ils buvaient en même sébile du vin
mêlé avec du lait.

Or échauffés et rendus plus hardis par toutes ces choses, ils
contestaient entre eux d'amour, et en vinrent jusqu'à se vouloir assurer par serment l'un de l'autre. Daphnis allant dessous le pin, jura par le dieu Pan qu'il ne vivrait jamais un seul
jour sans Chloé; et Chloé, dans l'antre des Nymphes, jura
devant leurs images de vivre et mourir avec Daphnis. Mais
elle, comme une jeune et innocente fillette, fut si simple de
vouloir que Daphnis au sortir de l'antre lui jurât un autre
serment. Si lui dit : « Ce dieu Pan, Daphnis, est un dieu
« volage auquel il n'y a point de fiance; il a aimé Pitys, il a
« aimé Syringe; il ne cesse de pourchasser les Nymphes Épi-
« mélides, et on le voit toujours après les Dryades. Si tu me
« fausses la foi que tu m'as jurée, il ne s'en fera que rire,
« voire quand tu aurais plus de maîtresses qu'il n'a de chalu-
« meaux en sa flûte. Et comment te punirait-il, lui qui chaque
« jour fait amour nouvelle? Jure-moi par ton troupeau, et
« par la chèvre qui te nourrit et allaita, que jamais tu ne lais-
« seras Chloé tant qu'elle te sera fidèle; et là où elle te fera
« faute et aux Nymphes qu'elle a jurées, fuis-la et la haïs ou
« la tue, comme tu ferais un loup. »

Daphnis prit plaisir à ce doute, et debout au milieu de son
troupeau, tenant d'une main un bouc et de l'autre une chèvre,
jura qu'il aimerait Chloé tant qu'il en serait aimé, et que si

elle en aimait un autre, il se tuerait au lieu d'elle ; dont elle fut bien aise, et s'en assura plus que du premier serment, croyant les brebis et les chèvres être dieux propres aux bergers et aux chevriers.

LIVRE TROISIÈME

Mais les Mityléniens apprenant comme ceux de Méthymne avaient envoyé dix galères à leur dommage, et mêmement étant informés, par gens qui venaient de la campagne, comme on avait couru leurs terres et pillé leurs biens, estimèrent que ce serait lâcheté d'endurer un tel outrage des Méthymniens, et délibérèrent promptement prendre les armes contre eux. Si levèrent incontinent trois mille hommes de pied et cinq cents chevaux, et envoyèrent par terre leur capitaine général Hippase, craignant de les mettre sur mer en temps approchant de l'hiver.

Le capitaine, parti aussitôt avec ses gens, ne fourragea point les terres des Méthymniens, ni n'emmena le bétail des laboureurs et paysans, parce qu'il estimait cela être le fait d'un larron et non pas d'un capitaine ; ains tira droit vers la ville, espérant la surprendre les portes ouvertes et sans garde. Mais quand il en fut près environ six lieues, un héraut lui vint au devant, qui lui demanda trêve au nom des Méthymniens. Car ayant entendu depuis, par leurs prisonniers, que ceux de Mitylène ne savaient du tout rien de ce qui s'était passé, mais que c'était une querelle entre paysans et jeunes gens, où ceux-ci avaient eu des coups pour quelque insolence par eux faite, ils regrettaient fort d'avoir si à la légère offensé leurs voisins, et n'avaient autre désir que de rendre et restituer ce qui aurait été pris, pour pouvoir trafiquer et hanter comme devant les uns avec les autres sans crainte ni danger. Hippase envoya le héraut porter ces paroles au sénat des Mityléniens, combien qu'il eût tout pouvoir et autorité absolue, et cependant alla camper à demi-lieue de Méthymne, attendant les ordres de sa ville. De là à deux jours ordre lui vint de recevoir les restitutions et s'en retourner sans faire nul dommage. Car ayant le choix de la paix ou de la guerre, ils avaient pensé que la paix valait mieux. Ainsi se termina la guerre entre Méthymne et Mitylène, finie comme elle fut commencée par soudaine résolution.

Et là-dessus survint l'hiver, plus fâcheux que la guerre à Daphnis et à sa Chloé. Car incontinent la neige, tombant en grande abondance, couvrit les chemins, et enferma les laboureurs en leurs maisons; les torrents impétueux tombaient aval du haut des montagnes, l'eau se gelait, les arbres semblaient morts, on ne voyait plus la terre, sinon alentour des fontaines et de quelques ruisseaux; ainsi ne se pouvaient plus mener les bêtes aux champs, ni n'osaient les gens mettre seulement le nez hors la porte; mais demeurant tous au logis, faisaient un grand feu, alentour duquel, dès que les coqs avaient chanté le matin, chacun venait faire sa besogne. Les uns retordaient du fil, les autres tissaient du poil de chèvre, ou faisaient des collets à prendre les oiseaux. Le soin qu'il fallait lors avoir des bœufs, était de leur donner de la paille à manger en la bouverie, aux chèvres et brebis de la feuillée en la bergerie, aux pourceaux de la faîne et du gland en la porcherie.

Étant ainsi chacun contraint de garder la maison pour la rudesse du temps, les autres, tant laboureurs que pasteurs, en étaient aises, parce qu'ils avaient un peu de relâche en leurs travaux, faisaient bons repas et long somme; tellement que l'hiver leur semblait plus doux que non pas l'été, ni l'automne, ni le printemps avec. Mais Daphnis et Chloé se souvenant des plaisirs passés, comme ils s'entre-baisaient, comme ils s'entr'embrassaient, et de leurs joyeux passe-temps emmi ces champs et ces prairies, toute nuit soupiraient en grande peine sans pouvoir dormir, attendant la saison nouvelle ne plus ne moins qu'une seconde vie après la mort. Chaque fois qu'ils trouvaient sous leur main la panetière dont ils soulaient tirer leur manger, cela leur mettait deuil au cœur; apercevant la sébile où ils étaient coutumiers de boire l'un après l'autre, ou bien la flûte, qui était un don d'amourette, jetée à terre quelque part sans que l'on en tînt compte, cela renouvelait leur regret. Si priaient aux Nymphes et à Pan qu'ils les délivrassent de ces maux, et leur remontrassent enfin à eux et à leurs bêtes le soleil beau et clair, et quant et quant faisant ces prières aux dieux, cherchaient quelque invention par laquelle ils se pussent entrevoir. Chloé de soi n'y eût su que faire, et aussi n'avait guère moyen ; car celle qu'on estimait sa mère était tout le jour auprès d'elle, lui montrant à carder la laine et à tourner le fuseau, et lui parlant de la marier ; mais Daphnis, comme celui qui avait plus de loisir et plus de sens aussi que la fillette, trouva pour la voir une telle finesse.

Devant le logis de Dryas, tout contre le mur de la cour, étaient deux grands myrtes et un lierre ; les myrtes bien près l'un de l'autre et quasi joints par le pied, tellement que le lierre les embrassant tous deux, et s'étendant en guise de vigne sur l'un et sur l'autre, y faisait une manière de loge fort couverte, tant les feuilles étaient épaisses et tissues, s'il faut ainsi dire, les unes avec les autres ; par dedans pendaient force grappes noires, comme raisin à la treille ; à l'occasion de quoi y avait toujours, mêmement l'hiver, grande multitude d'oiseaux qui lors ne trouvaient rien ailleurs, force merles, force grives, force ramiers, force bisets, et de tous autres oiseaux aimant à manger grains de lierre. Daphnis sortit de la maison sous couleur d'aller tendre à ces oiseaux, ayant plein son bissac de fouaces et de gâteaux au miel, et portant aussi afin qu'on le crût mieux, de la glu et des collets. La distance de l'une des maisons à l'autre était d'environ demi-lieue, et la neige, non encore durcie par le froid, lui eût fait avoir bien de la peine, n'eût été qu'Amour passe partout et franchit le feu, l'eau, la neige, voire même celle de la Scythie. Daphnis fit le chemin tout d'une course, et arrivé devant la demeure de Dryas, secoua la neige qu'il avait aux pieds, tendit ses collets, englua de longues verges, puis se mit en aguet là auprès, épiant quand viendraient les oiseaux et à l'aventure Chloé.

Or quant aux oiseaux il en vint grande compagnie, et en prit tant qu'il avait assez affaire à les amasser, à les tuer et à les plumer, mais de la maison ne sortait personne, homme ni femme, ni coq, ni poule; ains se tenaient tous en dedans clos et cois au long du feu; dont le pauvre Daphnis était en grand émoi d'être venu si mal à point et à heure si malheureuse. Si osa bien penser de trouver un prétexte pour tout droit entrer léans, discourant en lui-même quelle couleur serait la plus croyable. « Je viens quérir du feu. — Comment? n'avez-vous « point de plus proches voisins ?—Je demande du pain.—Ton « bissac est plein de vivres.—Du vin.—Il n'y a que trois jours « que vous avez fait vendanges. — Le loup m'a poursuivi. — Et « où en est la trace ? — Je suis venu chasser aux oiseaux. — Que « ne t'en vas-tu donc après que tu en as assez pris.—Je veux « voir Chloé. » Telle chose ne se pouvait bonnement confesser à un père et à une mère. Ainsi n'y avait-il pas une de toutes ces occasions-là qui ne portât quelque soupçon. « Mieux « vaut, disait-il, que je m'en aille. Je la reverrai au prin- « temps: non cet hiver, puisque les dieux, comme je crois, « ne veulent pas. » Ayant fait en lui-même ces devis, et serrant jà ce qu'il avait pris de grives et autres oiseaux, il s'en allait partir. Mais comme si expressément Amour eût eu pitié de lui, voici qu'il avint.

Dryas et sa famille à table, le pain et la viande toute prête, chacun entendait à boire et à manger, et cependant un des chiens de la bergerie, voyant qu'on ne se donnait point de garde de lui, happe un lopin de chair, et s'enfuit hors de la maison; de quoi Dryas courroucé, pour autant mêmement que c'était sa part, prend un bâton et court après. En le poursuivant il vint à passer au long de ce lierre où Daphnis avait tendu ses gluaux, et le vit comme il chargeait déjà sa prise sur ses épaules, prêt à s'en retourner; et sitôt qu'il l'aperçut, oubliant et chair et chien: « Dieu te garde, mon fils, » s'écria-t-il; puis le vient accoler et baiser, le prend par la main et le mène en sa maison.

Quand ils se virent l'un l'autre, à peine qu'ils ne tombèrent tous deux, de grande aise qu'ils eurent. Ils se forcèrent toute-

fois de se tenir sur leurs pieds, s'entr'appelèrent, se donnèrent le bon jour, et se baisèrent, ce qui leur fut comme
un étai et appui qui leur vint à point pour les engarder de
tomber.

Ayant ainsi Daphnis contre son espérance vu, et davantage
ayant baisé sa Chloé, s'assit auprès du feu, et déchargea sur
la table ses grives et ses ramiers, contant à la compagnie
comment, ennuyé de tant demeurer à la maison, il s'en était
venu chasser aux oiseaux, et comment il en avait pris aucuns
avec des collets, d'autres avec des gluaux, ainsi qu'ils venaient aux grains de lierre et de myrte. Ceux de la maison le
louèrent grandement de son bon esprit, et le prièrent de
manger à bonne chère de ce que le mâtin leur avait laissé,
commandant à Chloé qu'elle leur versât à boire, ce qu'elle fit
bien volontiers, à tous les autres premièrement, et puis à
Daphnis le dernier; car elle faisait semblant d'être fâchée
contre lui, de ce qu'étant venu si près, il s'en était voulu aller
sans la voir ni parler à elle; et néanmoins avant que lui présenter à boire, elle but un trait en la tasse, puis lui bailla le
demeurant, et lui, encore qu'il eût grand soif, but lentement
et à longue haleine, pour en avoir tant plus de plaisir.

Si fut tantôt la table vide de pain et chair, et lors assis,
ils lui demandèrent nouvelles de Myrtale et Lamon, disant
qu'ils étaient bien heureux d'avoir un tel bâton de leur vieillesse; desquelles louanges Daphnis n'était pas marri, mêmement qu'on les lui donnait en présence de sa Chloé. Mais
quand ils lui dirent qu'ils le retenaient ce jour et celui d'a-
près, à cause qu'ils devaient le lendemain faire un sacrifice
à Bacchus, peu s'en fallut qu'il ne les adorât au lieu de Bacchus. Si tira de son bissac force gâteaux et des oiseaux qu'ils
habillèrent pour le souper. Ainsi fut derechef le feu allumé,
le vin tiré, la table dressée, et sitôt qu'il fut nuit close se
mirent à manger, après quoi ils passèrent le temps, partie à
faire de plaisants contes, et partie à chanter, jusqu'à ce que
sommeil leur vînt; et lors ils s'en allèrent coucher, Chloé
avec sa mère, Daphnis avec Dryas. Chloé n'eut d'autre bien
la nuit que de penser à son Daphnis, qu'elle verrait le len-

demain tout le jour, et lui se repaissait d'une vaine volupté, tenant à grand heur de coucher seulement avec le père de sa Chloé; de sorte que plus d'une fois il l'embrassa et baisa, croyant en rêve embrasser et baiser Chloé.

Le matin il fit un froid extrême, et tira un vent de bise si âpre qu'il brûlait et perçait tout. Quand ils furent levés, Dryas sacrifia à Bacchus un chevreau d'un an, alluma un grand feu et apprêta le dîner. Adonc, cependant que Napé entendait à cuire le pain, et Dryas à faire bouillir le chevreau, Chloé et Daphnis étant de loisir, sortirent tous deux de la maison et s'en allèrent sous le lierre, où ils dressèrent des collets, tendirent des gluaux et prirent encore grand nombre d'oiseaux en s'entre-baisant parmi continuellement, et tenant tels propos amoureux : « Je suis venu pour toi, « Chloé. — Je sais bien, Daphnis. — A cause de toi, belle, « je tue ces pauvres oiseaux. — Qu'est-il de nos amours? « m'as-tu point oublié? — Non, par les Nymphes que je t'ai « jurées, dans cette grotte où nous nous reverrons dès que la « neige sera fondue. Ah! Chloé, qu'elle est haute cette neige! « ne fondrai-je point moi-même avant elle? — Ne te soucie, « Daphnis; le soleil sera chaud, mais que vienne primevère. « — Ah! le fût-il déjà comme le feu qui brûle mon cœur! « — Badin, tu te moques de moi, et tu me tromperas quelque « jour. — Non ferai, par mes chèvres que tu m'as fait jurer.»

Ainsi que Chloé répondait en cette sorte à son Daphnis ne plus ne moins que l'écho, Napé les appela : ils s'y en coururent, portant avec eux leur prise bien plus grande que celle de la veille, et après avoir fait des libations à Bacchus, se mirent à manger, ayant sur leurs têtes des couronnes de lierre; et à la fin ayant bien repu et chanté l'hymne à Bacchus, renvoyèrent Daphnis en lui garnissant très-bien son bissac de pain et de chair, et si lui rendirent ses grives et ramiers, disant que quant à eux ils en prendraient bien toujours quand ils voudraient, tant que durerait l'hiver, et que les grappes ne faudraient au lierre. Ainsi se partit Daphnis, en les baisant tous premier que Chloé, afin que son baiser lui restât pur et net. Depuis il y revint plusieurs fois par

autres subtilités, de sorte que l'hiver ne se passa point tout
pour eux sans quelque plaisir amoureux.

Et sur le commencement du printemps, que la neige se
fondait, la terre se découvrit et l'herbe dessous poignait, les
bergers alors sortirent et menèrent leurs bêtes aux champs,
mais devant tous Daphnis et Chloé, comme ceux qui servaient eux-mêmes à un bien plus grand pasteur ; et d'abord
s'en coururent droit aux Nymphes dans la caverne, ensuite à
Pan sous le pin, puis sous le chêne, où ils s'assirent en regardant paître leurs troupeaux et s'entre-baisant quant et
quant ; puis allèrent chercher des fleurs pour en faire des
couronnes aux dieux. Mais les fleurs à peine commençaient
d'éclore, par la douceur du petit béat de zéphyr qui les ra-
nimait, et la chaleur du soleil qui les entr'ouvrait. Toutefois
encore trouvèrent-ils de la violette, des narcisses, du muguet,
et autres telles premières fleurs que produit la saison nouvelle, dont ils firent des chapelets et en couronnèrent les
têtes aux images, en leur offrant du lait nouveau de leurs
brebis et de leurs chèvres, puis essayèrent à jouer un peu
de leurs chalumeaux, comme s'ils eussent voulu provoquer
les rossignols à chanter, lesquels leur répondaient de dedans
les buissons, commençant petit à petit à lamenter encore Itys
et recorder leur ramage, qu'un long silence leur avait fait
oublier.

Et alors aussi les brebis bêlaient, les agneaux sautaient et
se courbaient sous le ventre de leur mère, les béliers poursuivaient les brebis qui n'avaient point encore agnelé, et les
ayant arrêtées, saillaient puis l'une, puis l'autre ; autant en
faisaient les boucs après les chèvres, sautant à l'environ,
combattant et se cossant fièrement pour l'amour d'elles. Chacun avait les siennes à soi, et gardait qu'autre ne fît tort à
ses amours ; toutes choses dont la vue aurait en des vieillards éteints rallumé le feu de Vénus, et trop mieux échauf-
fait ces deux jeunes personnes, qui, de longtemps inquiets,
pourchassant le dernier but du contentement d'amour, brû-
laient et se consumaient de tout ce qu'ils entendaient et
voyaient, cherchant quelque chose qu'ils ne pouvaient trou-

ver outre le baiser et l'embrasser. Mêmement Daphnis qui
devenu grand et en bon point, pour n'avoir bougé tout l'hiver de la maison à ne rien faire, frissait après le baiser, et
était gros, comme l'on dit, d'embrasser, faisant toutes choses
plus curieusement et plus hardiment que paravant, pressant
Chloé de lui accorder tout ce qu'il voulait, et de se coucher
nue à nu avec lui plus longuement qu'ils n'avaient accoutumé.
« Car il n'y a, disait-il, que ce seul point qui nous manque
« des enseignements de Philétas, pour la dernière et seule
« médecine qui apaise l'amour. »

Et Chloé lui demandant ce qu'il y pouvait avoir outre se
baiser, s'embrasser et se coucher tout vêtus, et ce qu'il pensait faire plus quand ils seraient couchés nus ? « Cela, lui
« dit-il, que les béliers font aux brebis et les boucs aux chè-
« vres. Vois-tu comment après cela les brebis ne s'enfuient
« plus, ni les béliers ne se travaillent plus à courir après ;
« mais paissent tous les deux amiablement ensemble, comme
« étant l'un et l'autre assouvis et contents ; et doit bien être
« quelque chose plus douce que ce que nous faisons, et dont
« la douceur surpasse l'amertume d'amour. — Et mais, fit-elle,
« vois-tu pas que les béliers et les brebis, les boucs et les
« chèvres, faisant ce que tu dis, se tiennent debout ; les
« mâles montent dessus, les femelles soutiennent les mâles
« sur le dos. Et toi tu veux que je me couche avec toi à terre,
« et toute nue. Sont-elles donc pas plus vêtues de leur laine
« ou bien de leur poil que moi de ce qui me couvre ? »

Il la crut, et comme elle voulut, se coucha près d'elle, où
il fut longtemps, ne sachant comment faire pour venir à bout
de ce qu'il désirait. Il la fit relever, l'embrassa par derrèrei
en imitant les boucs ; mais il s'en trouvait encore moins satisfait que devant. Si se rassit à terre, et se prit à pleurer de
ce qu'il savait moins que les bélins accomplir les œuvres
d'amour.

Or y avait-il non guère loin de là un qui cultivait son
propre héritage, et s'appelait Chromis homme ayant jà passé
le meilleur de son âge et étant tout à l'heure cassé. Il tenait
avec soi certaine petite femme, jeune et belle, et délicate,

13

pour autant mêmement qu'elle était de la ville, et avait nom
Lycenion ; laquelle, voyant passer tous les matins Daphnis,
qui menait ses bêtes en pâture, et le soir les ramenait au
tect, eut envie de s'accointer de lui pour en faire son amoureux, et tant le guetta, qu'une fois le trouva seulet, elle lui
donna une flûte, une gauffre à miel, et une panetière de peau
de cerf ; mais elle n'osa lui rien dire, se doutant qu'il aimait
Chloé, parce qu'il était toujours avec elle ; et néanmoins
n'en savait autre chose, sinon qu'elle les avait vus sourire
l'un à l'autre et se faire des signes. Si fit entendre a Chromis,
un matin, qu'elle s'en allait voir une sienne voisine en travail
d'enfant, suivit les jeunes gens pas à pas, et se cachant entre
des buissons pour n'être point aperçue, vit de là tout ce
qu'ils faisaient, entendit tout ce qu'ils disaient, et très-bien
sut remarquer comment et pour quelle cause pleurait le
pauvre Daphnis. Par quoi ayant pitié de leur peine, et quant
et quant considérant que double occasion de bien faire se
présentait à elle, l'une de les instruire de leur bien, l'autre
d'accomplir son désir, elle usa d'une telle finesse.

Le lendemain, feignant d'aller voir sa voisine qui travaillait
d'enfant, elle vient droit au chêne sous lequel était Daphnis
avec Chloé, et contrefaisant la marrie troublée : « Hélas !
« mon ami, dit-elle, Daphnis, je te prie, aide-moi. De mes
« vingt oisons, voilà un aigle qui m'en emporte le plus beau.
« Mais, parce qu'il est trop pesant, l'aigle ne l'a pu enlever
« jusque sur cette roche là-haut, où est son aire, ains est allé
« choir avec au fond du vallon, dedans ce bois ici : et pour
« ce, je te prie, mon Daphnis, viens-y avec moi, car toute
« seule j'ai peur, et m'aide à le recourir. Ne veuille souf-
« frir que mon compte demeure imparfait. A l'aventure
« pourras-tu bien tuer l'aigle même, qui ainsi ne ravira plus
« vos agneaux ni vos chevreaux ; et Chloé ce temps pendant
« gardera vos deux troupeaux. Tes chèvres la connaissent
« aussi bien comme toi ; car vous êtes toujours ensemble. »

Daphnis, ne se doutant de rien, se leva incontinent, prit
sa houlette en sa main, et s'en fut avec Lycenion. Elle le mena
loin de Chloé, dans le plus épais du bois, près d'une fon-

taine, où l'ayant fait seoir : « Tu aimes, lui dit-elle, Daphnis,
« tu aimes la Chloé. Les Nymphes me l'ont dit cette nuit.
« Elles me sont venues, ces Nymphes, conter en dormant les
« pleurs que tu faisais hier, et si m'ont commandé que je
« t'ôtasse de cette peine, en t'apprenant l'œuvre d'amour,
« qui n'est pas seulement baiser et embrasser, ni faire
« comme les béliers et boucquins; c'est bien autre chose, et
« bien plus plaisante que tout cela. Par quoi, si tu veux être
« quitte du déplaisir que tu en as, et trouver l'aise que tu y
« cherches, ne fais seulement que te donner à moi apprentif
« joyeux et gaillard, et moi, pour l'amour des Nymphes, je
« te montrerai ce qui en est. »

Daphnis perdit toute contenance, tant il fut aise, comme
un pauvre garçon de village, jeune et amoureux. Si se met à
genoux devant Lycenion, la priant à mains jointes de tôt lui
montrer ce doux métier, afin qu'il pût faire à Chloé ce qu'il
désirait; et, comme si c'eût été quelque grand et merveilleux
secret, lui promit un chevreau de lait, des fromages frais, de
la crème, et plutôt la chèvre avec. Adonc le voyant Lycenion
plus naïf et plus simple encore qu'elle n'avait imaginé, se
prit à l'instruire en cette façon. Elle lui commanda de s'asseoir auprès d'elle, puis de la baiser tout ainsi qu'ils avaient
de coutume entre eux, et en la baisant de l'embrasser, et
finablement de se coucher à terre au long d'elle. Comme il se
fut assis, qu'il l'eut baisée, se fut couché, elle, le trouvant en
état, le souleva un peu, et se glissa sous lui, puis elle le mit
dans le chemin qu'il avait jusque-là cherché, où chose ne
fit qui ne soit en tel cas accoutumée, nature elle-même du
reste l'instruisant assez.

Finie l'amoureuse leçon, Daphnis, aussi simple que devant,
s'en voulut courir vers Chloé, pour lui faire tout aussitôt ce
qu'il venait d'apprendre, comme s'il eût eu peur de l'oublier.
Mais Lycenion le retint et lui dit : « Il faut que tu saches en-
« core ceci, Daphnis; c'est que, comme j'étais déjà femme,
« tu ne m'as point fait mal à ce coup; car un autre homme,
« il y a déjà quelque temps, m'enseigna cela que je te viens
« d'apprendre, et en eut mon pucelage pour son loyer. Mais

« Chloé, lorsqu'elle luttera cette lutte avec toi, la première
« fois elle criera, elle pleurera, et si saignera, comme qui
« l'aurait tuée ; mais n'aie point de peur, et, quand elle vou-
« dra se prêter à toi, amène-là ici, afin que, si elle crie, per-
« sonne ne l'entende, et, si elle pleure, personne ne la voie,
« et, si elle saigne, qu'elle se puïsse laver en cette fontaine.
« Et te souvienne cependant que je t'ai fait homme premier
« que Chloé »

Après lui avoir donné ces avis, Lycenion s'en alla d'un
autre côté du bois, faisant semblant de chercher encore son
oison, et Daphnis alors songeant à ce qu'elle lui avait dit, ne
savait plus s'il oserait rien exiger de Chloé outre le baiser et
l'embrasser. Il ne voulait point la faire crier, car ce lui semblait acte d'ennemi ; ni la faire pleurer, car c'eût été signe
qu'elle eût senti mal ; ou la faire saigner, car, étant novice, il
craignait ce sang, et pensait être impossible qu'il sortît du
sang, sinon d'une blessure. Si s'en revient du bois en résolution de prendre avec elle les plaisirs accoutumés seulement ;
et venu à l'endroit où elle était assise, faisant un chapelet de
violettes, lui controuva qu'il avait arraché des serres mêmes
de l'aigle l'oison de Lycenion ; puis l'embrassant, la baisa
comme Lycenion l'avait baisé durant le déduit, car cela seul
lui pouvait-il, à son avis, faire sans danger ; et Chloé lui mit
sur la tête le chapelet qu'elle avaït fait, et en même temps
lui baisait les cheveux, comme sentant à son gré meilleur que
les violettes ; puis lui donna de sa panetière à repaître du
raisin sec et quelques pains, et souventefois lui prenait de la
bouche un morceau, et le mangeait, elle, comme petits oiseaux prennent la becquée du bec de leur mère.

Ainsi qu'ils mangeaient ensemble, ayant moins de souci de
manger que de s'entre-baiser, une barque de pêcheurs parut,
qui voguait au long de la côte. Il ne faisait vent quelconque,
et était la mer fort calme, au moyen de quoi ils allaient
à rames, et ramaient à la plus grande diligence qu'ils pouvaient, pour porter en quelque riche maison de la ville
leur poisson tout frais pêché ; et ce que tous mariniers ont
accoutumé de faire pour alléger leur travail, ceux-ci le fai-

saient alors; c'est que l'un d'eux chantait une chanson marine, dont la cadence réglait le mouvement des rames, et les
autres, de même qu'en un chœur de musique, unissaient par
intervalles leur voix à celle du chanteur. Or, tant qu'ils vo-
guèrent en pleine mer, le son, dans cette étendue, se perdait,
et la voix s'évanouissait en l'air; mais, quand ils vinrent à
passer la pointe d'un écueil et entrer en une baie profonde en
forme de croissant, on ouït bien plus fort le bruit des rames,
et bien plus distinctement le refrain de leur chanson; pource
que le fond de la baie se terminait en un vallon creux, lequel
recevant le son, comme le vent qui s'entonne dedans une
flûte, rendait un retentissement qui représentait à part le
bruit des rames, et la voix des chanteurs à part, chose plaisante à ouïr. Car, comme une voix venait d'abord de la mer,
celle qui répondait de terre résonnait d'autant plus tard, que
plus tard avait commencé l'autre.

Daphnis, qui savait que c'était de ce retentissement, ne
regardait rien qu'en la mer, et prenait singulier plaisir à voir
la barque voguer vite, comme volerait un oiseau, tâchant à
retenir quelque chose de la chanson qu'il pût jouer après sur
sa flûte. Mais Chloé n'ayant jamais ouï ce raisonnement de la
voix, qu'on appelle écho, tournait la tête, tantôt du côté de
la mer, lorsque les pêcheurs chantaient, tantôt vers le bois,
cherchant qui leur répondait. Eux passés, tout se tut en la
mer et dans le vallon; et Chloé demandait à Daphnis si derrière l'écueil y avait point une autre mer, une autre barque
et d'autres rameurs qui chantassent. Il se prit doucement à
sourire, et plus doucement encore la baisa, puis, lui mettant
sur la tête le chapelet de violettes, commença à lui conter la
la fable d'Écho, lui demandant pour loyer de lui faire ce
beau conte, dix autres baisers. Si lui dit : « Il y a, ma mie,
« plusieurs sortes de Nymphes; les unes sont Nymphes des
« bois, les autres des prés et des eaux, toutes belles, toutes
« savantes en l'art de chanter; et fille d'une d'elles fut jadis
« Écho, mortelle, pource qu'elle était née d'un père mortel;
« belle, comme fille de belle mère. Elle fut nourrie par les
« Nymphes et apprise par les Muses, qui lui montrèrent à

« jouer de la flûte, à former des sons sur la lyre et sur la ci-
« thare, et lui enseignèrent toute sorte de chants; si qu'étant
« jà venue en la fleur de son âge, elle chantait avec les
« Nymphes, et chantait avec les Muses : mais elle fuyait les
« mâles, autant les dieux que les hommes, aimant la virgi-
« nité. Pan se courrouça contre elle, jaloux de ce qu'elle
« chantait si bien, et dépité de ne pouvoir jouir de sa beauté.
« Il rendit furieux les pâtres et chevriers du pays, qui,
« comme loups ou chiens enragés, se jetèrent sur la pauvre
« fille, la déchirèrent chantant encore, et çà et là disper-
« sèrent ses membres pleins d'harmonie. Terre les reçut en
« faveur des Nymphes, conserva son chant, retient sa mu-
« sique, et depuis, par le vouloir des Muses, imite les voix
« et les sons, représente, comme faisait la pucelle de son vi-
« vant, hommes, dieux, bêtes, instruments et Pan, quand il
« joue de la flûte, lequel, entendant contrefaire son jeu, saute
« et court par les montagnes, non pour autre envie, mais
« cherchant où est l'écolier qui se cache et répète son jeu,
« sans qu'il le voie ni connaisse. »

Daphnis ayant fait ce conte, Chloé le baisa, non-seulement
dix fois, comme il avait demandé, mais beaucoup plus. Car
Écho redit, peu s'en faut, tout ce qu'il avait dit, comme pour
témoigner qu'il n'avait point menti.

La chaleur allait tous les jours de plus en plus augmentant,
parce que le printemps finissait et l'été commençait ; et aussi
avaient-ils de nouveaux passe-temps convenables à la saison
d'été. Daphnis nageait dans les rivières, Chloé se baignait
dans les fontaines; il jouait de la flûte à l'envi des pins que
les vents faisaient résonner; elle chantait à l'encontre des rossignols à qui mieux mieux. Ensemble ils chassaient aux cigales, prenaient des sauterelles, cueillaient les fleurs, croulaient
les arbres, mangeaient les fruits; et à la fin se couchèrent tous
deux sous une même peau de chèvre, nue à nu; et lors eût
Chloé facilement été faite femme, si Daphnis n'eût craint de
lui faire sang; de quoi il avait si belle peur, qu'appréhendant
de n'être pas toujours maître de soi, souvent il empêchait
Chloé de se dépouiller toute nue, tellement qu'elle-même s'en

étonnait; mais elle avait honte de lui en demander la cause.

Il y eut durant cet été grande presse et pourchas amoureux autour de Chloé pour l'avoir en mariage; et venait-on de tous côtés la demander à Dryas. Aucuns lui portaient des présents, et tous lui faisaient de grandes promesses; tellement que Napé, mue d'avarice, lui conseillait de la marier, et ne tenir point plus longtemps une fille si grande en sa maison; que, si l'on ne se hâtait de lui donner mari, elle pourrait à l'aventure bientôt, en gardant ses bêtes par les champs, perdre son pucelage, et se marier pour des pommes ou des roses avec quelque berger; et ce, disait Napé, valait mieux, pour le bien d'elle et d'eux aussi, la faire maîtresse de la maison de quelque bon laboureur, et prendre ce qu'on leur offrirait, qu'ils garderaient à leur propre fils. Car, non guère auparavant, leur était né un petit garçon. Et Dryas lui-même quelquefois se laissait aller à ces raisons; aussi que chacun lui faisait des offres bien au delà de ce que méritait une simple bergère; mais considérant puis après que la fille n'était pas née pour s'allier en paysannerie, et que, s'il arrivait qu'un jour elle retrouvât sa famille, elle les ferait tous heureux, il différait toujours d'en rendre certaine réponse, et les remettait d'une saison à l'autre, dont lui venait à lui cependant tout plein de présents qu'on lui faisait.

Ce que Chloé entendant en était fort déplaisante, et toutefois fut longtemps sans vouloir dire à Daphnis la cause de son ennui. Mais, voyant qu'il l'en pressait et importunait souvent, et s'ennuyait plus de n'en rien savoir qu'il n'aurait pu faire après l'avoir su, elle lui conta tout : combien ils étaient de poursuivants qui la demandaient; combien riches! les paroles que disait Napé à celle fin de la faire accorder, et comment Dryas n'y avait point contredit, mais remettait le tout aux prochaines vendanges. Daphnis, oyant telles nouvelles, à peine qu'il ne perdît sens et entendement, et se séant à terre, se prit à pleurer, disant qu'il mourrait si Chloé cessait de venir aux champs garder les bêtes avec lui, et que non lui seulement, mais que les brebis et moutons en mourraient de déplaisir, s'ils perdaient une telle bergère. Puis, y ayant un peu

pensé, il reprit courage, et se mit en tête qu'il la pourrait
avoir lui-même, s'il la demandait à son père, espérant facilement l'emporter sur tous les autres, et leur être préféré. Une
chose pourtant le troublait ; Lamon n'était pas riche ; ce seul
point lui affaiblissait fort son espérance. Toutefois il se résolut, quoi qu'il en pût arriver, de la demander a femme, et
Chloé même en fut d'avis. Si n'en osa de prime abord rien
dire à Lamon, mais découvrit plus hardiment son amour à
Myrtale, et lui tint propos comme il désirait épouser Chloé.

Myrtale la nuit en parla à son mari. Mais Lamon le trouva
fort mauvais, et appela sa femme bête, de vouloir marier à une
fille de simples bergers, tel gars, à qui elle savait bien que les
marques et enseignes trouvées quant et lui promettaient autre fortune, et qui un jour ou l'autre, étant reconnu des siens,
les pourrait, eux, non-seulement affranchir de servitude, mais
les faire maîtres de meilleure et de plus grande terre que celle
qu'ils tenaient comme serfs. Myrtale toutefois craignant que
le garçon épris d'amour, s'il perdait ainsi tout espoir de ce
que tant il désirait, ne fût capable de quelque funeste résolution, lui allégua d'autres motifs et prétextes de refus :
« Nous sommes, ce lui dit-elle, pauvres, mon enfant, et avons
« besoin d'une fille qui nous apporte, plutôt qu'à qui il faille
« donner : au contraire, ils sont riches, eux, et si veulent
« avoir un mari qui leur donne. Mais va, fais tant envers
« Chloé, et elle envers son père, qu'il ne nous demande pas
« grand'chose, et qu'il te la donne en mariage. Sans doute
« elle t'aime aussi, et elle aimera bien mieux coucher avec
« toi pauvre et beau, qu'avec pas un de ceux-là, qui sont ri-
« ches et laids comme marmots. »

Myrtale crut par ce moyen avoir doucement éconduit
Daphnis. Car elle tenait pour tout assuré que jamais Dryas
n'y consentirait, ayant en main de plus riches partis qui lui
offraient beaucoup de bien. Daphnis quant à lui ne se pouvait plaindre de la réponse, mais se voyant si loin d'espérance, fit ce que les amants qui sont pauvres ont accoutumé
faire ; il se prit à pleurer et invoqua les Nymphes, lesquelles
la nuit ensuivante, ainsi qu'il dormait, s'apparurent à lui, en

même forme et manière que la première fois; et lui dit la plus âgée d'elles : « A un autre dieu touche le soin du ma-« riage de Chloé : nous te donnerons, nous, de quoi gagner « Dryas. Le bateau des Méthymniens, dont tes chèvres brou-« tèrent le lien l'année passée, fut ce jour-là par les vents em-« porté bien loin de terre : mais d'autres souffles la nuit le « jetèrent contre la côte, où il périt et tout ce qui était de-« dans, sinon qu'avec le débris l'onde poussa sur la grève une « bourse de trois cents écus, et est là couverte d'algue, près « d'un dauphin mort, qui a été cause que nul passant ne s'en « est encore approché, fuyant un chacun la puanteur de cette « pourriture. Vas-y, prends la bourse, et la donne. Ce sera « assez à cette heure pour montrer que tu n'es point pauvre: « mais un temps viendra que tu seras riche. »

Aussitôt dites ces paroles, elle disparurent avec la nuit, et, le jour commençant à poindre, Daphnis se leva tout joyeux, chassa ses bêtes aux champs avec les sons accoutumés, et ayant baisé Chloé, salué les Nymphes, s'en courut au bord de la mer, comme s'il eût voulu s'asperger d'eau marine. Là se promenant sur le sable, il allait partout regardant s'il trouve-rait point ces trois cents écus, à quoi il n'eut pas grand'peine : car la mauvaise odeur du dauphin corrompu lui donna incon-tinent au nez, et lui servit de guide jusqu'au lieu, où ayant écarté les algues, il trouva dessous la bourse pleine, qu'il en-leva, et la mit dans sa panetière. Mais il ne partit point de là qu'il n'eût adoré et remercié les Nymphes, et même la mer; car tout berger qu'il était, il aimait la mer alors, et elle lui semblait douce et bonne plus que la terre, pource qu'elle l'aidait à parvenir au mariage de son amie. Étant saisi de cet argent, il n'attendit pas davantage; ainsi s'estimant le plus ri-che, non pas seulement de tous les paysans de là entour, mais aussi de tous les vivants, s'en alla droit à Chloé, lui conta le songe qu'il avait eu, lui montra la bourse qu'il avait trouvée, et lui dit de garder leurs bêtes jusqu'à ce qu'il fût de retour; puis prit sa course vers Dryas, lequel il trouva battant le blé dans l'aire avec sa femme Napé. Si lui commença un brave propos, en lui disant ces paroles :

13.

« Donne-moi Chloé en mariage. Je sais bien jouer de la
« flûte ; je sais bien besogner aux vignes et aux arbres, labou-
« rer la terre, vanner le blé au vent ; et comment je sais gou-
« verner les bêtes, elle-même Chloé te le peut témoigner.
« On me bailla au commencement cinquante chèvres ; je les
« ai fait multiplier deux fois autant ; et si ai élevé de beaux
« et grands boucs jusqu'à dix, là où premièrement n'en ayant
« que deux, nous fallait la plupart du temps mener nos chè-
« vres ailleurs ; et si suis jeune et votre voisin, de qui nul
« ne se saurait plaindre. Une chèvre m'a nourri, comme Chloé
« une brebis ; et bien que pour tant de choses, je dusse être
« préféré aux autres qui la demandent, encore te donnerai-je
« plus qu'eux. Ils te donneront, eux, quelques chèvres, quel-
« ques moutons, quelque couple de bœufs galeux, du blé de
« quoi nourrir trois poules ; mais moi, voici trois cents écus.
« Seulement, je te prie, que personne n'en sache rien, non
« pas même mon père Lamon. » En disant ces mots, il lui
délivra l'argent, et le baisa quant et quant.

Dryas et Napé, voyant si grosse somme de deniers, qu'ils
n'en avaient jamais tant vu ensemble, lui promirent aussitôt
qu'il aurait Chloé pour sa femme, et dirent qu'ils feraient
bien trouver bon ce mariage à Lamon. Si demeurèrent Daphnis
et Napé à chasser les bœufs sur l'aire, et faire sortir avec la
herse le blé des épis, pendant que Dryas, ayant premièrement serré la bourse et l'argent, s'en alla devers Lamon et
Myrtale, pour leur demander, à vrai dire au rebours de la
coutume, leur jeune garçon en mariage.

Il les trouva qu'ils mesuraient l'orge après l'avoir vanné, et
se plaignaient qu'à grand'peine en recueillaient-ils autant
comme ils en avaient semé. Il les réconforta, disant qu'ainsi
était-il partout ; puis leur demanda Daphnis à mari pour
Chloé, et leur dit que combien que d'autres lui offrissent et
donnassent beaucoup pour l'accorder, il ne voulait d'eux rien
avoir, ains plutôt était prêt à leur donner du sien. Car ils
ont, disait-il, été nourris ensemble, et gardant leurs bêtes
aux champs, se sont pris l'un l'autre en telle amitié, qu'il
serait maintenant malaisé de les séparer ; et si étaient bien

d'âge tous deux pour coucher ensemble. Il leur alléguait ces raisons et assez d'autres, comme celui qui, pour loyer de les persuader, avait reçu trois cents écus.

Lamon ne pouvant plus s'excuser sur sa pauvreté, puisque les parents même de la fille l'en priaient, ni sur l'âge de Daphnis, car il était déjà en son adolescence bien avant, n'osa néanmoins dire encore à quoi tenait qu'il n'y consentît, qui était que tel parentage ne convenait point à Daphnis; mais après y avoir un peu de temps pensé, il lui répondit en cette sorte : « Vous êtes gens de bien de préférer vos voisins à des « étrangers, et de n'aimer point plus la richesse que l'hon- « nête pauvreté. Veuillent Pan et les Nymphes vous en ré- « compenser ! Et quant à moi, je vous promets que j'ai autant « d'envie comme vous que ce mariage se fasse; autrement « serais-je bien insensé, me voyant déjà sur l'âge et ayant « plus besoin d'aide que jamais, si je n'estimais un grand « heur d'être allié de votre maison; et si est Chloé telle que « l'on la doit souhaiter, belle et bonne fille, et où il n'y a que « redire. Mais étant serf comme je suis, je n'ai rien dont je « puisse disposer, ains faut que mon maître le sache et qu'il « y consente. Or donc, différons, je vous prie, les noces jus- « qu'aux vendanges, car il doit, au dire de ceux qui nous « viennent de la ville, se trouver alors ici; et lors ils seront « mari et femme, et en attendant s'aimeront comme frère et « sœur. Mais veux-tu que je te dise? tu prétends pour gendre, « Dryas, un qui vaut trop mieux que nous. » Cela dit, il le baisa et lui présenta à boire; car il était jà près de midi; et le convoya au retour quelque espace de chemin, lui faisant caresses infinies.

Mais Dryas, qui n'avait pas mis en oreille sourde les der- nières paroles de Lamon, s'en allait songeant en lui-même qui pouvait être Daphnis : « Une chèvre fut sa nourrice, les « dieux ont eu soin de lui. Il est beau et ne tient en rien de « ce viellard camus ni de sa femme pelée. Il a trouvé à son « besoin ces trois cents écus; à peine pourrait un chevrier « finer autant de noisettes. N'aurait-il point été exposé comme « Chloé? Lamon l'aurait-il point trouvé, comme moi cette

« petite, avec telles marques et enseignes comme j'en trouvai
« quant à elle? O Pan, et vous, Nymphes! veuillez qu'il soit
« ainsi! A l'aventure un jour Daphnis, reconnu de ses pa-
• rents, pourra bien faire connaître ceux de Chloé aussi. »

Dryas s'en allait discourant et rêvant ainsi en lui-même jusqu'à son aire, où il trouva le gars en grande dévotion d'ouïr
quelles nouvelles il apportait. Si le réconforta en l'appelant
de tout loin son gendre; lui promit les noces sans faute aux
prochaines vendanges, lui donna la main, foi de laboureur,
que Chloé jamais ne serait à autre que lui. Daphnis aussitôt,
sans vouloir ni boire ni manger, s'en recourut vers elle, et
l'ayant trouvée qui tirait ses brebis et faisait des fromages, il
lui annonça la bonne nouvelle de leur futur mariage, et de là
en avant ne feignait de la baiser devant tout le monde, comme
sa fiancée, et l'aider en toutes ses besognes, tirait les brebis
dans les seilles, faisait prendre le lait pour en faire des fromages, mettait les agneaux sous leur mère, comme aussi ses
chevreaux à lui; puis quand tout cela était fait, ils se bai-
gnaient, mangeaient, buvaient; puis allaient en quête des
fruits mûrs, dont y avait grande abondance, pour ce que
c'était après l'oût, dans la richesse de l'automne; force poires
de bois, force nefles et azeroles, force pommes de coing, les
unes à terre tombées, les autres aux branches des arbres. A
terre elles avaient meilleure senteur, aux branches elles
étaient plus fraiches; les unes sentaient comme malvoisie, les
autres reluisaient comme or.

Parmi ces pommiers, un ayant été déjà tout cueilli, n'avait
plus ni feuille ni fruit. Les branches étaient nues, et n'était
demeuré qu'une seule pomme à la cime de la plus haute
branche. La pomme belle et grosse à merveille sentait aussi
bon et mieux que pas une; mais qui avait cueilli les autres
n'avait osé monter si haut, ou ne s'était soucié de l'abattre;
ou possible une si belle pomme était réservée pour un pasteur
amoureux. Daphnis ne l'eut pas sitôt vue qu'il se mit en devoir de l'aller cueillir. Chloé l'en voulut garder; mais il n'en
tint compte : pourquoi elle peureuse et dépite de n'être point
écoutée, s'en fut où étaient leurs troupeaux, et Daphnis, mon-

tant au fin faîte de l'arbre, atteignit la pomme qu'il cueillit et
la lui porta, et la voyant mal contente, lui dit telles paroles :
« Cette pomme, Chloé ma mie, les beaux jours d'été l'ont
« fait naître, un bel arbre l'a nourrie ; puis mûrie par le so-
« leil, fortune l'a conservée. J'eusse été aveugle vraiment de
« ne la pas voir là, et sot l'ayant vue de l'y laisser, pour
« qu'elle tombât à terre, et fût foulée aux pieds des bêtes, ou
« envenimée de quelque serpent qui eût frayé au long ; ou
« bien demeurant là-haut, regardée, admirée, enviée, eût été
« gâtée par le temps. Une pomme fut donnée à Vénus comme
« à la plus belle ; tu mérites aussi bien le prix. Ayant même
« beauté l'une et l'autre, vous avez juges pareils. Il était ber-
« ger, lui ; moi, je suis chevrier. »

Disant ces mots, il mit la pomme au giron de Chloé, et
elle, comme il s'approcha, le baisa si soèvement, qu'il n'eut
point de regret d'être monté si haut, pour un baiser qui valait
mieux à son gré que les pommes d'or.

LIVRE QUATRIÈME

Cependant un des gens du maître de Lamon, envoyé de la
ville, lui apporta nouvelles que leur commun seigneur viendrait un peu devant les vendanges voir si la guerre aurait
point fait de dommage en ses terres ; à l'occasion de quoi Lamon, étant la saison avancée et passé le temps des chaleurs,
accoutra diligemment logis et jardins, pour que le maître n'y
vît rien qui ne fût plaisant à voir. Il cura les fontaines, afin
que l'eau en fût plus nette et plus claire ; il ôta le fumier de
la cour, crainte que la mauvaise odeur ne lui en fâchât ; il
mit en ordre le verger, afin qu'il le trouvât plus beau.

Vrai est que le verger de soi était une bien belle et plaisante chose, et qui tenait fort de la magnificence des rois. Il
s'étendait environ demi-quart de lieue en longueur, et était
en beau site élevé, ayant de largeur cinq cents pas, si qu'il

paraissait à l'œil comme un carré allongé. Toutes sortes d'arbres s'y trouvaient : pommiers, myrtes, mûriers, poiriers, comme aussi des grenadiers, des figuiers, des oliviers, en plus d'un lieu de la vigne haute sur les pommiers et les poiriers, où raisin et fruits mûrissant ensemble, l'arbre et la vigne entre eux semblaient disputer de fécondité. C'étaient là les plants cultivés; mais il y avait aussi des arbres non portant fruit et croissant d'eux-mêmes, tels que platanes, lauriers, cyprès, pins ; et sur ceux-là, au lieu de vigne, s'étendaient des lierres, dont les grappes grosses et jà noircissantes contrefaisaient le raisin. Les arbres fruitiers étaient au dedans vers le centre du jardin, comme pour être mieux gardés, les stériles aux orées tout à l'entour comme un rempart, et tout cela clos et environné d'un petit mur sans ciment. Au demeurant tout y était bien ordonné et distribué, les arbres par le pied distants les uns des autres ; mais leurs branches par en haut tellement entrelacées, que ce qui était de nature semblait exprès artifice. Puis y avait des carreaux de fleurs, desquelles nature en avait produit aucunes, et l'art de l'homme les autres ; les roses, les œillets, les lis y étaient venus moyennant l'œuvre de l'homme; les violettes, le narcisse, les marguerites, de la seule nature. Bref, il y avait de l'ombre en été, des fleurs au printemps, des fruits en automne, et en tout temps toutes délices.

On découvrait de là grande étendue de plaine, et pouvait-on voir les bergers gardant leurs troupeaux et les bêtes emmi les champs; de là se voyait en plein la mer et les barques allant et venant au long de la côte, plaisir continuel joint aux autres agréments de ce séjour. Et droit au milieu du verger, à la croisée de deux allées qui le coupaient en long et en large, y avait un temple dédié à Bacchus, avec un autel, l'autel tout revêtu de lierre, et le temple couvert de vigne. Au dedans étaient peintes les histoires de Bacchus ; Sémélé qui accouchait, Ariane qui dormait, Lycurgue lié, Penthée déchiré, les Indiens vaincus, les Tyrrhéniens changés en dauphins, partout des Satyres gaiement occupés au pressoir et à la vendange, partout des Bacchantes menant des danses. Pan

n'y était point oublié, ains était assis sur une roche, jouant
de sa flûte, en manière qu'il semblait qu'il jouât une note
commune, et aux Bacchantes qui dansaient, et aux Satyres
qui foulaient la vendange.

Le verger étant tel d'assiette et de nature, Lamon encore
l'appropriait de plus en plus, ébranchant ce qui était sec et
mort aux arbres, et relevant les vignes qui tombaient. Tous
les jours il mettait sur la tête de Bacchus un chapeau de fleurs
nouvelles; il conduisait l'eau de la fontaine dedans les carreaux où étaient les fleurs; car il y avait dans ce verger une
source vive que Daphnis avait trouvée, et pour ce l'appelait-
on la fontaine de Daphnis, de laquelle on arrosait les fleurs.
Et à lui, Lamon lui recommandait qu'il engraissât bien ses
chèvres le plus qu'il pourrait, parce que le maître ne faudrait
à les vouloir voir comme le reste, n'ayant de longtemps visité
ses terres et son bétail.

Mais Daphnis n'avait pas peur qu'il ne fût loué de quiconque verrait son troupeau, car il l'avait accru du double, et
montrait deux fois autant de chèvres comme on lui en avait
baillé, n'en ayant le loup ravi pas une; et si étaient en meilleur point et plus grasses que les ouailles. Afin néanmoins
que son maître en eût de tant plus affection de le marier où
il voulait, il employait toute la peine, soin et diligence qu'il
pouvait, à les rendre belles, les menant aux champs dès le
plus matin, et ne les ramenant qu'il ne fût bien tard. Deux
fois le jour il les faisait boire, et leur cherchait tous les endroits où il y avait meilleure pâture; il se souvint aussi d'a-
voir des battes neuves, force seilles à traire et des éclisses
plus grandes; enfin, tant il y mettait d'amour et de souci! il
leur oignait les cornes, il leur peignait le poil; à les voir, on
eût dit proprement que c'était le troupeau sacré du dieu Pan.
Chloé en avait la moitié de la peine, et, oubliant ses brebis,
était la plupart du temps embesognée après les chèvres; et
Daphnis croyait qu'elles semblaient belles, à cause que Chloé
y mettait la main.

Eux étant ainsi occupés, vint un second messager dire
qu'on vendangeât au plus tôt, et qu'il avait charge de demeu-

rer là jusqu'à ce que le vin fût fait, pour, puis après, s'en
retourner en la ville quérir leur maître, qui ne viendrait sinon
au temps de cueillir les derniers fruits, sur la fin de l'automne.
Ce messager s'appelait Eudrome, qui vaut autant dire comme
coureur, et était son métier de courir partout où on l'envoyait.
Chacun s'efforça de lui faire la meilleure chère qu'on pouvait. Et cependant ils se mirent tous à vendanger, si qu'en
peu de jours on eut dépouillé la vigne, pressé le raisin, mis
le vin dans les jarres, laissant une quantité des plus belles
grappes aux branches pour ceux qui viendraient de la ville,
afin qu'ils eussent une image du plaisir de la vendange, et
pensassent y avoir été.

Quand Eudrome fut près de s'en aller, Daphnis lui fit don
de plusieurs choses, mêmement de ce que peut donner un
chevrier, comme de beaux fromages, d'un petit chevreau,
d'une peau de chèvre blanche, ayant le poil fort long, pour
se couvrir l'hiver quand il allait en course; dont il fut bien
aise, baisa Daphnis en lui promettant dire de lui tous les
biens du monde à leur maître. Ainsi s'en retourna le coureur
à la ville bien affectionné en leur endroit, et Daphnis demeura
aux champs en grand souci avec Chloé. Elle avait bien autant
de peur pour lui que lui-même, songeant que c'était un jeune
garçon qui n'avait jamais rien vu, sinon ses chèvres, la montagne, les paysans et Chloé, et bientôt allait voir son maître,
dont à peine il avait ouï le nom avant cette heure-là. Elle
s'inquiétait aussi comment il parlerait à ce maître, et était en
grand émoi touchant leur mariage, ayant peur qu'il ne s'en
allât comme un songe en fumée; tellement que pour ces pensers leurs ordinaires baisers étaient mêlés de crainte, et leurs
embrassements soucieux, ou ils demeuraient longtemps serrés
dans les bras l'un de l'autre; et semblait que déjà ce maître
fût venu, et que de quelque part il les eût pu voir. Comme
ils étaient en cette peine, encore leur survint-il un trouble
nouveau.

Il y avait là auprès un bouvier nommé Lampis, de naturel
malin et hardi, qui pourchassait aussi avoir Chloé en mariage,
et à Lamon avait fait pour cela plusieurs présents, lequel

ayant senti le vent que Daphnis la devait épouser, pourvu
que le maître en fût content, chercha les moyens de faire que
ce maître fût courroucé à eux, et, sachant surtout qu'il prenait grand plaisir à son jardin, délibéra de le gâter et diffa-
mer tant qu'il pourrait. Or, s'il se fût mis à couper les arbres,
on l'eût pu entendre et surprendre ; il pensa donc de plutôt
faire le gât dans les fleurs. Si attendit la nuit, et, passant
par-dessus la petite muraille, s'en va les arracher, rompre,
froisser, fouler toutes comme un sanglier, puis sans bruit se
retire ; âme ne l'aperçut.

Lamon, le jour venu, entrant au jardin, comme de coutume, pour donner aux fleurs l'eau de la fontaine, quand il
vit toute la place si outrageusement vilenée qu'un ennemi en
guerre ouverte, venu pour tout saccager, n'y eût su pis faire,
lors il déchira sa jaquette, s'écriant : « O dieux ! » si fort
que Myrtale, laissant ce qu'elle avait en main, s'en courut
vers lui, et Daphnis, qui déjà chassait ses bêtes aux champs,
s'en recourut aussi au logis, et, voyant ce grand désarroi, se
prirent tous à crier, et en criant à larmoyer ; mais vaines
étaient toutes leurs plaintes.

Si n'était pas merveille que eux qui redoutaient l'ire de
leur seigneur en pleurassent ; car un étranger même, à qui le
fait n'eût point touché, en eût bien pleuré de voir un si beau
lieu ainsi dévasté, la terre tout en désordre jonchée du débris
des fleurs, dont à peine quelqu'une, échappée à la malice de
l'envieux, gardait ses vives couleurs, et ainsi gisante était
encore belle. Les abeilles volaient alentour en murmurant continuellement, comme si elles eussent lamenté ce dégât, et Lamon tout éploré disait telles paroles : « Ah ! mes beaux ro-
« siers, comme ils sont rompus ! Ah ! mes violiers, comme ils
« sont foulés ! Mes hyacinthes et mes narcisses sont arrachés !
« Ç'a bien été quelque méchant et mauvais homme qui me
« les a ainsi perdus. Le printemps reviendra, et ceci ne fleu-
« rira point ; l'été retournera, et ce lieu demeurera sans pa-
« rure ; l'automne, il n'y aura point ici de quoi faire un bou-
« quet seulement. Et toi, sire Bacchus, n'as-tu point eu de
« pitié de ces pauvres fleurs, que l'on a ainsi, toi présent et

« devant tes yeux, diffamées, desquelles je t'ai fait tant de
« couronnes ! Comment maintenant montrerai-je à mon maî-
« tre son jardin ? que me dira-t-il, quand il le verra si pi-
« teusement accoutré ? ne fera-t-il pas pendre ce malheureux
« vieillard, comme Marsyas, à l'un de ces pins ? Si fera,
« et à l'aventure Daphnis aussi quant et quant, pensant
« que c'aura été sa faute, pour avoir mal gardé ses chè-
« vres. »

Ces regrets et pleurs de Lamon leur redoublèrent le deuil
à tous, pource qu'ils déploraient non plus le gât des fleurs,
mais le danger de leurs personnes. Chloé lamentait son pauvre
Daphnis, s'il fallait qu'il fût pendu, et priait aux dieux que ce
maître tant attendu ne vînt plus ; et lui étaient les jours bien
longs et pénibles à passer, pensant voir déjà comme l'on fouet-
terait le pauvre Daphnis.

Sur le soir Eudrome leur vint annoncer que dans trois jours
seulement arriverait leur vieux maître, mais que le jeune, qui
était son fils, viendrait dès le lendemain. Si se mirent à consulter entre eux ce qu'ils avaient à faire touchant cet inconvénient, et appelèrent à ce conseil Eudrome, qui, voulant du
bien à Daphnis, fut d'avis qu'ils déclarassent la chose à leur
jeune maître comme elle était avenue ; et si leur promit qu'il
les aiderait, ce qu'il pouvait très-bien faire, étant en la grâce
de son maître à cause qu'il était son frère de lait ; et le lendemain firent ce qu'il leur avait dit. Car Astyle vint le lendemain, à cheval, et quant et lui un sien plaisant qu'il menait
pour passer le temps, à cheval aussi, lui jeune homme à qui
la barbe commençait à poindre, l'autre rasé jà de longtemps.
Arrivé ce jeune maître, Lamon se jeta devant ses pieds, avec
Myrtale et Daphnis, le suppliant avoir pitié d'un pauvre vieillard, et le sauver du courroux de son père, attendu qu'il ne
pouvait mais de l'inconvénient, et lui conte ce que c'était.
Astyle en eut pitié, entra dans le jardin, et ayant vu le gât,
leur promit de les excuser, et en prendre sur lui la faute, disant que c'auraient été ses chevaux qui s'étant détachés, auraient ainsi rompu, foulé, froissé, arraché tout ce qui était
de plus beau.

Pour cette bénigne réponse, Lamon et Myrtale firent prière aux dieux de lui accorder l'accomplissement de ses désirs. Mais Daphnis lui apporta davantage de beaux présents, comme des chevreaux, des fromages, des oiseaux avec leurs petits, des grappes tenant au sarment et des pommes encore aux branches; et aussi lui donna Daphnis de ce fameux vin odorant que produit Lesbos, vin le meilleur de tous à boire. Astyle loua ses présents, et lui en sut fort bon gré, et en attendant son père, se divertissait à chasser au lièvre, comme un jeune homme de bonne maison, qui ne cherchait que nouveaux passe-temps, et était là venu pour prendre l'air des champs.

Mais Gnathon était un gourmand, qui ne savait autre chose faire que manger et boire jusqu'à s'enivrer, et après boire assouvir ses déshonnêtes envies, en un mot, tout gueule et tout ventre, et tout..., ce qui est au-dessous du ventre; lequel ayant vu Daphnis quand il apporta ses présents, ne faillit à le remarquer; car outre ce qu'il aimait naturellement les garçons, il rencontrait en celui-ci une beauté telle que la ville n'en eût su montrer de pareille. Si se proposa de l'accointer, pensant aisément venir à bout d'un jeune berger comme lui. Ayant tel dessein dans l'esprit, il ne voulut point aller à la chasse avec Astyle, ains descendit vers la marine, là où Daphnis gardait ses bêtes, feignant que ce fût pour voir les chèvres, mais au vrai c'était pour voir le chevrier. Et afin de le gagner d'abord, il se mit à louer ses chèvres, le pria de lui jouer sur sa flûte quelque chanson de chevrier, et lui promit qu'avant peu il le ferait affranchir, ayant, disait-il, tout pouvoir et crédit sur l'esprit de son maître.

Et comme il crut s'être rendu ce jeune garçon obéissant, il épia le soir sur la nuit qu'il ramenait son troupeau au tect, et accourant à lui, le baisa premièrement, puis lui dit qu'il se prêtât à lui en même façon que les chèvres aux boucs. Daphnis fut longtemps qu'il n'entendait point ce qu'il voulait dire, et à la fin lui répondit: que c'était bien chose naturelle que le bouc montât sur la chèvre, mais qu'il n'avait oncques vu qu'un bouc saillît un autre bouc, ni que les béliers montassent l'un sur l'autre, ni les coqs aussi, au lieu de couvrir les brebis et les poules.

Non pour cela Gnathon lui met la main au corps comme le voulant forcer. Mais Daphnis le repoussa rudement, avec ce qu'il était si ivre qu'à peine se tenait-il en pieds, le jeta à la renverse, et partant comme un jeune levron, le laisse étendu ayant affaire de quelqu'un pour le relever. Daphnis de là en avant ne s'approcha plus de lui, mais menait ses chèvres paître tantôt en un lieu, tantôt en un autre, le fuyant autant qu'il cherchait Chloé. Gnathon même ne le poursuivait plus depuis qu'il l'eût reconnu non-seulement beau, mais fort et roide jeune garçon; si cherchait occasion propre pour en parler à Astyle, et se promettait que le jeune homme lui en ferait don, ayant accoutumé de ne lui refuser rien. Toutefois pour l'heure il ne put, car Dionysophane et sa femme Cléariste arrivèrent, et y avait dans la maison grand tumulte de chevaux, de valets, d'hommes et de femmes; mais en attendant qu'il le trouvât seul, il lui préparait une belle harangue de son amour.

Or avait Dionysophane les cheveux déjà demi-blancs, grand et bel homme d'ailleurs, et qui de la disposition de sa personne eût encore tenu bon aux jeunes gens; riche autant que qui que ce fût des citoyens de sa ville et de meilleur cœur que pas un. Il sacrifia le premier jour de son arrivée aux divinités champêtres, à Cérès, à Bacchus, à Pan, aux Nymphes, et fit un festin à toute sa famille. Les jours suivants il visita les champs que tenait Lamon, et voyant partout terres bien labourées, vignes bien façonnées, le verger beau au demeurant, car Astyle avait pris sur lui le gât des fleurs et du jardin, il fut fort joyeux de trouver tout en si bon ordre, et louant Lamon de sa diligence, il lui promit la liberté.

Cela vu, il alla voir aussi les chèvres et le chevrier qui les gardait. Chloé ayant peur et honte tout ensemble de si grande compagnie, s'enfuit cacher dedans le bois. Daphnis demeura, et se présenta les épaules couvertes d'une peau de chèvre à long poil; une panetière toute neuve en écharpe à son côté, tenant en l'une de ses mains de beaux fromages tout frais

faits, et en l'autre deux chevreaux de lait. Si jamais, comme
l'on dit, Apollon garda les bœufs de Laomédon, il était tel que
parut alors Daphnis, lequel quant à lui ne dit mot, mais le
visage plein de rougeur et les yeux baissés, s'inclinant devant
le maître, lui offrit ses dons, et donc Lamon prenant la parole, dit : « C'est celui, mon maître, qui garde tes chèvres.
« Tu m'en baillas cinquante avec deux boucs, et il t'en a fait
« cent, et dix boucs. Vois-tu comme elles sont grasses et
« bien vêtues, et qu'elles ont les cornes entières et belles! Il
« les a instruites, et sont toutes apprises à entendre la mu-
« sique, et font tout ce qu'on veut en oyant seulement le son
« de la flûte. »

Cléariste, qui était là présente, eut envie d'en voir l'expérience. Si commanda à Daphnis qu'il jouât de la flûte ainsi
qu'il avait accoutumé quand il voulait faire faire quelque
chose à ses chèvres ; et lui promit, s'il flûtait bien, de lui
donner un sayon neuf, une chemisette et des souliers. Adonc
Daphnis debout sous le chêne, toute la compagnie en rond autour de lui, tira sa flûte de sa panetière, et premièrement souffla
un bien peu dedans ; soudain ses chèvres s'arrêtant, levèrent
toutes la tête : puis sonna pour les faire paître, et toutes
aussitôt, mettant le nez en terre, se prirent à brouter : puis
il leur sonna un chant mol et doux, et incontinent se couchèrent à terre ; un autre clair et aigu, et elles s'enfuirent
dans le bois comme à l'approche du loup ; tôt après un son de
rappel, et adonc sortant toutes du bois, se vinrent rendre à
ses pieds. Varlets ne sauraient être plus obéissants au commandement de leur maître, qu'elles étaient au son de la flûte ;
de quoi tous les assistants demeurèrent émerveillés, spécialement Cléariste, laquelle jura qu'elle donnerait ce qu'elle
avait promis au gentil chevrier, qui était si beau et savait si
bien jouer de la flûte. Après cela ils s'en allèrent, et rentrés
au logis, soupèrent et envoyèrent à Daphnis de ce qui leur
fut servi, qu'il mangea avec Chloé, joyeux de goûter des mets
apprêtés à la façon de la ville, au reste ayant bonne espérance de parvenir du gré de ses maîtres au mariage de son
amie.

Mais Gnathon, que la beauté de Daphnis, tel qu'il l'avait
vu avec son troupeau, enflammait de plus en plus, croyant ne
pouvoir sans lui avoir aise ni repos, profita d'un moment
qu'Astyle se promenait seul au jardin, le mena dans le temple
de Bacchus, et là se mit à lui baiser les mains et les pieds; et
Astyle lui demandant pourquoi il faisait tout cela, et que
c'était qu'il voulait dire : « C'en est fait, mon maître, du pau-
« vre Gnathon. Lui qui n'a été jusqu'ici amoureux que de
« bonne chère, qui ne voyait rien si aimable qu'une pleine
« jarre de vin vieux, à qui semblaient tes cuisiniers la fleur
« des beautés de Mitylène , il ne trouve plus rien de beau ni
« d'aimable que Daphnis seul au monde. Oui, je voudrais être
« une de ses chèvres , et laisserais là tout ce qu'on sert de
« meilleur à ta table, viande, poisson, fruit, confitures, pour
« paître l'herbe au son de sa flûte, et sous sa houlette brouter
« la feuillée. Mais toi, mon maître , tu le peux, sauve la vie
« à ton Gnathon, et te souvenant qu'Amour n'a point de loi,
« prends pitié de son amour : autrement, je te jure mes grands
« dieux qu'après m'être bien empli le ventre, je prends mon
« couteau, je m'en vas devant la porte de Daphnis, et là je
« me tuerai tout de bon, et tu n'auras plus à qui tu puisses
« dire : Mon petit Gnathon, Gnathon mon ami. »

Le jeune homme de bonne nature ne put souffrir de voir
ainsi Gnathon pleurer et derechef lui baiser les mains et les
pieds, mêmement qu'il avait éprouvé que c'est de la détresse
d'amour. Si lui promit qu'il demanderait Daphnis à son père,
et l'emmènerait comme pour être son serviteur à la ville, où
lui Gnathon en pourrait faire tout ce qu'il voudrait; puis,
pour un peu le conforter, lui demanda en riant s'il n'aurait
point de honte de baiser un petit pâtre tel que ce fils de Lamon, et le grand plaisir que ce lui serait d'avoir à ses côtés
couché un gardeur de chèvres ; et en disant cela il faisait un
fi, comme s'il eût senti la mauvaise odeur du bouc. Mais
Gnathon, qui avait appris aux tables des voluptueux tant
qu'il se peut dire et conter de propos d'amour, pensant voir
bien de quoi justifier sa passion, lui répondit d'assez bon
sens : « Celui qui aime, ô mon cher maître, ne se soucie

« point de tout cela ; ains n'y a chose au monde, pourvu que
« beauté s'y trouve, dont on ne puisse être épris. Tel a aimé
« une plante, tel un fleuve, tel autre jusqu'à une bête féroce,
« et si pourtant, quelle plus triste condition d'amour que
« d'avoir peur de ce qu'on aime? Quant à moi, ce que j'aime
« est serf par le sort, mais noble par la beauté. Vois-tu com-
« ment sa chevelure semble la fleur d'hyacinthe, comment
« au-dessous des sourcils ses yeux étincellent ne plus ne
« moins qu'une pierre brillante mise en œuvre, comment ses
« joues sont colorées d'un vif incarnat ! et cette bouche ver-
« meille ornée de dents blanches comme ivoire, quel est celui
« si insensible et si ennemi d'Amour, qui n'en désirât un
« baiser ? J'ai mis mon amour en un pâtre ; mais en cela
« j'imite les dieux. Anchise gardait les bœufs, Vénus le vint
« trouver aux champs ; Branchus paissait les chèvres, et
« Apollon l'aima ; Ganymède était berger, et Jupiter le ravit
« pour en avoir son plaisir. Ne méprisons point un enfant
« auquel nous voyons les bêtes mêmes si obéissantes ; mais
« bien plutôt remercions les aigles de Jupiter qui souffrent
« telle beauté demeurer encore sur la terre. »

Astyle à ces mots se prit à rire, disant qu'Amour, à ce
qu'il voyait, faisait de grands orateurs, et depuis cherchait
occasion d'en pouvoir parler à son père. Mais Eudrome avait
écouté en cachette tout leur devis, et étant marri qu'une
telle beauté fût abandonnée à cet ivrogne, outre ce que d'inclination il voulait grand bien à Daphnis, alla aussitôt tout
conter et à lui-même et à Lamon. Daphnis en fut tout éperdu
de prime abord, délibérant s'enfuir plutôt avec Chloé, ou
bien ensemble mourir. Mais Lamon appelant Myrtale hors de
la cour : « Nous sommes perdus, ma femme, lui dit-il ; voici
« tantôt découvert ce que nous tenions caché. Deviennent ce
« qu'elles pourront et les chèvres et le reste ; mais, par les
« Nymphes et Pan, dussé-je, comme on dit, rester bœuf à
« l'étable et ne faire plus rien, je ne me tairai point de la
« fortune de Daphnis, ains déclarerai comment je l'ai trouvé
« abandonné, dirai comment je l'ai vu nourri, et montrerai
« ce que j'ai trouvé quant et lui, afin que ce coquin voie

« où s'adresse son amour. Prépare-moi seulement les en-
« seignes de reconnaissance. « Cela dit, ils rentrèrent tous
« deux.

Cependant Astyle, trouvant son père à propos, lui demanda
permission d'emmener Daphnis à Mitylène, disant que c'était
un trop gentil garçon pour le laisser aux champs, et que
Gnathon l'aurait bientôt instruit au service de la ville. Le
père y consentit volontiers, et, faisant appeler Lamon et
Myrtale, leur dit pour bonne nouvelle que Daphnis, au lieu
de garder les bêtes, servirait de là en avant son fils Astyle en
la ville, et promit qu'il leur donnerait deux autres bergers
au lieu de lui. Adonc, étant jà les autres esclaves accourus,
bien joyeux d'avoir un tel compagnon, Lamon demanda congé
de parler; ce qui lui étant accordé, il parla en cette sorte :
« Je te prie, mon maître, écoute un propos véritable de ce
« pauvre vieillard; je jure les Nymphes et le dieu Pan que
« je ne te mentirai d'un mot. Je ne suis pas le père de Daph-
« nis, ni n'a été ma femme Myrtale si heureuse que de porter
« un tel enfant. Il fut exposé tout petit par des parents qui
« en avaient possible assez d'autres plus grands. Je le trou-
« vai abandonné de père et de mère, allaité par une de mes
« chèvres, laquelle j'ai enterrée dans le jardin, après qu'elle
« fut morte de sa mort naturelle, l'ayant aimée pource qu'elle
« avait fait œuvre de mère envers cet enfant. Je trouvai
« quant et quant des joyaux qu'on avait laissés avec lui,
« pour une fois le reconnaître. Je le confesse et les garde ;
« car ce sont marques auxquelles on peut voir qu'il est issu
« de bien plus haut état que le nôtre. Or, ne suis-je point
« marri qu'il serve ton fils Astyle, et soit à beau et bon
« maître un beau et bon serviteur : mais je ne puis du tout
« souffrir qu'on le livre à Gnathon, pour en faire comme
« d'une femme. »

Lamon, ayant dit ces paroles, se tut, et répandit force
larmes. Gnathon fit du courroucé en le menaçant de le battre;
mais Dionysophane, frappé de ce qu'avait dit Lamon, regarda
Gnathon de travers, et lui commanda qu'il se tût, puis in-
terrogea derechef le vieillard, lui enjoignant de dire vérité,

sans controuver des menteries pour cuider retenir son fils.
Lamon, persistant dans son dire, attesta les dieux et s'offrit
à tout souffrir s'il mentait. Dionysophane adonc examinant
ses paroles avec Cléariste, assise auprès de lui : « A quelle
« fin aurait Lamon controuvé ce récit, vu que pour un che-
« vrier on lui en veut donner deux? Comment serait-ce qu'un
« rude paysan eût inventé tout cela ? Puis, n'était-il pas vi-
« sible qu'un si bel enfant n'avait pu naître de telles gens ? »
Si pensèrent d'un commun accord que sans y songer davantage, ni tant deviner, il fallait voir les enseignes de reconnaissance, pour s'assurer si elles appartenaient, ainsi qu'il
disait, à plus haut état que le sien. Myrtale les alla incontinent quérir dedans un vieux sac où ils les gardaient. Le premier qui les vit fut Dionysophane; et, dès qu'il aperçut le
petit mantelet d'écarlate, avec une boucle d'or et le couteau
à manche d'ivoire, il s'écria à haute voix : O Jupiter ! et appela sa femme pour les voir aussi ; laquelle sitôt qu'elle les
vit, s'écria semblablement : « O fatales déesses, ne sont-ce
« point là les joyaux que nous mîmes avec notre enfant,
« quand nous l'envoyâmes exposer par notre servante So-
« phroné? Il n'y a point de doute, ce sont ceux-là mêmes.
« Mon mari, l'enfant est nôtre. Daphnis est ton fils, et garde
« les chèvres de son propre père. »
    Comme elle parlait encore, et que Dionysophane, jetant
abondance de larmes, de grande joie qu'il avait, baisait ces
enseignes de reconnaissance, Astyle, ayant entendu que
Daphnis était son frère, posa vitement sa robe, et s'en courut
par le jardin, pour être le premier à le baiser. Daphnis, le
voyant accourir vers lui avec tant de gens, et qu'il criait,
Daphnis, Daphnis, pensant que ce fût pour le prendre, jette
sa flûte et sa panetière, et se met à fuir vers la mer pour se
précipiter du haut du rocher; et possible Daphnis, par
étrange accident, allait être aussitôt perdu que retrouvé, si
Astyle, se doutant pourquoi il fuyait, ne lui eût crié de tout
loin : « Arrête, Daphnis, n'aie point de peur : je suis ton
« frère; tes maîtres sont tes parents; Lamon nous a tout
« conté, nous a tout montré; regarde seulement, vois comme

                                    14

« nous rions. Mais baise-moi le premier. Par les Nymphes,
« je ne te ments point. »

A peine s'arrêta Daphnis, quand il eut ouï ce serment, et
attendit Astyle qui, les bras ouverts, accourait, et, l'ayant
joint, l'embrassa. Puis toute la maison, serviteurs, servantes,
père, mère, venus à leur tour, l'embrassaient, le baisaient.
Lui de sa part leur faisait fête, mais sur tous autres à son
père et à sa mère, et semblait qu'il les connût jà longtemps
auparavant, tant les serrait contre son sein, et à peine se
pouvait arracher de leurs bras. Nature se reconnaît d'abord.
Il en oublia un moment Chloé. Si le conduisirent au logis, et
lui donnèrent une belle et riche robe neuve; puis, étant vêtu,
fut assis auprès de son père, qui leur commença tel propos :

« Mes enfants, je fus marié bien jeune, et, après quelque
« temps, devins père bien heureux, comme il me semblait
« pour lors; car le premier enfant que ma femme fit, fut un
« fils, le second une fille, et le troisième fut Astyle. Je pensai
« que trois me seraient suffisante lignée, et, venant celui-ci
« après tous, le fis exposer en maillot, avec ces bagues et
« bijoux, que je croyais pour lui ornements funéraires, plutôt
« que marques destinées à le faire connaître un jour. Mais
« fortune en avait autrement disposé. Car mon fils aîné et ma
« fille moururent de même mal en même jour; et toi, Daph-
« nis, par la providence des dieux, tu nous as été conservé,
« afin que nous ayons plus de support en notre vieillesse.
« Pourtant ne me hais point, mon fils, de t'avoir fait exposer;
« ainsi le voulaient les dieux. Et toi, qu'il ne te fâche, Astyle,
« de partager ton héritage; car il n'est richesse qui vaille un
« bon frère. Aimez-vous, mes enfants, l'un l'autre, et, quant
« aux biens, vous en aurez de quoi n'envier rien aux rois. Je
« vous laisserai grandes terres, nombre de gens habiles à tout,
« or, argent, et de toutes choses qu'ont les hommes riches et
« heureux. Mais je veux que mon fils Daphnis en son partage
« ait ce lieu-ci, et lui donne Lamon et Myrtale, et les chèvres
« qu'il a gardées. »

Il parlait encore, et Daphnis, sautant en pieds soudainement : « Tu m'en fais souvenir, mon père : je m'en vais me-

« ner boire mes chèvres, dit-il. Elles ont soif à cette heure,
« et attendent pour aller boire le son de ma flûte, et je suis
« assis à ne rien faire. » Chacun se prit à rire de voir Daphnis qui, devenu maître, voulait être encore chevrier. On envoya quelque autre avoir soin de ses chèvres, et puis ils sacrifièrent à Jupiter sauveur, et firent un grand festin.
Gnathon seul n'osa s'y trouver, mais demeurait jour et nuit
dans le Temple de Bacchus, comme un suppliant, pour la peur
qu'il avait de Daphnis.

Le bruit incontinent s'étant répandu partout que Dionysophane avait retrouvé un sien fils, et que Daphnis, qui menait
les chèvres aux champs, était devenu le maître et des chèvres
et des champs, les voisins paysans accoururent de toutes
parts pour se conjouir avec lui, et faire des présents à son
père, et Dryas tout des premiers, le nourricier de Chloé.
Dionysophane les retint tous pour la fête, ayant fait d'avance
préparer force pain, force vin, du gibier de toute sorte, des
gâteaux au miel à foison, veaux et petits cochons de lait, et
victimes à immoler aux dieux protecteurs du pays.

Et lors Daphnis amassa tous ses meubles de chevrier, dont
il fit présent aux dieux, consacrant sa panetière et sa peau
de chèvre à Bacchus, à Pan sa flûte, sa houlette aux Nymphes
avec ses sébiles à traire, qu'il avait lui-même faites. Mais,
tant est plus douce que richesse une première accoutumance!
il ne pouvait sans pleurer laisser aucune de ces choses. Il ne
suspendit ses sébiles qu'après y avoir trait ses chèvres, ni ne
donna sa flûte à Pan, qu'il n'en eût joué encore une fois, ni
sa peau de chèvre à Bacchus qu'après se l'être vêtue, et,
chaque chose qu'il donnait, il la baisait premièrement. Il dit
adieu à ses chèvres; il appela ses bouquins l'un après l'autre
par leur nom; il but aussi à la fontaine où tant de fois il avait
bu avec sa Chloé; mais il n'osait encore parler de leurs
amours.

Or, cependant qu'il entendait aux offrandes et sacrifices,
voici qu'il avint de Chloé. Seulette aux champs, elle était
assise à garder ses moutons, disant comme pauvre délaissée :
« Daphnis m'oublie; maintenant il songe à quelque riche ma-

« riage. Pourquoi lui ai-je fait jurer, au lieu des Nymphes,
« ses chèvres? Il les a oubliées aussi, et même en sacrifiant
« aux Nymphes et à Pan, n'a point désiré voir Chloé. Il aura
« trouvé chez sa mère les servantes même plus belles. Adieu
« donc, Daphnis. Sois heureux ; mais moi je ne saurais plus
« vivre. »

Elle étant en cette rêverie, le bouvier Lampis, aidé de quelques autres paysans, la vint enlever, croyant que Daphnis
ne devait plus l'épouser, et que Dryas, quand une fois elle serait entre ses mains, consentirait qu'elle lui demeurât. La
pauvrette, comme on l'emportait, criait tant qu'elle pouvait,
et quelqu'un, qui vit cette violence, s'encourut avertir Napé,
et elle Dryas, et Dryas Daphnis, lequel, à peine qu'il ne sortît
du sens, n'osant recourir à son père, et ne pouvant néanmoins
laisser Chloé sans secours, si s'en alla dans le jardin, et là
faisait ses plaintes tout seul : « O malheureux que je suis
« d'avoir retrouvé mes parents! Combien m'eût été meilleur
« de garder toujours les bêtes aux champs! Combien plus
« étais-je content quand j'étais serf avec Chloé! Alors je la
« voyais, alors je la baisais : et maintenant Lampis l'a ravie,
« et s'en va avec; et, quand la nuit sera venue, il couchera
« avec elle, pendant que je suis ici à boire et faire bonne
« chère. J'ai donc en vain juré mes chèvres, le dieu Pan et
« les Nymphes. »

Or Gnathon, qui était caché dedans la chapelle du verger,
entendit clairement ces complaintes de Daphnis, et, pensant
que c'était une bonne occasion pour faire sa paix avec lui, prit
quelques jeunes valets d'Astyle, et s'en alla après Dryas, lui
disant qu'il les conduisît en la maison de Lampis, ce qu'il fit ;
et diligentèrent si bien, qu'ils surprirent Lampis ainsi comme
il ne faisait que d'entrer en son logis avec Chloé, laquelle il
lui ôta d'entre les mains à force, et dola très-bien les épaules
de tous les rustauds qui lui avaient aidé à faire ce rapt, à
grands coups de bâton ; puis voulut prendre et lier Lampis,
pour l'amener prisonnier, mais il se sauva de vitesse.

Gnathon, ayant fait un tel exploit, s'en retourna qu'il était
jà nuit toute noire, et trouva Dionysophane jà couché en son

lit dormant. Mais le pauvre Daphnis veillait, et était encore dedans le verger, où il se déconfortait et pleurait : si lui amena Chloé, et, la lui livrant entre ses mains, lui conta comme il avait fait, le priant de ne se vouloir souvenir en rien du passé, mais l'avoir pour sien serviteur, ni le débouter de sa table, sans laquelle il lui serait force de mourir de male faim. Daphnis, voyant Chloé, la tenant de Gnathon, fut facile à faire appointement avec lui, et envers elle s'excusa de ce qu'il pouvait sembler l'avoir oubliée ; et, de commun consentement, furent d'avis de ne point encore déclarer leur mariage ; que Daphnis continuerait de voir Chloé en secret, et ne découvrirait son amour qu'à sa mère. Mais Dryas ne le permit point, ains le voulut dire lui-même au père de Daphnis, se faisant fort de lui faire bien accorder. Si prit le lendemain, aussitôt qu'il fut jour, les enseignes de reconnaissance qu'il avait trouvées avec Chloé, et s'en alla devers Dionysophane, qu'il trouva dans le verger, assis avec Cléariste et leurs deux enfants, Astyle et Daphnis ; si leur commença à dire : « Même nécessité me contraint de vous déclarer un se-
« cret tout pareil à celui de Lamon, c'est que je n'ai engen-
« dré ni nourri le premier cette jeune fille Chloé : autre que
« moi l'a engendrée ; une brebis l'a allaitée dedans la caverne
« des Nymphes, où enfant elle fut exposée. Je la vis : ébahi,
« je la pris, l'emportai, et depuis l'ai nourrie et élevée. Sa
« beauté même le témoigne, car elle ne tient en rien de nous ;
« aussi font les marques et enseignes que je trouvai avec
« elle, plus riches que ne porte l'état d'un pauvre pâtre.
« Voyez-les, et puis cherchez ses vrais parents, si à l'aven-
« ture elle serait point sortable pour femme à Daphnis. »

Dryas ne jeta point sans dessein cette parole, ni Dionysophane ne la reçut en vain ; mais, prenant garde au visage de Daphnis, et le voyant changer de couleur et se détourner pour pleurer, connut bien incontinent qu'il y avait des amourettes entre eux deux ; et, étant soigneux de son fils plus que de la fille d'autrui, examina le plus diligemment qu'il put la parole de Dryas : et, quand encore il eut vu les marques de reconnaissance qui avaient été exposées avec elle, c'est à sa-

14.

voir des patins dorés, des chausses brodées, et une coiffe d'or, adonc appela-t-il Chloé, et lui dit qu'elle fît bonne chère, pource que jà elle avait trouvé un mari, et bientôt après trouverait son vrai père et sa mère.

Cléariste dès lors la prit avec elle, la vêtit et accoutra comme femme de son fils. Mais Dionysophane appela Daphnis à part, et lui demanda si elle était encore pucelle. Daphnis lui jura qu'elle ne lui avait rien été de plus près que du baiser, et du serment par lequel ils avaient promis mariage l'un à l'autre. Dionysophane se prit à rire de ce serment, et les fît tous deux dîner avec lui.

Là eût-on pu voir ce que c'est qu'ornement à naturelle beauté; car Chloé vêtue et coiffée, bien que de sa simple chevelure, et ayant lavé son visage, sembla à chacun si belle par-dessus le passé, que Daphnis même à peine la reconnaissait; et quiconque l'eût vue en tel état, n'eût point fait doute d'affirmer par serment qu'elle n'était point fille de Dryas, lequel toutefois était à table comme les autres avec sa femme Nàpé, et Lamon et Myrtale aussi, tous quatre sur un même lit.

Quelques jours après on fit derechef des sacrifices aux dieux pour l'amour de Chloé, comme l'on avait fait pour Daphnis, et fit-on semblablement le festin de sa reconnaissance; et elle de son côté distribua ses meubles de bergerie aux dieux, sa panetière, sa flûte, et les tirouers où elle tirait les brebis, et épandit dedans la fontaine qui était en la caverne des Nymphes du vin, à cause qu'elle avait été trouvée et nourrie auprès d'icelle fontaine; et sema de chapelets et de bouquets de fleurs la sépulture de la brebis que Dryas lui enseigna, et joua encore de sa flûte pour réjouir ses brebis, faisant prière aux Nymphes que ceux qui seraient trouvés ses naturels parents fussent dignes d'être alliés de Daphnis.

Après qu'ils eurent fait assez de fêtes et de bonne chère aux champs, ils délibérèrent de s'en retourner à la ville, afin de chercher les parents de Chloé, pour ne différer plus les noces : par quoi, dès le matin, firent trousser tout leur bagage, et donnèrent à Dryas encore autres trois cents écus, et à Lamon la moitié des fruits de toutes les terres et vignes qu'il tenait, les chèvres avec leurs chevriers, quatre paires de bœufs, des robes fourrées pour l'hiver, et, par-dessus tout cela, la liberté à lui et sa femme Myrtale; puis cheminèrent vers Mitylène, avec grand train de chevaux et de chariots.

Or, ce jour-là, parce qu'ils arrivèrent le soir bien tard, les autres citoyens de la ville n'en surent rien : mais, le lendemain au plus matin, le bruit en étant couru partout, il s'assembla au logis de Dionysophane grande multitude d'hommes et de femmes, les hommes pour s'éjouir avec le père de ce qu'il avait retrouvé son fils, mêmement après qu'ils eurent vu comme il était beau et gentil; et les femmes pour s'éjouir aussi avec Cléariste de ce que non-seulement elle avait retrouvé son fils, mais aussi trouvé une fille digne d'être sa femme; car Chloé les étonna toutes, quand elles virent en elle une si parfaite beauté, qu'il n'était possible d'en avoir une plus belle. Brief, toute la ville ne parlait d'autre chose que de ce jeune fils et de cette jeune fille, et disait chacun que l'on n'eût su choisir une plus belle couple : si priaient tous aux dieux que la parenté de la fille fût trouvée correspondante à sa beauté. Il y eut plusieurs femmes de riches maisons qui souhaitèrent en elles-mêmes, et dirent : Plût aux dieux que l'on pensât assurément qu'elle fût ma fille!

Mais Dionysophane, après avoir quelque temps pensé à cette affaire, s'endormit sur le matin profondément; et en dormant lui vint un songe : il lui fut avis que les Nymphes priaient Amour de parfaire et accomplir à la fin le mariage qu'il leur avait promis; et qu'Amour, détendant son petit arc, et le jetant en arrière auprès de son carquois, commanda à Dionysophane qu'il-envoyât le lendemain semondre tous les premiers personnages de la ville pour venir souper en son logis; et qu'au dernier cratère, il fît apporter sur table les enseignes de reconnaissance qui avaient été trouvées avec Chloé, et qu'il les montrât à tous les conviés : puis, cela fait, qu'ils chantassent la chanson nuptiale d'hyménée.

Dionysophane, ayant eu cette vision en dormant, se leva de bon matin, et commanda à ses gens que l'on préparât un beau festin, où il y eût de toutes les plus délicates viandes que l'on trouve, tant en terre qu'en mer, ès lacs et ès revières, envoya quant et quant prier de souper chez lui tous les plus apparents de la ville.

Quand la nuit fut venue, et le cratère empli pour les libations à Mercure, lors un serviteur de la maison apporta dedans un bassin d'argent ces enseignes, et les montra de rang à chacun des conviés. Il n'y eut personne des autres qui les reconnût, fors un nommé Mégaclès, qui, pour sa vieillesse, était au bout de la table, lequel, sitôt qu'il les aperçut, les reconnut incontinent, et s'écria tout haut : « Dieux! que vois-« je là? Ma pauvre fille, qu'es-tu devenue? es-tu en vie? ou « si quelque pasteur a enlevé ces enseignes qu'il aura par « fortune trouvées en son chemin? Je te prie, Dionysophane, « de me dire dont tu les as recouvrées : n'aye point d'envie « que je retrouve ma fille comme tu as recouvré Daphnis. »

Dionysophane voulut premièrement qu'il contât devant la compagnie comment il avait fait exposer son enfant. Adonc Mégaclès, d'une voix encore tout émue : « Je me trouvai, « dit-il, longtemps y a, quasi sans bien, pource que j'avais « dépendu tout le mien à faire jouer des jeux publics, et à « faire équiper des navires de guerre ; et, lorsque cette perte « m'advint, il me naquit une fille, laquelle je ne voulus point « nourrir en la pauvreté où j'étais, et pourtant la fis exposer « avec ces marques de reconnaissance, sachant qu'il y a « plusieurs gens qui, ne pouvant avoir des enfants naturels, « désirent être pères en cette sorte, à tout le moins d'enfants « trouvés. L'enfant fut portée en la caverne des Nymphes, et « laissée en la protection et sauvegarde d'icelles. Depuis, les « biens me sont venus par chacun jour en grande affluence, « et si n'avais nul héritier à qui je les pusse laisser, car de-« puis je n'ai pas eu l'heur de pouvoir avoir une fille seule-« ment : mais les dieux, comme s'ils se voulaient moquer de « moi, m'envoient souvent des songes, lesquels me promet-« tent qu'une brebis me fera père. »

Dionysophane, à ce mot, s'écria encore plus fort que n'avait fait Mégaclès, et, se levant de la table, alla quérir Chloé, qu'il amena vêtue et accoutrée fort honnêtement; et la met-

tant entre les mains de Mégaclès, lui dit : « Voici l'enfant que
« tu as fait exposer, Mégaclès ; une brebis, par la providence
« des dieux, te l'a nourrie, comme une chèvre m'a nourri
« Daphnis. Prends-la avec ces enseignes, et, la prenant, re-
« baille-la en mariage à Daphnis. Nous les avons tous deux
« exposés, et tous deux les avons retrouvés : ils ont été tous
« deux nourris ensemble, et tout de même ont été préservés
« par les Nymphes, par le dieu Pan et par Amour. »

Mégaclès s'y accorda incontinent, et envoya quérir sa
femme, qui avait nom Rhodé, tenant cependant toujours
sa fille Chloé entre ses bras ; et demeurèrent tous deux chez
Dionysophane au coucher, pource que Daphnis avait juré
qu'il ne souffrirait emmener Chloé à personne, non pas à son
propre père. Et le lendemain au matin ils prièrent tous les deux
leurs pères et mères qu'ils leur permissent de s'en retourner
aux champs, parce qu'ils ne se pouvaient accoutumer aux façons de faire de la ville, et aussi qu'ils voulaient faire des
noces pastorales ; ce qui leur fut permis. Si s'en retournèrent
au logis de Lamon, et présentèrent au bon homme Mégaclès le
nourricier de Chloé, Dryas, et sa femme Napé à la mère Rhodé.

Le festin nuptial fut somptueusement préparé, et Mégaclès
derechef dévoua sa fille Chloé aux Nymphes ; et, outre plusieurs autres offrandes, leur donna les enseignes auxquelles
elle avait été reconnue, et donna encore bonne somme d'argent à Dryas.

Dionysophane, pource que le jour était beau et serein, fit
dresser dedans l'antre même des Nymphes des tables avec des
lits de verde ramée, où prirent place tous les paysans de là à
l'entour. Lamon et Myrtale y étaient, Dryas et Napé, les parents de Dorcon, les enfants de Philétas, Chromis et Lycénion.
Lampis même y vint, après qu'on lui eut pardonné : et là,
comme entre villageois, tout s'y disait et faisait à la villageoise ; l'un chantait les chansons que chantent les moisson-
neurs au temps des moissons, l'autre disait des brocards qu'on
a accoutumé de dire en foulant la vendange. Philétas joua de
sa flûte, Lampis du flageolet, et cependant Daphnis et Chloé
se baisaient l'un l'autre.

Les chèvres mêmes paissaient là auprès comme si elles eussent été participantes de la bonne chère des noces, ce qui ne plaisait pas à ceux venus de la ville; et Daphnis, en appelant aucunes par leurs propres noms, leur donnait de la feuillée verte à brouter, et, les prenant par les cornes, les baisait. Et non pas lors seulement, mais en tout le reste de leur vie, passèrent le plus du temps et la meilleure partie de leurs jours en état de pasteurs; car ils acquirent force troupeaux de chèvres et de brebis, eurent toujours en singulière révérence les Nymphes et le dieu Pan, et ne trouvèrent point à leur goût de meilleure viande, ni plus savoureuse nourriture que du fruit et du lait; et qui est plus, firent teter à leur premier enfant, qui fut un fils, une chèvre; et au second, qui fut une fille, firent prendre le pis d'une brebis, et le nommèrent Philopœmen, et la fille Agélée; et ainsi vécurent aux champs longues années en grands soulas. Ils eurent soin aussi de faire honorablement accoutrer la caverne des Nymphes, y dédièrent de belles images, et y édifièrent un autel d'Amour pastoral; et à Pan, au lieu qu'il était à découvert sous le pin, firent faire un temple qu'ils appelèrent le temple de Pan le Guerroyeur.

Tout cela fut longtemps après; mais pour lors, quand la nuit fut venue, tout le monde les convoya jusqu'en leur chambre nuptiale, les uns jouant de la flûte, les autres du flageolet, et aucuns portant des fallots et flambeaux allumés devant eux; puis, quand ils furent à l'huis de la chambre, commencèrent à chanter Hyménée d'une voix rude et âpre, comme si avec une marre ou un pic ils eussent voulu fendre la terre.

Cependant Daphnis et Chloé se couchèrent nus dans le lit, là où ils s'entre-baisèrent et s'entre-embrassèrent sans clore l'œil de toute la nuit, non plus que chats-huants; et fit alors Daphnis ce que Lycenion lui avait appris: à quoi Chloé connut bien que ce qu'ils faisaient paravant dedans les bois et emmi les champs n'étaient que jeux de petits enfants.

LETTRES INÉDITES

ÉCRITES

DE FRANCE ET D'ITALIE

(1787 à 1812)

LETTRES INÉDITES

ÉCRITES

DE FRANCE ET D'ITALIE

(1787 à 1812)

A MONSIEUR JEAN COURIER,

SON PÈRE.

Paris, le 28 avril 1787.

.Vivat! mon cher papa, vivat! Voilà des lettres comme je les demande; voilà ce qui s'appelle écrire. En vérité, vous auriez eu une belle querelle si je n'eusse pas reçu de lettres de vous. Mais le succès a passé mes espérances, et je n'aurais jamais osé pousser mes vœux jusque-là. Une seule chose m'a mis en colère, c'est que vous ayez pu soupçonner que vos lettres m'ennuyassent, après tout ce que je vous ai dit... après... J'allais m'échauffer, mais quatre pages de mon papa suffisent pour me calmer.

Je suis tout consolé de la perte de mon serin, parce que je l'ai retrouvé. A la vérité, je ne me serais pas allé pendre, mais j'aurais volontiers consenti à une plus grande perte pour recevoir des consolations comme les vôtres. Je ressemble aux amoureux pleins de chaleur qui ne peuvent se consoler de leurs pertes que dans les bras de leurs maîtresses.

Nous n'avons pas plus eu de nouvelles de M. de la Frenaye que s'il n'eût jamais existé. M. Vetour a trouvé assez singulier qu'après l'avoir prié de lui garder une place, il n'ait pas reparu du tout. C'est une chose faite pour étonner que ces

15

gens qui vous paraissent occupés d'une affaire à n'en jamais
sortir, et qui, l'instant d'après, ne s'en souviennent plus du
tout. ,

J'ai fait, mardi dernier, le voyage de Sceaux, où j'ai vu de
beaux jets d'eau, de belles statues et de beaux arbres bien
taillés. Je crois que tout cela est parfaitement inutile à celui
qui le possède; et s'il y avait du froment ou des pommiers,
cela ne serait pas si beau, mais cela vaudrait mieux.

Le même jour, j'ai pris ma première leçon de mathématiques.

[Courier reçut ses premières leçons de M. Callet, mathématicien connu
par plusieurs ouvrages; mais ce savant le quitta dès l'année suivante pour
aller occuper à Vannes la place de professeur des élèves de la marine.

Cependant il n'abandonnait pas l'étude du grec, et s'y livrait au contraire
avec une passion marquée, sous la direction d'un professeur du collége royal
nommé Vauvilliers. Il eut en même temps un maître de dessin et un maître
de danse, mais ce dernier fut bientôt abandonné.

En 1789 Courier avait dix-sept ans. Sa santé était tout à fait affermie.
Leste et infatigable, il s'adonnait avec ardeur aux exercices du corps, tels
que la course ou la paume, et leur consacrait tout le temps qui n'était pas
réclamé par les études.

Le 14 juillet, lors de l'enlèvement des armes aux Invalides, il se trouvait
aux Champs-Élysées, jouant au ballon. La curiosité lui fit bientôt quitter sa
partie, et se mêlant aux flots du peuple, il pénétra dans l'hôtel, d'où il rap-
porta un pistolet.

Cependant son père, qui l'avait destiné à servir dans le corps du génie, lui
faisait continuer l'étude des mathématiques; à M. Callet avait succédé un
autre savant nommé Labbey. Le jeune élève conçut pour son nouveau professeur un attachement très-vif qui aida ses progrès; car malgré sa capacité
pour ce genre d'étude, ce n'était jamais sans regret qu'il quittait les poëtes
et les philosophes grecs pour s'occuper d'algèbre ou de géométrie.]

A SON PÈRE,

À LANGEAIS, PRÈS TOURS.

Paris, le 29 septembre 1791.

Hier mercredi, je me suis rendu à mon ordinaire chez
M. Labbey. Il a reçu en ma présence une lettre du ministre

par laquelle on lui annonce que le roi vient de le nommer à la place de professeur de mathématiques dans l'école d'artillerie qui s'établit maintenant à Châlons. Il a paru assez sensible aux regrets que j'ai témoignés fort expressivement et tout aussi sincèrement de me le voir enlever. Après quelques réflexions, qui n'ont duré qu'un instant, j'ai pris sur-le-champ mon parti, et en lui faisant entendre qu'il ne m'était pas possible de me séparer de lui, je lui ai déclaré, d'un air qui n'a pas dû lui déplaire, que, s'il le trouvait bon, je le suivrais partout où il irait. Il m'a répondu d'abord fort obligeamment, et m'a dit que, n'ayant ni amis ni connaissances en Champagne, il entrait dans son plan d'emmener avec lui quelqu'un de ses élèves. Nous nous sommes séparés là-dessus, et il m'a dit, en me conduisant, qu'on pourrait faire ses réflexions. Les miennes sont déjà faites, et l'ont été à l'instant même où j'ai su sa nomination. Rien ne serait, ce me semble, plus avantageux pour moi que de me trouver avec lui dans un pays où nous serions presque seuls, et où ses occupations lui laisseraient sans doute assez de temps pour me faire travailler utilement. Ainsi, je ne pense pas que vous blâmiez mon projet. Il est encore à remarquer que là je me trouverais nécessairement plusieurs fois sous les yeux de mes examinateurs, au centre des mathématiques, perpétuellement environné des maîtres les plus habiles et d'élèves plus ardents au travail qu'aucun de ceux que je voyais autrefois. Peut-être même que s'il se rencontrait des obstacles imprévus dans la carrière du génie, si des circonstances qui pourraient alors naître m'offraient plus d'avantages où plus de facilités en prenant parti ailleurs, peut-être dans ce cas pourrais-je tourner mes vues d'un autre côté, et faire servir ma science à demander quelque autre place militaire; ce que je dis toutefois sans avoir changé de projet. En un mot, si vous pensez comme moi, il ne tient qu'à M. Labbey de m'emmener à Châlons.

Maintenant je sacrifie tout à mon dessein principal; mais je ne renonce pas pour cela totalement aux poëtes grecs et latins. C'est un effort dont ma vertu n'est pas capable. D'un autre côté, moins je me livre à cette étude, plus aussi je le

fais avec plaisir toutes les fois qu'il m'est permis de quitter
un instant les rochers d'Euclide *silvestribus horrida dumis*
pour me promener dans des plaines semées de fleurs et entrecoupées de ruisseaux.

[Le projet dont cette lettre rend compte fut exécuté, et Courier suivit son
professeur à Châlons.]

A SA MÈRE,

A PARIS.

Châlons, le 30 mars 1793.

Vous n'avez pas d'autre parti à prendre que de vous rendre
en Touraine; votre vie y sera plus heureuse qu'à Paris. Elle
serait certainement pour nous trois aussi heureuse qu'elle
peut l'être si nous étions réunis; mais il faut s'en interdire
jusqu'à l'idée. Cependant, voici comment j'imagine que nous
pourrons du moins nous voir pour quelque temps : l'examen
sera indubitablement avancé, et peut-être plus qu'on ne
croit; il est possible que tout soit terminé dans cinq ou six
semaines; alors il dépendra de moi d'aller à Paris, j'irai vous
trouver, je demanderai à être envoyé vers l'Espagne (je l'ob-
tiendrai selon toute apparence), et, vos arrangements étant
pris, nous partirons ensemble pour la Touraine, d'où je me
rendrai, au temps prescrit, à mon régiment. Il se présente
une autre manière de nous réunir, toujours dans la supposition que je serai employé sur la frontière d'Espagne : vous
pouvez vous rendre la première en Touraine, et moi m'y
rendre d'ici. De quelque manière que les choses tournent, il
me devient nécessaire de vous embrasser l'un et l'autre avant
la campagne, et j'espère que j'en viendrai à bout; mais il faut
bien vous garder de venir à Châlons, où je ne pourrais passer
avec vous qu'une très-petite partie de la journée, sans parler
des autres inconvénients, qui sont sans nombre.

La tristesse de votre âme ne me surprend pas; il n'est

personne, je crois, qui pût supporter la solitude où vous vous trouvez, jointe à une mauvaise santé. Le séjour de Paris ne conviendrait guère plus à mon père qu'à vous. J'espère être dans peu à portée de raisonner avec vous deux de tout cela. Vous savez bien que ma plus grande joie est de rencontrer des occasions de pouvoir vous procurer quelque consolation, et de répandre quelque agrément sur votre vie.

[L'époque de l'examen approchant, Courier se mit au travail, mais le temps lui manqua. Lorsque M. Delaplace en vint aux questions d'hydrostatique, il lui répondit naïvement : Monsieur, je ne sais rien sur cette matière, mais si vous m'accordez quelques jours je m'en informerai. Ce peu de temps passé, il se présenta de nouveau, et donna à l'examinateur une si haute idée de son intelligence qu'il en obtint d'être classé avantageusement parmi les autres élèves. Nommé lieutenant à la date du 1er juin 1793, il vint d'abord pour embrasser ses parents, et se rendit ensuite à Thionville, où sa compagnie tenait garnison.

Au mois d'août 1792, M. Courier subit un premier examen, à la suite duquel il fut admis en qualité d'élève sous-lieutenant d'artillerie à la date du 1er septembre.

Mais l'extrême agitation qui régnait alors à Châlons par l'effet de la présence de l'armée du roi de Prusse dans le voisinage avait interrompu le cours des études ; les élèves étaient employés à la garde des portes de la ville, où on avait placé quelques pièces de canon. Ce ne fut donc qu'au mois d'octobre et après la retraite des ennemis quel'école reprit sonrégime habituel.

M. Courier ne s'y distingua pas par son application : les auteurs grecs avaient repris sur lui tout leur empire, et les mathématiques étaient abandonnées ; la discipline de l'école paraissait d'ailleurs fort dure à un jeune homme vif et passionné, qui jusque-là avait joui d'une liberté presque entière, et n'avait même jamais été renfermé dans un collège. Aussi lui arriva-t-il souvent d'oublier le soir l'heure à laquelle les portes de l'école se fermaient, et d'y rentrer en grimpant par-dessus les murs.]

A SA MÈRE,

A PARIS.

Thionville, le 10 septembre 1793.

Toutes vos lettres me font plaisir et beaucoup, mais non pas toutes autant que la dernière, parce qu'elles ne sont pas toutes aussi longues, et parce que vous m'y racontez en détail votre vie et ce que vous faites. C'est une vraie pâture pour moi que ces petites narrations dans lesquelles il ne peut guère arriver que je n'entre pour beaucoup.

Il n'y a aucune apparence qu'on nous tire d'ici cette année ni peut-être la suivante, en sorte que je n'en partirai que quand je me trouverai lieutenant en premier ; car il me faudra peut-être passer dans une autre compagnie. Ce qu'à Dieu ne plaise.

Mon camarade est employé à Metz aux ouvrages de l'arsenal. Il m'a quitté ce matin, et son absence, qui cependant ne saurait être longue, me donne tant de goût pour la solitude, que je suis déjà tenté de me chercher un logement particulier. Mon travail souffre un peu de notre société, et c'est le seul motif qui puisse m'engager à la rompre ; car du reste je me suis fait une étude et un mérite de supporter en lui une humeur fort inégale, qui, avant moi, a lassé tous ses autres camarades. J'ai fait presque comme Socrate, qui avait pris une femme acariâtre pour s'exercer à la patience, pratique assurément fort salutaire, et dont j'avais moins besoin que bien des gens ne le croient, moins que je ne l'ai cru moi-même. Quoi qu'il en soit, je puis certifier à tout le monde que mon susdit compagnon a, dans un degré éminent, toutes les qualités requises pour faire faire de grands progrès dans cette vertu à ceux qui vivront avec lui.

Si vous n'avez pas encore fait partir mes livres qui sont achetés, joignez-y celui-ci, qui me sera fort utile, à ce que me disent les ingénieurs d'ici, *Œuvres diverses de Bélidor* sur le génie et l'artillerie. Ces ingénieurs sont de rudes gens : ils ont en manuscrit des ouvrages excellents sur leur métier ; je les ai priés de me les communiquer, ils m'ont refusé sous de mauvais prétextes ; ils craignent apparemment que quelqu'un n'en sache autant qu'eux.

Cherchez parmi mes livres deux volumes in-8°, c'est-à-dire du format de l'*Almanach royal*, brochés en carton vert ; l'un est tout plein de grec et l'autre de latin : c'est un Démosthène qu'il faut m'envoyer avec les autres livres. Ces deux volumes sont assez gros l'un et l'autre, et assez sales aussi.

Mes livres font ma joie, et presque ma seule société. Je ne m'ennuie que quand on me force à les quitter, et je les retrouve toujours avec plaisir. J'aime surtout à relire ceux que j'ai déjà lus nombre de fois, et par là j'acquiers une érudition moins étendue, mais plus solide. A la vérité, je n'aurai jamais une grande connaissance de l'histoire, qui exige bien plus de lectures ; mais je gagnerai autre chose qui vaut autant, selon moi, et que je n'ai guère l'envie de vous expliquer, car je ne finirais pas si je me laissais aller à je ne sais quelle pente qui me porte à parler de mes études. Je dois pourtant ajouter qu'il manque à tout cela une chose dont la privation suffit presque pour en ôter tout l'agrément à moi qui sais ce que c'est; je veux parler de cette vie tranquille que je menais auprès de vous. Babil de femmes, folies de jeunesse, qu'êtes-vous en comparaison! Je puis dire ce qui en est, moi qui, connaissant l'un et l'autre, n'ai jamais regretté, dans mes moments de tristesse, que le sourire de mes parents, pour me servir des expressions d'un poëte.

A SA MÈRE,

A PARIS.

Thionville, le 6 octobre 1793.

Je viens de recevoir une lettre qui m'apprend que je vais être bientôt premier lieutenant. Je n'ai donc plus que six semaines ou deux mois à rester ici. La saison sera bien avancée alors, et, selon toute apparence, la compagnie où j'irai sera en quartier d'hiver, ce qui me console un peu de me voir arraché d'ici. Si la chose tournait autrement, et qu'il me fallût camper au milieu de l'hiver, comme cela est possible, ce serait pour moi un apprentissage un peu rude.

J'ai reçu, il y a quelques jours, la caisse que vos lettres me promettaient. Tout y est admirablement bien. Mon camarade, qui assistait à l'ouverture, fut d'abord comme moi sur-

pris de la beauté des étoffes. A mesure que nous avancions,
ses éloges augmentaient; les livres en eurent leur part. C'était
bien, quant à moi, ce que j'estimais le plus. Mais lorsque
nous en vînmes aux rubans et aux autres petits paquets, dont
il y avait un grand nombre, tous accompagnés de billets, et
arrangés de manière qu'un aveugle y eût reconnu, je crois,
la main maternelle, nos réflexions à tous les deux se portèrent
en même temps sur vous, dont la tendresse paraissait moins
par vos présents, quelque beaux qu'ils fussent, que par les
attentions délicieuses dont ils étaient comme ornés. Un soupir
lui échappa, et je vis bien alors que le pauvre garçon, qui
est sans parents, m'enviait, non ce qu'il avait sous les yeux,
mais ma mère.

J'ai été invité ces jours-ci à la noce d'un de mes sergents,
et je m'y suis rendu, quoique j'eusse bien mal à la tête,
comme cela m'arrive assez fréquemment depuis un certain
temps. Je ne pouvais y être que triste, aussi l'ai-je été. Je
n'ai presque ni bu ni mangé; et quand on a parlé de danser,
je me suis refusé à toutes leurs instances. J'en ai dit la vraie
raison, mais cela ne les a pas contentés, et ils ont cru que
je les dédaignais. Il est certain que rien ne m'a plus humilié
et fait enrager depuis quelques années de n'avoir pas su danser, et cela par ma faute.

A SA MÈRE,

A PARIS.

Thionville, le 25 février 1794.

Avec tout autre que vous je pourrais être embarrassé à
expliquer le silence dont vous vous plaigniez; mais je me tire
d'affaire tout d'un coup en vous disant simplement la vérité,
quelque peu favorable qu'elle me soit dans cette occasion.
Sachez donc que ce qui, depuis assez long-temps, m'empêchait de vous écrire, ce n'était pas mes travaux, comme vous
l'avez pu croire. Je ne saurais dire non plus que ce fussent

mes plaisirs, car je n'en eus jamais moins qu'à présent. C'é-
taient véritablement les *coteries* auxquelles je me trouve aujourd'hui livré, sans savoir comment , beaucoup plus que je
ne voudrais. Quoique je ne puisse pas dire m'y être amusé
trois fois autant que je le fais quand je veux avec mes livres,
cependant je vois chaque jour qu'il m'est impossible de manquer une seule de leurs assemblées. C'est une chose que je
ne puis prendre sur moi, et qui pourtant devient de jour en
jour plus nécessaire, car presque toutes mes soirées du mois
dernier (mon temps le plus précieux) ont été employées de la
sorte, et je ne saurais me dissimuler à moi-même que mon
travail en a quelquefois souffert. Ce qui vous surprendra sans
doute, c'est qu'au milieu de tout cela j'ai contracté je ne sais
quelle tristesse habituelle que tout le monde remarque, et
qu'il m'est aussi difficile de cacher que d'expliquer. Je vois
qu'il faut enfin reprendre mon ancienne vie, qui est la seule
qui me convienne. Mais, hélas ! en cela même il m'est impossible de suivre les goûts que la nature m'a donnés, et que les
circonstances, l'étude et les conversations ont fortifiés pour
mon malheur. Cependant j'espère avoir dans la suite plus de
facilités pour m'y livrer, et je crois que l'hiver prochain sera
tout entier à ma disposition. C'est alors que je me garderai
bien de faire des connaissances d'aucune espèce, règle que
je compte observer rigoureusement à l'avenir dans quelque
pays que je me puisse trouver.

Mon père regarde comme mal employé le temps que je
donne aux langues mortes, mais j'avoue que je ne pense pas
de même. Quand je n'aurais eu en cela d'autre but que ma
propre satisfaction , c'est une chose que je fais entrer pour
beaucoup dans mes calculs, et je ne regarde comme perdu,
dans ma vie, que le temps où je n'en puis jouir agréablement,
sans jamais me repentir du passé ni craindre pour l'avenir.
Si je puis me mettre à l'abri de la misère, c'est tout ce qu'il
me faut ; le reste de mon temps sera employé à satisfaire un
goût que personne ne peut blâmer, et qui m'offre des plaisirs
toujours nouveaux. Je sais bien que le grand nombre des
hommes ne pense pas de la sorte, mais il m'a paru que leur

15.

calcul était faux, car ils conviennent presque tous que leur
vie n'est pas heureuse. Ma morale vous fera peut-être sourire, mais je suis persuadé que vous prendrez à la lettre tout
ce que je viens d'écrire pour mes véritables sentiments, auxquels ma pratique sera conforme.

Vous ne sauriez imaginer ce qu'il m'en a coûté de peines
et de mortifications pour n'avoir pas su danser, je n'en suis
pas encore délivré. Combien on est sensible sur l'article de
la vanité! J'espère pourtant me mettre au-dessus de ces petites puérilités. A quoi donc m'auraient servi mes livres si
mon cœur était encore sensible à ces atteintes, qui ne peuvent passer que pour de légères piqûres, en comparaison de
ce qui m'attend par la suite? J'ai pourtant pris un maître
qui me trouve toutes les dispositions du monde, mais que
j'abandonnerai sans doute comme j'ai déjà fait vingt fois.

[Au printemps de cette année 1794, Courier quitta la garnison de Thionville pour être employé à l'armée de la Moselle, qu'il joignit au camp de
Blies-Castel. Ce fut alors que pour la première fois il vit la guerre et apprit à
coucher au bivouac à côté de ses canons.

Après l'occupation de Trèves, qui eut lieu le 9 août, il fut appelé au grand
parc de l'armée, et chargé d'organiser un atelier pour la réparation des
armes. Il s'établit à cet effet dans un vaste monastère que les moines avaient
abandonné, et prit pour lui le logement de l'abbé; c'était un appartement
magnifique, meublé de tout ce que le luxe et la commodité peuvent rassembler. Il usa de tout avec discrétion, et veilla à ce que ses soldats ne com-
missent aucun désordre. Il serait curieux de lire les lettres qu'il a pu écrire
de ce lieu, mais on n'a pu en retrouver aucune.

A la fin de juin 1795, Courier, nommé capitaine, se trouvait au quartier
général de l'armée campée devant Mayence, lorsqu'il reçut la nouvelle de la
mort de son père. Cet événement inattendu fit sur lui une impression si vive,
qu'oubliant tout et ne pensant qu'à la douleur de sa mère, retirée à la Véronique, près de Luines, il résolut d'aller se réunir à elle, et partit aussitôt sans
prévenir personne, et sans attendre aucun congé. Chemin faisant, il visita
son abbaye près de Trèves, et eut le déplaisir de la trouver complétement dépouillée par les soins des commissaires du gouvernement.

Arrivé à Paris, Courier eut besoin d'employer le crédit de ses amis pour
faire oublier la manière brusque dont il avait quitté l'armée. Ils obtinrent
qu'il serait envoyé dans le midi de la France, ce qui lui donnait le moyen de
prolonger son séjour à la Véronique. Enfin au mois de septembre il arriva à
Alby, où il passa quelques mois, chargé de recevoir des boulets fournis aux
magasins de l'artillerie par les forges des environs. Il vint ensuite à Toulouse.

Cependant, dès son arrivée à Alby, il avait repris ses études favorites ; il s'y occupa spécialement de Cicéron, et traduisit la harangue *Pro Ligario*. A Toulouse, le hasard lui fit rencontrer chez un libraire M. Chlewaski, Polonais distingué par son érudition, et dont les goûts se trouvèrent parfaitement d'accord avec les siens, ce qui amena entre eux une liaison fort intime. Ils s'enfermaient ensemble pendant des journées entières ; après ces longues conférences, M. Courier faisait sa toilette et se rendait au bal. Il faut se rappeler ici les années 1796 et 1797, remarquables par le goût effréné de plaisir qui s'empara de toute la France, à la suite des jours sombres de la révolution. Toulouse reçut la mode de Paris et s'y conforma. M. Courier sentit alors la nécessité de reprendre un maître de danse, et se livra avec tant d'ardeur à cet exercice, qu'il fut bientôt en état d'en donner lui-même des leçons. Il eut des dames parmi ses élèves, et montra tant de zèle pour l'une d'elles, qu'il lui fallut, un matin du mois de décembre, quitter précipitamment la ville, sans pouvoir dire adieu à son ami Chlewaski. Il se rendit d'abord à la Véronique, près de sa mère, puis à Paris, d'où, au printemps de 1798, on l'envoya joindre les troupes qui se rassemblaient en Bretagne sous le nom d'armée d'Angleterre. Après avoir parcouru les côtes du Nord à la suite d'un général d'artillerie, il vint séjourner à Rennes, où, profitant d'un moment de loisir, il rouvrit ses livres, et fit la première ébauche de son Éloge d'Hélène.

Enfin, de nouveaux ordres le dirigèrent sur le pays qu'il a depuis préféré à tous les autres ; il quitta Paris à la fin de novembre pour se rendre à Milan et de là à Rome.]

A M. CHLEWASKI,

A TOULOUSE.

Lyon, 4 décembre 1798.

Si jamais lettre m'a fait plaisir, c'est celle que j'ai reçue de vous, Monsieur ; et si jamais j'ai maudit le vacarme de Paris, les affaires, les plaisirs, les voyages, c'est lorsqu'ils m'ont ôté le repos et la liberté d'esprit que j'ai toujours désirés pour m'entretenir avec vous. Votre aimable lettre me fut remise à Rennes peu de jours avant mon départ, et je l'emportai à Paris, où je comptais y répondre, croyant qu'il ne me faudrait pour cela que de l'encre et du papier. Ce fut le temps qui me manqua, chose rare en ce pays-là où l'on en perd plus qu'ailleurs.

De Paris je suis venu ici, où les premiers moments que je puis arracher à des affaires odieuses et à des conversations

humiliantes pour un homme accoutumé à causer avec vous,
je les emploie, non à vous répondre (c'est un plaisir que je
me réserve de goûter à mon aise et sans distraction), mais à
vous apprendre que je m'y prépare; que bientôt je serai hors
de l'enfer que je traverse, et qu'alors mes lettres, loin de se
faire attendre, provoqueront les vôtres et vous importuneront
peut-être. Si cette phrase est embrouillée, vous saurez bien
certainement y démêler ma pensée, qui est : que rien au
monde ne peut me faire plus de plaisir qu'une correspondance comme la vôtre qui, en flattant mon amour-propre,
εὐφραίνει ψυχὴν autant par la satisfaction que j'éprouve à recevoir de vos nouvelles, que par le souvenir des heures
agréables que j'ai passées dans votre entretien.

J'aime fort le récit que vous me faites de vos courses dans
les Pyrénées ; mais pourquoi faut-il que l'idée de ce charmant voyage vous soit venue si tard ? Je ne vous cacherai pas
que d'abord je vous en ai voulu un peu d'avoir attendu, pour
aller à Bagnères, que j'en fusse revenu, et, qui pis est, hors
d'état d'y retourner avec vous. Mais il m'en coûtait trop de
me plaindre long-temps de vous, et je vous ai bientôt pardonné en faveur de votre lettre, de vos observations, et du
plaisir que j'ai à me vanter que tout cela m'est adressé. Ainsi,
je m'en prends à mon étoile, et j'accuse les dieux, qui, pour
quelques raisons que nous ignorons, ne veulent pas apparemment nous voir ensemble si près d'eux, non plus que Castor
et Pollux.

C'est tout ce que je veux vous dire quant à présent sur cet
article, me réservant à payer bientôt vos descriptions des
Pyrénées d'une histoire de mes voyages, *accidents, fortunes
diverses* depuis Rennes jusqu'à Rome, où je vais par ordre du
ministre. Je pars demain en même temps que cette lettre, et
peut-être quand vous la lirez, *sublimi feriam sidera vertice*
tandis que *Juppiter hibernas canâ nive conspuet Alpes*, c'est-
à-dire que je grimperai sur le mont Cenis.

Me pardonnerez-vous toutes ces citations, et suis-je excusable en effet de vous envoyer une misérable rapsodie brodée
ou bordée de la pourpre d'Horace, au lieu d'une lettre dé-

cente que je vous devais et que j'avais dessein de vous écrire
pour vous remercier de la vôtre, pour justifier mon silence?
et pour vous bien prier de ne pas me punir en m'imitant.
Mais sachez, Monsieur, que je vous écris *stans pede in imo*
dans une maudite auberge, entouré de bruit et d'importuns.
Est-ce dans une pareille situation de corps et d'esprit qu'on
peut causer avec vous ? Aussi serait-ce un pur hasard s'il se
trouvait dans ce griffonnage quelque chose qui eût le sens
commun, à moins que ce ne soit l'assurance de l'attachement
que je vous ai voué.

Je compte (moi qui devrais avoir appris à ne compter sur
rien) rester à Milan cinq ou six semaines. J'inonderai le premier papier qui me tombera sous la main d'un déluge d'observations dont je charge pour vous ma mémoire depuis que
j'ai reçu votre lettre. Lectures, voyages, spectacles, bals, auteurs, femmes, Paris, Lyon, les Alpes, l'Italie, voilà l'Odyssée que je vous garde. Mes lettres vous pleuvront. Une page
pour une ligne, et dans peu vous en aurez *haut comme cela*,
c'est-à-dire par-dessus la tête. J'espère bien recevoir des vôtres à Milan, sans quoi je vous croirais fâché, et fâché injus-
tement, car il est très-vrai que depuis mon départ de la Bretagne je n'ai pu jusqu'à ce moment ni trouver ni même espérer
un peu de repos pour vous écrire, et que je n'ai cessé d'y
songer.

A M. CHLEWASKI,

A TOULOUSE.

Rome, le 8 janvier 1799.

Monsieur, après vous avoir annoncé que je m'arrêterais à
Milan, je vous écris de Rome, encore tout étourdi de me voir
lancé si loin de l'heureux pays où vos lettres pouvaient me
parvenir en huit jours. Je ne sais comment cela s'est fait,
mais me voilà décidément redevenu soldat, par conséquent
sine sede, vivant à la mode des Scythes, *quorum plaustra
vaga ritè trahunt domos.* Et pour avoir de vos lettres, qui me

sont devenues nécessaires depuis que vous m'en avez fait goûter d'une si bonne, je me trouve un peu embarrassé à vous donner mon adresse. Car nous autres conquérants, emportés par la victoire, nous ne savons guère aujourd'hui où nous serons, ni si nous serons demain. En cherchant la gloire, nous trouvons la mort. Je m'arrête tout court sur cette phrase, car je sens qu'un pareil style m'emporterait haut et loin. N'allez pas conclure de tout ceci que ce n'est pas la peine d'écrire à des gens dont l'existence même est toujours douteuse, et, sans vous inquiéter si je suis des morts ou des vivants, adressez-moi bientôt une lettre dans ce monde-ci *au quartier-général de l'armée de Rome*, et comptez que si on ne me donne point d'autre emploi que celui que j'exerce, elle me trouvera bien sain, et me fera bien aise.

Ce laurier qu'Horace appelle *morte venalem* est ici à meilleur marché. Ceux dont se charge ma tête ne me coûtent guère, je vous assure. J'en prends maintenant à mon aise, et je laisse fuir les Napolitains, qui sont, à l'heure où je vous écris, de l'autre côté de Garigliano : je ne fais pas tant de chemin pour trouver des ennemis, et ceux-là ne valent pas la peine qu'on coure après eux. Vous aurez vu sans doute dans les papiers publics l'histoire de leur déconfiture.

Je m'en tais donc ici, de crainte de pis faire.

Ce que je pourrais vous en apprendre, bon à dire sous les peupliers qui bordent votre canal, ne vaut rien à mettre dans une lettre.

Par une raison semblable, je ne vous dirai rien de Lyon, où j'ai passé deux semaines sans plaisirs et sans peines, bonnes par conséquent selon les stoïques, mauvaises au dire d'Épicure.

Milan est devenu réellement la capitale de l'Italie depuis que les Français y sont maîtres. C'est à présent, *delà les monts*, la seule ville où l'on trouve du pain cuit et des femmes françaises, c'est-à-dire nues. Car toutes les Italiennes sont vêtues, même l'hiver, mode contraire à celle de Paris. Quand nos troupes vinrent en Italie, ceux qui usèrent sans précaution des femmes et du pain du pays s'en trouvèrent très-mal. Les uns crevaient d'indigestion, les autres coulaient des jours fort désagréables (expression que me fournit bien à propos le style moderne) :

Ils ne mouraient pas tous, mais tous étaient frappés.

comme les animaux de La Fontaine : ce que voyant, la plupart des nôtres prirent le parti de s'accommoder aux usages du pays ; mais ceux qui n'ont pu s'y faire, et auxquels il faut encore de la croûte (vous me passez ces détails, puisque *charta non erubescit*, selon Cicéron, qui en écrivait de bonnes), ceux-là donc font venir de France des femmes et des boulangers. Voilà comment et pourquoi madame M.... passa les Alpes. Sachez, Monsieur, que madame M.... est la femme d'un commissaire envoyé par le gouvernement à Malte, où il n'a pu aller ; mais ce qu'il eût fait à Malte, il le fait ici, de même que sa femme, qui est sans contredit la plus jolie de toute l'armée. Tous deux écorchent l'italien, comme disait Mazarin, mais de différentes manières : *illa glubit magnanimos Remi nepotes ;* le mari est agent des finances de l'armée française, chargé de l'invention de Bonaparte, mais changée depuis *son règne,* en ce qu'elle dépend peu de ses successeurs, bien moins puissants que lui. La dame fut prise à Viterbe lors de la retraite des Français, et reprise avec la place. Il y a dans son histoire quelque chose de celle d'Hélène, peut-être dans sa personne, mais plus sûrement dans le rôle que joue son mari, qui est un plaisant Ménélas, court, lourd et sourd, d'ailleurs ébloui, on peut même dire aveuglé par les charmes de la princesse. Puisque me voilà sur cet article, madame Pepe est dans le petit nombre des femmes françaises qui voient un très-petit nombre de maisons romaines : la seconde pour la beauté, la première à d'autres égards. Elle donne tout à fait dans le bel esprit, et veut passer pour connaisseuse en peinture et en musique. Vient ensuite madame Bassal, femme d'un consul, non romain, mais français ; tout cela se rassemble avec beaucoup d'hommes chez les princesses Borghèse et Santa-Croce, et chez la duchesse de Lante. Joignez-y une marquise de Cera (maison piémontaise), figure très-agréable, gâtée par des mines et des airs d'enfant qui ont pu plaire en elle à seize ans, et il y a seize ans.

Je voudrais, au reste, pouvoir vous donner une idée de ces cercles, ou être sûr que ce tableau vous intéresserait. Mais vous en parler sérieusement, cela vous ennuierait, et pour vous le peindre en ridicule, c'est trop dégoûtant. Quelques grands seigneurs d'Italie qui prêtent leurs maisons, et qui font, pour bien vivre avec les Français, des bassesses souvent inutiles, sont des gens ou mécontents des gouvernements que nous avons détruits, ou forcés par les circonstances à paraître aimer le chaos qui les remplace, ou assez ennemis de leur propre pays pour nous aider à le déchirer, et se jeter sur les lambeaux que nous leur abandonnons. Tels sont à Milan les Serbelloni, ici les Borghèse et les Santa-Croce. La princesse de ce nom *formosissima mulier*, femme connue de tous ceux qui ont voulu la connaître, et beaucoup au-dessous de sa réputation, du moins quant à l'esprit, a lancé son fils dans les troupes françaises. Il s'est fait blesser, et le voilà digne d'être adjudant général. Les deux Borghèse, qui ont acheté moins cher des honneurs à peu près pareils, sont deux polissons incapables d'être jamais des laquais supportables, aussi maladroits que plats et grossiers dans les flatteries qu'ils prodiguent à des gens qui les méprisent.

Le reste ne vaut pas l'honneur d'être nommé.

J'ai pourtant trouvé ici une connaissance fort agréable, et cela sans recommandation, chose difficile pour un Français. Un jour que j'étais allé voir seul ce qui reste du Musée et de la bibliothèque du Vatican, j'y trouvai l'abbé Marini, autrefois archiviste ou garde des Archives de la chambre apostolique, homme assez savant dans les langues anciennes, mais surtout fort versé dans la science des inscriptions, dont il a publié des ouvrages estimés. Son nom, que j'entendis prononcer, me faisant soupçonner ce qu'il pouvait être (car j'avais vu ses ouvrages cités dans je ne sais quelle préface latine d'un auteur allemand), je me décidai à l'aborder. Il se trouva heureusement qu'il parlait assez français. Il me répondit avec honnêteté ; et, après une conversation de quelques minutes, me conduisit chez lui, où je trouvai une bibliothèque excellente, dont je dispose à présent, un cabinet d'antiquités, force tableaux, dessins, estampes, cartes, etc. Je suis aujourd'hui de ses intimes, et comme dit Sénèque, *primæ admissionis*, ce qui contribue surtout à me rendre agréable le séjour de Rome.

Il m'a prêté, outre ses livres, je veux dire ceux qu'il a composés, auxquels je n'entends pas grand'chose, d'autres dont j'avais besoin pour me remettre un peu de la fatigue des *conversazioni* franco-italiennes, et m'a conté différentes choses assez curieuses de plusieurs personnages célèbres qu'il a vus de près. Car il a été fort considéré de plusieurs ministres, cardinaux et autres puissants d'alors, et même il passe pour avoir eu quelque crédit auprès des deux derniers papes. Je regrette de ne pouvoir ou de n'oser mettre ici tout ce qu'il m'a dit de l'abbé Maury, qu'il a bien connu et jugé. Mais *forsan et hæc olim meminisse juvabit*, si le ciel accorde à mes prières de vous revoir quelque jour.

En attendant, soyez témoin des premiers pas que je fais, guidé par lui dans les ténèbres des anciennes inscriptions, où, bien loin de porter la lumière, j'obscurcis ce qui paraissait clair, ou pour mieux dire, je m'aperçois que ceux qui pensaient m'éclairer ne voient goutte eux-mêmes. Regardez, s'il vous plaît, l'inscription que j'encadre ici comme un véritable et studieux antiquaire que je suis.

```
AP. CLAVDIVS. AP. F. AP. N. AP. PRN.
     PVLCHER. Q. QVAE PR.
```

Elle se trouve à la villa Borghèse sur un beau vase d'albâtre. Les abréviations qu'elle renferme m'étant toutes con-

nues, hors une, par les suscriptions en usage dans les lettres
de Cicéron, je crus que celle que j'ignorais me serait facilement expliquée par mon oracle l'abbé Marini ; mais quand
je la lui présentai, copiée bien exactement, *il demeura stu-*
pide comme le Cinna de Corneille. Cependant, après quelques
réflexions, il courut à ses livres, et me montra la même inscription écrite tout différemment dans Winckelmann et
d'autres auteurs qui l'ont publiée. La différence consiste en
ce que, après le mot *Pulcher,* ils écrivent en toutes lettres
quæsitor, et expliquent ainsi le tout : *Appius, Claudius, Ap-*
pii filius, Appi Nepos, Appii Pronepos, Pulcher Quæstor,
Quæsitor Prætor. Voilà ce qu'ils ont imaginé pour se tirer,
sans qu'il y parût, de l'embarras où les jetait ce Q. Ce Q met
à la torture l'esprit de mon abbé.

> J'ai su lui préparer des travaux et des veilles.

Il cherche, il rêve, il feuillette ses livres, *dentibus infren-*
dens. Ne puis-je pas m'appliquer ce que disait Cicéron (*con-*
turbavi græcam gentem), ayant proposé, et même je crois aux
antiquaires de son temps, quelque nœud qu'ils ne pouvaient
soudre. Pour moi, *je vous l'avoue avec quelque pudeur,* j'ai
assez pris goût à cette science, qui est une espèce de divination, et, en style sentimental, je pourrais vous dire que je
me plais parmi les tombeaux.

Dites à ceux qui veulent voir Rome qu'ils se hâtent ; car
chaque jour le fer du soldat et la serre des agents français
flétrissent ses beautés naturelles et la dépouillent de sa parure. Permis à vous, Monsieur, qui êtes accoutumé au langage naturel et noble de l'antiquité, de trouver ces expressions
trop fleuries ou même trop fardées ; mais je n'en sais pas
d'assez tristes pour vous peindre l'état de délabrement, de
misère et d'opprobre où est tombée cette pauvre Rome que
vous avez vue si pompeuse, et de laquelle à présent on détruit
jusqu'aux ruines. On s'y rendait autrefois, comme vous savez,
de tous les pays du monde. Combien d'étrangers, qui n'y
étaient venus que pour un hiver, y ont passé toute leur vie !

Maintenant il n'y reste que ceux qui n'ont pu fuir, ou qui, le poignard à la main, cherchent encore, dans les haillons d'un peuple mourant de faim, quelque pièce échappée à tant d'extorsions et de rapines. Les détails ne finiraient pas, et d'ailleurs, dans plus d'un sens, il ne faut pas tout vous dire. Mais par le coin du tableau dont je vous crayonne un trait, vous jugerez aisément du reste.

Le pain n'est plus au rang des choses qui se vendent ici. Chacun garde pour soi ce qu'il en peut avoir au péril de sa vie. Vous savez le mot *panem et circenses* : ils se passent aujourd'hui de tous les deux et de bien d'autres choses. Tout homme qui n'est ni commissaire, ni général, ni valet ou courtisan des uns ou des autres, ne peut manger un œuf. Toutes les denrées les plus nécessaires à la vie sont également inaccessibles aux Romains, tandis que plusieurs Français, non des plus huppés, tiennent table ouverte à tous venants. Allez! nous vengeons bien *l'univers vaincu!*

Les monuments de Rome ne sont guère mieux traités que le peuple. La colonne Trajane est cependant à peu près telle que vous l'avez vue, et nos curieux, qui n'estiment que ce qu'on peut emporter et vendre, n'y font heureusement aucune attention. D'ailleurs, les bas-reliefs dont elle est ornée sont hors de la portée du sabre, et pourront par conséquent être conservés. Il n'en est pas de même des sculptures de la villa Borghèse et de la villa Pamphili, qui présentent de tous côtés des figures semblables au Deiphobus de Virgile. Je pleure encore un joli Hermès enfant, que j'avais vu dans son entier, vêtu et encapuchonné d'une peau de lion, et portant sur son épaule une petite massue. C'était, comme vous voyez, un Cupidon dérobant les armes d'Hercule, morceau d'un travail exquis, et grec, si je ne me trompe. Il n'en reste que la base, sur laquelle j'ai écrit avec un crayon : *Lugete, Veneres Cupidinesque*, et les morceaux dispersés qui feraient mourir de douleur Mengs et Winckelmann, s'ils avaient eu le malheur de vivre assez longtemps pour voir ce spectacle.

Tout ce qui était aux Chartreux, à la villa Albani, chez les Farnese, les Onesti, au Muséum Clémentin, au Capitole, est emporté, pillé, perdu ou vendu. Les Anglais en ont eu leur part, et des commissaires français, soupçonnés de ce commerce, sont arrêtés ici. Mais cette affaire n'aura pas de suite. Des soldats, qui sont entrés dans la bibliothèque du Vatican, ont détruit, entre autres raretés, le fameux Térence du Bembo, manuscrit des plus estimés, pour avoir quelques dorures dont il était orné. Vénus de la villa Borghèse a été blessée à la main par quelques descendants de Diomède, et l'hermaphrodite (*immane nefas!*) a un pied brisé.

A M. CHLEWASKI,

A TOULOUSE.

Rome, 27 février 1799.

Monsieur, je vous promets de m'informer de toutes les personnes dont vous me demandez des nouvelles; mais ce ne peut être que dans quelque temps, parce que pour le présent je ne vois presque personne, je ne sors point, et je ferme ma porte. Je sais pourtant déjà, et je puis vous assurer, que l'ex-jésuite Rolati n'est plus vivant.

L'Anténor dont vous me parlez est une sotte imitation de l'Anacharsis, c'est-à-dire d'un ouvrage médiocrement écrit et médiocrement savant, soit dit entre nous. Il faut être bien pauvre d'idées pour en emprunter de pareilles. Je crois que tous les livres de ce genre, moitié histoire moitié roman, où les mœurs modernes se trouvent mêlées avec les anciennes, font tort aux unes et aux autres, donnent de tout des idées très-fausses, et choquent également le goût et l'érudition. La science et l'éloquence sont peut-être incompatibles; du moins je ne vois pas d'exemple d'un homme qui ait primé dans l'une et dans l'autre. Ceci a tout l'air d'un paradoxe; la chose pourtant me paraît fort aisée à expliquer, et je vous l'expliquerais *par raison démonstrative*, comme le maître d'armes de M. Jourdain, si je vous adressais une dissertation et non pas ma lettre, et si je n'avais plus envie de savoir votre opinion

que de vous prouver la mienne. Au reste, l'histoire du manuscrit prétendu trouvé parmi ceux d'Herculanum n'est pas
moins pitoyable que l'ouvrage même. Tout cela prouve qu'il
faut au public des livres nouveaux (car celui-ci n'a pas laissé
d'avoir quelque succès), et que notre siècle manque non de
lecteurs mais d'auteurs, ce qui peut se dire de tous les autres
arts.

Puisque me voilà sur cet article, je veux vous *bailler ici
quelque petite signifiance* de ce que j'ai remarqué de la littérature actuelle pendant mon séjour à Paris. Je me suis rencontré quelquefois avec M. Legouvé, dont le nom vous est
connu. Je lui ai ouï dire des choses qui m'ont étonné à propos
d'une pièce dont on donnait alors les premières représenta-
tions. Par exemple, il approuvait fort ce vers prononcé par
un amant qui, ayant cru d'abord sa maîtresse infidèle, se
rassurait sur les serments qu'elle lui faisait du contraire :

Hélas! je te crois plus que la vérité même !

Cette pensée, si c'en est une, fut extrêmement applaudie,
non-seulement par M. Legouvé, mais par tous les spectateurs,
sans m'en excepter. Je sus bon gré à l'auteur d'avoir voulu
enchérir sur cette expression naturelle, mais déjà hyperbo-
lique, *je t'en crois plus que moi-même, plus que mes propres
yeux*, et je compris d'abord qu'il ne serait pas facile à ceux
qui voudraient quelque jour pousser plus loin cette idée de
dire quelque chose de plus fort. Mais M. Legouvé me fit remarquer que, comme on ne croit pas toujours la vérité, mais
ce qu'on prend pour elle, l'auteur, qui est un de ses amis,
eût bien voulu dire, *je te crois plus que l'évidence*, mais qu'il
n'avait pu réussir à concilier ce sens avec la mesure de ses
vers. Je me rappelai alors une historiette où la même pensée
se trouve bien moins subtilisée ou volatilisée, comme parlent
les chimistes; il s'agit pareillement d'une amante et d'un
amant : la première, infidèle, et surprise dans un état qui ne
permettait pas d'en douter, nie le fait effrontément. Mais, dit
l'autre, ce que je vois... — Ah! cruel, répond la dame, tu ne

m'aimes plus! si tu m'aimais, tu m'en croirais plutôt que tes yeux!

Cette pièce, dont je vis avec M. Legouvé la première représentation, était intitulée : *Blanche et Montcassin.* Je voudrais pouvoir vous dire toutes les remarques qu'il nous fit faire. Je vis bien alors, et depuis je l'ai encore mieux connu, que ses idées sont tout à fait dans le goût, je veux dire dans *le genre* à la mode, et je ne doute pas que ce genre ne règne dans ses ouvrages, lesquels d'ailleurs je n'ai point lus.

On me mena peu de temps après à une autre pièce, que peut-être vous connaissez, *Macbeth,* de Ducis, imitée, à ce que je crois, de Shakspeare, et toute remplie de ces beautés inconnues à nos ancêtres. Je vis là sur la scène ce que Racine a mis en récit,

> Des lambeaux pleins de sang et des membres affreux,

et ce qu'il n'a mis nulle part, des sorcières, des rêves, des assassinats, une femme somnambule qui égorge un enfant presque aux yeux des spectateurs, un cadavre à demi découvert et des draps ensanglantés ; tout cela, rendu par des acteurs dignes de leur rôle, faisait compassion à voir, selon le mot de Philoxène. Je n'ai pas assez l'usage de la langue moderne et des expressions qu'on emploie en pareil cas pour vous donner une idée des talents que tout Paris idolâtre dans Talma. C'est un acteur dont sans doute vous aurez entendu parler. J'ai senti parfaitement combien son jeu était convenable aux rôles qu'il remplit dans les pièces dont je vous parle. Partout où il faut de la force et du sentiment, je vous jure qu'il ne s'épargne pas ; et dans les endroits qui ne demandent que du naturel, vous croyez voir un homme qui dit : *Nicole, apporte-moi mes pantoufles* ; en quoi il suit ses auteurs, et me paraît à leur niveau. On a en effet aboli ces anciennes lois : *Le style le moins noble.....*

(*Le reste manque.*)

[Courier était arrivé à Rome à la fin de l'année 1793, peu de jours après la retraite de l'armée napolitaine ; il y fut laissé pour le service de l'artillerie, auquel, si on en juge d'après les lettres qui précèdent, il n'était cependant pas obligé de consacrer tout son temps.

Cependant la forteresse de Civita-Vecchia, qui avait relevé l'étendard papal pendant la courte occupation de Rome par les Napolitains, refusait de se soumettre, et soutenait depuis plus d'un mois une espèce de blocus. On résolut enfin d'employer la force pour la réduire, et Courier y marcha à la fin de février 1799 avec quelques canons ; à peine arrivé, il fut envoyé avec un officier de dragons et un trompette pour faire aux habitants insurgés une dernière sommation. La facilité avec laquelle il s'exprimait en italien lui avait valu cette commission, dont il comptait d'ailleurs profiter pour s'approcher sans péril de la place, et la mieux reconnaître. Les trois cavaliers étaient à peu de distance de la porte lorsque Courier s'aperçut qu'un rouleau de louis qu'il portait dans la poche de son habit y avait fait trou, et ne s'y trouvait plus. Il mit pied à terre pour le chercher, et après quelques perquisitions inutiles il allait remonter à cheval pour rejoindre ses compagnons, lorsqu'il entendit le bruit d'une décharge de fusils, et vit bientôt accourir à lui le trompette tout seul : l'officier avait été tué. Il ne s'arrêta pas un instant de plus pour chercher son argent, et se consola bientôt d'une perte à laquelle peut-être il devait la conservation de sa vie. Enfin le 3 mars, à trois heures du matin, on tenta d'enlever Civita-Vecchia de vive force et escalade ; cette entreprise ne réussit pas, mais elle servit du moins à intimider les assiégés, qui se rendirent le 10 par capitulation.

Courier, de retour à Rome, fut logé chez un vieux seigneur du nom de Chiaramonte, qui le prit en amitié ; il donnait à cette société une partie de ses soirées seulement, car le temps dont il pouvait disposer pendant le jour, il le passait à la bibliothèque du Vatican.

Cependant l'armée qui avait conquis Naples se repliait vers le nord de l'Italie sous la conduite de Macdonald, et ses derniers bataillons traversaient Rome le 18 mai. Il restait à peine six mille Français, aux ordres du général Garnier, pour la défense de la nouvelle république romaine. Ces troupes se soutinrent pendant quatre mois contre tous les efforts des insurgés, des Napolitains et des Autrichiens même ; mais il fallut enfin céder, et consentir à un arrangement d'après lequel elles furent transportées en France. Le 29 septembre, les Français se retirèrent au château Saint-Ange, et les Napolitains prirent possession de Rome. Courier voulut faire ses adieux à la bibliothèque du Vatican, et n'en sortit qu'à la nuit, lorsqu'il ne restait plus un seul Français dans la ville. Il fut reconnu à la lumière d'une lampe allumée devant une madone : on cria sur lui au *Giaccobino*, et un misérable lui tira un coup de fusil. La balle ne le toucha pas ; mais ricochant contre la muraille, elle alla frapper une femme qui marchait à quelque distance en avant. Les cris de celle-ci firent une espèce de diversion dont il profita pour prendre la fuite et se réfugier dans son logement, qui était peu éloigné ; il y passa la nuit, et le lendemain le vieux Chiaramonte le fit monter dans sa propre voiture, et le conduisit au château Saint-Ange.

Enfin, la division française fut embarquée à Civita-Vecchia le 6 octobre, conduite par le commodore anglais Trowbridge jusqu'à Marseille, où elle entra le 27 du même mois.

Courier se rendit presque aussitôt à Paris, dont il avait besoin de respirer l'air natal pour remettre sa santé altérée.]

COURIER,

CAPITAINE AU 7ᵉ RÉGIMENT D'ARTILLERIE A PIED,

AU MINISTRE DE LA GUERRE.

Paris, le 2 janvier 1800.

CITOYEN,

Je vous transmets ci-joint la feuille de route qui m'a été délivrée à Marseille, en vertu d'un congé de convalescence de trois mois, lequel congé m'a été pris sur la route avec mes effets par les brigands qui ont pillé la voiture publique. Je vous prie de vouloir bien en conséquence de ladite feuille de route, qui ne peut laisser aucun doute sur la légitimité de mon séjour ici, ordonner le paiement des appointements qui me sont dus depuis le 18 juin 1799.

Salut et respect.

[Courier était attaqué d'un crachement de sang, maladie dont il s'est ressenti plusieurs fois, et qui faillit l'enlever en 1817. Il garda la chambre pendant quatre mois, et y reçut les soins du docteur Bosquillon. Aucun médecin ne convenait autant au malade, car il était en même temps professeur de langue et de philosophie grecque.

A peine rétabli, il fut employé à la suite de la direction d'artillerie de Paris ; ce qui lui laissa le loisir de reprendre ses études ordinaires. Il s'occupa en particulier de Cicéron, et traduisit ses Philippiques.

Au printemps de 1801, il eut une rechute qui lui valut un nouveau congé de convalescence. Il en profita pour se rendre à la Véronique : sa mère, à laquelle il était tendrement attaché, y terminait ses jours, et il eut la douleur de lui fermer les yeux.

Après avoir réglé quelques affaires, il s'empressa de revenir à Paris : le séjour de cette ville lui était devenu très-agréable depuis qu'il s'était mis en rapport avec les hommes les plus distingués dans la connaissance des anciens; cependant il préférait la solitude de la Véronique toutes les fois qu'il voulait se livrer à quelque étude sérieuse.

Ce fut Bosquillon qui fit connaître à Courier M. Clavier, à l'époque de la maladie dont il est question.]

A M. CLAVIER,

A PARIS.

De la Véronique, près Langeais, 18 octobre 1801.

Monsieur, je suis parti de Paris si précipitamment, que je n'ai eu le temps de voir personne. Je crains que vous et M. Caillard n'ayez besoin des livres que vous avez bien voulu me prêter : je prends des mesures pour qu'ils vous soient remis.

Mon séjour dans ce pays pouvant être beaucoup plus long que je ne le voudrais, je vous demande en grâce de me donner quelquefois de vos nouvelles et de celles de votre Pausanias : j'ai écrit au *clarissime,* dont j'ai lu la dissertation avec grand plaisir; j'en aurais au moins autant si vous m'envoyiez la vôtre sur la traduction de Gail; je suis bien fâché de n'avoir pu vous prêter ma main pour le grec.

Je vous écris sur un tonneau, entouré de tant de bruit et si obsédé de mes bacchantes (c'est ainsi que j'appelle mes vendangeuses un peu crottées) qu'il faut que je vous quitte malgré moi; j'aurai l'honneur, une autre fois, de vous écrire moins succinctement, si je reçois de vos nouvelles, comme je l'espère.

[Tandis que Courier partageait ainsi son temps entre ses études et le soin de ses récoltes, le ministre de la guerre, qui n'oubliait pas le capitaine d'artillerie, l'envoya joindre sa compagnie à Strasbourg. Il arriva dans cette ville à la fin de novembre de la même année 1801. On pourra juger par la lettre suivante du genre de vie qu'il y mena.]

A M. CLAVIER,

A PARIS.

Monsieur, j'ai vu M. Exter, qui est à la tête de l'imprimerie Bipontine; il se chargera volontiers de Pausanias, qu'il a

16

déjà dû imprimer avec des notes de M. Heyne; mais il voudrait joindre au texte un commentaire perpétuel, ainsi qu'il l'appelle. D'ailleurs, ayant déjà beaucoup de travaux entrepris, comme je crois vous l'avoir .écrit, il ne peut encore penser à celui-là que pour l'avenir, et c'est la réponse qu'il m'a prié de vous faire au sujet de l'Erosianus de M. de la Rochette, qui aura, m'a-t-il dit, tout le temps de préparer ses notes; je crois même qu'il balance à joindre cet auteur aux romans déjà imprimés, ne sachant pas trop s'il en vaut la peine, et M. Schweighæuser, auquel il s'en rapporte, ne paraît pas faire grand cas d'Érosien. Envoyez-moi ici votre échantillon de corrections sur Pausanias, si elles sont imprimées. Je ne lis point de journaux, et elles pourraient fort bien passer dans le Magasin encyclopédique sans que je m'en doutasse. J'en ai déjà vu quelques-unes, qui me rendent fort curieux de tout ce que vous ferez en ce genre.

Il y a eu véritablement des paroles portées à M. Schweighæuser pour un Démosthène qu'on voudrait imprimer en Angleterre. Il s'en chargerait tout. comme d'Athénée, mais rien n'est décidé ; il pense, je crois, à Stobée, que les Bipontins veulent donner. M. Jacobs fait aussi des propositions pour continuer ou recommencer l'édition interrompue, donnée, je crois, par un Danois. Ces deux champions, à eux seuls, peuvent tenir en haleine tout ce qu'il y a d'imprimeurs et de lecteurs pour le grec en Allemagne et en France.

A propos de l'Athénée, savez-vous que je me suis chargé, moi, d'en rendre compte dans le journal de M. Millin? Je travaille maintenant à cela. Par occasion, je donnerai des conjectures, explications ou corrections de certains passages qui n'ont été entendus ni de M. Schweighæuser, ni même de Casaubon, tout Casaubon qu'il est. Pour parler plus exactement, je ne prétends pas pouvoir expliquer ce que Casaubon n'a point entendu; mais j'ai pu avoir des idées qui ne lui sont pas venues dans un travail aussi vaste et aussi admirable que le sien; il y a de ces idées dont je suis tenté d'être content; mais il faut voir le jugement que vous en porterez.

Je vous adresserai le cahier, si vous voulez vous charger

de le remettre à M. Millin : au reste, je ne sais trop comment cela se pratique, et si on lui adresse ces choses-là directement. Vous me feriez grand plaisir, Monsieur, de vous en informer et de me marquer ce que vous en savez. Par exemple, vous pourriez demander à M. Millin à quelle époque il faut que je lui envoie mon travail, et les bornes que j'y dois mettre. Mes notes sont fort concises et ne peuvent être autrement, étant faites sans livre, *su due piedi*, comme disent les Italiens; mais je ne laisse pas d'en avoir un bon nombre, sur les trois premiers livres seuls, qui sont ceux dont je parlerai.

Je me promets de jolies choses de votre inscription d'Oropus : j'ai grande foi à votre oracle pour ce genre de divination. A quoi tient-il que vous ne m'en envoyiez une copie? je la montrerais aux adeptes, s'il y en a en ce pays-ci, et elle pourrait aller plus loin, ou demeurer entre mes mains, selon que vous le jugeriez convenable.

Je suis tenté en vérité de vous féliciter de n'avoir point obtenu cette place que vous demandiez, et d'avoir malgré vous tout le temps de vous livrer à des études qui vous font honneur et plaisir. Croyez-moi, monsieur, tout le monde peut être juge, administrateur, ou pis que cela; mais peu de gens peuvent, comme vous, être chargés de dévoiler et de rétablir dans leur pureté primitive ces beaux modèles de l'antiquité. Voilà l'emploi qui vous convient, et, encore un coup, je me réjouis, pour vous et pour nous, que l'autre, quel qu'il pût être, vous ait échappé. Si pourtant vous en êtes fâché, il faudra bien que je le sois aussi.

Je n'espère pas pouvoir me rendre à Paris avant vendémiaire prochain, à moins de certains événements possibles, mais peu probables, qui me feraient changer de garnison. Mais si je vis dans quatre mois, je serai certainement à Paris, où le grand plaisir que je me promets, c'est de causer avec vous, Monsieur, et de rendre mes devoirs à madame Clavier. Si je pouvais croire qu'elle pensât quelquefois à moi, je serais bien heureux; car il est doux de l'occuper, même de cent lieues. Je me prosterne aux pieds de madame de Vinche : sûrement elle ne pense plus au voyage de Saint-Domingue;

que ferait-elle de ses nègres qui ont perdu l'habitude d'obéir aux jolies femmes? Et pour avoir des esclaves, faut-il qu'elle aille si loin? J'ai grande envie que madame Pipelet se souvienne un moment de moi : pour cela il faut, s'il vous plaît, que vous preniez la peine de l'assurer de mon respect. C'est par vous seul que je puis avoir de ses nouvelles; car notre ami Schweighæuser, quelque sommation que je lui fasse, ne m'en dit mot dans tout ce qu'il écrit.

[La paix dont on jouissait alors dans toute l'Europe, permit à Courier d'obtenir un congé de semestre, dont il profita pour se rendre à Paris; il y arriva le 10 septembre 1802.

On imprimait alors dans le *Magasin encyclopédique* (cahier de fructidor, an X) l'article dont il est fait mention dans la lettre qui précède, sur la nouvelle édition d'Athénée, donnée par Schweighæuser; il était suivi de 20 pages de notes sur le texte grec.

Il ne put alors passer que peu de jours à Paris; il se rendit à la Véronique, où des affaires d'intérêt réclamaient sa présence.]

A M. LE GÉNÉRAL DUROC,

A PARIS.

De la Véronique, près Langeais, 6 octobre 1802.

Mon général, en apprenant de quelle façon vous avez bien voulu recommander ma demande au général ***, je voudrais bien être à Paris pour vous exprimer de vive voix toute ma reconnaissance. Mais puisque de maudites affaires, aussi fâcheuses qu'indispensables, me privent de ce plaisir, trouvez bon, mon général, que je vous témoigne ici combien je suis sensible à une marque d'intérêt si flatteuse et en même temps si honorable pour moi. La moitié seulement de cette bonté m'aurait attaché à vous pour la vie. Mais c'était une affaire faite, et chez moi l'inclination, permettez-moi de vous le dire, avait précédé le devoir et la reconnaissance.

[Dans la solitude de la Véronique, Courier s'occupait de diverses compositions qu'il nous a laissées : l'une d'elles est le récit du voyage entrepris par Ménélas, pour aller à Troie redemander Hélène ; cet ouvrage n'a point été terminé.

Il retoucha à la même époque l'*Éloge d'Hélène* qu'il avait ébauché en 1798 ; il y ajouta une dédicace pour madame Pipelet, depuis princesse de Salm-Dik, et l'apporta à Paris au commencement de 1803, pour le faire imprimer, ce qui eut lieu à la fin de mars.]

A M. SCHWEIGHÆUSER,

A PARIS.

Paris, 12 mars 1803.

Je vous envoie, mon cher ami, un livre que m'a prêté M. Boissonnade. Je ne puis retrouver son adresse pour le lui reporter moi-même, comme c'était mon dessein. Faites-lui, je vous prie, mes excuses et mes remerciements. J'ai la plus grande envie de causer avec vous avant mon départ, mais je ne puis vous donner de rendez-vous précis, à cause des affaires qui m'occupent dans le peu de temps que j'ai encore à rester ici.

Je ne connais point Coupé, mais je ne crois pas que son ouvrage puisse avoir rien de commun avec le mien[1]. Si l'épisode de Thésée est sans intérêt aujourd'hui, j'ai manqué mon but. En cet endroit, comme dans tout le reste, je n'ai presque rien pris d'Isocrate. Vous ne vous êtes pas aperçu que je voulais donner un ouvrage nouveau sous un titre ancien. C'est tout le contraire de ce que font les auteurs actuels. Vous m'étonnez bien davantage en m'apprenant que l'autre épisode, à la louange de la beauté, est *assez connu*. Je le croyais de mon invention. Du reste, toutes vos critiques sont justes, et vous avez découvert les endroits où j'ai bronché. Je ne me rends pas cependant à ce que vous dites sur le mot créature. Toutes ces fautes ne sont pas aussi aisées à corriger que vous croyez, et mon imagination refroidie ne me fournit rien qui vaille. Je ne voudrais pas qu'on jugeât par ces échantillons de ce que

1. L'*Éloge d'Hélène*.

16.

je puis faire aujourd'hui ; car c'est, comme je vous l'ai dit, une vieille composition retouchée à froid, méthode qui ne produit rien de bon. Bref, il y a fort peu d'endroits où je ne voulusse rien changer : c'est beaucoup qu'il se trouve là-dedans quelque chose d'agréable.

Marquez-moi si je puis encore compter sur votre libraire. Il m'ennuierait fort d'en chercher un autre.

[Après avoir prolongé son congé de semestre autant qu'il lui fut possible, Courier fut enfin obligé de partir à la fin de juillet, et de se rendre à Douai, où sa compagnie avait été envoyée. Il trouva là madame Pigalle, sa cousine, dans la maison de laquelle il fut reçu comme un ami. Mais, malgré l'agrément qu'il y trouvait, il ne put tenir à Douai plus de deux mois, au bout desquels il revint à Paris.

Les généraux Duroc et Marmont s'employaient alors en sa faveur, et il dut à leur crédit d'être nommé chef d'escadron, le 27 octobre 1803. Il fallait partir sans délai et joindre à Plaisance le premier régiment d'artillerie à cheval, aux ordres du colonel d'Anthouard : le déplaisir de quitter Paris fut compensé par l'idée de retourner en Italie, et l'espérance de revoir Rome, la ville de son choix ; cependant il ne se pressa pas beaucoup, et n'arriva à Plaisance que le 18 mars 1804, après avoir passé un mois en Touraine.]

A M. N.

A Plaisance, le .. mai 1804.

Nous venons de faire un empereur, et pour ma part je n'y ai pas nui. Voici l'histoire. Ce matin, d'Anthouard nous assemble, et nous dit de quoi il s'agissait, mais bonnement, sans préambule ni péroraison. Un empereur ou la république, lequel est le plus de votre goût ? comme on dit rôti ou bouilli, potage ou soupe, que voulez-vous ? Sa harangue finie, nous voilà tous à nous regarder, assis en rond. Messieurs, qu'opinez-vous ? Pas le mot. Personne n'ouvre la bouche. Cela dura un quart d'heure ou plus, et devenait embarrassant pour d'Anthouard et pour tout le monde, quand Maire, un jeune homme, un lieutenant que tu as pu voir, se lève et dit : S'il veut être empereur, qu'il le soit ; mais, pour en dire mon avis, je ne le trouve pas bon du tout. Expliquez-vous, dit le

colonel ; voulez-vous, ne voulez-vous pas ? Je ne le veux pas,
répond Maire. A la bonne heure. Nouveau silence. On recommence à s'observer les uns les autres comme des gens qui se
voient pour la première fois. Nous y serions encore si je
n'eusse pris la parole. Messieurs, dis-je, il me semble, sauf
correction, que ceci ne nous regarde pas. La nation veut un
empereur, est-ce à nous d'en délibérer ? Ce raisonnement parut si fort, si lumineux, si *ad rem*... que veux-tu, j'entraînai
l'assemblée. Jamais orateur n'eut un succès si complet. On
se lève, on signe, on s'en va jouer au billard. Maire me disait :
Ma foi, commandant, vous parlez comme Cicéron ; mais
pourquoi voulez-vous donc tant qu'il soit empereur, je vous
prie ? Pour en finir et faire notre partie de billard. Fallait-il
rester là tout le jour ? Pourquoi, vous, ne le voulez-vous pas ?
Je ne sais, me dit-il, mais je le croyais fait pour quelque
chose de mieux. Voilà le propos du lieutenant, que je ne
trouve point tant sot. En effet, que signifie, dis-moi..., un
homme comme lui, Bonaparte, soldat, chef d'armée, le premier capitaine du monde, vouloir qu'on l'appelle majesté.
Être Bonaparte, et se faire sire ! *Il aspire à descendre* : mais
non, il croit monter en s'égalant aux rois. Il aime mieux un
titre qu'un nom. Pauvre homme, ses idées sont au-dessous de
sa fortune. Je m'en doutai quand je le vis donner sa petite
sœur à Borghèse, et croire que Borghèse lui faisait trop
d'honneur.

La sensation est faible. On ne sait pas bien encore ce que
cela veut dire. On ne s'en soucie guère, et nous en parlons
peu. Mais les Italiens, tu connais Mendelli, l'hôte de Demanelle. *Questi son salti ! questi son voli ! un alfiere, un caprajo
di Corsica che balza imperatore ! Poffariddio, che cosa ! sicché
dunque, commandante, per quel che vedo un Corso ha castrato
i Francesi.*

Demanelle [1], je crois, ne fera pas d'assemblée. Il envoie les
signatures avec l'enthousiasme, le dévouement à la personne, etc.

1. Colonel d'un régiment d'artillerie à pied.

Voilà nos nouvelles; mande-moi celles du pays où tu es, et comment la farce s'est jouée chez vous. À peu près de même sans doute.

Chacun baise en tremblant la main qui nous enchaîne.

Avec la permission du poëte cela est faux. On ne tremble point. On veut de l'argent, et on ne baise que la main qui paye.

Ce César l'entendait bien mieux, et aussi c'était un autre homme. Il ne prit point de titres usés, mais il fit de son nom même un titre supérieur à celui de roi.

Adieu, nous t'attendons ici.

A M. LEJEUNE,

A SAUMUR.

Barletta, le 24 mai 1805.

Monsieur, depuis environ six mois que je suis à cette armée[1], je n'ai point reçu de lettre qui m'ait fait autant de plaisir que la vôtre. Vous êtes assuré de m'en faire toujours beaucoup toutes les fois que vous me donnerez de vos nouvelles.

Ayant reçu ordre à Plaisance de me rendre ici pour commander l'artillerie à cheval de cette armée, j'achetai trois beaux et bons chevaux de selle, et je partis avec mon domestique[2]. Je m'arrêtai quinze jours à Parme, où je trouvai une belle bibliothèque : j'y travaillai sur Xénophon. Je vis la Virginie, peinte par Doyen; et ce tableau, qui n'est pas trop bon, me rappela mes anciennes études de dessin. De Parme j'allai à Modène en passant par Reggio, jolie ville où j'ai

1. L'armée française, qui occupait alors Tarente et la Pouille, commandée par le général Gouvion-Saint-Cyr.
2. Le 14 septembre 1804.

trouvé un poëte de mes anciens amis [1]. Bologne, où j'allai ensuite, est une ville vraiment belle. Les pluies qui y sont fréquentes, comme dans toute cette partie de l'Italie, n'empêchent pas qu'on ne puisse parcourir toute la ville sans être mouillé, parce que dans toutes les rues il y a des galeries latérales comme au Palais-Royal, qui, outre la commodité, forment une perspective extrêmement agréable. Je m'y arrêtai deux ou trois jours à copier des inscriptions. J'en partis le 4 octobre, et j'arrivai le 11 à Ancône. Je trouvai, en passant à Fano et à Sinigaglia, des inscriptions très-curieuses ; mais je ne pus les copier toutes, parce que la saison s'avançait, et que je craignais d'être arrêté par les torrents, si j'attendais plus tard à passer les montagnes des Abruzzes. Après avoir traversé Lorette, j'arrivai le 19 à Giulia-Nova qui est le premier village du royaume de Naples ; j'y arrivai le 19 octobre ; je fus fort bien logé et nourri chez les Cordeliers, dont le couvent est la seule maison habitable de l'endroit : j'ai été traité de la même manière dans tout le royaume, toujours logé dans la meilleure maison et servi aussi bien que l'endroit le comportait. Tout le pays est plein de brigands par la faute du gouvernement, qui se sert d'eux pour vexer et piller ses propres sujets. J'en ai rencontré beaucoup ; mais, comme ils ne voulaient pas alors se brouiller avec l'armée française, ils me laissèrent passer. Figurez-vous que dans tout ce royaume une voiture ne peut se hasarder en campagne sans une escorte de cinquante hommes armés, qui souvent dévalisent eux-mêmes ceux qu'ils accompagnent. J'arrivai à Pescara le 20 ; cette ville passe pour la plus forte de cette partie du royaume de Naples, quoique la fortification en soit très-mauvaise. La maison où je fus logé avait été saccagée comme toute la ville par les bandits du cardinal Rufo, après la retraite des Français, il y a cinq ans. Ceux qui se distinguèrent alors par leur brigandage sont aujourd'hui les favoris du gouvernement, qui les emploie à lever des contributions. La canaille est le parti du roi, et tout propriétaire est jacobin : c'est le *haro* de ce

1. Lamberti.

pays-ci. Le 22, je fus logé à Ortona, chez le comte Berardi,. qui me raconta que le gouverneur de la province était un certain Carbone, d'abord maçon, puis galérien, ensuite ami du roi lors de la retraite des Français, aujourd'hui *Pacha*. Ce Carbone lui envoya, peu de jours avant mon arrivée, un ordre de payer douze mille ducats, environ 50,000 francs ; il en fut quitte pour la moitié. Voilà comme ce pays-ci est gouverné : c'est la reine qui mène tout cela ; elle affiche la haine et le mépris pour la nation qu'elle gouverne.

Le 24, à Lanciano, je trouvai un régiment français de chasseurs à cheval : un des officiers me vendit pour dix louis une paire de pistolets que je jugeai à propos d'ajouter à mon armement. Le colonel me donna un guide pour me rendre au Vasto ; mais le guide m'égara, et nous manquâmes être tués dans un village dont les paysans, sortant de la messe et animés par leurs prêtres, voulurent faire la bonne œuvre de nous assassiner. Bien m'en prit d'entendre la langue et de ne pas mettre pied à terre. Le 29, je trouvai au Vasto un petit détachement d'infanterie légère avec lequel je poussai jusqu'à Termoli ; je fus logé dans la meilleure maison de ce bourg : mais au milieu de la nuit la populace vint m'arracher de mon lit, et en un moment ma chambre et toute la maison furent remplies de cette canaille armée. Ils me montrèrent un homme auquel, disaient-ils, un soldat avait volé son manteau ; je leur demandai s'ils connaissaient le voleur ; ils me dirent que oui, et qu'ils savaient la maison où il était logé ; je leur dis de m'y conduire. Arrivé à cette maison, au milieu des hurlements, je trouvai un soldat ivre qu'on me dit être le voleur. Comme rien n'indiquait qu'il eût dérobé, je crus qu'ils prenaient ce prétexte pour nous chercher querelle, et je n'étais guère en état de leur résister, mes sept ou huit compagnons étant dispersés dans autant de maisons. Je fis entendre aux braillards que je soupçonnais quelque autre, et les priai de me conduire à la maison où logeaient le sergent et le caporal du détachement. Arrivé là, je les fis lever et armer, ayant l'air de les menacer ; mais dans le fait je leur disais de tâcher d'assembler leurs hommes : deux qui demeuraient vis-à-vis sortirent et se joignirent à nous. Je prêchais toujours mes hurleurs, qui criaient : Mort aux Jacobins! Mais nous commencions à être en force. Enfin nous arrivâmes à une maison où logeaient deux autres soldats; l'un desquels me dit que l'homme ivre avait en effet volé un manteau, et qu'il devait l'avoir caché quelque part. Nous retournâmes à l'ivrogne que nous trouvâmes couché sur le manteau volé. Nous soupçonnâmes que si nous ne l'avions pas trouvé d'abord, c'était parce que l'hôte avait volé le voleur, et remis ensuite le manteau sous lui, crainte des recherches : sans cela nous aurions été obligés d'en venir aux mains avec beaucoup de désavantage.

Le Vasto, dont je vous ai parlé, est un endroit assez joli au milieu d'une forêt d'oliviers : j'y logeai chez les pères *della Madre di Dio*. Le propriétaire auquel appartiennent tous les bourgs des environs est un grand seigneur descendant du fameux marquis del Vasto (du Guast, dans nos historiens), qui prit François Ier à Pavie. A Termoli je quittai la mer, et vins le 31 à Serra Capriola, jolie petite ville dans les terres. Là, comme on ne voulait pas loger mes chevaux avec moi, j'essayai de faire un peu de bruit, et menaçai d'enfoncer la porte de l'écurie; mais je n'étais pas assez fort pour soutenir ce langage. L'hôte, qui paraissait un homme d'importance, me dit : J'ai là cinquante Albanais bien armés, ne nous cherchez point de querelles. Je vis en effet ces Albanais, qui sont des coupe-jarrets enrôlés; ils me servirent à table la dague au côté; ils causaient avec moi fort amicalement. On voulut m'en donner une escorte à mon départ, je la refusai. Ils me dirent que leur patron les payait six carlini par jour, environ cinquante-cinq sous de France.

J'allai le 1er novembre à San-Severino, où je logeai chez les Célestins, ensuite à Foggia le 2. Je marchais au milieu de plus de cent mille moutons qui descendaient des montagnes de l'Aquila pour passer l'hiver dans les plaines de la Pouille; je causai avec leurs bergers, qui sont des espèces de sauvages. Il y avait aussi de grands troupeaux de chèvres : tout cela est au roi. Mon hôte, don Celestino Bruni, me donna le lendemain 4 sa voiture, dans laquelle je vins à Civignola, où

Gonzalve de Cordoue livra une fameuse bataille; je passai sur le pont que Bayard défendit seul contre les Espagnols : il est long, et si étroit que deux voitures ne peuvent y passer de front.

Enfin le 5 novembre j'arrivai à Barletta, où je trouvai le quartier général. C'est une ville de vingt mille âmes, passablement bâtie, sans promenades ni ombrages, dans une plaine aride. On ne connaît point ici de maisons de campagne ni de villages, parce que les brigands rendent la campagne inhabitable; il n'y a de cultivé que les environs des villes : le sol est très-fertile, et produit, presque sans travail, une grande quantité de blé, qui, avec l'huile, forme tout le commerce du pays; commerce sujet à des avanies continuelles, tant de la part du gouvernement que des Barbaresques. Quoique ce soit un port, on ne peut y avoir de poissons, parce que les pêcheurs sont enlevés jusque sur la côte.

Voilà l'histoire de mon voyage. Ma position actuelle est fort agréable : mon emploi de chef d'état-major de l'artillerie me donne quelques avantages; je suis bien avec le général Saint-Cyr, qui commande l'armée; j'ai reçu le ruban rouge des mains du maréchal Jourdan, à Plaisance.

On nous dit que la Russie a déclaré la guerre à notre empereur. Si cela est, les premiers coups se donneront ici. Nous avons devant nous vingt mille Russes à Corfou. En cas de guerre, je serai placé très-avantageusement, étant le seul officier supérieur qui pût commander l'artillerie.

Je m'aperçois que mes quatre pages ne répondent point à votre lettre. Je vous félicite de votre bonne santé, qui fait que je vous ai toujours regardé comme un homme fort heureux; la mienne est assez bonne : ce pays-ci et le genre de vie que je mène me conviennent fort. Je n'ai pas renoncé à mes anciennes études; j'entretiens des correspondances avec plusieurs savants, auxquels j'envoie des inscriptions; votre pays de Saumur est bon, mais je ne crois pas que je m'y fixe jamais; je suis devenu Italien; et si le royaume d'Italie s'établit, j'aurai de grands avantages à m'y fixer. Au reste, je ne fais point de projets, je m'abandonne à la fortune sans pourtant avoir d'ambition. Le général en chef m'a promis de me conduire à Milan pour le couronnement du roi d'Italie ; mais selon les apparences, il ne pourra lui-même y aller. Nous sommes menacés de tous côtés ; la flotte partie d'Angleterre avec des troupes de débarquement pourrait bien être destinée pour ce pays-ci. Unie avec l'armée russe, elle nous donnerait de la besogne ; les brigands du pays nous tourmenteraient fort. Nous avons aussi à craindre la peste qui règne partout aux environs. Malgré tout cela je vais bientôt faire une tournée dans toutes les places où nous avons des troupes, telles que Brindisi, Tarente, Gallipoli, Otrante, Leccia...; j'ai été ces jours derniers à Canosa, qui offre les ruines d'une ville immense. On ne peut y fouiller qu'on ne trouve des ruines magnifiques, aussi est-ce défendu : on y déterre des tombeaux des anciens Étrusques, avec des vases bien conservés ; tout cela est fort curieux. Adieu encore une fois ; je vous embrasse.

A M. DANSE DE VILLOISON,

A PARIS.

Barletta, 8 mars 1805.

Vous me tentez, monsieur, en m'assurant qu'une traduction de ces vieux *mathematici* me couvrirait de gloire. Je n'eusse jamais cru cela. Mais enfin vous me l'assurez, et je saurai à qui m'en prendre si la gloire me manque après la traduction faite ; car je la ferai, chose sûre. J'en étais un peu dégoûté, de la gloire, par de certaines gens que j'en vois couverts de la tête aux pieds, et qui n'en ont pas meilleur air ; mais celle que vous me proposez est d'une espèce particulière, puisque vous dites que moi seul je puis cueillir de pareils lauriers. Vous avez trouvé là mon faible : à mes yeux, honneurs et plaisirs, par cette qualité d'exclusifs, acquièrent un grand prix. Ainsi me voilà décidé ; quelque part que ce livre me tombe sous la main, je le traduis, pour voir un peu si je me couvrirai de gloire.

17

Quant à quitter mon *vil métier*, je sais ce que vous pensez là-dessus, et moi-même je suis de votre sentiment. Ne voulant ni *vieillir dans les honneurs obscurs de quelque légion*, ni faire une fortune, il faut laisser cela. Sans doute; c'est mon dessein. Mais je suis bien ici, où j'ai tout à souhait: un pays admirable, l'antique, la nature, les tombeaux, les ruines, la grande Grèce. Que de choses! Le général en chef est un homme de mérite, savant, le plus savant dans l'art de massacrer que peut-être il y ait; bonhomme au demeurant, qui me traite en ami; tout cela me retient. D'ailleurs je laisse faire à la fortune, et ne me mêle point du tout de la conduite de ma vie. C'est là ma politique, je m'en trouve bien, et je n'aperçois point que ceux qui se tourmentent en soient plus heureux que moi. Ne croyez pas, au reste, que je perde mon temps; ici j'étudie mieux que je n'ai jamais fait, et du matin au soir, à la manière d'Homère, qui n'avait point de livres. Il étudiait les hommes: on ne les voit nulle part comme ici. Homère fit la guerre, gardez-vous d'en douter. C'était la guerre sauvage. Il fut aide de camp, je crois, d'Agamemnon, ou bien son secrétaire. Ni Thucydide non plus n'aurait eu ce sens si vrai, si profond: cela ne s'apprend pas dans les écoles. Comparez, je vous prie, Salluste et Tite-Live; celui-ci parle d'or, on ne saurait mieux dire; l'autre sait de quoi il parle. Et qui m'empêcherait quelque jour...? car j'ai vu, moi aussi; j'ai noté, recueilli tant de choses, dont ceux qui se mêlent d'écrire n'ont depuis longtemps nulle idée, j'ai bonne provision d'esquisses; pourquoi n'en ferais-je pas des tableaux où se pourrait trouver quelque air de cette vérité naïve qui plaît si fort dans Xénophon? Je vous conte mes rêves.

Que voulez-vous donc dire, que nous autres soldats, nous écrivons peu, et qu'une ligne nous coûte? Ah! vraiment, voilà ce que c'est; vous ne savez de quoi vous parlez. Ce sont là de ces choses dont vous ne vous doutez pas, vous, messieurs les savants. Apprenez, monsieur, apprenez que tel d'entre nous écrit plus que tout l'Institut, qu'il part tous les jours des armées cent voitures à trois chevaux, portant cha-

cune plusieurs quintáux d'écriture ronde et bâtarde, faite par
des gens en uniforme, fumeurs de pipes, traîneurs de sabres :
que moi seul, ici, cette année, j'en ai signé plus, moi qui ne
suis rien et ne fais rien, plus que vous n'en liriez en toute
votre vie ; et mettez-vous bien dans l'esprit que tous les
mémoires et histoires de vos académies, depuis leur fonda-
tion, ne font pas en volume le quart de ce que le ministre
reçoit de nous chaque semaine régulièrement. Allez chez lui,
vous y verrez des galeries, de vastes bâtiments remplis, com-
blés de nos productions, depuis la cave jusqu'au faîte : vous
y verrez des généraux, des officiers qui passent leur vie à
signer, parapher, couverts d'encre et de poussière, accuser
réception, apostiller en marge les lettres à répondre et celles
répondues. Là, des troupes réglées d'écrivains expédient paquets sur paquets, font tête de tous côtés à nos états-majors,
qui les attaquent de la même furie. Voilà vos paresseux
d'écrire ; allez, monsieur, il serait aisé de vous démontrer,
si on voulait vous humilier, que de tous les corps de l'État,
c'est l'Académie qui écrit le moins aujourd'hui, et que les
plus grands travaux de plume se font par des gens d'épée.

Je réponds, comme vous voyez, non-seulement à tous les
articles, mais à chaque mot de votre lettre ; et je vous dirai
encore, en style de maître français, qu'une nation, dont cn
fait ce qu'on veut, n'est pas une *cire*, mais une... et qu'on
n'en saurait rien faire qui ne soit fort dégoûtant. Aristo-
phane doit l'avoir dit. Ainsi la métaphore ne vous surprendra pas. Au reste, *nous portons les sottises qu'on porte.* C'est
tout le compliment que je trouve à vous faire sur ces nouveaux brimborions, qu'assurément vous honorez. Pour moi,
j'ai été élevé dans un grand mépris de ces choses-là. Je ne
saurais les respecter, c'est la faute de mon père.

Eh bien ! qu'en dites-vous ? suis-je si paresseux, moi qui
vous fais, pour quelques lignes que vous m'écrivez, trois
pages de cette taille ? Vous vous piquerez d'honneur, j'espère,
et ne voudrez pas demeurer en reste avec moi.

A votre loisir, je vous prie, donnez-moi des nouvelles de
la Grèce, dont je ne suis pas transfuge, comme il vous plaît

de le dire. Vous m'y verrez reparaître un jour, quand vous y penserez le moins, et faire acte de citoyen. Je vous avoue que je ne connais pas du tout M. Weiske, et ne sais comme il a pu découvrir que je suis au monde, si ce n'est pas vous qui lui avez appris ce secret. Je souhaite fort qu'il nous donne un bon Xénophon : l'entreprise est grande. Aurons-nous à la fin cette anthologie de M. Chardon de la Rochette? Et vous qui accusez les autres de paresse, me voulez-vous laisser si longtemps sans rien lire de votre façon, que ces articles de journal, excellents, mais toujours trop courts, comme les ïambes d'Archiloque, dont le meilleur était le plus long. *Ah! que ne suis-je roi pour cent ou six-vingts ans!* je vous ferais pardieu travailler ; il ne serait pas dit que vous êtes savant pour vous seul ; je vous taxerais à tant de volumes par an, et ne voudrais lire autre chose.

A M. CLAVIER,

A PARIS.

Barletta, .. juin 1805.

. . . . Vous n'avez pas tort non plus de croire que tous ces faits, ces grands événements qui tiennent le monde en suspens, méritent bien plus l'attention d'un homme sensé, et que c'est sottise de méditer sur ce qui dépend des digestions de Bonaparte : mais je vous dis, moi, qu'on a beau être philosophe, la peinture des passions et des caractères, soit histoire ou roman, intéresse toujours, et plus un philosophe qu'un autre. La difficulté c'est de peindre, et c'est où les anciens excellent et où nos auteurs font pitié, j'entends nos historiens. Ils ne savent saisir aucun trait. Pour représenter une tempête, ils se mettent à compter les vagues : un arbre, ils le font feuille à feuille, et tout cela copié fidèlement ressemble bien moins au vrai que les inventions d'un homme qui joint à quelque étude le sentiment de la nature. Il y a plus de vérité dans Joconde que dans tout Mézeray.

Un morceau qui plairait, je crois, traité dans le goût antique, ce serait l'expédition d'Égypte. Il y a là de quoi faire quelque chose comme le Jugurtha de Salluste, et mieux, en y joignant un peu de la variété d'Hérodote, à quoi le pays prêterait fort. Scène variée, événements divers, différentes nations, divers personnages; celui qui commandait était encore un homme; il avait des compagnons. Et puis notez ceci, un sujet limité, séparé de tout le reste. C'est un grand point selon les maîtres, peu de matière et beaucoup d'art. Mon Dieu! comme je cause, comme je vous conte mes rêves, et que vous êtes bon si vous écoutez ce babil! mais que vous dirais-je autre chose? je ne vois *que du fer, des soldats*, rien qui puisse vous intéresser.

Sur mon sort à venir, ce que je pourrai faire, ce que je deviendrai, quand je vous reverrai, je n'en sais pas là-dessus plus que vous. Nous sommes ici dans une paix profonde, mais qui peut être troublée d'un moment à l'autre. Tout tient au caprice de deux ou trois bipèdes sans plumes qui se jouent de l'espèce humaine. — Présentez, je vous prie, mon respect à M. et à madame de Sainte-Croix, et conservez-moi un place dans votre souvenir.

A M. ***.

Lecce, le .. septembre 180?.

Mon colonel, j'ai à vous rendre compte d'un événement bien triste. Nous venons d'enterrer le capitaine Tela, qui fut hier assassiné par son hôte don Joseph Rao. Depuis quelque temps don Joseph, imaginant une intrigue entre sa femme et le capitaine, cherchait à les surprendre ensemble. Cela lui fut aisé, ils ne se cachaient point, et, selon l'apparence, n'en avaient nulle raison. Tela n'était point un galant : cette femme d'ailleurs, très-sage, ne le voyait que rarement, lorsqu'il fallait

quelque service des personnes de la maison. Il n'y avait là
rien de ce que le mari supposait. Les trouvant ensemble, il
les tua. Ce n'était pas qu'il fût jaloux. Il se souciait peu de
sa femme; et ne vivait point avec elle, ayant d'autres liaisons connues; mais quelques discours et la peur d'être appelé *becco cornuto* lui avaient tourné la cervelle. Voilà le
point d'honneur italien. Ce *becco cornuto* est pour eux la plus
terrible des injures; c'est pis que voleur, assassin, fourbe,
sacrilége, parricide.

Tela, comme par inspiration, voulut, il y a trois semaines,
quitter cette maison. Son hôte l'y retint à force d'instances
et de caresses; avait-il dès lors son dessein? On ne sait; les
avis là-dessus sont partagés. Hier, il voit sa femme entrer
dans la chambre du capitaine, pour lui remettre quelque
linge qu'on avait lavé; il la suit, et lui porte trois coups de
poignard. Elle eut pourtant encore la force de se sauver
chez ses parents, où elle est morte cette nuit. Tela, frappé au
cœur, mourut à l'instant même. Mais une chose à remarquer,
c'est le sang-froid de l'assassin. Venant de faire cette expédition, il rencontre sur l'escalier le colonel Huard, qui lui
demande : Le capitaine est-il ici? Montez, dit-il, vous le
verrez; et il paraissait aussi calme que si rien ne fût arrivé.

La ville est consternée. On craint les vexations auxquelles
cela peut donner lieu de la part de gens habiles à saisir tous
les prétextes. Nous cherchons fort le meurtrier; mais les
malins disent que nous le cherchons partout où nous sommes
sûrs de ne pas le trouver. L'affaire s'accommodera, et l'on
n'y pensera plus. Voilà pourtant trois hommes que nous
perdons ainsi de l'artillerie seulement, et sans qu'il en soit
autre chose. Nulle punition, nulle plainte à ce *governaccio*
de Naples. On se soucie peu des vivants et point du tout des
morts.

[A cette époque, les préparatifs militaires de l'Autriche donnant lieu de
craindre une nouvelle guerre, Napoléon négocia avec le roi de Naples un traité
de neutralité, en conséquence duquel les troupes qui occupaient Tarente et la
Pouille furent rappelées vers le nord pour former la droite de l'armée d'Italie.

Le général en chef, Gouvion-Saint-Cyr, partit de Barletta le 9 octobre : Courier y demeura quelques jours encore, et joignit ensuite vers Pescara le quartier général, avec lequel marchaient ses équipages confiés aux soins d'un sous-officier d'artillerie à cheval.]

A M. COSTOLIER,

MARÉCHAL DES LOGIS DE LA 2ᶜ COMPAGNIE.

Barletta, le 15 octobre 1805.

Mon cher Costolier, comme vous avez soin de mon cheval, j'ai soin ici de votre maîtresse. Peu après que vous fûtes parti (bien malgré moi ; je fis ce que je pus pour l'empêcher ; mais on le voulait), peu après, il y eut ordre à toutes les femmes de quitter l'armée, de s'en aller comme elles pourraient. Le général dit qu'il n'en veut plus. Il renvoie la sienne. Cent cinquante se sont embarquées à Bari sur d'assez mauvais bâtiments : le diable sait ce qu'elles vont devenir. J'ai fait rester votre Julie en qualité de vivandière. Elle marche avec nous. Je vois qu'on rôde autour d'elle, mais ma foi elle ne se laisse pas ferrer à tout le monde ; elle vous aime : et aussi toutes les femmes ne sont pas p....., quoi qu'on en dise.

Ce n'est pas la peine de faire faire une housse à mon cheval, il ira bien tout nu. Faites-lui faire plutôt un mors, comme celui de ma jument grise, par notre éperonnier qui va aller vous joindre. Qu'on le mène par la longe, mon cheval s'entend ; donnez-lui un peu de foin, de l'orge plutôt que de l'avoine, et du chiendent partout où vous en trouverez. Adieu.

A. M. LE LEDUC AINÉ.

De Bologne, le 14 novembre 1805.

Je t'ai écrit trois fois depuis notre départ de la Pouille. Je te marquais de m'adresser tes lettres à Rome, mais je n'ai pu y passer ; ainsi je suis sans nouvelles de toi depuis le 10 août, date de ta dernière, par laquelle j'ai vu que ta fille était hors d'affaire. J'espère qu'elle court à l'heure qu'il est, et saute mieux que jamais *più pazzarella che mai;* j'en fais mon compliment à madame sa mère, et voudrais être là pour vous embrasser tous.

Nous marchons vers Ferrare. Le général Salvat [1] a trouvé à Ancône une Vénitienne égarée, dont il s'est emparé, ou c'est elle qui l'a pris et le mène par le nez. Je la vois tous les jours. Elle mange avec nous. Je suis le seul qui puisse lui parler : eux ne savent pas trois mots d'italien. Te dire les conversations d'elle à moi, les *spropositi,* les sottises qui ne finissent point ou finissent par des *risate sbudellate sgangherate.* Il n'est pas possible de voir une meilleure pâte de fille, une créature plus gaie, plus folle, plus ce qu'on appelle bonne enfant : son vénitien est quelque chose qui vraiment me ravit. Salvat nous gêne un peu. Il n'entend pas un mot, et veut qu'on lui explique tout. Mais les explications sont belles ! nous avons mille inventions pour le dérouter, des noms de guerre... Lui, Salvat, est *stentarello;* elle a baptisé le secrétaire *fa la nanna,* cela le peint ; l'aide de camp, elle l'appelle *madama cocola;* jamais nom ne fut mieux appliqué, c'est la femme de charge du général Salvat : il sera maréchal du palais, si Salvat devient empereur. Du reste, vivant portrait de M. Vise-au-Trou. Tout cela me divertit, et nous passons ensemble des heures sans ennui ; mais j'ai peur de n'en avoir pas longtemps le plaisir, car on dit que notre ménage ne plaît point du tout à Saint-Cyr, et qu'il a trouvé fort mauvais l'équipage de la princesse et les chevaux et la voiture. On est contrarié en ce monde.

Monval me quitte, et m'a conté... affaire vive à la Caldiera [2]. Les nôtres ont eu du dessous. D'Anthouard et Demanelle sont tués. On aura fait là quelque bêtise qui nous mettrait ici en mauvaise posture. Mais ces gens ne profitent jamais de leurs avantages ; ils sont persuadés que nous devons les battre ; et quand nous avons l'air de nous laisser

1. Général d'artillerie.
2. Le 30 octobre.

frotter, c'est une ruse; ils nous devinent. Au reste, on ne sait rien encore : je ne serai bien informé que quand nous aurons rejoint le quartier général. Adieu.

L'autre jour, en lisant une pétition de quelqu'un qui protestait de son *dévouement à la personne de l'Empereur,* nous trouvâmes que cette nouvelle formule ne contient guère plus de vérité que le *très-humble serviteur,* et que, pour être exact, il faudrait se dire dévoué à *la caisse du payeur.* Qu'en penses-tu? qu'en dit madame? tu peux lui lire ceci, mais non le reste de ma lettre, elle me croirait plus vaurien que je ne suis.

[**Le général Saint-Cyr** était arrivé à Padoue depuis le 15 novembre : ses troupes occupaient les environs; le 23 il eut connaissance de l'arrivée à Bassano d'une division autrichienne qui, poussée de Bavière en Tyrol par le corps du maréchal Ney, cherchait un refuge à Venise; le prince de Rohan la commandait, et espérait gagner cette ville sans obstacle en passant derrière l'armée du maréchal Masséna, qui avait déjà passé l'Isonzo; mais le général Saint-Cyr l'attaqua le 24, à Castelfranco, et l'obligea de se rendre avec tout son monde. Courier fut présent à cette affaire.]

A M. POYDAVANT,

COMMISSAIRE-ORDONNATEUR

De Strale, le 25 novembre 1805.

MON CHER ORDONNATEUR,

Aimé va vous conter notre petite drôlerie. Ce qu'il vous pourra dire, c'est qu'il dormit fort ce jour-là. Je ne sais quelle heure il pouvait être lorsqu'il apprit dans son lit qu'on s'était battu. Il se leva en grande hâte, s'habilla, ou, comme disent ces messieurs, se fit habiller, et fut choisi pour vous porter l'heureuse nouvelle de l'affaire où il s'est distingué. Nous verrons cela dans la gazette avec la croix et l'avancement. Voilà ce que c'est d'être frère du valet de chambre du

17.

fils d'un châtreur de cochons des environs de Tonneins. Rappelez-vous Sosie.

Je dois, etc.

Nous avons pris des *Quinze reliques* une division tout entière, des chevaux bons à écorcher, et un prince émigré, qui, je crois, n'est bon à rien. Il a un coup de fusil dans le ventre; on s'occupe très-peu de lui; on le laisse là, tout blessé qu'il est et Français. Nous n'aimons pas les émigrés; à Paris on les honore fort. L'Empereur les chérit et révère; c'est sans doute qu'il n'en peut faire, comme il fait des comtes, des princes.

Vous voyez bien, mes chers amis, qu'après vous on trouve à glaner, mais de la gloire seulement; nous voudrions quelque autre chose plus substantielle, plus palpable. Cela ne se peut derrière vous; vous faites partout place nette. Il faut se payer de lauriers qui heureusement coûtent peu. Pour moi, j'en quitte ma part, j'ai de la gloire *in culo*, comme disent les Italiens, ou plus poliment *in tasca*, depuis que j'entendis quelqu'un de notre connaissance dire *je suis couvert de gloire,* et les courtisans répéter : *il est couvert de gloire.*

Adieu, nous ne voulons toujours point être sous vos ordres [1]. En attendant une décision, nous méditons sur la carte. Nous espérons qu'on pourra bien se casser le nez à Saint-Polten ou ailleurs, et, comme vous pouvez croire, alors nous prendrions un autre ton.

A M. ***.

Padoue, le 13 décembre 1805.

Vous êtes de mauvais plaisants, et votre conte ne vaut rien; voici, en toute vérité, comme la chose s'est passée :

---

1. Allusion au général Saint-Cyr, qui désirait que ses troupes continuassent à former un corps séparé.

Dès qu'il eut les talons tournés, je voulus dire un mot à la belle. Il l'enferme, comme tu sais ; mais elle a une double clef. Je fus me poster dans cette niche obscure sur l'escalier, comptant qu'on m'ouvrirait. Elle dit, elle jure ne m'avoir rien promis ; et peut-être en effet m'étais-je trompé sur un signe qu'elle me fit : je crus avoir un rendez-vous. Enfin j'attendais là depuis une heure ou plus le fortuné moment. Porte close, rien ne bougeait dedans ni dehors. Je commençais à perdre patience ; quelqu'un monte ; c'était M. le secrétaire. Sans tousser ni frapper, sans faire aucun signal, il arrive, on lui ouvre, il entre en homme que l'on attendait.

> Je le vis de mes yeux et ne le pouvais croire.

(Prends ce vers, je te le donne, mets-le avec les tiens).

Loin de m'en fâcher, j'en ai ri de bon cœur : ne voulant point du tout le troubler, je m'en allai rejoindre mon *animalaccio* à la revue.

Voilà tout, et c'est bien assez pour vous divertir quelque temps, messieurs, à mes dépens.

Mais le lendemain j'eus ma revanche, et c'est ce qu'on ne vous a pas dit. Sous les arcades, je lendemain je la vis *in bautta,* qui se dérobait dans l'ombre et courait. Je la suivis : elle entra où demeure le colonel Détrées, l'écuyer de madame-mère, *Pommade-forte,* tu sais ou tu ne sais pas. Madame-mère se plaignait à lui de quelques procédés de son fils : Nom de Dieu, si j'étais de vous, madame, je lui relèverais le toupet avec de la pommade forte. Le nom lui en est demeuré.

Elle entra donc chez Pommade-forte, et moi, aussitôt à mon embuscade, sûr de n'attendre pas inutilement cette fois. Au bout d'un quart d'heure je la vois, tout *affannata,* toute rouge, monter les degrés quatre à quatre. Sans m'apercevoir, elle ouvrit ; et moi, en deux pas et un saut, me voilà entré avec elle : grand débat, scène de théâtre ; elle veut me chasser ; je reste, elle se désolait, je riais :

> Pianse, pregò, ma in vano ogni parola sparse.

Salvat pouvait venir; il venait même; c'était l'heure, le danger augmentait pour elle à chaque instant. Je lui dis, sans finesse et sans fleur de langage, le prix que je mettais à ma retraite. *Dunque fa presto*, dit-elle : je fis *presto* et je partis. J'en pourrais prendre désormais avec elle tant que j'en voudrais, car elle est à ma discrétion; ou bien lui faire quelque noirceur, et vous autres vauriens vous n'y manqueriez pas. Demanelle, par exemple... Mais vous savez que je ne me pique pas de vous imiter : je la vois, je lui parle tout comme auparavant; même ton, mêmes manières; à table, pas un mot qui puisse l'embarrasser; seule, pas la moindre liberté. Pour sa personne j'en quitte ma part. Son secret, je le garde comme si elle me l'eût confié. Un pareil procédé la touche, lui semble rare et nouveau. Elle n'avait vu jusqu'ici que des gens de votre espèce, qui abusent insolemment de tous leurs avantages.

Que parlez-vous d'ennemis? y a-t-il des ennemis? nous n'en avons nulle nouvelle depuis la dernière affaire.

De nos chevaux de prise, le meilleur ne vaut guère; je t'en enverrai dix si tu veux les nourrir. Michel [1] en chevauche un qu'il a choisi entre tous, mais long, d'une longueur dont on ne voit pas la fin. Son dos paraît fait pour une file, ou pour les quatre fils Aymon. Michel y est comme isolé : enfin c'est une bête à porter tout l'état-major du génie et le génie de l'état-major.

Quand nous verrons-nous? je ne sais; j'ai déjà cent choses à te dire, qu'assurément je n'écrirai point. C'est bien dommage, car bien des traits dont je suis témoin tous les jours en vaudraient la peine, et cela vous divertirait. Mais, pour moi, écrire c'est ma mort, et puis je ne finirais jamais.

Tanto vi ho da dire che incomminciar non oso [2].

,C'est le secrétaire qui a fait faire pour cette belle une

---

1. Michel, chef de bataillon du génie.
2. Vers de Pétrarque.

fausse clef de sa prison. C'est lui qui l'a mariée au général Salvat, c'est lui qu'elle aime d'amour; bonne créature au fond, comme toutes les coquines. Adieu, je vous embrasse tous.

[Après la paix qui suivit la victoire d'Austerlitz, Napoléon chargea le maréchal Masséna de tirer vengeance du roi de Naples, qui avait violé la neutralité promise; le général Saint-Cyr retourna en Pouille, mais Courier ne l'accompagna plus, et obtint d'être attaché au corps d'armée du général Reynier, qui marchait directement sur la capitale.

Il partit de Bologne le 1er janvier 1806, et joignit son général à Spoleto, le 15. On ne rencontra d'obstacle nulle part : Capoue capitula le 12 février, et le 14 les Français entrèrent à Naples; après quelques jours de repos, le corps de Reynier fut envoyé en Calabre; une petite affaire d'avant-garde eut lieu à Lago-Negro, le 6 mars, et le 9, l'armée napolitaine fut entièrement défaite à Campo-Tenese; le même jour le général coucha à Morano.]

A M. ***.

OFFICIER D'ARTILLERIE, A NAPLES.

Morano, le 9 mars 1806.

Bataille! mes amis, bataille! Je n'ai guère envie de vous la conter. J'aimerais mieux manger que t'écrire; mais le général Reynier, en descendant de cheval, demande son écritoire. On oublie qu'on meurt de faim : les voilà tous à griffonner l'histoire d'aujourd'hui; je fais comme eux en enrageant. Figurez-vous, mes chers amis, qui avez là-bas toutes vos aises, bonne chère, bon gîte et le reste; figurez-vous un pauvre diable non pas mouillé, mais imbibé, pénétré, percé jusqu'aux os par douze heures de pluie continuelle, une éponge qui ne séchera de huit jours; à cheval dès le grand matin, à jeun ou peu s'en faut au coucher du soleil : c'est le triste auteur de ces lignes qui vous toucheront si quelque pitié habite en vos cœurs. Buvez et faites *brindisi* à sa santé, mes bons amis, le ventre à table et le dos au feu. Voici en peu de mots nos nouvelles.

Les *Zapolitains* ont voulu comme se battre aujourd'hui;

mais cette fantaisie leur a bientôt passé. Ils s'en vont et nous laissent ici leurs canons, qui ont tué quelques hommes du 1ᵉʳ d'infanterie légère par la faute d'un butor : tu devines qui c'est. Je t'en dirai des traits quand nous nous reverrons. — N'ayant point d'artillerie (car nos pièces de montagne c'est une dérision), je fais l'aide de camp les jours comme aujourd'hui, afin de faire quelque chose ; rude métier avec de certaines gens. Quand, par exemple, on porte les ordres de Reynier au susdit, il faut d'abord entendre Reynier, puis se faire entendre à l'autre, être interprète entre deux hommes dont l'un s'explique peu, l'autre ne conçoit guère ; ce n'est pas trop, je t'assure, de toute ma capacité.

On doit avoir tué douze ou quinze cents Napolitains, les autres courent, et nous courrons demain après eux, bien malgré moi.

Remacle a une grosse mitraille au travers du corps. Il ne s'en moque pas autant qu'il le disait. A l'entendre, tu sais, il se souciait de mourir comme de... mais point du tout, cela le fâche. Il nomme sa mère et son pays.

On pille fort dans la ville et l'on massacre un peu. Je pillerais aussi, parbleu, si je savais qu'il y eût quelque part à manger. J'en reviens toujours là, mais sans aucun espoir. L'écriture continue, ils n'en finiront point. Je ne vois que le major Stroltz qui au moins pense encore à faire du feu ; s'il réussit, je te plante là.

Le mouchard s'est distingué comme à son ordinaire : fais-toi conter cela par L..., qui fut témoin. Il était en avant, lui mouchard, avec quelques compagnies de voltigeurs. Tout à coup le voilà qui accourt à Dufour : Colonel ! je suis tourné, je suis coupé, j'ai là toute l'armée ennemie. L'autre d'abord lui dit : Quoi ! vous prenez ce moment pour quitter votre poste ? On y va, il n'y avait rien.

Je me donne au diable si le général veut cesser d'écrire. Que te marquerai-je encore ? J'ai un cheval enragé que mes canonniers ont pris. Il mord et rue à tout venant : grand dommage, car ce serait un joli poulain calabrois, s'il n'était pas si misanthrope, je veux dire sauvage, ennemi des hommes.

Nous sommes dans une maison pillée; deux cadavres nus à la porte; sur l'escalier, je ne sais quoi ressemblant assez à un mort. Dans la chambre même, avec nous, une femme violée, à ce qu'elle dit, qui crie, mais qui n'en mourra pas, voilà le cabinet du général Reynier; le feu à la maison voisine, pas un meuble dans celle-ci, pas un morceau de pain. Que mangerons-nous? Cette idée me trouble. Ma foi, écrive qui voudra, je vais aider à Stroltz. Adieu.

[Après le combat de Campo-Tenese, Reynier continua de poursuivre les Napolitains, qui se dispersèrent entièrement et n'opposèrent aucune résistance : de toute leur armée, deux mille hommes seulement parvinrent à passer en Sicile. Cosenza fut occupé le 13 mars; le 29 du même mois les Français entrèrent à Reggio et parurent en vue de Messine; Courier accompagnait le général Reynier.

Joseph Bonaparte, qui avait le commandement supérieur de toutes les troupes envoyées contre Naples, quitta cette capitale le 3 avril, pour aller visiter les Calabres et la Pouille; il arriva le 12 à Cosenza, et reçut le 13, à Bagnara, l'ordre de prendre le titre de roi des Deux-Siciles : il fut reçu en cette qualité à Reggio, d'où il partit le 20 pour achever sa tournée en passant par Tarente.]

A MADAME ***.

A Reggio, en Calabre, le 15 avril 1806.

Pour peu qu'il vous souvienne, madame, du moindre de vos serviteurs, vous ne serez pas fâchée, j'imagine, d'apprendre que je suis vivant à Reggio, en Calabre, au bout de l'Italie, plus loin que je ne fus jamais de Paris et de vous, madame. Pour vous écrire, depuis six mois que je roule ce projet dans ma tête, je n'ai pas faute de matière, mais de temps et de repos. Car nous triomphons en courant, et ne nous sommes encore arrêtés qu'ici, où terre nous a manqué. Voilà, ce me semble, un royaume assez lestement conquis, et vous devez être contente de nous. Mais moi, je ne suis pas satisfait. Touté l'Italie n'est rien pour moi, si je n'y joins la

Sicile. Ce que j'en dis c'est pour soutenir mon caractère de
conquérant; car entre nous, je me soucie peu que la Sicile
paie ses taxes à Joseph ou à Ferdinand. Là-dessus, j'entre-
rais facilement en composition, pourvu qu'il me fût permis
de la parcourir à mon aise; mais en être venu si près, et n'y
pouvoir mettre le pied, n'est-ce pas pour enrager? Nous la
voyons en vérité, comme des Tuileries vous voyez le fau-
bourg Saint-Germain; le canal n'est ma foi guère plus large;
et, pour le passer, cependant nous sommes en peine. Croiriez-vous? s'il ne nous fallait que du vent, nous ferions comme
Agamemnon : nous sacrifierions une fille. Dieu merci, nous en
avons de reste. Mais pas une seule barque, et voilà l'embarras. Il nous en vient, dit-on; tant que j'aurai cet espoir, ne
croyez pas, madame, que je tourne jamais un regard en arrière, vers les lieux où vous habitez, quoiqu'ils me plaisent
fort. Je veux voir la patrie de Proserpine, et savoir un peu
pourquoi le diable a pris femme en ce pays-là. Je ne balance
point, madame, entre Syracuse et Paris; tout badaud que je
suis, je préfère Aréthuse à la fontaine des Innocents.

Ce royaume que nous avons pris n'est pourtant pas à dédaigner : c'est bien, je vous assure, la plus jolie conquête
qu'on puisse jamais faire en se promenant. J'admire surtout
la complaisance de ceux qui nous le cèdent. S'ils se fussent
avisés de le vouloir défendre, nous l'eussions bonnement
laissé là; nous n'étions pas venus pour faire violence à personne. Voilà un commandant de Gaëte, qui ne veut pas
rendre sa place; eh bien! qu'il la garde! Si Capoue en eût
fait de même, nous serions encore à la porte, sans pain ni
canons. Il faut convenir que l'Europe en use maintenant avec
nous fort civilement. Les troupes en Allemagne nous appor-
taient leurs armes, et les gouverneurs leurs clefs, avec une
bonté adorable. Voilà ce qui encourage dans le métier de
conquérant; sans cela on y renoncerait.

Tant y a que nous sommes au fin fond de la botte, dans le
plus beau pays du monde, et assez tranquilles, n'était la fièvre et les insurrections. Car le peuple est impertinent; des
coquins de paysans s'attaquent aux vainqueurs de l'Europe.

Quand ils nous prennent, ils nous brûlent le plus doucement qu'ils peuvent. On fait peu d'attention à cela : tant pis pour qui se laisse prendre. Chacun espère s'en tirer avec son fourgon plein, ou ses mulets chargés, et se moque de tout le reste.

Quant à la beauté du pays, les villes n'ont rien de remarquable, pour moi du moins; mais la campagne, je ne sais comment vous en donner une idée. Cela ne ressemble à rien de ce que vous avez pu voir. Ne parlons pas des bois d'orangers ni des haies de citronniers; mais tant d'autres arbres et de plantes étrangères que la vigueur du sol y fait naître en foule, ou bien les mêmes que chez nous, plus grandes, plus développées, donnent au paysage un tout autre aspect. En voyant ces rochers, partout couronnés de myrte et d'aloès, et ces palmiers dans les vallées, vous vous croyez au bord du Gange ou sur le Nil, hors qu'il n'y a ni pyramides ni éléphants; mais les buffles en tiennent lieu, et figurent fort bien parmi les végétaux africains, avec le teint des habitants, qui n'est pas non plus de notre monde. A dire vrai, les habitants ne se voient plus guère hors des villes; par là ces beaux sites sont déserts, et l'on est réduit à imaginer ce que ce pouvait être, alors que les travaux et la gaieté des cultivateurs animaient tous ces tableaux.

Voulez-vous, madame, une esquisse des scènes qui s'y passent à présent? Figurez-vous sur le penchant de quelque colline, le long de ces roches décorées comme je viens de vous le dire, un détachement d'une centaine de nos gens, en désordre. On marche à l'aventure, on n'a souci de rien. Prendre des précautions, se garder, à quoi bon? Depuis plus de huit jours il n'y a point eu de troupes massacrées dans ce canton. Au pied de la hauteur coule un torrent rapide qu'il faut passer pour arriver sur l'autre montée : partie de la file est déjà dans l'eau, partie en deçà, au delà. Tout à coup se lèvent de différents côtés mille tant paysans que bandits, forçats déchaînés, déserteurs, commandés par un sous-diacre, bien armés, bons tireurs; ils font feu sur les nôtres avant d'être vus; les officiers tombent les premiers; les plus heureux meurent sur la place; les autres, durant quelques jours, servent de jouet à leurs bourreaux.

Cependant le général, colonel ou chef, n'importe de quel grade, qui a fait partir ce détachement sans songer à rien, sans savoir, la plupart du temps, si les passages étaient libres, informé de la déconfiture, s'en prend aux villages voisins; il y envoie un aide de camp avec cinq cents hommes. On pille, en viole, on égorge, et ce qui échappe va grossir la bande du sous-diacre.

Me demandez-vous encore, madame, à quoi s'occupe ce commandant dans son cantonnement? s'il est jeune, il cherche des filles; s'il est vieux, il amasse de l'argent. Souvent il prend de l'un et de l'autre : la guerre ne se fait que pour cela. Mais, jeune ou vieux, bientôt la fièvre le saisit. Le voilà qui crève en trois jours entre ses filles et son argent. Quelques-uns s'en réjouissent; personne n'en est fâché; tout le monde en peu de temps l'oublie, et son successeur fait comme lui.

On ne songe guère où vous êtes si nous nous massacrons ici. Vous avez bien d'autres affaires : le cours de l'argent, la hausse et la baisse, les faillites, la bouillotte; ma foi votre Paris est un autre coupe-gorge, et vous ne valez guère mieux que nous. Il ne faut point trop détester le genre humain, quoique détestable; mais si l'on pouvait faire une arche pour quelques personnes comme vous, madame, et noyer encore une fois tout le reste, ce serait une bonne opération. Je resterais sûrement dehors, mais vous me tendriez la main ou bien un bout de votre châle (est-ce le mot?), sachant que je suis et serai toute ma vie, madame.....

[Le général Reynier, voulant armer les côtes qui font face à la Sicile, et les châteaux de Crotone et de Sylla, avait obtenu du roi la permission de faire prendre à Tarente l'artillerie nécessaire. Courier, qui connaissait cette ville, reçut en conséquence l'ordre de s'y rendre : il se mit en route le 21 avril, et vint à Crotone, où il monta, avec le capitaine d'artillerie Monval et quatre canonniers, sur une barque chargée d'oranges qu'il trouva prête à mettre à la voile pour Tarente; le temps était beau, et la traversée semblait devoir être heureuse; mais, à l'entrée de la nuit, le vent du nord-ouest s'élevant, excita une furieuse tempête; les oranges furent jetées à la mer; le patron, qui avec un seul matelot formait tout l'équipage, pleurait et se recommandait à la madone, tandis que les Français, tourmentés par le mal de mer, étaient comme indifférents au péril qui les menaçait. Enfin, vers la pointe du jour, le vent les jeta sur la côte, près de Gallipoli, à vingt lieues à l'est de Tarente, où ils se rendirent par terre.

Courier s'occupa aussitôt de remplir sa commission; mais il éprouva beaucoup de retards et d'embarras, causés par la présence du nouveau roi qu'il n'avait devancé que de quelques jours.]

A M. LE GÉNÉRAL DULAULOY[1].

A NAPLES.

Tarente, le 28 mai 1806.

Il y a trois semaines, mon général, que les ordres du roi seraient exécutés, s'il ne s'en fût mêlé. Le passage de Sa Majesté est tombé au milieu de mon opération, et a mis de telles barres dans mes roues que rien ne marche à présent. Je faisais quelque chose des Tarentins, et pendant huit jours j'en obtins tout ce que j'en voulus : on allait au-devant de mes demandes. On travaillait comme des forçats, sur le port et à l'arsenal. Mais sitôt que le roi parut, il ne fut plus question que de lui baiser la main; et ceux qui l'avaient baisée la voulant baiser encore, il n'y eut ni maire ni adjoint, pas un ouvrier de la ville, du port, de l'arsenal, que je pusse faire démarrer de l'antichambre ou de l'escalier tant qu'a duré ici le séjour de Sa Majesté. Un bon usage à faire du sceptre dans cette occasion, c'eût été d'en casser le nez à tous ces friands du *leccazampa*. Mais point; tout le monde, hors moi, prenait plaisir à cette sottise. J'eus beau crier, jurer, me plaindre, le baise-main l'emporta toujours sur une misère comme était celle d'armer toutes les places et les côtes de la Calabre. Le roi s'en allant à la fin, je me croyais quitte des niaiseries et des tracasseries de cour. Mais c'eût été trop bon

1. Commandant de l'artillerie de l'armée.

marché; en partant on acheva de me rompre bras et jambes.
Vous savez que je n'ai pas un sou, et qu'il me faut tout arracher par réquisition. Eh bien, on me défend toute réquisition.
Je ne m'en suis pas moins emparé, aujourd'hui encore, de
vingt paires de mulets, bœufs ou buffles, que je ne rendrai
qu'à bonnes enseignes, et qui enfin feront mes transports. On
me dénoncera, mais vous êtes là, et vous empêcherez que je
ne sois livré aux bêtes pour avoir fait, malgré le roi, ce que
le roi veut, et qui importe au salut de l'armée.

Voici bien autre chose vraiment : lisez, lisez, mon général,
une lettre de M. Jamin, aide de camp du roi, ci-jointe : lisez-
la, quelque affaire que vous ayez.

Je ne vous ferai, mon général, sur cela aucun commentaire, la chose crie; vous en serez révolté comme moi, et
vous approuverez le parti que j'ai pris, d'envoyer promener
ce monsieur l'aide de camp (qui n'est pas, me dit-il, aide de
camp d'un général de brigade) et d'aller mon droit chemin.
Lisez s'il vous plaît ma réponse; il parle fort de sa *mission* : de
tels missionnaires ne sont bons qu'à me faire donner au diable.
Pour *accélérer* cette besogne, depuis un mois tant de soins
n'étaient pas nécessaires : le roi n'avait seulement qu'à tenir
sa main dans sa poche, la cour s'allait faire f.... et me laisser
agir. Je compte sur vous, mon général, pour empêcher que
tout ceci ne tourne contre moi. Vous savez si j'ai d'autres
vues que le bien du service, et on met ma patience à de
cruelles épreuves.

Entre nous, tout dans l'armée est conduit de cette manière :
projets dont aucun ne s'exécute, secrets que tout le monde
sait, ordres que personne n'écoute.

Je suis convaincu, je jurerais qu'à Messine on a su mon
départ de Reggio et le pourquoi, avant que je fusse en chemin; je vis le roi à minuit, et partis le matin. Grand mys-
tère! âme ne devait savoir.... Comme je montais à cheval,
prenant congé de mon hôte, il me dit : Vous allez chercher
de l'artillerie à Tarente. Je pensai tomber de mon cheval et
rester, c'était le mieux. Car il fallait deux choses pour ce que
j'allais faire, secret et promptitude; le premier manquant

d'abord, il était éclair que l'autre.... Non, je ne pouvais pas deviner le baise-main.

Je sais bien que Dieu est pour nous, qu'avec le génie de l'empereur nous vaincrons toujours partout, quelques fautes que nous puissions faire: mais un peu de bon sens, d'ordre, de prévoyance, ne nuirait à rien, ce me semble.

J'ai reçu votre billet joli et trop aimable, auquel je ne réponds pas maintenant, parce que, en vérité, je suis d'une humeur de dogue : ce sera pour demain, si vous le trouvez bon. Cependant, croyez-moi, vos affaires ne vont point si mal. On vous écoute ; c'est beaucoup : femme qui prête l'oreille prêtera bientôt autre chose.

COPIE

DE LA RÉPONSE FAITE A M. JAMIN,

AIDE DE CAMP DU ROI.

Tarente, le 28 mai 1806.

MONSIEUR,

Il n'y a point eu, que je sache, *de dicussion* entre moi et le directeur de l'artillerie ; mais s'il s'en élevait une, vous n'en seriez pas le juge. J'ignore quelle est votre *mission*, et ce qu'elle peut avoir de commun avec la mienne, dont je ne dois de compte qu'au général commandant en chef l'artillerie. Si le colonel Torre-Bruna veut bien dépendre de vous, il a sans doute des motifs que je ne partage point. Comme aide de camp du roi, vous pourriez m'apporter les ordres de Sa Majesté, si j'étais d'un grade à recevoir cet honneur. Mais en votre propre nom, je ne vois pas ce que vous pouvez commander ici, et l'espèce de menace que contient votre lettre n'a rien pour moi de fort alarmant.

J'espère, monsieur, que ce langage ne vous offensera point de la part d'un homme qui ne songera jamais qu'à mériter votre estime.

(Voir ci-après la lettre de Cassano, du 12 août.)

A M CHLEWASKI.

A TOULOUSE.

Tarente, le 8 juin 1806.

Monsieur, j'apprends que vous êtes encore à Toulouse, et je m'en félicite, dans l'espoir de vous y revoir quelque jour ; car j'irai à Toulouse, si je retourne en France. Deux amis, dans le même pays, m'attireront par une force que rien ne pourra balancer. Mais en attendant, j'espère que vous voudrez bien m'écrire, et renouveler un commerce trop longtemps interrompu ; commerce dont tout le profit, à vous dire vrai, sera pour moi ; car vous vivez en sage, et cultivez les arts ; sachant unir, selon le précepte, l'utile avec l'agréable, toutes vos pensées sont comme infuses de l'un et de l'autre. Mais moi, qui mène depuis longtemps la vie de Don Quichotte, je n'ai pas même comme lui des intervalles lucides ; mes idées sont toujours plus ou moins obscurcies par la fumée de mes canons ; vous, observateur tranquille, vous saisissez et notez tout ; tandis que je suis emporté dans un tourbillon qui me laisse à peine discerner les objets. Vous me parlerez de vos travaux, de vos amusements littéraires, de vos efforts unis à ceux d'une société savante pour hâter les progrès des lumières, et ralentir la chute du goût. Moi, de quoi pourrai-je vous entretenir ? de folies, tantôt barbares, tantôt ridicules, auxquelles je prends part sans savoir pourquoi ; tristes farces, qui ne sauraient vous faire qu'horreur et pitié, et dans lesquelles je figure comme acteur du dernier ordre.

Toutefois, il n'est rien dont on ne puisse faire un bon usage ; ainsi, professant l'art de massacrer, comme l'appelle La Fontaine, j'en tire parti pour une meilleure fin, et d'un état en apparence ennemi de toute étude, je fais la source principale de mon instruction en plus d'un genre. C'est à la faveur de mon harnais que j'ai parcouru l'Italie, et notamment ces provinces-ci, où l'on ne pouvait voyager qu'avec une

armée. Je dois à ces courses des observations, des connaissances, des idées que je n'eusse jamais acquises autrement;
et, ne fût-ce que pour la langue, aurais-je perdu mon temps,
en apprenant un idiome composé des plus beaux sons que j'aie
jamais entendu articuler! Il me manque à présent d'avoir vu
la Sicile; mais j'espère y passer bientôt, et aller même au
delà, car ma curiosité, entée sur l'ambition des conquérants,
devient insatiable comme elle. Ou plutôt c'est une sorte de
libertinage qui, satisfait sur un objet, vole aussitôt vers un
autre. J'étais épris de la Calabre; et, quand tout le monde
fuyait cette expédition, moi seul j'ai demandé à en être. Maintenant je lorgne la Sicile, je ne rêve que les prairies d'Enna
et les marbres d'Agrigente; car il faut vous dire que je suis
antiquaire, non des plus habiles, mais pourtant de ceux qu'on
attrape le moins. Je n'achète rien, j'imite le comte de Haga,
che tutto vede, poco compra e meno paga. Cette épigramme ou
cette rime fut faite par les Romains, le plus malin peuple du
monde, contre le roi de Suède, qui passait chez eux sous le
nom de comte de Haga. Je n'emporterai de l'Italie que des
souvenirs et quelques inscriptions.

C'est tout ce que l'on trouve ici. Tarente a disparu, il n'en
reste que le nom, et l'on ne saurait même où elle fut, sans les
marmites dont les débris, à quelque distance de la ville
actuelle, indiquent la place de l'ancienne. Vous rappelez-
vous à Rome *Monte Testaccio* (qui vaut bien Montmartre),
formé en entier de ces morceaux de vases de terre, qu'on
appelait en latin *testa*, ce que je puis vous certifier, ayant été
dessus et dessous. Eh bien, monsieur, on voit ici, non pas un
Monte Testaccio, mais un rivage composé des mêmes éléments, un terrain fort étendu, sous lequel en fouillant on rencontre, au lieu de tuf, des fragments de poteries, dont la
plage est toute rouge. La côte qui s'éboule en découvre des
lits immenses; j'y ai trouvé une jolie lampe; rien n'empêche
que ce ne soit celle de Pythagore. Mais dites-moi, de grâce,
qu'était-ce donc que ces villes dont les pots cassés formaient
des montagnes? *Ex ungue leonem.* Je juge des anciens par
leurs cruches, et ne vois chez nous rien d'approchant.

Prenez garde cependant qu'on ne connaissait point alors
nos tonneaux. Les cruches en tenaient lieu; partout où vos
traducteurs disent un tonneau, entendez une cruche. C'était
une cruche qu'habitait Diogène, et le cuvier de La Fontaine
est une cruche dans Apulée. Dans les villes comme Rome et
Tarente, il s'en faisait chaque jour un dégât prodigieux; et
leurs débris, entassés avec les autres immondices, ont sans
doute produit ces amas que nous voyons. Que vous semble,
monsieur, de mon érudition? Vous seriez-vous imaginé qu'il
y eût tant de cruches autrefois, et que le nombre en fût
diminué?

Je vois tous les jours le Galèse, qui n'a rien de plus merveilleux que notre rivière des Gobelins, et mérite bien moins
l'épithète de noir, que lui donne Virgile :

> Qua niger humectat flaventia culta Galesus.

Il fallait dire plutôt :

> Qua piger humectans arentia culta Galesus.

Au reste, les moissons sur ses bords ne sont plus blondes,
mais blanches; car c'est du coton qu'on y recueille. Le *dulce
pellitis ovibus Galesi*, est devenu tout aussi faux; car on n'y
voit pas un mouton. Je crois que le nom de ce fleuve a fait
sa fortune chez les poëtes, qui ne se piquent pas d'exactitude,
et pour un nom harmonieux donneraient bien d'autres souf-
flets à la vérité. Il est probable que Blanduse, à quelques
milles d'ici, doit aux mêmes titres sa célébrité, et, sans le
témoignage de Tite-Live, je serais tenté de croire que le grand
mérite de Tempé fut d'enrichir les vers de syllabes sonores.
On a remarqué, il y a longtemps, que les poëtes vantent partout Sophocle, rarement Euripide, dont le nom n'entrait guère
dans les vers sans rompre la mesure. Telle est leur bonne foi
entre eux; pour flatter l'oreille et gagner ce juge superbe,
comme ils l'appellent, rien ne leur coûte; ainsi, quand Horace
nous dit qu'il faut à tout héros, pour devenir immortel, un

poëte, il devrait ajouter et un nom poétique ; car, à moins de cela, on n'est inscrit qu'en prose au temple de Mémoire. Et c'est le seul tort qu'ait eu Childebrand.

Lorsque vous m'écrirez, monsieur, dites-moi, s'il vous plaît, une chose : allez-vous toujours prendre l'air, le soir, dans cette saison-ci, par exemple, sous ces peupliers au bord du canal? Ah! quelles promenades j'ai faites en cet endroit-là! quelles rêveries quand j'y étais seul! et avec vous quels entretiens! d'autant plus heureux alors que je sentais mon bonheur. Les temps sont bien changés, pour moi du moins. Mais quoi! nul bien ne peut durer toujours, c'est beaucoup d'avoir le souvenir de pareils instants, et l'espoir de les voir renaître. Un jour, et peut-être plus tôt que nous ne le croyons, vous et moi nous nous retrouverons ensemble au pied de ces pauvres Phaétuses. Saluez-les un peu de ma part, et donnez-moi bientôt, je vous en prie, de leurs nouvelles et des vôtres.

[Cependant Courier avait expédié de Tarente plusieurs bâtiments chargés d'artillerie, qui étaient arrivés à Crotone, et, jugeant sa mission finie, il se décida à revenir lui-même. Il s'embarqua donc dans la nuit du 10 au 11 juin avec le capitaine Monval et deux canonniers sur une polaque qui portait un dernier chargement de douze pièces de gros canons et d'autant d'affûts. Au jour, il reçut la chasse d'un brick anglais qui le gagnait de vitesse. Se voyant alors dans l'impossibilité de sauver le bâtiment, il ordonna au capitaine de faire ses dispositions pour le couler, et se jeta dans la chaloupe avec l'équipage. Mais l'effet ne répondit pas à son attente ; et, avant de gagner la terre, il eut le déplaisir de voir les Anglais s'emparer du navire abandonné. La chaloupe aborda à l'embouchure du Crati, près de l'ancienne Sybaris ; les quatre Français se dirigèrent vers la petite ville de Corigliano, qu'on voyait deux lieues au delà sur une hauteur. Mais avant d'y arriver ils tombèrent entre les mains d'une bande de ces Calabrais qu'à juste titre alors on appelait brigands. Ceux-ci, après leur avoir enlevé les armes, l'argent et même les vêtements, se disposaient à les fusiller. Un des canonniers pleurait et montrait une frayeur qui augmentait encore le danger. Courier, élevant alors la voix, lui dit : Quoi ! tu es soldat français, et tu crains de mourir? Dans ce moment arriva le syndic de Corigliano avec quelques hommes. Ne se trouvant pas assez fort pour imposer aux brigands, il feignit de partager leur rage ; et, paraissant plus acharné qu'eux-mêmes : Camarades, dit-il, point de grâce à ces coquins de Français, mais conduisons-les en ville, afin que le peuple ait le plaisir d'assouvir lui-même sa vengeance. Il obtint ainsi qu'on lui remît les prisonniers, et les fit jeter dans un cachot ; mais, dès la nuit suivante, il les fit sortir et

18

leur donna un guide qui, par des chemins de traverse, les conduisit à Cosenza, où il y avait garnison française.

Courier séjourna quelques jours dans cette ville, et un de ses camarades qui s'y trouvait le pourvut de vêtements ; il en partit le 19 pour rejoindre le quartier général, et coucha le même jour à Scigliano. Le lendemain, sur les hauteurs de Nicastro, il fit encore rencontre de brigands : trois hommes de son escorte furent tués, et il perdit une partie des nippes qui lui avaient été données.

Enfin, le 21 juin, il arriva à Monte-Leone, où se trouvait le général Reynier, qui avait déjà connaissance de la perte du dernier convoi d'artillerie ; la lettre suivante rend compte de son entrevue avec le général.]

A M. ***.

OFFICIER D'ARTILLERIE, A COSENZA.

Monte-Leone, le 21 juin 1806.

J'arrive. Sais-tu ce qu'il me dit en me voyant : Ah, ah! c'est donc vous qui faites prendre nos canons? Je fus si étourdi de l'apostrophe, que je ne pus d'abord répondre ; mais enfin la parole me vint avec la rage, et *je lui dis bien son fait.* Non ce n'est pas moi qui les ai fait prendre ; mais c'est moi qui vous fais avoir ceux que vous avez. Ce n'est pas moi qui ai publié un ordre dont le succès dépendait surtout du secret ; mais je l'ai exécuté malgré cette indiscrétion, malgré les fausses mesures et les sottes précautions, malgré les lenteurs et la perfidie de ceux qui devaient me seconder, malgré les Anglais avertis, les insurgés sur ma route, les brigands de toute espèce, les montagnes, les tempêtes, et par-dessus tout sans argent. Ce n'est pas moi qui ai trouvé le secret de faire traîner deux mois cette opération, presque terminée au bout de huit jours, quand le roi et l'état-major me vinrent casser les bras. Encore, si j'en eusse été quitte à leur départ! mais on me laisse un aide de camp pour me surveiller et me hâter, moi qu'on empêchait d'agir depuis deux mois, et qui ne travaillais qu'à lever les obstacles qu'on me suscitait de tous côtés ; moi qui, après avoir donné de ma poche mon dernier sou, ne pus obtenir même la paie des hommes que j'employais. Et où en serais-je à présent, si je n'eusse d'abord envoyé promener mon surveillant, trompé le ministre pour avoir la moitié de ce qu'il me fallait, et méprisé tous les ordres contraires à celui dont j'étais chargé? Ce ne fut pas moi qui dispensai la ville de Tarente de faire mes transports; mais ce fut moi qui l'y forçai, malgré les défenses du roi. En un mot, je n'ai pu empêcher qu'on ne livrât, par mille sottises, douze pièces de canon aux ennemis; mais ils les auraient eues toutes, si je n'eusse fait que mon devoir.

Voilà, en substance, quelle fut mon apologie, on ne peut pas moins méditée; car j'étais loin de prévoir que j'en aurais besoin. Soit crainte de m'en faire trop dire, soit qu'on me ménage pour quelque sot projet dont j'ai ouï parler, il se radoucit. La conclusion fut que je retournerais pour en ramener encore autant, et je pars tout à l'heure. Cela n'est-il pas joli? Par terre tout est insurgé; par mer les Anglais me guettent; si je réussis, qui m'en saura gré? si j'échoue, *haro sur le baudet.* Ne me viens pas dire : Tu l'as voulu. J'ai cru suivre un ami, et non un protecteur; un homme, non une excellence. J'ai cru, ne voulant rien, pouvoir me dispenser d'une cour assidue, et, dans le repos dont on jouissait, goûter à Reggio quelques jours de solitude, sans mériter pour cela d'être livré aux bêtes. Mais enfin m'y voilà. Il faut faire bonne contenance et louer Dieu de toutes choses, comme dit ton *zoccolante.*

Toi, cependant, tu fais l'amour à ton aise : j'en ferai autant quand j'y serai, en bon lieu, comme toi, s'entend; maintenant je suis démonté de toute manière. Adieu, Guérin te remettra ceci, fais pour lui ce que tu pourras.

[Courier partit donc de Monte-Leone, le 24 juin, et alla coucher à Catanzaro; le lendemain à Crotone, où il resta quelques jours, attendant une occasion pour passer par mer à Tarente. Il remarqua à Crotone que le commandant se nommait Milon.]

AU MÊME.

Crotone, le 25 juin 1?06.

J'arrive de Tarente et j'y retourne; bonheur ou malheur, je ne sais lequel. Je t'ai marqué dans une lettre que Guérin te remettra, s'il ne la perd, comme on m'a reçu. Il m'a fallu livrer bataille, sans quoi on me campait sur le dos la perte des douze canons. Cela arrangeait tout le monde, si j'eusse été aussi benêt qu'à mon ordinaire; mais j'ai refusé la charge et regimbé au grand scandale de toute la cour. *L'animal à longue échine en a fait, je m'imagine,* de belles exclamations avec ses fidèles. Je sais bien la règle, sans humeur sans honneur. Mais enfin, il faut faire le moins de bassesses possible. Celle-là n'eût servi de rien, car ma disgrâce est sans retour; et après tout, je ne suis pas venu sur ce pied-là. Pouvant rester à Naples et me donner du bon temps, je suis venu ici comme ami; j'en ai eu le titre et les honneurs; je ne veux pas déroger.

C'est vraiment une plaisante chose à voir que cette cour, et comme tout cela se guinde peu à peu. Les importants sont D***, plus chéri que jamais, Milet, et à présent Grabenski, qui commence à piaffer.

Mais, d'où vient donc, dis-moi? Quelque part qu'on s'arrête, en Calabre ou ailleurs, tout le monde se met à faire la révérence, et voilà une cour. C'est instinct de nature. Nous naissons valetaille. Les hommes sont vils et lâches, insolents, quelques-uns par la bassesse de tous, abhorrant la justice, le droit, l'égalité; chacun veut être, non pas maître, mais esclave favorisé. S'il n'y avait que trois hommes au monde, ils s'organiseraient. L'un ferait la cour à l'autre, l'appellerait monseigneur, et ces deux unis forceraient le troisième à travailler pour eux. Car c'est là le point.

Au reste on ne lui parle plus. Il y a des heures, des rendez-vous, des antichambres, des audiences. Il interroge et n'écoute pas, se promène, rêve, puis tout à coup il se rappelle que vous êtes là. Il cherche les grands airs et n'en trouve que dé sots. Ce n'est pas un sot cependant, mais un petit zéphir de fortune lui tourne la tête comme aux autres.

[Pendant que Courier retournait à Tarente, six mille Anglais débarquaient près de Maida, dans le golfe de Sainte-Euphémie : le général Reynier rassembla aussitôt les troupes les plus voisines, au nombre de quatre mille hommes, et vint les attaquer le 4 juillet. Il fut battu, et se retira le soir même à Marcellinara ; il campa le lendemain à Catanzaro, sur les bords de la mer Ionienne. Le général Verdier occupait alors Cosenza, avec une petite brigade : après s'y être défendu quelque temps contre les insurgés, que le débarquement des Anglais avait fait lever de toutes parts, il fit sa retraite vers le nord, et ne s'arrêta qu'à Matera, à quarante lieues de distance. Courier vint l'y joindre, sa mission à Tarente n'ayant plus d'objet depuis ces événements.

La nouvelle du combat de Sainte-Euphémie étant parvenue à Naples, le général Reynier reçut du roi l'ordre de marcher à Cassano, au-devant d'un corps de six mille hommes que le maréchal Masséna conduisait lui-même à son secours. Il quitta donc Catanzaro le 25 juillet, saccagea les villes qui s'opposèrent à son passage ; Strangoli le 30 juillet, Corigliano le 2 août, et arriva le 4 à Cassano, où il fut joint le 7 par le général Verdier, que Courier accompagnait. Le 10 août toutes les troupes, au nombre de treize mille hommes, se trouvèrent réunies sous les ordres du maréchal Masséna, entre Cassano et Castrovillari.]

A M. ***,

OFFICIER D'ARTILLERIE, A NAPLES.

Cassano, le 12 août 1806.

Si Maisonneuve [1] t'a remis ma lettre de Matera, tu sais comment je suis venu ici.

J'ai rejoint Reynier. Enfin nous l'avons retrouvé avec les débris de sa grandeur, les Milet [1], les D..., les Sénécal (Clavel [2] est tué ; je te l'ai marqué), tous en piteux équipages et de fort mauvaise humeur, eux du moins, car pour lui, le voilà raisonnable, abordable. On lui parle ; il écoute à présent, et de tous c'est lui qui fait meilleure contenance. Il re-

1. Aide de camp du général Verdier.
1. Aide de camp du général Reynier.
2. Commandant d'un bataillon suisse, blessé seulement.

18.

nonce de bonne grâce à la vice-royauté, mais eux, après le rêve, ils ne sauraient souffrir d'être Gros-Jean comme devant, et ils s'en prennent à lui du bien qu'il n'a pu leur faire. Ceux qu'il produisait, qu'il poussait, lui jettent la première pierre. C'est un homme faible, irrésolu, tête étroite, courte vue; il devait faire ceci, et ne pas faire cela. Chacun après le dé vous montre. S'il n'eût pas attaqué, il n'y aurait qu'un cri, et les grands brailleurs seraient ceux qui ont fui les premiers. Lebrun dirait : Quoi! voir des Anglais, et ne pas tomber sur eux ! Maintenant, ce n'était pas son avis.

Sotte chose en vérité, pour un homme qui commande, d'avoir sur les épaules un aide de camp de l'empereur, un monsieur de la cour, qui vous arrive en poste, habillé par Walter, et portant dans sa poche le génie de l'empereur. Reynier s'est trouvé là comme moi à Tarente, avec un surveillant chargé de rendre compte. La bataille gagnée, c'eût été l'empereur, le génie, la pensée, les ordres de là-haut. Mais la voilà perdue, c'est notre faute à nous. La troupe dorée dit : L'empereur n'était pas là, et comment se fait-il que l'empereur ne puisse former un général.

L'aventure est fâcheuse pour le pauvre Reynier. Nulle part on ne se bat; les regards sont sur nous. Avec nos bonnes troupes et à forces égales, être défaits, détruits en si peu de minutes; cela ne s'est point vu depuis la révolution.

Reynier a tâché de se faire tuer, et il court encore comme un fou partout où il y a des coups à attraper. Je l'approuverais s'il ne m'emmenait; moi, je n'ai pas perdu de bataille, je ne voulais point être vice-roi, et tout nu que me voilà je me trouve bien au monde. Les fidèles nous laissent aller, et survivent très-volontiers à leurs espérances. Que les temps sont changés depuis Monte-Leone, en quinze jours! Au lieu de cette foule, de ce cortége, c'est à qui se dispensera de l'accompagner; il n'y va plus que ceux qui ne peuvent l'éviter. Je les trouve de bon sens, et je ferais comme eux. Je le pourrais, je le devrais, et je le veux même quelquefois, quand je me rappelle sa cour et ses airs; mais dans le malheur il est bon homme; nos humeurs se conviennent au fond; l'ancienne belle passion se rallume et *joint le malheureux Sosie au malheureux Amphitryon*. Bien entendu qu'au moindre vent qui le gonflerait encore nous ferions bande à part, comme la première fois. Ne me trouves-tu pas habile? si je m'attache aux gens, c'est seulement tant qu'ils sont brouillés avec la fortune. Le résultat de tout ceci, c'est qu'il perd et son ancienne réputation qu'on n'avait pu lui ôter, et un crédit naissant dans ce nouveau tripot; il revenait sur l'eau, et le voilà noyé.

Morel a une blessure de plus, qu'il ne donnerait pas pour beaucoup : c'est une balle au-dessus du genou; il admire son bonheur. En effet, la croix, s'il l'obtient, aurait pu lui coûter plus cher, et c'est bon marché, certes, quand on n'a pas d'aïeux.

Masséna, et les nobles, et tous les gens bien nés sont à six milles d'ici, à Castrovillari ; sa troupe dorée à Morano, M. de Colbert aussi est là, qui trouve dur de suivre le quartier général sans sa voiture bombée. Il a bien fallu la laisser à Lago-Negro et faire trois journées à cheval. Il prétend, pour tant de fatigues et de périls, qu'on le fasse officier de la légion, et je trouve sa prétention bien modérée pour un homme qui s'appelle M. de Colbert.

Le trait de ton Dedon [1] est bon : je le savais déjà. Tu crois que le scandale de l'affaire lui pourra nuire? Ah! s'il a soin des fusils de chasse, et qu'il conte toujours de petites histoires, c'est bien cela qui l'empêchera de devenir un gros seigneur par un *voulons et nous plaît*. Il y a ici un colonel Grabinski qui a fait pis, s'il est possible, et qui n'en sera pas moins général avant peu, car c'est *un bon serviteur*, un homme qui sait ce qu'on doit à ses chefs, un homme... un homme enfin qui ira loin, je t'en réponds, sans risquer sa peau. Au fait, ces choses-là ne font nul tort, pourvu qu'on serve bien, d'ailleurs, dans l'antichambre, surtout quand on a l'avantage d'être connu pour un sot. C'est bien là le cas de ton Dedon. Je te conseille de lui faire ta cour.

1. Commandant l'artillerie de l'armée devant Gaëte.

J'ai reçu ta dernière lettre, comme tu vois ; tout de bon , cela est trop drôle ! Salvat, qui meurt réellement et en vérité de la peur, Dedon qui en est bien malade, l'autre qui se tient loin ; voilà de ces choses qu'on ne peut savoir à moins d'être du métier. En lisant la gazette, personne n'imagine qu'à travers tant de guerres on puisse parvenir aux premiers emplois de l'armée sans être en rien homme de guerre. Ma foi, quant au reste du monde, je ne t'en saurais que dire; mais j'ai vu deux classes dans ma vie; j'ai connu gens de lettres, gens de sabre et d'épée. Non ! la postérité ne se doutera jamais combien, dans ce siècle de lumières et de batailles, il y eut de savants qui ne savaient pas lire et de braves qui faisaient dans leurs chausses! Combien de Laridons passent pour des Césars, sans parler de César Berthier !

Nous partons demain pour Cosenza, où nous devons joindre Masséna. Nous ne faisons rien, comme vous dites ; de petits pillages dans des villages. Adieu ; tu peux m'écrire maintenant par la poste, si poste il y a.

Nous avons trois Franceschi, dont deux généraux et un colonel aide de camp de Masséna, assez mal plaisant animal; des deux généraux l'un est un petit bancal, plein de feu, intrépide, donnant tête baissée partout. L'autre est un ci-devant procureur de Bastia, et né pour toujours l'être. A dire vrai, il l'est toujours, et n'a guère changé que d'habit. Adieu encore une fois : ce long volume te prouve combien nous sommes peu occupés.

A M. LE GÉNÉRAL DULAULOY,

A NAPLES.

Cassano, 12 août 1806.

Mon général, rien ne pouvait me faire plus de plaisir et d'honneur que de vous voir approuver ma conduite dans la sotte opération [1] que j'avais prise tant à cœur, par amitié

1. Sa mission à Tarente. Voir la lettre du 28 mai.

pour un homme qui maintenant me fait la mine. Vous saurez tout, quand je vous verrai. Un rayon de prospérité donne d'étranges vapeurs. Moi, d'abord, je fus fâché de la perte des canons; mais ici je vois que personne n'y pense, et je serais bien bon de m'en faire un chagrin, quand tout le monde s'en moque.

On nous dit que vous êtes en faveur près de madame G... Parbleu! vous devriez bien, dans vos bons moments, vous souvenir de moi, qui, depuis six mois, n'ai guère eu de bon temps, et me faire un peu revenir à Naples. J'y ai bien autant à faire que vous; j'y ai la nue-propriété d'un des plus beaux objets qui soient sortis des mains de la nature. Je ne connais point votre madame; tout le monde dit qu'elle a de jolies choses. Si vous aimez toujours le change, nous pourrions faire quelque affaire : vous me devriez certainement du retour; mais, à cause de vous, et pour aller à Naples, je ferais des sacrifices. Si vous aviez la moindre idée de ce que je vous propose, vous m'enverriez l'ordre de partir sur-le-champ et en poste.

[Le 13 août le général Verdier marcha à Tarsia, et le 14 à Cosenza, où le maréchal Masséna se trouvait déjà. Courier fut ensuite détaché de divers côtés pour faire rentrer les insurgés dans l'ordre. Il en battit une bande le 18 en sortant de Cosenza, et s'avança le jour même jusqu'à Scigliano. Il fut ensuite dirigé sur la Mantea, place maritime, vers laquelle le général Verdier marchait par Fiume-Freddo.]

A M***,

OFFICIER D'ARTILLERIE, A NAPLES.

Scigliano, le 21 août 1806.

Ton patron nous écrit : *J'ai reçu une lettre du général, comme vous, pas trop honnête.* Il veut dire : *comme celle que vous avez reçue.* Tout le reste est de ce style : ce garçon-là ira loin.

Or, écoutez, vous qui dites que nous ne faisons rien; nous

pendîmes un capucin à San-Giovanni in Fiore, et une vingtaine de paùvres diables qui avaient plus la mine de charbonniers que d'autre chose. Le capucin, homme d'esprit, parla fort bien à Reynier. Reynier lui disait : Vous avez prêché contre nous; il s'en défendit; ses raisons me paraissaient assez bonnes. Nous voyant partis en gens qui ne devaient pas revenir, il avait prêché pour ceux à qui nous cédions la place. Pouvait-il faire autrement? Mais, si on les écoutait, on ne pendrait personne. Ici nous n'avons pu pendre qu'un père et son fils, que l'on prit endormis dans un fossé. Monseigneur excusera ; il ne s'est trouvé que cela. Pas une âme dans la ville; tout se sauve, et il n'est resté que les chats dans les maisons.

Nous rencontrons, par-ci par-là, des bandes qui n'osent pas même tenir le sommet des montagnes. Leur plus grande audace fut à Cosenza[1], où l'Anglais les amena[2]. Il les fit venir jusqu'à la porte du côté de Scigliano, et ils y restèrent toute une nuit, sans que personne dedans s'en doutât. S'ils fussent entrés tout bonnement (car de gardes aux portes, ah! oui, c'est bien nous qui pensons à cela), ils prenaient au lit monseigneur le maréchal avec la femme du major. L'Anglais fut tué là. Le matin, nous autres déconfits, qui venions de Cassano, traversant à Cosenza, nous sortîmes par cette porte à la pointe du jour, et les trouvâmes là dans les vignes. Il s'était avancé, lui; sa canaille l'abandonna. Je le vis environné; il jeta son épée en criant : *Prisonnier!* mais on le tua; j'en fus fâché, j'aurais voulu lui rendre un peu les bons traitements que j'ai reçus de ses compatriotes. C'était un bel homme, équipé fort magnifiquement; on le dépouilla en un clin d'œil. Il avait de l'or beaucoup.

Nous allons à la Mantea; mais, si nous trouvons porte close, je ne sais comment nous ferons. Verdier a, je crois, quelques canons; nous, *pandours*, nous n'avons que des cordes.

[A Ajello, entre Scigliano et la Mantea, Courier faillit encore tomber entre

1. Le 18 août.
2. Chef de bande.

les mains des brigands. Le canonnier d'ordonnance qui l'accompagnait fut tué, et il perdit son porte-manteau.

L'entreprise sur la Mantea n'ayant pas eu de suite, le général Reynier revint à Scigliano le 26, d'où il marcha le 31 à Soveria. Le 1er septembre il descendit à Nicastro; le 5 il vint à Maida, où le commandant Clavel fut retrouvé presque guéri de ses blessures. Enfin le 7 il s'établit à Mileto, d'où son quartier général ne sortit pas pendant les deux mois que Courier passa encore à ce corps d'armée)]

A MADAME MARIANNA DIONIGI,

A ROME.

Mileto, le 7 septembre 1806.

Madame, Dieu veuille que ma dernière lettre ne vous soit pas parvenue. Je serais bien fâché vraiment que ce que je vous demandais fût parti; c'étaient des papiers et des livres. Quant à mes habits, je ne les ai pas reçus; mais je sais qui les a reçus pour moi, ce sont les Anglais. Vous aurez appris que nous perdîmes contre eux, il y a deux mois, une bataille et toute la Calabre. Nous regagnerons peut-être la Calabre, mais non la bataille. Ceux qui sont morts, sont morts; tout ce que nous pourrons faire, ce sera de leur tuer autant de monde qu'ils nous en ont tué. Bientôt, selon toute apparence, nous aurons cette consolation, ou pis que la première fois. Quoi qu'il en soit, la guerre m'occupe tout entier, et je ne pourrai de longtemps penser à autre chose; ainsi, madame, je souhaite que, jusqu'à mon retour, vous conserviez chez vous les petits effets dont vous avez bien voulu vous faire dépositaire.

Je remets au temps où j'aurai l'honneur de vous voir, Dieu aidant, le détail de nos désastres. C'est une histoire qui commence mal, et dont peu de nous verront la fin. Je ne suis pas des plus à plaindre, puisque j'ai encore tous mes membres; mais la chemise que je porte ne m'appartient pas; jugez par-là de nos misères.

Si, en conséquence de ma dernière lettre, vous m'aviez

adressé quelque paquet à Naples, ayez la bonté de m'envoyer les renseignements nécessaires pour les réclamer. Je resterai ici tant qu'on y fera la guerre; mais si l'on cesse de se battre, je cours aussitôt à Rome, et tous mes maux ne finiront que quand j'aurai le bonheur de vous revoir.

Permettez, madame, que je vous prie de présenter mon respect à madame votre mère, à mademoiselle Henriette, et à M. d'Agincourt, que vous voyez sûrement quelquefois; me donner de leurs nouvelles et des vôtres, c'est le plus grand plaisir que vous me puissiez faire de si loin.

A M. LE GÉNÉRAL MOSSEL.

Mileto, le 10 septembre 1806.

J'ai reçu, mon général, la chemise dont vous me faites présent. Dieu vous la rende, mon général, en ce monde-ci ou dans l'autre. Jamais charité ne fut mieux placée que celle-là. Je ne suis pourtant pas tout nu. J'ai même une chemise sur moi, à laquelle il manque, à vrai dire, le devant et le derrière, et voici comment : on me la fit d'une toile à sac que j'eus au pillage d'un village, et c'est là encore une chose à vous expliquer. Je vis un soldat qui emportait une pièce de toile; sans m'informer s'il l'avait eue par héritage ou autrement, j'avais un écu et point de linge; je lui donnai l'écu, et je devins propriétaire de la toile, autant qu'on peut l'être d'un effet volé. On en glosa; mais le pis fut que, ma chemise faite et mise sur mon maigre corps par une lingère suivant l'armée, il fut question de la faire entrer dans ma culotte, la chemise s'entend, et ce fut là où nous échouâmes, moi et ma lingère. La pauvre fille s'y employa sans ménagements, et je la secondais de mon mieux, mais rien n'y fit. Il n'y eut force ni adresse qui pût réduire cette étoffe à occuper autour de moi un espace raisonnable. Je ne vous dis pas, mon général, tout ce que j'eus à souffrir de ces tentatives, malgré l'attention et les soins de ma femme de chambre, on ne peut pas plus experte à pareil service. Enfin nécessité, mère de l'industrie, nous suggéra l'idée de retrancher de la chemise tout ce qui refusait de loger dans mon pantalon, c'est-à-dire le devant et le derrière, et de coudre la ceinture au corps même de la chemise, opération qu'exécuta ma bonne couturière avec une adresse merveilleuse et toute la décence possible. Il n'est sorte de calembours et de mauvaises plaisanteries qu'on n'ait faits là-dessus; et c'était un sujet à ne jamais s'épuiser, si votre générosité ne m'eût mis en état de faire désormais plus d'envie que de pitié. Je me moque à mon tour des railleurs, dont aucun ne possède rien de comparable au don que je reçois de vous.

Il n'y avait que vous, mon général, capable de cette bonne œuvre dans toute l'armée; car, outre que mes camarades sont pour la plupart aussi mal équipés que moi, il passe aujourd'hui pour constant que je ne puis rien garder, l'expérience ayant confirmé que tout ce que l'on me donne va aux brigands en droiture. Quand j'échappai nu de Corigliano, Saint-Vincent[1] me vêtit et m'emplit une valise de beaux et bons effets, qui me furent pris huit jours après sur les hauteurs de Nicastro[2]. Le général Verdier et son état-major me firent une autre pacotille, que je ne portai pas plus loin que la Mantea, ou Ajello[3], pour mieux dire, où je fus dépouillé pour la quatrième fois. On s'est donc lassé de m'habiller et de me faire l'aumône, et on croit généralement que mon destin est de mourir nu, comme je suis né. Avec tout cela, on me traite si bien, le général Reynier a pour moi tant de bonté, que je ne me repens point encore d'avoir demandé à faire cette campagne, où je n'ai perdu, après tout, que mes chevaux, mon argent, mon domestique, mes nippes et celles de mes amis.

À M. DE SAINTE-CROIX,

À PARIS.

Mileto, le 12 septembre 1806.

Monsieur, depuis ma dernière lettre, à laquelle vous répon-

1. Depuis colonel d'artillerie.
2. Le 20 juin.
3. Le 24 août.

dîtes d'une manière si obligeante, il s'est passé ici des choses
qui nous paraissent à nous de grands événements, mais dont
je crois qu'on parlera peu dans le pays où vous êtes. Quoi
qu'il en soit, monsieur, si l'histoire de la grande Grèce, durant
ces trois derniers mois, a pour vous quelque intérêt, je vous
envoie mon journal[1], c'est-à-dire un petit cahier, où j'ai noté
en courant les horreurs et les bouffonneries les plus remarquables dont j'ai été témoin. Il est difficile d'en voir plus, en
si peu de temps et d'espace. C'est M. de la Ch..... qui se
charge de vous faire parvenir ce paquet, que j'ai mis sous
enveloppe avec mon cachet. Je vous demande en grâce que
cela ne soit vu de personne.

Si les traits ainsi raccourcis de ces exécrables farces ne
vous inspirent que du dégoût, je n'en serai pas surpris. Cela
peut piquer un instant la curiosité de ceux qui connaissent
les acteurs. Les autres n'y voient que la honte de l'espèce
humaine. C'est là néanmoins l'histoire, dépouillée de ses ornements. Voilà les canevas qu'ont brodés les Hérodote et les
Thucydide. Pour moi, m'est avis que cet enchaînement de
sottises et d'atrocités qu'on appelle histoire ne mérite guère
l'attention d'un homme sensé. Plutarque, avec

> L'air d'homme sage,
> Et cette large barbe au milieu du visage,

me fait pitié de nous venir prôner tous ces donneurs de batailles dont le mérite est d'avoir joint leurs noms aux événements qu'amenait le cours des choses.

Depuis notre jonction avec Masséna nous marchons plus
fièrement, et nous sommes un peu moins à plaindre. Nous
retournons sur nos pas, formant l'avant-garde de cette petite
armée, et faisant aux insurgés la plus vilaine de toutes les
guerres. Nous en tuons peu, nous en prenons encore moins.
La nature du pays, la connaissance et l'habitude qu'ils en
ont, font que, même étant surpris, ils nous échappent aisé-

---

1. Ce journal ne s'est pas retrouvé.

ment ; non pas nous à eux. Ceux que nous attrapons, nous les pendons aux arbres ; quand ils nous prennent, ils nous brûlent le plus doucement qu'ils peuvent. Moi qui vous parle, monsieur, je suis tombé entre leurs mains : pour m'en tirer, il a fallu plusieurs miracles. J'assistai à une délibération[1] où il s'agissait de savoir si je serais pendu, brûlé ou fusillé. Je fus admis à opiner. C'est un récit dont je pourrai vous divertir quelque jour. Je l'ai souvent échappé belle dans le cours de cette campagne ; car, outre les hasards communs, j'ai fait deux fois le voyage de Reggio à Tarente, allée et retour, c'est-à-dire plus de quatre cents lieues à travers les insurgés, seul ou peu accompagné, tantôt à pied, tantôt à cheval, quelquefois à quatre pattes, quelquefois glissant sur mon derrière ou culbutant du haut des montagnes. C'est dans une de ces courses que je fus pris par nos bons amis. Il n'y a ni bois ni coupegorge dans toute la Calabre où je n'aie fait de ces promenades, et pourquoi ? ah ! c'est cela qui vous ferait pitié. Une fois, de sept hommes que j'avais pour escorte, trois furent tués avec quatre chevaux par les montagnards[2]. Nous avons perdu et perdons chaque jour de cette manière une infinité d'officiers et de petits détachements. Une autre fois, pour éviter pareille rencontre, je montai sur une petite barque, et ayant forcé le patron à partir malgré le mauvais temps, je fus emporté en pleine mer. Nos manœuvres furent belles. Nous fîmes des oraisons : nous promîmes des messes à la Vierge et à saint Janvier, tant qu'enfin me voilà encore.

Depuis, sur une autre barque je passai près d'une frégate anglaise qui m'ayant tiré quelques coups, tous mes rameurs se jetèrent à l'eau et se sauvèrent à terre. Je restai seul comme Ulysse, comparaison d'autant plus juste que ceci m'arriva dans le détroit de Charybde, à la vue d'une petite ville qui s'appelle encore Scylla, et où je ne sais quel Dieu me fit aborder paisiblement. J'avais coupé avec mon sabre le cordage qui tenait ma petite voile latine, sans quoi j'eusse été submergé.

1. A Corigliano, le 12 juin.
2. A Nicastro, le 20 juin.

J'avais sauvé, du pillage de mes pauvres nippes, ce que j'appelais mon bréviaire. C'était une Iliade de l'imprimerie royale, un tout petit volume que vous aurez pu voir dans les mains de l'abbé Barthélemy ; cet exemplaire me venait de lui (*quam dispari domino!*), et je sais qu'il avait coutume de le porter dans ses promenades. Pour moi, je le portais partout ; mais l'autre jour, je ne sais pourquoi, je le confiai à un soldat qui me conduisait un cheval en main. Ce soldat fut tué et dépouillé. Que vous dirai-je, monsieur ? J'ai perdu huit chevaux, mes habits, mon linge, mon manteau, mes pistolets, mon argent. Je ne regrette que mon Homère ; et pour le ravoir, je donnerais la seule chemise qui me reste. C'était ma société, mon unique entretien dans les haltes et les veillées. Mes camarades en rient. Je voudrais bien qu'ils eussent perdu leur dernier jeu de cartes, pour voir la mine qu'ils feraient.

Vous croirez sans peine, monsieur, qu'avec de pareilles distractions je n'ai eu garde de penser aux antiquités : s'il s'est trouvé sur mon chemin quelques monuments, à l'exemple de Pompée, *ne visenda quidem putavi*. Non que j'aie rien perdu de mon goût pour ces choses-là, mais le présent m'occupait trop pour songer au passé : un peu aussi le soin de ma peau, et les Calabrais me font oublier la grande Grèce. C'est encore aujourd'hui *Calabria ferox*. Remarquez, je vous prie, que, depuis Annibal, qui trouva ce pays florissant, et le ravagea pendant seize ans, il ne s'est jamais rétabli. Nous brûlons bien sans doute, mais il paraît qu'il s'y entendait aussi. Si nous nous arrêtions quelque part, si j'avais seulement le temps de regarder autour de moi, je ne doute point que ce pays, où tout est grec et antique, ne me fournit aisément de quoi vous intéresser et rendre mes lettres dignes de leur adresse. Il y a dans ces environs, par exemple, des ruines considérables, un temple qu'on dit de Proserpine. Les superbes marbres qu'on en a tirés sont à Rome, à Naples et à Londres. J'irai voir, si je puis, ce qui en reste, et vous en rendrai compte, si je vis, et si la chose en vaut la peine.

Pour la Calabre actuelle, ce sont des bois d'orangers, des forêts d'oliviers, des haies de citronniers. Tout cela sur la côte et seulement près des villes : pas un village, pas une maison dans la campagne. Elle est déserte, inhabitable, faute de police et de lois. Comment cultive-t-on, direz-vous? Le paysan loge en ville et laboure la banlieue; partant le matin à toute heure, il rentre avant le soir, de peur... En un mois, dans la seule province de Calabre, il y a eu plus de douze cents assassinats; c'est Salicetti qui me l'a dit. Comment oserait-on coucher dans une maison des champs? On y serait égorgé dès la première nuit.

Les moissons coûtent peu de soins; à ces terres soufrées il faut peu d'engrais ; nous ne trouvons pas à vendre le fumier de nos chevaux. Tout cela donne l'idée d'une grande richesse. Cependant le peuple est pauvre, misérable même. Le royaume est riche ; car, produisant de tout, il vend et n'achète pas. Que font-ils de l'argent? Ce n'est pas sans raison qu'on a nommé ceci l'Inde de l'Italie. Les bonzes aussi n'y manquent pas. C'est le royaume des prêtres, où tout leur appartient. On y fait vœu de pauvreté pour ne manquer de rien, de chasteté pour avoir toutes les femmes. Il n'y a point de famille qui ne soit gouvernée par un prêtre jusque dans les moindres détails; un mari n'achète pas de souliers pour sa femme sans l'avis du saint homme.

Ce n'est point ici qu'il faut prendre exemple d'un bon gouvernement, mais la nature enchante. Pour moi je ne m'habitue pas à voir des citrons dans les haies. Et cet air embaumé autour de Reggio! on le sent à deux lieues au large quand le vent souffle de terre. La fleur d'oranger est cause qu'on y a un miel beaucoup meilleur que celui de Virgile : les abeilles d'Hybla ne paissaient que le thym, n'avaient point d'orangers. Toutes choses aujourd'hui valent mieux qu'autrefois.

Je finis en vous suppliant de présenter mon respect à madame de Sainte-Croix et à M. Larcher. Que n'ai-je ici son Hérodote, comme je l'avais en Allemagne! Je le perdis justement comme je viens de faire de mon Homère, sur le point de le savoir par cœur. Il me fut pris par des hussards. Ce que je ne perdrai jamais, ce sont les sentiments que vous m'inspirez l'un et l'autre, dans lesquels il entre du respect, de l'admiration, et, si j'ose le dire, de l'amitié.

A M. ***,

OFFICIER D'ARTILLERIE, A NAPLES.

Mileto, le 16 octobre 1806.

J'avais déjà ouï dire que ce pauvre Michaud [1] s'était fait égorger. Je ne m'en étonne pas; il avait perdu la tête : ce n'est pas une façon de parler. Je le vis à Cassano, son esprit était frappé; il voyait partout des brigands. Ce que cela produit, c'est qu'on se jette dans le péril qu'on veut éviter. Il y a une autre chose qui fait périr ces gens-là, c'est l'argent qu'ils portent avec eux, comme Sucy et mille autres que la *chère cassette* a conduits à mal. Au reste, il n'était pas le seul à qui la peur eût troublé le sens. Je t'en pourrais dire autant de plusieurs *qui ont fait la guerre, qui servent bien, qui ont été partout*. Il faut convenir aussi que nos aventures n'étaient pas gaies. Voici celle de Cassano : elle fut assurément des moins tragiques pour nous; mais elle fit du bruit, à cause du miracle dont on t'a parlé.

Après avoir saccagé sans savoir pourquoi la jolie ville de Corigliano, nous venions (non pas moi, j'étais avec Verdier; mais j'arrivai trois jours après); nos gens montaient vers Cassano [2], le long d'un petit fleuve ou torrent qu'on appelle encore le *Sibari*, qui ne traverse plus Sibaris, mais des bosquets d'orangers. Le bataillon suisse marchait en tête, fort délabré comme tout le reste, commandé par Muller, car Clavel a été tué à Sainte-Euphémie. Les habitants de Cassano, voyant cette troupe rouge, nous prennent pour des Anglais : cela est arrivé souvent [3]. Ils sortent, viennent à nous, nous embrassent, nous félicitent d'avoir bien frotté ces coquins de

1. Commissaire des guerres.
2. Le 4 août.
3. En particulier à Marcellinara, le soir du combat de Maida.

Français, ces voleurs, ces excommuniés. On nous parla, ma foi, sans flatterie cette fois-là. Ils nous racontaient nos sottises et nous disaient de nous pis encore que nous ne méritions. Chacun maudissait les soldats de *maestro Peppe*, chacun se vantait d'en avoir tué. Avec leur pantomime, joignant le geste au mot : *J'en ai poignardé six; j'en ai fusillé dix*. Un disait avoir tué Verdier; un autre m'avait tué, moi. Ceci est vraiment curieux. Portier, lieutenant du train, je ne sais si tu le connais, voit dans les mains de l'un d'eux ses propres pistolets, qu'il m'avait prêtés, et qu'on me prit quand je fus dépouillé. Il saute dessus : *A qui sont ces pistolets?* L'autre, tu sais leur style : *Monsieur, ils sont à vous.* Il ne croyait pas dire si vrai. *Mais de qui les avez-vous eus? — D'un officier français que j'ai tué.* Alors, moi et Verdier, on nous crut bien morts tous deux ; et, quand nous arrivâmes, trois jours après, on était déjà en train de ne plus penser à nous.

Tu vois comme ils se recommandaient et arrangeaient leur affaire. On reçut ainsi toutes leurs confidences, et ils ne nous reconnurent que quand on fit feu sur eux, à bout touchant. On en tua beaucoup. On en prit cinquante-deux, et le soir on les fusilla sur la place de Cassano. Mais un trait à noter de la rage de parti, c'est qu'ils furent expédiés par leurs compatriotes, par les Calabrais nos amis, les bons Calabrais de Joseph, qui demandèrent comme une faveur d'être employés à cette boucherie. Ils n'eurent pas de peine à l'obtenir; car nous étions las du massacre de Corigliano. Voilà les fêtes de Sibaris, tu peux garantir à tout venant l'exactitude de ce récit. Le miracle fameux fut que peu de jours après, dans un village voisin, on égorgea de nos gens cinquante-deux, ni plus ni moins, qui pillaient sans penser à mal. La Madone, comme tu peux croire, eut part à cette bonne affaire, dont les récits furent embellis et propagés à la gloire de la *santa fede*.

La scène de Marcellinara est du même genre. Nous fûmes pris pour des Anglais, et comme tels, reçus dans la ville. Arrivés sur la place, la foule nous entourait. Un homme chez lequel avait logé Reynier le reconnaît et veut s'enfuir. Reynier fait signe qu'on l'arrête; on le tue. La troupe tire tout à la fois ; en deux minutes la place fut couverte de morts. Nous trouvâmes là six canonniers du régiment, dans un cachot, demi-morts de faim, entièrement nus. On les gardait pour un petit *auto-da-fé* qui devait avoir lieu le lendemain.

L'aventure du grand-amiral est sans doute merveilleuse, on ne peut l'échapper plus belle. Cependant, nous t'en citerions qui n'en doivent guère à celle-là. Il n'y a pas encore quinze jours que nous décrochâmes un de nos hommes mal pendu et mal poignardé, qui mange et boit maintenant comme toi. On tue tant, on est si pressé, qu'on ne fait les choses qu'à moitié. Tout cela n'est rien au prix de l'histoire de Mingrelot ; tu dois la savoir, puisqu'il est à Naples. Il t'aura pu conter aussi ce qui arriva à Maréchal, de son régiment, fusillé deux fois et vivant.

Mery, l'aide de camp de Saint-Cyr, n'a pas été si heureux : il est mort. Il fut blessé à la cuisse dans une embuscade, et achevé par les chirurgiens à Castro-Villari. Alquier et Lejeune, chef de bataillon du même régiment, ont péri à Scigliano. Gastelet fut tué à Sainte-Euphémie. Compère [1] a un bras coupé et une jambe qui ne vaut guère mieux.

Pour moi, je n'ai garde de me plaindre. J'ai perdu plus que tous les autres en chevaux et en effets ; mais ma peau est entière, et j'ai le compte de mes membres. Je me suis vu quelquefois assez mal à mon aise ; mais plus souvent j'ai eu du bon. Presque toujours bien avec le patron [2], ma disgrâce a duré autant que sa prospérité, *ce que durent les roses*. Avant tout ceci on n'eût daigné abaisser un regard jusqu'à moi ; l'infortune l'humanise, et nous voilà de nouveau bons amis.

Les gens qui ne réfléchissent point, à la tête desquels tu peux me mettre, trouvent encore ici de bons moments : on y mange, on y boit, parmi toutes ces diableries ; on y fait l'amour comme ailleurs et mieux, car on ne fait que cela. Le pays fournit en abondance de quoi satisfaire tous les appétits, poil et plume, chair et poisson ; du vin plus qu'on n'en

1. Général de brigade.
2. Le général Reynier.

peut boire, et quel vin! des femmes plus qu'on n'en veut.
Elles sont noires dans la plaine, blanches sur les montagnes,
amoureuses partout. Calabraise et braise, c'est tout un. Les
vertus que nous avons amenées ont eu de furieux assauts,
prises et reprises par les Anglais, les Siciliens, les Calabrais,
et toujours rendues sans tache. Madame Grabinski, madame
Peyri, madame François, ont été fort respectées des Anglais,
à ce qu'elles disent; elles se louent moins des Napolitains,
qui auraient eu plus d'attentions pour un de nos petits tambours. Madame Grabinski est un ange de douceur et de complaisance; je la vis un jour à Palmi; je dînai avec eux.
Comme il n'entend guère l'italien, ni aucune langue à ce que
je crois, j'eus toute la commodité de parler à la belle. Je lui
contai bonnement comme je l'avais manquée d'un quart
d'heure à Bologne chez madame Williams, où l'on ne payait
qu'en sortant. Je me plaignis fort du tour que m'avait joué
Grabinski, et à nous tous, de l'enlever ainsi pour la mettre
en chartre privée; que n'était-il venu un quart d'heure plus
tard! ou vous plus tôt, me dit-elle.

Ces gens de Palmi me contèrent des merveilles de Michel [1].
Dans Scylla, qu'ils voient en plein de leurs montagnes, il a
fait pendant vingt-trois jours tout ce qui se pouvait humainement. C'était un feu d'enfer par mer et par terre. Si je t'en-
file encore celle-là, tu n'en seras jamais quitte. Dors-tu? moi
je vais me coucher. Adieu.

A M. LEDUC,

OFFICIER D'ARTILLERIE, A PARIS.

Mileto, le 18 octobre 1806.

On croit généralement ici que la guerre recommence en
Allemagne : j'ai les plus fortes raisons pour souhaiter d'y être
employé, et de quitter ce pays-ci, où il ne me reste rien à faire,

---

1. Chef de bataillon du génie.

ni à voir, ni à espérer. Ne pourrais-tu pas m'obtenir ce changement de destination ? N'as-tu aucune relation avec ceux qui règlent ces sortes de choses, auxquels il doit être assez indifférent que je me fasse tuer ici ou là-bas, par un sous-diacre embusqué derrière une haie, ou par un hussard prussien ! Cette demande, en elle-même, est peu de chose, puisqu'il ne s'agit ni d'argent ni d'avancement. Ton amitié que j'implore, et sur laquelle je me fonde, ferait pour moi plus que cela ; tire-moi de ce purgatoire où je suis sans avoir péché, dupe de ma bonne volonté et de l'envie que j'ai eue de servir utilement. Écoute ma déconvenue : avant la dernière campagne d'Allemagne, lorsque tout était en paix, je voulus venir dans ce royaume, parce qu'il y avait une armée que l'on croyait destinée à le conquérir ou à quelque autre expédition ; ce fut ainsi que je n'allai pas à la grande armée ; si ce fut pour moi bonheur ou malheur, Dieu le sait, mais enfin j'aurais pu là me distinguer tout comme un autre. Tandis que l'empereur entrait à Vienne, nous vînmes près de Venise battre le corps de M. de Rohan ; la paix faite, nous retournâmes sur nos pas, sous les ordres du prince Joseph, aujourd'hui roi.

Arrivé à Naples, où j'aurais pu rester, je demandai à faire partie de l'expédition de Calabre, dont personne ne voulait être. Dans cette campagne, une des plus diaboliques qui se soient faites depuis longtemps, j'ai eu beaucoup plus que ma part de fatigues et de dangers ; j'ai perdu huit chevaux pris ou tués, mes nippes, mon argent, mes papiers, le tout évalué douze mille francs, par la discrétion du perdant. Une petite pacotille que m'avaient faite mes amis, après m'avoir habillé, vient de m'être prise comme la première ; mon domestique est crucifié quoique indigne [1], et je reste avec une chemise qui ne m'appartient pas. Cependant mes camarades qui n'ont pas bougé de Naples, ou qui peut-être ont passé dix jours devant Gaëte où nous avons perdu en tout dix hommes de l'artillerie, ont eu tous de l'avancement et des faveurs. Il n'est qu'heur et malheur. Ceux-là ont pris Gaëte. On ne demande

1. Chappuy. Il avait été pris à Reggio et débarqué par les Anglais à Gênes.

pas comment, ni en combien de temps, ni quelle défense a faite la place. Nous, on nous a rossés [1]; pouvions-nous ne pas l'être? c'est ce qu'on n'examine point; mais par Dieu! ce ne fut pas la faute de l'artillerie qui toute s'est fait massacrer ou prendre, et de fait se trouve détruite, sans pouvoir être remplacée.

Maintenant nous faisons la guerre ou plutôt la chasse aux brigands, chasse où le chasseur est souvent pris. Nous les pendons; ils nous brûlent le plus doucement possible, et nous feraient même l'honneur de nous manger. Nous jouons avec eux à cache-cache; mais ils s'y entendent mieux que nous. Nous les cherchons bien loin lorsqu'ils sont tout près. Nous ne les voyons jamais; ils nous voient toujours. La nature du pays et l'habitude qu'ils en ont font que, même étant surpris, ils nous échappent aisément, non pas nous à eux. Te préserve le ciel de jamais tomber dans en leurs mains, ainsi qu'il m'est arrivé! Si je m'en suis tiré sans y laisser la peau, c'est un miracle que Dieu n'avait point fait depuis l'aventure de Daniel dans la fosse aux lions. Bien m'a pris de savoir l'italien, et de ne pas perdre la tête. J'ai harangué; j'ai déployé, comme tu peux croire, toute mon éloquence [2]. Bref, j'ai gagné du temps et l'on m'a délivré. Une autre fois, pour éviter pareil ou pire inconvénient, je partis dans une mauvaise barque par un temps encore plus mauvais, et fus trop heureux de faire naufrage sur la même côte où peu de jours auparavant on avait égorgé l'ordonnateur Michaud avec toute son escorte. Une autre fois, sur une autre barque, je rencontrai une frégate anglaise, qui me tira trois coups de canon. Tous mes marins se jetèrent à l'eau et gagnèrent la terre en nageant. Je n'en pouvais faire autant. Seul, ne sachant pas gouverner ma petite voile latine, je coupai avec mon sabre les chétifs cordages qui la tenaient, et les zéphyrs me portèrent, moins doucement que Psyché, près d'une habitation d'où, aux signaux que je fis, on vint me secourir et me tirer de peine.

1. A Sainte-Euphémie, le 4 juillet.
2. A Corigliano, le 12 juin.

Que peut faire, dis-moi, dans une pareille guerre un pauvre officier d'artillerie sans artillerie (car nous n'en avons plus)? distribuer des cartouches à messieurs de l'infanterie, et les exhorter à s'en bien servir pour le salut commun. C'est où en sont réduits tous mes camarades, et le général Mossel [1] lui-même. Ce service ne me convenant pas, pour être quelque chose je suis officier d'état-major, aide de camp, tout ce qu'on veut : toujours à l'avant-garde, crevant mes chevaux, et me chargeant de toutes les commissions dont les autres ne se soucient pas. Mais tu sens bien qu'à ce métier je ne puis gagner que des coups, et me faire estropier en pure perte. Jamais, dans l'artillerie, on ne me tiendra compte d'un service fait hors du corps, et les généraux auprès desquels je sers, assez empêchés à se soutenir eux-mêmes, ne sont pas en passe de rien faire pour moi. J'aimerais cent fois mieux commander une compagnie d'artillerie légère à la grande armée que d'être ici général comme l'est Mossel, c'est-à-dire garde-magasin des munitions de l'infanterie. Je n'ai pas de temps à perdre : si cette campagne-ci se fait encore sans moi, comme celle d'Austerlitz, où diable veux-tu que j'attrape de l'avancement? Avancer est chose impossible dans la position où nous nous trouvons. Cela est vrai, moralement et géographiquement parlant. Confinés au bout de l'Italie, nous ne saurions aller plus loin, et nous n'avons ici non plus de grades à espérer que de terre à conquérir. Par pitié ou par amitié, tire-moi de ce cul-de-sac. Ote-moi d'une passe où je suis déplacé, et où je ne puis rien faire. Invoque, s'il est nécessaire pour si peu de chose, ton patron et le mien, le général Duroc. Parle, écris, je t'avouerai de tout, pourvu que tu m'aides à sortir de cette botte, au fond de laquelle on nous oublie. Si cela passe ton pouvoir, si l'on veut à toute force me laisser ici officier sans soldats, canonnier sans canons, s'il est écrit que je dois vieillir en Calabre, la volonté du ciel soit faite en toute chose !

On trouve ici tout, hors le nécessaire : des ananas, de la

---

1. Commandant l'artillerie en Calabre, depuis l'arrivée du maréchal Masséna.

fleur d'oranger, des parfums, tout ce que vous voulez, mais
ni pain, ni eau.

A MADAME PIGALLE,

A LILLE.

Mileto, le 25 octobre 1806.

Vous aurez de ma ma prose, chère cousine, tant que vous
en voudrez, et du style à vingt sous, c'est-à-dire du meilleur,
qui ne vous coûtera rien que le port. Si je ne vous en ai
pas adressé plus tôt, c'est que nous autres, vieux cousins,
nous n'écrivons guère à nos jeunes cousines sans savoir auparavant comment nos lettres seront reçues, n'étant pas,
comme vous autres, toujours assurés de plaire. Ne m'accusez
ni de paresse ni d'indifférence. Je voulais voir si vous songe-
riez que je ne vous écrivais pas depuis près de deux ans. Vous
n'aviez aucun air de vous en apercevoir; moi, piqué de cela,
j'allais vous quereller, quand vous m'avez prévenu fort joliment : j'aime vos reproches, et vous avez mieux répondu à
mon silence que peut-être vous n'eussiez fait à mes lettres.

On me mande de vous des choses qui me plaisent. Vous
parlez de moi quelquefois; vous faites des enfants, et vous
vous ennuyez; *vivat*, cousine. Voilà une conduite admirable.
De mon côté, je m'ennuie aussi, tant que je puis, comme de
raison. Ne nous sommes-nous pas promis de ne point rire
l'un sans l'autre? pour moi, je ne sais ce que c'est que manquer à ma parole, et je garde mon sérieux, comptant bien que
vous tenez le vôtre. Je trouverais fort mauvais qu'il en fût
autrement; et si quelqu'un vous amuse, à mon retour qu'il
prenne garde à lui. Passe pour des enfants, mais point de
plaisir, ma cousine, point de plaisir sans votre cousin.

Hélas ! pour tenir ma promesse je n'ai besoin que de penser
à cinq cents lieues qui nous séparent, deux longues, longues
années écoulées sans vous voir, et combien encore à passer
de la même manière. Ces idées-là ne me quittent point, et

me donnent une physionomie de *misanthropie et repentir*.
Jeux innocents, petits bals et soirées du jardin, qu'êtes-vous
devenus? Non, je ne suis plus le cousin qui vous amusait;
ce n'est plus le temps de don Bedaine, de madame Ventre-à-
terre et de la Dame empaillée. En me voyant maintenant,
vous ne me reconnaîtriez pas, et vous demanderiez encore:
Où est le cousin qui rit? Voilà ce que c'est de s'éloigner de
vous. On s'ennuie, on devient maussade, on vieillit d'un siècle
par an. Pour être heureux, il faut ou ne vous pas connaître,
ou ne vous jamais quitter.

Je n'ai guère bâillé près de vous, ni vous avec moi, ce me
semble, si ce n'est peut-être en famille aux visites de nos
chers parents; eh bien, depuis que je ne vous vois plus, je
bâille du matin au soir. La nature, vous le savez, m'a doué
d'un organe favorable à cet exercice; je bâille en vérité comme
un coffre (mieux dit, m'est avis, que ce qu'on dit); vous, à
cause de mon absence, là-bas, vous devez bâiller aussi, comme
une petite tabatière. Quelle différence entre nous! vous n'ose-
riez assurément vous comparer, vous mesurer... Bêtise, oui
bêtise, j'en demeure d'accord, c'est du style à deux liards.

Mais savez-vous ce qui m'arrive de ne plus rire? Je deviens
méchant. Imaginez un peu à quoi je passe mon temps. Je
rêve nuit et jour aux moyens de tuer des gens que je n'ai jamais vus, qui ne m'ont fait ni bien ni mal; cela n'est-il pas
joli? Ah! croyez-moi, cousine, la tristesse ne vaut rien. Re-
prenons notre ancienne allure; il n'y a de bonnes gens que
ceux qui rient. Rions toutes les fois que l'occasion s'en présentera, ou même sans occasion. Moi, quand je songe à votre
enflure, à la mine que vous devez faire avec ce paquet, et
surtout à la manière dont cela vous est venu; ma foi, tout
seul ici, j'éclate comme si vous étiez là. Il ne se donne pas un
bal que vous n'enragiez, cela me réjouit encore plus.

Pendant que je vous fais ces lignes très-sensées, voici une
drôle d'aventure; la maison tremble [1], un homme qui écrivait
près de moi se sauve en criant *tremoto!* moi je répète *tre-*

1. A Sinopoli, près de Scylla, dans les premiers jours d'octobre.

moto, c'est-à-dire tremblement de terre, et me sauve aussi dans la cour. Là je vis bien que la secousse avait été forte, ou *sérieuse,* comme vous diriez, cousine, ou *conséquente,* comme dit Voisard. Un bâtiment non achevé, dont le toit n'est pas encore couvert, semblait agité par le vent; la charpente remuait, craquait. La terre a souvent ici de ces petits frissons qui renverseraient une ville comme un jeu de quilles, si les maisons n'étaient faites exprès, à l'épreuve du *tremoto,* peu élevées, larges d'en bas. Aucune n'est tombée cette fois ; mais une église a écrasé je ne sais combien de bonnes âmes qui sont maintenant en paradis; voyez quelle grâce de Dieu! nous autres vauriens, nous restons dans cette vallée de misères.

Vous demandez ce que nous faisons. Peu de chose ici : nous prenons un petit royaume pour la dynastie impériale. Qu'est-ce que la dynastie? Meot vous le dira. Le fameux traiteur Meot est cuisinier du roi, qui s'amuse souvent à causer avec lui ; le seul homme, dit-on, pour qui Sa Majesté ait quelque considération. — Meot, lui dit le roi, tu me pousses ta famille, tes nièces, tes cousins, tes neveux, tes fieux; tu n'as pas un parent à la mode de Bretagne, marmiton, gâte-sauce, qu'il ne faille placer et faire gros seigneur. — Sire, c'est ma dynastie, lui répondit Meot. Voilà un joli conte que vous ferez valoir en le contant avec grâce : vous ne pouvez autrement.

Quant au temps où nous nous reverrons, la réponse n'est pas si aisée. J'en meurs d'envie, vous pensez bien. Mais il faut achever de conquérir ce royaume, et puis voir les antiquités; il y en a beaucoup de belles; vous savez ma passion, je suis fou de l'antique.

Vous présenterai-je mon respect? Voulez-vous que j'aie l'honneur d'être...? Non, je vous embrasse tout bonnement... Mon Dieu! que vous êtes grosse! Moi qui vous ai vue comme un jonc, maintenant vous me paraissez une des tours de Notre-Dame. Ah, mamselle Sophie! qu'avez-vous fait là? Que monsieur votre mari ne s'attende pas à mes compliments pour vous avoir mise dans ce bel état.

Encore une fois je vous embrasse.

Le vieux cousin qui ne rit plus.

A MADAME PIGALLE,

A PARIS.

Mileto, le 30 octobre 1806.

Je vous envoie, chère cousine, une lettre pour M. Gassendi ; ayez la bonté de la lui faire tenir. Ce que je demande dépend de lui. Mais, tout mon ami qu'il se dit, je ne compte que médiocrement sur sa bonne volonté. Si vous le voyiez, chère cousine, ou, pour mieux dire, s'il vous voyait, je le connais et vous aussi, vous lui feriez faire ce que vous voudriez. Je ne vous demande point de ces efforts qui coûtent trop à la vertu : cela est bon lorsqu'il s'agit de la tête d'un mari comme dans le conte de Voltaire. Mon placet réussira si vous l'appuyez seulement d'un regard et d'un sourire. Que vous êtes heureuses, vous autres belles, de faire des heureux à si peu de frais !

Ce que vous me marquez de mon affaire avec Arnou ne me rassure pas autant que vous l'imaginez. Je ne puis le voir, lui, parce qu'il est à Naples ; c'est-à-dire à cent lieues de moi, et ces cent lieues sont plus difficiles à faire que mille en tout autre pays, à cause des voleurs qui se sont établis sur toutes les routes, en sorte que nul ne passe s'il n'est plus fort qu'eux. On n'y arrête pourtant jamais ni diligences ni chaises de poste ; je vous laisse à deviner pourquoi.

Si mademoiselle Eugénie a déjà pris un autre nom par-devant notaire, je lui en fais mon compliment, et bien plus encore à celui qui a cueilli cette jolie rose. Mes respects, s'il vous plaît, à madame Audebert. Vous savez que je fus toujours son admirateur, mais elle ne le sait peut-être pas, il est temps de le lui apprendre.

Excusez le chiffon sur lequel je vous écris. Rien n'est plus rare que le papier en ce pays-ci, où tout se trouve, hors le nécessaire.

A M. COURIER,

CHEF D'ESCADRON D'ARTILLERIE, A NAPLES.

Hanovre, le 8 novembre 1806.

MON COMMANDANT,

Vous m'excuserez si je prends la liberté de vous écrire ; c'est pour vous demander un certificat concernant mes actions devant mon ennemi, si vous vous rappelez le 17 août que nous avons été attaqués par les brigands. Le général Reynier a demandé après les pièces de canon, les mulets ne pouvant pas passer, j'en ai pris une sur mon épaule et je l'ai portée à l'emplacement où elle devait être mise en batterie. Le général Reynier a demandé mon nom ; mais comme tout le monde était occupé à voir la pleine déroute des brigands, dans le même moment le général a commandé de mettre les pièces sur les mulets et de descendre dans le village, où il y avait un drapeau blanc sur le clocher.

Mon commandant, si vous voulez bien vous rappeler le terrible passage de Corigliano lorsque nous y avons été pris par les brigands, que le sort de notre vie ne tenait plus à rien. Rappelez-vous aussi du passage de Corigliano à Tarente pour la première fois que nous avons été débarqués à Gallipoli. Rappelez-vous aussi qu'à Matera le parc d'artillerie m'a été confié sous ma main, en outre ma diligence faite pour les mulets et les caisses nécessaires pour le transport des munitions d'infanterie, le nombre en était de cent soixante mille cartouches qui ont été rendues en juste compte à Cassano à notre arrivée à la division du général Reynier.

Vous m'excuserez si je me permets de vous demander ceci, c'est que dans ce moment on a demandé les certificats de tous ceux qui sortent des différents corps d'artillerie.

Signé LEFAIVRE,
Canonnier dans la 5ᵉ compagnie de l'artillerie
de la garde impériale.

[Courier quitta, dans les premiers jours de novembre, la division du général Reynier, et fut appelé à Naples, où il arriva le 14.]

AU MINISTRE DE LA GUERRE,

A PARIS.

Naples, le 1er janvier 1807.

Monseigneur, après une campagne pénible dans la Calabre, je me trouve à Naples sans rien faire, parce qu'il n'y a rien à faire. Cette oisiveté dont j'ai perdu l'habitude, jointe à la mollesse du climat, détruit ma santé. Je suis malade, Monseigneur, et ne puis me rétablir, à moins que Votre Excellence ne daigne me tirer d'ici. Les médecins, tout d'une voix, assurent qu'il faut pour me guérir un air moins tiède que celui-ci et une vie plus active; je vous supplie donc, si cela peut s'accorder avec le bien du service, de me faire passer à la grande armée.

[Courier ne passa que deux mois à Naples, après lesquels il fut envoyé à Foggia, dans la Pouille, pour veiller à une levée de chevaux et de mulets qui se faisait dans cette province pour le service de l'artillerie. Force lui fut de partir avant d'avoir pu remonter son équipage, et sans avoir obtenu la moindre indemnité des pertes qu'il avait éprouvées en Calabre. Il obtint 1,900 francs en août seulement.

Pendant ce court séjour dans la capitale il avait repris ses études littéraires et établi des rapports intimes avec plusieurs érudits. Ceux-ci lui procurèrent la connaissance du marquis Tacconi, qui mit à sa disposition une riche bibliothèque.]

A M. LE GÉNÉRAL REYNIER.

Foggia, le 17 février 1807.

Mon général, avec le tableau de mes misères, que vous pouvez voir ci-joint, je vais depuis trois mois de porte en porte, implorant le secours d'un chacun; mais la charité est éteinte, on me dit : Dieu vous assiste, et on me tourne le dos.

Quelqu'un pourtant me fait espérer (car il y a encore de bonnes âmes), si vous voulez bien certifier que par votre ordre j'ai pris la poste pour aller et revenir de Reggio à Tarente, voyage que je fis deux fois, comme vous savez; sur ce certificat on dit qu'on me paiera quelque chose. Il est très-vrai, mon général, que vous m'avez donné cet ordre; mais quand cela serait faux, cômme il s'agit d'une aumône et de soulager un malheureux, ce seul motif sanctifie tout, et vous ne devriez faire aucun scrupule de mentir par charité. Pour donner aux pauvres, saint François volait sur les grands chemins.

Notez, je vous prie, mon général, que ce certificat sera d'accord avec un autre certificat de vous, qui atteste fort inutilement que j'ai perdu trois chevaux laissés à Reggio, parce que j'étais parti en poste pour Tarente. Bon Dieu! que de certificats! et quel style! Je devrais bien recommencer tout ceci pour vous écrire plus décemment et plus intelligiblement; mais je compte à la fois sur votre indulgence et sur votre pénétration : deux choses dont je vous puis donner de bons certificats:

[A celte lettre se trouvait joint un *État de pertes*, imprimé à Naples en janvier 1807 : nous le plaçons après la lettre qui suit, relative au même objet.

Le général Reynier observa que le sieur Courier était le seul officier qui eût demandé à venir en Calabre, et le seul qui n'eût jamais demandé à en sortir.]

A M. ***,

MINISTRE DE LA GUERRE, A NAPLES.

Foggia, le 17 février 1807.

Monseigneur, si Votre Excellence daigne jeter les yeux sur l'état ci-joint, elle y verra que mes pertes réelles dans la dernière campagne montent à 12,247 francs, valeur d'environ trois années de mes appointements. Mes *états de perte*, réduits à la somme que la loi m'accorde, ont été remis en bonne forme à M. l'ordonnateur en chef de l'armée, il y a plus de six mois. J'ignore ce qu'il en a fait et ce que j'en puis espérer. Peu d'officiers de mon grade ont perdu autant que moi; nul n'a servi avec plus de zèle. Plusieurs ont été remboursés intégralement. Sans prétendre à la même faveur, j'ose supplier Votre Excellence de vouloir bien considérer :

1° Que mes appointements me sont dus depuis le mois de mars 1806 ;

2° Que depuis le mois de septembre dernier je ne touche aucune ration ni en argent, quoique officier attaché à l'état-major d'artillerie, ni en nature, quoique faisant partie d'un corps ;

3° Que je n'ai encore jamais rien reçu de mon traitement de la Légion d'honneur ;

Qu'enfin mes ressources s'épuisent, et que, loin de pouvoir me remonter de manière à servir utilement, j'ai de la peine à subsister.

Votre Excellence trouvera ci-joint les pièces qui prouvent ces assertions.

ÉTAT DES PERTES FAITES DANS LA DERNIÈRE CAMPAGNE PAR LE SIEUR COU-RIER, CHEF D'ESCADRON AU 1er RÉGIMENT D'ARTILLERIE A CHEVAL.

NATURE DES EFFETS.	PRIX.	OBSERVATIONS.
Un cheval d'escadron acheté à Milan, et payé par le quartier-maître dudit régiment...	fr. 1,320	
Un cheval d'escadron, âgé de 7 ans, acheté à Acquaviva........................	1,200	Pris à Reggio.
Un cheval de 4 ans, acheté du major du 6e d'inf., payé par le quart.-maître dd. régim.	720	
Un cheval calabrais, acheté pour moi, et payé par le colonel des hulans polonais..	330	
Un cheval noir de 4 ans..............	24	Pris à Ajello, le canonnier le conduisant ayant été tué.
Un cheval de 5 ans, acheté pour moi par le colonel du 1er régim. d'artillerie à cheval.	1,008	Morts dans la marche sur Naples.
Une jument normande, achetée du colonel du 2e régiment d'artillerie à pied......	960	
Habits de grand et petit unif., linge, manteau, équipages de chevaux à la hussarde, pisto-lets de Versailles, argent, livres, etc...	4,000	Évaluation fort discrète.
Une ordonnance de 1,200 fr. du ministre de la guerre, du mois de mars 1806....	1,200	L'ordonnat. en chef a connaissance de cet article.
Payé par moi pour le transport de l'artille-rie en Calabre....................	1,485	Les pièces de dépenses ayant été perdues à Corigliano, où je fus pris et dépouillé, j'ai remboursé cette somme à la caisse de l'artillerie, par ordre du général Dedon.
TOTAL.......	12,247	

Dans cet état ne sont point compris les frais de poste et de bureaux promis par les généraux Reynier et Dulauloy au sr COURIER, qui, par leur ordre, a toujours voyagé en poste. On n'a point porté non plus le linge, les habits, capote, chaussure, etc., donnés au sieur COURIER par ses camarades, et pris ensuite par les brigands, tant à Ajello, où le canonnier d'ordonnance qui l'accompagnait périt, que sur les hauteurs de Nicastro, où trois hommes de son escorte furent tués par des brigands.

A M. GUILLAUME,

SOUS-INTENDANT MILITAIRE AU SERVICE DE NAPLES.

Foggia, le 20 mars 1807.

C'est à présent, mon cher sous-intendant, ou pour mieux dire sous-ministre, qu'il faut me protéger tout de bon, et mettre aux pieds de Son Excellence le tableau de mes misères. Il y a de quoi attendrir le cœur même d'un ministre. Mais si votre éloquence appuie mes humbles supplications, je ne doute point que Monseigneur n'obtienne de Sa Majesté une décision particulière en ma faveur, moyennant quoi on me payera le montant de mes états de perte, lesquels existent dûment certifiés, visés, enfilés et oubliés dans vos paperasses.

Si c'est vous, comme je crois, qui avez rédigé la lettre de monseigneur l'ordonnateur en chef à monseigneur le ministre, relative à mes lamentations, le diable vous puisse emporter. Que vous en coûtait-il de convenir que j'étais à plaindre, et digne, autant pour le moins qu'aucun de ceux qu'on a remboursés, de la compassion du roi? Si cela était vrai, comme il l'est, il le fallait attester pour l'amour de la vérité sinon pour l'amour de moi. Supposons que vous fussiez sur le point de faire un bon mariage, irai-je conter au beau-père vos fredaines galantes? On est ami ou on ne l'est pas. Adieu.

A M. COLBERT,

COMMISSAIRE-ORDONNATEUR.

Foggia, le 22 février 1807.

Mon cher ordonnateur, je supppose que vous êtes maintenant à Naples, où l'on vous attendait lorsque j'en suis parti; vous vous divertissez, et ne songez guère à moi qui m'ennuie fort, et pense souvent à vous, bien fâché de ne plus vous voir. Voilà une douceur à laquelle vous ne sauriez vous dispenser de répondre.

C'est donc pour vous dire que vous m'écriviez. Joignez à votre lettre une petite note de la petite somme que vous avez à moi ; chose utile, nécessaire même, en cas de mort ou de départ de votre part ou de la mienne ; vous savez ce que c'est que de nous. Si on meurt de plaisir et d'ennui, nous sommes tous deux en grand péril.

Il y avait dans ce pays-ci beaucoup de brigands, même avant que nous y vinssions ; le nombre en augmente tous les jours. On détrousse les passants, on fait le contraire aux filles ; on vole, on viole, on massacre ; cet art fleurit dans la Pouille autant pour le moins qu'en Calabre, et devient une ressource honnête pour les moines supprimés, les abbés sans bénéfices, les avocats sans cause, les douaniers sans fraude et les jeunes gens sans argent. Tout voyageur qui en a, ou paraît en avoir, passe mal son temps sur les routes. Pour moi, dont l'équipage fait plus de pitié que d'envie, je prends peu d'escorte, et voyage en ami de tout le monde.

C'est pour vous dire enfin, que je vous embrasse et me recommande à votre bon souvenir. J'embrasse aussi le sous-intendant, et lui souhaite de devenir quelque jour surintendant pour ne point trouver de cruelles.

Jamais surintendant trouva-t-il de cruelles ?

C'est Boileau qui a dit cela, et il parlait, je crois, d'un de vos aïeux qui était surintendant ; dont bien vous prend.

De vos nouvelles bientôt, je vous prie ; ou si paresse vous lie les doigts, faites-moi écrire par l'ami commun ; supposé que les amis comme lui puissent jamais être communs... Au diable le calembour ! Dieu vous garde.

AL SIGNOR FRANCESCO DANIELE,

PRIVATO BIBLIOTECARIO DEL RE DI NAPOLI, ETC.

Foggia, 24 marzo 1807.

Si vales benè est, ego valeo. Valeo si ; ma ho avuto febbri e raffredori, ed altri incommodi che m'hanno insino a questo momento tolto il piacere di potervi scrivere. Minacciato tuttavia prima che assalito da sì fatti malanni, ho presto dato di piglio all' usata medicina, mangiare poco e faticare assai; con questa panacea e l'ajuto di Dio, mi son guarito di modo che sto come una lasca; e, se sapessi che di voi fosse lo stesso, sarei contento quanto può essere un galant' uomo. Qui à Foggia, ciò è, *in terrà latronum*, pullulano i ladri, ed è un' arte il rubar così onorata e profittevole, e senza pericoli, che tutti la voglion fare; chi collo schioppo, chi colla penna, e meglio anche al tovolino che alla macchia. Gran fatica si prepara ai futuri Tesei. Ma parliamo d'altro. Questa brutta commissione impostami per commando *regum timendorum in proprios greges* non va avanti, così non posso più sperar di rivedervi *cum hirundine primà;* anzi dubito e temo di dover più e più mesi stare lontano da voi, il che non era niente necessario a farmi gustar la vostra veramente aurea conversazione. Affè di Dio, don Ciccio mio, dacchè vi lasciai non ho trovato con chi barattar due parole. Qui vengo a cercar muli, ma son tutti asini che in vederli mi fanno esclamar : dov' è il caro don Ciccio *qui turpi secernit honestum?* Dov' è il padre abate che dovea venir con me? Ma quanto fù più accorto a non patirsi mai da voi; e don Giuseppe nostro coll' amabile consorte sua; e donna Giulia, tutti vi piango; mi pare mille anni di rivedervi tutti. Ma quando sarà, Dio lo sa.

Ora, che vi pare del mio scriver toscano? per me, credo scrivervi cruschevolissimevolmente; ma se a caso, questo mio cicalare non fosse proprio di nessuna lingua per voi intelligibile, basta, v'è noto l'affetto mio, e se non troppo m'intenderete, indovinerete almen quanto verrei; ma non so significarvi meglio. *Vale, fac ut me ames et valetudinem tuam diligentissimè cures.*

RÉPONSE A LA LETTRE PRÉCÉDENTE.

Non saprei esprimervi con parole, carissimo e stimatissimo amico, il piacere che ho provato con tutta la mia fami-

glia in vedere i vostri caratteri; che veramente tutti siamo
stati in pensiere per voi, per lo silenzio che avete osservato
dal momento in cui siete partito. Sento gli incommodi che
avete sofferti, e sento ancora con mio contento che n'era-
vate al fine libero; ma non posso sentire senza dispiacere
che la vostra assenza da Napoli sia·prolungata, e che voi
stesso non sapete quando ci potremo rivedere. Tutto sarà
tolerabile sempre che voi starete bene; che è il voto che
tutti·facciamo.

·Io mene stava in Caserta come sapete, e facea conto di
restarvi per sempre, *exosus urbem urbanosque mores,* quando
venni chiamato in Napoli, perchè il Rè mi avea nominato
suo privato bibliotecario, che in sostanza è un titolo di onore
per darmi cento cinquanta ducati al mese. Posteriormente Sua
Maestà ha ristaurata l'academia Ercolanese con piccola varia-
zione, chiamandola reale Academia d'istoria e di antichità;
ed ha nominato me per segretario perpetuo, e finalmente
m'ha dato la direzione della reale Stamperia. Sin ad ora nè
per l'Academia nè per la Stamperia mi veggo fatto assegna-
mento alcuno, ma sento che vorranno darmi altri cento ducati. Il Rè poi ha avuto la degnazione di chiamarmi due volte
al palazzo, e di trattenersi meco lungamente in una conversazione letteraria; ed avendomi qualche volta veduto al cir-
colo mi ha fatte mille distinzioni. Non potete immaginarvi in
un paese sciocco come questo, quanto si sia ragionato sopra
di me, e quanti ossequj vada alla giornata ricevendo da questi
stessi che altra volta mi hanno guardato con disdegno. *Risi,
et humanas rideo quoqué vices.* Ma questi son gli uomini, ciò
è animali ridicoli in tutta l'estensione e significazione del
vocabolo.

Il padre abate se ne andò a Melfi a predicare, ed ebbe
cattivo incontro per istrada; e ora si aspetta di ritorno ma
disabattato, poichè in regno è stato abolito il suo ordine; nè
questo povero diavolo sa dove si andare. — Donna Giulia *in
salicibus suspendit organa sua,* e ci ha privati del piacere di
sentire la sua voce che parea proprio quella di Diana, che era
riserbata a voi solo. Tutti gli amici ricordano ogni giorno

con ambizione il vostro nome; tutti vi salutano. Voi intanto attendete a conservar la vostra preciosa salute, e noi continuerete ad amare, siccome fate. *Vale. Tuissimus*, Daniele.

AL SIGNOR MARCHESE TACCONI,

IN NAPOLI.

Foggia, 10 maggio 1807.

Mi spiacque assai, signor marchese, di dovermene andare come feci da Napoli senza vedervi prima, e ringraziarvi delle tante finezze che usaste a me ed al mio Senofonte; ma Dio volle così. Anche i giorni innanzi alla mia precipitosissima partenza, fui più volte da voi, nè mai mi riuscì di trovar voi o gente vostra in casa. Trovai bensì le chiavi dello studio che mi furon al solito date dal guarda portone; ma per quanto cercassi di voi e del padre Andrès, non mi venne fatto di scoprir nemmeno in che parte vi foste involati dal mondo, nè quando s'aspèttasse il vostro ritorno quaggiù. Così mesto e dolente mi convenne partire, lasciando, sulla parete della disabitata stanza, scritto col mio lapis un lacrimoso *vale*, che ancora forse ci potrete vedere accanto all'orologio, e credo sarà l'*ultimum vale* giacchè posso viver poco, se per la noja si muore.

Fate queste mie scuse, per l'improvisa scapata, m'ho da giustificare di non avervi scritto più presto; di questo poi ne dovete accusare la mia poca salute. Dacchè sciolsi da Napoli l'infausto legno che per la strada naufragò, (maledetti sian tutti i calessi di piazza), oltre all'indicibile rammarico ch'io provai in dovermi separare dagli amici; presero a farmi guerra e febbri e catarri sì pertinacci, che uniti colle fastidiosissime cure del mio brutto carico, non m'han lasciato finora pace nè riposo da poter dar nuove di me a nessuno. Mentre a voi sopratutti mi premeva far presente la grata memoria che ho ed avrò sempre delle vostre amorevoli premure verso di me; non so se dico bene, vorrei che vi fosse noto

20

l'animo mio, la mia riconoscenza; ma siccome straniero e transalpino, poco pratico di quest' idioma, non sò trovar le parole che naturalmente ci saranno per ispiegare tali affetti. Voi medesimo dunque, signor marchese, ajutatemi un poco per carità; immaginatevi quanto può esprimer in buon toscano un cuor pieno di gratitudine, e questo sarà appunto quel che vi voglio dire.

A MADAME PAULINE ARNOU,

A PARIS.

Lecce, le 25 mai 1807.

Comment vous portez-vous, madame? voilà ce que je vous supplie de m'apprendre d'abord. Ensuite, marquez-moi, s'il vous plaît, ce que vous faites, où vous êtes, en quel pays et de quelle manière vous vivez, et avec quels gens. Vous pourrez trouver ces questions un peu indiscrètes, moi je les trouve toutes simples, et compte bien que vous y répondrez avec cette même bonté dont vous m'honoriez autrefois. Monsieur Arnou, que j'ai vu à Naples, m'a donné de votre situation des nouvelles qui, à tout prendre, m'ont paru satisfaisantes. Avec de la santé, de la raison et des amis éprouvés, ce que vous avez sauvé des griffes de la chicane vous doit suffire pour être heureuse. Je ne sais si vous avez besoin qu'on vous prêche cette philosophie; mais moi, qui n'ai pas trop à me louer de la fortune, je ne voudrais qu'être entre vous et madame Colins; je crois que nous trouverions pour rire d'aussi bonnes raisons que jamais.

Dès à présent, si j'étais sûr que vous voulussiez vous divertir, je vous ferais mille contes extravagants, mais véritables, de ma vie et de mes aventures. J'en ai eu de toutes les espèces, et il ne me manque que de savoir en quelle disposition ma lettre vous trouvera pour vous envoyer un récit, triste ou gai, tragique, ou comique dont je serais le héros. En un mot, madame, mon histoire (entendez ceci comme il faut) fait rire et pleurer à volonté. Vous m'en direz votre avis

quelque jour ; car je me flatte toujours de vous revoir, quoiqu'il ne faille pour cela rien moins qu'un accord général de
toutes les puissances de l'Europe. Vous revoir, madame,
vous, madame Audebert, madame Colins, madame Saulty, et
ce que j'ai pu connaître de votre aimable famille ; cette idée,
ou plutôt ce rêve, me console dans mon exil, et c'est le dernier espoir auquel je renoncerai.

Depuis quelques mois nous ne nous battons plus, et, s'il
faut dire la vérité, on ne nous bat plus non plus. Nous vivons
tout doucement sans faire ni la guerre ni la paix ; et moi, je
parcours ce royaume comme une terre que j'aurais envie
d'acheter. Je m'arrête où il me plaît, c'est-à-dire presque partout ; car ici il n'y a pas un trou qui n'ait quelque attrait
pour un amateur de la belle nature et de l'antiquité. Ah !
madame ! l'antique ! la nature ! voilà ce qui me charme, moi ;
voilà mes deux passions de tout temps. Vous le savez bien.
Mais je suis plus fort sur l'antique, ou, pour parler exactement, l'un est mon fort, l'autre mon faible. Eh bien ! que
dites-vous ? faudrait-il autre chose que cette impertinence
pour nous faire rire une soirée dans ce petit cabinet au fond
du billard ?

Je calcule avec impatience le temps où je pourrai recevoir
votre réponse ; n'allez pas vous aviser de ne m'en faire aucune. Ces silences peuvent être bons dans quelques occasions ;
mais à la distance où nous sommes, cela ne signifierait rien.
Je ne feindrai point de vous dire aussi que, fort peu exact
moi-même à donner de mes nouvelles, je suis cependant fort
exigeant, et fort pressé d'en recevoir de mes amis. Voilà la
justice de ce monde.

[La levée des mulets obligea Courier à parcourir toute la Pouille, et à pousser jusqu'à Bari et à Lecce ; il revint enfin à Naples vers la mi-juin. A son
arrivée, il trouva le général Dedon, commandant de l'artillerie de l'armée,
prévenu et indisposé contre lui. Il se défendit peut-être avec trop de vivacité,
et fut mis aux arrêts.]

A M. LE GÉNÉRAL DEDON,

COMMANDANT L'ARTILLERIE.

Naples, le 25 juin 1807.

Monsieur, la supériorité du grade ne dispense pas des procédés; de ceux-là surtout qui tiennent à l'équité naturelle. Les vôtres à mon égard ne sont plus d'un chef, mais d'un ennemi. Je vous croyais prévenu contre moi, et vous ai donné des éclaircissements qui devaient vous satisfaire. Maintenant je vois votre haine, et j'en devine les motifs; je vois le piége que vous m'avez tendu en me chargeant d'une commission où je ne pouvais presque éviter de me compromettre. Vous commencez par me punir; vous m'ôtez la liberté, pour que rien ne vous empêche de me dénoncer au roi, et de prévenir contre moi le public. Ensuite vous me citez à votre propre tribunal, où vous voulez être à la fois mon accusateur et mon juge, et me condamner sans m'entendre, sans me nommer mes dénonciateurs, ni produire aucune preuve de ce qu'on avance contre moi. Vous savez trop combien il me serait facile de confondre les impostures de vos vils espions. Vous pouvez réussir à me perdre; mais peut-être trouverai-je qui m'écoutera malgré vous. Quoi qu'il arrive, n'espérez pas trouver en moi une victime muette. Je saurai rendre la lâcheté de votre conduite aussi publique dans cette affaire qu'elle l'a déjà été ailleurs.

[Vingt copies de cette lettre furent distribuées dans l'armée.]

A M. ***,

COLONEL D'ARTILLERIE, A NAPLES.

Naples, le 27 juin 1807.

Voilà qui est bouffon : il me tient bloqué et me demande la paix; c'est l'assiégeant qui capitule. Vous allez voir, mon colonel, si je me pique de générosité. Je ne demande pour moi que la levée de mes arrêts, et de passer à une autre armée ; moyennant quoi je me dédis de tout ce que j'ai dit et écrit au général Dedon. Je ne plaisante point, je signera qu'il est brave, qu'il l'a fait voir à Gaëte, et que ceux qui disent le contraire en ont menti, moi le premier. Un démenti à toute l'armée, que voulez-vous de plus, mon colonel ? rédigez les articles, et faites-moi sortir. Prisonnier à Naples, il me semble être damné en paradis.

A M. LE GÉNÉRAL DEDON,

COMMANDANT L'ARTILLERIE DE L'ARMÉE,

Naples, le 29 juin 1807.

MON GÉNÉRAL,

J'ai eu le malheur de vous offenser, et je comprends qu'il est difficile que vous l'oubliiez jamais. Quand même vous auriez la bonté de ne montrer aucun ressentiment de ce qui s'est passé, ma position n'en serait pas moins désagréable ici, où le moindre incident pourrait rallumer des passions plutôt assoupies qu'éteintes. Vous-même, mon général, ne sauriez désirer de conserver sous vos ordres un officier qui, doutant toujours de vos dispositions à son égard, n'apporterait au service ni confiance ni bonne volonté. Je vous prie donc, mon général, de m'obtenir du roi l'ordre que je sollicite depuis si longtemps, de me rendre à la grande armée.

[En attendant l'effet de cette demande, Courier fit sa rentrée dans la bibliothèque du marquis Tacconi. Il y travaillait à la traduction des livres de Xénophon sur le commandement de la cavalerie et sur l'équitation. Cet ouvrage, entrepris dès l'époque de son séjour à Plaisance, et plusieurs fois interrompu, fut à peu près terminé cette année à la fin de novembre. Il n'a été cependant imprimé qu'en 1809 à Paris.

Pour mieux comprendre les préceptes de son auteur sur l'équitation, il en faisait l'essai par lui-même et sur son propre cheval. Celui-ci, qu'il avait bridé et équipé à la grecque, n'était point ferré. Il le montait sans étriers, et courait ainsi dans les rues de Naples, sur les dalles qui forment le pavé, à la grande surprise des autres cavaliers, qui n'y marchaient qu'avec précaution.]

20.

A M. DE SAINTE-CROIX,

A PARIS.

Naples, le .. juillet 1807.

Monsieur, vous vous moquez de moi. Heureusement j'entends raillerie, et prends comme il faut vos douceurs. Que si vous parlez tout de bon, sans doute l'amitié vous abuse. Il se peut que je sois coupable de quelque chose; mais cela n'est pas sûr comme il l'est que jusqu'à présent je n'ai rien fait.

Ce que je vous puis dire du marquis Rodio, c'est qu'ici sa mort passe pour un assassinat et pour une basse vengeance. On lui en voulait parce qu'étant ministre, et favori de la reine, il parut contraire au mariage que l'on proposait d'un fils ou d'une fille de Naples avec quelqu'un de la famille. L'empereur a cette faiblesse de tous les parvenus, il s'expose à des refus. Il fut refusé là et ailleurs. Le pauvre Rodio depuis, pris dans un coin de la Calabre, à la tête de quelques insurgés, quoiqu'il eût fait une bonne et franche et publique capitulation, fut pourtant arrêté, jugé par une commission militaire, et, chose étonnante, acquitté. Il en écrivit la nouvelle à sa femme, à Catanzaro, et se croyait hors d'embarras, mais l'empereur le fit reprendre et rejuger par les mêmes juges, qui cette fois-là le condamnèrent étant instruits et avertis. Cela fit horreur à tout le monde, plus encore peut-être aux Français qu'aux Napolitains. On le fusilla par derrière, comme traître, félon, rebelle à son *légitime* souverain. Le trait vous paraît fort; j'en sais d'autres pareils. Quand le général V*** commandait à Livourne, il eut l'ordre et l'exécuta, de faire arrêter deux négociants de la ville, dont l'un périt comme Rodio, l'autre·l'échappa belle, s'étant sauvé de prison par le moyen de sa femme et d'un aide de camp. Le général fut en peine et fort réprimandé. Ici nous avons vu un courrier qui portait des lettres de la reine, assassiné par ordre, ses dépêches enlevées, envoyées à Paris. L'homme qui

fit ce coup, ou l'ordonna du moins, je le vois tous les jours.
Mais quoi ! à Paris même, pour avoir des papiers, n'a-t-on pas
tué chez lui un envoyé ou secrétaire de je ne sais quelle diplomatie ? L'affaire fit du bruit.

Assurément, monsieur, cela n'est point du temps, du siècle
où nous vivons, tout cela s'est passé quelque part au Japon
ou bien à Tombouctou, et du temps de Cambyse. Je le dis
avec vous, les mœurs sont adoucies ; Néron ne régnerait pas
aujourd'hui. Cependant, quand on veut être maître... pour la
fin le moyen. Maître et bon, maître et juste, ces mots s'ac-
cordent-ils ? Oui, grammaticalement, comme honnête larron,
équitable brigand.

J'ai connu Rodio, il était joli homme, peu d'esprit, peu d'intelligence, d'une fatuité incroyable, en un mot, bon pour une
reine.

Je passe ici mes jours, ces jours longs et brûlants, dans la
bibliothèque du marquis Tacconi, à traduire pour vous Xénophon, non sans peine ; le texte est gâté. Ce marquis est un
homme admirable, il a tous les livres possibles, j'entends tous
ceux que vous et moi saurions désirer. J'en dispose ; entre
nous, quand je serai parti, je ne sais qui les lira. Lui ne lit
point ; je ne pense pas qu'il en ait ouvert un de sa vie. Ainsi
en usait Salomon avec ses sept ou huit cents femmes ; les
aimant pour la vue, il n'y touchait guère, sage en cela surtout ; peut-être aussi, comme Tacconi, les prêtait-il à ses amis.

Nous sommes à présent dans une paix profonde et favorable
à mes études, mais cette paix peut être troublée d'un moment
à l'autre. Tout tient au caprice de deux ou trois bipèdes sans
plumes qui se jouent de l'espèce humaine. Pour moi ce que
je deviendrai, je le sais aussi peu que vous, monsieur. J'ai
cent projets, et je n'en ai pas un. Je veux rester ici dans
cette bibliothèque. je veux aller en Grèce. Je veux quitter
mon métier, je le veux continuer pour avoir des mémoires
que j'emploierais quelque jour. De tout cela que sera-t-il ?
Ce qui est écrit, dit Homère, aux tablettes de Jupiter. Présentez, je vous prie, mon respect à madame de Sainte-
Croix, et me conservez une place dans votre souvenir.

A M. ***,

OFFICIER D'ARTILLERIE, A AVERSA.

Naples, le .. juillet 1807.

J'ai reçu deux lettres de toi, une du 3, l'autre du 8; tu ne réponds point à la mienne d'*un mese fa in circa,* par laquelle je te priais de tâcher d'arranger mon compte avec Desgou-tins[1]. Ce compte me semble un compte de juif; à dire vrai je n'y connais rien. Il s'agit de change, et ce n'est pas mon fort que la banque.

Je suis fort aise que tu aies vu monsieur mon parent. Je ne le connais pas, et l'en aime bien mieux. Ceux que je connais de mes parents, je les ai tous *in saccoccia,* et ils le méritent. S'ils pensaient, comme disait Lauzun, que j'eusse de l'argent dans les os, ils me les casseraient pour l'avoir. Je me sers d'eux fort bien cependant; quand j'en veux tirer quelque service, je leur mande que je vais mourir; je fais mon testament, et aussitôt ils trottent. Ils sont tous plus vieux que moi et plus riches; mais quoi? la rage d'hériter. Ils ont eu bon espoir lorsque j'étais en Pouille. Mes lettres arrivaient percées et vinaigrées, tu t'en souviens; et depuis, dans la guerre de Calabre; alors ma succession était de l'or en barre. Aussi m'aimait-on fort; mais toujours un peu moins que si j'eusse été mort. Je conçois la haine des rois pour leur héritier pré-somptif. Dans le fait tout cela est mal réglé; j'arrangerais les choses autrement si j'étais législateur. Les héritages se tire-raient au sort, et de même les charges et les commandements; tout en irait bien mieux. Je te le prouverais si nous étions à nous promener à la Rubertzau[2] : heureux temps !

Tu vois bien que je n'ai pas grand'chose à te marquer. Rien de nouveau; sinon que je quitte cette armée tout de bon. Je t'ai conté cela dans une longue lettre à laquelle tu ne

1. Quartier-maître du régiment.
2. A Strasbourg, 1803.

réponds guère. Je passerai à Milan. Je n'ai point encore mes ordres ; mais quand je les aurais, je ne me presserais pas. Je me trouve bien ici, et si bien que peut-être..... Enfin suffit. Tu peux m'écrire. Le fait est que je suis en paradis. Ce pays n'a point d'égal au monde. Il est cependant du bon ton de s'y plaindre, et de regretter Paris.

> Un gueux qui, quand il vint n'avait pas de souliers,

roule carrosse ici et trouve tout détestable. *On ne vit qu'à Paris*, où l'an passé peut-être il dînait à vingt sous quand on payait pour lui ; et le tout pour foire croire.... J'en aurais trop à dire, *basta*. Quand nous nous reverrons.

A MADAME ***,

Naples, le 3 septembre 1807.

Vous devriez songer, madame, à ce que je vous ai dit hier, et vous souvenir un peu de moi. Je veux que la chose en elle-même vous soit indifférente ; mais le plair de faire plaisir, n'est-ce donc rien ? Entre nous, allons, j'y consens..... Cela ne vous fait ni chaud ni froid, ni bien ni mal ; belle raison pour dire non, quand on vous prie. Fi ! n'avez-vous point de honte de vous faire demander deux fois des choses qui coûtent si peu, comme disait Gaussin, et pour lesquelles, après tout, vous n'avez aucune répugnance ?

[Courier avait, depuis un mois, l'ordre de quitter l'armée et d'aller joindre son régiment à Vérone. Mais au lieu de s'y rendre, il s'établit à Resina, près de Portici, pour terminer dans la solitude sa traduction de Xénophon. Il y demeura deux mois, revint ensuite passer quelques jours à Naples, et partit enfin pour Rome dans les premiers jours de décembre.]

A MADAME PIGALLE,

A LILLE.

Resina, près Portici, le 1er novembre 1807.

Vos lettres sont rares, chère cousine ; vous faites bien, e

m'y accoutumerais, et je ne pourrais plus m'en passer. Tout de bon je suis en colère : vos douceurs ne m'apaisent point. Comment, cousine, depuis trois ans voilà deux fois que vous m'écrivez! en vérité, mamzelle Sophie... Mais quoi! si je vous querelle, vous ne m'écrirez plus du tout. Je vous pardonne donc, crainte de pis.

Oui sûrement je vous conterai mes aventures bonnes et mauvaises, tristes et gaies, car il m'en arrive des unes et des autres. *Laissez-nous faire*, cousine, *on vous en donnera de toutes les façons*. C'est un vers de La Fontaine; demandez à Voisard. Mon Dieu! m'allez-vous dire, on a lu La Fontaine, on sait ce que c'est que le Curé et le Mort. Eh bien, pardon. Je disais donc que mes aventures sont diverses, mais toutes curieuses, intéressantes; il y a plaisir à les entendre, et plus encore, je m'imagine, à vous les conter. C'est une expérience que nous ferons au coin du feu quelque jour. J'en ai pour tout un hiver. J'ai de quoi vous amuser, et par conséquent vous plaire, sans vanité, tout ce temps-là; de quoi vous attendrir, vous faire rire, vous faire peur, vous faire dormir. Mais pour vous écrire tout, ah ! vraiment vous plaisantez : madame Radcliffe n'y suffirait pas. Cependant je sais que vous n'aimez pas à être refusée; et comme je suis complaisant, quoi qu'on en dise, voici, en attendant, un petit échantillon de mon histoire; mais c'est du noir, prenez-y garde. Ne lisez pas cela en vous couchant, vous en rêveriez, et pour rien au monde je ne voudrais vous avoir donné le cauchemar.

Un jour je voyageais en Calabre. C'est un pays de méchantes gens, qui, je crois, n'aiment personne, et en veulent surtout aux Français. De vous dire pourquoi, cela serait long; suffit qu'ils nous haïssent à mort, et qu'on passe fort mal son temps lorsqu'on tombe entre leurs mains. J'avais pour compagnon un jeune homme d'une figure... ma foi, comme ce monsieur que nous vîmes au Raincy; vous en souvenez-vous? et mieux encore peut-être. Je ne dis pas cela pour vous intéresser, mais parce que c'est la vérité. Dans ces montagnes les chemins sont des précipices, nos chevaux marchaient avec beaucoup de peine; mon camarade allant devant, un sentier qui lui parut plus praticable et plus court nous égara. Ce fut ma faute; devais-je me fier à une tête de vingt ans? Nous cherchâmes, tant qu'il fit jour, notre chemin à travers ces bois; mais plus nous cherchions, plus nous nous perdions, et il était nuit noire quand nous arrivâmes près d'une maison fort noire. Nous y entrâmes, non sans soupçon, mais comment faire? Là nous trouvons toute une famille de charbonniers à table, où du premier mot on nous invita. Mon jeune homme ne se fit pas prier : nous voilà mangeant et buvant, lui du moins, car pour moi j'examinais le lieu et la mine de nos hôtes. Nos hôtes avaient bien mines de charbonniers; mais la maison, vous l'eussiez prise pour un arsenal. Ce n'étaient que fusils, pistolets, sabres, couteaux, coutelas. Tout me déplut, et je vis bien que je déplaisais aussi. Mon camarade, au contraire : il était de la famille, il riait, il causait avec eux; et par une imprudence que j'aurais dû prévoir (mais quoi! s'il était écrit...) il dit d'abord d'où nous venions, où nous allions, qui nous étions; Français, imaginez un peu! chez nos plus mortels ennemis, seuls égarés, si loin de tout secours humain! et puis, pour ne rien omettre de ce qui pouvait nous perdre, il fit le riche, promit à ces gens pour la dépense, et pour nos guides le lendemain, ce qu'ils voulurent. Enfin, il parla de sa valise, priant fort qu'on en eût grand soin, qu'on la mît au chevet de son lit; il ne voulait point, disait-il, d'autre traversin. Ah! jeunesse! jeunesse! que votre âge est à plaindre! Cousine, on crut que nous portions les diamants de la couronne : ce qu'il y avait qui lui causait tant de souci dans cette valise, c'étaient les lettres de sa maîtresse.

Le souper fini on nous laisse; nos hôtes couchaient en bas, nous dans la chambre haute où nous avions mangé; une soupente élevée de sept à huit pieds, où l'on montait par une échelle, c'était là le coucher qui nous attendait, espèce de nid, dans lequel on s'introduisait en rampant sous des solives chargées de provisions pour toute l'année. Mon camarade y grimpa seul, et se coucha tout endormi, la tête sur la pré-

cieuse valise. Moi déterminé à veiller, je fis bon feu, et m'assis auprès. La nuit s'était déjà passée presque entière assez
tranquillement, et je commençais à me rassurer, quand sur
l'heure où il me semblait que le jour ne pouvait être loin,
j'entendis au-dessous de moi notre hôte et sa femme parler
et se disputer ; et prêtant l'oreille par la cheminée qui com-
muniquait avec celle d'en bas, je distinguai parfaitement ces
propres mots du mari : *Eh bien ! enfin voyons, faut-il les tuer
tous deux ?* A quoi la femme répondit : *Oui.* Et je n'entendis plus rien.

Que vous dirai-je ? je restai respirant à peine, tout mon
corps froid comme un marbre ; à me voir, vous n'eussiez su
si j'étais mort ou vivant. Dieu ! quand j'y pense encore !....
Nous deux presque sans armes, contre eux douze ou quinze
qui en avaient tant ! et mon camarade mort de sommeil et de
fatigue ! L'appeler, faire du bruit, je n'osais ; m'échapper tout
seul, je ne pouvais ; la fenêtre n'était guère haute, mais en
bas deux gros dogues hurlant comme des loups... En quelle
peine je me trouvais, imaginez-le, si vous pouvez. Au bout
d'un quart d'heure qui fut long, j'entends sur l'escalier quelqu'un, et par les fentes de la porte, je vis le père, sa lampe
dans une main, dans l'autre un de ses grands couteaux. Il
montait, sa femme après lui ; moi derrière la porte : il ouvrit ;
mais avant d'entrer il posa la lampe que sa femme vint prendre ; puis il entre pieds nus, et elle de dehors lui disait à voix
basse, masquant avec ses doigts le trop de lumière de la
lampe : *Doucement, va doucement.* Quand il fut à l'échelle, il
monte, son couteau dans les dents, et venu à la hauteur du
lit, ce pauvre jeune homme étendu offrant sa gorge découverte,
d'une main il prend son couteau, et de l'autre... Ah ! cousine...
Il saisit un jambon qui pendait au plancher, en coupe une
tranche, et se retire comme il était venu. La porte se referme,
la lampe s'en va, et je reste seul à mes réflexions.

Dès que le jour parut, toute la famille, à grand bruit, vint
nous éveiller, comme nous l'avions recommandé. On apporte
à manger : on sert un déjeuner fort propre, fort bon, je vous
assure. Deux chapons en faisaient partie, dont il fallait, dit

notre hôtesse, emporter l'un et manger l'autre. En les voyant, je compris enfin le sens de ces terribles mots : *faut-il les tuer tous deux?* Et je vous crois, cousine, assez de pénétration pour deviner à présent ce que cela signifiait.

Cousine, obligez-moi : ne contez point cette histoire. D'abord, comme vous voyez, je n'y joue pas un beau rôle, et puis vous me la gâterez. Tenez, je ne vous flatte point; c'est votre figure qui nuirait à l'effet de ce récit. Moi, sans me vanter, j'ai la mine qu'il faut pour les contes à faire peur. Mais vous, voulez-vous conter? prenez des sujets qui aillent à votre air, Psyché, par exemple.

AU MINISTRE DE LA GUERRE,

A NAPLES.

Naples, le 26 novembre 1807.

Monseigneur, depuis six mois je redemande à M. Boismon, caissier de l'artillerie, mille six cents francs que je lui ai confiés à titre de dépôt. Il prétend retenir cette somme par ordre du général Dedon, à cause de certains frais de bureau touchés par moi il y a quatre ans, et qui, dit-il, ne m'étaient point dus. Premièrement je nie le fait : je n'ai jamais touché de frais de bureau que sur des ordonnances particulières du ministre de la guerre.

Mais quand ce qu'il dit serait vrai, fussé-je débiteur de cent mille francs à la caisse de l'artillerie, il n'en serait pas moins obligé de me remettre à ma première réquisition le dépôt dont il s'est chargé. Je ne suis point en compte avec la caisse. L'autorité du général est nulle dans cette affaire. En un mot, ce n'est point à la caisse, mais à M. Boismon que j'ai confié mon argent, et il n'en doit de compte qu'à moi.

Il allègue une autre excuse qui me paraît plus plausible. Quoiqu'il ait le titre de caissier, la caisse n'est pas en son pouvoir; elle est, dit-il, chez le général, dans sa chambre; il en a les clefs; et par conséquent, lui caissier, ne peut me

21

rendre mon argent, que le général n'y consente, à quoi il n'est pas disposé.

Est-ce ma faute à moi, monseigneur, si le caissier n'a pas la caisse? Pouvais-je faire ces distinctions et deviner que M. Boismon était caissier pour prendre mon argent, mais non pas pour me le rendre? Je laisse ces subtilités à ceux qui en ont le profit.

Enfin, vous voyez, monseigneur, que le général Dedon couche avec mon argent. Le ravoir à son insu, cela est fort difficile. J'ai fait ce que j'ai pu, et j'y renonce. Obtenir qu'il me le rende n'est possible qu'à vous, monseigneur, et je supplie Votre Excellence de vouloir bien s'employer à cette bonne œuvre.

A M. DE SAINTE-CROIX,

A PARIS.

Naples, le 27 novembre 1807.

Monsieur, vous me ravissez en m'apprenant que votre besogne avance, et que vous êtes résolu de ne la point quitter que vous ne l'ayez mise à fin. Voilà parler comme il faut. Vous voulez qu'on vous encourage. J'y ferai mon devoir, soyez-en sûr, me promettant pour moi, de ce nouveau travail, autant de plaisir que m'en fit votre première édition. Il n'y avait que vous, monsieur, qui pussiez n'en être pas entièrement satisfait, et faire voir au public qu'il y manquait quelque chose.

a *petite drôlerie*, dont vous me demandez des nouvelles, est assez dégrossie. J'en suis à l'épiderme. C'est là le point justement où se voit la différence du sculpteur au tailleur de pierres. Ce texte a des délicatesses bien difficiles à rendre, et notre maudit patois me fait donner au diable.

Ne me vantez point votre héros [1]; il dut sa gloire au siècle dans lequel il parut. Sans cela, qu'avait-il de plus

1. Alexandre le Grand.

que les Gengis-Kan, les Tamerlan? Bon soldat, bon capitaine, mais ces vertus sont communes. Il y a toujours dans
une armée cent officiers capables de la bien commander; un
prince même y réussit, et ce que fait bien un prince, tout le
monde le peut faire. Quant à lui, il ne fit rien qui ne se fût
fait sans lui. Bien avant qu'il fût né, il était décidé que la
Grèce prendrait l'Asie. Surtout gardez-vous, je vous prie,
de le comparer à César, qui était autre chose qu'un donneur
de batailles. Le vôtre ne fonda rien. Il ravageait toujours, et
s'il n'était pas mort il ravagerait encore. Fortune lui livra
le monde, qu'en sut-il faire? Ne me dites pas : *s'il eût vécu!*
car il devenait de jour en jour plus féroce et plus ivrogne.

J'ai ici à ma disposition une bonne bibliothèque, et ce
m'est un grand secours pour la petite bagatelle que je vous
destine, monsieur. Cependant il me manque encore des outils
pour enlever certains nœuds. Il faudrait être à Paris, et y
être de loisir, deux choses à moi difficiles.

Vous avez grande raison de me dire : *quittez ce vil métier.*
Vous me parlez sagement, et je ne veux pas non plus faire
comme Molière, à qui toute sa vie ses amis en dirent autant.
Il était, lui, chef de sa troupe; moi, je mouche les chandelles.
Ne croyez pas pourtant, monsieur, que j'y aie perdu tout
mon temps; j'y ai fait de bonnes études, et je sais à présent
des choses qu'on n'apprend point dans les livres.

Je me rapproche de vous de deux cents lieues. Je vais
bientôt à Milan.

[A Rome, Courier retrouva d'anciens amis, avec lesquels il demeura quinze
jours, M. d'Agincourt, l'abbé Marini, madame Dionigi. Il s'arrêta aussi à Florence pour voir les bibliothèques, et visiter M. Ackerblad, savant Suédois dont
il sera question plus tard. Enfin, il arriva à Vérone à la fin de janvier. On l'y
attendait depuis près de six mois, et il y trouva une lettre du ministre de la
guerre qui le mettait aux arrêts et ordonnait la retenue d'une partie de ses appointements.]

A S. E. LE MINISTRE DE LA GUERRE.

Vérone, le 27 janvier 1808.

Monseigneur, par votre lettre du 3 novembre vous me

demandez l'état de mes services. Ayant été en Calabre une fois pris, et trois fois dépouillé par les brigands, j'ai perdu tous mes papiers. Je ne me souviens d'aucune date. Les renseignements que vous me demandez ne peuvent se trouver que dans vos bureaux. Je n'ai d'ailleurs ni blessures ni actions d'éclat à citer. Mes services ne sont rien et ne méritent aucune attention. Ce qu'il m'importe de vous rappeler, c'est que je suis ici aux arrêts par votre ordre, pour avoir dit, à Naples, au général Dedon ce que tout le monde pense de lui.

A M. LE GÉNÉRAL ***,

A NAPLES.

Vérone, le 31 janvier 1808.

Mon général, j'ai chargé M. Desgoutins de vous payer en or 945 francs. Je vous prie d'agréer en même temps mes remercîments. Le service que vous m'avez rendu, quoique venant fort à propos, m'a bien moins touché que les manières pleines de bonté dont vous l'accompagnâtes. Je sens qu'en vous rendant votre argent je ne suis pas quitte envers vous, et malheureusement je ne pourrai jamais vous être bon à rien. Mais ma reconnaissance, tout impuissante qu'elle est, ne me pèse point du tout, et je trouve du plaisir à vous être obligé toute ma vie.

A M. HAXO,

CHEF DE BATAILLON DU GÉNIE, A BRESCIA.

Vérone, le 2 février 1808.

J'ai trouvé ici les meilleures gens du monde. Le colonel Faure m'a traité on ne peut pas mieux, et ses arrêts de rigueur me plaisent bien plus que les caresses de certains généraux. Malheureusement il s'en va, et me laisse sous la patte du major, avec lequel je serai peut-être un peu moins à mon aise, surtout si ma retraite [1] finit plus tôt que je ne l'espère : ce service de garnison me donne par avance des nausées.

Je ne suis pas encore établi ; j'occupe provisoirement un logement de lieutenant, dans lequel j'aurais bien de la peine à te recevoir : c'est le seul inconvénient que je lui trouve, car mes hôtes sont les meilleures gens du monde, et le soleil ne paraît guère sur l'horizon que je n'en aie quelque rayon. Tes visites sont les seules que j'aime. Depuis que je t'ai quitté, je n'ai trouvé personne avec qui causer, et n'ai pas entendu un mot qui me soit resté dans la mémoire. Si tu pouvais venir ici quelques jours, nous ferions *mille chiacchiere*, mille promenades aux environs, car je sors tant que je veux, et n'ai rien à faire, c'est-à-dire aucun service ; en un mot, je ne fus jamais plus libre que depuis que je suis prisonnier. Adieu ; donne-moi de tes nouvelles, et ne soyons plus des siècles sans entendre parler l'un de l'autre.

A M. D'AGINCOURT,

A ROME.

Florence, le 17 février 1808.

Monsieur, j'aurais bien voulu vous donner plus tôt de mes nouvelles, et surtout avoir des vôtres ; mais vous allez voir que depuis mon départ de Rome j'ai toujours couru, et que je cours encore, sans savoir où je vais. En vous quittant je vins ici, où je restai quinze jours enfermé avec Xénophon dans cette bibliothèque bâtie par Michel-Ange. Il y faisait grand froid, et je regrettai fort Naples. Du reste, je ne vis rien de Florence, pas même la galerie. J'allai ensuite à Milan. J'y passai huit jours tristement perdus à faire des visites et des révérences. De là on m'envoya à Vérone, mais en chemin je m'arrêtai quinze jours à Brescia, parce que j'y trouvai un de mes amis, officier du génie, qui revenait de Constantinople [2]. Lui échappé

1. Les arrêts.
2. Haxo, chef de bataillon du génie.

de Turquie, et moi de la Calabre, je vous laisse à penser que de contes et quels entretiens! Ce temps-là se passa donc fort agréablement. Je ne m'ennuyai point non plus à Vérone, où je fus un mois seul et libre. Je vis l'amphithéâtre, je vis le musée Maffei. On en a enlevé pour Paris les plus beaux morceaux. Vous crieriez à la barbarie; moi je crois toujours que tout est bien. Enfin, je reçus ordre de me rendre ici avec un général d'artillerie [1]. Mais j'y suis venu avant lui, et je l'attends sans impatience, car ce séjour-ci me plaît fort. Je sollicite pourtant, comme je vous ai dit que c'était mon dessein, un congé pour aller en France, chose qui se trouve plus difficile à obtenir que je n'avais cru. Je voudrais, monsieur, avant de repasser les monts, vous voir encore une fois, et je partirais content. Ce serait trop de dire que je l'espère; mais je me flatte au moins que cela n'est pas impossible.

Écrivez-moi, je vous prie, autant toutefois que vos yeux vous le permettront. Parlez-moi de votre santé. Vous savoir en bonne santé est la chose du monde que je désire le plus. Je vous ai laissé bien portant, mieux même qu'il y a dix ans. Je n'ai pas fait seul cette remarque, tout le monde l'a observé. Sauvez vos yeux, et tout va bien. Je crois que vous vous serez moqué de la rigueur de cet hiver. Mais moi, Napolitain, transporté tout à coup dans la Gaule cisalpine, je faisais pitié à voir. Permettez que je vous embrasse sans cérémonie.

A MADAME DIONIGI,

A ROME.

Florence, le 20 février 1808.

Madame, de Rome en vous quittant je vins ici, puis j'allai à Milan, de Milan à Vérone, et de Vérone ici, où j'ai enfin trouvé le moment de vous écrire.

1. D'Arancey.

Maintenant je ne saurais vous dire sur quel grand chemin je serai quand vous recevrez cette lettre; mais quelque part que je sois, il se passe peu d'heures que je ne pense à vous, et comptez qu'à l'instant où vous lisez ceci, je me rappelle toutes vos bontés. Vous jugez bien, madame, que dans ces continuelles courses, si j'ai eu le temps de lire, comme j'ai fait, avec grand plaisir votre ouvrage[1], je n'ai pu songer à le traduire. Ce n'est pas un travail à faire *currente calamo*, moins encore *currente scriptore*. Pour y apporter tout le soin et l'attention nécessaires, il faut du repos, il faut ne penser à autre chose. Puis, vous traduire c'est un plaisir, et tous les plaisirs je les veux goûter à mon aise. Je m'arrêterai bientôt à Pise, à Livourne ou ailleurs, et, dès que j'aurai posé le pied quelque part, j'entrerai en fonctions comme votre interprète, et ferai de mon mieux pour transmettre à nos Français vos charmantes leçons.

J'ai vu Lamberti à Milan. Nous causâmes fort de vous; il avait reçu vos lettres, et il voulait que je lui montrasse votre Perspective. Je l'aurais satisfait, sachant que c'était votre intention; mais le cahier était dans ma malle, et ma malle était en chemin. Lamberti est bien à cette cour, bien logé, bien payé, bien vu de tout le monde; il doit être heureux, et il le mérite.

Ne tardez point trop, je vous prie, à me donner de vos nouvelles; et si vous êtes paresseuse, comme je le crois, ne vous déplaise, faites-moi écrire par quelqu'un de vos secrétaires. C'est de tous mademoiselle Henriette dont je lis le mieux l'écriture. Ses vers m'y ont accoutumé, car je les lis souvent, et je les montre aux gens que je veux étonner. J'espère que ses mains ne souffrent plus, et vont reprendre cette plume dont tous les traits sont divins. Si elle a composé quelque chose de nouveau, employez, je vous prie, votre autorité, pour que cela me soit envoyé.

Voudrez-vous bien, madame, présenter mon respect à madame Caroline? Il faudrait m'étouffer si j'oubliais jamais le

1. Ouvrage de madame Dionigi sur la Perspective.

bon traitement qu'elle me fit à Ferentino[1], où j'allais quêtant de porte en porte un peu de pain pour ne pas mourir, comme elle m'apparut, et comme je fus deux heures chez elle, à table jusqu'au ventre, pendant que les excellences, altesses, majestés, enrageaient de faim avec Meot et quarante cuisiniers. Ce fut elle, après Dieu, qui me sauva dans cette extrême misère, *per man mi prese e disse, a questa mensa sarai ancor meco*[2]. Elle sait fort bien que tout cela ne peut sortir de ma mémoire. Permettez aussi que je me rappelle au souvenir de M. Ottavio, et de M. votre gendre. Écrivez-moi tous ensemble ou séparément. Rome est le pays du monde que j'aime le mieux, et dans Rome il n'y a point de maison qui me soit aussi chère que la vôtre.

[Après l'arrivée du général d'Arancey à Florence, le sort de Courier fut fixé, et on l'envoya résider à Livourne, en qualité de commandant de l'artillerie. Il s'y rendit le 2 mars.]

A MONSIGNOR MARINI,

A ROME.

Livourne, le 6 mars 1808.

Monseigneur, depuis mon départ de Rome j'ai couru, sans m'arrêter, toute l'Italie, et n'ai trouvé qu'ici où reposer ma tête. Voilà pourquoi j'ai tant tardé à vous donner de mes nouvelles. Maintenant je me crois pour quelque temps à Livourne, et j'y attends vos lettres comme la meilleure chose que je puisse recevoir, quelque part que je sois.

Je n'ai pas voyagé seul, mais avec mon Xénophon, c'est-à-dire en bonne compagnie. A Florence, j'ai collationné trois misérables manuscrits qui ne m'ont payé de ma peine que par la certitude acquise qu'ils ne contiennent rien qui vaille. Un des vôtres et un de Paris sont les seuls qui m'aient fourni

1. 1ᵉʳ février 1806, en marchant de Rome sur Naples.
2. Pétrarque.

quelques bonnes leçons. Avec ce secours et mes conjectures, j'ai rétabli plusieurs passages, et j'en laisse peu à corriger. En un mot, je crois avoir fait tout ce que pouvait faire un soldat, expliquant aux savants ce qu'ils ne peuvent savoir, suivant la loi : *tractent fabrilia fabri*.

Si M. Amati a fini la collection de ce premier livre de *l'Anabasis*[1], et que vous ayez quelque moyen de me faire parvenir son travail, adressez-le-moi ici, je vous prie, ou à Florence à M. le général d'Arancey, commandant l'artillerie. Par la poste, vous voyez bien que ce serait ma ruine. Si vous ne trouvez point d'autre voie, gardez-moi cela, et je tâcherai de le faire venir à moins de frais.

J'espère que vous ne perdrez rien à tous ces changements qui se font dans votre gouvernement. L'empereur fait profession d'aimer et protéger les lettres, et votre réputation vous garantit de l'oubli de quelque gouvernement que ce soit.

D'ailleurs, vous avez un emploi qu'on ne peut ni supprimer, ni donner à d'autres qu'à vous. Ainsi, *la volonté du ciel, monseigneur, soit faite en toute chose!* et le ciel ne peut vouloir qu'un homme comme vous soit malheureux dans ce monde-ci, ni dans l'autre.

Écrivez-moi bientôt ; informez-moi, je vous prie, de votre santé, de votre état actuel, et de vos espérances pour l'avenir ; rien au monde ne m'intéresse plus que ce qui vous touche. Vous fûtes ma première connaissance, lorsque je vins à Rome, et depuis je n'ai rien connu de meilleur, ni à Rome ni ailleurs.

A M. LE GÉNÉRAL LARIBOISSIÈRE,

A PARIS.

Livourne, le 10 avril 1808.

Mon général, M. Pigalle mon parent, qui vous remettra la présente, vous expliquera l'embarras où je me trouve, et

1. Dont l'avait chargé M. Courier.

21.

l'extrême besoin que j'ai d'un congé, pour des intérêts d'où dépend toute ma petite fortune.

Depuis cinq ans que je suis hors de France, mes affaires vont de mal en pis, et cela, joint aux pertes que j'ai faites dans la dernière campagne, me mène tout doucement à l'hôpital, si mon absence dure davantage. Je vous supplie, mon général, de prendre en pitié un pauvre diable à qui vous avez témoigné autrefois quelque intérêt, et de dire un mot aux gens de qui dépend cette faveur, la plus grande que l'on puisse me faire aujourd'hui.

A M. HAXO,

CHEF DE BATAILLON DU GÉNIE, A MILAN.

Livourne, le 27 juillet 1808.

Ayant éprouvé ta fidélité dans l'ambassade de Vérone, je te nomme, ou pour parler diplomatiquement, nous te nommons notre résident à Milan ; et d'abord nous te chargeons d'une négociation importante, difficile, avec des puissances dont les dispositions à notre égard sont suspectes. La lettre ci-jointe t'expliquera de quoi il s'agit. Va voir cet *Orbassan*[1], dis-lui que si je ne vais *au pays*, je suis ruiné sans ressource, et cette fois un ambassadeur aura dit la vérité. Tu as dans ce que je t'ai marqué de Florence d'amples instructions ; mais le point, après tout, c'est un oui ou un non ; veut-il, ne veut-il pas que j'aie ce congé ? En lui écrivant par la poste, comme je ne suis pas un grand seigneur, je n'aurais jamais de réponse. Par toi je saurai à quoi m'en tenir.

S'il t'écoute, tu pourras lui dire que sans ma maladie de Naples (qui n'était point le mal de Naples) j'aurais fait il y a six mois cette demande. Tu lui conteras de mes affaires ce que tu sais et ce que tu ne sais pas pour lui faire entendre que je ne puis, sans perdre tout ce que j'ai au monde, différer davantage à me rendre chez moi. Dis-lui les banqueroutes que j'éprouve, mes gens d'affaires fripons, mes débiteurs sans foi,

---

1. Le général d'Anthouard, aide de camp du vice-roi.

mes créanciers sans pitié, mes fermiers en prison, mes parents morts ou malades. Hélas! en disant tout cela, tu n'auras pas le mérite de mentir pour un ami. Ajoute que la guerre peut recommencer ; qu'on peut m'envoyer outre-mer, en Turquie, à tous les diables, auquel cas je n'aurai plus qu'à déserter ou à me pendre.

Mais s'il ne t'écoute pas, ou s'il est insolent au delà de ce que l'usage actuel autorise, alors envoie-le faire f....., *car tel est notre plaisir.* Au reste, si tu réussis, comme tu m'auras servi à cette cour je te servirai à Paris. *Sur ce, nous prions Dieu, monsieur l'ambassadeur, qu'il vous ait en sa sainte garde.*

A M. LE GÉNÉRAL D'ANTHOUARD,

A MILAN.

Livourne, le 28 juillet 1808.

Mon général, M. Haxo, chef de bataillon du génie, et mon intime ami, vous remettra la présente. Il vous expliquera, mieux que je ne pourrais faire dans une lettre, les embarras où je me trouve. Il faut que j'aille en France pour savoir si je suis ruiné. Les gens qui pourraient m'en dire des nouvelles ne m'écrivent plus depuis longtemps. J'ai demandé un congé, mais on me le refuse, pour me tenir ici à compter de vieux boulets rouillés. Si Son Altesse savait tout cela, elle aurait pitié de ma peine ; et voyant d'un côté à quoi l'on m'occupe ici, de l'autre combien ma présence est nécessaire chez moi, elle m'enverrait faire... mes affaires, qui seraient terminées en six semaines. Voilà, mon général, ce que j'espère obtenir par votre entremise. On sait avec quelle bonté Son Altesse s'intéresse au sort de tous les officiers, et je me flatte que si vous voulez bien vous charger de mettre à ses pieds mes humbles supplications, je serai bientôt du nombre infini de ceux que la reconnaissance attache à ce prince. Je ne puis que par vous, mon général, me faire entendre à Son Altesse. L'amitié dont vous m'honorez fait toute mon espérance et réduit comme je le suis à cesser de servir ou à perdre tout ce que j'ai, j'aurais déjà quitté mon inutile emploi pour sauver mon patrimoine, si je n'espérais garder l'un et l'autre par les mêmes bontés dont vous m'avez donné tant de marques.

A M. DE SAINTE-CROIX,

A PARIS.

Livourne, le 3 septembre 1808.

Monsieur, ne sachant si je pourrai jamais mettre la dernière main à ma traduction des deux livres de Xénophon sur la cavalerie, je prends le parti, sauf votre meilleur avis, de la publier telle qu'elle est, avec le texte revu sur tous les manuscrits de France et d'Italie, et des notes que je n'ai pas eu le temps de faire plus courtes : le tout paraîtra sous vos auspices, si vous en agréez l'hommage. Votre amitié me fait trop d'honneur pour que je résiste à l'envie de m'en parer aux yeux du public, et mon nom a besoin du vôtre pour obtenir quelque attention. Je me flatte, monsieur, que vous verrez avec bonté un essai dont le premier objet fut de vous plaire, et que je n'eusse pas même conduit au point où il est, sans les encouragements que vous m'avez donnés.

Mon dessein est de vous adresser le manuscrit, sous l'enveloppe de M. Dacier, secrétaire perpétuel, etc. Je prendrai des mesures pour qu'il vous parvienne franc de port, à moins que vous ne m'indiquiez vous-même une autre voie.

A M. DE SAINTE-CROIX [1],

A PARIS.

Portici, le 21 novembre 1807.

Je vous présente ici, monsieur, un travail dont vous avez approuvé l'idée. Je souhaite qu'il se trouve dans l'exécution

---

1. Lettre qui se trouve en tête de la traduction des deux livres de Xénophon sur la cavalerie.

quelque chose qui vous satisfasse et qui vous paraisse mériter l'attention des gens instruits. En traduisant, pour vous l'offrir, ce que Xénophon a écrit sur la cavalerie, j'ai suivi d'abord le dessein que j'eus toujours de vous plaire, et j'ai cru faire en même temps une chose agréable à tous ceux qui s'occupent ou s'amusent de ces antiquités.

Vous n'aviez pas besoin sans doute qu'on vous traduisît Xénophon ; mais vous aviez besoin d'un texte plus correct que celui des livres imprimés, et c'est là vraiment le présent que je vous ai destiné. J'ai vu et comparé moi-même la plupart des manuscrits de France et d'Italie, où ayant trouvé beaucoup de vieilles leçons inconnues aux premiers éditeurs de Xénophon, j'ai remis à leur place, dans le texte, celles qui s'y sont pu ajuster exactement, sans aucune correction moderne, laissant aux critiques l'examen de toutes les autres, ou douteuses ou corrompues, que j'ai placées au bas des pages ; et je pense ainsi vous donner ce texte aussi entier que nous saurions l'avoir aujourd'hui, c'est-à-dire fort mutilé, comme tous les monuments antiques, mais non refait, ni restauré, ou retouché le moins du monde, tel en un mot que nous l'ont transmis les siècles passés.

Ma traduction toutefois pourra être utile à ceux même qui liront ces livres en grec ; car il y a, dans de tels écrits, beaucoup de choses qu'un soldat peut expliquer aux savants. J'ai cherché à la rendre exacte. J'aurais voulu qu'on y trouvât tout ce qui est dans Xénophon, et non moins le sens de ses paroles que le sentiment, s'il faut ainsi dire. Ne pouvant atteindre ce but, qui serait au vrai la perfection d'un pareil travail, j'en ai approché du moins autant qu'il était en moi, et même plus heureusement que je ne l'eusse imaginé, en quelques endroits, où vous ne trouverez guère à dire qu'une certaine naïveté propre à cet auteur, charmante et d'un prix infini, mais difficile à conserver dans quelque version que ce soit. Sur ce point, ceux qui l'ont voulu imiter en sa langue même, selon moi, y ont mal réussi. Je n'avais garde d'y prétendre ; mais imputant à bonne fortune tout ce que j'ai pu rencontrer dans notre français d'expressions qui représen-

taient assez bien le grec de mon auteur, partout où je me
suis aperçu que le trait simple et gracieux du pinceau de Xénophon ne se laissait point copier, j'y ai renoncé d'abord, et
me suis borné à rendre de mon mieux, non sa phrase, mais
sa pensée.

J'aurais fort grossi mes remarques, si sur chaque passage
j'eusse voulu noter toutes les erreurs des critiques et des interprètes ; car il n'y a pas une ligne de ces deux traités qui
ne se trouve quelque part mal écrite ou mal expliquée. Mais
on instruit bien peu, ce me semble, le lecteur en lui apprenant qu'un homme s'est trompé. Ces fautes, que j'ai connues
sans les marquer, m'ont obligé de donner en beaucoup d'endroits les preuves, autrement superflues, de mon interpréta-
tion. C'est ce qui a produit les notes sur le texte. Celles qui
accompagnent la version sont le fruit de quelques observations que le hasard m'a mis à portée de faire. Vous trouverez
dans tout cela peu de lecture, nulle érudition, mais vous n'en
serez pas surpris, et vous n'attendez pas de moi de ces recherches qui demandent du temps et des livres.

Quant à l'utilité réelle de ces ouvrages de Xénophon, relativement à l'art dont ils traitent, je ne sais ce que vous en
penserez. Bien des gens croient qu'aucun art ne s'apprend
dans les livres ; et les livres, à dire vrai, n'instruisent guère
que ceux qui savent déjà. Ceux-là, lorsqu'il s'en trouve, pour
qui l'art ne se borne pas à un exercice machinal des pratiques
en usage, peuvent tirer quelque fruit des observations recueillies en temps et lieux différents; et les plus anciennes,
parmi ces observations, sont toujours précieuses, soit qu'elles
contrarient ou confirment les maximes reçues, étant, pour
ainsi dire, le type des premières idées dégagées de beaucoup
de préjugés. Voilà par où ces livres-ci doivent intéresser. Ce
sont presque les premiers qu'on ait écrits sur cette matière.
Des préceptes qu'ils contiennent, les uns subsistent aujour-
d'hui, d'autres sont contestés, d'autres sont oubliés, ou même
condamnés chez nous; mais il n'en est point qu'on ne voie
encore suivi quelque part, comme je l'ai marqué dans mes
notes, et je m'assure que, si on voulait comparer soigneuse-

ment à ce qui se lit dans Xénophon, non-seulement nos usages actuels, mais les pratiques connues des peuples les plus adonnés aux exercices de la cavalerie, on y trouverait mille rapports dont je n'ai pu m'aviser, et tous curieux à observer, ne fût-ce que comme matière à réflexions.

A MADAME MORIANA DIONIGI,

A ROME.

Livourne, le 12 septembre 1808.

Madame, pour m'empêcher de vous aller voir, il est venu exprès, je crois, un général inspecteur de l'artillerie. Ces inspecteurs sont des gens que l'on envoie examiner si nous faisons notre devoir. Le leur est de nous ennuyer, et celui-ci s'en acquitte parfaitement à mon égard. Quand il ne serait pas de sa personne un insupportable mortel, ce que vous nommez en votre langue *un soldataccio*, sa visite, tombant au travers de mes plus agréables projets, ne pouvait que m'assommer. Les malédictions ne remédient à rien ; mais, madame, ces jours destinés à vous voir, les passer avec l'animal le plus... *Madonna mia*, donnez-moi patience ! nous avons attendu deux mois son arrivée, et je ne sais combien encore nous attendrons son départ, douce espérance dont il nous flatte chaque jour. Je compte pourtant en être délivré cette semaine, et déjà mes pensées reprennent leur direction naturelle vers Rome. Mais avant de faire les démarches nécessaires pour pouvoir m'y rendre, il faut savoir si vous y êtes. N'est-ce pas dans cette saison que vous allez ordinairement à Ferentino ? Venir de si loin et ne vous pas trouver, ce serait pis que l'inspecteur. Je pars maintenant pour Florence ; maintenant, c'est-à-dire aussitôt que l'animal aura les talons tournés. J'en serai de retour dans quinze jours ; faites, madame, que je trouve ici une lettre de vous qui m'apprenne où vous êtes, et je ferai en sorte, moi, qu'alors rien ne m'empêche de me rendre à Rome, si je suis assuré de vous y trouver.

Votre académie de Saint-Luc a donc enfin fait son devoir[1]. Je l'en félicite. Elle ne fera pas souvent de pareilles acquisitions. Mademoiselle Henriette, dans son Arcadie, avait quelque chose d'un peu païen ; mais vous, madame, sous la bannière de Saint-Luc, vous sanctifierez toute la famille par votre foi et par vos œuvres.

En vous écrivant ceci, madame, d'une écriture qui n'a point de pareille au monde, j'ai le plaisir de penser que vous vous unirez tous pour tâcher de me lire, et qu'ainsi je vous occuperai tous au moins pendant quelques minutes. Il me semble vous voir les uns après les autres *aguzzar le ciglia*[2] sur ce griffonnage, sans en pouvoir rien déchiffrer. Croyez-moi, laissez cela. Aussi bien qu'y trouveriez-vous ? des assurances très-sincères de mes sentiments qui vous sont connus, et dont je me flatte que vous ne douterez jamais.

A M. LE GÉNÉRAL D'ARANCEY,

COMMANDANT L'ARTILLERIE EN TOSCANE.

Livourne, le 13 septembre 1808.

Mon général, il serait très à propos de concerter entre vous et le général Meunier le service des compagnies de garde-côtes. Vous les croyez comprises dans mon commandement, et m'en rendez responsable, tandis que tous les jours ces troupes reçoivent des ordres dont je n'ai connaissance que par la voix publique. On déplace les détachements et les officiers sans que j'en sois instruit. En un mot, le général Meunier commande directement cette troupe, et ne la croit en aucune façon dépendante de l'artillerie. Le préfet s'en fait une espèce de gendarmerie. J'attends, comme vous, avec impatience leur organisation définitive.

Mon service ici est peu de chose, et cependant fort pénible.

1. Cette académie avait reçu madame Dionigi parmi ses membres.
2. Dante.

Il me manque tout ce qui rend aux autres la besogne facile. Pour le matériel, je n'ai point de garde; pour le personnel, trois compagnies sans officiers (entre nous) ni sous-officiers; point d'écrivains : on m'a ôté le seul qui sût faire quelque chose. Le général Sorbier a bien senti tout cela, et en est convenu, quelque peu disposé qu'il fût à me rendre justice. Il a paru fort aise de trouver prêt le travail que j'avais fait pour lui, et m'en aurait tenu compte si son grade et l'usage actuel ne dispensaient de tout procédé. J'aurais pris beaucoup moins de peine, et peut-être m'eût-il ménagé davantage, si je l'eusse connu plus tôt. Je ne puis, ou pour mieux dire, il ne me convient pas de vous expliquer d'où vient l'animosité qu'il a contre moi; mais elle a paru d'une manière singulière, et, je crois, malgré lui. Il me traita d'abord assez bien pour un homme de son caractère, et, durant les deux premiers jours qu'il passa ici, il me fit l'honneur de s'entretenir avec moi presque amicalement. Mais, un soir, en présence de quelques officiers, j'eus le malheur de lui dire les propres mots que voici : *Je crois, mon général, qu'un homme ne peut être à la fois canonnier et cavalier, non plus que cavalier et fantassin, et que, par conséquent, l'artillerie à cheval, les dragons, sont des armes bâtardes, des troupes organisées sous de faux principes.* Ce discours le jeta dans un accès de frénésie alarmant. Mon sang-froid achevant de le mettre hors de lui, il me dit beaucoup de choses que son état excusait, et comme, lorsqu'on a tort avec ses subalternes, on se garde surtout de se dédire, je crois bien qu'il vous aura répété une partie des invectives qu'il m'adressa directement, et que son rapport au ministre s'en sera ressenti. Quant au ministre, les notes du général Sorbier me nuiront assurément, et j'en suis fort affligé, mais c'est un mal sans remède. Pour vous, mon général, qui n'êtes pas ministre, votre jugement sur mon compte ne saurait dépendre des passions du général Sorbier. Après avoir obtenu en Calabre les éloges, la confiance, l'amitié de tous les généraux (hors d'un seul que personne ne loue), vous savez de quelle manière j'ai été traité. Je ne m'en plains pas, et je crois ces dégoûts inévitables à quiconque est comme moi mauvais courtisan. Mais j'espère que ce défaut, dont je travaille à me corriger, me nuira peu auprès de vous, et je vous connais trop juste pour juger un officier autrement que sur sa conduite.

[Sur l'invitation de M. Akerblad, Courier se rendit dans ce temps-là à Florence pour y visiter des manuscrits grecs. Il vit à ce sujet M. Chaban, commissaire du gouvernement français; mais son service le rappela bientôt à Livourne, où il était déjà de retour le 20 septembre.]

AL SIGNOR DEL FURIA,

CONSERVATORE DELLA BIBLIOTECA LAURENZIANA IN FIRENZE.

... Le varianti del Sofocle sono ottime e del tutto ignote al Brunck. Or su dunque preghi ella que' signori, a nome mio e delle Muse, di terminare la collazzione del Filottete. Finito tal lavoro, che poco può durare, dovranno dar di piglio al Plutarco Riccardiano, e col qui aggiunto tometto mandarmene un saggio. Non ci scrivano però in margine le varianti, per non far vergogna col loro bel carattere alle glasguensi stampe, ma si contentino di farne un foglio o quinterno separato. Poi si compiacerà ella, coll' usata gentilezza, di spedirmi quà tutto, per mezzo del signor generale D'Arancey.

Mi creda, signor Furia, non usiamo fra noi ceremonie de' tempi bassi, ma tutto all' uso del secolo d'oro. Ἔῤῥωσο.

All' Aristippo suedese Εὐπράττειν.

RÉPONSE.

Firenze, 7 ottobre 1808.

STIMATISSIMO SIGNOR COLONELLO,

Eccole la nota collazzione del Filottete, eseguita con tutta la diligenza ed accuratezza dai signori Ab. Bencini et Selli. Ella la esaminerà e si compiacerà di avvisarci se deesi conti-

nuare tal lavaro per l'ordine e per la determinazione del quale
starà a lei il definire, persuaso che ci faremo un pregio di
cooperare alle sue dotte fatiche. Debbo altresì avvertirla che
i versi dei cori di questa tragedia, nella loro divisione o metro, non combinano per lo più coll' edizione dello Stefano;
ma si è creduto di non dover per ora attendére a una tal
cosa, giacchè il suo preciso desiderio era per le parole, non
per il metro. Se poi le piacerà che nella collazzione debba
avvertirsi ancora a questo, ce ne dia un avviso.

Frattanto mi creda, quale colla più distinta stima e ris-
petto passo all' onore di dichiararmi

Suo obbligatissimo servitore,

FRANCESCO DEL FURIA.

A M. CHABAN,

COMMISSAIRE DU GOUVERNEMENT, A FLORENCE.

Livourne, le 30 septembre 1808.

Monsieur, les ordres que j'ai reçus m'ont obligé de partir
si précipitamment, que j'eus à peine le temps de porter chez
vous ma carte, à une heure où je ne pouvais espérer de vous
trouver, manière de prendre congé de vous bien contraire à
mes projets. Car, après les marques de bonté dont vous m'a-
vez honoré, j'étais dans le dessein de vous faire ma cour, et
de profiter des dispositions favorables où je vous voyais, pour
rassembler et sauver ce qui se peut encore trouver dans vos
bibliothèques de moines. Mais, puisque mon service m'empêche de partager cette bonne œuvre, je veux au moins y
contribuer par mes prières. Je vous conjure donc de vouloir
bien ordonner que tous les manuscrits de la *Badia* soient transportés à la bibliothèque publique de Saint-Laurent, et que l'on
cherche ceux qui manquent d'après le catalogue existant. Je
reconnus, il y a peu de temps, que déjà quelques-uns des
plus importants avaient disparu; mais il sera facile d'en
trouver des traces et d'empêcher que ces monuments ne pas-

sent à l'étranger, qui en est avide, ou même ne périssent dans les mains de ceux qui les recèlent, comme il est arrivé souvent.

C'est le zèle de l'antiquité qui m'engage, monsieur, à vous présenter cette humble requête. Je souhaite fort, je l'avoue, attirer votre attention sur ces objets, que la multitude des affaires vous peut faire perdre de vue. Songez qu'avec deux lignes vous allez conserver les titres de noblesse des Grecs et des Romains, et vous attirer les bénédictions de tout ce qu'il y aura jamais d'antiquaires et d'érudits dans tous les siècles des siècles.

A M. D'AGINCOURT,

A ROME.

Livourne, le 15 octobre 1808.

' Monsieur, je suis encore à Livourne, et les apparences sont que j'y passerai l'hiver. Je demandais, comme je crois vous l'avoir marqué, un congé pour aller en France; mais on *m'éconduit tout à plat*. J'en demande un pour Rome; ce sera, si je l'obtiens, un bon dédommagement de celui qu'on me refuse; car en France j'ai des parents, à Rome j'ai des amis, et je mets l'amitié bien loin devant la parenté, ou, pour mieux dire, c'est la seule parenté que je connaisse. Sur ce pied-là, vous m'êtes bien proche; aussi, sans mes affaires, je vous jure que je ne penserais guère à Paris, et Rome serait encore pour moi la première ville du monde.

S'il faut vous expliquer maintenant comment le refus fait à ma première demande n'exclut pas la seconde, la voici : la permission d'aller en France dépendait du ministre, que je n'ai pu fléchir *precando;* l'autre dépend ici de quelqu'un que je gagnerai *donando.* Je viendrais aussi bien à bout du satrape ou de ses suppôts, mais il faudrait être là.

Pour vous dire ce que je fais ici, je mange, je bois, je dors, je me baigne tous les jours dans la mer, je me promène quand il fait beau; car nous n'avons pas votre ciel de Rome. Je lis et relis nos anciens, et ne prends souci de rien que d'avoir de vos nouvelles. Madame Dionigi m'a mandé quelquefois que vous vous portiez bien. C'est tout ce que je vous souhaite, car c'est la moitié du bonheur; et l'autre moitié, *mens sana*, vous est acquise de tout temps. Dieu vous *doint* seulement, comme disaient nos pères, la santé du corps, et vous serez heureux autant qu'on saurait l'être. Cela ne vous peut manquer, avec votre tempérament et la vie que vous menez, et dans le lieu que vous habitez. Votre habitation, monsieur, est choisie selon toutes les règles que donne là-dessus Hippocrate, et auxquelles je m'imagine que vous n'avez guère pensé. Ce n'est pas non plus ce qui fait que cette demeure me plaît tant, mais c'est qu'on vous y trouve.

Je songe tout de bon à quitter mon vilain métier; mais, ne sachant comment vont mes affaires en France, je ne veux pas rompre, je veux me dégager tout doucement et laisser là mon harnais, comme un papillon dépouille peu à peu sa chrysalide et s'envole.

Permettez, monsieur, que je vous embrasse en vous suppliant de me conserver votre amitié, qui m'est plus chère que chose au monde. En vérité, tout mon mérite, si j'en ai, c'est de vous avoir plu, et de connaître ce que vous valez.

A M. CORAI,

À PARIS.

Livourne, le 18 octobre 1808.

Monsieur, nul présent ne pouvait me flatter plus que celui dont je me vois honoré, je ne sais si je dois dire par vous ou par MM. Zozima, qui m'ont remis vos trois admirables volumes[1]. De quelque part que me viennent ces livres, il faut assurément qu'on les ait faits pour moi. Tout de bon, monsieur, si votre projet eût été de me plaire et de faire une

---

1. Un exemplaire d'Isocrate, publié par Coraï aux frais de MM. Zozima, Grecs de nation.

chose entièrement selon mes idées, vous n'auriez pu mieux rencontrer. Voilà justement ce que j'attendais de vous et de vous seul. Je souffrais trop à voir Isocrate, la plus nette perle du langage attique, entouré de latin d'Allemagne ou de Hollande. En lisant vos notes, du moins je ne sors pas de la Grèce, et j'entre beaucoup mieux dans le sens de l'auteur qu'avec une glose latine ou vulgaire. Chaque langue veut être expliquée par elle-même, parce que les mots ni les phrases ne se correspondent jamais d'une langue à une autre, et c'est la raison qui me fait dire que nous n'avons point de dictionnaire grec. Ce serait un beau travail; mais qui osera l'entreprendre? Il faudrait pour cela, ce qui ne se trouvera jamais, plusieurs hommes comme vous et comme MM. Zozima. En vérité, ceci leur fait grand honneur, car ce n'est pas seulement leur nation qu'ils gratifient d'un don si précieux, mais, chez toute nation, tous ceux qui s'intéressent à la belle littérature. Ce qu'ils font pour encourager ces études dans leur pays, n'est pas de ce siècle-ci. Soyons de bonne foi, les rois nuisent aux lettres en les protégeant; leurs caresses étouffent les Muses. Il y a bien eu quelquefois de grands talents, malgré les pensions et les académies; mais on a toujours vu de simples particuliers favoriser les arts avec plus de sagesse et de discernement que n'eût pu faire aucun prince; et c'est de quoi ces messieurs donnent un nouvel exemple.

Courage donc, monsieur, suivez votre belle entreprise, et soyez persuadé que, même parmi nous, il se trouvera des gens qui vous applaudiront comme vous le méritez. Le nombre en sera petit, mais choisi. Vous aurez peu de lecteurs, mais vous en aurez toujours; et comme ces modèles, que vous nous dévoilez, seront étudiés tant qu'il y aura des arts et du goût, votre nom, attaché à des monuments si célèbres, passera sûrement à la postérité.

[Courier a dû écrire la lettre ci-dessus très-peu de temps après la réception du livre de M. Coraï, et ses félicitations paraissent être le tribut payé à une première lecture. La lettre qui suit, et qui est adressée à M. Akerblad, exprime sur le livre de M. Coraï une opinion plus réfléchie et un peu différente. M. Akerblad ne fut point de l'avis de Courier : sa réponse, qu'on donne après la lettre de celui-ci, explique et défend la manière adoptée par M. Coraï dans ses notes.]

A M. AKERBLAD,

A FLORENCE.

Livourne, le 2 novembre 1808.

Je lis l'Isocrate de Coraï et ses notes que vous n'avez pas. Entre nous c'est peu de chose, il pouvait faire et il a fait beaucoup mieux que cela. Ce que j'y trouve de meilleur, c'est l'exemple qu'il donne d'expliquer le grec en grec, exemple qu'il faudrait suivre, et même dans les Lexiques. Mais je ne puis du tout approuver sa préface *mixtobarbare*. Ah! docteur Coraï! un frontispice gothique à un édifice grec! au temple de Minerve, le portail de Notre-Dame! Pourquoi la préface et les notes, s'adressant aux mêmes lecteurs, ne sont-elles pas dans la même langue? Ce que j'en dis n'est point par humeur, car je n'en perds pas un mot; seulement j'ai de la peine à croire que ce soit ainsi qu'on parle, et je pense qu'il fait un peu comme l'écolier de Rabelais : *nous transfretions la Sequane pour viser les meretricules.* Celui-là latinisait, et Coraï hellénise.

Ses notes sont pleines de longueurs et d'inutilités. Ne comprendra-t-on jamais que des notes ne doivent point être des dissertations, que les plus courtes sont les meilleures, que l'explication des mots regarde les lexicographes, celle des phrases les grammairiens? N'est-ce point assez de travail pour un éditeur d'avoir à choisir entre les variantes, à découvrir et marquer les altérations du texte, les fautes des copistes qui sont de tant d'espèces, erreurs, omissions, additions, corrections, etc.? A chaque note trois mots suffisent, et les anciens critiques n'y employaient que des signes, d'où est venu le nom même de notes. Bref, dans tout ce qu'on nous donne, je ne vois que des matériaux pour les éditeurs futurs, s'il s'en trouve jamais de raisonnables. Pas un livre pour qui veut lire.

Notre ami se plaît à écrire son grec, et je le lui passerais si ce plaisir ne l'entraînait trop souvent loin de sa route. Tant de hors-d'œuvre, dans une œuvre où tout ce qui n'est pas nécessaire nuit! Tant d'étymologies dans la langue moderne, curieuses si vous voulez, mais étrangères à Isocrate! Tout en se mêlant d'indiquer les beautés et les défauts, il est à mille lieues de ce qu'on appelle goût. M. Heyne, et quelques autres qui ont eu la même prétention, ne l'ont pas mieux justifiée. Après tout, est-ce là leur affaire? On ne leur demande point si Isocrate a bien écrit, mais ce qu'il a écrit, recherche que Coraï néglige un peu cette fois. Croiriez-vous qu'il n'a pas seulement vu les manuscrits de Paris? Voilà un péché d'omission, dont je ne sais si le pape même le pourrait absoudre. Il s'en rapporte aux variantes de l'abbé Auger, qui s'en était aussi rapporté à quelque autre, n'ayant garde de déchiffrer les manuscrits, lui qui ne lisait pas trop couramment la *lettre moulée*. D'après cela, je vous laisse à penser ce que c'est que ce travail, *robaccia*. J'en suis fâché; car je m'attendais que nous aurions par lui quelque chose de bon de ces manuscrits; mais il y faut renoncer, car qui diable s'en occupera si Coraï les néglige? C'est dommage; sur un texte si intéressant, il pouvait se faire grand honneur et à nous grand plaisir.

Quel écrivain que cet Isocrate! nul n'a mieux su son métier; et à quoi pensait Théopompe, lorsqu'il se vantait d'être le premier qui eût su écrire en prose? Ce n'est pas non plus peu de gloire pour Isocrate que de tels disciples. Je lui trouve cela de commun avec votre grand Gustave, que tous ceux qui, en même temps que lui, excellèrent dans son art, l'avaient appris de lui. Voilà un étrange parallèle, et dont il ne tiendrait qu'à vous de vous moquer, ou même de vous plaindre diplomatiquement.

Donnez-moi des nouvelles de M. Micali, de nos manuscrits et de vous. Trois points comme pour un sermon. Mais celui-là ne peut m'ennuyer.

RÉPONSE DE M. AKERBLAD.

Florence, le 16 novembre 1808.

...... Je suis enchanté de voir que ni vos occupations militaires, ni les alertes que vous donnent de temps en temps les Anglais, ni même les tremblements de terre, n'ont pu vous détourner de vos études chéries, et j'admire votre belle et constante passion pour les muses grecques; passion qui ne vous quitte pas, même dans la ville la plus indocte de l'Italie, et où l'on n'entend parler que de lettres de change et de marchandises coloniales.

Vous êtes donc bien fâché contre ce pauvre Coraï, pour vous avoir fait une préface en grec vulgaire à votre Isocrate! Mais de grâce, en quelle langue fallait-il donc qu'il s'adressât aux jeunes gens de sa nation? Rien ne me semble plus naturel que de leur parler dans leur propre idiome : aussi lorsqu'il a fait des éditions d'auteurs grecs pour vous autres messieurs les Français, il n'a pas manqué de faire les préfaces dans votre langue. Je conviens que le bonhomme est un peu long dans ses prolégomènes; mais vous avouerez aussi que son introduction grammaticale à la tête du premier volume contient des observations excellentes, des vues neuves, sinon pour les hellénistes de l'Europe, au moins pour ses compatriotes, qui ne connaissent de grammaires que celles de Lascaris et Gaza, et qui ignorent absolument tout ce que la philosophie moderne a perfectionné dans la méthode grammaticale. Quant aux notes de Coraï, je ne connais pas celles de l'Isocrate; les autres, je les trouve parfois un peu longues, mais toujours remplies de remarques excellentes. D'ailleurs, un volume in-8° de notes pour tout l'Isocrate ne me paraît pas trop. Eh! que diable diriez-vous donc des notes de feu notre ami Villoisin sur Longus, de celles d'Orville sur Chariton, d'Abresch sur Aristénète, etc.? Le baron de Locella lui-même, quoique homme du monde, et qui devait avoir un peu plus de goût que ses collègues, n'a-t-il pas fait un gros

22

volume in-4° de ce petit roman de Xénophon d'Éphèse, sans vous parler de mille autres commentateurs encore plus lourds que ceux que je viens de nommer. Ce qu'il y a de plus plaisant, c'est que les motifs qui vous font prononcer contre le bon Coraï sont précisément ceux qui me donnent envie de lire ses notes. Ses étymologies de la langue moderne, ses explications de grec en grec, etc., me font vivement désirer de posséder cet ouvrage, et je vous prie, mon aimable commandant, de vous informer s'il se vend à Livourne, et à quel prix.

Si vous aviez lu la première partie des prolégomènes de Coraï, vous n'auriez aucune crainte que la langue vulgaire dont il se sert ne soit pas entendue de ses compatriotes, puisque lui-même désapprouve hautement la manière de quelques écrivains de sa nation de mêler l'ancien grec avec l'idiome usuel, manière qu'il appelle fort bien *macaronique*. Quant à une autre réprimande que vous lui faites d'avoir écrit sa préface dans une langue et les notes dans une autre, voici ma réponse : La préface est pour les Grecs de toutes les classes, les notes uniquement pour ceux qui savent lire Isocrate dans sa propre langue. Enfin le dernier et le plus fort des reproches que vous lui faites, c'est de n'avoir pas examiné par lui-même les manuscrits de Paris. Voilà un péché bien grave selon vous ; quant à moi, je ne le regarde que comme une peccadille. On perd un temps bien précieux avec ces maudits manuscrits, qui le plus souvent ne vous donnent pas une leçon nouvelle qui soit bonne, et je regrette bien deux ou trois mois que j'ai passés dans la bibliothèque Laurentiana à confronter Orphée, et quelques autres vétilles grecques. Le manuscrit de Pausanias n'a fourni que deux ou trois variantes assez bonnes, encore avaient-elles été devinées d'avance par les éditeurs. Que cela ne vous décourage cependant pas de venir ici collationner le beau manuscrit de Sophocle, qui vous donnera, je l'espère ou du moins je le souhaite, une ample moisson de variantes.

Le comité dont nous devions être membres vous et moi, n'a jusqu'à présent rien trouvé de fort intéressant dans les couvents supprimés, qu'un recueil de lettres inédites de Machiavelli, de Guicciardino et d'autres hommes célèbres. On n'a pas encore visité la bibliothèque *della Badia* ni celle de *San Marco*. Si je suis encore ici lorsque cette visite se fera, je me mettrai à la queue des commissaires pour voir à mon aise ces deux bibliothèques, qui étaient autrefois presque inaccessibles. Il doit s'y trouver une ample collection de manuscrits, si les moines ne les ont pas soustraits.

Furia et le gros abbé travaillent toujours à l'édition d'Ésope qui les occupe depuis trois ans. Votre serviteur a fait la sottise de lire tout d'une haleine les érotiques grecs, ce qui a manqué le brouiller avec cette littérature qui, depuis un an, faisait ses délices, tant il a trouvé mauvais ces romanciers. C'est bien cela que vous appelez *robaccia*. Quel écrivain, dites-vous, que cet Isocrate! quels écrivailleurs, dis-je, moi, que ce Xénophon d'Éphèse, cet Achille Tatius, etc.! Je veux me remettre à lire Thucydide ou Démosthène pour oublier ces platitudes-là.

On dit qu'on ne veut pas de vous en Espagne, mais qu'il pourrait vous arriver d'aller à Vérone : je voudrais qu'on vous envoyât ici ou à Rome pour jouir de votre aimable et savante société, et c'est avec ces vœux que j'aime à finir ma longue lettre.

A M. D'AGINCOURT,

A ROME.

Livourne, le 17 novembre 1808.

J'ai reçu dans le temps, monsieur, les belles gravures que vous m'avez adressées. Rien, je vous assure, ne pouvait me faire plus de plaisir. Tout le monde doit les trouver belles; mais pour ceux qui, comme moi, en connaissent les originaux, elles ont le mérite de les représenter avec une parfaite exactitude, mérite rare et peut-être unique dans ce genre de travail. En un mot, que peut-on dire de plus? elles sont belles et fidèles. Si je ne vous en ai pas fait plus tôt mes remerciements, c'est que j'espérais toujours aller à Rome vous revoir, vous, monsieur, et votre pays que j'ai tant de raisons d'aimer; et à vrai dire, je l'espère encore : mais, abusé tant de fois, je ne veux plus compter sur rien, et je me décide enfin à vous apprendre, autant que faire se peut dans une lettre, combien je suis sensible à de telles marques de votre souvenir et de votre amitié.

Je ne sais si vous avez dessein de publier tous vos vases : ce serait un beau présent à faire aux artistes et aux amateurs de l'antiquité, et pour ma part je vous y engage fort; mais, si vous prenez ce parti, croyez-moi, monsieur, supprimez les commentaires infinis, les explications forcées, le luxe typographique et tout l'étalage au moyen duquel ces sortes d'ouvrages se vendent plus cher et valent moins. Quant aux explications, je vous avoue, pour moi, que si je ne trouve pas d'abord le sujet de ces tableaux, je m'en passe fort bien, et j'aime mieux cela que de contraindre mon esprit à y reconnaître quelques traits ou d'Homère ou d'Euripide. Vous pensez comme moi, je crois, et vous vous contentez de voir, dans la plupart des monuments qui nous restent de l'antiquité, la représentation toute simple de quelque scène de la vie commune.

A M. DE SAINTE-CROIX,

A PARIS.

Livourne, le 27 novembre 1808.

Monsieur, suivant vos instructions, j'ai remis moi-même à M. Degérando mon Xénophon[1], qui se recommande fort à vos bontés. Vous me faites grand plaisir de ne pas dédaigner un hommage aussi obscur que le mien. Si j'ai quelque mérite, c'est d'avoir pu vous plaire, et c'est par là que je suis sûr de prévenir au moins le public en ma faveur.

Il m'importe, comme vous dites fort bien, que mon travail

---

1. Les deux livres sur la cavalerie, traduits à Naples.

paraisse le plus tôt possible, non-seulement à cause de
M. Gail, mais encore par d'autres raisons. Je vous prie donc
de le livrer à quelque libraire, aux conditions que vous jugerez
convenables, ou même sans condition. Je voudrais bien être
assez riche pour faire les frais de l'impression et pouvoir
ainsi disposer de tous les exemplaires ; ce serait une espèce
de demi-publicité qui me conviendrait fort, mais je n'ai
jamais un sou ; et puis, ne se moquerait-on pas avec quelque raison d'un officier qui emploierait sa solde à se faire
imprimer? Il faut donc trouver un libraire qui se charge de
tout. Vanité d'auteur à part, je ne puis croire qu'il y perde.
Si le grec ne se vend guère (car entre nous les lecteurs sont
cinq ou six en Europe) il se vend cher; il y a toujours un
certain nombre d'amateurs sur lesquels on peut compter, et
la traduction, qui se peut séparer du texte, aura plus de
débit, ne fût-ce que comme ouvrage militaire. Au reste,
monsieur, en cela comme en tout le reste, vous savez beaucoup mieux que moi ce qui se peut faire et ce qui convient,
et puisque mon Xénophon a le bonheur de vous intéresser,
je ne suis pas inquiet de son entrée dans le monde.

Pour le grec, l'édition devrait être soignée par quelqu'un
qui l'entendît et qui voulût prendre la peine d'y ajouter les
accents. J'ai l'habitude très-condamnable de les omettre en
écrivant. M. Boissonade, avec qui j'ai eu quelques liaisons,
pourrait se charger de cet ennui, s'il voulait m'obliger aussi
sensiblement que Grec puisse obliger un Grec. J'hésite d'autant moins à l'en prier que je puis lui rendre la pareille,
étant tout à son service pour quelque collation ou notice de
manuscrits qu'il lui faille de Rome ou d'ici, je veux dire de
Florence. Qu'il considère un peu de quelle conséquence il est
pour les destinées futures de Xénophon que cette édition soit
correcte, puisque, étant la quintessence de tous les manuscrits, sans addition ni suppression, changement ni correction
aucune, fidélité rare et peut-être unique, elle servira de base
à toutes celles qu'on fera jamais de ce texte. Ce n'est donc
pas pour moi, mais pour Xénophon, que je lui demande cette
grâce, en un mot, *pour l'amour du grec.*

                                        22.

Je n'ai point vu l'édition publiée en Allemagne il y a quatre ou cinq ans, et je ne la connais que par les lettres de feu M. de Villoison, qui m'en parlait fort avantageusement. Si l'éditeur, M. Weiske, a donné quelques soins au texte de ces deux traités, il se peut que nos conjectures se rencontrent souvent. Je ne sais même (car j'ai appris que j'étais nommé dans sa préface) s'il n'a point publié quelques-unes de mes notes que M. Villoison a pu lui communiquer.

Je crois sans peine, monsieur, tout ce que vous me marquez de M. Larcher, quelque admirable que cela soit. Sa vie est comme ses ouvrages, fort au-dessus des forces communes. Je pense lui être plus redevable que personne, car tout mon grec me vient de lui. Si j'en sais peu, sans lui je n'en saurais point du tout. Ce fut son Hérodote qui m'ouvrit le chemin à ces études, auxquelles je dois les meilleurs moments de ma vie. Cela vous explique pourquoi je ne cite que lui dans mes notes. Malheureusement j'ai cité quelquefois Hérodote sans pouvoir consulter sa traduction, seulement d'après mes extraits. Je travaillais en courant la poste, et le plus souvent sans livres. Dieu veuille qu'il n'y paraisse pas trop! mais quoi? je faisais en soldat la besogne d'un soldat; car il y fallait un homme du métier; et qui n'eût connu que les livres n'aurait pu entendre ceux-là. Je reviens à M. Larcher pour vous prier de lui présenter mon respect. En vérité, je ne sais par où je puis être digne de l'amitié de deux hommes comme vous et lui, si ce n'est par mon inviolable attachement.

Je comprends la perte que vous venez de faire[1], monsieur, et j'ose à peine vous en parler. Je suis bien peu propre à vous consoler, moi qui, depuis dix ans atteint d'une douleur pareille[2], la sens comme le premier jour. Je crois pourtant qu'il ne faut pas se plaire à son chagrin ni se nourrir d'une amertume qui affligerait, si elles nous voyaient, les personnes mêmes que nous regrettons.

---

1. M. de Sainte-Croix venait de perdre sa fille.
2. La perte de son père et ensuite de sa mère.

LETTRE DE M. AKERBLAD A M. COURIER.

Florence, le 2 décembre 1808.

Hier nous avons fait la fameuse descente domiciliaire chez les bénédictins pour nous emparer de leurs manuscrits; mais ils nous ont prévenus, les gaillards! Vingt-six des plus précieux de ces manuscrits ont disparu, et entre autres le beau Plutarque que nous avons vu ensemble, et que vous devez vous rappeler. Je n'en accuse pas l'abbé du couvent, mais le bibliothécaire; ce petit père Bigi, au regard faux, est, à n'en pas douter, le voleur. Il dépend de nous deux de le faire pendre : nous n'avons qu'à attester avoir vu entre ses mains un seul des manuscrits qui manquent; mais, je vous l'avoue, je suis bon chrétien, et je ne veux pas la mort du pécheur. D'ailleurs il me semble cruel de perdre un pauvre diable pour avoir volé une vingtaine de bouquins qui, eussent-ils même été transportés à la bibliothèque de Saint-Laurent, y seraient sans doute restés vierges et intacts, comme ils l'ont été depuis deux siècles dans celle des révérends pères. Au reste consolez-vous; parmi les quatre-vingt-dix manuscrits grecs qui sont restés, il y en a plusieurs de fort précieux : deux ou trois Platons, autant de Sophocles, un Thucydide du douzième siècle, sans parler des Saint-Grégoire et Saint-Chrysostome parfaitement beaux. Voyez si tout cela vous tente, et dans ce cas, venez, et vous aurez de quoi vous amuser. En attendant, écrivez-nous au moins, et mandez-moi votre avis à l'égard du voleur et de sa punition. Quant à moi, je vote pour le carcan avec un énorme Saint-Chrysostome au cou.

A M. D'AGINCOURT,

A ROME.

Livourne, le 15 décembre 1808.

Monsieur, je profite tant que je puis de votre expérience et de vos lumières pour moi-même, et dans l'occasion j'en

fais part à mes amis, comme vous allez voir. **M. de Sainte-**
Croix, savant dont le mérite peut vous être connu, me mande
qu'il souffre de la vessie. Aussitôt je lui écris ce que je vous
ai vu faire en cas pareil, et comment la diète de Pythagore
vous a sauvé de ce vilain mal; et puis (voyez si je compte
sur votre complaisance), ne pouvant lui dire cela qu'en gros,
je lui promets d'obtenir de vous une note plus circonstanciée
de votre régime et de ses effets, et des causes qui vous obligèrent d'y recourir. C'est une bonne œuvre que vous ferez,
monsieur, de dicter pour moi et pour lui ces dix ou douze
lignes. Notez dicter, non écrire; il ne faut pas, pour soulager
la vessie de M. de Sainte-Croix, rendre vos yeux plus malades; mais, au contraire, il faudrait qu'il m'envoyât, lui,
quelque recette éprouvée contre le mal d'yeux, et qu'ainsi je
pusse vous guérir et vous conserver l'un par l'autre.

J'ai bien une autre demande à vous faire que celle-là, une
commission importante, difficile, dont je ne sais comment
vous allez vous tirer. Voici ce que c'est : je voudrais avoir
une bonne copie de l'empereur, de Canova. Quand je dis
copie, vous m'entendez; c'est un abrégé qu'il me faut, pro-
portionné à ma bourse, de la grandeur à peu près de cette
figure de l'Antin qu'on dessine dans les écoles, de quoi orner
un appartement. En voilà trop, et vous voyez mieux que moi
ce que je veux. C'est pour un grand seigneur d'aujourd'hui
ou d'hier, qui ne se connaît guère à cela ni à rien, mais qui
reçoit chez lui toute la France. L'ouvrage serait en lieu d'être
vu, et pourrait ainsi faire quelque honneur à l'artiste; il faudrait donc qu'il fût bien fait et tôt, pour paraître à Paris
avant l'original, s'il se pouvait. C'est là le point. Monsieur
Marin, qui, je l'espère, ne m'aura point oublié, est après vous,
monsieur, le seul homme auquel je puisse me recommander
pour le succès de cette affaire. Je vous prie de vouloir bien,
en lui faisant mes compliments, l'intéresser un peu pour moi,
et l'assurer que toutes mes langues seront employées à le
louer d'un si grand bienfait.

J'étais tenté de faire encore cette guerre d'Espagne, et je
l'ai demandé; mais on m'a refusé. Une si belle occasion de

m'aller faire estropier sur les pas des Césars ne reviendra plus pour moi ; car si Dieu ne change mes résolutions, je mettrai bientôt mon armure au croc. Je sais à présent ce que c'est que la guerre et les guerriers ; je m'en vais, et dis comme Athalie : *J'ai voulu voir, j'ai vu.*

Vos lettres, vraiment, me font un grand plaisir, et la dernière toujours plus que les autres ; mais je n'ose vous en demander à cause de votre vue. Il m'en faut cependant ; écrivez-moi donc, mais peu, seulement pour me prouver que vos yeux voient et que vos mains agissent. Adressez à Milan, où je serai dans un mois.

A M. DE SAINTE-CROIX,

A PARIS.

Livourne, le 15 décembre 1808.

Monsieur, j'apprends avec bien du chagrin le cruel mal qui vous tourmente ; et quoique vous soyez en lieu où nul bon conseil ne saurait vous manquer, quoiqu'il y ait aussi une sorte d'indiscrétion à conseiller les malades, je veux pourtant vous dire ce que j'ai vu qui se rapporte à votre état, un fait dont la connaissance ne peut, je crois, vous être qu'utile.

M. D'Agincourt, à Rome, est connu de tous ceux qui ont voyagé en Italie, comme amateur très-distingué des arts et de la littérature, et vous aurez pu aisément entendre parler de lui. Je le laissai, il y a dix ans, souffrant peut-être plus que vous, du même mal, et je viens de le revoir à l'âge de soixante-douze ans, non-seulement sans douleur, mais en tout, je vous assure, plus jeune qu'alors, n'étaient ses yeux dont il se plaint. Voilà de quoi je suis témoin, et voici le régime que commençait M. D'Agincourt quand je le quittai, il y a dix ans, et qu'il suit encore. Il ne mange que des végétaux cuits à l'eau simple, sans aucun assaisonnement ni sel ; mais sa principale nourriture est la *polenta* ou bouillie de farine de maïs, qu'on appelle en Languedoc *millasse*. D'ailleurs, abstinence totale de toute autre boisson que l'eau. Comme j'entretiens avec lui une correspondance fondée sur l'amitié dont il m'honore, je lui écris aujourd'hui pour avoir l'histoire de son mal et de sa guérison. Une pareille note, ou je me trompe fort, vous sera toujours bonne à quelque chose. Cette diète lui fut indiquée, à M. D'Agincourt, non par les médecins, mais par M. le chevalier Azara, qui l'avait vue en Espagne pratiquée avec succès, et s'en souvenait, dont bien prit, comme vous voyez, à son ami. Qui empêche que je ne sois pour vous le chevalier Azara? alors, vraiment, je me louerais de mes courses en Italie.

Je vous livre, monsieur, sans réserve, mon œuvre[1], et mon nom, si on veut absolument le mettre en tête du volume. J'aimerais mieux cependant, par des raisons particulières que je puis appeler raisons d'État, n'être point nommé. Tâchez, je vous prie, de m'obtenir cela; du reste le plus tôt sera le mieux. Si je pouvais avoir une vingtaine d'exemplaires... Mais tout est entre vos mains, et je suis trop heureux qu'une amitié qui m'est si honorable et si chère vous engage à prendre ce soin.

Voici de quoi ajouter à mes notes[2]; vous voyez comme je travaille : tout ce qu'on appelle décousu, bâton rompu, n'est rien en comparaison. Une ligne faite à Milan, l'autre à Tarente, l'autre ici; Dieu sait comme tout cela joindra.

[Courier avait, depuis les premiers jours de novembre, reçu l'ordre de quitter Livourne et la Toscane, et de se rendre à Milan ; il l'exécuta enfin, après l'arrivée de l'officier qui devait le remplacer, et partit de Florence le 4 février 1809.]

A M. GRIOIS,

MAJOR DU 4e RÉGIMENT D'ARTILLERIE A CHEVAL, A VÉRONE.

Milan, le 10 mars 1809.

Ma foi, mon major, je vous quitte, et c'est à regret en vé-

1. Xénophon.
2. Sur Xénophon.

rité. L'honnêteté n'entre pour rien dans ce que je vous dis là. Je vous regrette tous, mes camarades; j'ai passé avec vous des moments agréables. Cependant, pour avoir du bon temps, je crois qu'il vaut mieux être libre.

Le diable s'était mis dans mes affaires en France. Je demande un congé pour aller voir ce que c'était; on me le refuse. J'avais déjà demandé à passer en Espagne, comptant bien que je pourrais, en allant ou revenant, faire un tour au pays. Ah! ah! on ne m'écouta seulement pas. Aujourd'hui c'est ma démission dont je régale Son Excellence, et pour cela je ne crois pas qu'il y ait de difficultés[1].

Vous me devez de l'argent : quand je dis vous, c'est le régiment. On a reçu sans doute depuis un an mon traitement de la Légion d'honneur; avisez, je vous prie, aux moyens de me faire toucher cela ici, vous m'obligerez. Adieu! major; adieu, Hasard, et tous mes camarades connus et inconnus; adieu! mes amis; buvez frais, mangez chaud, faites l'amour comme vous pourrez. Adieu.

A M. AKERBLAD.

Milan, le 12 mars 1809.

Ma première lettre est pour vous; du moins n'ai-je encore écrit à personne que je puisse appeler ami : et ceci soit dit afin de vous faire sentir l'obligation où vous êtes de me répondre, toute affaire ou toute paresse cessant.

En arrivant ici j'ai demandé un congé, on me l'a refusé; j'ai donné ma démission. J'ai fait, comme vous voyez, ce que j'avais projeté : cela ne m'arrive guère. Je projette maintenant d'aller à Paris; mais j'attendrai pour partir que la neige soit un peu fondue sur les Alpes, et je veux les repasser avant qu'il en vienne d'autre; car je ne puis plus vivre que dans le beau pays *ove il si suona*.

Ma lettre sans doute vous trouvera encore à Florence et au

1. Sa démission fut acceptée le 15 mars.

lit, je m'imagine; car voilà un retour de froid qui va vous faire rentrer dans le duvet jusqu'au nez : *non tibi Svezia parens.*

Si vous étiez enfant du nord, vous vous ririez de nos frimas, et tout vous semblerait zéphyr en Italie. Donnez-moi bientôt de vos nouvelles; partez-vous toujours pour Rome? j'y serai, je crois, avant vous, si Dieu nous maintient l'un et l'autre dans les mêmes dispositions.

Lamberti a fini son Iliade, et il va la porter à l'empereur.

C'est un homme heureux, Lamberti s'entend. Il a du métier littéraire les agréments sans les peines; il vit avec ses amis, il travaille seulement pour n'être pas désœuvré. Son chagrin (car il en faut bien), c'est cette farine sur son visage,

> Qui fait fuir à sa vue un sexe qu'il adore.

Aimez-vous les vers? en voilà. Le pauvre Lamberti gémit de n'oser se montrer aux belles après s'être vu leur idole; bon homme au demeurant, d'un caractère aimable, il sait assez de grec et beaucoup d'italien; il a un frère qu'on vient de faire sénateur du royaume : je ne doute pas qu'il ne le mérite autant pour le moins que Roland, qui était sénateur romain, au dire d'Arioste. J'ai appris à cette occasion que le royaume avait un sénat; mais je ne sais trop au vrai ce que c'est qu'un sénateur.

A une lecture de Monti (c'était encore Homère, traduit par lui Monti; et toujours de l'Homère! je crois que j'en rêverai), il a lu justement le livre où sont les deux comparaisons de l'âne et du cochon, et j'ai été témoin d'une grave discussion; savoir si l'on peut dire en vers, et en vers héroïques, *asino* et *porco* : l'affirmative a passé tout d'une voix, sur l'autorité d'Homère appuyé de son traducteur et de son éditeur présents. Notifiez cet arrêt à vos lettrés toscans, et à tous auxquels il appartiendra : la chose intéresse beaucoup de gens qui ne pourraient sans cela espérer de voir jamais leurs noms dans la haute poésie.

A MADAME DIONIGI,

A ROME.

Milan, le 22 mars 1809.

J'ai reçu, madame, vos deux lettres adressées l'une à Livourne, l'autre ici, avec le programme du bel ouvrage que vous destinez au public. Je vous en demanderais pour moi un exemplaire, si je savais où le mettre, si j'avais un cabinet; mais j'habite les grands chemins, et ce qui ne peut entrer dans une valise n'est pas fait pour moi. Comptez cependant que je ne négligerai rien pour vous procurer de nouveaux souscripteurs; cela me serait difficile ici, je ne connais personne; mais à Paris, je suis un peu plus répandu; et je pourrai là, quand j'y serai, c'est-à-dire bientôt, vous servir d'autant mieux que j'y trouverai force gens à qui votre nom est connu. Vous avez bien sans doute ici des admirateurs, mais comment les rencontrerais-je, si je ne vois pas une âme? M. Lamberti, qui tient de vous la même mission, la prêchera beaucoup mieux, et annoncera aux Lombards les merveilles de vos œuvres, non pas avec plus de zèle, mais avec plus de succès que je ne pourrais faire.

Pour la traduction de votre Perspective[1], c'est mon affaire, et le titre de votre interprète me plaît et m'honore également. J'y avais déjà mis la main, comme je crois vous l'avoir marqué, mais je ne sais si je pourrai retrouver dans une foule de papiers ce que j'en avais ébauché. Si cela s'est perdu, j'y ai peu de regrets; car à présent je suis convaincu que pour faire cette version d'une manière digne de vous, il faut que j'y travaille avec vous. C'est un bonheur que j'aurai, si Dieu me fait vivre, cet automne; car voici mon plan pour l'année courante, sauf les événements. Je vais en France donner un coup d'œil à mes affaires; je passerai là la saison des grandes chaleurs, et, au départ des hirondelles, le désir de vous voir

1. Ouvrage de madame Dionigi sur la Perspective, en italien.

23

et de vous traduire me fera repasser les monts *e non ˋsentir l'affanno*.

Je ne suis plus soldat. J'ai demandé d'abord, mais je n'ai pu obtenir qu'on m'envoyât en Espagne; j'espérais voir en passant la fumée de ma chaumière. J'ai voulu depuis avoir un congé pour des intérêts très-pressants, on me l'a refusé de même, et je donne ma démission. Je ne pouvais guère, ce me semble, quitter de meilleure grâce, ni plus à propos, un métier dans lequel il ne faut pas vieillir. Dès que les neiges des Alpes seront un peu fondues, je partirai pour Paris. Mais c'est bien à regret, je vous assure, que je tourne le dos à l'Italie, et je ne resterai là-bas que le temps qu'il faudra pour m'arranger de manière à n'y revenir de si tôt; car désormais, madame, ce n'est qu'en Italie que je trouve de la douceur à vivre. L'inclination, comme vous savez, se moque de la nature, ou plutôt devient une seconde nature. La patrie est où l'on est bien, où on a des amis comme vous; et si mon bonheur est à Rome, il est clair que je suis Romain. Ceci a un air de raisonnement; mais soit raison ou autre chose, je ne puis plus vivre que dans le beau pays *ove il si suona*.

J'ai vu à Pise M. le professeur Santi, qui m'a fort prié de vous présenter son respect. Lamberti me donne la même commission : il achève un très-beau livre qui sera dédié et présenté à l'empereur. C'est un Homère savamment revu et corrigé par lui, Lamberti, et imprimé par Bodoni.

Il y a ici un peintre que vous connaissez, madame; qui du moins se vante de vous connaître. Il se nomme M. Bossi, et copie maintenant pour le gouvernement la fameuse Cène de Léonard, entreprise qui demandait un homme à talent. Ce Léonard ne se laisse pas copier à tout le monde; mais pour comprendre le mérite de ce que fait Bossi, il faut voir comment il a su rétablir dans sa copie les parties de la fresque détruites par le temps, et elles sont considérables. Ma foi, sans lui nous n'aurions qu'une idée bien imparfaite de ce beau tableau, dont il ne reste presque rien, et qui allait être dans peu totalement perdu. Mais comment retrouve-t-on une peinture effacée? Voilà ce qui vous surprendrait : il a découvert, je ne sais où, les cartons et les études de Léonard même. Pour la couleur, il s'est aidé de certaines copies faites dans le temps que l'original était entier. Bref, c'est comme une nouvelle édition de la Cène. N'aimez-vous pas mieux, madame, cet ancien chef-d'œuvre ainsi reproduit, que tant de nouveaux tableaux tout au plus médiocres? Quant à moi, cela me plaît fort, et je voudrais quelque chose de semblable pour vos belles fresques de Rome, où l'on ne voit tantôt plus rien.

J'ai assisté à une grande lecture de poésie. C'était encore Homère et traduit par Monti. Je pensais vraiment en rendre compte à mademoiselle Henriette; mais à elle je ne puis lui parler que d'elle-même, au risque toutefois d'un peu de désordre dans mes idées. Si je m'embrouille, après tout, je n'étonnerai personne, étant coutumier du fait, soit que je parle à elle ou d'elle; enfin je veux lui demander des nouvelles de ses mains, que je me figure à présent bien maltraitées par le froid. C'est un cruel mal que ces *geloni* [1], comme vous les appelez; ces tyrans de Sicile ne respectent rien. Voyez-vous, madame? déjà je commence à déraisonner; le mieux sera, je crois, que je m'en tienne là, et que je finisse en vous assurant de mon très-humble respect.

LETTRE DE M. SYLVESTRE DE SACY.

Paris, le 3 mars 1809.

Monsieur, il n'est pas surprenant que vous n'ayez trouvé à Milan aucune lettre de M. de Sainte-Croix; malheureusement l'état d'infirmité dans lequel il était depuis longtemps s'est changé en une maladie putride qui aujourd'hui ne nous laisse presque aucun espoir de le conserver. Un des derniers objets dont il m'a parlé avant que la maladie eût pris tant de violence, c'est le manuscrit [2] que vous lui avez fait parvenir.

1. Engelures.
2. Les deux livres de Xénophon sur la cavalerie, imprimés depuis chez Eberhart à la fin de 1809.

J'ai vu, en son nom, M. Lenormant, qui consent volontiers à imprimer votre ouvrage, mais seulement au mois de juin. Je désire bien vivement que nous soyons trompés dans l'espèce de certitude que nous avons de l'issue fâcheuse de la maladie de notre respectable ami ; mais si nous avons le malheur de le perdre, madame de Sainte-Croix me remettra votre manuscrit, et je le tiendrai à votre disposition...

A M. SYLVESTRE DE SACY,

A PARIS.

Milan, le 13 mars 1809.

Monsieur, les tristes présages que me donnait votre lettre du 3 du courant sur la maladie de M. de Sainte-Croix, ne se sont que trop vérifiés, comme on me le marque aujourd'hui de la part de madame de Sainte-Croix. Je n'ose encore lui écrire ; mais je vous supplie, monsieur, de lui présenter mon respect, et de lui dire, si cela se peut sans irriter sa douleur, toute la part que j'y prends. Je comprends la vôtre, monsieur, sachant combien vous étiez lié avec un homme si respectable, et la haute estime qu'il avait pour vous. Quant à moi, il n'y avait personne dont l'amitié me fût ni mieux prouvée ni plus chère ; et même, depuis la mort de M. de Villoison, qui nous fut ravi aussi cruellement, c'était presque la seule liaison que j'eusse conservée en France parmi les gens de lettres. Il se plaisait à m'encourager dans ces études dont vous avez pu voir quelques essais, et c'était à lui que je confiais des amusements et des goûts qu'on ne peut avoir pour soi seul. Enfin, par mille raisons, je ne pouvais faire de perte qui me fût plus sensible. — C'est déjà un bonheur pour moi que mon manuscrit passe dans vos mains ; mais je voudrais qu'avec cela, monsieur, M. de Sainte-Croix vous eût transmis une partie de l'amitié dont il m'honorait ; pour avoir quelque droit à la vôtre, si ce peut m'être là un titre, permettez-moi de le faire valoir, en y joignant l'admiration que m'inspirent vos rares connaissances. Je n'en puis juger par moi-même que très-imparfaitement. Mais je voyage depuis longtemps, et partout je vous entends louer par des gens que tout le monde loue. Ainsi je suis sûr de votre mérite dans les choses mêmes qui passent ma portée. Voilà d'où me vient, monsieur, le désir de vous connaître plus particulièrement, et l'ambition de vous plaire. Je compte être bientôt à Paris, où j'espère vous faire ma cour un instant. En attendant, si vous daignez jeter un coup d'œil sur mon travail et me donner quelques avis, venant d'un homme comme vous, nulle faveur ne me pourrait être plus précieuse. Je suis très-flatté de l'intérêt que vous y voulez bien prendre, et fort aise que M. Lenormant, à votre considération, se charge de l'impression. C'était assurément tout ce que je pouvais souhaiter. Je me flatte peut-être, mais vous voilà, je crois, un peu engagé à protéger mon Xénophon à son entrée dans le monde. J'ose vous prier, monsieur, de ne le point perdre de vue ; car plutôt que de le voir livré à la barbarie des protes, j'aimerais mieux l'étouffer d'abord. Il vous sera aisé, ce me semble, de trouver quelqu'un qui se charge de surveiller l'impression, et de voir vous-même d'un coup d'œil si tout est dans l'ordre. Comme mon voyage à Paris est encore une chose incertaine, et que, dans tous les cas, mon séjour y sera très-court, occupé d'ailleurs de soins fort différents, je ne pourrai même avoir une pensée qui se rapporte à de tels objets ; et, sans vos bontés, je renoncerais à rendre cet ouvrage public.

[Courier, devenu libre, se mit bientôt en route pour Paris, où il arriva le 14 avril. Napoléon venait d'en partir pour aller soutenir une nouvelle guerre contre l'Autriche. Le bruit des victoires d'Abensberg et d'Eckmulh réveilla dans le cœur de notre officier d'artillerie le désir qu'il avait toujours nourri de faire une campagne dans une armée qu'il commandât. Il employa donc de nouveau ses amis et obtint, le 7 mai, l'ordre de se rendre en Allemagne pour y attendre que l'empereur eût prononcé sur sa rentrée au service. Il ne partit cependant pour Strasbourg que le 28, parce que ses affaires l'obligèrent à aller passer quelques jours à Luynes. Enfin, il arriva le 15 juin à Vienne, où le quartier général était établi depuis un mois.]

A M. ET MADAME CLAVIER,

A PARIS.

Strasbourg, le 2 juin 1809.

Monsieur et madame, vous serez bien aises, je crois, de savoir que j'arrivai ici hier. (Voilà un affreux hiatus dont je vous demande pardon.) J'arrive sain, gaillard et dispos, et je repars demain avec un aide de camp du roi Joseph d'Espagne. C'est un jeune homme, à ce que je puis voir, dont les aïeux ont fait la guerre, et qui daigne être colonel. Il veut me protéger à toute force. J'y consens, pourvu qu'il m'emmène. Vous ririez trop si je vous contais sa surprise à la vue de mon bagage. Il faut dire la vérité, il n'y en eut jamais de plus mince. J'y trouve pourtant du superflu, et j'en veux faire la réforme.

Mille amitiés, mille respects. Je ne puis encore vous donner d'adresse.

A Mme LA COMTESSE DE LARIBOISSIÈRE,

A PARIS.

Vienne, en Autriche, le 19 juin 1809.

Madame, vous approuverez sûrement la liberté que je prends de vous écrire, car j'ai à vous parler du général et de monsieur votre fils. Leur santé à tous deux est telle que vous la pouvez souhaiter. Monsieur votre fils m'a tout l'air d'être bientôt un des plus jolis officiers de l'armée. Il le serait par sa figure quand il n'aurait que cet avantage ; mais j'ai causé avec lui, et je puis affirmer qu'il raisonne de tout parfaitement. Où preniez-vous donc, s'il vous plaît, qu'il avait l'air un peu trop *page?* Je n'ai rien vu de plus sensé. En un mot, madame, si son frère, comme on me l'assure, ne lui cède en rien pour le mérite, vous êtes heureuse entre toutes

les mères. Je vous parle le langage de l'Évangile ; ainsi je
pense que vous me croirez.

Quant au général, l'empereur sait l'occuper si bien, qu'il
n'aura de longtemps le temps d'être malade. C'est une chose
qui nous étonne tous, que sa tête et sa santé résistent à tant
d'affaires. Cependant il trouve des forces pour tout. On ne
sait vraiment quand il dort, et l'heure de ses repas n'est
guère plus réglée que celle de son sommeil. Avec tout cela,
madame, il se porte mieux que jamais, et n'a sûrement rien
à désirer, sinon d'être plus près de vous.

Ces renseignements authentiques, venant d'un témoin ocu-
laire et digne de foi, ne vous déplairont pas, je crois ; voilà
par où je me flatte de vous faire agréer ce griffonnage. A
mon arrivée ici je me suis d'abord mis fort bien avec le général, en lui donnant de vous, madame, des nouvelles exactes,
récentes et satisfaisantes, sans me vanter, puisque je vous ai
vue bien mieux qu'il ne vous avait laissée. L'idée m'est venue
de vous faire ma cour par le même moyen, en vous mar-
quant fidèlement l'état où se trouvent deux personnes qui
vous sont si chères.

A présent votre bonté ordinaire fera que vous serez bien
aise d'apprendre où en sont mes affaires. Vous savez, madame, que le général Songis s'en est allé, que M. de Lariboissière le remplace dans le commandement de l'artillerie
de l'armée. Je crois en vérité que c'est moi qui ai arrangé
tout cela. L'empereur n'eût pas fait autrement s'il n'eût songé
qu'à m'obliger. En arrivant je suis allé droit au général, sans
même savoir que l'autre fût parti. Le lendemain mon affaire
fut présentée à l'empereur, qui s'avisa de demander ce que
c'était que ce chef d'escadron, et pourquoi il avait quitté.
Le général répondit comme il fallait, sans blesser la vanité.
Bref, la conclusion fut que je reprendrais sur-le-champ du
service. Il n'y manque plus que je ne sais quel décret que
doivent faire ceux qui les font, et puis la signature, et me
voilà en pied. Vous dirai-je maintenant, madame, ma pensée
tout naturellement ? J'aimais M. de Lariboissière par une
ancienne inclination, qui commença dès que je le connus

(outre l'estime que personne ne peut lui refuser). Maintenant la reconnaissance s'y joint ; et si cet attachement d'un officier à son chef fait quelque chose au service, il n'y aura point dans l'armée d'officier qui serve mieux que moi.

[Courier, qui s'était flatté de rester pendant toute la campagne attaché au général de Lariboissière, fut fort désappointé en en recevant l'ordre de passer au quatrième corps d'armée. Il le joignit cependant dans l'île de Lobau, et fut employé aux batteries qui tirèrent, le 4 juillet, pour protéger le passage du Danube ; il donne lui-même, dans une lettre du 5 septembre 1810 qu'on trouvera ci-après, le détail de ce qui lui arriva à cette occasion.

Après la victoire de Wagram il regarda la guerre comme terminée ; et ne se croyant pas de nouveau engagé au service militaire par ce qui s'était passé depuis que sa démission avait été acceptée, il quitta l'armée et arriva à Strasbourg le 15 juillet.]

A MADAME DIONIGI,

A ROME.

Strasbourg, le 18 juillet 1809.

Écrivez-moi, madame, dès que vous aurez reçu cette lettre, car voilà bien du temps que je n'ai eu de vos nouvelles. J'ai tant couru jusqu'à présent que je ne pouvais vous donner d'adresse certaine ; maintenant, sans être plus stable, je dépends plus de moi-même, et puis mieux savoir ce que je deviendrai, sauf les hasards ordinaires de la vie. Adressez vos lettres à M. Courier, à Strasbourg, poste restante ; elles me parviendront, quelque part que je sois, et je serai en Suisse, selon toute apparence. Je vais là pour fuir la rage de la canicule, en me rapprochant de vous. Je passerai dans ces montagnes tout le temps des chaleurs. J'en descendrai au mois d'octobre. Alors il fera bon chez vous, et j'irai vous voir, non pas seulement cet hiver, mais tous les hivers. C'était là mon ancien projet, mon plus beau château en Espagne, et le plus cher de mes rêves, que rien ne m'empêche aujourd'hui de réaliser.

Ma dernière lettre à vous était, je crois, de Milan. J'ai toujours voyagé depuis. J'ai traversé en plus d'un sens la

France et l'Allemágne. J'arrive maintenant de Vienne. J'ai vu de près les grands événements, et j'ai à vous faire des récits sans fin, quand nous nous reverrons, s'entend ; car de vous en écrire seulement la dixième partie, mille plumes n'y suffiraient pas.

S'il y avait quelque chose que je pusse espérer de M. Amati, je le prierais d'achever enfin le petit travail dont il s'est chargé pour moi [1], et de l'avoir prêt pour le temps de mon arrivée à Rome. Je sais bien qu'il me le promettra sans la moindre difficulté, mais je sais aussi le fond qu'on peut faire sur ses promesses. Vous, madame, qui devez avoir quelque crédit sur son esprit, mêlez-vous un peu de cette affaire, et obtenez de lui qu'il remplisse ses engagements, sans quoi je vois bien qu'il y faut renoncer.

Je finis comme j'ai commencé, en vous priant de m'écrire. C'est pour cela seul que je vous écris, moi ; car je suis sûrement le plus paresseux de tous vos correspondants, et vous n'auriez guère de mes nouvelles si je pouvais me passer des vôtres.

A M. D'AGINCOURT,

A ROME.

Zurich, le 25 juillet 1809.

Monsieur, je donnerais tout au monde pour avoir à cette heure une ligne de vous qui m'assurât seulement que vous vous portez bien. Voilà en vérité mille ans que je n'ai eu de vos nouvelles. Vous allez dire que c'est ma faute. Non. Quand je vous aurais écrit, jamais vos réponses ne m'eussent atteint dans les courses infinies que j'ai faites après être parti de Livourne. C'est de là que je vous adressai, ce me semble, ma dernière lettre. Le seul récit de mes voyages depuis ce temps-là vous fatiguerait. Figurez-vous que si j'ai eu un moment de repos, si je me suis arrêté quelque part, ç'a toujours été

1. L'Anabasis.

23.

sans l'avoir prévu. Ne pouvant jamais dire un jour où je serais le lendemain, quelle adresse vous aurais-je donnée? Maintenant je suis libre, ou je crois l'être, c'est tout un, et je vais... devinez où? à Rome. Cela n'est-il pas tout simple? Débarrassé de mille sottises qui me tiraillaient en tous sens, je reprends aussitôt ma tendance naturelle vers le lieu où vous résidez. Voilà une phrase de physicien que quelque jolie femme prendrait pour de la cajolerie; mais vous, monsieur, vous savez bien que c'est la pure vérité. Il est heureux pour moi sans doute que vous habitiez justement le pays que je préfère à tout autre; mais fussiez-vous en Sibérie, dès que je me sens libre, j'irais droit à vous.

J'ai dû vous marquer, si tant est que je vous aie écrit de Milan, comme arrivé là je quittai sagement mon vilain métier. Mais à Paris, un hasard, la rencontre d'un homme que je croyais mon ami,

Et, je pense,
Quelque diable aussi me poussant,

je partis pour l'armée d'Allemagne, dans le dessein extravagant de reprendre du service. La fortune m'a mieux traité que je ne méritais, et, tout près d'être lié au banc, m'a retiré de cette galère. Je vous conterai cela quelque jour. Ce n'est pas matière pour une lettre. Dès que les chaleurs cesseront, je descendrai de ces montagnes pour aller passer l'hiver avec vous. Cependant écrivez-moi, si peu que vous voudrez, mais écrivez-moi. Deux mots de votre main me seront un témoignage de l'état de vos yeux, et suffiront pour m'apprendre comment vous vous portez.

A M. ET MADAME THOMASSIN,

A STRASBOURG.

Lucerne, le 25 août 1809.

Monsieur et madame, les marques d'amitié que j'ai reçues de vous à mon passage par votre bonne ville me persuadent que vous serez bien aises d'avoir de mes nouvelles, et de savoir un peu ce que je deviens. En vous quittant, j'allai à Bâle; je n'y vis que la maison fort intéressante de M. Haas, auquel j'étais adressé par M. Levraut; l'occasion qui se présenta de me rendre à Zurich d'une manière très-convenable à ma fortune[1], c'est-à-dire presque gratis, me décida pour ce voyage. Ce fut là que je commençai à me trouver en Suisse, pays vraiment admirable dans cette saison. La beauté tant vantée des sites fit sur moi l'effet ordinaire, me surprit et m'enchanta. Il y avait là un prince russe avec sa femme et ses enfants, tous fort bonnes gens, quoique princes; parlant français mieux que les nôtres, ce que vous croirez aisément. Leur connaissance que je fis me fut utile et agréable. Nous vîmes le lac en bateau, les environs en voiture (où les voitures pouvaient aller), le reste à pied; tout me convenait à cause de la compagnie; on riait à n'en pouvoir plus, on causait gaiement. J'osai bien leur parler de leur vilain pays, dont je recueillis là en passant quelques notions assez curieuses. Je fus ainsi deux jours avec eux sans m'ennuyer; après quoi toute cette famille, prince, princesse, petits princes, valets et servantes fort jolies, tout cela partit en trois carrosses pour les eaux de Baden, et partira peut-être quelque jour en un seul tombereau pour la Sibérie. Ce fut la réflexion que je fis sans la leur communiquer.

Sur le lac, Dieu m'est témoin que je pensai à mes amis des bords du Rhin, vous compris et en tête, si vous le trouvez bon, et voici comment j'y pensai tout naturellement: je regardais les eaux de ce lac transparentes comme le cristal, celles de la Limate en sortent et vont se jeter dans le Rhin. Vous voyez, monsieur et madame, comme mes pensées, en suivant l'onde fugitive, arrivaient doucement à vous. Les vôtres n'auraient-elles pas pu remonter quelquefois le cours de l'eau? Cela n'est pas si naturel; aussi n'osai-je m'en flatter.

Après le départ de mes Russes, je ne fus pas longtemps sans trouver une autre occasion aussi peu coûteuse que la

1. Avec un commis voyageur de Sedan.

première pour venir à Lucerne, en reprenant ma direction vers l'Italie. Arrivé dans cette ville, je voulus, avant d'aller plus loin, reconnaître le pays, où je vis beaucoup d'ombrages, point de vignes, des sapins, et, du côté du midi, un rempart de montagnes toujours couvertes de neiges. J'en conclus que c'était là un lieu très-propre à passer le mois d'août, et l'asile que je cherchais contre la rage de la canicule, comme parle Horace. Le hasard me fit connaître un jeune baron qui venait d'hériter d'une jolie maison de campagne sur le bord du lac, à demi-lieue de la ville; nous allâmes ensemble la voir, et sur l'assurance qu'il me donna de n'y jamais mettre le pied, j'y acceptai le logement d'où je vous écris, que j'occupe depuis un mois, et que je compte occuper jusqu'à la fin de septembre; car je ne crois pas que l'Italie, dans la partie où je veux aller, soit habitable avant ce temps.

Ma demeure est à mi-côte, en plein midi, au-dessus d'une vallée tapissée de vert, mais d'un vert inconnu à vous autres mondains, qui croyez être à la campagne auprès des grandes villes. J'ai en face une hauteur qu'on appellerait chez vous montagne, toute couverte de bois, et ces bois sont pleins de loups dont je reçois chaque matin les visites dans ma cour, comme M. de Champcenetz recevait ces créanciers; plus loin je vois dans les grandes Alpes l'hiver au-dessus du printemps, à droite d'autres montagnes entrecoupées de vallons, à gauche le lac et la ville, et puis encore des montagnes ceintes de feuillages et couronnées de neige. Ce sont là ces tableaux qu'on vient voir de si loin, mais auxquels nous autres Suisses nous ne faisons non plus d'attention qu'un mari aux traits de sa femme après quinze jours de ménage.

Quant à ma vie, j'en fais trois parts : l'une pour manger et dormir, l'autre pour le bain et la promenade, la troisième pour mes vieilles études dont j'ai apporté d'amples matériaux. Le jardinier et sa femme qui me servent n'entendent pas un mot de français : ainsi j'observe strictement le silence de Pythagore et à peu près son régime. Je ne vais jamais à la ville, où je ne connais personne, et où je ne suis connu que des femmes par une aventure assez drôle.

Je me baigne tous les jours dans le lac, et le plus souvent dans un endroit qui est un port pour les bateaux. Dimanche dernier, au soleil couchant, je m'étais déshabillé pour me jeter à l'eau. Les eaux de ces lacs, par parenthèse, sont toujours très-froides, et le baptême n'en est que plus salutaire. Mais on n'en use point ici, et je crois même qu'il n'y a personne dans tout le pays qui sache nager. Moi qui n'ai point d'autre plaisir, je m'en donne du matin au soir, et je m'en trouve très-bien. J'avais donc défait ma toilette. Un bouquet d'arbres, une espèce de lisière de taillis le long du rivage, m'empêcha de voir quelques barques qui venaient côte à côte prendre terre où j'étais, et qui, survenant tout à coup, me mirent au milieu de vingt femmes, dans le costume d'Adam avant le péché. Ce fut, je vous assure, une scène, non pas une scène muette, mais des cris, des éclats de rire ; je n'ouïs jamais rien de pareil ; les échos s'en mêlant redoublèrent le vacarme. Ces dames se sauvèrent où elles purent, et moi je m'enfuis sous les ondes, comme les grenouilles de La Fontaine. Je fus prier les Nymphes de me cacher dans leurs grottes profondes, mais en vain. Il me fallut bientôt remettre le nez hors de l'eau ; bref, les Lucernoises me connaissent, et c'est peut-être ce qui m'empêche de leur faire ma cour.

Je corrige un Plutarque qu'on imprime à Paris. C'est un plaisant historien, et bien peu connu de ceux qui ne le lisent pas en sa langue ; son mérite est tout dans le style. Il se moque des faits, et n'en prend que ce qui lui plaît, n'ayant souci que de paraître habile écrivain. Il ferait gagner à Pompée la bataille de Pharsale, si cela pouvait arrondir tant soit peu sa phrase. Il a raison. Toutes ces sottises qu'on appelle histoire ne peuvent valoir quelque chose qu'avec les ornements du goût.

Voilà, monsieur et madame, comme se passe mon temps, fort doucement, je vous assure, mais avec une rapidité qui m'effraierait, si j'y songeais. Je ne fais pas cette folie. Je ne songe qu'à vivre pour vous revoir un jour, et je m'y prends, ce me semble, assez bien. Ce qui rend mes heures si rapides,

c'est que je ne suis guère oisif. Je puis dire comme Caton :
Je ne fus jamais si occupé que depuis que je n'ai plus rien à
faire. Enfin, si j'avais de vos nouvelles, je ne désirerais rien,
et il y aurait au monde un homme content de son sort. Écrivez-moi donc bientôt.

Parlez-moi de ce bouton de rose que vous élevez sous le
nom d'Hélène. Vous êtes là en vérité une trinité fort aimable
et bien mieux arrangée que l'autre. Vous êtes aussi *consubs-
tantiels* et indivisibles. Chacun de vous est nécessaire à
l'existence de tous trois. Agréez, je vous en supplie, l'assurance très-sincère de mon respect et de mon attachement.

A M. ET MADAME CLAVIER,

A PARIS.

Lucerne, le 30 août 1809.

Monsieur et madame, ne vous ai-je pas écrit deux ou trois fois
au moins? N'ai-je pas mis moi-même mes lettres à la poste?
Ne vous ai-je pas marqué mon adresse bien exacte? C'est à
moi que je fais ces questions, car je suis moins sûr de moi
que de vous; et je m'accuserais volontiers de votre silence.
Le fait est que je ne reçois pas un mot. A toute force, il se
pourrait que vous m'eussiez écrit, car dans mes longues erreurs j'ai perdu des lettres. Les vôtres sont, sans flatterie,
celles que je regrette le plus, si tant est que vous m'ayez
écrit, comme je tâche de le croire. Mandez-moi au moins ce
qui en est, et si je dois m'en prendre à vous, à la poste ou à
moi, qui, par quelque étourderie, *sicut meus est mos*, me
serai privé du plaisir d'avoir de vos nouvelles. Quand je dis
plaisir, c'est un besoin. Comptez que je ne puis m'en passer,
et dépêchez-vous, s'il vous plaît, de m'adresser quelques
lignes de la moins paresseuse de vos quatre mains. Ce sont
quatre torts que vous avez si vous êtes restés tant de temps
sans me donner signe de souvenir.

Quand j'aurai des preuves que vous recevez mes lettres, je

vous conterai par quelle chance je me trouve ici. Je m'y trouve bien, et j'espère me trouver encore mieux à Rome, où je passerai l'hiver. Je ne suis plus soldat, Dieu merci ; je suis ermite au bord du lac au pied du *Righi*. Je ne vois que bergers et troupeaux, je n'entends que les chalumeaux et le murmure des fontaines, et, dans l'innocence de ma vie, je ne regrette rien de cette Babylone impure que vous habitez ; s'entend, je n'en regrette que vous, qui êtes purs si vous m'avez écrit.

Vous ferez bien parvenir, je crois, mes respects à madame de Salm, quelque part qu'elle soit. Je lui écrirais si j'osais, si je savais où adresser ma lettre. Je pensai fort à elle sur les bords de ce lac de Zurich, où j'étais il n'y a pas huit jours : je pensai à elle d'une façon toute pastorale. Je regardais les eaux du lac transparentes comme le cristal ; celles de la Limate en sortent et vont se jeter dans le Rhin : vous voyez comme mes pensées, en suivant l'onde fugitive, allaient par le Rhin à la Roër. Mais quel séjour pour une Muse que le Rhin et la Roër ! comment mettra-t-elle ces noms-là sur sa lyre ? cela est fâcheux pour ces pauvres fleuves, on ne les chantera point en beaux vers : on les abandonnera aux Buache et aux Pinkerton. Que ne s'appelaient-ils Céphise ou Asopus ?

N'avez-vous jamais ouï parler du marquis Tacconi, à Naples, grand trésorier de la couronne, grand amateur de livres, et mon grand ami, que l'on vient de mettre aux galères ? Il avait 100,000 livres de rente, et il faisait de faux billets ; c'était pour acheter des livres, et il ne lisait jamais. Sa bibliothèque magnifique était plus à moi qu'à lui ; aussi suis-je fort fâché de son aventure. Tudieu, comme on traite la littérature en ce pays-là ! L'autre roi fit pendre un jour toute son académie, celui-ci envoie au bagne le seul homme qui eût des livres dans tout le royaume. Mais, dites-moi, auriez-vous cru que la fureur bibliomaniaque pût aller jusque-là ? L'amour fait faire d'étranges choses ; ils aiment les livres charnellement, ils les caressent, les baisent.

Ce qui suit sera, s'il vous plaît, pour le docteur Coraï. M. Basili, à Vienne, m'a rendu mille services, dont je remercie de tout mon cœur M. Coraï, et dont le moindre a été de me donner de l'argent. Je devais remettre cet argent à son correspondant de Paris; mais, comme je n'ai de mémoire que pour les choses inutiles, j'ai d'abord oublié le nom de ce correspondant, qui doit pourtant s'appeler M. Martin Pesch, ou Puech, ou Pioche; bref, on ne le trouve point à Paris. M. Coraï peut et doit même savoir le nom et l'adresse de ce monsieur; qu'il ait donc la bonté de me l'envoyer bien vite : non pas le monsieur, mais l'adresse. J'ai écrit maintes lettres à M. Basili, mais il y a un sort sur toute ma correspondance; et puis je crains que dans ce temps-ci mes lettres ne lui parviennent pas. Enfin cela ne finira point, si Dieu et vous, gens charitables, n'y mettez la main; et M. Basili, qui m'a obligé on ne peut pas plus galamment, aurait assurément droit d'être mécontent.

Une idée qui me vient à présent; seriez-vous à Lyon par hasard? mais non, vos lettres se sont perdues : car vous m'avez écrit, ou vous m'écrirez sitôt la présente reçue.

[Courier quitta Lucerne le 27 septembre, après y avoir passé deux mois. Ce fut pendant ce séjour qu'il fit la traduction libre de la vie de Périclès par Plutarque. De Lucerne il se rendit à Altorf, traversa à pied le mont Saint-Gothard, et vint par Bellinzona et Lugano à Milan, où il arriva le 3 octobre.]

A M. ET MADAME THOMASSIN,

A STRASBOURG.

Milan, le 12 octobre 1809.

Monsieur et madame, je ne sépare point ce que Dieu a joint, et je réponds à vos deux lettres par une seule. Ces deux bonnes lettres me sont parvenues avec celles que vous avez retirées pour moi de la poste. Mais celles-là, en vous priant de me les renvoyer à Lucerne, je n'entendais point du tout vous en faire payer le port. La plupart des gens obligent peu, lors même qu'il ne leur en coûte rien, et beaucoup vendent cher de médiocres services; vous, vous obligez et payez;

ma foi il y a plaisir d'être de vos amis. Je devrais au moins ne pas abuser de tant de bonté; mais comment m'y prendre pour tirer encore de votre maudite poste deux ou trois lettres que j'y dois avoir d'ancienne date? Écrire au directeur, comme j'avais fait avant de recourir à vous, je n'aurai ni lettre ni réponse. Il faut donc toujours vous importuner; mais, cette fois, sans rien débourser. Envoyez, je vous prie, à ce bureau quelqu'un qui, fouillant dans le fatras des lettres *poste restante,* y déterre les miennes et fasse mettre au dos: *Chez messieurs Molini et Landi, libraires à Florence;* puis vous joindrez à cette bonté celle de m'en donner avis.

Les lettres de madame Thomassin sont ce que l'on m'avait dit, c'est-à-dire, après sa conversation, tout ce qu'il y a de plus aimable. Mais dussé-je être impertinent, je critiquerai celle que j'ai reçue; aussi bien n'y suis-je pas trop ménagé.

Ce que j'y trouve à dire d'abord, c'est qu'elle est trop courte; et puis c'est que madame n'y parle guère que de moi. Étais-je en droit d'espérer qu'elle me parlât d'elle-même, et de ce qui l'entoure? Je ne sais, mais il me sem-ble...... Enfin, pourquoi ne m'a-t-elle pas dit où en est son bâtiment? J'aurais bien pu avoir aussi des nouvelles de la vache, du jardin, et d'autres choses. Franchement, comme vieille connaissance, j'avais droit à ces détails, et tout ce qui eût allongé sa lettre la rendait d'autant meilleure.

Vous voulez donc bien, madame, vous intéresser à mes courses; je n'en ai fait jusqu'au 30 septembre qu'aux environs de mon ermitage. J'ai vu dans les hautes Alpes ces gens qui vivent de lait et ignorent l'usage du pain; ils paraissent heureux. Je vous dirai l'année prochaine ce qui en est; car je compte passer l'été avec eux, et descendre après en Alsace. J'ai fait sur mon lac de Lucerne des navigations infinies. Ses bords n'ont pas un rocher où je n'aie grimpé pour chercher quelque point de vue, pas un bois qui ne m'ait donné de l'ombre, pas un écho que je n'aie fait jaser mille fois; c'était ma seule conversation, et le lac mon unique promenade. Ce lac a aussi ses nymphes; il n'y a si chétif ruisseau qui n'ait la sienne, comme vous savez. J'en vis une un jour sur la rive.

Je ne plaisante point. J'étais descendu pour examiner les ruines du fameux château de Habsbourg; mais je vis autre chose que des ruines. Une jeune fille jolie, comme elles sont là presque toutes, cueillait des petits pois dans un champ; leur costume est charmant, leur air naïf et tendre, car en général elles sont blondes, leur teint un mélange de lis et de roses; celle-là était bien du pays. J'approchai. Je ne pouvais rien dire, ne sachant pas un mot de leur langue; elle me parla, je ne l'entendis point. Cependant, comme en Italie, où beaucoup d'affaires se traitent par signes, j'avais acquis quelque habitude de cette façon de s'exprimer, je réussis à lui faire comprendre que je la trouvais belle. En fait de pantomime, sans avoir été si loin l'étudier, elle en savait plus que moi. Nous causâmes; je sus bientôt qu'elle était du village voisin, qu'elle allait dans peu se marier, que son amant demeurait de l'autre côté du lac, qu'il était jeune et joli homme. Vous seriez-vous doutée, madame, que tout cela se pût dire sans parler? Pour moi, j'ignorais toute la grâce et l'esprit qu'on pouvait mettre dans une pareille conversation; elle me l'apprit. Cependant je partageais son travail, je portais le panier, je cueillais des pois, et j'étais payé d'un sourire qui eût contenté les dieux mêmes; mais je voulus davantage.

Toute cette histoire ne me fait guère d'honneur : me voilà pourtant, je ne sais comment, engagé à vous la conter, et vous, madame, à la lire. J'obtins de cette belle assez facilement qu'elle ôtât un grand chapeau de paille à la mode du pays; ces chapeaux, dans le fait, sont jolis; mais il couvrait, il cachait..... et le fichu, c'était bien pis; à peine laissait-il voir le cou. Je m'en plaignis, j'osai demander que du moins on l'entr'ouvrît. Ces choses-là en Italie s'accordent sans difficulté; en Suisse, c'est une autre affaire. Non-seulement je fus refusé, mais on se disposa dès lors à me quitter. Elle remit son chapeau, remplit à la hâte son panier, et le posa sur sa tête. Quoique la mienne ne fût pas fort calme, j'avais pourtant très-bien remarqué que ce fichu auquel on tenait tant ne tenait lui-même qu'à une épingle assez négligemment placée; et profitant d'une attitude qui ne permettait nulle défense, j'enlevai d'une main l'épingle et de l'autre le fichu, comme si de ma vie je n'eusse fait autre chose que déshabiller les femmes. Ce que je vis alors, aucun voyageur ne l'a vu, et moi je ne profitai guère de ma découverte, car la belle aussitôt s'enfuit, laissant à mes pieds son panier et son chapeau qui tomba; et je restai le mouchoir à la main. Quand elle s'arrêta et tourna vers moi ses yeux indignés, j'eus beau la rappeler, prier, supplier, je ne pus lui persuader ni de revenir ni de m'attendre. Voyant son parti pris, qu'y faire? Je mis le fichu sur le panier avec le chapeau, et je m'en allai, mais lentement, trois pas en avant et deux en arrière, comme les pèlerins de l'Inde. A mesure que je m'éloignais elle revenait, et quand je revenais elle fuyait. Enfin, je m'assis à quelque distance, et je lui laissai réparer le désordre de sa toilette, et puis je me levai, et je sus encore lui inspirer assez de confiance pour me laisser approcher. Je n'en abusai plus. Nous ramassâmes ensemble la récolte éparse à terre, et je plaçai moi-même sur sa tête le panier que ses doigts seuls soutenaient de chaque côté; alors figurez-vous ses deux mains occupées, mêlées avec les miennes, sa tête immobile sous ce panier, et moi si près... j'avais quelques droits, ce me semble; l'occasion même en est un. J'en usai discrètement. Maintenant, madame, si vous demandez ce que c'est que le château de Habsbourg, en vérité je ne l'ai point vu, non que je n'y sois revenu plus d'une fois. Je revins souvent au pied de ces tours, mais sans jamais voir ce que j'y cherchais.

Quand je m'aperçus que les feuilles se détachaient des arbres, et que les hirondelles s'assemblaient pour partir, je coupai un bâton d'aubépine que je fis durcir au feu, et me mis en chemin vers l'Italie. Je fus deux jours dans les neiges, mourant de froid, car je n'avais pris aucune précaution; et je ne dégelai qu'à Bellinzona. Dieu et les chèvres de ces montagnes savent seuls par où j'ai passé. Il ne faut pas parler là de routes. Mon guide portait mon bagage. Il n'y en eut jamais de plus léger, aussi pouvais-je à peine le suivre. Ces montagnards ont des jambes qui ne sont qu'à eux.

Mon dessein n'était pas de m'arrêter ici ; mais j'y ai trouvé un ami[1], et cet ami-là est un homme qui a du savoir et du goût, deux choses rarement unies. Me voilà donc à Milan jusqu'à ce que le froid m'en chasse. Je compte être à Florence dans les premiers jours de novembre, à Rome bientôt après. Vous appelez cela courir, mais au vrai je ne sors pas de chez moi. Ma demeure s'étend de Naples à Paris. Je goûte avec délices les douceurs de l'indépendance. Quoique dans le vilain métier que j'ai fait si longtemps je fusse bien moins esclave qu'un autre, je ne connaissais point du tout la liberté. Si l'on savait ce que c'est, les rois descendraient du trône, et personne n'y voudrait monter.

Toutes ces ratures dans ma lettre vous prouveront, monsieur et madame, que je vous écris en conscience, comme disait Fontenelle, c'est-à-dire que je soigne mon style, et que je fais de mon mieux pour vous parler français. Ce long bavardage n'est pas de nature à se pouvoir transcrire. Que je vous fasse une autre lettre, il y aura d'autres sottises ; autant vaut vous envoyer ce griffonnage-ci tel qu'il est.

Faites, je vous en supplie, que je trouve de vos nouvelles à Florence, et de celles de votre ange. Sa charmante figure m'est bien présente à l'esprit, et je pourrai l'année prochaine vous dire exactement de combien elle sera embellie. C'est un grand bonheur pour vous et pour elle, qu'on soit délivré des horreurs de la petite-vérole : ayant plus à perdre qu'une autre, elle eût eu et vous eût causé d'autant plus d'inquiétudes. Cette petite-vérole est pourtant bonne à quelque chose, c'est une excuse pour les laids. Moi, par exemple, ne puis-je pas dire que sans elle j'étais joli garçon ?

LETTRE DE M. AKERBLAD.

Rome, le 21 juin 1809.

J'ai enfin su, par une lettre de M. de Sacy, que vous avez fait une apparition à Paris, et je m'empresse de vous écrire

1. Lamberti.

ces lignes que je lui adresse. Il aura soin de vous déterrer dans la grande ville et de vous les faire tenir.

Sachez que depuis plus d'un mois j'ai dans ma maison une quarantaine de bouquins qui vous appartiennent, et que j'ai retirés de chez l'honnête D. Vincenzo, contre mon reçu. L'ouvrage que réclame Visconti, l'antiquaire, est du nombre, et j'ai déjà prévenu son frère, le libraire, que ce livre est chez moi à sa disposition.

Votre Amati est un peu mécontent de vous, n'ayant pas depuis longtemps palpé de votre argent. Le bonhomme prétend que les dix piastres que vous lui avez données, à votre dernier départ de Rome, n'étaient qu'une ancienne dette, pour certains soins qu'il avait donnés à votre *Cavalerie* de Xénophon. L'*Anabasis* est, selon lui, un marché à part, et d'une tout autre importance. En effet, j'ai vu son travail, et il faut avouer qu'il s'est surpassé lui-même, tout comme il a surpassé votre attente et vos désirs; car, au lieu de variantes d'un seul manuscrit, vous en avez de quatre, et le tout forme une énorme liasse grand in-folio. Vous trouverez des accents, des virgules, des lettres, des mots, des phrases, enfin des lignes et des périodes entières, qui, pour la première fois, vont prendre leur place dans l'édition que vous nous donnerez un jour de l'expédition de Cyrus. Cela vous fera une gloire immortelle, dit Amati, qui y renonce généreusement en votre faveur, à condition que vous lui donnerez force beaux sequins. Ne voulant pas m'en rapporter à son avis là-dessus, j'ai prié Marini d'estimer son travail, et il dit qu'en conscience vous ne pouvez lui donner moins de *vingt louis*. Voyez si ce prix vous convient; car s'il vous effraie trop, il y aurait moyen de vendre ces variantes en Allemagne, où Amati jouit déjà d'une certaine réputation, à cause d'une découverte qu'il croit avoir faite, que le traité Περὶ ὕψους n'est pas de Longin, mais de Denys d'Halicarnasse. Ses preuves, qui me semblent assez faibles, ont cependant fait du bruit en Allemagne, et le pauvre Amati est tout glorieux d'avoir fait parler de lui et de sa découverte ces savantissimes professeurs. En attendant, si vous voulez garder son travail, envoyez au moins un à-compte à ce pauvre *graculus esuriens*, qui est plus maigre que jamais.

On dit ici que vous avez quitté le service : d'autres pré-tendent que vous méditez d'y rentrer. Je vous reconnais là. Quoi qu'il en soit, tâchez de venir dans notre ville, *libre* et *impériale,* où je désire bien de vous revoir.

A M. AKERBLAD,

A ROME.

Milan, le 14 octobre 1809.

Monsieur, j'ai trouvé ici votre lettre du 21 juin. Grand merci de vos soins obligeants pour mes livres, papiers, col-lations de manuscrits, etc. Mes affaires philologiques sont aussi bien entre vos mains que jadis les affaires politiques du roi votre maître. Je doutais que vous fussiez maintenant en Italie, et je vois avec grand plaisir que je puis encore es-pérer de vous retrouver à Rome, où partant demain, j'arri-verai un mois après cette lettre; car je m'arrêterai tout au-tant à Florence, comme chargé par M. Clavier de certaines recherches relatives à son *Pausanias.* Je fouillerai aussi pour mon compte dans les vénérables bouquins.

Amati est bon de se figurer que je vais l'enrichir; je ne peux ni ne veux dépenser un sou pour le grec; voici tout ce que je peux faire : le libraire qui imprimera, Dieu sait quand, cet *Anabasis,* paiera le travail d'Amati. Je ne donnerai le mien qu'à cette condition.

J'ai quelque souvenance d'avoir été soldat; mais cela est si loin de moi, qu'en vérité je le puis ranger parmi les choses oubliées. J'étais, comme on vous l'a dit, rentré dans le tour-billon, comptant imprudemment sur l'amitié d'un comte avec qui je me trouvai loin de compte. Catherine de Navarre, dit-on, fut fille amoureuse et drue, qui eut un mari débile; et comme on lui demandait, le lendemain de ses noces, des nouvelles de la nuit, elle répondit en soupirant : *Ah! ce n'est pas mon compte!* Elle entendait le comte de Soissons, dont le mérite lui était connu. Il m'est arrivé le contraire : je pensais trouver un ami, mais hélas! c'était un comte. Vous saurez tout quand je vous verrai... Dites de moi, si vous voulez :

Il prit, quitta, reprit la cuirasse et la haire.

Pauvre hère, mais content, si jamais homme le fut.

LETTRE DE M. CLAVIER.

Paris, le 3 septembre 1809.

Nous vous avons écrit quatre fois, mon cher Courier, et n'avons pas eu de réponse. Heureusement qu'Alexandre Basili, de Vienne, a écrit à M. Coraï, et lui a mandé que vous aviez quitté l'armée. Dites-nous donc comment il se fait qu'après avoir été si empressé de reprendre du service, après avoir même un peu rêvé ambition, vous l'ayez quitté de nouveau si brusquement : je crains bien que vous n'ayez fait encore quelque coup de tête.

Vous ne me demandez pas de nouvelles de votre Xénophon, et vous avez raison ; car j'ai honte de vous dire que le texte grec n'est pas encore fini d'imprimer. Stone, avec beaucoup de bonne volonté, a très-peu de caractères grecs, et n'a point de compositeur pour cette langue ; c'est donc son prote, homme très-intelligent, qui compose lui-même ; et comme il a d'autres occupations, cela ne va pas vite.

Vous voilà donc entièrement libre et parcourant la belle Italie : si, en visitant les bibliothèques, vous trouvez quelque manuscrit de Pausanias qui vaille la peine d'être collationné, je vous prie de m'en donner avis. Je vous enverrai la liste des principales lacunes qui se trouvent dans cet auteur, et les manuscrits qui auront les mêmes ne méritent guère d'être collationnés, puisqu'ils seront sans doute semblables à ceux que j'ai ici. Je me suis remis à ce travail, quoique je ne prévoie guère quand je pourrai le finir. J'y fais tous les jours de nouvelles corrections ; mais malheureusement il y a beaucoup plus de lacunes qu'on ne croit, et ce n'est que par le secours des manuscrits qu'on peut les remplir. J'ai vu à Paris un Grec qui a demeuré longtemps à Florence, et qui m'a dit y avoir vu, je crois, dans la bibliothèque Victorienne, un manuscrit de Pausanias du neuvième siècle, plus ancien, par conséquent, que tous ceux que nous connaissons; comme vous y passerez sans doute, veuillez vous en informer...

A M. CLAVIER [1],

A PARIS.

Milan, le 16 octobre 1809.

Vite, monsieur, envoyez-moi vos commissions grecques. Je serai à Florence un mois, à Rome tout l'hiver, et je vous rendrai bon compte de tous les manuscrits de Pausanias. Il n'y a bouquin en Italie où je ne veuille perdre la vue pour l'amour de vous et du grec. Laissez-moi faire; je projette une fouille à l'abbaye de Florence, qui nous produira quelque chose. Il y avait là du bon pour vous et pour moi dans une centaine de volumes du neuvième et du dixième siècle. Il en reste ce qui n'a pas été vendu par les moines. Peut-être y trouverai-je votre affaire. Avec le *Chariton* de Dorville est un Longus que je crois entier, du moins n'y ai-je point vu de lacune quand je l'examinai; mais en vérité il faut être sorcier pour le lire. J'espère pourtant en venir à bout à *grand renfort de bésicles*, comme dit maître François. C'est vraiment dommage que ce petit roman d'une si jolie invention, qui, traduit dans toutes les langues, plaît à toutes les nations, soit mutilé comme il l'est. Si je pouvais vous l'offrir complet, je croirais mes courses bien employées, et mon nom assez recommandé aux Grecs présents et futurs. Il me faut peu de gloire; c'est assez pour moi qu'on sache quelque jour que j'ai partagé vos études, et que j'eus part aussi à votre amitié.

1. Cette lettre est imprimée dans la lettre à M. Renouard, qui précède les Pastorales de Longus, édition 1821.

Le succès de votre Archéologie n'ajoute rien à l'idée que j'en avais conçue :

Je ne prends point pour juge un peuple téméraire.

Ce que vous m'en avez lu me parut très-bon, et ce fut dans ces termes que j'en dis ma pensée à madame Clavier d'abord, et depuis à d'autres personnes. Je ne suis point de ces gens qui

Trépignent de joie ou pleurent de tendresse

à la lecture d'un ouvrage : cela est très-bon, fut mon premier mot ; le meilleur éloge est celui dont il n'y a rien à rabattre.

Ce que vous appelez un autre coup de tête, est l'action la plus sensée que j'aie faite en ma vie. Je me suis tiré heureusement d'un fort mauvais pas, d'une position détestable, où je me trouvais par ma faute pour m'être sottement figuré que j'avais un ami, ne me souvenant pas que dès le temps d'Aristote il n'y avait plus d'amis : ὦ φίλε, οὐκ ἐτ' εἰσι φίλοι. Celui-là, suivant l'usage, me sacrifiait pour une bagatelle, et me jetait dans un gouffre d'où je ne serais jamais sorti. Comme soldat, je ne pouvais me plaindre ; mon sort même faisait des jaloux, et je m'en serais contenté *si j'eusse été Parménion;* mais mon ambition était d'une espèce particulière, et ne tendait pas à vieillir

Dans les honneurs obscurs de quelque légion.

J'avais des projets dont le succès eût fait mon malheur. La fortune m'a mieux traité que je ne méritais. Maintenant je suis heureux, nul homme vivant ne l'est davantage, et peut-être aucun n'est aussi content ; je n'envie pas même les paysans que j'ai vus dans la Suisse : j'ai sur eux l'avantage de connaître mon bonheur. Ne me venez point dire : *attendons la fin;* sauf le respect dû aux anciens, rien n'est plus faux que cette règle : le mal de demain ne m'ôtera jamais le bien d'aujourd'hui. Enfin, si je n'atteins pas le *mentem sanam in corpore sano,* j'en approche du moins depuis un temps.

24

Madame de Sévigné est donc aux Rochers; je veux dire madame Clavier en Bretagne : je vous plains, son absence est pire que celle de toute autre. Présentez-lui, je vous prie, dans votre première lettre, mes très-humbles respects.

J'irais voir madame Dumoret, appuyé de votre recommandation et d'un ancien souvenir qu'elle peut avoir de moi, si j'étais homme à tenir table, à jouer, à prendre enfin un rôle dans ce qu'on appelle société; mais Dieu ne m'a point fait pour cela. Les salons m'ennuient à mourir, et je les hais autant que les antichambres. Bref, je ne veux voir que des amis; car j'y crois encore en dépit de l'expérience et d'Aristote. Je n'en suis pas moins obligé à votre bonne intention de m'avoir voulu procurer une connaissance agréable.

A M. CLAVIER,

A PARIS.

Milan, le 21 octobre 1809.

Dans ma dernière lettre je ne vous ai point indiqué d'adresse pour me faire parvenir votre dernier ouvrage, que je suis fort impatient de lire, et de faire lire à ceux qui en sont dignes en deçà des monts. Voici maintenant par quelle voie vous pourrez me l'envoyer. M. Bocchini, rue des Filles-Saint-Thomas, nº 20, est le correspondant de notre ami Lamberti (lequel Lamberti, par parenthèse, vous ἀσπάζει φιλοφρόνως, car c'est sur sa table que je vous fais *ces lignes*, et il me charge expressément de vous *riverire caramente*). M. Bocchini se chargera de tout ce que vous voudrez me faire parvenir sous l'adresse de M. Lamberti. Tâchez, je vous en prie, de m'envoyer aussi les volumes de Plutarque de M. Coraï, à mesure qu'ils paraîtront, et de plus l'Eunapius de M. Boissonnade. J'ai fort envie d'avoir tout cela : le prix en sera payé chez madame Marchand en présentant cette lettre. — Notez, s'il vous plaît, que votre dernière lettre, la seule que j'aie reçue, ne me donne point l'adresse de je ne sais quel banquier correspon-

dant de M. Basili, auquel banquier je dois payer... Voyez, je
vous supplie, mon autre lettre datée de Lucerne, et aidez-
moi par charité à payer mes dettes, avec les intérêts, qui
courent (notez encore ce point) à je ne sais combien pour
cent. Si Dieu n'y met ordre, il faudra que je me cache à la
triacade prochaine, comme les enfants de famille faisaient
chez vos Athéniens. Je pars dans deux ou trois jours pour
Florence, et je vous embrasse. Mes très-humbles respects à
madame Clavier, quelque part qu'elle soit : ἔῤῥωσο.

[Courier quitta Milan le 27 octobre, et arriva à Florence le 4 novembre.
Dès le lendemain il se rendit à la bibliothèque de San-Lorenzo, pour examiner
avec soin un manuscrit de Longus, *Daphnis et Chloé*, qu'il avait vu l'année
précédente, et que faute de temps il n'avait pu que feuilleter. Il le trouva
complet, et les jours suivants il en copia la valeur d'environ dix pages du
premier livre qu'il savait manquer dans toutes les éditions existantes de cet
ouvrage, et même dans tous les manuscrits connus. La copie était terminée,
lorsque, par malheur, il fit sur une des pages du morceau inédit une tache
d'encre qui couvrait une vingtaine de mots. Pour calmer autant qu'il était en
lui le déplaisir que cet accident causa à M. F. del Furia, bibliothécaire, il lui
remit le certificat suivant, que l'on montre encore aujourd'hui avec le manuscrit :

« Ce morceau de papier, posé par mégarde dans le manuscrit pour servir
« de marque, s'est trouvé taché d'encre : la faute en est toute à moi, qui ai
« fait cette étourderie ; en foi de quoi j'ai signé.

COURIER.

« Florence, le 10 novembre 1809. »

Le surlendemain, M. Renouard, libraire de Paris, qui se trouvait alors à
Florence, et qui s'intéressait à la découverte de ce fragment, comptant le publier lui-même, arriva dans la bibliothèque. Les conservateurs lui présentèrent
le manuscrit auquel la feuille souillée d'encre était encore attachée. Il demanda la permission d'essayer de la décoller, et y réussit assez heureusement.
Il faut lire la notice de 16 pages qu'il publia à ce sujet au mois de juillet 1810.]

LETTRE DE M. AKERBLAB.

Rome, le 25 novembre 1809.

MON TRÈS-CHER COMMANDANT,

Nous espérions à chaque instant vous voir arriver à Rome,
mais votre retard me persuade que vous avez trouvé dans

les bibliothèques de Florence de quoi vous occuper ; et en effet M. Landi, dans sa dernière lettre, me parle d'une découverte que vous avez faite de quelques morceaux inédits de Longus, et d'une entreprise littéraire formée entre vous et M. Renouard [1], sur cette découverte. Voilà ce qui s'appelle bien débuter au moins, et le pauvre Furia doit être furieux de voir un Welche venir pondre dans son nid. Si vous tardez de venir à Rome, faites-moi le plaisir de me dire ce que c'est que cette découverte. Dans Longus il n'y a qu'une seule lacune, si je me rappelle bien ; et de la remplir ne serait pas d'une assez grande importance pour faire penser à une nouvelle édition.

Quand j'ai su que vous étiez rentré dans le tourbillon, je m'attendais de vous revoir général ou au moins colonel, avec une jambe ou un bras de moins, n'importe : jugez combien j'ai dû être surpris d'apprendre que vous ne serez jamais rien, pas même baron de l'empire, et que vous étiez revenu en Italie, sain et sauf, à la vérité, mais sans les deux épaulettes à graines d'épinards. Je vous gronderai d'importance quand vous serez ici ; mais venez, la bibliothèque du Vatican est bien plus riche, et le dragon Cherini ne viendra pas cet hiver : le révérend père Altieri est un bon enfant, qui vous laissera fouiller dans les bouquins tant que vous voudrez.

A M. AKERBLAD,

A ROME.

Florence, le 5 décembre 1809.

Il est vrai, φίλων ἄριστε, que je ne suis point baron, quoique je vienne d'où on les fait. Je n'étais pas destiné à décrasser ma famille, qui en aurait un peu besoin, soit dit entre nous ; il est vrai aussi que je n'allais à l'armée d'Allemagne que pour voir ce que c'était. Je me suis passé cette fantaisie, et je

1. Libraire de Paris, qui se trouvait à Florence lors de la découverte du fragment de Longus.

puis dire comme Athalie : *J'ai voulu voir, j'ai vu.* Je suivais un général que j'avais vu longtemps bon homme et mon ami, et que je croyais tel pour toujours ; mais il devint comte. Quelle métamorphose ! le bon homme aussitôt disparut, et de l'ami plus de nouvelles ; ce fut à sa place un protecteur : je ne l'aurais jamais cru, si je n'en eusse été témoin, qu'il y eût tant de différence d'un homme à un comte. Je sus adroitement me soustraire à sa haute protection, et me voilà libre et heureux à peu près autant qu'on peut l'être.

Que me parlez-vous, je vous prie, d'entreprise littéraire ? Dieu me garde d'être jamais entrepreneur de littérature ; je donne mes griffonnages classiques aux libraires qui les impriment à leurs périls et fortunes, et tout ce que j'exige d'eux c'est de n'y pas mettre mon nom, parce que,

> Je vous l'ai dit et veux bien le redire,

ma passion n'est point du tout de figurer dans la gazette ; je méprise tout autant la trompette des journalistes que l'oripeau des courtisans. Si j'étais riche, je ferais imprimer les textes grecs pour moi et pour vous, et pour quelques gens comme vous, *tutto per amore.* Mais, hélas ! je n'ai que de quoi vivre ; et, pour informer cinq ou six personnes en Europe des trouvailles que je puis faire dans les bouquins d'Italie, il me faut mettre un libraire dans la confidence, et ce libraire fait *chiasso* pour vendre. Il n'est question, je vous assure, ni d'entreprise ni de début.

> Corrigez, s'il vous plaît, ces façons de parler ;

je ne débute point, parce que je ne veux jouer aucun rôle. Je ne prends ni ne prendrai jamais masque, patente, ni livrée.

Au lieu de me quereller pour avoir jeté là le harnais, que ne me dites-vous au contraire, comme Diogène à Denis : *Méritais-tu, maraud, cet insigne bonheur de vivre avec nous en honnête*

24.

homme? et ne devais-tu pas plutôt être condamné toute ta vie aux visites et aux révérences?

> Faire la cour aux grands, et dans leurs antichambres,
> Le chapeau dans la main, te tenir sur tes membres [1].

Voilà en effet ce qu'eût mérité ma dernière sottise d'être rentré sous le joug; ce n'est ni humeur ni dépit qui m'a fait

> Quitter ce vil métier [2];

je ne pouvais me plaindre de rien, et j'avais assez d'appui, avec ou sans mon comte, pour être sûr de faire à peu près le même chemin que tous mes camarades. Mais mon ambition était d'une espèce particulière; je n'avais pas plus d'envie d'être baron ou général que je n'en ai maintenant de devenir professeur ou membre de l'Institut. La vérité est aussi que comme j'avais fait la campagne de Calabre par amitié pour Reynier, qui me traitait en frère, je me mettais avec cet homme-ci pour une folie qui semblait devoir aller plus loin, *tutto per amore.* Je vous suivrais de même contre les Russes si on vous faisait maréchal de Suède, et je vous planterais là si vous vous avisiez de prendre avec moi des airs de comte.

On me dit que madame de Humboldt est encore à Rome, et que vous habitez tous deux la même maison. Présentez-lui, je vous prie, mon très-humble respect. M. de Humboldt n'est-il pas à présent en Prusse? Donnez-moi bientôt de leurs nouvelles et des vôtres.

N'allez pas retourner, avant que je vous voie, dans votre pays, vilain pays d'aimables gens. Je ne sais bonnement pour moi quand je partirai d'ici; mais toujours ce sera pour vous aller joindre. A dire vrai, j'ai cent projets et je n'en ai pas un. Dieu seul sait ce que nous deviendrons. Adieu.

1. Régnier, satire IV, vers 29.
2. Racine.

A M. CLAVIER,

A PARIS.

Florence, le 8 février 1810.

Vous ne m'écrivez plus, monsieur ; je m'en prends à madame Clavier, et tout en lui présentant mon respect, c'est elle que je querellerai de votre silence. Au fait, quand elle était loin de vous j'avais de vos nouvelles ; depuis son retour pas une ligne.

Je vous félicite de tout mon cœur sur votre entrée à l'Institut, qui, ce me semble, avait plus besoin de vous que vous de lui. Cela vous était dû depuis longtemps. Mais c'est beaucoup d'obtenir tôt ou tard justice.

Je ne me trompais pas quand je vous marquai, dans ma dernière lettre, que je trouverais ici un Longus complet. Monsieur Renouard, témoin de cette découverte, vous contera comme il m'en a vu copier environ dix pages qui manquent aux imprimés, plus des phrases par-ci par-là, et des variantes inestimables. Vous verrez tout cela imprimé dans peu et traduit selon mon petit pouvoir.

Si vous ne voulez ou ne pouvez m'écrire, gardez-moi au moins, je vous prie, un souvenir d'amitié. Je mets aux pieds de madame Clavier mes hommages respectueux.

P. S. C'est Renouard qui se charge de l'impression du Longus. Il a, dit-il, des gens capables de cette besogne. Dieu le veuille ! et s'il dit vrai, avril ne se passera point que vous n'en ayez le premier exemplaire.

LETTRE DE M. RENOUARD.

Paris, le 6 février 1810.

Monsieur, vous avez sans doute reçu la lettre que je vous ai écrite il y a quelques jours, et vous aurez vu que j'attends, non sans beaucoup d'impatience, le bienheureux fragment et tout ce qui s'ensuit : j'espère que vous allez m'envoyer bientôt tout cela, et je me repose sur votre activité et votre bonne amitié; mais il est question de bien autre chose. Connaissez-vous le bel article mis par nos honnêtes messieurs[1] dans le *Corriere Milanese?* en voici une copie pour votre édification. Comme ces excellentes personnes n'ont pas été jusqu'à signer leur petit libelle, il me semble que le remède est à côté du mal, et qu'on peut leur ménager un expédient pour chanter la palinodie, sans compromettre leur dignité et leur grande réputation de sincérité et probité. Il suffirait qu'ils voulussent bien (sur la demande que leur en ferait M. le préfet) signer une déclaration, portant que l'article inséré dans le journal est faux dans presque tous les détails, expliquant par quel accident la tache a été faite au manuscrit, et par qui. Je suis persuadé qu'ils ne s'y refuseront pas, et ce sera une affaire terminée. Dans le cas contraire, j'ai tout prêt un factum moitié sérieux, moitié plaisant, dans lequel ces messieurs ne seront pas trop ménagés. Mais je vous avoue que cet expédient ne me plairait guère, et que je ne suis aucunement curieux de ce petit bruit qu'on fait en se querellant.....

EXTRAIT

DU CORRIERE MILANESE DU 23 JANVIER 1810.

Firenze, 14 gennajo 1810.

Ebbe qui luogo non ha guari un tratto vandalico che prova fino a qual punto la cupidigia possa acciecare, sui veri interessi della letteratura, quegli uomini medesimi che professano di concorrere a'suoi progressi. Un libraio francese, che viaggiava in questi ultimi tempi in Italia, si recò a visitare la biblioteca Laurenziana; i conservatori di questo celebre stabilimento gli comunicarono parecchi manoscritti, e fra gli

---

1. Les bibliothécaires de Florence Furia et Bencini.

altri quello di Longo sofista. I giornali hanno annunziato, in quell'epoca, che nel percorrerlo, lo ritrovò più completo di quello sul quale erano state fatte le edizioni del leggiadro romanzo di Dafni e Cloe, tradotto dal nostro Annibal Caro. Questo libraio copiò adunque colla più gran cura il frammento che non era stato pubblicato per anche, e quindi restituì il manoscritto. I conservatori nel riceverlo s'accorsero che tutta la parte fin'ora inedita era ricoperta d'inchiostro e sene lagnarono : il libraio si scusò col dire che sfortunatamente il suo calamajo eravisi rovesciato sopra. La sua scusa fu menata buona di conservatori, che sperarono d'altronde di far isparire la macchia cogli esperimenti conosciuti ; ma, dopo parecchie prove, riconobbero vani tutti i loro sforzi, poichè la macchia era stata fatta con un inchiostro indelebile che non trovasi ne alla biblioteca, ne in alcun officio.

In tal maniera quest' avido libraio, per essere il solo possessore del frammento di Longo non per anco pubblicato, si è privato d'ogni mezzo comprovante l'autenticità dell'edizione che si propone di farne.

A M. RENOUARD,

A PARIS.

Florence, le 3 mars 1810.

J'ai reçu, monsieur, vos deux lettres relatives à la tache d'encre. Je ne vois plus M. Fauchet[1] ; mais je doute fort qu'il voulût entrer pour rien dans cette affaire. Vous comprenez que chacun évite de se compromettre avec la canaille. C'est le seul nom qu'on puisse donner à l'espèce de gens qui aboient contre nous. Pour moi, je ne m'en aperçois même pas. Les gazettes d'Italie sont fort obscures, et ne peuvent vous faire grand bien ni grand mal. Au reste, je ne souffrirai pas qu'on vous pende pour moi, et je suis toujours prêt à

1. Le préfet.

crier : *Me, me, adsum qui feci.* Je déclarerai, quand vous voudrez, que moi tout seul j'ai fait la fatale tache, et que je n'ai point eu de complices.

Je vous envoie par la poste la traduction complète imprimée ici[1]. Cela ne se pouvait autrement. Notre première idée était folle. Le morceau déterré devait paraître à sa place, et je crois que vous en conviendrez.

On ne peut mettre assurément moins de génie dans un ouvrage qu'il n'y en a dans cette version. Voulez-vous avoir une idée de ma finesse comme traducteur ? Vous savez les vers de Guarini : *sentirsi morir,* se sentir mourir, *e non poter dir,* et ne pouvoir dire, *morir mi sento,* je me sens mourir. Voilà comme j'ai fait tout du long du Longus. Si cette innocence ne désarme pas la critique, il n'y a plus de quartier à espérer pour personne. Au reste, ceci n'est pas public : c'est une pièce de société qu'il n'est pas permis de siffler. Si cependant quelqu'un s'en moque, je dirai comme d'Aubigné, *attendez ce loyer de la fidélité.*

A M. FIRMIN DIDOT,

A ROME.

Florence, le 3 mars 1810.

Monsieur, je mets à la poste une brochure qui sûrement vous fera plaisir. Vous ne serez pas fâché, je crois, de savoir

---

1. Tandis que M. Renouard attendait le fragment inédit et sa traduction pour les publier à Paris, Courier avait changé d'avis et résolu de donner lui-même une édition complète du texte grec, et une autre de la traduction d'Amyot, retouchée et complétée. Celle-ci se trouvant prête la première, il l'avait fait imprimer à Florence chez Piasti, en février 1810, et tirer à soixante exemplaires seulement, in-8°. Voici la note qu'il avait mise en tête de cette édition :

« Le roman de Longus n'a encore paru complet en aucune langue. On a conservé ici de l'ancienne traduction d'Amyot, tout ce qui est conforme au texte, et pour le reste on a suivi le manuscrit grec de l'*Abbaye,* qui contient l'ouvrage entier. On s'est aidé aussi de la version de Caro dans les endroits où il exprime le sens de l'auteur. Le texte complet de Longus paraîtra bientôt imprimé : alors quelqu'un pourra en faire une traduction plus soignée, car ceci n'est presque qu'une glose mot à mot, faite d'ailleurs pour être vue de peu de personnes. »

qu'il existe un Longus complet, et ma traduction, toute sèche et servile qu'elle est, vous donnera une idée de ce qui manque dans les imprimés. Je pars pour Rome, où je verrai d'autres manuscrits de Longus. En les comparant avec la copie que j'emporte de celui-ci, j'aurai un texte qui peut-être ne serait pas indigne de vos presses. Vous pourriez même lui faire encore plus d'honneur, si l'envie vous prend d'animer de quelques couleurs ces traits que j'ai calqués sur l'original. Enfin, mandez-moi ce que vous en penserez ; et, s'il vous *duit,* nous pourrons donner au public un joli volume contenant le texte et les variantes des manuscrits de Rome et de Florence ; j'entends celles qui valent la peine d'être notées.

J'ai eu bien peu le plaisir de voir monsieur votre fils, et personne cependant ne m'intéresse davantage. Toute la Grèce en parle et fonde sur lui de grandes espérances. Donnez-moi bientôt, je vous prie, de ses nouvelles et des vôtres, et trouvez bon que je finisse, sans cérémonie, en vous assurant de mon sincère attachement.

A M. BOISSONNADE,

A PARIS.

Florence, le 3 mars 1810.

Monsieur, on vous remettra une brochure avec ce billet : vous verrez d'abord ce que c'est. La trouvaille que j'ai faite, est assurément jolie : vous aurez le texte dans peu, et vous vous étonnerez que cela ait pu échapper aux Dorville, Cocchi, Salvini et autres, qui ont publié différentes parties du manuscrit original ; car c'est le même d'où ils ont tiré Chariton, Xénophon d'Éphèse, et en dernier lieu les fables d'Ésope, qu'on vient d'imprimer ici. Ne dites mot, je vous prie, de tout cela dans vos journaux. Ce n'est ici qu'une ébauche qui peut-être ne mérite pas d'être terminée ; mais bonne ou mauvaise, elle n'est pas publique ; car, de soixante exemplaires, il n'y en aura guère que vingt de distribués. C'est une pièce de société qu'il n'est pas permis de siffler. Une grande Dame[1], de par le monde, qui est maintenant à Paris pour le mariage de son frère, me fit dire, étant ici, qu'elle en accepterait la dédicace : je m'en suis excusé sur l'indécence du sujet. M. Renouard pourra vous conter cela, il était présent quand on me fit cette flatteuse invitation.

J'entends dire que votre Eunapius s'imprime bien lentement. Donnez-moi, je vous prie, monsieur, de ses nouvelles et des vôtres. Personne ne s'intéresse plus que moi à vos travaux.

A MADAME LA PRINCESSE DE SALM-DYCK,

A PARIS.

Florence, le 3 mars 1810.

Madame, vous recevrez avec ce billet une brochure où il y a quelques pages de ma façon, façon de traducteur s'entend. C'est un roman (comme Oronte dit : *c'est un sonnet*) non pas nouveau, mais au contraire fort antique et vénérable. J'en ai déterré par hasard un morceau qui s'était perdu : c'est là ce que j'ai traduit, et par occasion j'ai corrigé la vieille version, qui, comme vous verrez,

Dans son vieux style encore a des grâces nouvelles.

Si cela vous amuse, ne faites aucun scrupule, pour quelques traits un peu naïfs, d'en continuer la lecture. Amyot, évêque, et l'un des pères du concile de Trente, est le véritable auteur de cette traduction, que j'ai seulement complétée : vous ne sauriez pécher en lisant ce qu'il a écrit.

Je vous supplie, madame, de vous rappeler quelquefois qu'il y a delà les monts un Grec qui vous honore, pour ne rien dire de plus ; et, si vous êtes paresseuse, comme je le crois, ne vous déplaise, ordonnez à M. Clavier de me donner de vos nouvelles.

1. La princesse Élisa, sœur de Napoléon.

LETTRE DE M. CLAVIER.

Paris, le 19 janvier 1810.

..... Il a paru à Florence une nouvelle édition des fables d'Ésope, d'après un manuscrit très-ancien; je vous prie de me l'envoyer si vous en trouvez l'occasion. Les Molini de Florence me doivent le prix de douze exemplaires d'Apollodore; veuillez leur en parler, je prendrai volontiers des livres pour cela.

Je vous félicite de votre découverte, et je ne doute pas que vous n'en fassiez d'autres si vous vous donnez la peine de fouiller dans les manuscrits de Florence et de Rome, où depuis longtemps il y a peu de gens habiles en grec.

Je travaille, dans ce moment, à un nouveau dictionnaire de grands hommes, où je me suis chargé de faire toute l'histoire ancienne, tant civile que littéraire, les Romains exceptés. Beaucoup de membres de l'Institut prennent part à cet ouvrage.

..... Vous aviez sans doute appris que Gail a été reçu de l'Institut avant moi : c'est une *excellente* acquisition; il est le seul qui nous fasse rire. Il nous a lu une dissertation pour prouver que l'ironie règne dans le *Banquet* de Xénophon, et il s'est fort offensé de ce que je lui ai dit qu'on le contredirait d'autant moins là-dessus que personne jusqu'ici ne s'était avisé de prendre cet ouvage au sérieux. Il nous a aussi prouvé que Xantippe était une excellente femme, douce, pleine d'attention pour son mari, et que tous les bruits qui avaient couru sur son compte étaient de pures calomnies. C'est bien généreux de sa part que de faire l'apologie des méchantes femmes. Ses sottises ont tellement déconcerté tous ses partisans, qu'il se trouve maintenant que personne ne lui a donné sa voix.

25

A M. ET MADAME CLAVIER,

A PARIS.

Florence, le 13 mars 1810.

Monsieur, voici ce que dit Molini. Il va vous envoyer les fables d'Ésope, qui, par parenthèse, sont tirées du même manuscrit que mon Longus. Il vous enverra en même temps le compte de ce qu'il a vendu de votre Apollodore.

Vous êtes bien bon de vous occuper des grands hommes : j'en ai vu de près deux ou trois ; c'étaient de sots personnages.

Lisez *Daphnis et Chloé*, madame ; c'est la meilleure pastorale qu'ait jamais écrite un évêque. Messire Jacques la traduisit, ne pouvant mieux, pour les fidèles de son diocèse ; mais le bon homme eut dans ce travail d'étranges distractions, que j'attribue au sujet et à quelques détails d'une naïveté rare. Pour moi, on m'accuse, comme vous savez, de m'occuper des mots plus que des choses ; mais je vous assure qu'en cherchant des mots pour ces deux petits drôles, j'ai très-souvent pensé aux choses. Passez-moi cette *turlupinade*, comme dit madame de Sévigné, et ne doutez jamais de mon profond respect.

Il y a bien plus à vous dire. Amyot fut un des pères du concile de Trente ; tout ce qu'il a écrit est article de foi. Faites à présent des façons pour lire son Longus. En vérité, il n'y a point de meilleure lecture : c'est un livre à mettre entre les mains de mesdemoiselles vos filles tout de suite après le catéchisme.

[Courier quitta Florence le 24 mars, et vint à Rome. Il ne resta en ville que peu de jours, et alla s'établir à Tivoli avec ses livres pour travailler dans la solitude, et mettre la dernière main au texte de Longus, qu'il se proposait de publier. Au mois d'août il revint à Rome pour le faire imprimer : l'édition fut faite à ses frais et l'ouvrage tiré à cinquante-deux exemplaires seulement, qu'il envoya à ses amis et aux hellénistes de sa connaissance, français, italiens et allemands.]

À M. LAMBERTI,

A MILAN.

Rome, le 9 mai 1810.

Je ne m'étonne pas qu'on vous ait bien reçu à Paris, avec ce que vous y portiez, et connu comme vous l'êtes en ce pays-là, où l'on aime les gens tels que vous. Cet accueil vous doit engager à y retourner, et ainsi j'espère que nous pourrons nous y revoir quelque jour.

Si les Molini de Florence ne vous ont point envoyé la brochure [1] qu'ils m'ont promis de vous faire tenir, écrivez-leur, ou faites-la réclamer par M. Fusi. Il y a un exemplaire pour vous, un pour Bossi et un pour le sénateur Testi.

La tache d'encre au manuscrit est peu de chose, et les sottises qu'on a mises à ce sujet dans les journaux ne méritent pas que Renouard s'en inquiète si fort. Un papier qui me servait à marquer dans le volume l'endroit du supplément s'est trouvé, je ne sais comment, barbouillé d'encre en dessous, et, s'étant collé au feuillet, en a effacé une vingtaine de mots dans presque autant de lignes : voilà le fait. Mais le bibliothécaire est un certain Furia qui ne se peut consoler, ni me pardonner d'avoir fait cette petite découverte dans un manuscrit qu'il a eu longtemps entre les mains, et dont il a même publié différents extraits : et voilà la rage.

Vos notes sur Homère seront assurément excellentes, et pour ma part je suis fort aise que vous les vouliez achever. Mais, de grâce, après cela, ne penserez-vous point tout de bon à ces Argonautes? Songez que quatre beaux vers tels que vous les savez faire valent mieux que quatre volumes de notes critiques. Assez de gens feront des notes, et même de bonnes notes; mais qui saura rendre dans nos langues modernes les beautés de l'antique? Il faut pour cela les sentir d'abord, c'est-à-dire avoir du goût, et puis entendre les textes, et puis

1. La traduction de *Daphnis et Chloé*, imprimée à Florence.

savoir sa propre langue; trois choses rares séparément, mais qui ne se trouvent presque jamais unies. Et de fait, excepté votre *Œdipe*, avons-nous, je dis nous Français et Italiens, une bonne traduction d'un poëme grec? Celui d'Apollonius intéresserait davantage le public, et aurait plus de lecteurs que la tragédie. Le sujet en est beau, les détails admirables, et l'étendue telle, que vous en pouvez terminer avec soin toutes les parties sans vous engager dans un travail infini. En un mot, c'est une très-belle chose à faire et que vous seul pouvez faire. Ne me venez point dire : Ce ne sera qu'une traduction. La toile et les principaux traits, voilà ce que vous empruntez; mais les couleurs seront de vous. Vous en avez une provision de couleurs, et des plus belles; faites-en donc quelque chose. Je vous dirai plus : j'aime mieux cela qu'un poëme sur un sujet neuf, entreprise que je ne conseillerais à personne.

Mon dessein est toujours de vous aller voir avant les grandes chaleurs : mais n'y comptez pas; car je change souvent d'idée, n'en ayant de fixe que celle de vous aimer, et de vous faire traduire Apollonius. Adieu. Je vous recommande cette toison. Chantez-nous un peu de la toison. Si ce sujet-là ne vous anime, cher Lamberti, qu'êtes-vous devenu?

A M. MILLINGEN,

A ROME.

Tivoli, le dimanche 13 mai 1810.

Mardi, mardi; de grâce, monsieur, accordez-moi jusqu'à mardi en faveur de la postérité. Madame, obtenez, je vous en prie, de M. Millingen que nous ne partions que mardi, c'est-à-dire mercredi; car je ne puis être à Rome que mardi au soir.

Alexandre, sur le point de prendre je ne sais quelle ville, suspendit l'assaut jusqu'à ce qu'un peintre eût achevé son tableau. Alors apparemment on n'était pas pressé de toucher les contributions. Mais enfin ce grand homme se priva pen-

dant huit jours du plaisir de massacrer. Passez-vous jusqu'à
mardi du plaisir de courir la poste.

N. B. Il paraît que M. Millingen n'attendit pas, car ce voyage de Courier à
Naples n'eut pas lieu.

A MADAME DE HUMBOLDT,

A ROME.

Tivoli, le 16 mai 1810.

Madame, ne sachant si j'aurai le plaisir de vous voir avant
votre départ, je vous supplie de vouloir bien emporter à
Vienne un petit volume qui vous sera remis avec ma lettre.
C'est une vieille traduction d'un vieil auteur en vieux français, que j'ai complétée de quelques pages et réimprimée, non
pour le public, mais pour mes amis amateurs de ces érudi-
tions, et sans balancer j'en ai destiné le premier exemplaire
à M. de Humboldt. J'ai cacheté le paquet, cet ouvrage n'étant
pas de nature à être lu de tout le monde. Il n'y a rien contre
l'État, pas le moindre mot que l'Église puisse taxer d'hérésie ; mais une mère pourrait n'être pas bien aise que ce
livre tombât dans les mains de sa fille, quoique l'auteur grec,
dans sa préface, déclare avoir eu le dessein d'instruire les
jeunes demoiselles, apparemment pour épargner cette peine
aux maris.

Ne remarquez-vous point, madame, comme je vous pour-
suis sans pouvoir vous atteindre ? Je pensais vous trouver à
Rome ; mais, en y arrivant, j'apprends que vous êtes partie
pour Naples, et quand je vais à Naples vous revenez à Rome,
d'où vous repartirez sans doute la veille de mon retour.

Ce guignon-là, j'espère, ne me durera pas toujours ; et si
vous me fuyez ici, je vous joindrai peut-être quelque jour à
Berlin ; car dans mes rêves de voyages je veux aller partout,
mais là surtout où je puis espérer de vous voir, madame, et
de voir une famille comme la vôtre.

A M. DE HUMBOLDT,

A VIENNE.

Tivoli, 16 mai 1810.

Madame de Humboldt veut bien se charger, monsieur, d'une petite brochure qui, en sortant de la presse, vous était destinée, mais que je n'ai pu, faute d'occasion, vous faire parvenir plus tôt. J'ai eu le bonheur de trouver un manuscrit complet de Longus, dont le roman, fort célèbre, et tant de fois imprimé dans toutes les langues, était défiguré par une grande lacune au milieu du premier livre; et en traduisant ce qui manquait dans les éditions, j'ai corrigé par occasion la vieille version d'Amyot. C'est là ce que je vous prie d'agréer, en attendant le texte que j'aurai l'honneur de vous offrir bientôt.

J'ai appris par la voix publique, avec une joie extrême, le bel emploi dont le roi vous a nouvellement honoré. Cette justice que vous rend Sa Majesté n'étonne point de la part d'un prince accoutumé à distinguer et récompenser le mérite. Tout le mal que j'y trouve, c'est que cela m'ôte l'espoir de vous revoir de sitôt en France ni en Italie; mais aussi, dans le vieux projet que je nourris depuis longtemps d'aller à Berlin, je me promets à présent un plaisir de plus, celui de vous y voir placé comme vous le méritez.

J'ai quitté le service, et, usant de ma liberté, je cours à peu près comme un cheval qui a rompu son lien; fort content de mon sort, je vous assure, et n'ayant guère à me plaindre que de madame de Humboldt, qui part de Rome quand j'y arrive, et quitte Naples justement quand je me dispose à y aller. J'en suis de fort mauvaise humeur, et ne me console que par cette idée, dont je me flatte toujours, de vous revoir l'un et l'autre dans votre patrie.

Je n'ai pu faire usage à Paris de la lettre que j'avais de vous pour M. votre frère. Imaginez, monsieur, que depuis que je vous laissai à Rome, il y a deux ans, j'ai entrevu Paris

deux fois sans pour ainsi dire y poser le pied. Je n'y suis pas
resté en tout plus de cinq ou six jours ; et quelque empressé
que je fusse de faire une si belle connaissance, je n'en pus
trouver le moment : aussi n'était-ce pas un homme à voir en
courant. J'ai donc mieux aimé garder votre lettre comme
un titre qui m'autorise à espérer de lui quelque jour la
même bonté dont vous m'honorez. C'est pour moi un droit
bien précieux, et que je ne céderais en vérité à qui que
ce fût.

A M. RENOUARD,

A ROME.

Tivoli, le 24 mai 1810.

Pour vous mettre l'esprit en repos sur la grande affaire de
la tache d'encre, je ferai imprimer à Naples, où je me rends
dans peu de jours, le morceau inédit, en forme de lettre à
un de mes amis. Je marquerai d'un caractère particulier les
mots effacés par ma faute dans le bouquin original, et j'y
joindrai une note à peu près en ces termes : *Les majuscules
indiquent des mots qu'on ne peut plus lire aujourd'hui dans le
manuscrit, parce qu'un papier qui servait de marque en cet
endroit, s'étant trouvé barbouillé d'encre, y fit, en se collant au
feuillet, une tache indélébile, etc.* Cela vaudrait mieux qu'une
apologie dans les journaux. J'en reviens toujours à vous dire
qu'il ne faut jamais se prendre de bec avec la canaille ; mais
si vous voulez à toute force faire à ces gredins l'honneur de
leur répondre, attendez du moins ma demi-feuille de Naples,
qui vous donnera beau jeu. Et sur ce je prie Dieu qu'il vous
ait en sa sainte garde.

LETTRE DE M. BOISSONNADE.

Paris, le 9 avril 1810.

Monsieur, j'ai reçu votre précieux cadeau [1], et je ne puis

1. La traduction de *Daphnis et Chloé* imprimée à Florence.

assez vous en remercier. J'ai tout de suite cherché la lacune, et j'ai été ravi en lisant cet agréable supplément dont la littérature vous doit la découverte, et que vous avez traduit d'un style si élégant. Jugez de l'impatience avec laquelle j'attends le texte; le ferez-vous aussi imprimer en Italie? Faites cet honneur à Paris, et donnez votre Longus à M. Stone, qui a votre Xénophon. Je vous applaudis bien de votre bonheur, et en vérité je ne reviens pas de ma surprise que M. del Furia, qui a eu si longtemps le manuscrit entre les mains pour son Ésope, n'ait pas songé à jeter les yeux sur Longus. Avez-vous aussi collationné Chariton? j'ai quelque idée que ces lacunes fréquentes du commencement pourraient être en grande partie remplies : des yeux exercés sauraient bien, j'en suis sûr, lire la plupart des passages qui sont aujourd'hui indiqués dans les éditions par des points. Je vous recommande le Longus de M. Schœffer, et l'édition d'Amyot, donnée en 1731 par Falconnet; vous savez sans doute qu'il y a une édition du texte par Coraï, et que M. Clavier a soigné une fort jolie réimpression d'Amyot, faite il y a quelques années par M. Renouard.....

A M. BOISSONNADE.

A PARIS.

Tivoli, le 25 mai 1810.

Ne vous trompez-vous point, monsieur? est-ce bien M. Coraï qui a donné un Longus? ou plutôt ne me nommez-vous point Coraï pour Visconti, qui en effet a soigné l'édition grecque de Didot? Marquez-moi, je vous prie, ce que j'en dois croire, et ce que c'est que ce Longus de Coraï, s'il existe.

Je sais bien que la préface du petit stéréotype donné par Renouard est de M. Clavier, mais je ne puis croire qu'il ait eu aucune part à l'édition, qui, en vérité, ne vaut rien. Ce n'est point là le texte d'Amyot; du moins n'est-ce pas celui que cite souvent Villoison, qui sans doute avait sous les yeux l'édition originale.

Comment voulez-vous que je connaisse celle de M. Falconnet? Hélas! je ne songeai de ma vie à jeter un regard sur Longus, jusqu'à ce que ce manuscrit de Florence, me tombant sous la main, me donnât l'envie et le moyen de compléter la version d'Amyot. Je n'avais donc nulle provision, et, sans M. Renouard, qui me procura Schœffer et Villoison, j'aurais tout fait sur la seule édition de Dutems que je portais avec moi.

Vous avez bien raison de louer M. Schœffer; c'est un fort habile homme. Aussi l'ai-je suivi en beaucoup d'endroits où j'ai rapetassé Amyot. Au reste, vous voyez, monsieur, ce que ce pouvait être qu'un pareil travail fait absolument sans livres, et combien il doit y avoir à limer et rebattre avant de le livrer tout à fait au public. J'y songerai quelque jour, si Dieu me prête vie, et c'est alors qu'il faudra tout de bon m'aider de vos lumières.

Je crois que vous-même ne pourriez lire les endroits de Chariton effacés dans le manuscrit. Il y a bien aussi quelques mots par-ci par-là qui ont disparu dans le supplément de Longus. Mais partout le sens s'aperçoit, et les savants n'auront nulle peine à deviner ce qui manque. Pour moi, je le donne tel qu'il est sans le moindre changement; car je tiens que les éditions doivent en tout représenter fidèlement les manuscrits. Cela s'imprimera à Paris, s'il plaît à Dieu et à Didot.

Cette lettre critique de M. Bast à vous est toute pleine d'excellentes choses. Je l'ai trouvée ici par hasard et lue avec grand plaisir. Quelqu'un le pourra blâmer d'avoir écrit en français sur de telles matières. Moi je goûte fort cette méthode, qui facilite la lecture, et je voudrais qu'il continuât à vous faire ainsi part de ses observations.

Il me semble après tout que vous êtes content de *ma petite drôlerie,* ou au moins du supplément, car vous ne dites rien du reste.

Je ne reconnais point, pour moi, quand on se moque[1],

1. Molière, *École des femmes.*

25.

et je prends au pied de la lettre tout ce que vous me dites d'obligeant; vous êtes juge en ces matières. Je m'en tiens à votre opinion sans vouloir examiner s'il n'y entre point un peu de complaisance ou de prévention pour quelqu'un dont vous connaissez depuis longtemps l'estime et l'attachement.

Sur le temps où je pourrai être de retour à Paris, je ne sais en vérité que vous dire. Ce qui me retient ici, c'est un printemps dont on n'a où vous êtes nulle idée; vous croyez bonnement avoir de la verdure et quelque air de belle campagne aux environs de Paris; vos bois de Boulogne, vos jardins, vos eaux de Saint-Cloud me font rire quand j'y pense; c'est ici qu'il y a des bosquets et des eaux ! Mon dessein est d'y rester,

Εἴτ' ἂν ὕδωρ τε ῥέῃ, καὶ δένδρεα μακρὰ τεθήλῃ,

c'est-à-dire jusqu'aux grandes chaleurs, car alors tout sera sec, verdure et ruisseaux, et alors je partirai, et m'en irai droit à Paris si je ne m'arrête en Suisse, comme je fis l'an passé pour fuir la rage de la canicule; ainsi faites état de me voir arriver au départ des hirondelles. Je resterai le moins que je pourrai dans vos boues de Paris; et si vous étiez raisonnable, vous me suivriez à mon retour en Italie; nous passerions fort bien ici le printemps prochain sans nous ennuyer; je vous en réponds. Les meilleures maisons du pays sont celles de Mécénas et d'Horace, où vous ne serez point étranger.

LETTRE DE M. CLAVIER.

Paris, le 7 mai 1810.

..... J'ai reçu votre Longus pour moi et pour M. Coraï; nous attendons tous les deux avec impatience le texte grec, et nous espérons que votre séjour à Rome nous procurera quelque autre découverte. A propos de Longus, écrivez-moi donc précisément ce qui s'est passé au sujet du manuscrit qu'on prétend avoir été taché d'encre. Les Italiens qui abon-

dent ici, et qui sont en général assez jaloux, ont fait beaucoup
de bruit de cela, et ont prétendu que c'était une malice de
votre part; j'ai pris votre défense très-chaudement, et j'ai dit
que je vous connaissais bien capable d'une étourderie, mais
non d'une méchanceté. Renouard, à qui j'en ai parlé, m'a dit
que cette tache était peu de chose; mais comme ces criaille-
ries propagées par la jalousie ont fait un certain bruit, il
n'est pas mauvais qu'on y réponde. Je crois donc que vous
ferez bien d'envoyer un exemplaire de votre Longus à Chardon de la Rochette, et un à Millin, si vous ne l'avez déjà fait.
Chardon fera pour le *Magasin encyclopédique* un article où il
rétablira la vérité des faits telle que vous me l'aurez fait connaître. Dites-moi donc aussi ce que vous voulez faire pour
votre Xénophon suspendu par vos ordres.

A M. ET MADAME CLAVIER,

A PARIS.

Tivoli, le 4 avril 1810.

Monsieur, c'est à présent que si j'avais votre histoire de la
Grèce je la lirais à mon aise et avec plaisir. Jamais je ne fus
en lieu ni mieux en humeur de goûter une bonne lecture;
celle-ci m'arrivera au milieu de la poussière ou des boues de
quelque grande ville. Mais quoi! rien ne vient à point dans
cette misérable vie. Je songe comment vous pourrez m'envoyer cela sans me ruiner, et voici ce que j'imagine. Il y a
ici, c'est-à-dire à Rome, M. de Gérando qui me connaît un
peu et vous connaît beaucoup. Il est du gouvernement provi-
soire de ce pays-ci, et en relation comme tous ses collègues
avec les ministres; ils s'envoient les uns aux autres de furieux
paquets; la poste ne va que pour eux. Je ne lui ai point fait
de visite, parce qu'il m'eût fallu pour cela une culotte et un
chapeau d'une certaine façon; mais vous, ayant quelque ami
chez la gent ministérielle, vous pourriez lui faire parvenir, à
lui de Gérando, sous le contre-seing, votre ouvrage et celui

de M. Coraï, qui valent bien assurément les dépêches de ces Excellences. C'est ainsi qu'on m'a déjà adressé quelques volumes sous le couvert du général Miollis. Ce datif pluriel-là est aussi décemvir, et je ne le vois pas plus que le gérondif; tous ces noms de rudiment ne plaisent guère à ceux qui sont sous la férule.

Le bruit de cette tache d'encre a donc été jusqu'à Paris? Je ne reçois lettre qui n'en parle. Comment diable? des envieux, des détracteurs, des calomnies! Tout beau, mon cœur, soyons modeste; mais en vérité voilà des honneurs que personne avant moi n'avait obtenus en traduisant cinq à six pages.

Renouard a tout vu, il vous contera le fait, qui se réduit à une vingtaine de mots effacés dans autant de phrases; en sorte que, si j'eusse trouvé le manuscrit tel qu'il est, j'aurais aisément deviné ce qui ne peut se lire aujourd'hui. Un papier me servait à marquer dans le volume l'endroit du supplément; ce papier posé quelque part s'est barbouillé d'encre au-dessous, et remis dans le volume, vous voyez ce qui est arrivé. Eh bien! voilà toute l'affaire. Mais le bibliothécaire est un certain Furia qui ne me peut pardonner d'avoir fait cette trouvaille dans un manuscrit que lui-même a eu longtemps entre les mains, et dont il a publié différents extraits; et voilà la rage. Tous les cuistres, ses camarades, comme vous pouvez croire, font chorus, et toute la canaille littéraire d'Italie en haine du nom français. On appelle *letterati*, en Italie, tous ceux qui savent lire *la lettre moulée*, classe peu nombreuse et fort méprisée.

Au reste les gens de la bibliothèque, gardes, conservateurs, scribes et pharisiens, jusqu'aux balayeurs, furent présents; trois d'entre eux que j'ai bien payés, y compris le bibliothécaire, m'ont constamment aidé à déchiffrer, copier et revoir plusieurs fois tout le Longus, et ils ne m'ont pas quitté. Les sottises des journaux italiens à ce sujet ne méritent point de réponse. A dire vrai, quelques coups de bâton seraient peut-être bien placés dans cette occasion; mais c'est à Renouard d'y penser, car il est plus piqué que moi. Pour un petit écu ces gens-là se rosseront les uns les autres.

La calomnie, comme le mal de Naples, est infuse dans les Italiens. Entre eux, elle est sans conséquence. Un homme vous accuse d'avoir tué père et mère, on sait ce que cela veut dire. C'est qu'il ne vous aime pas, et cela ne vous fait nul tort, tous vos parents d'ailleurs vivant.

Dieu seul est juge des intentions, et Dieu voit mon cœur, qui n'est pas capable de cette noirceur; car certes *le trait serait noir*, comme dit madame de Pimbèche. Jugez, monsieur, vous qui êtes juge, par la règle de Cassius, *cui bono?* Je ne pouvais craindre qu'on m'ôtât l'honneur de la découverte; puisque Renouard l'avait déjà fait annoncer dans les journaux. Le profit? on ne s'avise guère de spéculer sur du grec. J'imprime ici le texte, il ne s'en vendra point. Je le donnerai à tous ceux qui sont en état de le lire.

Ah! madame, que la gloire est à charge!

Les envieux mourront, mais non jamais l'envie.

Je mérite l'envie, et plus même qu'on ne croit, non pas pas pour les six pages traduites, mais c'est qu'en effet je suis heureux. N'en dites rien au moins. On crierait bien plus fort. Il est vrai que je m'en moque un peu. Il y avait une fois un homme qu'on soupçonnait d'être content de son sort, et chacun, comme de raison, travaillait à le faire enrager; il fit crier à son de trompe par tous les carrefours : *On fait à savoir à tous*, etc.; *qu'un tel n'est pas heureux.* Cette invention lui réussit. On le laissa en repos. Moi, j'use d'une autre recette que j'ai apprise dans mes livres. Je dis, mais tout bas, à part moi : *Messieurs, ne vous gênez point; criez, aboyez tant qu'il vous plaira. Si la fièvre ne s'en mêle, vous ne m'empêcherez pas d'être heureux.*

Le Longus vous plaira, je crois; car outre le manuscrit de Florence, j'en ai un ici qui vaut de l'or. Il est cousin de celui-là; et quand ils sont d'accord on ne peut les récuser.

Si Stone veut absolument achever mon Xénophon, qu'il l'achève, pourvu que vous ayez la patience de suivre cela de l'œil. Il m'a paru qu'on avait changé la ponctuation, et j'en suis fâché. Il faut bien se garder d'y mettre mon nom, ni rien qui me désigne.

M. Labey me demande : Qu'est-ce que c'est donc que cette tache? Il en a entendu parler, et à qui n'en parle-t-on pas? on ne tait que la trouvaille. De lui copier ce griffonnage, ce serait pour en mourir; il servira pour vous deux. Tâchez de le lui faire tenir. Il demeure..... attendez..... c'est une rue qui donne dans celle des Cordeliers, vis-à-vis une autre rue qui mène dans la rue de la Harpe. Cela n'est-il pas clair? Faites mieux, prenez l'Almanach royal. M. Labey est professeur de mathématiques au Panthéon.

A M. LE GÉNÉRAL GASSENDI,

A PARIS.

Tivoli, le 5 septembre 1810.

On m'assure, mon général, que vous ou le ministre demandez de mes nouvelles, et que vous voulez savoir ce que je suis devenu depuis que j'ai quitté le service.

Ma démission acceptée par Sa Majesté, je vins de Milan à Paris, où après avoir mis quelque ordre à mes affaires, me trouvant avec des officiers de mes anciens amis qui passaient de l'armée d'Espagne à celle du Danube, je me décidai bientôt à reprendre du service. J'allai à Vienne avec une lettre du ministre de la guerre qui autorisait le général Lariboissière à m'employer provisoirement. Cette lettre fut confirmée par une autre du major général de l'armée, portant promesse d'un brevet, et on me plaça dans le quatrième corps, toujours provisoirement.

Quelque argent que j'attendais m'ayant manqué pour me monter, j'eus recours au général Lariboissière, dont j'étais connu depuis longtemps. Il eut la bonté de me dire que je pouvais compter sur lui pour tout ce dont j'aurais besoin; et, comptant effectivement sur cette promesse, j'achetai au prix qu'on voulut l'unique cheval qui se trouvât à vendre dans toute l'armée. Mais quand pour le payer je pensais profiter des dispositions favorables du général Lariboissière, elles étaient changées. Je gardai pourtant ce cheval, et m'en servis pendant quinze jours, attendant toujours de Paris l'argent qui me devait venir. Mais enfin mon vendeur, officier bavarois, me déclara nettement qu'il voulait être payé ou reprendre sa monture. C'était le 4 juillet, environ midi, quand tout se préparait pour l'action qui commença le soir. Personne ne voulut me prêter soixante louis, quoiqu'il y eût là des gens à qui j'avais rendu autrefois de ces services. Je me trouvai donc à pied quelques heures avant l'action. J'étais outre cela fort malade. L'air marécageux de ces îles m'avait donné la fièvre ainsi qu'à beaucoup d'autres ; et, n'ayant mangé de plusieurs jours, ma faiblesse était extrême. Je me traînai cependant aux battaries de l'île Alexandre, où je restai tant qu'elles firent feu. Les généraux me virent et me donnèrent des ordres, et l'empereur me parla. Je passai le Danube en bateau avec les premières troupes. Quelques soldats, voyant que je ne me soutenais plus, me portèrent dans une barraque où vint se coucher près de moi le général Bertrand. Le matin, l'ennemi se retirait, et, loin de suivre à pied l'état-major, je n'étais pas même en état de me tenir debout. Le froid et la pluie affreuse de cette nuit avaient achevé de m'abattre. Sur les trois heures après midi, des gens, qui me parurent être les domestiques d'un général, me portèrent au village prochain, d'où l'on me conduisit à Vienne.

Je me rétablis en peu de jours, et, faisant réflexion qu'après avoir manqué une aussi belle affaire, je ne rentrerais plus au service de la manière que je l'avais souhaité, brouillé d'ailleurs avec le chef sous lequel j'avais voulu servir, je crus que, n'ayant reçu ni solde ni brevet, je n'étais point assez engagé pour ne me pouvoir dédire, et je revins à Strasbourg un mois environ après en être parti. J'écrivis de là au général Lariboissière pour le prier de me rayer de tous les états où l'on m'aurait pu porter ; j'écrivis dans le même sens au général Aubry, qui m'avait toujours témoigné beaucoup d'amitié; et, quoique je n'aie reçu de réponse ni de l'un ni de l'autre, je n'ai jamais douté qu'ils n'eussent arrangé les choses de manière que ma rentrée momentanée dans le corps de l'artillerie fût regardée comme non avenue.

Depuis ce temps, mon général, je parcours la Suisse et l'Italie. Maintenant je suis sur le point de passer à Corfou, pour me rendre de là, si rien ne s'y oppose, aux îles de l'Archipel; et, après avoir vu l'Égypte et la Syrie, retourner à à Paris par Constantinople et Vienne.

[Pendant que Courièr s'occupait à Rome à faire imprimer le texte de Longus, le ministre de l'intérieur, sur le rapport du directeur général de la librairie, faisait saisir à Florence les vingt-sept exemplaires qui restaient de la traduction imprimée chez Piatti. Averti par ses amis de Paris qu'on se proposait de sévir contre lui-même, il sentit enfin la nécessité de se défendre, et composa pour cela dans le courant de septembre un pamphlet en forme de lettre, adressé à M. Renouard, comme à l'occasion de la notice que celui-ci avait publiée au mois de juillet sur l'accident de la tache d'encre. Il faut lire tous les détails de cette affaire dans l'avertissement que Paul-Louis a mis en tête de l'édition des Pastorales de Longus, qui a paru à Paris en 1821.]

A M. ***,

OFFICIER D'ARTILLERIE.

Tivoli, le 12 septembre 1810.

Ah! mon cher ami, mes affaires sont bien plus mauvaises encore qu'on ne vous l'a dit. J'ai deux ministres à mes trousses, dont l'un veut me faire fusiller comme déserteur; l'autre veut que je sois pendu pour avoir volé du grec. Je réponds au premier : Monseigneur, je ne suis point soldat, ni par conséquent déserteur. — Au second : Monseigneur, je me f... du grec, et je n'en vole point. Mais ils me répliquent, l'un : Vous êtes soldat; car il y a un an vous vous enivrâtes dans l'île de Lobau, avec L... et tels garnements qui vous appelaient camarade; vous suiviez l'empereur à cheval; ainsi vous serez fusillé. — L'autre : Vous serez pendu; car vous avez sali une page de grec, pour faire pièce à quelques pédants qui ne savent ni le grec ni aucune langue. — Là-dessus je me lamente et je dis : Serais-je donc fusillé pour avoir bu un coup à la santé de l'empereur? Faudra-t-il que je sois pendu pour un pâté d'encre?

Ce qu'on vous a conté de mes querelles avec cette pédantaille n'est pas loin de la vérité. Le ministre a pris parti pour eux; c'est, je crois, celui de l'Intérieur; et, dans les bureaux de Son Excellence, on me fait mon procès sans m'entendre : on m'expédiera sans me dire pourquoi, et le tout officiellement. L'autre Excellence de la Guerre, c'est-à-dire Gassendi, a écrit ici à Sorbier, voulant savoir, dit-il, si c'est moi qui fais ce grec dont parle la gazette; que je suis à lui, et qu'il se propose de me faire arrêter par la gendarmerie. J'ai su cela de Vauxmoret[1], car je n'ai point vu Sorbier, et j'ignore ce qu'il a répondu. Au vrai je ne m'en soucie guère; je me crois en toute manière hors de la portée de ces messieurs, quitte de leur protection et de leur persécution.

Je ne me repens point d'avoir été à Vienne, quoique ce fût une folie; mais cette folie m'a bien tourné. J'ai vu de près l'oripeau et les *mamamouchis*; cela en valait la peine, et je ne les ai vus que le temps qu'il fallait pour m'en divertir et savoir ce que c'est.

Vous avez raison de me croire heureux; mais vous avez tort de vous croire à plaindre. Vous êtes esclave; eh! qui ne l'est pas? Votre ami Voltaire a dit qu'*heureux sont les esclaves inconnus à leur maître*. Ce bonheur-là vous est *hoc*, et c'est là peut-être de quoi vous enragez. Allez, vous êtes fou de porter envie à qui que ce soit, à l'âge où vous êtes, fort et bien portant; vous ne méritez pas les bontés que la nature a eues pour vous.

Adieu; vous m'avez fait grand plaisir de m'écrire, et j'en aurai toujours beaucoup à recevoir de vos nouvelles.

1. Colonel d'artillerie.

A M. BOISSONNADE,

A PARIS.

Tivoli, le 15 septembre 1810.

Il faut que vous croyiez mon affaire bien mauvaise pour me chercher des protecteurs. Quant à moi, je ne sais ce qui en arrivera ; mais je ne ferai assurément aucune réclamation ; j'ai peur, si je redemandais mon livre saisi, qu'on ne me saisît moi-même.

Pour votre ami, qui est si bon de s'intéresser à moi, je suis bien fâché de ne pouvoir vous envoyer un exemplaire. On m'en a pris vingt-sept, j'en avais distribué trente, il m'en reste donc trois ; car, comme vous savez, il n'y en avait que soixante ; et ces trois-là sont condamnés à toutes les ratures et biffures que j'y pourrai faire, si l'on réimprime quelque jour cette bagatelle corrigée. Au reste je ne veux point en donner du tout à Son Excellence, que je n'ai pas l'honneur de connaître. Remerciez, je vous prie, ce bon monsieur de sa bonne volonté ; mais qu'il se garde de me nommer, ni de dire jamais en tels lieux un mot qui ait trait à moi. Je n'aime point que ces gens-là sachent que je suis au monde, parce qu'ils peuvent me faire du mal, et ne me sauraient faire du bien.

Quoi qu'il en soit, je vous admire d'avoir été songer à cela, et surtout d'avoir pu trouver quelqu'un qui voulût dire un mot en ma faveur, comme s'il n'était pas tout visible que jamais je ne serai bon à rien pour personne.

Adieu ; souvenez-vous de moi ; et gardez-moi toujours cette précieuse amitié.

A M. DE TOURNON,

PRÉFET A ROME.

Rome, le 18 septembre 1810.

Monsieur, voici, ma réponse aux demandes de M. le directeur de la librairie

J'ai trouvé dans un manuscrit à Florence un morceau inédit de Longus, et en le copiant, j'ai fait à l'original une tache d'encre qui couvre environ une vingtaine de mots. J'ai donné au public d'abord ce fragment en trois langues, ensuite tout le texte de Longus revu sur les manuscrits de Florence. On ne peut arrêter la vente de ce livre, parce qu'il ne se vend point. J'en ai fait tirer cinquante exemplaires, c'est-à-dire quatre fois plus qu'il n'y a de gens en état de le lire. Je le donne aux savants et aux bibliothèques publiques. Je n'en ai point envoyé à la *Laurenziana* de Florence, parce que cette bibliothèque ne contient que des manuscrits.

Au reste, je ne prétends, sur ce fragment trouvé par moi, ni sur aucun livre, aucun droit de propriété; chacun peut le réimprimer. Il me reste vingt exemplaires de mon édition grecque qu'on peut saisir comme on a fait de ma traduction à Florence; je n'y aurai nul regret et n'en ferai aucune réclamation.

M. le directeur peut apprendre des libraires et des savants de Paris que je m'occupe de ces études uniquement pour mon plaisir; que je n'y attache aucune importance, et n'en tire jamais le moindre profit. Ma coutume est de donner mes griffonnages aux libraires, qui les impriment à leurs périls et fortune; et tout ce que j'exige d'eux, c'est de n'y pas mettre mon nom. Mais cette fois j'ai cru devoir faire moi-même les frais de l'impression, ayant appris que quelques gens, assez méprisables d'ailleurs, m'accusaient de spéculation dans l'affaire de la tache d'encre; et je pensais qu'on pourrait bien se moquer de moi d'employer ainsi mon loisir et mon argent, mais non pas en faire un sujet de persécution.

A M. BOISSONNADE,

A PARIS.

Rome, le 7 octobre 1810.

Monsieur, je viens de lire votre article dans le *Journal de l'Empire*, où vous parlez beaucoup trop honorablement de moi et de ma trouvaille. Vous me traitez en ami, et je pense qu'ayant eu quelques nouvelles de la petite persécution qu'on m'a suscitée à cette occasion, vous avez voulu prévenir le public en ma faveur, action d'autant plus méritoire que probablement je ne serai jamais en état de vous en témoigner ma reconnaissance, si ce n'est par des paroles. J'avais souhaité, comme vous savez, qu'il ne fût point question de moi dans les journaux. Mais aujourd'hui qu'on me fait des chicanes qui, sans m'affliger beaucoup, ne laissent pas de m'importuner, je suis fort aise de me voir loué par un homme comme vous, à qui le public doit s'en rapporter sur ces sortes de choses. Cela pourra engager les satrapes de la littérature à me laisser en paix, et c'est tout ce que je désire.

A M. CLAVIER,

A PARIS.

Rome, le 13 octobre 1810.

Monsieur, j'envoyai à Paris longtemps y a, comme dit Amyot, dix-huit exemplaires d'un beau Longus grec, dix-huit des cinquante-deux en tout que j'en ai fait tirer. C'est trop, me direz-vous. Où trouver autant de gens à qui faire ce cadeau? Vous avez raison; mais enfin il y en a, de ces dix-huit, un pour vous, et celui-là du moins sera bien placé; un pour **M.** Bosquillon, un pour le docteur Coraï; ceux-là encore sont en bonnes mains. J'ai adressé le tout à madame Marchand, ma cousine, dont vous savez la demeure, et qui doit en être la distributrice. Voilà qui va bien jusque-là; mais le mal est que je n'ai de nouvelles ni de ma cousine ni de Longus. J'ai adressé directement à vous et à quelques personnes le morceau inédit imprimé à part. Mais je vois par votre lettre du 28 septembre, et par l'article de Boissonnade dans le *Journal de l'Empire*, que rien n'est parvenu à Paris ou n'a été remis à sa destination. Il faut assurément que les Italiens zélés pour la littérature aient tout fait saisir à la poste, comme ils ont fait saisir ma pauvre traduction par un ordre d'en haut. Pareil ordre est venu ici de confisquer tout de même le grec, c'est-à-dire vingt exemplaires environ qui m'en étaient demeurés. Il y en a heureusement huit ou dix dans différentes mains, et voilà madame de Humboldt qui en emporte un en Allemagne, où il sera réimprimé. Ainsi la rage italienne, secondée de toute l'iniquité des satrapes de l'intérieur, de la police et autre engeance malfaisante, n'y saurait mordre à présent. Un de ces derniers, se disant directeur de la librairie, a écrit ici au préfet une lettre fort mystérieuse, qui ne m'a été communiquée qu'en partie. J'ai répondu succinctement à ce qu'il demande; et pour conclusion je le prie de se contenter de mon livre que je lui abandonne volontiers, trop heureux si je sauve ma personne *de ses mains redoutables.* Je l'assure que je ne ferai jamais aucune réclamation de mes griffonnages saisis par lui, convaincu qu'il aurait pu me saisir moi-même et me faire pendre avec autant de justice. Je loue autant sa clémence, et suis avec grand respect son très-humble serviteur.

J'attends impatiemment votre Archéologie. Cela me viendra fort à propos. Bonne provision pour cet hiver que je compte passer encore ici.

Gail me paraît trop sot pour être ridicule; en le montrant au doigt vous lui ferez trop d'honneur, et à vous peu; et puis la belle matière à remuer pour vous que son dégobillage! Fi ! laissez-le là. *Jam fœtet.*

Si j'avais su que quelqu'un songeât à répondre aux Italiens sur la grande affaire de la tache d'encre, je n'aurais pas pris la peine d'écrire et d'imprimer une longue diatribe [1] que je vous ai envoyée, mais que probablement vous ne recevrez point, vu l'embargo mis à la poste sur tout ce qui vient de moi. Je suis tenté de croire, comme Rousseau, que tout le genre humain conspire contre moi. J'en rirais, si j'étais sûr qu'on ne touchât qu'à mon grec. Boissonnade m'a trop bien traité dans son journal. Je l'avais prié de ne dire mot de moi

1. La lettre à M. Renouard.

ni de mes œuvres; mais sans doute il aura voulu secourir un opprimé et me défendre un peu, voyant que je ne me défendais pas moi-même.

Je passe ici mon temps assez bien avec quelques amis et quelques livres. Je les prends comme je les trouve, car si on était difficile, on ne lirait jamais, et on ne verrait personne. Il y a plaisir avec les livres, quand on n'en fait point, et avec des amis, tant qu'on n'a que faire d'eux. J'ai renoncé aux manuscrits. C'est une étude trop périlleuse. Ceux du Vatican s'en vont tout doucement en Allemagne et en Angleterre. Le pillage en fut commencé par le révérend père Altieri, bibliothécaire. Il les vendait cher, *cent dix sous le cent*, comme Sganarelle ses fagots. Je crois qu'on les a maintenant à meilleur marché. Mais notez ceci, je vous en prie. Altieri vend les manuscrits dont il a la garde; il est pris sur le fait; on trouve cela fort bon; personne n'en dit mot; on lui donne un meilleur emploi. Moi je fais un pâté d'encre, tout le monde crie haro! J'ai beau dépenser mon argent, traduire, imprimer à mes frais un texte nouveau, je n'en suis pas moins pendable, *et rien que la mort n'est capable,* etc. Je vous embrasse. Mille respects à madame Clavier.

LETTRE DE M. BOISSONNADE.

Paris, le 5 octobre 1810.

Monsieur, votre beau, votre rare, votre excellent volume m'est arrivé il y a peu de jours; je ne sais combien de remercîments il faut vous faire pour ce cadeau inestimable; je vous en envoie un million, et encore ce n'est guère. Je n'ai lu encore que la préface très-élégante et les premières pages, et j'aurais attendu à vous en parler que je fusse plus avancé, s'il n'était de la plus haute importance que je vous instruise avant tout de ce que j'ai appris hier.

La *Gazette de France* ayant annoncé votre découverte il y a bien deux ou trois mois, M. Renouard ayant distribué une brochure que vous connaissez sans doute, M. Petit-Radel ayant traduit en vers latins votre fragment, j'ai cru ne pouvoir me dispenser, en rendant compte du Longus de ce médecin, de parler de votre traduction, et d'en citer quelques passages. Hier, j'ai été moi-même chercher à son bureau un des chefs de la direction de la librairie, qui s'était plusieurs fois présenté chez moi sans me trouver; il m'a demandé de qui je tenais l'exemplaire de votre Longus; je lui ait dit que c'était de vous. — Par quelle voie? — Que je n'en savais rien. Et cela est vrai. Comme cet employé est un fort galant homme que je connais un peu, nous avons causé assez longtemps de ce qui vous concerne. Il m'a dit que Renouard d'après sa brochure, et M. Petit-Radel d'après sa traduction, avaient été questionnés comme moi d'après mon article; que vingt-sept exemplaires avaient été arrêtés à Florence; que des ordres avaient été envoyés à Rome pour saisir le grec.

Ma lettre arrivera-t-elle à temps? Vos exemplaires sont-ils en sûreté? Il me tarde d'avoir de vos nouvelles.

A M. BOISSONNADE,

A PARIS.

Rome, le 22 octobre 1810.

Grand merci, monsieur, de vos bons avis. Je suis enchanté que mon petit cadeau vous agrée. Je n'ai point eu d'autre dessein que de plaire aux gens comme vous. Il est sûr que les manuscrits m'ont fourni des choses très-précieuses; mais, à dire vrai, mon travail n'est rien. J'aurais fait quelque chose à Paris avec des livres et du temps; car il faut vous imaginer qu'on ne soupçonne pas en Italie, qu'il ait rien paru depuis les Aldes en matière de grec ou de critique. M. Furia, bibliothécaire, n'aurait jamais su sans moi qu'il y eût d'autres éditions de Longus que celle de Jungermann; c'est ce que vous pouvez voir dans la préface de son Ésope. Voilà dans quelle misère il m'a fallu travailler; logé à l'auberge, notez encore ce point, et dans les transes d'un homme qui voit les archers à ses trousses, car je savais à merveille ce qui se tramait contre moi. Pensez à tout cela, et puis querellez-moi sur les fautes d'impression ; je vous répondrai comme Brunet : *Tu veux de l'orthographe avec une méchante plume d'auberge !*

Le visir de la librairie a, en effet, donné un ordre de saisir tout mon grec, mais cet ordre n'a pas été exécuté. Je ne sais bonnement pourquoi. Le fait est qu'on s'est contenté de prendre quelques informations, auxquelles j'ai répondu d'assez mauvaise humeur ; ma lettre a dû être envoyée à cette Excellence. Toutes ces chicanes m'ont déterminé à faire imprimer une complainte, diatribe ou invective, comme il vous plaira l'appeler, en forme de lettre à M. Renouard. On trouve que dans cette brochure je ne parle pas assez civilement des gens qui veulent me faire pendre. Je vous l'ai envoyée ; mais il se pourrait qu'on eût arrêté le paquet à la poste.

Si vous revoyez ce bon monsieur de la direction de la librairie, assurez-le bien, je vous prie, que je n'ai point la rage de me faire imprimer ; que le hasard,

> Et je pense,
> Quelque diable aussi me poussant,

m'a fait traduire ce fragment ;

> Que cent fois j'ai maudit cette innocente envie ;

que je fais un vœu bien sincère et un ferme propos de ne jamais rien écrire en quelque langue que ce soit pour le public ; qu'enfin lui et son directeur, si j'échappe *de leurs mains redoutables,* peuvent compter qu'ils n'entendront jamais parler de moi.

A Mme LA PRINCESSE DE SALM DICK.

Tivoli, 12 juin et 1er octobre 1810.

Madame, vous deviez partir pour vos terres dans deux mois, lorsque vous me fîtes ces lignes très-aimables. Or, votre lettre est du 6 mai; la poste sera bien paresseuse, si celle-ci ne vous trouve encore à Paris.

Il y a quelques mots dans votre lettre qui pourraient faire croire que vous ne vous êtes pas toujours bien portée depuis la dernière fois que j'eus l'honneur de vous voir. Vous étiez alors fraîche et belle, si je m'y connais, et vous ne paraissiez pas pouvoir être jamais malade. Mais enfin, je vois bien qu'à l'heure où vous m'écriviez, votre santé était bonne; elle le serait toujours, s'il y avait quelque justice aux arrangements de ce monde.

Assurément, j'irai vous voir dans votre château, et plus tôt que plus tard, et voici comment. D'ici à Paris, quand je m'y rendrai, je passe à Strasbourg, je trouve de là le Rhin :

> Doutez-vous que le Rhin ne me porte en deux jours
> Aux lieux où la Roër y voit finir son cours?

J'ai depuis longtemps, madame, votre château dans la tête, mais d'une construction toute romanesque. Il serait plaisant qu'il n'y eût à ce château ni tourelles, ni donjon, ni pont-levis, et que ce fût une maison comme aux environs de Paris. J'en serais fort déconcerté; car je veux absolument que vous soyez logée comme la princesse de Clèves ou la Dame des Belles Cousines, et je tiens à cette fantaisie. Sur vos environs, je crains moins d'être démenti par le fait; je vois vos prairies, vos bois, votre Rhin, votre Roër, qui ne se fâcheront pas si je les compare au Tibre et à l'Anio, à moins qu'ils ne soient fiers de couler à vos pieds; mais, en bonne foi, rien ne se peut comparer à ce pays-ci, où partout de grands souvenirs se joignent aux beautés naturelles. C'est tout ensemble ce qu'il y a de mieux dans le rêve et la réalité. Votre idée de laisser là Paris tout cet hiver, si c'était pour venir ici, aurait quelque chose de raisonnable; mais là-bas, dans vos frimats, bon Dieu! J'ai passé un hiver sur les bords du Rhin; j'y pensai geler à vingt ans; je ne fus jamais si près d'une cristallisation complète.

Que vous manderai-je d'ici? Les rossignols ne chantent

plus depuis quelques jours, dont bien me fâche. Si les nouvelles de cette espèce vous peuvent intéresser, je vous en
ferai une gazette. Ma vie se passe à présent toute entre Rome
et Tivoli; mais j'aime mieux Tivoli. C'est un assez vilain village à six lieues de Rome dans la montagne. Pour la description du pays, on en a fait vingt volumes, et tout n'est pas
dit. Si vous en voulez avoir une idée, il y faut venir, madame; vous ne sauriez faire, de votre vie, un plus joli pèlerinage. Tout ce que j'ai d'éloquence sera employé quelque jour
à vous prêcher sur ce texte.

Vous avez l'air de parler froidement de mon Longus,
comme si j'y avais fait quelque petit ravaudage; mais, madame, songez que je l'ai ressuscité. Cet auteur était en pièces
depuis quinze cents ans. On n'en trouvait plus que des lambeaux. J'arrive, je ramasse tous ces pauvres membres, je les
remets à leur place, et puis je le frotte de mon baume, et l'envoie *jouer à la fossette.* Que vous semble de cette cure? La
Grèce me doit des autels.

Je ne sais si dans votre château vous aurez plus qu'à Paris
le temps de penser à moi, et de *m'en bailler par-ci par-là
quelque petite signifiance,* comme dit le paysan de Molière. Ne
seriez-vous point de ces gens qui, moins ils voient de monde,
et plus ils sont occupés? Quoi qu'il en soit, comme on se
flatte, et moi surtout plus que personne, je compte bien avoir
de vos nouvelles *à tout le moins une fois l'an.*

J'ai lu avec très-grand plaisir votre éloge de Lalande; cela
donne envie d'être mort, quand on est de vos amis. Je ne
saurais prétendre aux honneurs de l'éloge; mais pour mon
épitaphe je me recommande à vous : c'est une chose que vous
pouvez faire sans beaucoup y rêver. Il s'agit seulement de
mettre en rimes que je m'appelais Paul-Louis, de Saint-Eus-
tache de Paris, et que je fus toute ma vie, madame, votre
très-humble, etc.

P. S. Ayant trouvé dans mes papiers ce griffonnage, que
je croyais parti depuis six mois, je devine enfin, madame,
pourquoi vous n'y répondez pas; je vous l'envoie, tout vieux

qu'il est. Mon étourderie vous fera rire, et cela vaudra mieux que tout ce que je pourrais vous mander à présent.

Je vous ai adressé dernièrement, par la poste, quelques exemplaires d'une brochure, espèce de factum pédantesque qu'il m'a fallu faire imprimer pour répondre à d'autres sottises imprimées contre mon Longus. Tout cela est misérable, et je n'ai garde de penser que vous en puissiez lire deux lignes sans mourir; mais quelqu'un de vos Grecs le lira et vous dira ce que c'est. Je doute, d'ailleurs, que ce paquet vous parvienne, car depuis quelque temps les ministres s'amusent à saisir tout ce que j'envoie à Paris; c'est pour eux une pauvre prise : le grec ne se vend pas comme du sucre. Les bureaux en doivent être pleins, je veux dire de grec pris sur moi, et les dépêches vont s'en sentir pendant plus de huit jours.

A M. SYLVESTRE DE SACY,

A PARIS.

Rome, le 3 octobre 1810.

Monsieur, puisque mes lettres vous parviennent, j'espère qu'enfin vous recevrez l'espèce de factum littéraire, dont je vous adresse de nouveau trois exemplaires. Vous trouverez cela misérable; et si vous n'en riez, vous aurez pitié d'une telle querelle. Peut-être encore penserez-vous qu'il fallait se taire ou parler plus civilement. Mais songez, s'il vous plaît, qu'on tâchait à me faire pendre. Que voulez-vous, monsieur? j'ai eu peur, non des cuistres, mais des satrapes de la littérature. Voyant à mes trousses chiens et gens, j'ai fait le moulinet avec mon bâton, sans trop regarder où je frappais.

Vous avez bien de la bonté de penser à mon Xénophon. Son malheur est d'être sorti de vos mains. Je ne sais bonnement où il est, ni ce qu'il deviendra. Un M. Stone l'avait imprimé à moitié, assez mal. Voilà tout ce que je puis vous en dire. Je serais fâché seulement que le manuscrit se perdît, car c'est un travail que ni moi ni autre ne saurait refaire, et qui, à vrai dire, ne se pouvait faire que dans les casernes et les écuries où je vivais alors.

Oui, monsieur, j'ai enfin quitté mon vilain métier, un peu tard, c'est mon regret. Je n'y ai pas pourtant perdu tout mon temps. J'ai vu des choses dont les livres parlent à tort et à travers. Plutarque à présent me fait crever de rire. Je ne crois plus aux grands hommes.

Sur ce que vous me demandez si je reste en Italie, je puis bien vous dire, monsieur, ce que je projette en ce moment; mais ce qui en sera, Dieu le sait. Car outre l'incertitude ordinaire de l'avenir, j'ai peu d'idées fixes, et je trouve même une espèce de servitude à dépendre trop de ses résolutions. Je veux maintenant aller à Naples, et de là, si je puis, à Corfou. Or, venu jusqu'à Corfou, ne suis-je pas aux portes d'Athènes? Peut-être au reste n'irai-je ni à Naples, ni à Corfou, ni à Athènes, mais à Paris, où je me promets le plaisir de vous voir. Peut-être aussi ne bougerai-je d'ici; voilà comme ma volonté tourne à tous les points du compas. J'ai cependant un désir inné de visiter la Grèce. C'est pour moi, comme vous pouvez croire, le pèlerinage de la Mecque.

Si on ne vous a point remis une feuille servant de supplément à mes notes sur Longus, ayez la bonté de l'envoyer prendre chez madame Marchand. Sans cela votre exemplaire serait incomplet.

A M. BOSQUILLON,

A PARIS.

Rome, le 10 novembre 1810.

Je ne saurais vous dire, monsieur, combien vous me rendez aise par l'approbation que vous donnez à mon apologie[1]. Il vous semble donc que j'ai dit à peu près ce qu'il fallait? Tout le monde n'en a pas jugé de même. M. Clavier pense comme

1. La lettre à Renouard du 20 septembre.

vous, et m'assure que j'ai bien fait d'appeler un chat un chat ; mais M. de Sacy ne peut me le pardonner, et je vois bien, quoi qu'il en dise, que ma justification n'est à ses yeux qu'un crime de plus. Ici, en général, on est de cet avis ; et tous ceux qui me condamnaient auparavant sur mon silence, depuis que j'ai ouvert la bouche me veulent écorcher vif. Je vous parle de gens que je vois tous les jours, de connaissances de vingt ans ; pensez ce que disent les autres. Les plus modérés trouvent que je puis avoir au fond quelque espèce de raison, qu'à la rigueur je n'étais point tenu de me laisser opprimer par humilité chrétienne, sans faire entendre aucune plainte. Mais, selon eux, au lieu de dire, *vous mentez*, à mes calomniateurs, je devais dire : Messieurs, j'ose vous supplier de vouloir bien considérer que ce que disent Vos Seigneuries dans le dessein de me faire pendre, paraît s'écarter tant soit peu de la vérité. Voilà comme il fallait parler pour ne point choquer les honnêtes gens. Car on est sévère aujourd'hui sur les bienséances, et notez ceci, je vous prie. Deux articles paraissent contre moi et Renouard dans la *Gazette de Milan*, remplis d'injures et d'impostures. Qui que ce soit n'y trouve à redire. M. Furia imprime que je lui ai *volé*, ce sont ses propres termes, ses papiers et sa découverte; *action atroce*, ajoute-t-il, *qui a fait frémir d'horreur toute la ville de Florence*. Ce petit mensonge, exprimé avec tant de délicatesse, ne scandalise personne. Moi je dis qu'il ne sait pas le grec; ah ! cela est trop fort. Je m'amuse à le peindre au naturel, et il se trouve que c'est un sot. Ah ! de tels emportements ne se peuvent excuser. Le seigneur Puzzini, que je ne connais point, se met dans la tête de me faire un mauvais parti. Il ameute sa clique, me dénonce au ministre, arme l'autorité pour me persécuter, parce que je suis Français, et qu'il me croit sans appui; cela est tout simple. J'insinue doucement qu'un petit chambellan qui vit de ses bassesses dans une petite cour, haïssant les Français, qu'il flatte pour avoir du pain, n'est pas un personnage à respecter beaucoup hors de son antichambre; voilà qui crie vengeance.

Pour moi, ces choses-là ne m'apprennent plus rien ; ce n'est

pas d'aujourd'hui que j'ai lieu d'admirer la haute impertinence des jugements humains. Ma philosophie là-dessus est
toute d'expérience. Il y a peu de gens, mais bien peu, dont
je recherche le suffrage ; encore m'en passerais-je au besoin.

La suite prouvera si j'ai bien ou mal fait. Qu'on me laisse
en repos, c'est tout ce que je désire ; et, *si la cour me blâme*,
je prendrai patience, comme le cocher de fiacre. Gardez-vous
bien de croire que j'aie voulu répondre aux sottises des gazettes. Je les ai laissées dix mois entier me huer, m'aboyer,
sans seulement y faire attention ; j'ai laissé confisquer, sans
souffler, sans mot dire, les bagatelles que j'imprimais pour
quelques savants. Mais quand j'ai vu qu'après mes livres on
allait saisir ma personne, que le maire de Florence avait ordre
d'instruire mon procès, qu'il fallait une victime à la haine
nationale, et qu'on me livrait aux Italiens, me voyant enfin la
corde au cou, j'ai dit comme j'ai pu ce que j'avais à dire
pour qu'on me laissât aller.

L'ouvrage de M. Clavier nous est parvenu ici. Je ne l'ai
point lu encore ; mais d'autres l'ont lu, qui connaissent mieux
que moi ces matières. On le trouve fort savant. Quant à moi,
ôtez-vous de l'esprit que je songe à faire jamais rien. Je crois,
pour vous dire ma pensée, que ni moi ni autre aujourd'hui
ne saurait faire œuvre qui dure. Non qu'il n'y ait d'excellents
esprits, mais les grands sujets qui pourraient intéresser le
public et animer un écrivain, lui sont interdits. Il n'est pas
même sûr que le public s'intéresse à rien. Au vrai, je vois
que la grande affaire de ce siècle-ci, c'est le débotté et le petit
coucher. L'éloquence vit de passions ; et quelles passions
voulez-vous qu'il y ait chez un peuple de courtisans, dont la
devise est nécessairement : *Sans humeur et sans honneur ?*
Contentons-nous, monsieur, de lire et d'admirer les anciens
du bon temps. Essayons au plus quelquefois d'en tracer de
faibles copies. Si ce n'est rien pour la gloire, c'est assez pour
l'amusement. On ne se fait pas un nom par là, mais on passe
doucement la vie ; prions Dieu seulement que ces études si
nécessaires à tous ceux qui en ont une fois goûté, ne fassent
nul ombrage à la police.

A MADAME MARCHAND,

A PARIS.

Rome, le 12 novembre 1811.

Mais point du tout ; je n'ai point refusé la dédicace [1], et on ne me l'a point demandée. Voilà comme de bouche en bouche tout se dénature, et par malice ; car soyez sûre que ceux qui sèment ces propos ne me veulent aucun bien.

Voici le fait. A table, chez le préfet de Florence (c'était dans le temps que je venais de trouver ce morceau de grec), on parlait de ce roman que j'allais traduire et que Renouard devait imprimer, lequel Renouard était là à table avec nous ; le préfet me dit : Il faut dédier cela à la princesse ; elle acceptera votre dédicace. Ce furent ses propres mots ; vous savez que j'ai bonne mémoire. Je répondis : Cela ne se peut, à une femme ! il y a dans ce livre des choses trop libres. Mais, dit Renouard, ces choses-là se réduisent à quelques lignes qu'on pourrait adoucir de manière à rendre l'ouvrage présentable. Je ne répondis rien, et il n'en fut plus question.

Contez la chose comme cela, car c'est le vrai, et montrez, s'il le faut, ma lettre à M. d'Al... et à d'autres, si besoin est.

Je meurs de peur que mes pauvres livres ne soient gâtés par les vers et par la poussière. Faites-les, je vous prie, non-seulement épousseter, mais ouvrir et feuilleter tous les deux ou trois mois.

A M. ET MADAME CLAVIER,

A PARIS.

Rome, le 28 janvier 1811.

Monsieur, je n'ai pu répondre plus tôt à votre lettre du 10 novembre, ni vous envoyer le chiffon que demandait ce

1. Du Longus imprimé à Florence chez Piati.

directeur de la librairie, ni vous remercier comme j'aurais voulu de vos bons offices auprès de Son Excellence : tout cela, parce que j'ai eu mal au doigt ; mais un mal qui me privait de mon bras, et qui a duré deux mois ; et pendant que j'attendais ma guérison pour vous écrire, il a écrit, lui directeur, ici au préfet, disant, comme il a dit à vous, qu'il voulait avoir cette copie du *Supplément de Longus*, et qu'il lâcherait aussitôt mon livre bleu [1] qu'il a saisi. J'ai vite donné toutes les copies dont je me suis pu aviser, non pas pour ravoir ma brochure, car, à vous dire vrai, je ne m'en soucie guère, mais pour me tirer, moi, de la gueule du loup ; et je pense que voilà qui est fait.

Ne croyez pas pourtant, madame, que je me sois fort tourmenté des disgrâces de ma Chloé. Je n'en ai pas perdu un coup de dent ni une partie de volant quand j'ai trouvé des joueuses comme mesdemoiselles vos filles. Cela est rare malheureusement, et surtout ici. Les demoiselles, en Italie, ne jouent guère au volant : elles ont des pensées plus sérieuses, et *l'amour n'attend pas le nombre des années, aux filles bien nées,* s'entend, comme elles sont toutes en ce pays-ci.

Vraiment il y avait du bon dans nos commentaires sur Racine, et je suis ravi, madame, que vous vous en souveniez. Je ne l'entends bien, pour moi, que quand je le lis avec vous, je veux dire quand c'est vous qui me le lisez. Nul autre ne devrait s'en mêler. Je ne pense pas toutefois que vous l'ayez beaucoup étudié ; mais c'est qu'il a écrit pour vous et vos pareilles. Vous avez le sentiment inné de ses divines beautés, et cela vaut mieux que le feuilleton [2].

J'ai furieusement dans la tête le pèlerinage d'Athènes, et, si cette dévotion me dure, je pourrais bien partir au printemps. Le fait est que je veux, avant de mourir, voir la lanterne de Démosthènes, et boire de l'eau d'Ilissus, s'il y en a encore. Voilà ce que je rêve à présent ; ce qu'il en sera est écrit aux tablettes de Jupiter.

---

1. La traduction imprimée à Florence, et couverte en papier bleu.
2. Feuilleton du *Journal de l'Empire*, rédigé par Geoffroy.

Piranesi est venu, et ne m'a point apporté votre ouvrage. J'ai fort cherché celui que vous m'avez demandé, *Symbolæ litterariæ;* cela ne se trouve plus ici. Le fonds de Pagliaris est passé à Naples.

A MADAME PIGALLE.

A LILLE.

Rome, le 30 janvier 1811.

Ah! la bonne lettre, cousine, que je reçois de vous, et que vous employez bien cette fois votre jolie écriture! De tout mon cœur assurément je vous accuse la réception et vous remercie, non tant à cause des 1,200 francs; j'en avais besoin, à vrai dire, mais ce n'est pas par là que vous m'obligez le plus. Vous vous souvenez du pauvre cousin, et vous le défendez contre la médisance, quoique d'ailleurs vous n'en ayez pas trop bonne opinion : c'est cela, voyez-vous, qui me touche le cœur. Je ne vous en saurais aucun gré, si vous eussiez pris ma défense dans la pensée qu'on me faisait tort; j'aime bien mieux des preuves de votre amitié que de votre équité. Pour vous rendre la pareille, je voudrais trouver quelqu'un qui dît du mal de vous. Cela se pourra rencontrer; vous avez aussi des parents. *Messieurs et mesdames,* leur dirai-je, *je demeure d'accord avec vous que notre cousine... sans doute... tout ce qu'il vous plaira...* Car il ne me viendra jamais à l'esprit que ces bons parents puissent ne pas vous rendre une justice exacte, en disant de vous pis que pendre. *Mais, comme je l'aime,* ajouterai-je, *je soutiens qu'elle n'a point tant de torts.* N'est-ce pas comme cela, cousine, que vous plaidez ma cause aux assemblées de famille?

Ce que vous dites pour justifier vos éternelles grossesses prouve seulement que vous en avez honte. Si ce sont là toutes vos raisons, franchement elles ne valent rien; car enfin, qui diantre vous pousse...? et puis ne pourriez-vous pas...? Allons, cousine, n'en parlons plus; ce qui est fait est fait. Je vous pardonne vos cinq enfants ; mais pour Dieu ! tenez-vous-en là, et soyez d'une taille raisonnable quand nous nous verrons à Paris. Vous me décidez à y aller, et ce projet, entre une douzaine d'autres, est maintenant mon rêve favori. Je me trouvais bien ici ; on m'appelait à Venise ; j'ai quelque affaire à Naples ; mais je vais à Paris, puisque vous y serez dans la saison des violettes. Voilà de mon langage pastoral. Que voulez-vous? je suis monté sur ce ton-là ; il ne me manque qu'un flageolet et des rubans à mon chapeau.

C'était à quinze ans qu'il fallait lire *Daphnis et Chloé*. Que ne vous connaissais-je alors ! mes lumières se joignant à votre pénétration naturelle, ce livre aurait eu, je crois, peu d'endroits obscurs pour vous ; mais, après cinq enfants faits, que peut vous apprendre un pareil ouvrage ? aussi l'exemplaire que je vous destine, c'est pour l'éducation de vos filles. En vérité il n'y a point de meilleure lecture pour les jeunes demoiselles qui ne veulent pas être, en se mariant, de grandes ignorantes ; et je m'attends qu'on en fera quelque jolie édition à l'usage des élèves de madame Campan.

Dieu permettra, je l'espère, que je me trouve à Paris quand vous y serez, cousine ; mais, s'il en allait autrement, sachez que parmi mes projets il y en a un, et ce n'est pas celui auquel je tiens le moins, de me rendre à Leyde, cette année, en passant par Lille. Je vous reverrai alors avec tous vos marmots ; ils doivent être grands, ne vous déplaise, non pas tous, mais enfin le *général Braillard* (vous souvient-il de cette folie?) doit avoir bien près de dix ans : ce serait quelque chose si c'était une fille ; vous avez fini justement par où il fallait commencer. Quand je dis fini, c'est que je suis loin et ne sais guère de vos nouvelles ; car peut-être, en lisant ce mot, aurez-vous sujet d'en rire : grosse ou non, je vous embrasse, vous et eux, j'entends la marmaille et M. Pigalle.

A M. ET MADAME CLAVIER,

A PARIS.

Albano, le 29 avril 1811.

Monsieur, pour avoir votre ouvrage je vois bien qu'il faudra que je l'aille chercher ; et cependant vous êtes cause qu'on se moque de moi. Je reçois avis l'autre jour qu'un monsieur venant de Paris m'apportait un paquet de la part de M. Clavier. Je cours où l'on m'indiquait ; ce n'était pas là, c'était à l'autre bout de la ville ; j'y vais, on se met à rire, et on me dit : *Poisson d'avril.* Or, imaginez que la veille j'expliquais à ces bonnes gens, à ceux mêmes qui m'ont joué ce tour-là, ce que c'est chez nous que *poisson d'avril ;* et ils ne comprenaient pas qu'on y pût être attrapé, sachant d'avance le jour. *Il faut,* disaient-ils, *que vos Français soient bien étourdis.* Vous pouvez croire qu'on n'en doute plus après cette épreuve.

J'ai enfin quitté Rome. J'y vins pour quinze jours, il y a un an ou plus. Me voici en chemin pour Naples, je n'y veux être qu'un mois si je puis, mais c'est un pays où je prends aisément racine. J'y trouve quelque chose de cette ancienne Antioche de Daphné, dont je m'accommode fort en dépit de Julien et de sa secte.

Donnez-moi, je vous prie, de vos nouvelles. Avez-vous répondu à Gail, comme vous le projetiez ? Où en est le Plutarque de M. Coraï ? votre Pausanias ? M. de la Rochette nous donnera-t-il enfin cette anthologie ?

J'ai écrit à madame de Salm, mais je ne sais si je sais son adresse : j'ai mis rue du Bac ; est-ce cela ? En tout cas je vous prie, monsieur, de lui présenter mon respect, comme aussi à madame Clavier, qui ne va plus, j'espère, en Bretagne.

Si vous n'avez point reçu un supplément de notes à joindre au Longus grec, envoyez-le prendre chez madame Marchand, rue des Bourdonnais, maison Combe, sans quoi votre exemplaire ne sera pas complet.

J'ai passé ce dernier mois presque tout à la campagne, mais quelle campagne, madame! Si vous saviez ce que c'est, vous m'envieriez. Comme je vous plains d'être confinée à Paris, ville de boue et de poussière! Ne me parlez point de vos environs ; voulez-vous comparer Albano et Gonesse, Tivoli et Saint-Ouen? La différence est à la vue comme dans les noms. Au vrai, c'est ici le paradis. Je vais pourtant trouver mieux. Dans le pays où je vais est le véritable Éden. Mais que dites-vous de ma vie? Toujours de bien en mieux. C'est vivre que cela.

FRAGMENT [1].

A Rome, avril 1812.

..... Ce matin, de grand matin, j'allais chez M. Dagincourt, et comme je montais les .degrés de la Trinité-du-Mont, je le rencontrai qui descendait, et il me dit : Vous veniez me voir? — Il est vrai, lui dis-je ; mais puisque vous voilà sorti...— Non, reprit-il, entrez chez moi, je suis à vous dans un moment. Je fus chez lui, et je l'attendis ; et, comme il tardait un peu, je descendis dans son jardin, et je m'amusai à regarder les plantes et les fleurs qui sont fort belles et nombreuses, et pour la plupart étrangères, à ce qu'il me parut, et aussi rangées d'une façon particulière et pittoresque. Car il y a beaucoup d'arbustes, dont les uns, plantés fort épais, font comme une espèce de pépinière coupée par de jolies allées ; les autres tapissent les murs, et du pied de la maison montent en rampant jusqu'au faîte. La maison est dans un des angles du jardin ; de grands arbres grêles, qui sont, je crois, des acacias, s'élèvent à la hauteur du toit, et parent les rayons du soleil sans nuire à la vue ; tellement qu'on voit de là tout Rome au bas du Pincio, et les collines opposées de Saint-Pierre *in Montorio* et du Vatican. Au fond du jardin, aux deux angles, il y a deux fontaines qui tombent dans des sar-

1. Ce morceau ne paraît pas être tiré d'une lettre.

cophages, et dont l'eau coule par des canaux le long du mur et des allées. En me promenant, j'aperçus parmi des touffes de plantes fort hautes une tombe antique de marbre avec une inscription. Je m'approchais pour la lire, écartant ces plantes, cherchant à poser le pied sans rien fouler, quand M. Dagincourt, que je n'avais pas vu : « C'est ici, me dit-il, l'Arcadie du Poussin, hors qu'il n'y a ni danses ni bergers ; mais lisez, lisez l'inscription. » Je lus ; elle était en latin, et il y avait dans la première ligne : *Aux dieux mânes*; un peu au-dessous : *Fauna vécut quatorze ans trois mois et six jours;* et plus bas, en petites lettres : *Que la terre te soit légère, fille pieuse et bien aimée!*...

A MADAME DE SALM,

A PARIS.

Albano, le 29 avril 1811.

Madame, voici tantôt mille ans que vous n'avez ouï parler de moi. J'ai eu d'abord, trois mois durant, un mal diabolique à la main ; et depuis, d'autres incidents ayant tout dérangé mon système de vie, je ne sais, à vrai dire, combien de temps s'est écoulé pendant lequel je n'ai écrit à personne, pas même à vous, de qui j'eusse surtout voulu avoir des nouvelles. Selon ce que vous m'écriviez, longtemps y a, de votre château de Dyck, s'il vous en souvient, vous devriez être maintenant à Paris occupée de deux choses fort intéressantes : l'édition de vos ouvrages, et le mariage de mademoiselle votre fille. Voilà de grandes affaires pour vous, et comme mère et comme auteur. J'espère que vous me croirez digne, quand vous saurez que je suis au monde, d'être, en temps et lieu, informé du résultat de vos soins. Mais quand même vous n'auriez point de ces grands événements à me marquer, ne laissez pas de m'apprendre au moins comment vous vous portez. Sur cet article, votre lettre ne me rassure point assez, quoique vous vous disiez rétablie de

27

votre dernière grosse maladie. C'est la seconde, à ma connaissance, depuis à peine deux ans que je vous ai quittée,
sans parler d'une autre un peu plus ancienne dont je me
souviens très-bien. Se peut-il que vous soyez si souvent
malade? vous êtes forte, et la nature vous a donné ce qu'il
fallait pour être exempte de tous maux. Ne seriez-vous point
un peu livrée à la médecine? Donnez-vous-en de garde, et
tenez pour sûr que cet art est un fléau de l'humanité. Molière
s'en est moqué; mais rien n'est moins plaisant. Enfin, que
vous dirai-je? cette idée m'est venue; ne sachant à qui m'en
prendre des variations de votre santé, c'est eux que j'en
accuse, je veux dire les médecins. Je n'ai pas peur de leur
attribuer plus de mal qu'ils n'en font; mais pourvu qu'ils
vous respectent, je leur pardonne tout le reste.

J'ai passé, contre mon dessein, cet hiver à Rome, fort
doucement, je vous assure, sans feu, sans froid, sans ennui
(j'étais à mille lieues de m'ennuyer), et Dieu merci sans
amis. Oui, madame, j'ai pris en grippe l'amitié comme la
médecine, et le tout par expérience. Je n'en suis ni plus
chagrin ni plus misanthrope pour cela; au contraire, je veux
vivre avec tout le monde; mais point d'amitié, s'il vous
plaît; messieurs, point d'amis; je ne suis plus dupe. J'ai
donc eu cet hiver à Rome six mois des meilleurs de ma vie,
certes, les meilleurs que je puisse avoir au point où me voilà.
Maintenant je m'en vais à Naples, d'où je compte revenir à
Paris.

Ce que je pourrai vous dire de mes voyages sera peu de
chose, n'ayant ni remarques curieuses ni aventures à vous
conter. Je vais lentement, non pour observer, car je n'ai
nul dessein de vendre ma relation avec un atlas; mais pour
jouir un peu des délices du climat et de la saison. Je m'arrête vraiment à tout bout de champ. Ici, j'y suis depuis huit
jours, et ne sais encore quand j'en partirai. Ce qui m'y retient, c'est un printemps dont, ma foi, vous ne vous doutez
pas; ce sont des bois, des eaux, un lac, des vues qu'on ne
voit point ailleurs. Vous décrire tout cela, j'en aurais bien
envie, et croyez qu'il y a de quoi se faire honneur dans le

genre descriptif; mais vous, poëte, vous goûtez peu la prose poétique, et puis vous n'êtes point *femme des champs*, moins encore des bois; mes ombrages frais, mes ruisseaux limpides vous feraient dormir debout; vous pensez qu'on ne vit qu'à Paris.

Paris, dans le fait, peut bien avoir aussi son mérite, surtout quand vous y êtes; et c'est pour cela que j'y veux arriver avant votre départ pour Dyck, où je vous vois en train d'aller passer vos étés; mais, pour vous trouver encore à Paris, pensez que je hâterai ma marche. Je m'en vais *musant* et *baguenaudant*, comme disait Rabelais, jusqu'à Naples; et de là, ayant fait ce que j'ai à faire, vu ce que j'ai à voir (c'est l'affaire de peu de jours), je repars ventre à terre à bride abattue jusqu'à Paris, jusqu'à vous, madame; je veux vous apparaître dans mon équipage de pèlerin. C'est une vision qui, je crois, vous divertira, étant prévenue de n'avoir pas peur.

Quand je dis point d'amitié, vous entendez très-bien ce que cela veut dire. Je parle au genre humain, de qui j'ai à me plaindre; je parle à mon bonnet, comme le valet de Molière. Un ancien disait : *Mes amis, il n'y a plus d'amis*. Se trompait-il? ou si la race en a reparu depuis? C'est à vous, madame, à nous éclaircir ce point. Car s'il y en a, des amis, ce doit être pour vous.

Puisqu'il me reste du papier, je veux vous tancer sur un mot de votre dernière lettre. Qu'est-ce, je vous prie, que ces portraits qui semblent vous dire : *Que fais-tu là?* rappelez-vous cette folie, folie s'il y en eut jamais. Mettez-vous donc dans l'esprit que, s'il y a quelque endroit où vous soyez déplacée, c'est tant pis pour cet endroit-là.

[Courier partit enfin le 15 mai pour Naples : il y demeura un mois. Il revint ensuite près de Rome, et s'établit à Albano, puis à Frascati et à Rocca di Papa; il allait de temps en temps voir ses amis à la ville, où il rentra tout à fait à la fin d'octobre.

Au milieu du mois de février 1812 il se rendit de nouveau à Naples, en compagnie de M. Millingen et de la comtesse d'Albany. Ce fut à cette époque qu'il eut avec la comtesse et avec le peintre Fabre, sur le mérite des artistes comparé à celui des guerriers ou des princes, une conversation, ou plutôt une discussion piquante, qu'il nous a laissée arrangée à sa façon.

Le 9 mars il était de retour à Frascati, et trois mois après il quitta Rome pour la dernière fois, passa deux jours seulement à Florence, et arriva à Paris le 3 juillet.]

A M. BOISSONNADE,

A PARIS.

Frascati, le 23 mars 1812.

J'ai reçu, monsieur, votre lettre que m'a remise M. Fauris de Saint-Vincent; c'est un homme de mérite, et je vous remercie de m'avoir voulu procurer une si belle connaissance. Mais malheureusement je ne suis plus du monde. Je fuis un peu le genre humain, et je le donnerais, ma foi, de bon cœur à tous les diables, n'étaient quelques gens comme vous en faveur desquels je fais grâce à tout le reste. Il me charge, M. Fauris, de recommander à votre souvenir un sien ouvrage de *l'Art de traduire;* apparemment vous êtes au fait, et vous saurez ce que cela veut dire.

Je lis toujours avec plaisir vos Ω, quand cette feuille me tombe sous la main. Vous êtes riche en citations de vos auteurs; Dieu me pardonne, votre sac est plein. Vous avez quelque projet. On ne fait pas pour rien de telles provisions. Courage, monsieur, venez au secours de notre pauvre langue, qui reçoit tous les jours tant d'outrages. Mais je vous trouve trop circonspect; fiez-vous à votre propre sens; ne feignez point de dire en un besoin que tel bon écrivain a dit une sottise. Surtout gardez-vous bien de croire que quelqu'un ait écrit en français depuis le règne de Louis XIV; la moindre femmelette de ce temps-là vaut mieux pour le langage que les Jean-Jacques, Diderot, d'Alembert, contemporains et postérieurs; ceux-ci sont tous ânes bâtés, *sous le rapport* de la langue, pour user d'une de leurs phrases; vous ne devez pas seulement savoir qu'ils aient existé. Voilà qui est plaisant, je fais le docteur avec vous. Je vous tiendrais trop, à vous dire tout ce que j'ai rêvé là-dessus.

Ce n'est donc pas vous qui succédez à M. Ameilhon, ni Coraï non plus, et il y a en France quelqu'un plus habile que vous deux? On me dit que c'est un commis de la trésorerie. Croyez-vous qu'il eût été reçu, si le caissier se fût présenté?

Nous avons ici, vous le savez, le célèbre M. Millin; mais vous serez bien surpris quand vous apprendrez qu'il arrive n'ayant que trois habits habillés. Il est clair qu'il a cru que Rome n'en méritait pas davantage. Il reconnaît sa faute, et, pour la réparer, il écrit à Paris qu'on lui envoie ventre à terre, par une estafette, ses autres habits habillés, et le plus habillé de tous, son habit de membre de l'Institut. Rome verra sa broderie, son claque et sa dentelle. C'était le moins qu'il dût aux Césars et à l'impératrice Faustine, qui ne reçut jamais de membre d'aucun corps que dans l'état convenable. Il faut que cette science de l'étiquette et du savoir-vivre ait fait à Paris de grands progrès, car il nous en vient de temps en temps des modèles accomplis. M. de Gérando était ici naguère. Chaque fois qu'il parlait en public, il ne manquait point de saluer le Capitole, et les Sept Collines, et le Tibre, et la colonne Trajane. Il avait toujours quelque chose d'obligeant à dire aux Scipions et aux Antonins. Sa civilité s'étendait à toute la nature et à tous les siècles. M. Millin, projette d'aller jusqu'en Calabre, pays où l'on n'a jamais vu d'habits habillés; à peine y habille-t-on les hommes.

Ne me parlez point des *papyri*[1], c'est le sujet de mes pleurs. Ils étaient bien mieux sous terre que dans les mains barbares où le sort les a mis. Il y a là force scribes et académiciens payés pour les dérouler, déchiffrer, copier, publier. Ce sont autant de dragons qui en défendent l'approche à tout homme sachant lire, et qui n'en font, eux, nul usage. Monsignor Rosini s'en occupa jadis; mais depuis qu'il est prélat de cour, il n'a plus dans la tête que le *baciamano* et le petit coucher. Si vous y allez jamais, on vous les montrera, mais de loin, comme la Sainte Ampoule ou l'épée de Charlemagne. Je n'ai

---

1. Les manuscrits antiques trouvés à Herculanum.

pu seulement obtenir qu'on en copiât un alphabet de la plus belle écriture.

La mort de M. Bast m'a vraiment affligé, quoique je ne le connusse point; mais j'espérais le connaître un jour, et tous ceux qui cultivent comme lui ces études me sont un peu parents : mais c'est vous, monsieur, que je plains. Je ne vous dirai point que de telles pertes se puissent réparer : rien n'est si rare qu'un ami, et en trouver deux en sa vie, ce serait gagner deux fois le quine.

Je compte être bientôt à Paris, où je me promets le plaisir de causer avec vous.

NOTE
ÉCRITE EN TÊTE DU RECUEIL DES CENT LETTRES QUI PRÉCÈDENT.
(1804-1812.)

Rome, le 19 mars 1812.

Si quelqu'un voit ceci, on s'étonnera que j'aie voulu conserver de pareilles misères. Mais le fait est que ces chiffons, qui ne signifient rien pour tout autre, me rappellent à moi mille souvenirs; et qu'ayant déjà passé la meilleure et la plus belle moitié de ma vie, je me plais désormais à regarder en arrière. J'ai regret seulement que cette idée me soit venue si tard; et plût à Dieu que j'eusse de semblables mémoires de mes premières années!

A MADAME LA PRINCESSE DE SALM.

Paris, le 20 juillet 1812.

Me voilà, madame, à Paris, et vous n'y êtes pas. Vous êtes dans vos terres; et quand vous en reviendrez, j'irai dans les miennes, chétives, qui n'ont rien de commun avec les vôtres, que de me faire enrager si elles m'empêchent de vous voir. Vous serez de retour en octobre, et alors je m'en irai à Tours : on dirait que je prends mes mesures pour ne point vous rencontrer. A peine partez-vous que j'arrive ; et si vous revenez je me sauve. Le fait est que je ne désire rien tant que de vous voir ; mais Dieu ne le veut pas. Patience, ce guignon-là ne saurait durer toujours.

Je vous ai écrit de Rome, madame, et, qui plus est, mes lettres sont parties. Je sais qu'il m'arrive de les garder en attendant la réponse ; mais, cette fois, j'ai beau fouiller dans mes poches et dans mes papiers, je n'y trouve rien à votre adresse. Ainsi elles sont parties, et vous les avez, et vous n'avez point répondu, ou j'aurai mal mis les adresses. Je vous cherche des excuses, parce que je ne voudrais pas vous trouver coupable : vous le seriez beaucoup, madame, si vous m'eussiez oublié pendant que j'étais là-bas ; car je pensais souvent à vous. Tout le monde ici m'assure que vous vous portez bien. Marquez-moi, je vous prie, ce qui en est.

[Le 23 octobre 1812, au moment même où la conspiration dite Mallet éclatait, M. Courier partit pour Tours. Il passa à Orléans le 24 ou le 25, et le lendemain il se rendit à Blois. Les gendarmes de cette ville lui demandèrent son passe-port, et comme il n'en avait pas, il fut arrêté et mis en prison. On lui permit d'écrire à ses amis de Paris, et ceux-ci obtinrent aisément du préfet de police Réal les ordres nécessaires pour le faire mettre en liberté. Après quatre jours entiers de détention, il continua son voyage vers Tours et Luynes.]

A M. CLAVIER.

Tours, le 6 novembre 1812.

J'ai reçu votre paquet avec la feuille de l'imprimeur. Faites-lui savoir, je vous prie, que je serai à Paris dans le courant de la semaine prochaine, et que, par cette raison, je ne lui renvoie point sa feuille corrigée.

On s'est en effet remué plus que je n'aurais cru pour me faire effacer de la liste des conjurés. Je suis sorti des mains de messieurs de la police en payant cinq ou six louis, et je suis ravi d'en être quitte pour de l'argent.

J'ai trouvé tout mon bien en bel et bon état. Mes affaires seront terminées sous peu, et je partirai pour Paris.

J'aurais pu rester longtemps dans les griffes des alguazils, si on n'eût pas parlé pour moi, et Dieu sait comment cela pouvait finir ! Cette conspiration étant toute d'officiers sans emploi, moi, officier démissionnaire, venu à Paris depuis peu, et parti le jour même de l'affaire, j'y pouvais figurer très-bien.

A M. CLAVIER,

A PARIS.

Paris, le 18 novembre 1812.

Monsieur, je vous envoie un Longus pour Réal, puisque vous croyez que cela lui fera plaisir. Entre nous, c'est à vous que je suis tenu de ma délivrance, non à lui ; et quand il aurait eu dessein de m'obliger, ce serait proprement *beneficium latronis*, comme dit Cicéron, *non occidere*. Mais *soit fait comme vous souhaitez*. Mille respects à ces dames.

A MADAME PIGALLE,

A LILLE.

Paris, le 20 novembre 1812.

Je reçus à Rome, chère cousine, il y a six mois environ, une lettre de vous, et comme elle me fit grand plaisir, j'y répondis sur-le-champ. Mais je gardai ma lettre, afin de vous la porter moi-même ; car alors j'avais résolu de partir pour Paris, où je comptais vous trouver. Cependant il arriva que je ne partis point. Ainsi cette réponse est restée dans ma poche. Que voulez-vous ? l'homme propose et Dieu dispose. Vous qui deviez être ici au commencement d'avril, vous y venez à la fin de juillet, et vous y restez jusqu'au jour de mon arrivée. Cela avait tout l'air d'une chose arrangée, comme si nous fussions convenus de nous éviter. J'entrais par une porte, et vous sortiez par l'autre. Ne me demandez pas si j'enrageai.

Ce fut le commencement de mon guignon ; rien ne m'a réussi depuis.

Tout à l'heure encore deux gendarmes me gardaient à vue jour et nuit ; le jour ils me couvaient des yeux, et la nuit, avec deux chandelles, ils m'éclairaient de près pour dormir, crainte qu'on ne m'enlevât par l'air. Je ne pouvais, sauf respect, faire mon grand tour sans l'assistance de ces deux messieurs. On vous aura conté cela. J'étais un conjuré : j'avais entrepris de faire passer la couronne dans une autre branche. Si on m'eût coupé la tête pour crime d'État, c'eût été pour vous un grand lustre : rien n'honore plus une famille ; et tous mes parents auraient mis cela dans leurs papiers. Malheureusement on s'aperçut que j'étais un pauvre diable qui ne savait pas même qu'il y eût des conspirations, et on m'a laissé aller. Tout cela ne me serait point arrivé si je vous avais vue cette année ; car un bonheur amène l'autre. Mais une fois en guignon, tout tombe sur un pauvre homme.

On dit que nous avons à Hasbourg ou Hasbruck, ou Hasbroek, une cousine d'environ seize ans, dont la figure et le caractère ne font point du tout de déshonneur à la famille, une fort belle personne, aussi sage que belle, et tout à fait aimable. Sur un pareil bruit, chère cousine, il y a dix ou douze ans, j'aurais été rôder dans ce canton sans rien dire. Mais à présent je puis déclarer mon projet, et annoncer que j'irai là tout exprès pour voir cette merveille ; car je ne puis croire ce qu'on en dit, que je ne l'aie vue et touchée.

Je vois vos enfants le dimanche chez M. Marchand ; ils sont jolis et dignes de vous ; l'aîné surtout montre de l'esprit. Je ne laisse pas, tout diables qu'ils sont, de leur apprendre quelquefois des polissonneries de mon temps, inconnues dans ce siècle-ci, où tout dégénère. Alfred fera ce qu'il voudra ; mais je suis fâché qu'on les désole pour des études assommantes, et dont l'utilité après tout est douteuse.

Ne comptez-vous pas, dites-moi, vous ou votre mari, venir bientôt à Paris ? Si vous ne venez, je vais vous voir. Je pensais d'abord devoir attendre la belle saison ; mais depuis, réfléchissant à l'incertitude de la vie, j'ai trouvé que c'était sottise de différer un plaisir, surtout quand on a comme moi quarante ans et des cheveux blancs : rien n'est plus vrai. J'en ai beaucoup et je les garde précieusement pour vous les faire voir. Que direz-vous à cela? car enfin, ou le proverbe ment, ou ma tête n'est pas celle d'un fou, comme il vous a plu de le dire, sans reproches, en bien des rencontres. Je veux vous demander là-dessus une petite explication au coin du feu, nous deux, si je m'y trouve, comme je l'espère, avec vous cet hiver.

Répondez-moi bien vite. Vos lettres sont charmantes : j'aime fort à en recevoir, quoiqu'il n'y paraisse guère. J'en regrettai fort une que je devais avoir à Milan, et que je n'y trouvai point, sans doute par le retard de mon voyage. Vous avez un style naturel et fort agréable. Pour moi, je griffonne tout le jour des choses assez ennuyeuses, et je n'en puis plus quand il s'agit de faire une lettre qui m'amuserait.

LETTRE DE M. AKERBLAD.

Rome, le 22 décembre 1812.

Mon cher ami, j'ai eu de vos nouvelles par M. de Sacy, qui m'a instruit de l'aventure qui vous est arrivée. Cette petite admonition vous était nécessaire pour vous apprendre à connaître le prix d'un passe-port, chose qu'on n'a jamais pu vous mettre dans la tête. Je voudrais qu'en même temps cela vous dégoûtât d'un pays où l'on coffre les gens pour si peu de chose, et vous décidât à revenir en Italie, où votre bout de ruban rouge vous a toujours servi de passe-port. D'ailleurs, avouez franchement que vous n'êtes pas si bien à Paris que vous l'étiez à Frascati ou à Rocca di Papa. Vous m'aviez promis de m'écrire de Paris; mais vos amis de Rome sont tout à fait oubliés. Que dis-je, vos amis? ni la princesse[1], ni madame Millingen, ni même votre maîtresse, ne reçoivent de vos nouvelles. La pauvre Rose dépérit à vue d'œil, et si elle ne se

1. Gaetani.

pend pas, elle finira par mourir de consomption; tout cela
pour vos beaux yeux. Vous parlerai-je des fouilles? mais elles
ne vous intéressent que faiblement. Vous rendrai-je compte
des disputes qui ont eu lieu entre les antiquaires sur la statue
de Pompée et sur l'arène de l'Amphithéâtre? Il faudrait des
volumes, et les combattants en préparent qui seront bientôt
imprimés. Une nouvelle de Naples, si vous ne la savez pas,
c'est qu'on va publier tous les *papyri* déroulés, sans traduction, notes, ni commentaires. C'est une idée que votre serviteur a suggérée à Millin, qui en parla à la reine. Cela fait
enrager les Napolitains, qui avaient spéculé sur ces *papyri*,
dont la publication, à leur manière, demandait au moins trois
ou quatre siècles.

Le roi d'Espagne, c'est-à-dire le ci-devant, voulut l'autre
jour visiter la bibliothèque Vaticane; là-dessus, grands préparatifs, avec ordre aux *scrittori* de se mettre en gala pour le
jour fixé. Or vous savez qu'Amati, qui se passe de chemise,
n'a jamais eu d'autre habillement que la redingote que vous
lui connaissez. Ses trois camarades, aussi philosophes que lui,
ne sont pas plus élégants : ainsi, point de toilette extraordinaire. L'intendant qui devait accompagner le roi, fort choqué
de l'accoutrement de *MM. les scrittori*, leur ordonna sévère-
ment de ne point paraître devant Sa Majesté, au grand chagrin de mes quatre philosophes.

Adieu, mon cher ami, j'attends avec impatience de vos
nouvelles. Parlez-moi de vous, de votre Xénophon, de Coraï,
de Clavier, et mille choses à ces messieurs et à l'aimable et
savant ***.

[Courier, revenu à Paris à la fin d'octobre, y passa tout l'hiver et le printemps de 1813, partageant son temps entre l'étude et le jeu de paume, pour
lequel son ancienne passion s'était réveillée. Au mois de juillet il alla s'établir
à Saint-Prix, dans la vallée de Montmorency, pour y jouir de l'air de la campagne, et pour mettre la dernière main à une nouvelle traduction de *Daphnis
et Chloé*, qui fut, à cette époque, imprimée chez Firmin Didot.]

A MADAME LA PRINCESSE DE SALM-DICK.

(Billet sans date.)

MADAME,

Je n'aurai pas le plaisir de dîner avec vous, et cela parce que je suis mort. Je m'enterrai hier avec les cérémonies accoutumées pour traduire un livre grec. C'est une belle entreprise dont je suis fort occupé. Ainsi je n'y renoncerai guère que dans huit ou dix jours. Alors je ressusciterai et je vous apparaîtrai. Ne soyez pas fâchée, madame, si je vous manque de parole. J'ai fait pis à madame Clavier. Après mille serments de dîner chez elle hier, je n'y suis point allé. Sérieusement je travaille comme un nègre. Je veux faire quelque chose si je puis. Je pense à vous dans mon tombeau. J'en sortirai avant le jour du jugement pour vous aller un peu présenter mon respect. Mais ce sera le matin, si vous le permettez.

De profundis.

A LA MÊME.

Saint-Prix, 25 juillet 1813.

MADAME,

Je ne voulais point vous écrire; je voulais vous aller voir, vous et M. le comte. Je me promettais de faire avec lui plus d'une partie de chasse et d'échecs. Ne devions-nous pas aller aux eaux d'Aix-la-Chapelle? J'ai cru de bonne foi jusqu'à présent que tous ces projets s'exécuteraient; mais je vois qu'il y faut renoncer, et que mes amis qui me défiaient de quitter Paris me connaissent assez bien. Vous savez comme on s'habitue en ce pays-ci, et comme aisément on y prend racine, et comme on finit par ne plus pouvoir vivre ailleurs. Assurément, il vous souvient des querelles que je vous faisais là-dessus. Vous en voilà quitte, madame. Je commence à comprendre enfin que Paris ait pour vous quelque attrait, de la façon sur-

tout dont vous y pouvez être, puisque moi, chétif, qui n'ai
pas autant de raisons de m'y plaire, je ne puis m'en arracher,
non pas même pour vous aller voir. Je suis à la campagne
pourtant depuis quinze jours sans m'ennuyer, mais de ma
chambre je vois Paris, et j'y vais *de mon pied*, chaque fois
que la fantaisie m'en prend. Faites-en autant, je vous prie,
de votre château. Essayez avec vos carrosses de partir à la
minute même où ce caprice vous viendra. Je m'attends que
dans votre première lettre vous reconnaîtrez ingénument les
avantages que nous autres *hères* avons sur vous autres châte-
lains. Mon Dieu! qu'on doit y être bien dans ce château et
avec vous; je me le figure à merveille, et je crois, madame,
sans vouloir vous dire une douceur, que j'y aurais bientôt
oublié Paris et le reste du monde. Cela m'est arrivé quelquefois en bien moins bonne compagnie. Le difficile, c'est de
bouger d'ici. Passé une fois la première poste, il n'y a plus
pour moi de Paris, ou tout m'est Paris pour mieux dire. Si je
vous contais les délices qui m'y retiennent à présent, vous
seriez, je crois, bien surprise. Mais voilà ce que c'est. En paradis il n'y a qu'un plaisir pour tout le monde, celui de voir
Dieu face à face; ici chacun jouit à sa mode.

Vous me demandez ce que je fais, je travaille à mettre un
peu d'ordre dans mes pauvres affaires; quand je dis pauvres,
ne croyez pas que je me plaigne de mon sort; je sais combien
de gens qui me valent sont plus pauvres encore que moi, et
songeant à ce que possédaient mes amis Socrate et Phocion,
j'ai honte de mon opulence. Enfin je mets ordre à mes affaires, et savez-vous pourquoi? pour aller à Athènes. Riez-en si
vous voulez. C'est un pèlerinage, un vœu dont je dois m'acquitter. Tout chrétien brûle du désir de voir une fois les
saints lieux. Tout Grec, un peu païen comme moi, meurt content s'il a pu saluer la terre de Minerve et des arts. J'en veux
rapporter des reliques, soit la lanterne de Diogène, ou bien
le miroir d'Aspasie.

Je vis l'autre jour *le Tartare*[1] : nous causâmes fort de vous,

1. Langlès.

madame. Il vous aime et révère. Mais quand nous reviendrez-vous? tout au plus, je m'imagine, à la fin de novembre. Vous venez tard et partez tôt, comme les tourterelles. Que ce style ne vous étonne pas. Je viens de lire l'*Astrée*, que je n'avais jamais lue ; cela m'ennuya d'abord, et puis j'y pris plaisir. C'est le rebours des autres lectures et de tout ce qui amuse. Vous éprouverez la même chose quelque jour dans votre château ; vous finirez par vous y plaire et ne plus penser à Paris. Alors il faudra bien que Paris vous aille voir. Ce qui nous y cloue, c'est qu'on sait que vous y viendrez.

Je suis avec respect, madame, votre, etc.

A M. LEDUC AINÉ,

A PARIS.

Saint-Prix, le 25 juillet 1813.

Puisque tu donnes des notices aux panégyristes des morts, tu m'apprendras peut-être quelque chose de la vie militaire de ***, tué avec ***. Je l'ai connu particulièrement avant qu'il se fit ingénieur ; je lui ai donné des culottes, et, je crois, les premières bottes qu'il ait jamais portées. Maintenant j'en veux faire un héros ; pourquoi non ? Le voilà tué en bonne compagnie, c'est là l'essentiel ; je ne te dis pas mon projet. Ramasse tout ce que tu pourras en entendre dire, et tu me conteras tout cela à notre première entrevue.

AU MÊME.

Saint-Prix, le 30 juillet 1813.

Tu as bien raison, mon héros était un franc animal. J'ai là-dessus des notices (*puisque notice y a*) fort exactes et sûres. Cela est vraiment fâcheux. J'en voulais faire l'éloge d'une certaine façon, c'est-à-dire de façon à pouvoir insinuer ce que je pense du métier, en donnant doucement à entendre que mon homme eût été capable de quelque chose de mieux ; mais, ma foi, c'est tout le contraire. Voilà qui est fait, je n'y songe plus. Que ferai-je de mon éloquence ? Les éloges sont à la mode : il faut hurler avec les loups ; d'autres disent braire avec les ânes. Je trouve ici dans mon voisinage un sujet de panégyrique admirable, une madame de Broc ou du Broc, tombée dans un trou, à la suite de la reine de Hollande. Lis un peu la gazette ; on ne parle d'autre chose. Eh bien, cette dame de Broc, on l'enterre à ma porte. Elle vient de plus de cent lieues s'offrir à ma plume. Lui refuserai-je un compliment parce qu'elle est morte ? elle avait du mérite, beaucoup même, si l'on m'a dit vrai. A vingt-cinq ans, belle comme un ange, elle dépensait en aumônes la moitié de son revenu, ne voulait ni parures ni diamants. Veuve depuis deux ans, c'était une Artémise. Nulle idée de se remarier, pas l'ombre d'un galant. On l'adorait, jeunes et vieux, pauvres et riches ; tout le monde l'aimait. En un instant la voilà morte, d'une mort horrible, imprévue ! Jeunesse, beauté, talents, tout s'engloutit dans ce gouffre.

> Je ne sais, de tout temps, quelle injuste puissance
> Laisse le crime en paix et poursuit l'innocence.

Ceux que chacun maudit engraissent. S'il y a quelque maraud qui fasse tout le mal qu'il peut, il vivra, sois-en sûr. Le modèle des grâces, l'exemple des vertus, le refuge du pauvre et l'ornement du monde périt dans sa fleur. Ou je me trompe, ou il y a là tout ce qu'il faut pour un orateur, hors les six mille francs.

A propos, je suis fâché de n'avoir pu me trouver l'autre jour chez ton frère ; il m'a fallu partir, ma voiture partait. Ce que c'est d'être gueux, on dépend du coche. Si j'avais un carrosse... N'importe ; j'irai te voir lundi avant la paume. Tu as l'air de vouloir te moquer de ma paume : jeu de grands seigneurs, dis-tu ; non de ceux d'aujourd'hui.

> Faire la cour aux grands, et, dans leurs antichambres,
> Le chapeau dans la main, se tenir sur ses membres ;

c'est tout ce que la nouvelle noblesse a retenu de l'ancienne. Adieu, je t'embrasse.

A MADAME LA PRINCESSE DE SALM-DYCK.

Paris, 29 septembre 1813.

Tout ce que vous me dites, madame, de vos courses à **Aix**-la-Chapelle et à Spa me donne des regrets, je dirais presque des remords de vous avoir faussé compagnie ; mais sachez, madame, que j'en ai été bien puni. Je suis tombé malade, peu s'en faut, et je crois même que j'ai eu la fièvre. Cette campagne d'où je vous écrivais près de Montmorency est un endroit malsain ; et comment ne le serait-il pas, à mi-côte, au midi, entouré et couvert par une montagne au nord ? C'est le vent du nord seul qui fait la salubrité d'un pays. C'est Borée qui rend le teint frais aux femmes de Frescati. La remarque est de moi, prenez-y garde. On explique savamment le nom de cette ville par des étymologies qui ne me contentent pas. Je dis qu'on les nomme *Frescati* parce que les filles y sont fraîches comme roses au matin, ce que j'attribue aux caresses de l'amant d'Orithie ; et puis dites que je n'observe pas dans mes voyages.

Vous avez bien raison, madame, nous ne sommes jamais du même avis, vous et moi ; il est encore vrai que c'est pour cela précisément que nous sommes bien ensemble. Entendez ce mot comme il faut ; c'est-à-dire que nous causons avec plaisir ensemble. Vous aimez la contradiction ; vraiment vous n'êtes pas dégoûtée. C'est un des biens parmi tant d'autres qui manquent aux rois. Montaigne fait le conte de je ne sais quel grand qui, fatigué de la complaisance et de l'éternelle approbation de son confident, lui dit un jour : « Pour Dieu, conteste-moi quelque chose afin que nous soyons deux ! » J'en ai long à vous dire là-dessus quand nous nous reverrons, pourvu que vous preniez en main l'opinion contraire.

Il est mort un homme de l'Institut. On m'a parlé de me présenter pour le remplacer. Je ne puis encore m'y résoudre.

Je ne suis point du tout fait pour remplir un fauteuil, et par bonheur je me trouve fort bien sur une escabelle. Il n'est pire compagnie, selon moi, qu'une compagnie de gens de lettres, et puis leurs habits, leurs visites, leurs cérémonies, tout cela me ferait crever de rire ; d'autres choses me feraient mal au cœur. Vous pensez peut-être que c'est *** qui veut me pousser là, point du tout ; il ne m'en dit mot, lui qui me tourmentait l'autre fois, vous vous en souvenez. Il me fait la mine depuis quelque temps. Je devine pourquoi ; il a tort. Mais dites-moi, madame, comment faisait mon père ? Il avait des amis, et même il les garda jusqu'à la fin de sa vie. On valait mieux alors.

Tout le monde ici lit la gazette et parle de nouvelles. Je vois des gens qui suivent les armées sur la carte et ne les perdent non plus de vue que s'ils répondaient de l'événement. Dieu me fait la grâce d'être là-dessus d'une parfaite indifférence ; mais je crains que tout ce vacarme, dont vous êtes plus près que nous, ne vous cause quelque inquiétude et ne vous empêche de venir ici cet hiver.

Trouvez bon, madame, que je me rappelle au souvenir de M. le comte, et agréez l'assurance de mon très-humble respect.

[Au mois de mars 1814, Courier, vivement affecté des événements politiques auxquels il ne pouvait plus prendre part, projetait de quitter Paris pour échapper à l'odieuse nécessité de voir partout chez lui des figures russes et allemandes ; mais le hasard l'ayant rapproché d'une famille qu'il aimait, celle de M. Clavier, il s'avisa de penser qu'il pourrait être heureux marié avec la fille aînée de son ami ; et cependant, un peu indécis de caractère, il voulait parce qu'il était amoureux, puis ne voulait plus craignant de perdre sa liberté. Dans ces alternatives, ses parents ayant fait beaucoup pour le détourner, le mariage fut rompu. Mais au bout de deux jours Courier revint suppliant, obtint grâce, et le mariage fut conclu le 12 mai, sans que Courier fût encore bien décidé sur ce qu'il voulait faire. La lettre qui suit est écrite pendant la rupture, et exprime le repentir auquel la famille Clavier céda.

M. Lemontey était camarade de collége de feu M. Clavier, et ami intime de la famille.]

A MADAME CLAVIER,

Paris, le mercredi... avril 1814

MADAME,

Je vous prie de vouloir bien me renvoyer par le porteur ma canne, que j'ai laissée chez vous. J'ai un mouchoir à vous, que je vous renverrai si vous me défendez de vous le porter moi-même.

Il y a quinze jours aujourd'hui que je vous dis ce mot dont vous vous souvenez : *Tout ce que j'aime est ici ;* cela est parfaitement vrai. Vous alors, madame, vous voyiez en moi un homme destiné à faire le bonheur de votre fille, et par là le vôtre et celui de toute votre famille. M. Clavier pensait comme vous. Sa sœur, me disait-il, *allait être contente.* M. Lemontey paraissait également satisfait. Tout le monde approuvait une union qui semblait de longtemps préparée et fondée sur mille rapports. Pour moi, je fus heureux ces huit jours que je me crus votre gendre. J'aimais, Dieu me pardonne, tout comme à vingt-cinq ans, et d'un amour que personne ne pouvait blâmer. Cette fois mon plaisir et mon devoir se trouvaient d'accord ; j'éprouvais dans cette passion qui a fait le tourment de ma vie un sentiment nouveau de calme et *d'innocence.* N'en riez pas, non. C'est le mot, et je voyais s'offrir à moi un bonheur durable. Qui m'a enlevé tout cela en si peu de temps ? ce qui perdit la pauvre Psyché : conseils de parents.

Il est fort assuré que vous ne trouverez personne qui vous soit aussi sincèrement attaché que je le suis, ni qui vous estime avec la même connaissance de cause, personne qui vous convienne aussi bien à tous égards, hors un point que vous ne regardez pas comme essentiel ; et pouvez-vous sacrifier tant de convenances à un petit ressentiment de vanité offensée, lorsque vous savez que l'offense ne vient pas de moi, et que vous la voyez réparée par un si prompt retour ? Toutes les autres raisons que vous et M. Clavier me donnâtes l'autre jour, franchement, sont misérables ; car tout se réduit à dire que je l'aime trop; et que je suis trop facile à me laisser conduire : fâcheuses dispositions dans un homme qui doit l'épouser et vivre avec vous.

Je ne sais vraiment qu'imaginer pour vous faire changer de résolution. Dites à M. Clavier, madame, je vous prie, que je ferai pour lui toutes les traductions, recherches, notes, mémoires, qu'il lui plaira me commander. Je tâcherai d'être de l'Institut. Je ferai des visites et des démarches pour avoir des places, comme ceux qui s'en soucient. En un mot, je serai à lui, à ses ordres, en tout et partout. Trop heureux s'il me rend ce qu'il m'a déjà donné, et qui, à vrai dire, m'appartient. L'autre ne travailla que sept ans pour Rachel ; moi je travaillerai aussi longtemps que M. Clavier voudra, et ce ne sera pas trop de lui consacrer toute ma vie, s'il la rend heureuse.

[L'irrésolution qui avait retardé le mariage de Courier dura quelques mois encore après. Son caractère indépendant se plia difficilement à l'idée d'être lié pour jamais. Un beau jour il partit, disait-il, pour la Touraine, et de fait il y fut. Mais de là revenant sans s'arrêter à Paris, il alla sur les côtes de la Normandie. Il y oublia mariage et famille pour se livrer encore à cette vie aventureuse qu'il avait menée si longtemps ; et, tenté par l'occasion d'un vaisseau frété pour le Portugal, il allait s'embarquer. Le souvenir et les lettres de sa jeune femme l'ayant rappelé, il se contenta d'une course à Rouen, le Havre, Dieppe, Amiens, Honfleur, etc., et enfin, revenu à Paris, il se fit à sa nouvelle situation. Il ne quittait plus sa femme qu'à regret, et pour des affaires indispensables.

Madame Montgolfier était la femme de Joseph Montgolfier, fils du célèbre Montgolfier l'aéronaute.

La lettre qui suit est datée de ce voyage.]

A MADAME COURIER.

Au Havre, le 25 août 1814.

Je relis ta lettre du 14, car je n'en ai point d'autres de toi. Tu m'en as sûrement écrit depuis, qui viendront, j'espère ; mais je n'ai reçu que celle-là. Ton sermon me fait grand plaisir. Tu me prêches sur la nécessité de plaire aux gens que l'on voit, et de faire des frais pour cela ; et, comme s'il ne tenait qu'à moi, tu m'y engages fort sérieusement et le plus joliment du monde. Tu ne peux rien dire qu'avec grâce. Mais je te répondrai, moi, *ne forçons point notre talent*, c'est La Fontaine qui l'a dit. Si Dieu m'a créé bourru, bourru je dois vivre et mourir, et tous les efforts que je ferais pour paraître aimable ne seraient que des contorsions qui me rendraient plus maussade. D'ailleurs, veux-tu que je te dise ? Je suis vieux, maintenant, je ne puis plus changer ; c'est toi qui pourrais te corriger, si quelque chose te manquait pour plaire. Et remarque encore, tu me compares à des gens... mais parlons d'autre chose.

Ma façon de vivre est assez douce, quoique je ne connaisse personne ici, ou peut-être est-ce pour cette raison que je m'y trouve bien. Je me promène, je griffonne pour passer le temps ; mais surtout je nage deux fois par jour avec un plaisir infini ; j'ai fait de grands progrès dans cet art. Mon école de natation à Paris m'a bien profité, j'y ai fait de nouvelles études en regardant les grands nageurs, et me voilà un tout autre homme, comme Raphaël quand il eut vu les peintures de Michel-Ange. Il me faut maintenant si peu de mouvement pour me tenir sur l'eau que j'y reste des heures entières sans me fatiguer, ni penser seulement où je suis, et que j'ai sous moi un abîme, car je me fais conduire en pleine mer : là je suis bercé par les vagues ; j'oublie... et mes chagrins et mes sottises pires que tout le reste.

Mon bonheur dépend de toi... douces paroles dont peut-être à présent tu ne te souviens plus. C'est pourtant de ta dernière lettre. Ce ne sont pas seulement ces choses-là qui me les font aimer, tes lettres ; mais c'est que vraiment tu écris bien, et beaucoup mieux que ceux ou celles qui ont cette prétention. Ton expression est toujours juste, et tu as de certaines façons de dire... Tu te peins toi-même dans ton style ; et moi qui te connais, je vois dans chaque mot ton geste, ton regard, et ce parler si doux, et ces manières qui m'ont conduit au 12 mai. Il y a cependant quelque chose à dire à cette lettre ; c'est que tu ne me parles guère de toi. Tu n'entres dans aucun détail. Tu ne me dis point ce que tu fais, ce que tu vois, et sans doute tu ne peux pas tout me dire. Me conterais-tu, par exemple, tout ce qui s'est passé depuis mon départ jusqu'au jour où vous partîtes pour la campagne ? Non, sûrement ; et je n'ai garde d'exiger cela. J'imagine que quelque jour tu te tromperas d'adresse, et que je recevrai une lettre écrite pour madame Montgolfier, ou pour quelque autre personne de tes amis. Je le voudrais ; mais non, toute réflexion faite, j'aime mieux que cela n'arrive pas, et je te prie d'y prendre garde.

Quand je dis que je reste ici, c'est une façon de parler, je vais bientôt retourner à Rouen, d'où je compte aller à Amiens ; mais écris-moi toujours à Rouen, poste restante.

A MADAME CONSTANCE PIPELET.

ÉLOGE D'HÉLÈNE [1].

Dans ces derniers jours que j'ai passés, à mon grand regret, madame, sans avoir l'honneur de vous voir, j'étais seul à la campagne. Là, ne sachant à quoi m'occuper, j'essayai de traduire quelques morceaux des auteurs de l'antiquité. Je croyais m'amuser à écrire en ma langue ce que je lisais avec tant de plaisir dans ces langues anciennes, et n'avoir qu'à mettre des mots pour des mots, quitte de tout soin quant à la pensée. Mais je me trouvai bien trompé. J'avais beau chercher des termes, je ne pouvais rendre à mon gré ce qui, dans mes auteurs, paraissait tout simple ; et plus le sens était clair et naturel, plus l'expression me manquait. Cependant, soit obstination, soit défaut d'autre distraction, soit dépit de trouver au-dessus de mes forces un travail qui m'avait paru d'abord si facile, je fis vœu, quoi qu'il m'en coûtât, de mettre à fin la traduction que j'avais commencée d'un petit discours

---

1. Voyez la note à la fin.

grec. C'était l'éloge d'*Hélène*, composé par *Isocrate*; et, pour soutenir mon courage dans cette entreprise, il me vint une idée, que vous appellerez comme il vous plaira; pour moi je la trouve un peu chevaleresque, si j'ose le dire. Ce fut de me figurer que je travaillais pour vous, madame; que vous verriez avec plaisir cette copie, quelque faible qu'elle fût, d'un si beau modèle; qu'ayant peint *Sapho* en vers dignes d'elle, vous ne seriez pas indifférente au portrait d'*Hélène*, de la plus célèbre des belles, à laquelle vous deviez, par le même esprit de corps, vous intéresser aussi bien qu'à la dixième Muse. Tout cela, comme vous voyez, madame, n'était qu'une fiction dont je me servais pour tromper ma propre paresse, par ce chimérique espoir de vous plaire; car, au fond, j'avais résolu de ne jamais vous en parler. Mais admirez le pouvoir de l'imagination ! je ne me fus pas plus tôt mis cette fantaisie dans l'esprit, que les difficultés disparurent; et ce que je n'eusse pas fait en toute ma vie peut-être, sans cette illusion, fut l'ouvrage de quatre jours.

Maintenant je devrais m'en tenir à ma première résolution, et vous cacher le miracle que vous avez fait, de peur que vous n'en ayez honte. Cependant, si cette lecture pouvait vous amuser un quart d'heure seulement, ce serait quelque chose pour vous, madame, et beaucoup pour moi. S'il arrive le contraire, je ne serai pas plus coupable que les gens à la mode, les acteurs merveilleux, les écrivains sublimes, le jeu, les journaux, l'Opéra, qui vous ennuient bien tous les jours, et à qui vous le pardonnez. D'ailleurs, je me souviens d'avoir lu qu'autrefois le comte de Bussy, se trouvant à la campagne, comme moi, militaire aussi désœuvré que je l'étais à L***, traduisit, de l'antique, les amours d'*Hélène*, et qu'encore qu'il n'eût écrit que pour amuser son loisir, il ne laissa pas d'adresser ce qu'il avait fait, si ce fut à madame de *Sévigné*, ou bien à madame de *Lafayette*, je ne sais, et peu importe; suffit que ce fut à une femme de beaucoup d'esprit. Je ne suis pas *Bussy*; mais, madame, *il est beau de vouloir l'imiter*, comme a dit un poëte : je l'imite fort bien en ce que je vous adresse ceci, moins heureusement sans doute dans le reste; mais c'est de quoi vous allez juger : car, sans y penser, vous voilà comme engagée à m'écouter.

Mais avant d'entendre *Isocrate* lui-même, il est bon que vous sachiez à quelle occasion il composa ce discours. Un autre orateur de ce temps-là, dont le nom n'est pas venu jusqu'à nous, ayant prononcé publiquement l'éloge d'*Hélène*, *Isocrate*, peu satisfait de ce qu'il en avait dit, voulut traiter le même sujet. Remarquez, je vous prie, madame, ce trait de l'ancienne galanterie. Au milieu des troubles de la Grèce, menacée des armes de Philippe, et déchirée par les factions, ces orateurs, dont l'éloquence gouvernait le peuple et l'État, suspendaient les grandes discussions de la paix et de la guerre, et ajournaient en quelque sorte le salut public pour faire l'éloge de la beauté. Comparez à cela, s'il vous plait, les doux propos et les fleurettes de nos petits-maîtres modernes, à quoi se réduisent aujourd'hui tous les honneurs qu'on rend aux belles, et admirez combien ce titre, quoi qu'on en puisse dire, a perdu chez nous de ses prérogatives! Pour moi, bien loin de convenir de la grande supériorité que nous nous attribuons à cet égard sur les anciens, je soutiens que plus on remonte dans l'antiquité, plus on retrouve les vrais principes de la galanterie; et j'ai vu des femmes, aux lumières desquelles on pouvait s'en rapporter, regretter en cela la simplicité des temps héroïques, aussi supérieure, selon elles, à tout le clinquant d'aujourd'hui que la poésie d'Homère l'est aux *Bouquets à Iris*. Pour traiter à fond cette matière, il en faut savoir plus que moi. Ce ne sont pas toutefois les observations qui me manquent, mais l'art de les développer; et si je me tais, c'est plutôt faute d'expressions que d'idées. En un mot, madame, tout tombe depuis un certain temps; et ce culte de la beauté que nous appelons galanterie penche comme les autres vers sa décadence. Voilà une chose, convenez-en, dont vous ne vous doutiez guère; de vous-même vous ne vous en seriez jamais aperçue, et il n'y avait qu'*Isocrate* qui pût vous faire cette remarque, en vous apprenant quels hommages vous eussiez reçus de son temps.

Dans le dessein qu'il annonce de faire l'éloge d'*Hé-*

lène, il commence naturellement par parler de son origine.

« Elle fut, dit-il, la seule de son sexe, parmi tant d'enfants de Jupiter, dont ce dieu daigna se déclarer le père. Quelque tendresse qu'il eût pour le fils d'Alcmène, *Hélène* lui fut encore plus chère; et dans les dons qu'il leur fit, ses plus précieuses faveurs furent d'abord pour sa fille; car Hercule eut en partage la force, à qui rien ne résiste, *Hélène* la beauté, qui triomphe de la force même. S'il eût voulu leur épargner toutes les misères de la vie, et les faire jouir en naissant de la félicité suprême, il n'en eût coûté que de l'ambroisie, et le maître de l'Olympe y eût aisément trouvé des places pour ses enfants, auxquels n'auraient manqué ni l'encens, ni les autels. Mais son dessein n'était pas qu'ils prissent rang parmi les dieux avant de l'avoir mérité autrement que par leur naissance : il voulait, non que le ciel les reçût, mais qu'il les demandât, et qu'à leur égard l'admiration seule forçât les vœux de la terre. Sachant donc que cette gloire qui devait les conduire à l'immortalité ne s'acquiert point dans la langueur d'une vie oisive et cachée, mais se dispute au grand jour, comme un prix que l'univers adjuge au plus digne, il multiplia pour eux les périls et les aventures, dans lesquels Hercule, défaisant les monstres et punissant les brigands, se servait de sa force à exterminer le crime; *Hélène*, armant pour sa conquête les plus vaillants hommes d'alors, et ajoutant à leur courage l'aiguillon de la rivalité, employait ses charmes à faire briller la vertu.

« Elle ne faisait encore que sortir de l'enfance, quand Thésée, l'ayant vue dans un chœur de jeunes filles, fut frappé de cette beauté, qui, à peine commençant d'éclore, effaçait déjà toutes les autres. Accoutumé à tout vaincre, ce fut à lui, cette fois, de céder à tant de grâces; et quoiqu'il eût dans son pays tout ce qui pouvait satisfaire les désirs et l'ambition, croyant dès lors n'avoir rien s'il ne possédait *Hélène*, et n'osant la demander (parce qu'il savait que les Oracles devaient disposer d'elle), il résolut de l'enlever, dans Sparte, au milieu de sa famille, sans se soucier ni de ses frères, Castor et Pollux, ni des forces qui la gardaient, ni des périls auxquels il semblait ne pouvoir échapper dans cette entreprise. Il l'exécuta cependant, aidé d'un seul de ses amis, qui, voulant à son tour enlever aux Enfers la fille de Cérès, lui demanda le même secours. Thésée voulut l'en détourner, en lui remontrant les dangers, les obstacles insurmontables et la témérité d'aller braver la mort dans son empire. Mais, le voyant obstiné, il partit avec lui, car il ne crut pas pouvoir rien refuser à un homme auquel il devait *Hélène*.

« De tout autre on pourrait dire qu'il se faisait par là plus de tort à lui-même que d'honneur à *Hélène*, et que cette conduite marquait moins le mérite de l'héroïne que la folie de son amant. Mais il s'agit de Thésée, qui n'était pas tellement dépourvu de sens ni de femmes, que d'attacher tant de prix à des conquêtes vulgaires. Il était homme sage; il se connaissait en beauté; ce qu'il estimait *Hélène* prouve ce qu'elle valait dès lors; et pour toute autre femme qu'elle, c'eût été assez de gloire d'avoir inspiré tant d'amour à un héros tel que Thésée. En effet, on sait que, parmi ceux qui ont réussi comme lui à immortaliser leur nom, il ne s'en trouve point dont le caractère bien examiné ne laisse toujours quelque chose à désirer: aux uns la prudence a manqué, aux autres l'audace ou l'habileté; mais je ne vois pas ce qu'on pourrait dire avoir manqué à Thésée, dont la vertu me paraît de tout point si accomplie, qu'il ne s'y peut rien ajouter. Ici, puisque j'en suis venu à parler de ce héros, me blâmera-t-on si je m'arrête à louer en peu de mots ses grandes qualités? Et par où pourrai-je mieux faire l'éloge d'*Hélène*, qu'en montrant combien ses admirateurs furent eux-mêmes dignes d'être admirés? On juge par soi des choses de son temps. Nous avons mille moyens de prendre une juste idée des hommes et des faits plus rapprochés de nous; mais sur ce que le passé dérobe à nos regards, lorsqu'il s'agit de personnages dont rien ne reste que le bruit de ce qu'ils furent autrefois, nous ne pouvons que suivre le jugement de ceux qui, vivant avec eux dans ces temps reculés, se montrèrent vaillants et sages.

« Rien donc ne me paraît plus à la louange de Thésée, que d'avoir su, étant contemporain d'Hercule, égaler sa gloire à

28

celle de ce héros; car leur plus grande ressemblance n'était pas dans leur manière de s'armer et de combattre, mais dans l'usage qu'ils firent l'un et l'autre de leur puissance, et surtout dans leur constance à servir l'humanité par des entreprises dignes du sang dont ils étaient issus. La seule différence qui se remarque entre eux, c'est que les actions de l'un furent plus éclatantes, celles de l'autre plus utiles. Hercule, soumis dès sa naissance aux ordres d'un tyran cruel, fut condamné à des travaux pénibles et périlleux, mais dont il ne résultait, le plus souvent, aucun avantage, ni pour lui, ni pour les autres. Thésée, maître de lui-même, chercha des dangers où la gloire de vaincre fût accompagnée de la reconnaissance publique, et voulut que tous ses titres à l'admiration des hommes fussent autant de bienfaits. Car, sans attaquer le ciel, sans faire violence à la nature, sans aller chercher aux bornes du monde une gloire stérile, en détruisant les monstres qui désolaient l'Attique, exterminant les brigands dans toute la Grèce, punissant partout l'injustice et protégeant l'innocence, mais surtout en délivrant son pays de l'exécrable tribut qu'il payait aux Crétois, ce prince montra qu'il songeait bien moins à faire briller son courage qu'à s'en servir utilement pour procurer à sa patrie et aux peuples de la Grèce tous les avantages qui résultent de la paix intérieure et de la facilité des relations réciproques.

« Ces grandes choses, dont la mémoire doit être éternelle, ne forment encore que la moindre partie de sa gloire, si on les compare à la conduite qu'il tint dans le gouvernement d'Athènes. Car qu'était-ce qu'Athènes avant lui ? Un peuple sans frein, un État sans lois, où chacun, abusant du pouvoir passager que le hasard lui donnait, travaillait de concert à la ruine publique, et ressentait lui-même tout le mal qu'il faisait. Thésée, à la mort de son père, trouva le désordre et la confusion parvenus au point que les citoyens, en proie aux attaques du dehors et à leurs propres fureurs, se défiant autant les uns des autres que de l'ennemi commun, avaient sans cesse la crainte dans le cœur et le fer à la main. Nulle propriété n'était assurée, nulle autorité respectée. La force était la seule loi. Malheur à qui ne pouvait défendre ce qu'il possédait; heureux qui pouvait conserver ce qu'il avait usurpé; ou, pour mieux dire, tous étaient également misérables: les opprimés ne voyant point de terme à leurs maux, et les oppresseurs menacés des violences qu'ils exerçaient, se craignant non-seulement l'un l'autre, mais redoutant jusqu'à ceux qu'ils faisaient trembler; aussi esclaves que tyrans, et plus malheureux que leurs victimes. Mais, sous Thésée, on vit bientôt succéder à ce chaos l'ordre et l'harmonie. Comme sa valeur éloignait tout danger à l'extérieur, sa sagesse établit au dedans le calme et la concorde. D'abord, jugeant avec raison que rien ne pourrait dissiper les haines, et réunir les citoyens sous une commune loi, tant que la nation, dispersée par bourgades et par cantons, renfermerait pour ainsi dire autant de factions que de familles, il commença par rassembler le peuple entier dans une seule ville, qui, en peu de temps, devint la plus florissante de la Grèce. Ensuite il lui donna des lois, dont il établit pour fondement la souveraineté du peuple, et le droit qu'il étendit à tous les citoyens de prendre part aux affaires publiques; car, pour lui, quelle que fût la forme du gouvernement, il ne pouvait perdre l'empire que lui assuraient ses vertus, et il aimait mieux se voir le chef d'une nation libre et fière, que le maître d'un troupeau d'esclaves. Les Athéniens, de leur côté, loin de se montrer jaloux du pouvoir qu'il conservait, voulurent, au contraire, qu'il tînt de leur confiance une seconde fois l'autorité absolue à laquelle il avait renoncé, ne doutant pas qu'il ne leur valût mieux dépendre de lui que d'eux-mêmes. On vit alors ce spectacle extraordinaire: un roi qui voulait que son peuple fût maître, un peuple qui priait son souverain de régner, un chef tout-puissant dans une république, et la liberté sous la monarchie. Aussi ses maximes n'étaient-elles pas celles de la plupart des princes, qui se croient faits pour jouir en repos du travail d'autrui, et nourrir leur propre mollesse de la sueur de leurs sujets. Thésée se croyait obligé de travailler lui seul pour le repos de tous, et d'assurer à ceux qui vivaient sous ses lois la paix et le bonheur, en pre-

nant pour lui les fatigues et les dangers. C'est ainsi qu'il ré-
gna longtemps, sans employer, pour se maintenir, ni al-
liances, ni secours étrangers, n'ayant de garde que son
peuple, et d'ennemis que ceux de l'État. La sagesse et la
douceur de son gouvernement se retrouvent encore aujour-
d'hui dans nos lois et dans nos mœurs.

« Qu'on se figure à présent ce que devait être celle qui
non-seulement fut préférée par un héros de ce caractère à
toutes les femmes de son temps, mais dont la beauté à peine
formée triompha d'une vertu si rare, au point de l'amener à
une démarche qui, faite pour toute autre qu'*Hélène*, eût été
le comble de la folie et de la témérité. Ici le prix de l'objet
justifie seul l'entreprise ; et peut-être, au temps où vivait
Thésée, n'était-il point d'homme qui, se sentant comme lui
digne de la posséder, n'eût tenté ce qu'il exécuta pour y
parvenir. Du reste, il faut avouer qu'on ne peut guère exiger
de preuve plus sensible, ni de témoignage plus éclatant du
mérite d'*Hélène*, que ce que fit Thésée pour s'en rendre maître.

« Mais, de peur qu'on ne m'accuse d'abuser ici de la réputation de son premier amant pour la faire briller d'une gloire
empruntée, je passe à l'examen des autres époques de sa vie.
Ayant perdu tout espoir de revoir jamais Thésée, demeuré
captif aux Enfers dans cette généreuse entreprise où, quittant
sa maîtresse pour servir son ami, il perdit l'un et l'autre avec
la liberté ; après lui, elle vit bientôt, de retour à Lacédémone, tout ce qu'il y avait de rois et de princes dans la
Grèce faire éclater pour elle les mêmes sentiments. Car
chacun d'eux pouvant, dans son propre pays, se choisir une
femme parmi les plus belles, ils aimaient mieux venir à
Sparte demander *Hélène* à son père ; et avant qu'on pût
soupçonner lequel serait préféré, les espérances étant égales,
ainsi que les prétentions, et la palme suspendue, comme il
était aisé de prévoir que le possesseur d'une beauté si vantée
aurait tout à craindre de la part de ses rivaux connus ou ca-
chés, tous les prétendants firent serment que, quel que fût
celui qui l'obtiendrait, le premier qui tenterait de la lui ravir
aurait pour ennemis tous les autres, chacun d'eux croyant

assurer son bonheur par cette précaution. En cela tous s'abusaient, hors Ménélas; mais, sur le reste, on vit bientôt qu'ils ne s'étaient pas trompés, et que d'un bien si envié la garde était plus difficile encore que l'acquisition.

« En effet, peu de temps après survint entre les déesses cette fameuse querelle de laquelle Pâris fut établi juge; et l'une d'elles, lui promettant de le rendre invincible à la guerre, l'autre de le faire régner sur toute l'Asie, la troisième de l'unir à *Hélène*, dans l'impossibilité de fixer son jugement sur ce qui s'offrait à sa vue, arbitre confus de tant de beautés trop éblouissantes pour des yeux mortels, et réduit à se décider par la seule comparaison des dons qui lui étaient offerts, il préféra à tout le reste le titre d'époux d'*Hélène* et de gendre de Jupiter. Car il ne faut pas croire que le plaisir seul l'eût déterminé (encore que ce motif ne soit pas sans force, même aux yeux des sages), s'il n'eût réfléchi que la plus haute fortune est souvent le partage du moindre mérite, et que mille autres après lui s'illustreraient par des victoires, tandis que bien peu se pourraient vanter d'être en même temps issus et alliés du maître des dieux. D'ailleurs, par un calcul tout simple, forcé de choisir entre trois déesses, et devant opposer à la haine de deux l'amitié d'une seule, pouvait-il ne pas se décider pour celle dont la faveur lui promettait les plus douces jouissances de la vie, et dont la haine seule eût empoisonné toutes les faveurs des deux autres? Il n'est point d'esprit raisonnable qui ne trouve dans ces motifs de quoi justifier le choix que fit Pâris; et si on l'en voit blâmé, ce n'est que par ceux dont l'opinion se règle sur les événements et sur l'apparence des choses : erreur où il faut les laisser. Car enfin, que dire à des gens qui prétendent, en cette affaire, voir plus clair que Pâris, qui appellent d'un arrêt auquel s'en rapportent les dieux, et osent taxer de peu de jugement celui que tout l'Olympe reconnut pour juge?

« Ce qui m'étonne, quant à moi, c'est qu'on puisse dire qu'il eut tort de vouloir vivre avec *Hélène*, pour qui moururent tant de rois. Comment d'ailleurs Pâris eût-il méprisé la beauté dont les dieux se montraient à lui si jaloux? Et que

28.

pouvait une déesse lui offrir de plus séduisant que ce qu'elle-même estimait le plus ? Quel homme enfin eût dédaigné cet objet de tant de vœux, dont la Grèce entière ressentit la perte, comme si on lui eût ôté ses dieux et ses temples, et dont la possession rendit le barbare aussi orgueilleux que l'aurait pu faire la plus belle victoire remportée sur nous ? Car depuis longtemps diverses offenses avaient donné lieu, de part et d'autre, à des plaintes, sans jamais produire de rupture ouverte ; mais *Hélène* ravie arma tout d'un coup l'Europe et l'Asie. Des peuples que rien jusque-là n'avait pu porter à se combattre, pour elle seule se firent une guerre la plus grande et la plus terrible qu'on eût encore vue, mais dans laquelle rien ne parut aussi surprenant que l'obstination des deux partis. Car les Troyens pouvant, s'ils eussent voulu rendre *Hélène*, arrêter le cours de tant de maux, et prévenir leur propre ruine, et les Grecs, en l'abandonnant, retrouver chez eux la paix et le repos ; un tel sacrifice leur parut à tous impossible : mais les uns, pour la conserver, virent pendant dix ans leurs champs dévastés et leurs toits livrés aux flammes ; les autres, plutôt que de la perdre, se laissèrent vieillir loin de leur patrie, et pour la plupart ne revirent jamais leurs dieux domestiques. Or une guerre si désastreuse ne se faisait ni pour Pâris ni pour Ménélas, mais pour décider une grande querelle entre les deux moitiés du monde, dont chacune croyait triompher de l'autre en lui enlevant *Hélène*. Et tel était l'intérêt que prenaient à cette guerre, non-seulement les nations qui s'y trouvaient engagées, mais même les dieux, que plusieurs de leurs enfants, qui devaient périr devant Troie, y furent envoyés par eux-mêmes. Ainsi, connaissant les destins, Jupiter ne laissa pas d'y faire aller Sarpédon ; Neptune Cycnus, Thétis Achille, l'Aurore Memnon ; trouvant qu'il était plus glorieux et plus digne de ces héros de mourir dans les combats livrés pour *Hélène*, que de vivre sans partager l'honneur de tant d'exploits fameux. Et comment auraient-ils songé à réprimer dans leurs enfants une ardeur qu'ils justifiaient par leur propre exemple ? Car, si pour l'empire du ciel ils combattirent les géants, pour *Hélène* ils firent.

plus : ils tournèrent leurs armes les uns contre les autres.

« Voilà ce que peut la beauté, dont l'empire s'étend jusque sur les dieux, et réduit souvent Jupiter lui-même à la condition des mortels. Partout ce dieu montre ce qu'il est, et s'annonce en maître du monde ; mais, auprès de Léda ou d'Alcmène, que lui serviraient la foudre et ce sourcil qui fait tout trembler ? Ailleurs il commande, mais là il demande et obtient si peu, qu'il est obligé de tromper ce qu'il aime. Il ne peut, à moins de passer pour un autre, être heureux dans ses amours ; inférieur alors aux créatures même dont il emprunte la forme, qui plaisent sans imposture, et dans le bonheur qu'elles goûtent ne doivent rien à l'erreur. La beauté ayant les mêmes droits dans le ciel que sur la terre, il ne faut donc pas s'étonner que les dieux aient combattu pour elle. Leurs querelles n'eurent jamais un plus digne objet. Rien n'est si précieux que la beauté, qui fait le prix de toutes choses. C'est par elle que tout plaît, et rien, sans elle, ne peut être ni aimé ni admiré. Toute autre qualité s'acquiert, se perfectionne par l'art ou par l'exercice ; la nature seule donne la beauté avec l'existence, et nul n'en peut avoir que ce qu'il a reçu de la nature. Il n'est étude ni artifice qui puissent (encore que la plupart se persuadent le contraire) ni la suppléer où elle manque, ni même l'accroître où elle est. Car c'est un trésor dont les dieux se sont réservé la distribution. Certains avantages sont utiles à ceux seulement qui les ont, odieux ou dangereux aux autres. La force inspire de la crainte, la richesse de l'envie. La beauté ne produit qu'amour et admiration. Elle seule n'a point d'ennemis, et n'en peut jamais avoir. Car tous ces biens, tels que la force, la richesse, la gloire même, ceux qui les possèdent en jouissent seuls ; au lieu que la beauté semble être le bien de tous ceux qui ont des yeux, et n'avoir été donnée à quelques individus que pour le bonheur de tous. Les qualités, même les plus louables, de l'esprit et du cœur, veulent du moins être connues pour qu'on les prise ce qu'elles valent, et n'obtiennent qu'avec le temps les sentiments qu'on leur accorde. La beauté, pour se faire aimer, n'a besoin que de paraître. Un avantage qu'elle a d'ailleurs sur tous les dons naturels ou acquis, c'est qu'en même temps qu'elle plaît elle inspire le désir de plaire : par là elle polit les mœurs et fait le charme de la vie ; par là elle excite, dans une âme noble, l'enthousiasme de la gloire, et fait éclore plus de vertus que toutes les leçons de la morale et de la philosophie ; elle allume le génie, et les arts qu'elle a créés lui doivent leurs chefs-d'œuvre comme leur. origine, ayant tous pour unique but de plaire et d'instruire par l'image du beau, prise dans la nature. Mais, si cette image a le pouvoir de captiver l'âme et de charmer à la fois le sens et la pensée, que sera-ce du modèle ? Et combien doit être sublime en elle-même une chose dont la seule représentation est si ravissante ! Pour moi, je ne vois rien qui tienne tant de la Divinité, rien qui s'attire si aisément les hommages de la terre. Un héros couronné de gloire, ayant gagné des batailles, pris des villes, fondé des empires, éprouve qu'il est plus aisé de conquérir l'univers que de s'en faire adorer, et au prix de tant de travaux il obtient à peine, en mourant, une place entre les demi-dieux. Une belle n'a besoin que de naître pour se voir au rang des déesses ; sitôt qu'elle apparaît au monde, elle jouit de son apothéose. Il n'est pas question de la placer au ciel ; on suppose qu'elle en vient, et tous les vœux qu'on lui adresse sont pour la retenir sur la terre. C'est ainsi qu'*Hélène* adorée vit les peuples et les dieux combattre à qui la posséderait.

« A dire vrai, ce n'était pas simplement une belle, mais un miracle d'attraits et de perfections. Elle parut telle à Thésée, qui en avait vu tant d'autres, et depuis, quelle impression ne fit-elle pas sur Pâris, qui avait vu Vénus même ? Jamais beauté n'obtint un suffrage si flatteur de juges si éclairés. Après cela, faut-il s'étonner qu'elle entraînât sur ses pas une jeunesse idolâtre ? Les vieillards même, pour la suivre, passèrent les monts et les mers. Elle charmait tout le monde ; mais, ce qu'on ne peut trop admirer, c'est que, ayant eu tant d'amants, elle les conserva tous. Ayant été tant de fois mariée, enlevée, surprise, dérobée à elle-même ou aux autres, elle ne fut jamais quittée ; et tandis que les autres femmes, à force de tendresse et de fidélité, se peuvent à peine assurer un cœur, elle sut les fixer tous, et ne se fixa jamais. Le mérite de ses amants donne une grande idée du sien. La préférence qu'elle obtint d'eux montre combien elle l'emportait sur les beautés de son temps ; mais leur constance la met au-dessus de toute comparaison ; surtout lorsqu'on réfléchit qu'elle ne les trompait en rien, qu'elle n'employait pas même avec eux les plus innocents artifices en usage parmi les belles ; qu'elle ne savait ni allumer une passion par des avances, ni l'attiser par des froideurs, ni l'entretenir par des espérances ; qu'en un mot elle ne ménageait ni les rigueurs ni les faveurs, n'ayant pas même les éléments de ce qu'on appelle coquette- rie, soit qu'alors ce grand art ne fût pas encore inventé, soit, comme il est plus vraisemblable, qu'elle crût pouvoir s'en passer. Dans cette foule d'adorateurs, elle n'en flattait aucun d'une préférence exclusive. Elle ne cachait point à l'un le bien qu'elle voulait à l'autre. Ménélas, quand il l'épousa, sa- vait tout ce qui s'était passé entre elle et Thésée. Il ne l'en aima pas moins, et se contenta d'en être aimé, sans préten- dre l'être seul ; car le sort s'y opposait, et sans doute c'eût été trop de bonheur pour un mortel. Pâris non plus n'ignorait aucune de ses amours quand il lui sacrifia les siennes, et quitta pour elle non-seulement les bergères d'Ida, mais Œnone, nymphe et immortelle. Après lui encore Ménélas la reprit, quoiqu'elle ne fût plus jeune alors, persuadé qu'il valait mieux être son dernier amant que le premier de toute autre ; et l'é- vénement fit bien voir qu'il ne s'était pas trompé. Dans ces sanglantes catastrophes où périt la race de Pélops, elle seule le préserva de la ruine de sa maison, et obtint même de Jupi- ter qu'il serait avec elle admis dans l'Olympe. Car, n'ayant pu sur la terre être tout à lui, elle voulut que dans le ciel au moins il la possédât sans partage et lui fût à jamais uni, juste récompense de ce qu'il avait fait et souffert pour elle.

« Pâris en avait fait autant, et souffert encore plus... Ah ! qu'elle l'en eût bien payé, s'il n'eût tenu qu'à elle, et lui eût rendu l'immortalité plus douce qu'à pas un des dieux ! *Hélène*

ne fut point ingrate à ceux qui l'aimèrent avec tant d'ardeur;
mais sa reconnaissance, arrêtée par mille obstacles divers,
ne put leur faire à tous tout le bien qu'ils avaient mérité
d'elle. Femme de Ménélas, les destins ne lui permirent pas
de rendre à son mari tout ce qu'il eut pour elle de constance
et d'amour; déesse, elle ne fut pas plus libre à l'égard de Pâris lorsqu'il mourut. Jamais Minerve ni Junon ne l'eussent
souffert dans l'Olympe. Ne pouvant donc faire ce qu'elle eût
voulu pour récompenser l'amant et l'époux, elle fit ce qu'elle
pouvait, elle rendit l'un immortel, et l'autre le plus heureux
des hommes.

« Mais, dans les grâces qu'elle obtint de la tendresse de Jupiter, sa propre famille ne fut pas oubliée. Sans elle, ses deux
frères, Castor et Pollux, qui avaient déjà terminé leur vie,
n'eussent jamais joui des honneurs divins; sans elle, peu
leur eût servi d'avoir aidé de leur valeur Hercule et Jason;
avec les titres de héros et d'enfants de Jupiter ils périssaient,
eux et leur nom, si elle ne les eût arrachés à la mort, et placés entre les astres, d'où ils apaisent les tempêtes et sau-
vent du naufrage ceux dont la piété a su se les rendre pro-
pices. Pour elle, à qui sa patrie ne cessa jamais d'être chère,
elle protége Lacédémone, où son culte est établi, et les mêmes
lieux qui la virent si belle, désirée de tant de héros, la voient
encore adorée de toute la Grèce. C'est là qu'elle reçoit les
vœux des mortels, et signale son pouvoir sur ceux qui ont
mérité ses bienfaits ou sa colère. L'épouse d'Ariston, roi de
Sparte, n'était pas née pour devenir la plus belle personne de
la Grèce. Même à Lacédémone, où nulle femme n'est sans
beauté, on se souvenait de l'avoir vue si disgraciée de la nature, que ses parents la cachaient et ne se pouvaient consoler; car ils n'avaient point d'autre enfant. Chaque jour ils la
menaient au temple d'*Hélène*, dont ils invoquaient la pitié
pour elle. Dès qu'elle put parler, elle sut avec eux implorer
la déesse. Qu'arriva-t-il? La piété de ces bons parents eut sa
récompense. Leur fille changeait de jour en jour, et bientôt
cette enfant qu'on rougissait de montrer fit la gloire de sa
famille. Ce poëte qui, dans ses vers, osa offenser *Hélène*,

n'eut pas lieu de s'en réjouir ; en punition de son blasphème, elle le rendit aveugle. Qui médit de la beauté n'est pas digne de voir ; mais employer à l'outrager un art consacré à sa louange ! un pareil abus de la faveur des Muses aurait mérité que les dieux lui ôtassent la voix avec la lumière. *Hélène* toutefois lui pardonna. Lorsqu'il reconnut sa faute et répara par d'autres chants l'impiété des premiers, elle lui rendit la vue ; car, ayant été femme sensible, elle ne pouvait être déesse inexorable.

« Mais ces exemples nous apprennent qu'elle peut également récompenser et punir. Comme fille de Jupiter, ayant fait l'ornement de son siècle et la gloire de son pays, elle a mérité ses autels ; comme déesse, il faut la craindre et l'honorer, les riches par des hécatombes, et les sages par des hymnes ; car c'est l'offrande que les dieux aiment de ceux qui les savent composer. J'ai tâché de rassembler ici quelques traits de son éloge ; mais ce que j'en ai dit est loin d'égaler ce que je laisse à dire à d'autres. Car, sans parler de tant de connaissances utiles ou agréables, dont nous serions encore privés, sans la guerre entreprise pour elle, on peut dire que nous lui devons de n'être pas aujourd'hui assujettis aux Barbares. Ce fut par elle, en effet, que la Grèce apprit à unir toutes ses forces contre eux, et l'Europe lui doit le premier triomphe qu'elle ait obtenu sur l'Asie, triomphe qui fut l'époque d'un changement total dans le sort de la Grèce. Car nous étions depuis longtemps accoutumés à voir nos villes commandées par ceux d'entre les Barbares que la fortune réduisait à fuir leur propre pays. C'est ainsi que Danaüs était sorti de l'Egypte pour venir gouverner Argos ; que Cadmus, né à Sidon, avait régné sur les Thébains ; que les Cariens bannis s'étaient emparés des îles, et la postérité de Tantale de tout le Péloponèse. Mais, après avoir détruit Troie, la Grèce reprit bientôt une telle supériorité, qu'elle soumit à son tour, jusque dans le cœur de l'Asie, des villes et des provinces.

« Ceux donc qui voudront entreprendre d'ajouter à l'éloge d'*Hélène* de nouveaux ornements trouveront assez dans de semblables considérations de quoi composer à sa louange des discours fleuris. »

Ce petit discours d'Isocrate renferme beaucoup de traits qui ne peuvent être sentis, à moins qu'on n'ait quelque connaissance de la mythologie grecque et de ce genre d'éloquence fort goûté chez les anciens. On l'a traduit pour une personne parfaitement instruite de toutes ces choses, et pour qui les éclaircissements que d'autres pourraient désirer eussent été fastidieux. C'est ce qui a empêché d'y joindre aucune note.

CORRESPONDANCE

Nous avons conduit Courier jusqu'à son mariage, qui fut comme le dénoûment de cette vie si inquiète et si remplie de mouvement. Les lettres qui vont suivre nous le montrent dans ce nouvel état, avec ses affections de famille, mais poursuivant toujours ses études et prenant part aux événements publics avec les mêmes inquiétudes d'esprit. Les deux premières mêlent au récit d'un voyage d'affaires une peinture rapide des désordres qui affligeaient la Touraine, le Maine et l'Anjou pendant les *Cent-Jours*. On y voit que Courier prévoyait un mois d'avance la catastrophe de Waterloo.

CORRESPONDANCE

A MADAME COURIER.

Luynes, le 14 juin 1815.

Je vins ici avant-hier; le bien de Bourgueil est vendu. On m'assure que c'eût été pour moi une mauvaise acquisition. Je le crois et je me console; c'est le meilleur parti, et puis, *ils sont trop verts*. Je demande à tout le monde de l'argent; personne ne m'en veut donner. Bidaut[1] se moque de moi; quand je lui parle d'affaires, il me parle politique. C'est la scène de M. Dimanche. Je n'ose lui rompre en visière, parce que je suis dans ses griffes; mais je tâche de m'en tirer tout doucement. Quel malheur de ne rien entendre à ce chien de grimoire! Je voudrais, comme M. Jourdain, avoir le fouet devant tout le monde, et savoir non pas le latin, mais quelque peu de chicane, assez pour ma provision.

Je ne m'ennuie point; Plutarque m'est d'un grand secours pour passer le temps ; je serais heureux si je t'avais ; mais en bonne foi, je ne crois pas que tu puisses, dans un pays tel que celui-ci, être une semaine sans mourir. Il est vrai que tu t'occuperais. Enfin nous verrons quelque jour. Je me promène, je vais courir au haut et au loin, je revois les endroits où j'ai joué à la fossette et au cerf volant : ces souvenirs me font plaisir.

Je ne sais que te marquer encore : rien de ce que je vois ne t'est connu. Quand je te dirai que la petite Bourdon mourut il y a quelques mois, n'en seras-tu pas bien fâchée? C'était la fille du boulanger, jeune, fraîche et gentille, petite blonde d'environ dix-neuf ans, mariée à un homme de vingt-deux ;

1. Notaire de Tours.

cela devait être heureux. Point du tout : au bout de cinq ou
six mois de ménage il lui prend un chagrin. La voilà qui ne
dit mot et maigrit à vue d'œil. Et mère de l'interroger, et
voisines de la tourmenter pour savoir où le mal la tient.
Qu'a-t-elle ? rien. Que veut-elle ? que lui manque-t-il ? on ne
sait. Elle languit et meurt. Le mari n'en a cure ; et c'est là,
dit-on, ce qui l'a tuée. Il est le seul qui ne la regrette pas.

Mais M. de Ferrières regrette trop la sienne. C'est un gentilhomme que tu connais comme Jean de Werth. Elle était
jeune, belle et bonne. Elle lui laisse deux enfants. Il l'a tant
soignée, tant veillée dans sa dernière maladie, et tant pleurée
depuis, qu'il s'en va mourir, le pauvre homme, à quarante-
cinq ans. Ceci a l'air d'un conte inventé à la gloire des
quadragénaires; mais demande au petit Gasnault, quand tu
le verras.

Veux-tu de la politique ? Les chouans, les Vendéens, les
brigands, les insurgés, les royalistes, les bourbonistes sont à
douze lieues d'ici, au Lude. Quand ils y entrèrent, un parent
de M. Vaslin, qui demeure là, patriote, jacobin, terroriste,
républicain, bonapartiste, comme tu voudras, fit feu sur eux,
leur tua un homme. Ils l'ont pris, lui, et ne l'ont pas tué ; mais
ils ont pillé sa maison et quelques autres. Toute la gentilhommerie se sauve des campagnes, de peur des paysans.
M. de la Beraudière s'est retiré à Tours avec sa famille ; les
petites en sont ravies, parce qu'elles s'amusent. Ce sont des
gens qui de leur vie n'ont fait mal à qui que ce soit : ils font
bien d'être sur leurs gardes.

> Je ne sais, de tout temps, quelle injuste puissance
> Laisse le crime en paix et poursuit l'innocence.

C'est Racine qui dit cela, et il dit bien vrai.

Tours, le mercredi.

Voilà tes lettres de samedi, dimanche, lundi, mardi, mercredi. Je les ai lues avec grand plaisir, et beaucoup plus de

raison que je n'eusse imaginé. Continue, je t'en prie, ce journal, le seul qui me puisse intéresser. Je ne t'en écris pas davantage, parce que le temps me manque. Je ne suis pas non plus si bien ici qu'à Luynes pour causer avec toi. Une maudite auberge, des allants et venants, un vacarme d'enfer. Et puis, de quoi te parlerais-je? d'hypothèques, de contrat, de principal, d'intérêts et de cent autres misères auxquelles tu n'entends rien, et moi fort peu de chose. Que n'ai-je cent mille livres de rentes ! J'en laisserais quatre-vingt-dix aux honnêtes gens qui me viennent dire :

J'étais fort serviteur de monsieur votre père,

et je vivrais sans soins peut-être avec le reste. Mais quoi! on me le volerait encore, et il faudrait livrer bataille pour garder un morceau de pain. Je ne serais pas plus tranquille.

A MADAME COURIER.

Tours, le 17 juin.

Je reçois ta lettre de mercredi soir et jeudi, bien bonne et bien longue. Que te dirai-je? il faudrait t'adorer. Ta pauvre santé m'afflige bien. Je suis sûr que la campagne te rétablira. Mais ne songe point à venir ici, par cent raisons. D'abord *le pays n'est pas tranquille*, et il y a *tel événement qui pourrait nous engouffrer dans une bagarre effroyable*. Moi seul je m'échappe aisément. Et puis tu me gênerais dans mes courses. Cette raison ne m'arrêterait pas si ta santé y devait gagner. Mais Luynes est un endroit malsain dans cette saison-ci ; j'y reste le moins que je puis, de peur de la fièvre, et je me sauve sur les hauteurs, où l'air est plus pur, mais où je ne pourrais me loger avec toi. Sitôt que je serai de retour, nous irons, si tu veux, nous établir quelque part, à Sceaux, à Saint-Germain. Au reste, attends quelques jours. Si l'empereur gagne la partie, ce pays-ci sera bientôt calme.

Je retourne à Luynes, et j'y achèverai mes affaires. Je visi-

terai mes biens, et ferai du tapage aux gens qui me doivent.
Malheureusement ils me connaissent, et ne s'effraient pas
de mes menaces ; ils finissent toujours par me payer quand
ils veulent.

A MADAME COURIER.

Tours, le 29 janvier 1816.

J'ai passé hier la soirée chez madame de la Beraudière. Il
y avait une douzaine de femmes et quelques hommes, la plupart jeunes gens dont je serais le père. Cela ne m'a pas empêché de faire beaucoup de folies avec eux. Deux tables de
boston et un colin-maillard dans leur salon que tu connais,
outre M. Raymond et une petite fille de son âge; tu peux
t'imaginer comme on était à l'aise. Colin-maillard l'a emporté. Le boston a été culbuté, deux carreaux cassés dans le
vacarme. M. d'Autichamp en était, sans uniforme et sans
aucune décoration. Il est vraiment aimable, tout uni et fort
à la main. Enfin, nous étions là huit ou dix *jeunes gens* en
train de nous divertir. Je suis sorti à minuit; personne ne
songeait encore à s'en aller. Ils ont joué vingt sortes de petits jeux fort drôles, qui la plupart m'étaient nouveaux. Cela
n'était point ennuyeux comme sont d'ordinaire les petits jeux.
Les jeunes personnes sont élevées on ne peut pas mieux,
dans le ton à peu près des petites de la Beraudière. Celles-ci,
ma foi, sont très-bien : décence parfaite, sans nulle espèce de
gêne. Point de politique, tout le monde en bottes; quel délice!
Ce qui m'a le plus amusé, c'est l'histoire d'un bal donné ces
jours passés. Il y a eu des gens invités qui n'ont pas voulu
y venir, aimant mieux donner aux pauvres l'argent que cela
leur eût coûté. C'est l'épigramme qu'ils ont faite et qui a porté
coup. On la leur garde bonne. D'autres, au contraire, s'attendaient à être invités, et ne l'ont point été : ceux-là ne sont
pas les plus contents. Selon eux, c'est un bal d'*épurés*. Tu entends ce que cela veut dire. D'autres invités y sont venus, et
s'en sont allés parce qu'ils n'ont pas trouvé le bal assez épuré.

Toute la capacité du gouverneur et des principaux magistrats
a été employée à arranger ce bal qui, définitivement, n'a contenté personne. Si tu t'étais trouvée ici, aurais-tu été assez
pure ? Tu es de race un peu suspecte. On t'eût admise à cause
de moi, qui suis la pureté même ; car j'ai été pur dans un
temps où tout était embrené. C'est une justice qu'on me rend.
Madame de la Beraudière ne tarit point là-dessus. La conclusion que j'ai tirée de tout cela, c'est que, quand nous serons
nichés dans nos bois, sur les bords du Cher, il faudra nous y
tenir, et n'avoir de liaisons, d'amis ni de connaissances qu'à
Paris. Tu sais là-dessus mon système, dans lequel je me con-
firme par tout ce que j'observe ici.

A MADAME COURIER.

Tours, le... 1816.

Voici la nouvelle de Luynes : le curé allait avec un mort,
un homme venait avec son cheval. Le curé lui crie de s'arrêter ; il n'en a souci, et passe outre sans ôter son chapeau,
note bien. Le prêtre se plaint, six gendarmes s'emparent du
paysan, l'emmènent lié et garrotté entre deux voleurs de grand
chemin. Il est au cachot depuis trois semaines, et depuis autant de temps sa famille se passe de pain.

Autre nouvelle du même pays. Le curé a défendu de boire
pendant la messe ; tous les cabarets à cette heure doivent être
fermés. Le maire y tient la main. L'autre jour mon ami Bourdon, honnête cabaretier, s'avise de donner à déjeuner à son
beau-frère : or c'était un dimanche, et on disait la messe ; le
maire arrive, les voit, et les met à l'amende, qu'ils ont très-
bien payée. Mais voici bien pis. Le curé a défendu aux vignerons, qui voulaient célébrer la fête de saint Vincent leur patron, d'aller ce jour-là au cabaret. J'ai vu le curé, et je lui ai
dit : Vous avez bien raison ; c'est une chose horrible d'aller
au cabaret, un jour de fête surtout ; et vous faites très-bien,
vous, monsieur le curé, de ne jamais vous griser qu'en bonne
compagnie dans le courant de la semaine. Cependant raison-

nons, s'il vous plaît; saint Vincent aime les vignerons, puisqu'il est leur patron. Aimant les vignerons, il doit aimer la vigne, et par conséquent le vin, et aussi le cabaret, car tout cela se suit. Comment donc trouve-t-il mauvais que le jour de sa fête on aille au cabaret ? Il n'a su que me répondre.

Je te conte des balivernes; l'heure de la poste arrive; adieu.

A MADAME COURIER.

13 novembre 1816.

Je suis allé dimanche à Luynes; j'ai dîné et couché chez les la Beraudière. Ils sont bien fâchés que tu ne sois pas venue. Il y avait chez eux deux émigrés rentrés, habitants du voisinage, qui sont bien ce qu'on peut voir de plus drôle au monde; deux figures à mettre aux Variétés. Ce ne sont que des révérences, compliments, cérémonies; tout tellement caricature, qu'il y a de quoi crever de rire. Nous en avons bien ri quand ils ont été partis. Bonnes gens au demeurant. De Luynes je suis venu avec Odoux chez ce monsieur qui marchande notre Filonière, et, je crois, l'achètera; mais c'est une affaire qui n'est pas prête à se conclure. Nous avons dîné chez lui. C'est une maison charmante, à Saint-Cyr, sur le chemin de Luynes; tu dois te rappeler cet endroit sur la colline à mi-côte. On voit Tours et toute la Loire. Tu verras cela quelque jour. Ils ont grande envie de te voir; tu as une réputation dans tout le pays.

Ton projet de venir passer ici l'hiver ne peut s'exécuter; d'ailleurs il faut que j'imprime mon *Ane* cet hiver. Ce n'est point une chose indifférente. Enfin tout s'arrangera. Figure toi que les propriétaires de terres sont toujours gueux, mais jamais ruinés.

Ce monsieur qui épouse la vieille ne m'étonne point du tout. Il vient de mourir ici un homme appelé M. A.; il n'avait point d'autre état que d'épouser de vieilles femmes, et de les enterrer. Il est mort veuf de la troisième, et riche; car, comme il les traitait fort bien pendant leur vie, elles le

récompensaient à leur mort. J'avais prédit qu'il finirait par
une fille de dix-huit ans qui l'enterrerait ; mais je me suis
trompé.

[Courier, selon le projet dont il fait mention dans la lettre précédente, s'occupa, sitôt son retour à Paris, de l'impression de son *Âne*. En même temps il
écrivit la Pétition. Alors seulement il connut son talent, ou plutôt la sympathie du public français avec ce talent. On sait assez quel effet produisit ce
petit écrit de dix pages. Cependant il demeura fidèle à ses études grecques, et
ne fut arrêté dans la correction de son *Âne* que par un nouveau crachement
de sang, qui le prit au mois de février 1817, et le tint longtemps entre la vie
et la mort. Obligé d'aller aux eaux pour se rétablir, il ne put reprendre son
travail qu'au mois de décembre suivant. La mort de son beau-père, arrivée le
18 novembre de cette année, l'affecta si vivement, qu'il ne continua qu'avec
découragement et de loin à loin les études qui avaient été communes entre eux
pendant plusieurs années. Dans quelques lettres qui n'ont pu entrer ici, il parle,
avec la touchante simplicité qu'on lui connaît, de sa douleur quand il rentra
dans le cabinet de son beau-père, qu'il toucha les livres tant de fois feuilletés
avec lui, revit sa place et son fauteuil vides. Ces regrets profonds et durables,
comme toutes les impressions de l'âme de Courier, nous ont privés de plusieurs travaux qui, sans cela, eussent été achevés, et que le public ne connaî-
tra point : perte qu'on ne saurait trop vivement sentir.

En janvier 1818, Courier voulut, se voyant des forces, aller seul en Touraine. Il fut repris de son crachement de sang, et ramené mourant.

La lettre suivante est une de celles qu'il écrivit pendant sa convalescence à
sa femme, qui terminait à Tours les affaires abandonnées par lui. Il marque là
le peu de souci que lui donne l'Institut, où se trouvaient alors trois places vacantes. On sait l'histoire des nominations faites à ces places par l'Académie,
après six mois employés à préparer ses choix. Les sollicitations de sa femme
et de quelques amis avaient déterminé Courier, contre son gré et son caractère, à faire quelques démarches pour remplacer son beau-père. Il les fit, et
s'en repentit, comme il l'a si plaisamment avoué, tout en se vengeant sur l'Académie du refus auquel il s'était exposé en prenant ses titres de savant pour
des droits à une distinction de savant. La lettre qui vient ensuite est adressée
à M. Raoul de Rochette, après le refus de l'Académie.]

A MADAME COURIER.

Le 9 février 1818.

Tu vois comme je t'écris. Je te parle de moi. C'est comme
il faut que tu fasses. Tout ce que tu fais, ce que tu penses,
tout ce qui te vient à l'esprit sans examen, il me le faut cou-

29.

cher par écrit. Visconti est mort ; je viens de **recevoir son** billet d'enterrement. Voilà trois places à l'Institut. En aurai-je une? Je ne sais. S'ils me reçoivent, j'en serai bien aise ; s'ils me refusent, j'en rirai : je ne vaudrai ni plus ni moins, et le public sera pour moi. Je crois que je serai reçu. Mon *Ane* va paraître, je crois, la semaine prochaine. Il semble que Bobée ait envie d'en finir.

Adieu. Je m'arrange avec Rosine on ne peut mieux. Elle jouit du bonheur de voir son fils ne rien faire du tout. J'ai voulu hier l'envoyer porter quelques livres chez ta mère. Rosine s'en est emparée, et les a portés elle-même. Il ne faut pas qu'un gentilhomme sache rien faire, dit Molière. Adieu.

A M. RAOUL DE ROCHETTE.

Paris, le 15 avril 1818.

Monsieur, je n'aurai point l'honneur de dîner demain avec vous, parce que je pars pour la campagne, à mon grand regret, je vous assure.

Ne croyez pas que je me plaigne de votre académie ; je reconnais au contraire qu'elle a eu toute sorte de raison de me refuser ; que je n'étais point fait pour être académicien, et que c'était à moi une insigne folie de me mettre sur les rangs. Seulement, je ne veux pas qu'on me croie plus sot encore que je ne suis ; et comme bien des gens s'imaginent que je me présente à chaque élection pour essuyer un refus, je ne dois pas négliger, ce me semble, de les désabuser. C'est là l'objet du petit mémoire que je vais publier, et dans lequel je ne prétends point justifier, mais atténuer ma sottise : je n'en ai guère fait en ma vie que par le conseil de mes amis. Ah, Visconti ! Visconti !

[C'est au mois d'avril de cette année que Courier acheta sa maison de la Chavonnière. Il était à Paris pendant que sa femme sollicitait à Tours au sujet du procès contre Claude Bourgeau ; procès perdu par Courier, et dont l'objet est connu par le *Mémoire contre Claude Bourgeau.* La lettre qui suit a trait à cette affaire.]

A M. ÉTIENNE,

Paris, le 14 juin 1818.

Monsieur, j'ai prié M. Bobée, mon imprimeur, de vous faire tenir une feuille qu'il vient d'imprimer sous ce titre : *Procès de Pierre Clavier Blondeau, etc.* Lisez cela, monsieur, si vous en avez le temps, et vous verrez ce que c'est pour nous, pauvres paysans, d'avoir affaire à un maire. Vous serez d'avis, comme moi, que ces faits sont bons à publier. Dites-en donc un mot, je vous prie, dans un de vos excellents articles, afin que Paris du moins sache comme on traite ceux qui le nourrissent ; car vous ne vous doutez de rien, gens de Paris, dans vos salons ; et comme vous sifflez les ministres s'il leur échappe à la tribune un mot impropre ou malsonnant, vous croyez que nous pouvons ici nous moquer d'un maire. Défaites-vous de cette idée. *L'opposition* réussit mal dans les départements, et je puis vous en dire des nouvelles. Mon exemple est une leçon pour tous ceux qui seraient tentés de prendre, comme j'ai fait, le parti des vilains, non-seulement contre les nobles, mais contre les vilains qui pensent noblement. Il m'en coûte mon repos et mon bien : les juges veulent me ruiner, et ils y réussiront avec l'aide de Dieu et de M. le procureur du roi. Enfin, depuis quelque temps, ma vie est un combat, comme disait Beaumarchais. Il était ferrailleur et souvent cherchait noise. Moi, je ne me défendrais même pas, tant je suis bonne créature, si on me battait modérément.

Votre *Minerve* s'est déjà déclarée pour moi d'une manière qui m'a fait beaucoup de plaisir et d'honneur. Souffrez, monsieur, que je lui recommande à présent mon pauvre Blondeau, ainsi qu'à votre *Renommée,* qui, je l'espère, ne jugera pas de l'importance des faits par les noms des personnages. Une présentation à la cour ne lui fera pas oublier les doléances de Blondeau et de vingt millions de paysans opprimés, je veux dire *administrés* comme lui.

A MADAME COURIER.

Paris, dimanche.

Je trouve ici tes deux premières lettres. Je vois que tu vas garder mon mémoire jusqu'à ce que la chose soit jugée, ou, ce qui est la même chose, jusqu'à la veille du jugement. Comment ne comprends-tu pas que cela est plutôt fait pour le public que pour les juges? Tu ne me marques point quand on doit juger. Aussitôt ma lettre reçue, distribue tout ce que tu as, mais avec discernement. N'en donne qu'à ceux qui peuvent trompetter cela, et qui n'ont point d'intérêt à ce que la chose n'éclate pas.

[Avec l'établissement de Courier à la campagne commencèrent les vexations qu'il est au pouvoir d'un maire d'exercer contre ses *administrés*, et dont il est impossible de se faire une idée quand on n'a vécu qu'à Paris ou dans les grandes villes. Elles furent plus fâcheuses contre lui que contre tout autre, d'abord en raison de son nom et de sa réputation, ensuite parce que, révolté de ces persécutions, il y résistait, et luttait de toutes ses forces. Son garde Blondeau, mal avec le maire, fut accusé par celui-ci de l'avoir insulté, assigné ensuite pour produire un port d'armes, qu'il n'avait point comme ne lui étant pas nécessaire, et enfin emprisonné par suite de l'animosité de ce maire. Lui-même, Courier, plaidait encore, et perdait un second procès. On lui refusait l'appui nécessaire pour poursuivre quelques mauvais sujets qui avaient coupé ses bois. Enfin son existence était intolérable, et la lettre du 5 juin 1819 peint faiblement toute l'exaspération qu'il éprouvait.

C'était en ce moment qu'il écrivait la lettre à l'Académie. Il se reprocha souvent, même en l'écrivant, de la faire trop âpre, trop virulente, et de laisser sentir trop fortement l'amertume d'un esprit aigri. Il n'en voulait point du tout aux gens de l'Institut de ne l'avoir point reçu, disait-il. Les plaisanter avec légèreté, voilà son intention, et non les assommer de ridicule. S'il l'a fait, c'est emporté hors de sa modération habituelle par le ressentiment des injustices auxquelles il était en butte.]

A MADAME COURIER.

Le 9 janvier 1819.

Je suis bien content de Félix et d'Émilie. Cela m'a fait grand plaisir. Voilà qui sera un joli ménage, bien assorti.

C'est un petit roman que cette course en Amérique, et la souffrance de la belle ; je souhaite qu'elle soit heureuse. Je l'espère bien, et elle le mérite.

Ne te tourmente point, tout s'arrange avec le temps ; l'essentiel, c'est la santé.

Ce qu'Hyacinthe t'a dit de ma réputation doit te rassurer pour l'avenir. La réputation à Paris vaut mieux que l'argent, et procure l'argent. Nous ne devons pas craindre d'être jamais embarrassés.

A MADAME COURIER.

La Chavonnière, le 5 juin 1819.

Blondeau est assigné pour le port d'armes ; il est comme un fou. Je crains que mon fagottage n'en souffre. Je prendrai patience pourvu que mon rhume guérisse. Mais viens bientôt, sans quoi je serais obligé de me sauver à Paris ; ce pays-ci est un enfer. Mais enfin nous ne pouvons nous empêcher d'y demeurer au moins quelque temps. Ma vie est bien changée, j'ai perdu à la fois mon repos et ma santé.

J'ai été chez Delavergne [1]. Notre procès contre Isambert a été jugé ; nous sommes condamnés à lui payer une indemnité, tous les frais, et deux cents francs par an pour se loger où il voudra. Tout le monde trouve cela ridicule, et tous les gens de loi en sont révoltés. Je m'en vais chez le procureur du roi, qui, à ce qu'on dit, est parent d'Isambert.

Je n'ai point trouvé chez lui le procureur du roi. Je m'en retourne à la Chavonnière, et laisse tout aller. Si on persécute Blondeau, adieu mes coupes. Tu vois ce que c'est que ce pays.

[La lettre à l'Académie terminée, Courier fit un voyage à Paris pour la faire imprimer. Il ne put, arrivé là, se faire à ses amis de tous les sujets de plaintes qu'il avait contre les autorités de son département. Quelques-uns de ces amis approchaient M. Decazes, tout-puissant en ce moment. On conseilla donc avec empressement à Courier de se plaindre au ministre, au garde des

1. Avoué de Tours.

sceaux, à tous, n'importe ; chacun serait trop heureux de lui faire droit et de lui procurer la paix. Courier, sans méfiance, les crut bonnement mus par l'amour de la justice et l'estime qu'on avait pour son mérite. Il alla donc où on le menait, et vit les salons ministériels d'alors. Pendant huit jours il fut en crédit. On écrivait au préfet de le laisser en repos. On allait destituer le maire, et même nommer Courier à sa place. Il ne fallait pour cela qu'une petite chose qu'il ne comprit pas. Il s'est souvent depuis creusé la tête, avec une naïveté rare, pour deviner par quelle raison, après tant de prévenances et d'accueil qu'il ne demandait point, il avait vu tout de suite les puissants refroidis à son égard. Il attribua cette disgrâce à la lettre à l'Académie, trop forte et trop violente, selon lui ; il ne se trompait pas tout à fait.

Ce fut pendant ce séjour à Paris que Courier écrivit le placet aux ministres.

A MADAME COURIER.

Fin de mars 1819.

Ce qui nous aidera puissamment dans toutes nos affaires, c'est la lettre à l'Académie, dont le succès paraît certain. Il n'y a encore que trois ou quatre exemplaires de distribués, et déjà les têtes s'échauffent. Faye était prévenu peu favorablement sur ce que je lui en avais débité de mémoire; mais après l'avoir lue et fait lire à d'autres, il en est enchanté. Haxo en est presque content.

J'allai voir Hyacinthe avant-hier; je le trouvai au lit. On l'avait saigné; on lui avait mis les sangsues; il avait eu un coup de sang. C'est tout le tempérament. Je lui recommande la fatigue et les exercices violents, pendant qu'il en est temps encore; il ne suivra pas mon conseil; il paraît un peu indolent; du reste le meilleur garçon, et bien aimable. Il veut absolument être sous-préfet, et il le sera. Son père et sa mère iront vivre avec lui : sottise, selon moi. Il doit m'aboucher avec Villemain d'ici à quelques jours. Je crois que tout ira bien, et que nous aurons ici pleine satisfaction.

J'achèterai ici du sainfoin, qui est beaucoup meilleur marché que là-bas; j'en ai vu des tas à la halle, et je sais maintenant distinguer le bon du mauvais.

Fais toujours couper du mauvais bois. Si je n'arrivais pas le 2 ou le 3 avril, fais vendre les bourrées par Blondeau. Tu en fixeras le prix avec lui; ce doit être de seize à vingt-deux ou vingt-trois francs.

Je suis bien aise que tu plantes des châtaignes; il faut les mettre loin du bois.

A MADAME COURIER.

Mars 1819.

J'ai vu hier M. Guizot. Il m'a promis solennellement la destitution que je ne lui demandais pas. Je dois le revoir mercredi au soir; ainsi je ne puis partir que jeudi. Je dois voir d'ici à ce temps le ministre de la justice, dont j'espère beaucoup; ainsi j'espère que nous aurons raison de nos persécuteurs.

La lettre à l'Académie commence à faire sensation. B. m'a écrit une lettre d'une bêtise rare; tout le monde est content du style, excepté... M. Daunou, dont le suffrage n'est pas peu de chose, m'en a fait mille compliments; Villemain, Violet-le-Duc, il n'y a qu'une voix. Mais l'Académie est un peu sotte. Tout cela, je crois, me fera honneur. Villemain est enthousiasmé de mon Plutarque, et veut l'imprimer à tout prix.

Dis à Blondeau que ses affaires vont bien, que cependant je ne puis encore lui rien promettre.

[Dans l'intervalle compris entre mars et décembre 1819, Courier écrivait d'abord le plaidoyer pour Pierre Clavier Blondeau, son garde, que peu après il défendit lui-même au tribunal de Blois (ce qui n'empêcha point que le pauvre homme ne perdît son procès); ensuite il écrivit pour le *Censeur*, tout cela en soignant ses sainfoins, ses bois, ses vignes. Ce fut sa femme qu'il envoya en décembre à Paris pour y terminer quelques affaires, dont il paraît, aux lettres qu'il lui adresse, bien moins occupé que de savoir l'opinion de ses amis sur ses articles du *Censeur*].

A MADAME COURIER.

Tours, le 24 décembre 1819.

Tu me marques que tu as versé, et qu'il t'en coûtera soixante francs : voilà tout. Il paraît que tu n'es point blessee ; cependant ta tête est fêlée. Qu'est-ce que tout cela veut dire ? et pourquoi ne t'expliques-tu pas ?

Informe-toi doucement si l'on trouve que je fais bien d'écrire pour le *Censeur*. Haxo pourra te donner son avis là-dessus Demande-le-lui de ma part. Tu peux aussi interroger, mais moins directement, Duménil, si tu le vois. Il me semble que ce journal est bien peu répandu. Au reste, quand j'aurai mes livres, je pourrai m'occuper d'autres choses.

[Courier passa peu de mois sans aller à Paris, chacune de ses brochures étant imprimée sous ses yeux, à quelques exceptions près ; mais les lettres qu'il écrit à ces petits voyages n'ont de prix que pour sa famille, jusqu'au mois d'avril 1821.

De cette année 1820 sont datées :

Les deux dernières *Lettres au Censeur ;*

A MM. du Conseil de préfecture à Tours ;

Les deux *Lettres particulières.*

Au commencement de 1821, comme on parlait de donner Chambord au duc de Bordeaux, Courier conçut le *Simple discours.* Le peu d'amis auxquels il en parla l'engageaient à se presser pour saisir l'à-propos ; mais il résista à leurs sollicitations, et l'écrivit lentement avec ce soin achevé qui fait de ses moindres pamphlets des modèles de style en même temps que des ouvrages si piquants.

Suivent après, dans les lettres postérieures, tous les détails de ses succès, sa mise en jugement, le procès, etc.]

A MADAME COURIER.

Paris, avril 1821.

Je suis arrivé hier à neuf heures du soir. On m'a logé, quoique avec peine, à l'hôtel de Vauban. Tout est plein à cause du baptême du duc de Bordeaux. J'ai vu hier *** ; j'y dîne aujourd'hui. J'ai vu Bobée : il va imprimer mon Chambord. Cela viendra on ne peut pas plus à propos ; car on délibère actuellement si on poursuivra ce projet.

A MADAME COURIER.

Paris, juin 1822.

Ma grande affaire du pamphlet marche ; mais je ne sais encore si je serai mis en jugement. Cela sera décidé demain. On m'a beaucoup pressé, et même importuné, pour voir les juges ; je m'y suis refusé, et je crois que je fais bien, et on finit par en convenir. Je suis sûr de n'avoir point de tort. J'ai le public pour moi, et c'est ce que je voulais. On m'approuve généralement, et ceux mêmes qui blâment la chose en elle-même conviennent de la beauté de l'exécution. Deux personnes qui n'ont entre elles aucun rapport, car c'est M. Dubost et Étienne, m'ont dit que cette pièce est ce qu'on a fait de mieux depuis la révolution. Ainsi j'ai atteint le but que je me proposais, qui était d'emporter le prix. Plus on me persécutera, plus j'aurai l'estime publique.

A MADAME COURIER.

Paris, 10 juin 1821.

Il est décidé que je serai jugé par la cour d'assises. On te signifiera je ne sais quel grimoire qu'il faut me renvoyer. Ne t'inquiète point. On croit non-seulement possible, mais probable, que je m'en tirerai. Au reste, tu sais comme je pense. Mon but était de faire quelque chose qui fût bien, et il paraît que j'ai parfaitement réussi. Le reste s'arrangera.

J'ai vu aujourd'hui Hyacinthe, qui m'a reçu merveilleusement. Il a voulu absolument me mener chez son beau-frère. Autre réception, accueil, enthousiasme, etc. Sa mère se porte bien. Cassé était chez lui, qui est un peu maigri ; assez spirituel. Ta mère et Amelin m'ont servi de toute leur puissance, et se sont mis en quatre.

Tu me renverras, poste restante, ce que tu recevras relatif aux assises.

J'ai pris un avocat que tu connais peut-être. Il se nomme Berville. Il venait chez ta mère autrefois. C'est un jeune homme de beaucoup d'esprit et fort aimable.

Adieu, chère femme ; ménage surtout ta santé ; garde-toi de te rendre malade, car nous serions perdus tous. Toute l'existence de la famille roule sur toi seule à présent.

[Entre la mise en accusation et l'époque du jugement pour le *Simple discours*, Courier revint à la Chavonnière, et prépara sa défense, morceau admirable qu'il voulait prononcer lui-même, essayant ainsi de la tribune, et de l'effet qu'il pouvait produire sur une assemblée. Mais il ne se décida pas à parler, détourné un peu par son avocat, et beaucoup par une certaine indolence naturelle et la crainte de ne pas réussir à son gré [1].

Au mois d'août il retourne à Paris. Du commencement du mois est daté son pamphlet *Aux âmes dévotes*. Il le fit, celui-là, à Paris, contre son usage assez constant; car ordinairement il travaillait à la campagne, ne venant à Paris que pour faire imprimer.]

A MADAME COURIER.

Paris, août 1821.

Je viens de voir dans les gazettes que l'affaire de Cauchois-Lemaire sera jugée avant la mienne. Je crois cela fâcheux pour moi; je ne me repens point néanmoins de n'être pas venu le mois passé.

J'espère comme toi que notre Paul sera bon; mais il faut qu'il vive avec nous, ou du moins avec toi. Ainsi, soigne ta santé, d'où dépend la vie de nous trois.

Je vais voir aujourd'hui Bobée et Berville : nos jurés doivent être nommés. Je suis tout occupé à méditer ma harangue, que peut-être à la fin je ne prononcerai pas. Tous les avocats sont d'avis que je ne dise mot : le public s'attend que je parlerai. Nous verrons.

A MADAME COURIER.

Paris, août 1821.

Mon jury est abominable, et il y a peu d'espérance.

Quel bonheur que j'aie pu avoir cet appartement de Cousin! sans cela, je ne sais ce que je serais devenu : la chaleur est affreuse et Paris inhabitable. Tu es bien heureuse d'être à la Chavonnière.

---

1. Il achevait en même temps sa traduction du fragment d'Hérodote, et sa préface de ce même fragment. On voit dans la lettre suivante qu'il songe à le faire imprimer. Ce fut par Bobée et sans en tirer profit, mais seulement en 1822.

Je dois demain aller voir Berville à la campagne, chez son père, pour concerter ensemble toute notre défense ; il faut que je me prépare.

Dimanche.

J'ai fait hier un dîner d'avocats où je me suis assez diverti, chez Berville, à la campagne, aux Carrières de Charenton. J'ai pensé mourir de chaud en allant. On a beaucoup parlé de moi et de mon affaire : je te conterai tout cela. On croit généralement qu'ils n'oseront pas me condamner. Il y a des circonstances favorables que je ne puis t'écrire. On est fort curieux de savoir comment je me tirerai de ma harangue : les avocats croient et espèrent que je ne réussirai pas. Je suis à peu près sûr du succès, si je me décide à parler ; mais peut-être trouverai-je plus à propos de me taire.

Quoi qu'il arrive, je vais sûrement te rejoindre bientôt, car, quand même on me condamnerait, j'aurais selon toute apparence du temps pour mettre ordre à mes affaires. Je ne m'arrêterai ici que pour faire imprimer le plaidoyer de Berville et mon discours, ce qui sera bientôt expédié. Je meurs d'impatience de me revoir auprès de toi et de notre cher enfant ; sans vous deux je n'existe pas.

A MADAME COURIER.

Paris, 29 août 1821.

Deux mois de prison et deux cents francs d'amende, voilà le résultat d'hier.

Je ne puis absolument t'écrire. Je vais travailler à publier ma défense, et les plaidoyers pour et contre ; je ne sais si on me donnera du temps.

Tes lettres me font un plaisir que tu ne peux imaginer, et c'est mon seul bien ici où tout m'ennuie et m'excède. On me recherche, on veut me voir ; mais, ma foi, je ne suis pas assez content de mes vieux amis pour en vouloir de nouveaux. Toute ma parentaille est venue à mon jugement. J'ai manqué tomber en syncope.

Je devrais être ivre de louanges et de compliments ; j'en ai reçu hier à foison de toute part. Je m'étonne moi-même du peu de plaisir que cela me fait.

Si tu veux lire un rapport à peu près exact sur mon jugement de la cour d'assises, prends *le Courrier* d'aujourd'hui 29.

[Après son jugement, Courier resta quelque peu pour achever son *Procès de Paul-Louis Courier*. Mais tout empressé de revoir sa femme et son enfant, il revint en Touraine sans se donner le temps de le faire imprimer. Il mit ordre à ses affaires, et retourna à Paris en septembre ; il n'était pas encore décidé à se mettre en prison ; mais on verra, dans les lettres suivantes, les motifs qui le déterminèrent malgré sa répugnance.]

A MADAME COURIER.

Paris, septembre ou octobre 1821.

Toute réflexion faite, je crois que je ferai mieux de surveiller ici l'impression de mon Longus que l'on va commencer, et pour cela je me mettrai à Sainte-Pélagie. J'emploierai mon temps utilement, et ce temps passé, je serai quitte. Cependant je ne puis encore prendre aucune résolution. Mon Jean de Broë parait demain. On y travaille le dimanche ; je crois qu'il aura du succès, et achèvera de me mettre bien avec le public.

La censure a rayé dans *le Miroir* l'annonce de mon Jean de Broë ; on ne sait si les autres feuilles pourront l'annoncer. C'est à présent le temps des élections.

Il faut que tu me copies deux passages de Brantôme ; c'est dans le tome 3e, page 171 et page 333. Dans chacune de ces deux pages tu trouveras ces quatre mots : *quand tout est dit*. Copie, et envoie-moi les deux passages où se trouvent ces mots.

A MADAME COURIER.

Paris, jeudi matin, juin 1821.

Ma brochure a un succès fou ; tu ne peux pas imaginer

cela ; c'est de l'admiration, de l'enthousiasme, etc. Quelques personnes voudraient que je fusse député, et y travaillent de tout leur pouvoir. Je serais fort fâché que cela réussît, par bien des raisons que tu devines. Je n'oserais refuser ; mais je suis convaincu que ce serait pour moi un malheur. Cela ne me convient point du tout. Au reste, il y a peu d'apparence, car je crois que je ne conviens à aucun parti.

A MADAME COURIER.

Paris, jeudi matin, 11 octobre 1821.

Ce soir, je m'établis à Sainte-Pélagie, non sans beaucoup de répugnance. On y est fort bien ; on ne manque de rien ; on voit du monde ; on reçoit des visites de dehors plus que je m'en voudrais. Cependant..... Tu sais ce que je pense sur la sottise de ceux qui se mettent en prison. Dieu veuille que je ne m'en repente pas.

Le mari de Z... est furieux contre moi à cause de ma dernière brochure. Il prétend que cela le compromet beaucoup. Tu vois ce que c'est qu'une place. Tout le monde est pour moi ; je peux dire que je suis bien avec le public. L'homme qui fait de jolies chansons disait l'autre jour : A la place de M. Courier, je ne donnerais pas ces deux mois de prison pour cent mille francs. Ne me plains donc pas trop, chère femme, si ce n'est d'être séparé de toi.

Un vieux président que tu as vu chez ta tante a dit qu'il était fâcheux que cet arrêt ne pût être cassé ; qu'il était ridicule. Il paraît que ce n'est pas seulement son opinion. Il ne parle jamais, dit-on, que d'après d'autres.

Ne réponds pas à tout ceci, et ne me mets rien dans tes lettres qui ne puisse être vu de tout le monde.

J'allai hier voir le local qu'on me destine : il me paraît bien disposé, au midi, sec, en bon air. Tous ces gens-là ont la mine de se bien porter ; ils reçoivent des visites sans fin jusqu'à huit heures du soir. Il y avait là trois jeunes femmes ou filles très-jolies.

A MADAME COURIER.

Paris, dimanche, 14 octobre 1821.

Je suis entré ici le 11 ; c'était, je crois, jeudi dernier. Je suis étonné de n'avoir point de lettres de toi depuis ce temps. J'ai peur qu'il ne s'en soit perdu quelqu'une ; j'en serais bien fâché. J'attends de toi des nouvelles importantes. Sois tranquille sur mon compte ; je suis aussi bien qu'on peut être en prison : bien logé, bien nourri ; du monde quand j'en veux, et des gens fort aimables ; logement sain, air excellent. J'espère n'être point malade ; c'était tout ce que je craignais.

Te rappelles-tu deux volumes que nous avait prêtés la Homo[1] sur *l'histoire de la peinture en Italie?* l'auteur[2] vient de me les envoyer avec cette adresse : hommage au peintre de Jean de Broë. Je reçois *le Constitutionnel* sans y être abonné. Je ne sais à qui je dois cette galanterie.

Je suis dans une chambre grande comme ta chambre jaune, exposée au midi ; point de cheminée ; en hiver on met un poêle ; couché sur un lit de sangle et un matelas de crin que j'ai apporté ; une petite table pour écrire ; une autre pour manger. Je mange chez moi ; on m'apporte de chez un restaurateur assez passable, aux prix ordinaires. Ma chambre donne comme les autres sur un long corridor. On m'enferme, le soir à neuf heures, à double tour ; cela me contrarie extrêmement, quoique je n'aie nulle envie de sortir. On m'ouvre le matin à la pointe du jour. Nous avons une promenade grande comme le quartier de terre d'Isambert : nous n'en jouissons qu'à certaines heures. Le reste du jour, elle appartient aux prisonniers pour dettes, qui sont séparés de nous. On vient nous voir de dehors ; mais il faut aller demander à la police une permission qui ne se refuse pas ; cependant c'est un ennui. Il y en a qui aiment mieux être ici qu'en pays

1. Libraire de Tours.
2. M. Beyle, connu sous le pseudonyme de *Stendal.*

étranger, et je crois qu'ils ont raison; cependant je main-
tiens toujours que c'est une grande sottise de se mettre en
prison. Il y a ici un homme qui l'a faite cette sottise-là, et
s'en repent cruellement. Cauchois-Lemaire voit sa femme
tous les jours, et beaucoup d'autres gens; il me paraît tellement accoutumé à ceci qu'il n'y pense seulement pas. Pour
moi, cinq jours, depuis que je suis enfermé, m'ont paru longs,
et les cinquante-cinq qui me restent me paraissent aussi bien
longs.

Adieu! trésor. Embrasse le cher Paul.

A MADAME COURIER.

Sainte-Pélagie, mardi, octobre 1821.

J'ai eu des nouvelles d'Émilie par Béranger, avec qui j'ai
dîné hier. Elle va partir pour l'Amérique avec son mari, qui
la vient chercher. Béranger la dit fort aimable et très-spiri-
tuelle. Elle se vante de nous connaître, et d'être liée avec
toi : c'est depuis qu'on parle de nous. On en parle beaucoup, et chaque jour j'ai des preuves du grand effet de ma
drogue.

Vendredi.

J'ai encore dîné hier avec le chansonnier : il imprime le
recueil de ses chansons, qui paraît aujourd'hui. C'est une
grande affaire, et il pourrait bien avoir querelle avec maître
Jean Broë. Il y a de ces chansons qui sont vraiment bien
faites : il me les donne.

Samedi.

Je rêve souvent de Paul et de toi, et sans dormir je m'imagine souvent que je vous tiens dans mes bras l'un et l'autre.
Le temps me paraît long, quoique je sois fort occupé. Ce
n'est pas vivre pour moi que d'être sans vous deux.

A MADAME COURIER.

Sainte-Pélagie, octobre.

Ta description de Paul à table m'enchante. Que ne suis-je

avec vous deux ! Cependant mon absence aura cela de bon, que tu t'accoutumeras à te passer de moi pour toutes les affaires.

Je reçois des visites qui me font perdre un temps bien précieux. C'est à présent surtout que mes journées sont chères. Ta tante m'a fait demander si je tenais beaucoup à la voir.

Les chansons de Béranger, tirées à dix mille exemplaires, ont été vendues en huit jours. On en fait une autre édition. On lui a ôté sa place; il s'en moque; il en trouvera d'autres chez des banquiers ou négociants, ou dans des administrations particulières. Il était là simple copiste expéditionnaire. On ne sait s'il sera inquiété; je ne le crois pas. Il a pourtant chanté des choses qui ne se peuvent dire en prose.

Mes drogues se vendent aussi très-bien, et le marchand est venu m'annoncer ici que nous pourrions bientôt compter ensemble. Je crois que j'ai bien fait de m'en tenir au marché à moitié. On le dit honnête homme; et c'est pour commencer. Je le tiens par l'espérance.

A MADAME COURIER.

Le 3 ou 4 novembre 1821.

Violet-le-Duc m'est venu voir avec Bobée. Il veut avoir mes notes sur Boileau. Je serai obligé de leur donner quelque chose qui me fera perdre un temps infiniment précieux.

B. vient aussi me tourmenter : il m'a tenu trois heures aujourd'hui. La perte de ces heures est irréparable pour moi et pour mon Longus qui s'imprime. Il est probable que jamais je n'aurai le temps d'y retoucher après cette édition, qui n'est cependant pas telle que je la voudrais. J'ai heureusement donné quelques touches imperceptibles à ma lettre à Renouard, qui, sans y rien changer, raniment quelques endroits, mettent des liaisons qui manquaient. Je suis assez content de cela.

Je relis ton excellente lettre. Toute réflexion faite, je suis bien aise que tu sois jeune, pour moi et pour notre fils. Je lui parlais hier tout haut sans y penser. Tes détails me ravissent.

Il fait un bien beau temps. Que je serais heureux avec toi et notre cher Paul! Il faut lui garder toutes nos lettres, afin qu'il voie quelque jour combien il a été aimé. Je ne puis me consoler d'avoir perdu celles de mon père.

A MADAME COURIER.

Sainte-Pélagie, jeudi 8 novembre 1821.

On a donné ma dernière brochure à éplucher à un substitut, pour voir s'il n'y aurait pas moyen de me faire un second procès. On prétend qu'elle ne sera point attaquée, et je l'espère. Je ne conçois même pas qu'on y puisse rien attaquer. Tout se réduit à dire que de Broë est un sot. Ainsi je suis fort tranquille, et tu ne dois point t'inquiéter.

J'ai vu d'autres personnes que tu ne connais pas. Cousin est très-malade de la poitrine. Quoique je sois fort occupé, mon temps passe bien lentement. Je suis moins patient que ceux qui ont cinq ans à demeurer ici. Une prolongation ne me plairait nullement. Mais cela n'est pas à craindre.

À MADAME COURIER.

Le 16 novembre 1821.

Me voici levé à quatre heures, et l'homme qui tousse toujours m'empêche de travailler. Je l'écoute, et il me semble que j'ai mal à la poitrine.

Je quitte à l'instant Béranger, qui va être jugé, et sans doute condamné. J'ai vu le député qui se nomme comme ton charretier de Saint-Avertin. C'est un brave homme; il est de mon âge, et il a une jeune femme. Mais cette femme n'est pas une Minette; elle aime la dépense et le plaisir.

30

Madame Shœnée est venue ici voir un prisonn.er son parent. Elle a fait un éloge de toi qui a charmé toutes ces bonnes gens. Ils sont venus me le redire, et je suis convenu avec eux qu'il en était quelque chose.

Samedi.

J'ai reçu tout à l'heure un colonel fameux[1] dont je te dirai le nom. Je le crois homme de mérite, et je ne m'étonne pas qu'il ait l'ambition de se distinguer.

[Courier, rendu à sa famille, se trouva si heureux de la tranquillité de ses champs et de la paix dont il jouissait, qu'il jura bien de ne plus se brouiller avec les procureurs du roi, et, pour cela faire, il composa peu, quoiqu'il demeurât plusieurs mois sans aller à Paris. A cette époque seulement, il termina complétement le fragment, premier publié, d'Hérodote, et corrigea son *Daphnis et Chloé* (dont alors il fixa le texte), pour la collection des romans grecs de Merlin; il revit aussi le *Théagène et Chariclée* de cette même collection.

Il assemblait des matériaux pour une édition des *Cent Nouvelles nouvelles*. Elle aurait été fort précieuse. Ce travail est tout informe, et rien malheureusement n'en peut être profitable au public.

Cependant, entraîné par son penchant, il ne put se tenir de fronder *un petit*, et il fit la Pétition pour les villageois qu'on empêche de danser. Il s'imaginait assurément n'être pas inquiété pour ce pamphlet-là, et continua en toute sécurité ses études habituelles. La chose n'alla point ainsi que Courier l'avait espéré. Pendant son absence momentanée, une saisie de cette pétition fut faite à la Chavonnière, et Courier lui-même, après une courte apparition en Touraine, reçut du juge d'instruction un mandat pour être interrogé à Paris. On connaît l'issue de ce procès : il fut acquitté, mais on garda l'ouvrage saisi.

Le jugement eût peut-être été plus sévère, si on eût su que, malgré les embarras où il était actuellement plongé, Courier, en se rendant à Paris pour cette nouvelle affaire, avait dans sa poche la *Première Réponse aux Anonymes*. Mais, devenu prudent à ses dépens, il cacha son nom, et la laissa imprimer au *premier venu*, revoyant néanmoins les épreuves avec un soin extrême.

Les deux premières lettres suivantes rendent compte de ses démarches.]

A MADAME COURIER.

Paris, mercredi 1822.

J'ai vu hier madame Arnoult; je suis allé chez elle, comptant apprendre des choses qui auraient pu m'être utiles; mais

1. Fabvier.

Je n'ai rien appris. Je l'ai trouvée changée; elle a été surprise, au contraire, de me voir si peu vieilli. Ils m'ont fait de grands compliments sur ma réputation. J'ai été étonné de la trouver si bien informée ; car ils sont à mille lieues de la littérature ; enfin je me suis amusé une heure.

Un M. Henin, chez la veuve, s'est vanté de te connaître. Le connais-tu? Je ne t'en ai jamais entendu parler. Il est antiquaire, je l'ai vu jadis je ne sais où. Il parle très-bien l'italien ; il dit que tu es belle, que tu vaux un trésor. Cela prouve qu'il a du moins vu des gens qui te connaissaient.

On m'a envoyé gratis un cours d'agriculture pratique en sept ou huit cahiers. Cela est trop scientifique.

Je trouve ici, en rentrant chez moi, un mandat du juge d'instruction pour être interrogé demain.

A MADAME COURIER.

Mardi, 1822.

Me voici dans mon nouveau logement, où je vois de mon lit la moitié de Paris et une belle campagne. La jardinière me fait mon manger. Je suis à peu près, pour vivre, comme à la Filonnière.

Je m'occupe de la *Réponse aux Anonymes*. On imprime l'Hérodote. Tu peux croire que je suis occupé, mais je serai ici à merveille pour tout.

Il faut que je te quitte ; il est dix heures, je vais à mon jugement.

Jeudi.

Mon affaire est remise à mardi ; je compte faire défaut. J'ai dîné hier chez Cauchois-Lemaire avec Manuel, Béranger et des femmes. Béranger me conte qu'Émilie est en Amérique. Elle est allée d'abord aux États-Unis, où elle s'ennuyait fort; puis la fièvre jaune étant venue, je ne sais où Émilie s'en est allée. Son mari va à Saint-Domingue sans elle.

Je lis un livre saisi, défendu, qui est fort curieux ; ce sont les *Mémoires* nouvellement imprimés de Madame, duchesse d'Orléans, mère du duc d'Orléans régent. On voit bien là ce que c'est que la cour; il n'y est question que d'empoisonnement, de débauche de toute espèce, de prostitution. Ils vivaient vraiment pêle-mêle.

[Des lettres que Courier écrivit fort régulièrement à sa femme, pendant ses fréquents voyages cette année 1823, très-peu auraient de l'agrément pour le public. Entendu à demi-mot par son correspondant, il n'a besoin souvent que d'une ligne ou d'une phrase pour le tenir au courant de leurs affaires les plus intimes; n'employant d'ailleurs nulle circonlocution pour exprimer l'éloge ou le blâme des objets dont il est frappé. Il continua, selon sa coutume, de composer à la campagne, et retournait à Paris pour chaque nouvelle brochure, ne se fiant à personne du soin de les faire imprimer. Il y porta, au mois de février, sa *Seconde Réponse aux Anonymes*. Selon toute apparence, cette lettre, ou pour mieux dire, les recherches qu'elle nécessita sur des choses très-délicates et très-cachées, eurent pour Courier de graves conséquences.

Suivent, en ordre de date, le *Livret de Paul-Louis*;

La Gazette de village, toute de faits véritables, et qui peut-être quelque jour sera annotée;

Puis la *Pièce diplomatique*, laquelle fut composée à Paris;

Enfin *les petits articles*, publiés en leur temps dans plusieurs journaux, et auxquels deux ou trois lettres ci-jointes pourront former un utile complément.]

Á MADAME LA COMTESSE D'ALBANY,

A FLORENCE.

Paris, le 12 novembre 1822.

Madame, puis-je espérer avoir de vos nouvelles par madame Clavier, ma belle-mère, qui vous remettra la présente? vous n'avez point oublié, je pense, un helléniste qui eut l'honneur de vous accompagner avec M. Fabre dans votre voyage de Naples, et se rappelle toujours avec un grand plaisir cette époque de sa vie. Vous ne savez pas, madame, que j'écrivis alors une relation de ce voyage et de toutes nos conversations, dans lesquelles nous n'avions point du tout l'air de nous ennuyer. J'ai tout cela en manuscrit, et quelque jour j'aurai l'honneur de vous le faire voir, si Dieu permet que je retourne dans ce beau pays où votre séjour est fixé. Un des motifs les plus puissants pour me ramener en Italie, ce serait, madame, l'espérance de vous y revoir et de jouir encore de votre conversation, aussi instructive qu'agréable. En attendant, permettez, je vous prie, que madame Clavier ait l'honneur de vous voir, et me puisse apprendre à son retour, comment vous vous portez. Cette occasion de me rappeler à votre souvenir m'est trop précieuse pour que je la laisse échapper, et j'en profite en vous priant, madame, de me croire toute la vie, etc.

A MADAME COURIER.

Lundi, novembre 1823.

Un libraire sort d'ici, qui a entendu parler de toi chez madame Dumenis.

Ce libraire veut avoir mon portrait pour le faire lithographier. Je l'ai envoyé promener. Il dit qu'il l'aura malgré moi.

Langlois s'est fait agent de change. C'était bien la peine d'épouser une marquise.

J'ai vu hier M. de La Fayette. Tu as pu voir dans les journaux que le gouvernement des États-Unis envoie un vaisseau pour le prendre et le conduire là-bas. Il me propose de l'accompagner, et j'en serais presque tenté. Il ne sera que huit ou dix mois à aller et revenir.

[Au mois de mars 1824, Courier retourna à Paris, emportant son *Pamphlet des Pamphlets* achevé. Occupé d'un grand projet pour lequel il jugeait le secret nécessaire, il lui parut favorable à son dessein de publier quelque chose où la politique n'entrât pour rien, et qui pût sembler inoffensif à MM. les procureurs du roi. La troisième des lettres suivantes contient son propre jugement sur le Pamphlet.]

A MADAME COURIER.

Mercredi des cendres 1824.

Si tu lisais les journaux, tu y verrais l'annonce de ma brochure, qui n'est pas encore imprimée, et déjà excite vivement la curiosité.

30.

L***, ancien aide de camp de Bonaparte, vient de marier sa fille avec 500,000 fr. à M. de B***, qui n'a rien que son nom. A l'église le curé a fait un beau discours, où il n'a parlé que du marié, de sa noblesse et de son nom, et de son illustre famille, sans dire un mot de la mariée ni de ses parents. Il a deux ans de moins que sa femme. L'autre jour j'ai dîné chez madame C***, et je lui ai dit : Ne donnez point votre fille à un homme de cour. J'ai vu que cela ne lui plaisait pas. Ils feront comme L***. J'oubliais de te dire que toute la famille de M. de B*** est indignée de ce mariage.

A MADAME COURIER.

Jeudi matin, mars 1824.

On m'envoie ici *le Feuilleton*. Je ne sais pourquoi ni comment ils m'ont pu découvrir et savoir mon adresse. J'en suis fâché. Cette lecture aurait pu t'amuser là-bas.

J'ai dîné lundi chez Hersent, et de là on m'a mené chez madame Gay, auteur, où j'ai entendu la lecture d'une comédie. Il y avait là beaucoup de monde. Madame Regnault de Saint-Jean-d'Angely m'a fait de grandes amitiés ; elle est encore belle. Lémontey y était ; Elleviou, tellement vieilli que je ne l'ai pas reconnu ; madame Dugazon, qui m'a parlé aussi, et d'autres ; mademoiselle Delphine Gay, qui fait des vers assez beaux à dix-sept ans ; mais je crois qu'elle en a bien vingt. Tout cela ne m'amuse point.

On imprime ma drogue, qui, je crois, ne sera point saisie. J'en ai débité quelques morceaux de mémoire. Ils font plaisir à tout le monde. On est furieusement prévenu en ma faveur.

Je dîne aujourd'hui chez Gasnault, demain chez madame ***.

Tout cela m'ennuie. J'aime mieux Hersent et sa femme. Ils ont une maison agréable. Ils gagnent beaucoup tous deux, et ils maudissent le métier. Leur santé est mauvaise.

A MADAME COURIER.

Mercredi

J'ai reçu ta lettre dimanche. Mais voici du nouveau qui ne te déplaira pas. C'est madame Shœnée qui achète notre Filonnière. Mon homme barguignait un peu ; elle ne savait point ce marché. Je craignais des difficultés. Sur quelques mots que je lui dis, elle me fit des offres. J'acceptai. Nous conclûmes, et nous avons signé hier une promesse de contrat. Ainsi l'affaire est faite. J'ai broché un sous-seing comme j'ai pu ; il fallait bien signer quelque chose. Voici notre marché avec madame Shœnée : je lui vends le fonds 50,000 fr., les bois sur pied 21,875 ; en tout 71,875. Tu me demandes pourquoi ce compte biscornu : elle ne veut me payer que 70,000.

On imprime ma drogue[1], qui n'en vaut guère la peine, ce me semble.

[Paul-Louis revint à la campagne en mai. Il ébaucha les deux nouveaux fragments d'Hérodote qu'on publie, et qu'il n'acheva que plus tard, sans néanmoins y avoir mis la dernière main. Mais occupé d'affaires d'intérêt assez importantes, il suspendit momentanément ses études littéraires. Il fit quatre fois le voyage de Touraine en peu de mois, et passa à Paris janvier 1825 et la moitié de février. Rendu au repos, Paul-Louis retourna le 17 février à la Chavonnière, ayant, de concert avec sa femme qu'il laissait à Paris, formé le projet de revenir sous peu l'y retrouver, et peut-être pour n'en plus quitter. En achevant de couper son bois, il s'occupait à revoir le recueil des cent lettres, auquel il attachait beaucoup de prix ; il se préparait en même temps à un travail de plus longue haleine que tout ce qu'il avait fait jusqu'alors, quand il fut assassiné, le 10 avril 1825.]

1. Le *Pamphlet des Pamphlets*.

PAMPHLETS

LITTÉRAIRES

AVERTISSEMENT

SUR LA LETTRE A M. RENOUARD.

Pour l'intelligence de ce qui suit, il faut premièrement savoir que Paul-Louis, auteur de cette lettre, ayant découvert à Florence, chez les moines du mont Cassin, un manuscrit complet des Pastorales de Longus, jusque-là mutilées dans tous les imprimés, se préparait à publier le texte grec et une traduction de ce joli ouvrage, quand il reçut la permission de dédier le tout à la princesse : ainsi appelait-on en Toscane la sœur de Bonaparte, Élisa. Cette permission, annoncée par le préfet même de Florence, et devant beaucoup de gens, à Paul-Louis, le surprit. Il ne s'attendait à rien moins et refusa d'en profiter, disant pour raison que le public se moquait toujours de ces dédicaces ; mais l'excuse parut frivole : le public, en ce temps-là, n'était rien, et Paul-Louis passa pour un homme peu dévoué à la dynastie qui devait remplir tous les trônes. Le voilà noté philosophe, indépendant, ou pis encore, et mis hors de la protection du gouvernement. Aussitôt on l'attaque ; les gazettes le dénoncent comme philosophe d'abord, puis comme voleur de grec. Un *signor Puccini*, chambellan italien de l'auguste Élisa, *quelque peu clerc*, écrit en France, en Allemagne ; cette vertueuse princesse elle-même mande à Paris qu'un homme, ayant trouvé par hasard, déterré un morceau de grec précieux, s'en était emparé pour le vendre aux Anglais. Cela voulait dire qu'il fallait fusiller l'homme et confisquer son grec, s'il y eût eu moyen ; car déjà les savants étaient en possession du morceau déterré qui complétait Longus, de ce nouveau fragment en effet très-précieux, imprimé, distribué gratis avec la version de Paul-Louis.

Un autre Florentin, un professeur de grec appelé Furia, fort ignorant en grec et en toute langue, fâché de l'espèce de bruit que faisait cette découverte parmi les lettrés d'Italie, met la main à la plume, comme feu Janotus, et compose une brochure. Les brochures étaient rares sous le grand Napoléon : celle-ci fut lue de-là les monts, et même parvint à Paris. M. Renouard, libraire, accusé dans ce pamphlet de s'entendre avec Paul-Louis pour dérober du grec aux moines, répondit seul ; Paul-Louis pensait à autre chose.

Il parut aussi des estampes dont une le représentait dans une bibliothèque, versant toute l'encre de son cornet sur un livre ouvert ; et ce livre, c'était le manuscrit de Longus. Car il y avait fait, en le copiant, comme il est expliqué dans l'écrit qu'on va lire, une tache, unique prétexte de la persécution et de tant de clameurs élevées contre lui. On criait qu'il avait voulu détruire le texte original, afin de posséder seul Longus. Une excellence à portefeuille trouve ce raisonnement admirable, et, sans en demander davantage, ordonne de saisir le grec et le français publiés par Paul-Louis à Rome et à Florence ; et ce fut une chose plaisante ; car, de peur qu'il n'eût seul ce qu'il donnait à tout le monde, le visir de la librairie, ne sachant ce que c'était que grec ni manuscrits, connaissant aussi peu Longus que son traducteur, d'abord avait écrit de suspendre la vente de l'œuvre, quelle qu'elle fût ; puis, apprenant qu'on ne vendait pas, mais qu'on donnait ce grec et ce français au petit nombre d'érudits amateurs de ces antiquités, il fit séquestrer tout, pour empêcher Paul-Louis de se l'approprier. Celui-ci ne s'en émut guère, et laissait sa Chloé dans les mains de la police, fort résolu à ne jamais faire nulle démarche pour l'en tirer ; mais à la fin, il eut avis qu'on allait le saisir lui-même et l'arrêter. Cela le rendit attentif, et il commençait à rêver aux moyens de sortir d'affaire, quand il fut mandé chez le préfet de Rome, où il était alors, pour donner des éclaircissements sur sa conduite, ses liaisons, son état, son bien, sa naissance et son pâté d'encre, le tout par ordre supérieur. Il écrivit à ce préfet, non sans humeur ; voici sa lettre :

« Monsieur, j'ai négligé de répondre aux calomnies dirigées con-
« tre moi depuis environ un an, croyant que ces sottises feraient
« peu d'impression sur les esprits sensés ; mais puisque le ministre
« y met de l'importance, et qu'enfin il faut m'expliquer sur ce pi-
« toyable sujet, je vais donner au public, devant lequel on m'accuse,
« ma justification aussi claire et précise qu'il me sera possible. Vous
« recevrez, monsieur, le premier exemplaire de ce mémoire très-
« succinct, où Son Excellence trouvera les renseignements qu'elle
« désire. »

Le préfet répondit : « Monsieur, gardez-vous bien de rien publier
« sur l'affaire dont il est question ; vous vous exposeriez beaucoup,
« et l'imprimeur qui vous prêterait son ministère ne serait pas
« moins compromis. »

Il s'agissait d'un pâté d'encre, et remarquez, car il y a en toute histoire moralité, tout est matière d'instruction à qui veut réfléchir ; admirez en ceci la doctrine du pouvoir : les calomnies s'impriment, mais la réponse, non. Chacun peut bien dire au public, dans les pamphlets, dans les journaux, Paul-Louis est un voleur ; mais il ne faut pas que celui-ci puisse parler au même public et montrer qu'il est honnête homme. Le ministre évoque l'affaire à son cabinet, où lui seul en décidera, et fera Paul-Louis honnête homme ou fripon, selon qu'il croira convenir au service de Sa Majesté, selon le bon plaisir de Son Altesse Impériale madame Bacciochi.

Paul-Louis, bien empêché, récrivit au préfet : « Monsieur, j'i-

« gnorais qu'il fallût votre permission pour imprimer mon petit
« mémoire justificatif; mais puisqu'elle m'est nécessaire, je vous
« supplie de me l'envoyer. » Il n'eut point de réponse, et l'avait
bien prévu. Heureusement il se souvint d'un pauvre diable d'imprimeur nommé Lino Contadini, qui demeurait près de la Sapience,
n'imprimait que des almanachs, et devait être peu en règle avec la
nouvelle censure. Il va le trouver, et lui dit : *Or, sù, presto, sbri-
ghiamola e si stampi questa cosa per l'eccellentissimo signor prefetto
di pulizia;* c'est-à-dire : Vite, qu'on imprime ceci pour monseigneur
excellentissime préfet de police (ou de propreté, car c'est le même
mot en italien). A quoi le bonhomme répondit : *Padron mio riverito,
come farò? Non capisco parola di francese; che vuol ella ch'io possa
raccapezzar mai in questo benedetto straccio pieno di cossature?* Mon
cher monsieur, comment ferai-je? n'entendant pas un mot de français, que puis-je comprendre à ce chiffon tout plein de ratures? —
Eh bien! repartit Paul-Louis, nous y travaillerons ensemble; mais
dépêchons, le préfet attend. Les voilà donc à la besogne, et Paul-
Louis, compositeur, correcteur, imprimeur et le reste. Ce fut un
merveilleux ouvrage que cette impression : il y avait dix fautes par
ligne, mais à toute force on pouvait lire. La chose achevée, vient
un scrupule à ce bonhomme d'imprimeur : Ne nous faudrait-il pas,
dit-il, pour faire ce que nous faisons, une permission, *un permesso?*
— Non, dit Paul-Louis. — Si fait, dit l'autre. — Eh quoi! pour le
préfet? — Attendez, dit Lino; je reviens tout à l'heure. Il s'en va
chez le préfet, et cependant Paul-Louis fait un paquet d'une centaine d'exemplaires qu'il emporte. Un quart d'heure après, l'imprimerie était pleine de sbires. Ce sont les gendarmes du pays.

Ayant ce qu'il voulait à peu près, Paul-Louis écrivit encore au
préfet une dernière lettre : « Monsieur, j'ai trompé l'imprimeur
« Lino. Je lui ai fait accroire qu'il travaillait pour vous; je lui ai
« parlé en votre nom et comme chargé de vos ordres. Je l'ai hâté
« en l'assurant que vous attendiez impatiemment le résultat de son
« travail; enfin tous les moyens que j'ai pu imaginer, je les ai mis
« en œuvre pour abuser cet homme, qui, pensant vous servir, igno-
« rait ce qu'il faisait. Après une telle déclaration, je vous crois,
« monsieur, trop raisonnable pour vous en prendre à lui, et non
« pas à moi seul, de la publication de mon factum littéraire. Je ne
« vous prie plus que de vouloir bien l'adresser avec cette lettre au
« ministre, curieux de savoir à quoi je m'occupe et qui je suis. »

Le pauvre Lino fut arrêté, interrogé, réprimandé et renvoyé. Le
préfet n'adressa au ministre ni lettre ni brochure; mais bientôt
après il reçut une verte semonce de ses maîtres. Laisser imprimer,
publier la plainte d'un homme maltraité, quelle bévue pour un préfet! L'espèce de supercherie dont il avait été la dupe ne l'excusait
pas aux yeux d'un gouvernement fort. Il était responsable, la plainte
avait paru; c'était sa faute à lui, gagé précisément pour empêcher

31

cela. Il en faillit perdre sa place, et c'eût été dommage vraiment; il ne serait pas ce qu'il est (conseiller d'État) aujourd'hui, s'il eût cessé alors de servir les dynasties.

Paul-Louis, depuis ce temps, vécut à Rome tranquille, n'entendant plus parler de préfet ni de ministre. Sa lettre fit du bruit, en Italie surtout. Les Lombards se réjouirent de voir Florence moquée et traitée d'ignorante. Quelques écrits parurent en faveur de Paul-Louis : on voulut y répondre, mais le gouvernement l'empêcha, et imposa silence à tous. On redoutait alors la moindre discussion dont le public eût été juge. Celle-ci, d'abord sotte et ridicule seulement, eut des suites sérieuses, fâcheuses, même tragiques. Furia en fut malade, Puccini en mourut; car étant à dîner un jour chez la comtesse d'Albani, veuve du prétendant d'Angleterre, il se prit de querelle avec un des convives qui défendait Paul-Louis, et s'emporta au point que, de retour chez lui le soir, il écrivit une lettre d'excuses à madame d'Albani, se mit au lit, et mourut, regretté d'un chacun, car il était bon homme, à la colère près. Paul-Louis n'en fut pas cause, comme on le lui a reproché; mais s'il eût pu prévoir cette catastrophe, la crainte de tuer un chambellan ne l'eût pas empêché apparemment d'écrire, quand il crut le devoir faire, pour sa propre défense.

Ce qui, dans cette brochure, déplut, ce fut un ton libre, un air de mécontentement fort extraordinaire alors, la façon peu respectueuse dont on parlait des employés du gouvernement; mais plus que tout, ce fut qu'on y faisait connaître la haine de l'Italie pour ce gouvernement et pour le nom français. Bonaparte croyait être adoré partout, sa police le lui assurait chaque matin : une voix qui disait le contraire embarrassait fort la police, et pouvait attirer l'attention de Bonaparte, comme il arriva; car un jour il en parla, voulut savoir ce que c'était qu'un officier retiré à Rome qui faisait imprimer du grec. Sur ce qu'on lui en dit, il le laissa en repos.

PAMPHLETS LITTÉRAIRES

LETTRE

A M. RENOUARD, LIBRAIRE

SUR

UNE TACHE FAITE A UN MANUSCRIT DE FLORENCE

J'ai vu, monsieur, votre notice d'un fragment de Longus nouvellement découvert, c'est-à-dire votre apologie au sujet de cette découverte, dans laquelle on vous accusait d'avoir trempé pour quelque chose. Il me semble que vous voilà pleinement justifié, et je m'en réjouirais avec vous, si je pouvais me réjouir. Mais cette affaire, dont vous sortez si heureusement, prend pour moi une autre tournure, et tandis que vous échappez à nos communs ennemis, je ne sais en vérité ce que je vais devenir.

On me mande de Florence que cette pauvre traduction dont vous avez appris l'existence au public vient d'être saisie chez le libraire, qu'on cherche le traducteur, et qu'en attendant qu'il se trouve, on lui fait toujours son procès. On parle de poursuite, d'information, de témoins, *et l'on se tait du reste* [1].

Voyez, monsieur, la belle affaire où vous m'avez engagé; car ce fut vous, s'il vous en souvient, qui eûtes la première pensée de donner au public ce malheureux fragment. Moi, qui

---

1. **Hémistiche de Corneille**, allusion hardie à l'intervention de l'auguste princesse, au refus de la dédicace, et autres faits connus alors de tout le monde à Florence, et peut-être même dans les faubourgs.

le connaissais depuis deux ans, quand je vous en parlais à Bologne, je n'avais pas songé seulement à le lire.

> Sans ce fragment fatal au repos de ma vie,
> Mes jours dans le loisir couleraient sans envie ;

je n'aurais eu rien à démêler avec les savants florentins, jamais on ne se serait douté qu'ils sussent si peu leur métier, et l'ignorance de ces messieurs, ne paraissant que dans leurs ouvrages, n'eût été connue de personne.

Car vous savez bien que c'est là tout le mal, et que cette tache dont on fait tant de bruit, personne ne s'en soucie. Vous n'avez pas voulu le dire, parce que vous êtes sage. Vous vous renfermez dans les bornes strictes de votre justification, et par une modération dont il y a peu d'exemples, en répondant aux mensonges qu'on a publiés contre vous, vous taisez les vérités qui auraient pu faire quelque peine à vos calomniateurs. A quoi vous servait en effet, assuré de vous disculper, d'irriter des gens qui, tout méprisables qu'ils sont, ont une patente, des gages, une livrée; qui, sans être grand'chose, tiennent à quelque chose, et dont la haine peut nuire? Et puis ce que vous taisiez, vous saviez bien que je serais obligé de le dire, que vous seriez ainsi vengé sans coup férir, et que le diable, comme on dit, n'y perdrait rien.

Pour moi, tant que tout s'est borné à quelques articles insérés dans les journaux italiens, à quelques libelles obscurs signés par des pédants, j'en ai ri avec mes amis, sachant que, comme vous le dites très-bien, peu de gens s'intéressent à ces choses, et que ceux-là ne se méprendraient pas aux motifs de tant de rage et de si grossières calomnies. Depuis huit mois que ces messieurs nous honorent de leurs injures, vous savez en quels termes je vous en ai écrit : *c'était*, vous disais-je, *une canaille* [1] *qu'il fallait laisser aboyer.* J'avais raison de les mépriser ; mais j'avais tort de ne pas les craindre,

---

1. Canaille, des chambellans ! Ceci parut un peu fort, et quelques personnes voulaient que l'auteur le supprimât.

et, à présent que je voudrais me mettre en garde contre eux, il n'est peut-être plus temps.

Je fais cependant quelquefois une réflexion qui me rassure un peu : Colomb découvrit l'Amérique, et on ne le mit qu'au cachot; Galilée trouva le vrai système du monde, il en fut quitte pour la prison. Moi, j'ai trouvé cinq ou six pages dans lesquelles il s'agit de savoir qui baisera Chloé; me fera-t-on pis qu'à eux? Je devrais être tout au plus *blâmé par la cour*. Mais la peine n'est pas toujours proportionnée au délit, et c'est là ce qui m'inquiète.

Vous dites que les faits sont notoires; votre récit et celui de M. Furia s'accordent peu néanmoins. Il y a dans le sien beaucoup de faussetés, beaucoup d'omissions dans le vôtre. Vous ne dites pas tout ce que vons savez, et peut-être aussi ne savez-vous pas tout : moi, qui suis moins circonspect, mieux instruit et d'aussi bonne foi, je vais suppléer à votre silence.

Passant à Florence, il y a environ trois ans, j'allai avec un de mes amis, M. Akerblad, membre de l'Institut, voir la bibliothèque de l'abbaye de cette ville. Là, entre autres manuscrits d'une haute antiquité, on nous en montra un de Longus. Je le feuilletai quelque temps et le premier livre, que tout le monde sait être mutilé dans les éditions, me parut tout entier dans ce manuscrit. Je le rendis et n'y pensai plus. J'étais alors occupé d'objets fort différents de ceux-là. Depuis, ayant parcouru la France, l'Allemagne et la Suisse, je revins en Italie, et avec vous à Florence, où, me trouvant de loisir, je copiai de ce manuscrit ce qui manquait dans les imprimés. Je me fis aider dans ce travail par MM. Furia et Bencini, employés tous deux à la bibliothèque de Saint-Laurent, où le manuscrit se trouvait alors. En travaillant avec eux, j'y fis, par étourderie, une tache d'encre qui couvrait une vingtaine de mots dans l'endroit inédit déjà transcrit par moi. Pour réparer en quelque sorte ce petit malheur, j'offris, sans qu'on me le demandât, ma copie, c'est-à-dire celle que nous avions faite ensemble, moi, M. Furia et son aide, laquelle étant de

trois mois, faite sur l'original même, et revue par trois personnes avant l'accident, avait une exactitude et une authenticité qui eût manqué à toute autre. On la dédaigna d'abord,
comme ne pouvant tenir lieu de l'original, et ensuite on l'exi-
gea ; mais alors j'avais des raisons pour la refuser. Je payai
ces messieurs et m'en vins de Florence à Rome, où ayant
trouvé, comme je l'espérais, d'autres manuscrits de Longus,
je fis imprimer à mes frais le texte de cet auteur, avec les
variantes de Rome et de Florence. Cette édition ne se vend
point, je la donne à qui bon me semble ; mais le fragment de
Florence, imprimé séparément, se donne gratis à qui veut
l'avoir.

Dans tout ceci, monsieur, je n'invoquerai point votre témoignage, dont heureusement je puis me passer. Je vois
votre prudence ; j'entre dans tous vos ménagements, et ne
veux point vous commettre avec les puissances en vous contrai-
gnant à vous expliquer sur d'aussi grands intérêts. Si on vous
en parle, haussez les épaules, levez les yeux au ciel, faites
un soupir ou un sourire, et dites que le temps est au
beau.

Mais, avant d'aller plus loin, souffrez, monsieur, que je me
plaigne de la manière dont vous me faites connaître au public.
Vous m'annoncez comme auteur d'une traduction de Longus
parfaitement inconnue, brochure anonyme dont il n'y a que
très-peu d'exemplaires dans les mains de quelques amis ; et,
comme on ne me connaît pas plus que ma traduction, vous
apprenez à vos lecteurs que je suis un *helléniste*, fort habile,
dites-vous. On ne pouvait plus mal rencontrer. Si je suis
habile, ce n'est pas dans cette occasion que j'en ai fait preuve.
Ayant découvert cette bagatelle, qui complète un joli ouvrage mutilé depuis tant de siècles, vous voyez le parti que
j'en ai su tirer. J'en fais cadeau au public, et je passe pour
l'avoir non-seulement volée, mais anéantie. Vous-même,
monsieur, vous en déplorez la perte. Les journaux italiens
me dénoncent comme destructeur d'un des plus beaux monuments de l'antiquité ; M. Furia en prend le deuil ; sa cabale

crie vengeance, et, tandis que ce supplément est, par mes soins et à mes frais, dans les mains de ceux qui peuvent le lire, on répand partout contre moi un libelle avec ce titre : *Histoire de la découverte et de la perte subite d'un fragment de Longus.* Voilà mon habileté. Où tout autre aurait trouvé du moins quelque honneur, j'en suis pour mon argent et ma réputation ; et je me tiendrai heureux s'il ne m'arrive pas pis. Croyez-moi, monsieur, les habiles en littérature sont ceux qui, comme les jésuites de Pascal, *ne lisent point, écrivent peu et intriguent beaucoup.*

Je ne suis point non plus *helléniste,* ou je ne me connais guère. Si j'entends bien ce mot, qui, je vous l'avoue, m'est nouveau, vous dites un *helléniste,* comme on dit un *dentiste,* un *droguiste,* un *ébéniste ;* et, suivant cette analogie, un *helléniste* serait un homme qui étale du grec, qui en vit, et qui en vend au public, aux libraires, au gouvernement. Il y a loin de là à ce que je fais. Vous n'ignorez pas, monsieur, que je m'occupe de ces études uniquement par goût, ou pour mieux dire, par boutades, et quand je n'ai point d'autre fantaisie ; que je n'y attache nulle importance, et n'en tire nul profit ; que jamais on n'a vu mon nom en tête d'aucun livre ; que je ne veux aucune des places où l'on parvient par ce moyen ; et que, sans les hasards qui m'ont engagé à donner au public un texte de quelques pages, jamais on n'aurait eu cette preuve de mon habileté ; qu'enfin même, après cela, si vous ne m'eussiez démasqué, contre toute bienséance et sans nulle nécessité, cette habileté qu'il vous plaît de me supposer, ou ne m'eût point été attribuée, ou serait encore un secret entre quelques personnes capables d'en juger.

Qu'est-ce, s'il vous plaît, monsieur, qu'une notice d'un livre qui ne se vend point, qu'on donne à peu de personnes, et que même on ne peut plus donner ? et qu'importe à qui vous lit que ce livre soit bon ou mauvais, si on ne saurait l'avoir ? Que vous vous défendiez du mal qu'on vous impute en nommant celui qui l'a fait, cela est tout simple ; mais personne ne vous accusait d'avoir fait cette traduction. Je ne

veux point trop vous pousser là-dessus, ni paraître plus
fâché que je ne le suis en effet. Vous avez cru la chose de
peu de conséquence, et pensé fort sagement qu'un tel ouvrage
ne me pouvait faire ni grand honneur ni grand tort. Mais enfin
vous eussiez pu vous dispenser de me nommer, du moins,
comme traducteur, et en y pensant mieux, vous n'eussiez pas
dit que j'étais ni habile, ni helléniste.

Vous n'êtes pas plus exact en parlant de M. Furia. Sans
autre explication, vous le désignez seulement comme bibliothécaire, gardien d'un dépôt littéraire célèbre dans toute
l'Europe. Y pensez-vous, monsieur? Vous écrivez à Paris,
vous parlez à des Français, qui, voyant dans ces emplois des
gens d'un mérite reconnu, dont quelques-uns même sont Italiens [1], ne manqueront pas de croire que le seigneur Furia est
un homme considérable par son savoir et par sa place. Je
comprends que cette erreur peut vous être indifférente, et
qu'ayant apparemment plus de raison de le ménager que de
vous plaindre de lui, vous lui laissez volontiers la considération attachée à son titre dans le pays où vous êtes. Mais moi
qu'il attaque, soutenu d'une cabale de pédants, il m'importe
qu'on l'apprécie à sa juste valeur, et je ne puis souffrir non
plus qu'on le confonde avec des gens dont l'érudition et le
goût font honneur à l'Italie.

Si vous eussiez voulu, monsieur, donner une juste idée des
personnages peu connus dont vous aviez à parler, après avoir
dit que j'étais *ancien militaire, helléniste*, puisque vous le
voulez, *fort habile*, il fallait ajouter : *M. Furia est un cuistre,
ancien cordonnier comme son père, garde d'une bibliothèque
qu'il devrait encore balayer, qui fait aujourd'hui de mauvais
livres n'ayant pu faire de bons souliers, helléniste fort peu
habile, à huit cents francs d'appointements; copiant du grec
pour ceux qui le paient; élève et successeur du seigneur Bandini, dont l'ignorance est célèbre*. Et il ne fallait pas dire seulement, comme vous faites, que cet homme *cherche des torts
dans les accidents les plus simples*, mais qu'il est intéressé à en

1. Visconti, Marini et d'autres.

trouver, parce qu'il est cuistre en colère, dont la rage et la
vanité cruellement blessée servent d'instrument à des haines [1]
qui n'osent éclater d'une autre manière. Ce sont là de ces choses
sur lesquelles vous gardez un silence prudent. *Fontenelle,* dit
quelque part Voltaire, *était tout plein de ces ménagements. Il
n'eût voulu pour rien au monde dire seulement à l'oreille que
F... est un polisson.* Voltaire cachait moins sa pensée. Mais il
est plus sûr d'imiter Fontenelle. Malheureusement le choix
n'est pas en mon pouvoir, et je suis obligé de tout dire.

Pour commencer par les raisons que peut avoir le seigneur Furia de n'être pas aussi désintéressé qu'on le croirait
dans cette affaire, il faut savoir que la découverte du précieux
fragment de Longus s'est faite dans un manuscrit sur lequel,
lui Furia, a travaillé longues années, et qu'il regardait en
quelque sorte comme sa propriété ; qu'on y a fait cette trouvaille au moment précisément où le seigneur Furia venait de
donner au public une notice très-ample et *très-exacte,* selon
lui, de ce même manuscrit, dans laquelle est indiqué, page
par page, et fort au long, tout ce que le sieur Furia y a pu
remarquer ; que son travail sur ce petit volume, annoncé
longtemps d'avance, a duré six ans, pendant lesquels il n'a
cessé de le feuilleter et de le décrire avec une patience peu
commune ; qu'il en a même, à ce qu'il dit, extrait beaucoup
de variantes des prétendues fables d'Ésope, par lui réimpri-
mées à la fin de sa notice ; car ces sottises de quelque moine,
par où l'on commence au collége l'étude de la langue grecque,
se trouvent dans ce manuscrit à la suite du roman de Longus,
et le sieur Furia n'a pas manqué d'en faire son profit ;
qu'enfin, à peine achevé son ouvrage qu'il vendait lui-même,
et où il pensait avoir épuisé tout ce qu'on pouvait dire du
divin manuscrit, arrive par hasard quelqu'un qui, tout au
premier coup d'œil, voit et désigne au public la seule chose

---

1. Les Français alors de là les monts étaient détestés comme le sont main-
enant les Allemands. Le gouvernement n'en savait rien et ne voulait en rien
savoir. Ce passage et d'autres pareils ci-dessous firent en Italie une très-vive
sensation, et déplurent à *l'autorité,* qui redoute surtout qu'on imprime ce que
chacun pense.

qui fût vraiment interessante dans ce manuscrit, et la seule
aussi que le sieur Furia n'y eût pas aperçue.

On écrit aujourd'hui assez ordinairement sur les choses
qu'on entend le moins. Il n'y a si petit écolier qui ne s'érige
en docteur. A voir ce qui s'imprime tous les jours, on dirait
que chacun se croit obligé de faire preuve d'ignorance. Mais
des preuves de cette force ne sont pas communes, et le seigneur Bandini lui-même, maître et prédécesseur du seigneur
Furia, fameux par des bévues de ce genre, n'a rien fait qui
approche de cela.

Nous avons des relations de voyage dont les auteurs sont
soupçonnés de n'être jamais sortis de leur cabinet; et, dans
un autre genre,

> Combien de gens ont fait des récits de batailles
> Dont ils s'étaient tenus loin ?

Mais une notice d'un livre par quelqu'un qui ne l'a point lu
est une bouffonnerie toute neuve, et dont le public doit savoir
gré au seigneur Furia.

Je ne prétends pas dire par là qu'il ne l'ait examiné avec
beaucoup d'attention. J'admire au contraire qu'il ait pu entrer dans tous ces détails et en faire deux volumes. Son
ouvrage, que je n'ai point lu (car j'en parle à peu près comme
lui du manuscrit), sera quelque jour utile au relieur pour
éviter toute erreur dans la position des feuillets. En un mot,
dans le compte qu'il rend de ce livre, selon lui, si intéressant,
qui l'a occupé six années, il a pensé à tout, excepté à le
lire.

Il est fâcheux pour vous, monsieur, de n'avoir pas été
témoin de l'effet que produisit sur lui la première vue de
cette lacune dans le livre imprimé, et du morceau inédit qui
la remplissait dans le manuscrit. Sa surprise fut extrême; et
quand il eut reconnu que ce morceau n'était pas seulement
de quelques lignes, mais de plusieurs pages, il me fit pitié, je
vous assure. D'abord *il demeura stupide* : vous en auriez peut-
être ri ; mais bientôt vous auriez eu peur, car en un instant

il devint furieux. Je n'avais jamais vu un pédant enragé ; vous ne sauriez croire ce que c'est.

Le quadrupède écume et son œil étincelle.

Si des regards il eût pu mordre, j'aurais mal passé mon temps.

Dès lors le seigneur Furia se crut un homme déshonoré. Vous savez que Vatel se tua parce que le rôt manquait au souper de son maître. Il avait, comme dit le roi quand on lui apprit cette mort, de l'honneur à sa manière. M. Furia ne se tua point, parce que bientôt après il conçut l'espérance de rétablir un peu sa réputation aux dépens de la mienne ; car ce fut, je crois, le surlendemain que je fis au manuscrit cette tache, dont il me sait, dans son âme, si bon gré, quoiqu'il s'en plaigne si haut. Après avoir copié tout le morceau iné-dit, j'achevai la collation du reste avec ces messieurs. Pour mar-quer dans le volume l'endroit du supplément, j'y mis une feuille de papier, sans m'apercevoir qu'elle était barbouillée d'encre en dessous. Ce papier s'étant collé au feuillet, y fit une tache qui couvrait quelques mots de quelques lignes. M. Furia a écrit en prose poétique l'histoire de cet événe-ment. C'est, à ce qu'on dit, son meilleur ouvrage ; c'est du moins le seul qu'on ait lu. Il y a mis beaucoup du sien, tant dans les choses que dans le style ; mais le fond en est pris de la Pharsale et des tragédies de Sénèque.

J'avoue que ce malheur me parut fort petit. Je ne savais pas que ce livre fût le Palladium de Florence, que le destin de cette ville fût attaché aux mots que je venais d'effacer : j'aurais dû cependant me douter que ces objets étaient sacrés pour les Florentins, car ils n'y touchent jamais. Mais enfin, je ne sentis point mon sang se glacer, ni mes cheveux se hé-risser sur mon front ; je ne demeurai pas un instant sans voix, sans pouls et sans haleine. M. Furia prétend que tout cela lui arriva : mais moi je le regardai bien, et je ne vis en lui, je vous jure, aucun de ces signes alarmants d'une défail-lance prochaine, si ce n'est quand je lui mis, comme on dit, le nez sur ce morceau de grec qu'il n'avait pu voir sans moi.

Les expressions de M. Furia pour peindre son saisissement à la vue de cette tache, qui couvrait, comme je vous ai dit, une vingtaine de mots, sont du plus haut style et d'un pathétique rare, même en Italie. Vous en avez été frappé, monsieur, et vous les avez citées, mais sans oser les traduire. Peut-être avez-vous pensé que la faiblesse de notre langue ne pourrait atteindre à cette hauteur : je suis plus hardi, et je crois, quoi qu'en dise Horace, qu'on peut essayer de traduire Pindare et M. Furia; c'est tout un. Voici ma version littérale :

A un si horrible spectacle (il parle de ce pâté que je fis sur son bouquin), *mon sang se gela dans mes veines; et durant plusieurs instants, voulant crier, voulant parler, ma voix s'arrêta dans mon gosier : un frisson glacé s'empara de tous mes membres stupides.....* Voyez-vous, monsieur? ce pâté, c'est pour lui la tête de Méduse. Le voilà stupide; il l'assure, et c'est la seule assertion qui soit prouvée par son livre. Mais il y a dans cet aveu autant de malice que d'ingénuité; car il veut faire croire que c'est moi qui l'ai rendu tel, au grand détriment de la littérature. Moi je soutiens que longtemps avant que d'avoir vu cette affreuse tache, *dont le seul souvenir le remplit d'horreur et d'indignation*, il était déjà stupide, ou certes bien peu s'en fallait, puisqu'il a tenu, feuilleté, examiné, décrit et noté par le menu chaque page de ce petit volume, sans se douter seulement de ce qu'il contenait.

Lorsque son directeur, ou son conservateur, comme il l'appelle quelquefois, le seigneur Thomas Puzzini[1], *apprit cet étrange accident par la trompette sonore de la renommée, qui, toujours infatigable....., fit à son oreille.....*, bref, quand on lui conta l'aventure du pâté, *il fut saisi d'horreur; il frémit au récit d'une action si atroce.* En effet, il y a de plus grands

---

1. Son vrai nom était *Puccini*. L'auteur, se voulant divertir, en a fait *Puzzini*, sobriquet italien qui signifie *putois*, *puant*, *puantini*, et s'appliquait au personnage; car, comme dit Regnier, *il sentait bien plus fort, mais non pas mieux que rose.* Le nom lui demeura. Il n'y a si mauvaise plaisanterie qui ne réussisse contre la cour, les chambellans, la garde-robe.

crimes, mais il n'y en a point de plus noirs. Ailleurs, M. Furia représente *Florence désolée : toute une ville en pleurs, les citoyens consternés :* pour lui, dans ce deuil public, quand tout le monde pleurait, vous imaginez bien qu'il ne s'épargnait pas. Depuis que sa voix s'était *arrêtée dans son gosier,* il ne disait mot, et sans doute il n'en pensait pas davantage, car il était *devenu stupide.* Mais *la nuit, dans ses songes, cette image cruelle* (il n'a osé dire sanglante) *s'offrait à ses yeux.* Et il déclare dans son début que l'obligation où il est de raconter ce fait *lui pèse, est pour lui un fardeau excessivement à charge, parce qu'elle lui rappelle* (cette obligation) *la mémoire plus vive de l'acerbité d'un événement qui, bien qu'aucun temps ne puisse pour lui le couvrir d'oubli, ce nonobstant il ne peut y repenser sans se sentir compris tout entier d'horreur.* Je traduis mot à mot. Ici c'est Virgile amplifié à proportion du sujet; car ce que le poëte avait dit du massacre de tout un peuple a paru trop faible à M. Furia pour un pâté d'encre.

N'admirez-vous point, monsieur, qu'un homme écrivant de ce style attache tant d'importance au texte de Longus, qui est la simplicité même? c'est le zèle des bouquins qui enflamme M. Furia et le fait parler comme un prophète. Au reste, l'hyperbole lui est familière, et c'est où il réussit le mieux. En voulez-vous un bel exemple? Quelqu'un de ses protecteurs (car il en a beaucoup, tous brûlant du même zèle et acharnés contre moi) se charge, au refus des libraires, de l'impression d'un de ses livres : aussitôt M. Furia le proclame dans sa dédicace le premier homme du siècle, et l'assure *qu'aucun âge à venir ne se taira sur ses louanges.* Cicéron en disait autant jadis aux conquérants du monde [1]. Or, si un homme qui dépense cinquante écus pour imprimer les sottises du seigneur Furia mérite des autels, il est clair que celui qui fait, quoique involontairement, voir et palper à chacun l'ignorance dudit seigneur, est digne de tous les supplices : c'est la substance du libelle qu'il a publié contre moi.

1. *Nulla ætas de tuis laudibus conticescet.* (Cicéron.)

Nous sommes d'accord sur les faits, et les circonstances qu'il raconte, la plupart de son invention, sont indifférentes au fond. Qu'importe, en effet, qu'il se soit le premier aperçu de cette tache, ainsi qu'il le dit, ou que je la lui aie montrée dès que je la vis moi-même, comme c'est la vérité? que ce soit lui qui m'ait indiqué ce manuscrit de Longus, ou que je le connusse longtemps auparavant, comme vous, monsieur, le savez, et tant d'autres personnes à qui j'en avais écrit et parlé? que j'aie copié, selon ce qu'il dit, tout le supplément sous sa dictée, ou que je lui aie déchiffré et expliqué les endroits qu'il n'avait pu lire, faute d'entendre le sens, comme le prouve cotte copie même; tout cela ne fait rien à l'affaire.

J'ai fait la tache, *l'horrible tache,* et j'en ai donné à M. Furia ma déclaration, sans qu'il songeât, quoi qu'il en dise, à me la demander. Après lui avoir offert ma copie, qu'il me demandait tout aussi peu, je la lui ai depuis refusée. Je suis loin de m'en repentir, et vous allez voir pourquoi.

J'offris d'abord, comme je l'ai dit, de mon propre mouvement, cette copie à M. Furia, et il accepta mon offre sans paraître en faire beaucoup de cas, observant très-judicieusement qu'aucune copie ne pourrait réparer le mal fait au manuscrit. Je continuai mon travail; vous arrivâtes deux jours après, et vous vîtes *le désastre,* comme l'appelle M. Furia. Ce jour-là, autant qu'il m'en souvient, il pensait encore fort peu à la copie promise; cependant, je vois, par votre notice, qu'il en fut question, et sans doute je la promis encore. Ce ne fut que le lendemain, quand vous n'étiez plus à Florence, que M. Furia me demanda cette copie avec beaucoup de vivacité. Je lui dis que le temps me manquait pour en faire un double, qui me devait rester, mais qu'aussitôt achevée la collation du manuscrit, je songerais à le satisfaire. Ce même jour, regardant la tache dans le manuscrit, elle me parut augmentée, et je conçus des soupçons. Le soir, au sortir de la bibliothèque, M. Furia me pressa fort de passer avec lui chez moi, pour lui donner la copie. Il la voulait sur-le-champ, parce que, disait-il, chez moi elle se pouvait perdre. Son empressement ajoutant aux défiances que j'avais déjà, je lui répondis que, toutes réflexions faites, je serais bien aise de garder par devers moi cette copie qui, étant écrite de trois mains, était la seule authentique et l'unique preuve que je pusse donner du texte que je publierais, quant aux endroits effacés. Par cette raison même, me dit-il, c'était la seule qui convînt à la bibliothèque, où, d'ailleurs, demeurant dans ses mains, elle ne courait aucun risque. Je ne lui dis pas ce que j'en pensais, mais je le refusai nettement. Il se fâcha, je m'emportai, et l'envoyai promener en termes qui ne se peuvent décrire.

Ne vous prévins-je pas, monsieur, quand vous voulûtes enlever ce papier collé au manuscrit? Ne vous criai-je pas : *Prenez garde, ne touchez rien ; vous ne savez pas à quelles gens vous avez affaire.* J'employai peut-être d'autres mots que l'occasion et le mépris que j'avais pour eux me dictaient ; mais, en gros, c'était là le sens, et vous vous en souvenez. Ne craignez rien, monsieur, ceci ne peut vous compromettre. Vous ne m'écoutâtes point ; vous portâtes la main sur la fatale tache : mal vous en a pris ; mais enfin votre conduite prouva que vous pensez toujours bien des *gens en place,* quelle que soit leur place. Vous pouvez donc convenir, sans vous brouiller avec personne, que je vous avertis de ce qui vous arriverait, et vous en conviendrez, car on aime la vérité quand elle ne peut nous nuire.

Vous voyez, monsieur, que dès lors j'avais deviné leur malin vouloir ; j'ignorais encore ce qu'ils méditaient ; mais je le savais quand je refusai ma copie à M. Furia.

Pour comprendre l'importance que nous y attachions l'un et l'autre, il faut savoir comment cette copie fut faite. Le caractère du manuscrit m'était tout nouveau : MM. Furia et Bencini l'ayant tenu assez longtemps pour en avoir quelque habitude, me dictaient d'abord, et j'écrivais ; et en écrivant je laissais aux endroits qu'ils n'avaient pu lire dans l'original, parce que les traits en étaient ou effacés ou confus, des espaces en blanc. Quand j'eus ainsi achevé d'écrire tout ce qui manquait dans l'imprimé, je pris à mon tour le manuscrit, et guidé par le sens, que j'entendais mieux qu'eux, je lus ou

devinai partout les mots que ces messieurs n'avaient pu déchiffrer, et eux qui tenaient alors la plume, écrivant ce que
je leur dictais, remplissaient dans ma copie les blancs que
j'avais laissés. De plus, dans ce que j'avais écrit sous leur
dictée, il se trouvait des fautes que je leur fis corriger d'après
le manuscrit ; ce qui produisit beaucoup de ratures. Ainsi,
dans chaque page, et presque à chaque ligne, parmi les mots
écrits de ma main, se trouvent des mots écrits par l'un d'eux,
et c'est là ce qui constate l'authenticité du tout ; aussi voyez-
vous que M. Furia, dans sa diatribe contre moi, atteste l'exactitude de cette copie, qu'il ne pourrait nier sans se faire tort
à lui-même.

Plusieurs personnes à Florence, me parlant alors de la
tache faite au manuscrit, me parurent persuadées que c'était
de ma part une invention pour pouvoir altérer le texte dans
quelque passage obscur et en éluder ainsi les difficultés. Ces
bruits étaient semés par M. Furia, qui, à toute force, voulait
discréditer l'édition que vous aviez annoncée, et sur laquelle
il pensait que nous fondions, vous et moi, une spéculation
des plus lucratives ; car il ne pouvait ni croire ni comprendre
que je fisse tout cela gratuitement ; et forcé de le croire à
présent, il ne le comprend pas davantage.

En ce temps-là même, vous avez pu lire dans la *Gazette
de Milan* un article fait par quelqu'un de la cabale de M. Furia, où l'on avertissait le public de *n'ajouter aucune foi à un
supplément de Longus qui allait paraître à Paris, attendu la
destruction du manuscrit original*, etc. Vous concevez, monsieur, que, dans cet état de choses, M. Furia était le dernier
à qui j'eusse confié le dépôt qu'il exigeait. Comment pouvais-
je réparer le mal fait au manuscrit, si ce n'est en donnant au
public le texte imprimé d'après une copie authentique ? et
cette preuve unique du texte que j'allais publier, pouvais-je
la remettre à l'homme qui m'accusait de vouloir falsifier ce
texte ?

Notez que cette pièce, à moi si nécessaire, est, pour la bibliothèque, parfaitement inutile ; elle ne peut avoir, aux yeux
des savants, l'autorité du manuscrit, ni par conséquent en to

nir lieu. S'il y a quelque erreur dans mon édition, c'est que j'ai mal lu l'original, et ma copie ne saurait servir à la corriger. Elle est inutile à ceux qui pourraient douter de la fidélité du texte imprimé, dont elle n'est pas la source; mais elle m'est utile à moi contre l'infidélité et la mauvaise foi du seigneur Furia, qui, s'il l'avait dans les mains, en altérant un seul mot, rendrait tout le reste suspect, au lieu que sa propre écriture le contraint maintenant d'avouer l'authenticité de ce texte, qu'il nierait assurément s'il y avait moyen.

Si M. Furia eût eu cette copie en son pouvoir, il aurait d'abord publié de longues dissertations sur les ratures dont elle est pleine. Sa conclusion se devine assez, et la sottise de ses raisonnements n'eût été connue que des habiles, qui sont toujours en petit nombre et ne décident de rien; aussi, loin de la lui confier, j'ai refusé même de la lui montrer; car s'il eût pu seulement savoir quels étaient les mots écrits de sa main, cela lui aurait suffi pour remplir les gazettes de nouvelles impertinences. En un mot, toute demande de sa part devait être suspecte, et son empressement fut le premier motif de mon refus.

Certes, la rage de ces messieurs se manifestait trop publiquement pour que je pusse me méprendre sur leurs intentions. Peu de jours après votre départ, les directeurs, inspecteurs, conservateurs du sieur Furia s'assemblèrent avec lui chez le sieur Puzzini, chambellan, garde du Musée: on y transporta en cérémonie le saint manuscrit, *suivi des quatre facultés*. Là, les chimistes, convoqués pour opiner sur le pâté, déclarèrent tout d'une voix qu'ils n'y connaissaient rien: que cette tache était d'une encre tout extraordinaire, dont la composition, imaginée par moi exprès pour ce grand dessein, passait leur capacité, résistait à toute analyse, et ne se pouvait détruire par aucun des moyens connus. Procès-verbal fut fait du tout, et publié dans les journaux. M. Furia a écrit au long tout ce qui se passa dans cette mémorable séance: c'est le plus bel épisode de sa grande histoire du pâté d'encre, et une pièce achevée dans le style de *Diafoirus* ou de *Chiampot-la-perruque*. Pour moi, je ne puis m'empêcher de le dire, dussé-je m'atti-

rer de nouveaux ennemis : cela prouve seulement que les professeurs de Florence ne sont pas plus habiles en chimie qu'en
littérature, car le premier relieur de Paris leur eût montré
que c'était de l'encre *de la petite vertu*, et l'eût enlevée à leurs
yeux par les procédés qu'on emploie, comme vous savez,
tous les jours.

Mais que vous semble, monsieur, de cette dévotion aux
bouquins ? A voir l'importance que ces messieurs attachent
à leurs manuscrits, ne dirait-on pas qu'ils les lisent ? Vous
penserez qu'étant payés pour diriger, inspecter, conserver à
Florence les lettres et les arts, ils soignent, sans trop savoir
ce que c'est, le dépôt qui leur est confié, et se font de leur
soin un mérite, le seul qu'ils puissent avoir. Mais ce zèle de
la maison du Seigneur est, je vous assure, bien nouveau chez
eux : il n'a jamais pu s'émouvoir dans une occasion toute
récente, et bien plus importante, comme vous allez voir.

L'abbaye de Florence, d'où vient dans l'origine ce texte de
Longus, était connue dans toute l'Europe comme contenant
les manuscrits les plus précieux qui existassent. Peu de gens
les avaient vus ; car, pendant plusieurs siècles, cette bibliothèque resta inaccessible ; il n'y pouvait entrer que des
moines, c'est-à-dire qu'il n'y entrait personne. La collection
qu'elle renfermait, d'autant plus intéressante qu'on la connaissait moins, était une mine toute neuve à exploiter pour
les savants ; c'était là qu'on eût pu trouver, non pas seulement un Longus, mais un Plutarque, un Diodore, un Polybe
plus complets que nous ne les avons. J'y pénétrai enfin,
comme je vous l'ai dit, avec M. Akerblad, quand le gouvernement français prit possession de la Toscane, et en une
heure nous y vîmes de quoi ravir en extase tous les *hellénistes* du monde, pour me servir de vos termes, quatre-vingts
manuscrits des neuvième et dixième siècles. Nous y remar-
quâmes surtout ce Plutarque dont je vous ai si souvent parlé.
Ce que nous en pûmes lire parut appartenir à la vie d'Épami-
nondas, qui manque dans les imprimés. Quelques mois après,
ce livre disparut, et avec lui tout ce qu'il y avait de meilleur
et de plus beau dans la bibliothèque, excepté le Longus, trop

connu par la notice récente de M. Furia pour qu'on eût osé le vendre. Sur les plaintes que nous fîmes, M. Akerblad et moi, la Junte donna des ordres pour recouvrer ces manuscrits. On savait où ils étaient, qui les avait vendus, qui les avait achetés ; rien n'était plus facile que de les retrouver : c'était matière à exercer le zèle des conservateurs, et nous pressâmes fort ces messieurs d'agir pour cela ; mais *ils ne voulaient*, nous dirent-ils, *faire de la peine à personne*. La chose en demeura là. J'ai gardé la minute d'une lettre que j'écrivis à ce sujet à M. Chaban, membre de la Junte.

Livourne, le 30 septembre 1807.

« MONSIEUR,

« Les ordres que j'ai reçus m'ont obligé de partir si préci« pitamment, que j'eus à peine le temps de porter chez vous « ma carte à une heure où je pouvais espérer de vous parler ; « manière de prendre congé de vous bien contraire à mes « projets ; car après les marques de bonté que vous m'avez « données, monsieur, j'avais dessein de vous faire ma cour, « et de profiter des dispositions favorables où je vous voyais « pour rassembler et sauver ce qui se peut encore trouver de « précieux dans vos bibliothèques de moines. Mais puisque « mon service m'empêche de partager cette bonne œuvre, je « veux au moins y contribuer par mes prières. Je vous con« jure donc de vouloir bien ordonner que tous les manuscrits « de l'abbaye soient transportés à la bibliothèque de Saint« Laurent, et qu'on cherche ceux qui manquent d'après le « catalogue existant. J'ai reconnu dernièrement que déjà « quelques-uns des plus importants ont disparu ; mais il sera « facile d'en trouver des traces, et d'empêcher que ces monu« ments ne passent à l'étranger, qui en est avide, ou même ne « périssent dans les mains de ceux qui les recèlent, comme « il est arrivé souvent, etc. »

On donna de nouveaux ordres pour la recherche des manuscrits. Je fus même nommé par la Junte, avec M. Akerblad, commissaire à cet effet, honneur que nous refusâmes, lui comme étranger, moi comme occupé ailleurs. Ce soin demeura donc confié à MM. Puzzini et Furia, que rien ne put engager à y penser le moins du monde ; *ils ne voulaient* alors *faire de la peine à personne.* Ceux qui avaient les manuscrits les gardèrent, et les ont encore.

Or ces gens, si indifférents à la perte d'une collection de tous les auteurs classiques, croirait-on que ce sont eux qui aujourd'hui, pour quatre mots d'une page d'un roman, quatre mots que, sans moi, ils n'eussent jamais déchiffrés, quatre mots qui sont imprimés, et qu'ils liraient s'ils savaient lire, travaillent avec tant d'ardeur à soulever contre moi le public et le gouvernement, remplissent les gazettes d'injures et de calomnies ridicules, et, par des circulaires, promettent à la canaille littéraire d'Italie le plaisir de me voir bientôt traité en criminel d'État. M. Puzzini en répond, il sait sans doute ce qu'il dit, *et, ma foi, je commence à le croire un petit,* comme dit Sosie.

Ce qui vous surprendra, monsieur, c'est qu'aucun d'eux ne me connaît. Jamais aucun d'eux, excepté le seigneur Furia, n'a eu avec moi ni liaison ni querelle, ni rapport d'aucune espèce. J'ai parlé un quart d'heure à M. Pulcini [1], et ne me rappelle pas même sa figure ; ainsi leur haine contre moi ne peut être personnelle. Pour me faire une guerre si cruelle, et sur si peu de chose, eux qui *naturellement ne veulent faire de mal à personne,* leur motif est tout autre qu'une animosité, si cela se peut dire, individuelle. L'offense que j'ai faite très-involontairement au seigneur Furia lui est particulière ; la rage de toute sa clique a une cause plus générale.

Vous vous rappelez le mot des Espagnols : *Non comme Français, mais comme hérétiques* [2]. Ces messieurs disent bien

---

1. C'est son nom encore estropié, mais d'une autre façon. *Pulcini* veut dire *poussin* (petit poulet) en italien ; on en a fait *Pulcinella*, polichinelle chez nous. Ces *lazzi*, qui ne demandaient pas assurément beaucoup d'esprit, chagrinèrent plus que tout le reste le pauvre chambellan.

2. Les Espagnols, dans la Floride, firent pendre et brûler les Français protestants, avec cet écriteau : *Non comme Français, mais comme hérétiques ;* à quoi les flibustiers, depuis, répondirent en massacrant les Espagnols : *Non comme Espagnols, mais comme assassins.*

ici quelque chose d'approchant; mais je vous assure qu'ils déguisent fort peu les vrais motifs de leur haine; tout le monde en est instruit. Mon premier crime a été de découvrir leur ignorance, mais cela seul n'eût été rien; car s'ils persécutaient tous ceux qui en savent plus qu'eux, *à qui pourraient-ils pardonner?* le second, qui me rend indigne de toute grâce, c'est que je ne prononce pas comme eux le mot *ciceri*[1]. C'est là une sorte de péché originel que rien ne peut effacer.

Si j'avais le moindre crédit, le moindre petit emploi, quelque gain à leur promettre, quelques bribes à leur jeter, ils seraient tous à mes pieds et imagineraient autant de bassesses pour me faire la cour, qu'ils inventent aujourd'hui de calomnies pour me nuire. Soyez assuré, monsieur, qu'avant de se décider à *m'entreprendre,* comme on dit, ils se sont bien informés si je n'avais point quelque appui, et comme ils ont appris que je ne tenais à rien, que je vivais seul avec quelques amis aussi obscurs que moi, que je me tenais loin des grands, et qu'aucun homme en place ne s'intéressait à moi, ils m'ont déclaré la guerre. Avouez que ce sont d'habiles gens; car que ces bons Espagnols fissent un *auto-da-fé* des Français dans la Floride, c'était quelque chose assurément, il y avait là de quoi louer Dieu; mais si on pouvait faire brûler un Français par les Français mêmes, quel triomphe! quelle allégresse! Je vois ici des gens qui lisent cette triste rapsodie de Furia contre moi : *Son style est mauvais,* disent-ils, *son intention est bonne.*

La découverte que j'ai faite dans le manuscrit n'est rien, au dire de ces messieurs; c'est la plus petite chose qu'on pût jamais trouver; mais le mal que j'ai fait est *immense.* Entendez bien ceci, monsieur : le fragment tout entier n'est rien; mais quelques mots de ce fragment, effacés par malheur, font une perte immense, même alors que tout est imprimé. M. Furia a étendu cette perte le plus qu'il a pu, puisque la tache est aujourd'hui double au moins de celle que j'ai faite, si le dessin qu'en a publié M. Furia est exact. Il l'a augmen-

---

1. Ceci fait allusion aux Vêpres Siciliennes, où, pour connaître les Français, on les obligeait de dire ce mot. Ceux qui ne le prononçaient pas bien étaient massacrés.

tée à ce point, afin de pouvoir dire qu'elle était immense; car il accommode non l'épithète à la chose, mais la chose à l'épithète qu'il veut employer. Avec tout cela, il s'en faut que le dommage soit immense, et quand j'aurais noyé dans l'encre tous ces vieux bouquins et lui, le mal serait encore petit.

Cependant cette découverte, toute méprisable qu'elle est, M. Furia entend qu'elle nous soit commune, ou, pour mieux dire, il y consent; car on voit bien d'ailleurs qu'elle lui appartient toute, puisque c'est lui, dit-il, qui m'a fait connaître, montré, déchiffré ce manuscrit, que sans lui apparemment je n'aurais pu ni trouver ni lire. C'est là, au vrai, le but principal de son libelle, et à quoi tendent tous les détails par lui inventés, dont son récit est rempli. Sans y mettre beaucoup d'art, il a trouvé ses lecteurs disposés à le croire et à lui adjuger la moitié de cet honneur; car tout pour un seul, ce serait trop.

Que de haines accompagnent la renommée! qu'il est difficile d'échapper à l'oubli et à l'envie! De tous les chemins qui mènent au temple de Mémoire, j'ai suivi le plus obscur : huit pages de grec font toute ma gloire, et voilà qu'on me les dispute! M. Furia en veut sa part; il crie dans les gazettes, il arrange, il imprime un tissu de mensonges pour arriver à ce mot : *Notre commune découverte.* Vous, monsieur, vous voyez la fourbe, et bien loin de la découvrir, vous tâchez d'en profiter pour vous glisser entre nous deux. Vous semblez dire à chacun de nous : *Souffre qu'au moins je sois ton ombre.* Furia y consentirait; mais moi je suis intraitable : je veux aller tout seul à la postérité.

La gloire aujourd'hui est très-rare: on ne le croirait jamais; dans ce siècle de lumières et de triomphes, il n'y a pas deux hommes assurés de laisser un nom. Quant à moi, si j'ai complété le texte de Longus, tant qu'on lira du grec, il y aura toujours quatre ou cinq *hellénistes* qui sauront que j'ai existé. Dans mille ans d'ici, quelque savant prouvera, par une dissertation, que je m'appelais Paul-Louis, né en tel lieu, telle année, mort tel jour de l'an de grâce..... sans qu'on en ait jamais rien su, et pour cette belle découverte il sera de l'académie. Tâchons donc de montrer que je suis le vrai, le seul restaurateur du livre mutilé de Longus : la chose en vaut la peine; il n'y va de rien moins que de l'immortalité.

Vous savez, monsieur, ce qui en est, quoique vous n'en disiez rien, et M. Clavier le sait aussi, à qui j'écrivis de Milan ces propres paroles :

Milan, le 13 octobre 1809.

« Envoyez-moi vite, monsieur, vos commissions grecques ;
« je serai à Florence un mois, à Rome tout l'hiver, et je vous
« rendrai bon compte des manuscrits de Pausanias. Il n'y a
« bouquin en Italie où je ne veuille perdre la vue pour l'a-
« mour de vous et du grec. Je fouillerai aussi pour mon
« compte dans les manuscrits de l'abbaye de Florence. Il
« y avait là du bon pour vous et pour moi, dans une centaine
« de volumes du neuvième et du dixième siècle; il en reste
« ce qui n'a pas été vendu par les moines : peut-être y
« trouverai-je votre affaire. Avec le Chariton de Dorville est
« un Longus que je crois entier ; du moins n'y ai-je point vu
« de lacune quand je l'examinai; mais, en vérité, il faut être
« sorcier pour le lire. J'espère pourtant en venir à bout, à
« grand renfort de bésicles, comme dit maître François. C'est
« vraiment dommage que ce petit roman d'une jolie invention,
« qui, traduit dans toutes les langues, plaît à toutes les na-
« tions, soit dans l'état où nous le voyons. Si je pouvais vous
« l'offrir complet, je croirais mes courses bien employées, et
« mon nom assez recommandé aux Grecs présents et futurs.
« Il me faut peu de gloire ; c'est assez pour moi qu'on sache
« quelque jour que j'ai partagé vos études et votre ami-
« tié..... »

M. Lamberti lut cette lettre, où il était question de lui, et me promit dès lors de traduire le supplément, comme il pouvait faire mieux que personne. Il se rappelle très-bien toutes ces circonstances et voici ce qu'il m'en écrit :

Della speranza che avevate di scoprire nel codice Fiorentino il frammento di Longo Sofista, voi mi parlaste sino dai primi momenti del vostro arrivo in Milano. Questa cosa fu in quel

*tempo ancor detta ad alcuni amici, che non possono averne la
rimenbranza. Si parlò ancora della traduzione italiana che
sarebbe stato bene di farne, quando non fossero riuscite vane
le speranze della scoperta; ed io, per l'infinita amicizia che vi
professo, mi vi obligai con solenne promessa per un tale lavoro.
A gran ragione adunque mi dovettero sorprendere le ciancie
del signor Furia, che nel suo scritto si voleva far credere come
cooperatore e partecipe di quello scoprimento…*[1].

Enfin, voici une lettre de M. Akerblad, qui montre assez
en quel temps je vis ce manuscrit pour la première fois :

« ..... Je me rappelle effectivement qu'il y a trois ans nous
« allâmes ensemble voir la bibliothèque de l'abbaye de Flo-
« rence, où, entre autres manuscrits, on nous montra celui
« qui contient le roman de Longus, avec plusieurs autres
« érotiques grecs. Je me souviens très-bien aussi que, pen-
« dant que j'étais occupé à parcourir le catalogue de ces ma-
« nuscrits, dont les plus beaux ont disparu depuis, vous vous
« arrêtâtes assez longtemps à feuilleter celui de Longus, le
« même qui vous a fourni l'intéressant fragment que vous
« venez de publier. »

Ainsi bien avant que ce manuscrit passât dans la bibliothèque de Saint-Laurent de Florence, je l'avais vu à l'abbaye ;
je savais qu'il était complet, je l'avais dit ou écrit à tous
ceux que tout cela pouvait intéresser. Depuis, dans la bibliothèque, M. Furia me *montra* ce livre que je lui demandais, et
que je connaissais mieux que lui, sans l'avoir tenu si longtemps, et moi je lui *montrai* dans ce livre ce qu'il n'avait pas
vu en six ans qu'il a passés à le décrire et en extraire des sottises. On voit par là clairement que tout le récit de M. Furia,

---

1. C'est-à-dire en français : « L'espoir que vous aviez de trouver dans les
« manuscrits de Florence un texte complet de Longus me fut annoncé par
« vous dès les premiers moments de votre arrivée ici, et j'en parlai à quel-
« ques amis qui n'en peuvent avoir perdu le souvenir. Nous parlâmes aussi
« de traduire le supplément en italien ; à quoi je m'obligeai envers vous par
« une promesse fondée sur l'amitié qui nous unit tous deux. Ainsi, ce ne fut
« pas sans beaucoup d'étonnement que je vis depuis l'étrange folie et le ba-
« vardage de M. Furia, qui, dans sa brochure, prétendait avoir part à cette
« découverte. »

et les petites circonstances dont il l'a chargé pour montrer
que le hasard nous fit faire à tous deux ensemble cette découverte, qu'il appelle *commune*, sont autant de faussetés.
Or si, dans un fait si notoire, M. Furia en impose avec cette
effronterie, qu'on juge de sa bonne foi dans les choses qu'il
affirme comme unique témoin ; car à ce mensonge, assez indifférent en lui-même, il joint d'autres impostures, dont assurément la plus innocente mériterait cent coups de bâton.
C'était bien sur quoi il comptait pour être *un peu à son aise*,
comme l'huissier des Plaideurs. J'aurais pu donner dans ce
piége il y a vingt ans ; mais aujourd'hui je connais ces ruses,
et je lui conseille de s'adresser ailleurs. J'ai très-bien pu, par
distraction, faire choir sur le bouquin la bouteille à l'encrer,
mais frappant sur le pédant, je n'aurais pas la même excuse,
et je sais ce qu'il m'en coûterait.

Depuis l'article inséré dans la *Gazette de Florence*, par lequel vous annonciez une édition du supplément et de l'ouvrage entier, j'étais en pleine possession de ma découverte,
et plus intéressé que personne à sa conservation. Tout le
monde savait que j'avais trouvé ce fragment de Longus, que
j'allais le traduire et l'imprimer ; ainsi mon privilége, mon
droit de découverte étaient assurés : on ne saurait imaginer
que j'aie fait exprès la tache au manuscrit, pour m'approprier
ce morceau inédit qui était à moi. C'est néanmoins ce que
prétend M. Furia : cette tache fut faite, dit-il, pour le priver
de sa part à la petite trouvaille (vous voyez, par ce qui précède, à quoi cette part se réduit), et afin de l'empêcher, lui
ou quelque autre aussi capable, d'en donner une édition. Cela
est prouvé, selon lui, par le refus de la copie.

Ce discours ne peut trouver de créance qu'auprès de ceux
qui n'ont nulle idée d'un pareil travail ; car qui eût pu l'entreprendre à Florence, quand même votre annonce n'eût pas
appris au public et la découverte et à qui elle appartenait ?
Ne m'en croyez pas, monsieur, consultez les savants de votre
connaissance, et tous vous diront qu'il n'y avait personne à
Florence en état de donner une édition supportable de ce
texte d'après un seul manuscrit. Il faut pour cela une con-

naissance de la langue grecque, non pas fort extraordinaire, mais fort supérieure à ce qu'en savent les professeurs florentins.

En effet, concevez, monsieur, huit pages sans points ni virgules, partout des mots estropiés, transposés, omis, ajoutés, les gloses confondues avec le texte, des phrases entières altérées par l'ignorance, et plus souvent par les impertinentes corrections du copiste. Pour débrouiller ce chaos, *Schrevelius* donne peu de lumière à qui ne connaît que les *Fables d'Esope*. Je ne puis me flatter d'y avoir complétement réussi, manquant de tous les secours nécessaires ; mais hors un ou deux endroits, que ceux qui ont des livres corrigeront aisément, j'ai mis le tout au point que M. Furia lui-même, avec ma traduction et son *Schrevelius*, suivrait maintenant sans peine le sens de l'auteur d'un bout à l'autre. Tout cela se pouvait faire par d'autres que moi, et mieux, à Venise ou à Milan, mais non à Florence.

Les Florentins ont de l'esprit, mais ils savent peu de grec : et je crois qu'ils ne s'en soucient guère : il y a parmi eux beaucoup de gens de mérite, fort instruits et fort aimables ; ils parlent admirablement la plus belle des langues vivantes : avec cela on se passe aisément du grec.

Quelle préface aurait pu, je vous prie, mettre à ce fragment M. Furia, s'il en eût été l'éditeur ? il aurait fallu qu'il dît : Dans le long travail que j'ai fait sur ce manuscrit, dont j'ai extrait des choses si peu intéressantes, j'ai oublié de dire que l'ouvrage de Longus s'y trouvait complet ; on vient de m'en faire apercevoir. Et là-dessus, il aurait cité votre article de la gazette. Vous voyez, monsieur, par combien de raisons j'avais peu à craindre que ni lui ni personne songeât à me troubler dans la possession du bienheureux fragment. J'en ai refusé à M. Furia, non une copie quelconque, qui lui était utile comme bibliothécaire, mais une certaine copie dont il voulait abuser comme mon ennemi déclaré ; et l'abus qu'il en voulait faire n'était pas de la publier, car il ne le pouvait en aucune façon ; mais de l'altérer, pour jeter du doute sur ce que j'allais publier. Tout cela est, je pense, assez clair.

Mais si l'on veut absolument que, contre mon intérêt visible, j'aie mutilé ce morceau, que je venais de déterrer et dont j'étais maître, pour consoler apparemment M. Furia du petit chagrin que lui causait cette découverte, encore faudrait-il avouer que les adorateurs de Longus me doivent bien moins de reproches que de remercîments. Si ce texte est si sacré, pour l'avoir complété je mérite des statues. La tache qui en détruit quelques mots dans le manuscrit ne saurait être un crime d'État, que la restauration du tout dans les imprimés ne soit un bienfait public : mais si tout l'ouvrage, comme le pensent des gens bien sensés, n'est en soi qu'une fadaise, qu'est-ce donc que ce pâté dont on fait tant de bruit? En bonne foi, le procès de Figaro, qui roulait aussi sur un pâté d'encre, et la cause de l'Intimé, sont, au prix de ceci, des affaires graves.

> Et quand il serait vrai, que par pure folie
> J'aurais exprès gâté le tout ou bien partie
> Dudit fragment, qu'on mette en compensation
> Ce que nous avons fait depuis cette action,

et l'édition du supplément qui se distribue gratis, et celle du livre entier *donnée* aux savants, et enfin cette traduction dont vous rendez compte, qui certes éclaircit plus le texte que la tache ne l'obscurcit. On ne vous soupçonnera pas, monsieur, de partialité pour moi. Vous trouvez que j'ai complété la version d'Amyot *si habilement,* dites-vous, qu'on *n'aperçoit point trop de disparate* entre ce qui est de lui et ce que j'y ai ajouté, et vous avouez que *cette tâche était difficile.* Je ne suis pas ici en termes de pouvoir faire le modeste : un accusé sur la sellette, qui voit que son affaire va mal, se recommande par où il peut, et tire parti de tout. Cette traduction d'Amyot est généralement admirée, et passe pour un des plus beaux ouvrages qu'il y ait en notre langue. On ferait un volume des louanges qui lui ont été données seulement depuis trois ou quatre ans, tant dans les journaux que dans les différents livres. L'un la regarde comme *le chef-d'œuvre du genre naïf;* l'autre appelle Amyot *le créateur d'un style qui n'a pu être imité;* un troisième déclare aussi cette traduction *inimitable,* et va jusqu'à lui attribuer la grande réputation du roman de Longus. Or ce chef-d'œuvre inimitable, ce modèle que personne n'a pu suivre dans le plus difficile de tous les genres, je l'ai non-seulement imité, selon vous, assez *habilement,* mais je l'ai corrigé partout, et vous n'osez dire, monsieur, qu'il y ait rien de perdu. L'entreprise était telle qu'avant l'exécution, tout le monde s'en serait moqué, parce qu'en effet il y avait très-peu de personnes capables de l'exécuter. Les gens qui savent le grec sont cinq ou six en Europe; ceux qui savent le français sont en bien plus petit nombre. Mais ce n'est pas seulement le grec et le français qui m'ont servi à terminer cette belle copie, après avoir si heureusement rétabli l'original; ce sont encore plus les bons auteurs italiens, d'où j'ai tiré plus que des nôtres, et qui sont la vraie source des beautés d'Amyot; car il fallait, pour retoucher et finir le travail d'Amyot, la réunion assez rare des trois langues qu'il possédait et qui ont formé son style. Ainsi cette bagatelle, toute bagatelle qu'elle est, et des plus petites assurément, peu de gens la pouvaient faire.

Je comprends, monsieur, que votre jugement n'est pas celui de tout le monde, et que ce qui vous a plu semblera ridicule à d'autres; mais l'ouvrage n'étant connu que par votre rapport, la prévention du public doit, pour le moment, m'être favorable; et si cette prévention en faveur de ma traduction peut me faire absoudre du crime de lèse manuscrit, je me moque fort qu'après cela on la trouve bonne ou mauvaise.

Qu'on examine donc si le mérite d'avoir complété, corrigé, perfectionné cette version que tout le monde lit avec délices, et donné aux savants un texte qui sera bientôt traduit dans toutes les langues, peut compenser le crime d'avoir effacé involontairement quelques mots dans un bouquin que personne avant moi n'a lu, et que jamais personne ne lira. Si j'avais l'éloquence de M. Furia, j'évoquerais ici l'ombre de Longus, et, lui contant l'aventure, je gage qu'il en rirait, et qu'il m'embrasserait pour avoir enfin *remis en lumière son œuvre amoureuse.* Vous pouvez penser la mine qu'il ferait à M. Furia, qui le laissait manger aux vers dans le vénérable bouquin.

J'ai l'honneur d'être, monsieur, etc.

Tivoli, le 20 septembre 1810.

P. S. Est-la peine de vous dire, monsieur, pourquoi je ne vous envoyai ni le texte, ni la traduction que je vous avais promise? Accusé de spéculer avec vous sur ce fragment, dont je vous faisais présent, comme vous en convenez, le seul parti que j'eusse à prendre, n'était-ce pas de le *donner* moi-même au public? Je vous avoue aussi que votre ambition m'a-larmait. Si, pour m'avoir accompagné dans une bibliothèque, vous disiez et vous imprimiez à Milan : *Nous avons trouvé, et nous allons donner un Longus complet,* n'était-il pas clair qu'une fois maître et éditeur de ce texte, vous auriez dit, comme Archimède : *Je l'ai trouvé.* Vous et M. Furia vous alliez vous parer de mes plus belles plumes, et je restais avec ma tache d'encre que personne ne me contestait. J'avais pensé faire deux parts ; le profit pour vous, l'honneur pour moi : vous vouliez avoir l'un et l'autre, et ne me laisser que le pâté. Une pareille prétention rompait tous nos arrange-ments.

82.

LETTRE

A MESSIEURS

DE L'ACADÉMIE DES INSCRIPTIONS

ET BELLES-LETTRES

MESSIEURS,

C'est avec grand chagrin, avec une douleur extrême
que je me vois exclu de votre Académie, puisque enfin vous
ne voulez point de moi. Je ne m'en plains pas toutefois. Vous
pouvez avoir, pour cela, d'aussi bonnes raisons que pour refuser Coraï et d'autres qui me valent bien. En me mettant
avec eux, vous ne me faites nul tort ; mais d'un autre côté,
on se moque de moi. Un auteur de journal, heureusement
peu lu, imprime : « Monsieur Courier s'est présenté, se pré-
« sente et se présentera aux élections de l'Académie des Ins-
« criptions et Belles-Lettres, qui le rejette unanimement. Il
« faut, pour être admis dans cet illustre corps, autre chose
« que du grec. On vient d'y recevoir le vicomte Prevost
« d'Irai, gentilhomme de la chambre, le sieur Jomard, le che-
« valier Dureau de La Malle, gens qui, à dire vrai, ne savent
« point de grec, mais dont les principes sont connus. »
Voilà les plaisanteries qu'il me faut essuyer. Je saurais
bien que répondre ; mais ce qui me fâche le plus, c'est que je
vois s'accomplir cette prédiction que me fit autrefois mon
père : *Tu ne seras jamais rien.* Jusqu'à présent je doutais
(comme il y a toujours quelque chose d'obscur dans les oracles), je pensais qu'il pouvait avoir dit : *Tu ne feras jamais
rien ;* ce qui m'accommodait assez, et me semblait même d'un

bon augure pour mon avancement dans le monde ; car en ne
faisant rien, je pouvais parvenir à tout, et singulièrement à
être de l'Académie ; je m'abusais. Le bonhomme sans doute
avait dit, et rarement il se trompa : *Tu ne seras jamais rien*,
c'est-à-dire, tu ne seras ni gendarme, ni rat-de-cave, ni
espion, ni duc, ni laquais, ni académicien. Tu seras Paul-
Louis pour tout potage, *id est*, rien. Terrible mot.

C'est folie de lutter contre sa destinée. Il y avait trois
places vacantes à l'Académie, quand je me présentai pour en
obtenir une. J'avais le mérite requis ; on me l'assurait, et je
le croyais, je vous l'avoue. Trois places vacantes, messieurs !
et notez ceci, je vous prie, personne pour les remplir.

Vous aviez rebuté tous ceux qui en eussent été capables.
Coraï, Thurot, Haase, repoussés une fois, ne se présentaient
plus. Le pauvre Chardon de la Rochette qui, toute sa vie, fut
si simple de croire obtenir, par la science, une place de savant, à peine désabusé, mourut. J'étais donc sans rivaux que
je dusse redouter. Les candidats manquant, vous paraissiez
en peine, et aviez ajourné déjà deux élections *faute de sujets
recevables*. Les uns vous semblaient trop habiles, les autres
trop ignorants ; car sans doute vous n'avez pas cru qu'il n'y
eût en France personne digne de s'asseoir auprès de Gail.
Vous cherchiez cette médiocrité justement vantée par les
sages. Que vous dirai-je enfin ? Tout me favorisait, tout m'appelait au fauteuil. Visconti me poussait, Millin m'encoura-
geait, Letronne me tendait la main ; chacun semblait me
dire : *Dignus es intrare*. Je n'avais qu'à me présenter ; je me
présentai donc, et n'eus pas une voix.

Non, messieurs, non, je le sais, ce ne fut point votre faute.
Vous me vouliez du bien, j'en suis sûr. Il y parut dans les
visites que j'eus l'honneur de vous faire alors. Vous m'ac-
cueillîtes d'une façon qui ne pouvait être trompeuse ; car
pourquoi m'auriez-vous flatté ? Vous me reconnûtes des
droits. La plupart même d'entre vous se moquèrent un peu
avec moi de mes nobles concurrents ; car, tout en les nommant de préférence à moi, vous les savez bien apprécier, et
n'êtes pas assez peu instruits pour me confondre avec mes-

sieurs de l'Œil-de-Bœuf. Enfin, vous me rendîtes justice, en convenant que j'étais ce qu'il fallait pour une des trois places à remplir dans l'Académie. Mais quoi? mon sort est de n'être rien. Vous eûtes beau vouloir faire de moi quelque chose, mon étoile l'emporta toujours, et vos suffrages, détournés par cet ascendant, tombèrent, Dieu sans doute le voulant, sur le gentilhomme ordinaire.

La noblesse, messieurs, *n'est pas une chimère*, mais quelque chose de très-réel, très-solide, très-bon, dont on sait tout le prix. Chacun en veut tâter; et ceux qui autrefois firent les dégoûtés ont bien changé d'avis depuis un certain temps. Il n'est vilain qui, pour se faire un peu décrasser, n'aille du roi à l'usurpateur et de l'usurpateur au roi, ou qui, faute de mieux, ne mette du moins un *de* à son nom, avec grande raison vraiment. Car voyez ce que c'est, et la différence qu'on fait du gentilhomme au roturier, dans le pays même de l'égalité, dans la république des lettres. Chardon de la Rochette (vous l'avez tous connu), paysan comme moi, malgré ce nom pompeux, n'ayant que du savoir, de la probité, des mœurs, enfin un homme de rien, abîmé dans l'étude, dépense son patrimoine en livres, en voyages, visite les monuments de la Grèce et de Rome, les bibliothèques, les savants, et devenu lui-même un des hommes les plus savants de l'Europe, connu pour tel par ses ouvrages, se présente à l'Académie, qui tout d'une voix le refuse. Non, c'est mal dire; on ne fit nulle attention à lui, on ne l'écouta pas. Il en mourut, grande sottise. Le vicomte Prevost passe sa vie dans ses terres, *où foulant le parfum de ses plantes fleuries*, il compose un couplet, *afin d'entretenir ses douces rêveries*. L'Académie, qui apprend cela (non pas l'Académie française, où deux vers se comptent pour un ouvrage, mais la vôtre, messieurs, l'Académie en *us*, celle des Barthélemi, des Dacier, des Saumaise), offre timidement à M. le vicomte une place dans son sein; il fait signe qu'il acceptera, et le voilà nommé tout d'une voix. Rien n'est plus simple que cela : un gentilhomme de nom et d'armes, un homme comme M. le vicomte, est militaire sans faire la guerre, de l'Académie sans savoir lire. *La coutume de France ne veut pas*, dit Molière, *qu'un gentilhomme sache rien faire*, et la même coutume veut que toute place lui soit dévolue, même celle de l'Académie.

Napoléon, génie, dieu tutélaire des races antiques et nouvelles, restaurateur des titres, sauveur des parchemins; sans toi la France perdait l'étiquette et le blason, sans toi..... Oui, messieurs, ce grand homme aimait comme vous la noblesse, prenait des gentilshommes pour en faire ses soldats, ou bien de ses soldats faisait des gentilshommes. Sans lui, les vicomtes que seraient-ils? pas même académiciens.

Vous voyez bien, messieurs, que je ne vous en veux point. Je cause avec vous; et de fait, si j'avais à me plaindre, ce serait de moi, non pas de vous. Qui diantre me poussait à vouloir être de l'Académie, et qu'avais-je besoin d'une patente d'érudit, moi, qui *sachant du grec autant qu'homme de France*, étais connu et célébré par tous les doctes de l'Allemagne, sous les noms de *Correrius, Courierus, Hemerodromus, Cursor*, avec les épithètes de *vir ingeniosus, vir acutissimus, vir præstantissimus*, c'est-à-dire *homme d'érudition, homme de capacité*, comme le docteur Pancrace. J'avais étudié pour savoir, et j'y étais parvenu, au jugement des experts. Que me fallait-il davantage? Quelle bizarre fantaisie à moi, qui m'étais moqué quarante ans des coteries littéraires, et vivais en repos loin de toute cabale, de m'aller jeter au milieu de ces méprisables intrigues?

A vous parler franchement, messieurs, c'est là le point embarrassant de mon apologie; c'est là *l'endroit que je sens faible et que je me voudrais cacher*. De raisons, je n'en ai point pour plâtrer cette sottise, ni même d'excuse valable. Alléguer des exemples, ce n'est pas se laver, c'est montrer les taches des autres. Assez de gens, pourrais-je dire, plus sages que moi, plus habiles, plus philosophes (messieurs, ne vous effrayez pas), ont fait la même faute et bronché en même chemin aussi lourdement. Que prouve cela? quel avantage en puis-je tirer, sinon de donner à penser que par là seulement je leur ressemble! Mais, pourtant, Coraï, messieurs.... parmi ceux qui ont pris pour objet de leur étude les monuments

écrits de l'antiquité grecque, Coraï tient le premier rang, nul
ne s'est rendu plus célèbre; ses ouvrages nombreux, sans
être exempts de fautes, font l'admiration de tous ceux qui
sont capables d'en juger; Coraï, heureux et tranquille à la
tête des hellénistes, patriarche, en un mot, de la Grèce
savante, et partout révéré de tout ce qui sait lire *alpha* et
oméga; Coraï une fois a voulu être de l'Académie. Ne me dites
point, mon cher maître, ce que je sais comme tout le monde,
que vous l'avez bien peu voulu, et que jamais cette pensée
ne vous fût venue sans les instances de quelques amis moins
zélés pour vous, peut-être, que pour l'Académie, et qui
croyaient de son honneur que votre nom parût sur la liste,
que vous cédâtes avec peine, et ne fûtes prompt qu'à vous
retirer. Tout cela est vrai et vous est commun avec moi, aussi
bien que le succès. Vous avez voulu comme moi, votre indigne disciple, être de l'Académie. C'était sans contredit *as-*
pirer à descendre. Il vous en a pris comme à moi. C'est-à-dire
qu'on se moque de nous deux. Et plus que moi, vous avez,
pour faire cette demande, écrit à l'Académie qui a votre lettre, et la garde. Rendez-la-lui, messieurs, de grâce, ou ne
la montrez pas du moins. Une coquette montre les billets de
l'amant rebuté, mais elle ne va pas se prostituer à Jomard.

Jomard à la place de Visconti! M. Prevost d'Irai succédant
à Clavier! voilà de furieux arguments contre le progrès
des lumières, et les frères ignorantins, s'ils ne vous ont
eux-mêmes dicté ces nominations, vous en doivent savoir
bon gré.

Jomard dans le fauteuil de Visconti! je crois bien qu'à
présent, messieurs, vous y êtes accoutumés; on se fait à tout,
et les plus bizarres contrastes, avec le temps, cessent d'a-
muser. Mais avouez que la première fois cette bouffonnerie
vous a réjouis. Ce fut une chose à voir, je m'imagine, que sa
réception. Il n'y eût rien manqué de celle de Diafoirus, si le
récipiendaire eût su autant de latin. Maintenant, essayez (*na-*
ture se plaît en diversité[1]) de mettre à la place d'un âne un

1. Mot de Louis XI.

savant, un helléniste. A la première vacance, peut-être, vous en auriez le passe-temps, nommez un de ceux que vous avez refusés jusqu'à présent.

Mais ce M. Jomard, dessinateur, graveur, ou quelque chose d'approchant, que je ne connais point d'ailleurs, et que peu de gens, je crois, connaissent, pour se placer ainsi entre deux gentilshommes, le chevalier et le vicomte, quel homme est-ce donc, je vous prie? Est-ce un gentilhomme qui déroge en faisant quelque chose, ou bien un artiste anobli comme le marquis de Canova? ou serait-ce seulement un vilain qui pense bien? les vilains bien pensants fréquentent la noblesse, ils ne parlent jamais de leur père, mais on leur en parle souvent.

M. Jomard, toutefois, sait quelque chose; il sait graver, diriger au moins des graveurs, et les planches d'un livre font foi qu'il est bon prote en taille-douce. Mais le vicomte, que sait-il? sa généalogie; et quels titres a-t-il? des titres de noblesse pour remplacer Clavier dans une Académie! Chose admirable que parmi quarante que vous étiez, messieurs, savants ou censés tels, assemblés pour nommer à une place de savant, d'érudit, d'helléniste, pas un ne s'avise de proposer un helléniste, un érudit, un savant; pas un seul ne songe à Coraï, nul ne pense à Thurot, à M. Haase, à moi, qui en valais un autre pour votre Académie; tous d'un commun accord, *parmi tant de héros, vont choisir Childebrand*, tous veulent le vicomte. Les compagnies, en général, on le sait, ne rougissent point, et les académies!...., ah! messieurs, s'il y avait une académie de danse, et que les grands en voulussent être, nous verrions quelque jour, à la place de Vestris, M. de Talleyrand, que l'Académie en corps complimenterait, louerait, et, dès le lendemain, rayerait de sa liste pour peu qu'il parût se brouiller avec les puissances.

Vous faites de ces choses-là. M. Prevost d'Irai n'est pas si grand seigneur, mais il est propre à vos études comme l'autre à danser la gavotte. Et que de Childebrands, bons dieux! choisis par vous et proclamés unanimement, à l'exclusion de toute espèce d'instruction : Prevost d'Irai, Jomard, Dureau de La Malle, Saint-Martin, non pas tous gentilshommes. Aux vicomtes, aux chevaliers vous mêlez de la roture. L'égalité académique n'en souffre point, pourvu que l'un ne soit pas plus savant que l'autre, et la noblesse n'est pas *de rigueur* pour entrer à l'Académie; l'ignorance, bien prouvée, suffit.

Cela est naturel, quoi qu'on en puisse dire. Dans une compagnie de gens faisant profession d'esprit ou de savoir, nul ne veut près de soi un plus habile que soi, mais bien un plus noble, un plus riche; et généralement, dans les corps à talent, nulle distinction ne fait ombrage, si ce n'est celle du talent. Un duc et pair honore l'Académie française qui ne veut point de Boileau, refuse La Bruyère, fait attendre Voltaire, mais reçoit tout d'abord Chapelain et Conrart. De même nous voyons à l'Académie grecque le vicomte invité, Coraï repoussé, lorsque Jomard y entre comme dans un moulin.

Mais ce qu'il y a de plus merveilleux, c'est cette prudence de l'Académie, qui, après la mort de Clavier et celle de Visconti arrivée presque en même temps, songe à réparer de telles pertes, et d'abord, afin de mieux choisir, diffère ses élections, prend du temps, remet le tout à six mois, précaution remarquable et infiniment sage. Ce n'était pas une chose à faire sans réflexion, que de nommer des successeurs à deux hommes aussi savants, aussi célèbres que ceux-là. Il y fallait regarder, élire entre les doctes, sans faire tort aux autres, les deux plus doctes; il fallait contenter le public, montrer aux étrangers que tout savoir n'est pas mort chez nous avec Clavier et Visconti, mais que le goût des arts antiques, l'étude de l'histoire et des langues, des monuments de l'esprit humain, vivent en France comme en Allemagne et en Angleterre. Tout cela demandait qu'on y pensât mûrement. Vous y pensâtes six mois, messieurs, et au bout de six mois, ayant suffisamment considéré, pesé le mérite, les droits de chacun des prétendants, à la fin vous nommez.... Si je le redisais, nulle gravité n'y tiendrait, et je n'écris pas pour faire rire. Vous savez bien qui vous nommâtes à la place de Visconti. Ce ne fut ni Coraï ni moi, ni aucun de ceux qu'on connaît pour avoir cultivé quelque genre de littérature. Ce fut un noble, un vicomte, un gentilhomme de la chambre. Celui-là pourra dire qui l'emporte en bassesse de la cour ou de l'Académie, étant de l'une et de l'autre, question curieuse qui a paru, dans ces derniers temps, décidée en votre faveur, messieurs, quand vous ne faisiez réellement que maintenir vos priviléges et conserver les avantages acquis par vos prédécesseurs. Les Académiciens sont en possession de tout temps de remporter le prix de toute sorte de bassesses, et jamais cour ne proscrivit un abbé de Saint-Pierre, pour avoir parlé sous Louis XV un peu librement de Louis XIV, ni ne s'avisa d'examiner laquelle des vertus du roi méritait les plus fades éloges.

Enfin voilà les hellénistes exclus de cette Académie dont ils ont fait toute la gloire, et où ils tenaient le premier rang ; Coraï, La Rochette, moi, Haase, Thurot, nous voilà cinq, si je compte bien, qui ne laissions guère d'espoir à d'autres que des gens de cour ou suivant la cour. Ce n'est pas là, messieurs, ce que craignit votre fondateur, le ministre Colbert. Il n'attacha point de traitement aux places de votre Académie, *de peur*, disent les mémoires du temps, *que les courtisans n'y voulussent mettre leurs valets*. Hélas ! ils font bien pis, ils s'y mettent eux-mêmes, et après eux y mettent encore leurs protégés, valets sans gages, de sorte que tout le monde sera bientôt de l'Académie, excepté les savants : comme on conte d'un grand d'autrefois, que tous les gens de sa maison avaient des bénéfices, excepté l'aumônier.

Mais avant de proscrire le grec, y avez-vous pensé, messieurs ? Car enfin que ferez-vous sans grec ? voulez-vous avec du chinois, une bible copte ou syriaque, vous passer d'Homère et de Platon ? Quitterez-vous le Parthénon pour la pagode de Jagarnaut, la Vénus de Praxitèle pour les magots de Fo-hi Can ? et que deviendront vos mémoires, quand au lieu de l'histoire des arts chez ce peuple ingénieux, ils ne présenteront plus que les incarnations de Visnou, la légende des faquirs, le rituel du lamisme, ou l'ennuyeux *bulletin* des conquérants tartares ? Non, je vois votre pensée ; l'érudition, les recherches sur les mœurs et les lois des peuples, l'étude des chefs-d'œuvre antiques et de cette chaîne de monuments qui

33

remontent aux premiers âges, tout cela vous détournait du but de votre institution. Colbert fonda l'Académie des Inscriptions et Belles-Lettres *pour faire des devises aux tapisseries du roi,* et en un besoin, je m'imagine, aux bonbons de la reine. C'est là votre destination à laquelle vous voulez revenir et vous consacrer uniquement; c'est pour cela que vous renoncez au grec ; pour cela, il faut l'avouer, le vicomte vaut mieux que Coraï.

D'ailleurs, à le bien prendre, messieurs, vous ne faites point tant de tort aux savants. Les savants voudraient être seuls de l'Académie, et n'y souffrir que ceux qui entendent un peu *le latin d'A Kempis.* Cela chagrine, inquiète d'honnêtes gens parmi vous, qui ne se piquent pas d'avoir su autrefois *leur rudiment par cœur;* que ceux-ci excluent ceux qui veulent les exclure, où est le mal, où sera l'injustice ? Si on les écoutait, ils prétendraient encore à être seuls professeurs, sous prétexte qu'il faut savoir pour enseigner, proposition au moins téméraire, malsonnante, en ce qu'elle ôte au clergé l'éducation publique ; et sait-on où cela s'arrêterait ? Bientôt ceux qui prêchent l'Évangile seraient obligés de l'entendre. Enfin si les savants veulent être quelque chose, veulent avoir des places, qu'ils fassent comme on fait, c'est une marche réglée : les moyens pour cela sont connus et à la portée d'un chacun. Des visites, des révérences, un habit d'une certaine façon, des recommandations de quelques gens considérés. On sait, par exemple, que pour être de votre Académie, il ne faut que plaire à deux hommes, M. Sacy et M. Quatremère de Quincy, et, je crois, encore à un troisième dont le nom me reviendra ; mais ordinairement le suffrage d'un des trois suffit, parce qu'ils s'accommodent entre eux. Pourvu qu'on soit ami d'un de ces trois messieurs, et cela est aisé, car ils sont bonnes gens, vous voilà dispensé de toute espèce de mérite, de science, de talents ; y a-t-il rien de plus commode, et saurait-on en être quitte à meilleur marché ? que serait-ce, au prix de cela, s'il fallait gagner tout le public, se faire un nom, une réputation ? Puis, une fois de l'Académie, à votre aise vous pouvez marcher en suivant le même chemin, les places et les honneurs vous pleuvent. Tous vos devoirs sont renfermés dans deux préceptes d'une pratique également facile et sûre, que les moines, premiers auteurs de toute discipline réglementaire, exprimaient ainsi en leur latin : *Bene dicere de Priore, facere officium suum taliter qualiter*, le reste s'ensuit nécessairement : *Sinere mundum ire quomodo vadit*.

Oh ! l'heureuse pensée qu'eut le grand Napoléon, d'enrégimenter les beaux-arts, d'organiser les sciences, comme les droits réunis ; *pensée vraiment royale*, disait M. de Fontanes, de changer en appointements ce que promettent les muses, *un nom et des lauriers*. Par là, tout s'aplanit dans la littérature ; par là, cette carrière autrefois si pénible est devenue facile et unie. Un jeune homme, dans les lettres, avance, fait son chemin comme dans les sels ou les tabacs. Avec de la conduite, un caractère doux, une mise décente, il est sûr de parvenir et d'avoir à son tour des places, des traitements, des pensions, des logements, pourvu qu'il n'aille pas faire autrement que tout le monde, se distinguer, étudier. Les jeunes gens quelquefois se passionnent pour l'étude ; c'est la perte assurée de quiconque aspire aux emplois de la littérature ; c'est la mort à tout avancement. L'étude rend paresseux : on s'enterre dans ses livres ; on devient rêveur, distrait, on oublie ses devoirs, visites, assemblées, repas, cérémonies ; mais ce qu'il y a de pis, l'étude rend orgueilleux ; celui qui étudie s'imagine bientôt en savoir plus qu'un autre, prétend à des succès, méprise ses égaux, manque à ses supérieurs, néglige ses protecteurs, et ne fera jamais rien *dans la partie des lettres*.

Si Gail eût étudié, s'il eût appris le grec, serait-il aujourd'hui professeur de la langue grecque, académicien de l'Académie grecque, enfin *le mieux renté de tous les érudits*? Haase a fait cette sottise. Il s'est rendu savant, et le voilà capable de remplir toutes les places destinées aux savants, mais non pas de les obtenir. Bien plus avisé fut M. Raoul Rochette, ce galant défenseur de l'Église, ce jeune champion du temps passé. Il pouvait, comme un autre, apprendre en étudiant, mais bien il vit que cela ne le menait à rien, et il aima mieux se produire que s'instruire, avoir dix emplois de sa-

vant, que d'être en état d'en remplir un qu'il n'eût pas eu
s'il se fût mis dans l'esprit de le mériter, comme a fait ce
pauvre Haase, homme, à mon jugement, docte mais non habile, qui s'en va pâlir sur les livres, perd son temps et son
grec, ayant devant les yeux ce qui l'eût dû préserver d'une
semblable faute, Gail, modèle de conduite, littérateur parfait.
Gail ne sait aucune science, n'entend aucune langue :

> Mais s'il est par la brigue un rang à disputer,
> Sur le plus savant homme on le voit l'emporter.

L'emploi de garde des manuscrits, d'habiles gens le demandaient ; on le donne à Gail qui ne lit pas même *la lettre moulée.*
Une chaire de grec vient à vaquer, la seule qu'il y eût alors
en France, on y nomme Gail, dont l'ignorance en grec est
devenue proverbe [1] ; un fauteuil à l'Académie des Inscriptions
et Belles-Lettres, on place Gail, qui se trouve ainsi, sans se
douter seulement du grec, avoir remporté tous les prix de
l'érudition grecque, réunir à lui seul toutes les récompenses
avant lui partagées aux plus excellents hommes en ce genre.
Haase n'oserait prétendre à rien de tout cela, parce qu'il étudie le grec, parce qu'il déchiffre, explique, imprime les manuscrits grecs, parce qu'il fait des livres pour ceux qui lisent
le grec, parce qu'enfin il sait tout, hors ce qu'il faut savoir
pour être savant patenté du gouvernement. Oh ! que Gail
l'entend bien mieux ! il ne s'est jamais trompé, jamais four-
voyé de la sorte, jamais n'eut la pensée d'apprendre ce qu'il
est chargé d'enseigner. Certes un homme comme Gail doit
rire dans sa barbe, quand il touche cinq ou six traitements
de savants, et voit les savants se morfondre.

Messieurs, voilà ce que c'est que l'esprit de conduite. Aussi,
avoir donné le fouet jadis à un duc et pair, il faut en convenir, cela aide bien un homme, cela vous pousse furieusement,
et, comme dit le poëte,

> Ce chemin aux honneurs a conduit de tout temps.

1. *Tu t'y entends comme Gail au grec,* proverbe d'écolier.

Le pédant de Charles-Quint devint pape, celui de Charles IX fut grand aumônier de France, mais tous deux savaient lire; au lieu que Gail ne sait rien, et même est connu de tout le monde pour ne rien savoir, d'autant plus admirable dans les succès qu'il a obtenus comme savant.

Vous n'ignorez pas combien sont désintéressés les éloges que je lui donne. Je n'ai nulle raison de le flatter, et suis tout à fait étranger à ce doux commerce de louanges que vous pratiquez entre vous. M. Gail ne m'est rien, ni ami, ni ennemi, ne me sera jamais rien, et ne peut de sa vie me servir ni me nuire. Ainsi *le pur amour du grec* m'engage à célébrer en lui le premier de nos hellénistes, j'entends le plus considérable par ses grades littéraires. Le public, je le sais, lui rend assez de justice; mais on ne le connaît pas encore. Moi, je le juge sans prévention, *et je vois peu de gens qui soient de son mérite*, même parmi vous, messieurs. En Allemagne, où vous savez que tout genre d'érudition fleurit, je ne vois rien de pareil, rien même d'approchant. Là, les places académiques sont toutes données à des hommes qui ont fait preuve de savoir. Là, Coraï serait président de l'Académie des Inscriptions, Haase garde des manuscrits, quelque autre aurait la chaire de grec, et Gail... qu'en ferait-on? Je ne sais, tant l'industrie qui le distingue est peu prisée en ce pays-là. Ces gens, à ce qu'il paraît, grossiers, ne reconnaissent qu'un droit aux emplois littéraires, la capacité de les remplir, qui chez nous est une exclusion.

Ce que j'en dis toutefois ne se rapporte qu'à votre Académie, messieurs, celle des Inscriptions et Belles-Lettres. Les autres peuvent avoir des maximes différentes. Et je n'ai garde d'assurer qu'à l'Académie des Sciences un candidat fût refusé, uniquement parce qu'il serait bon naturaliste ou mathématicien profond. J'entends dire qu'on y est peu sévère sur les billets de confession, et un de mes amis y fut reçu l'an passé, sans même qu'on lui demandât s'il avait fait ses Pâques, scandales qui n'ont point lieu chez vous.

Mais, messieurs, me voilà bien loin du sujet de ma lettre. *J'oublie, en vous parlant, ce que je viens vous dire*, et le plaisir de vous entretenir me détourne de mon objet. Je voulais répondre aux méchantes plaisanteries de ce journal qui dit *que je me suis présenté, que je me présente actuellement, et que je me présenterai* encore pour être reçu parmi vous. Dans ces trois assertions il y a une vérité, c'est que je me suis présenté, mais une fois sans plus, messieurs. Je n'ai fait, pour être des vôtres, que quarante visites seulement, et quatre-vingts révérences, à raison de deux par visite. Ce n'est rien pour un aspirant aux emplois académiques ; mais c'est beaucoup pour moi, naturellement peu souple, et neuf à cet exercice. Je n'en suis pas encore bien remis. Mais je suis guéri de l'ambition, et je vous proteste, messieurs, que, même assuré de réussir, je ne recommencerais pas.

Quant à ce qu'il ajoute touchant les principes de ceux que vous avez élus, principes qu'il dit être connus, cette phrase tendant à insinuer que les miens ne sont pas connus, me cause de l'inquiétude. Si jamais vous réussissez à établir en France la Sainte-Inquisition, comme on dit que vous y pensez, je ne voudrais pas que l'on pût me reprocher quelque jour d'avoir laissé sans réponse un propos de cette nature. Sur cela donc j'ai à vous dire que mes principes sont connus de ceux qui me connaissent, et j'en pourrais demeurer là. Mais, afin qu'on ne m'en parle plus, je vais les exposer en peu de mots.

Mes principes sont, *qu'entre deux points la ligne droite est la plus courte ; que le tout est plus grand que sa partie ; que deux quantités, égales chacune à une troisième, sont égales entre elles.*

Je tiens aussi *que deux et deux font quatre ;* mais je n'en suis pas bien sûr.

Voilà mes principes, messieurs, dans lesquels j'ai été élevé, grâce à Dieu, et dans lesquels je veux vivre et mourir. Si vous me demandez d'autres éclaircissements (car on peut dire qu'il y a différents principes en différentes matières, comme principes de grammaire ; il ne s'agit pas de ceux-là ; ces messieurs ne sachant, dit-on, ni grec, ni latin ; principes de religion, de morale, de politique), je vous satisferai là-dessus avec la même sincérité.

Mes principes religieux sont ceux de ma nourrice, morte chrétienne et catholique, sans aucun soupçon d'hérésie. La foi du centenier, la foi du charbonnier sont passées en proverbe. Je suis soldat et bûcheron, c'est comme charbonnier. Si quelqu'un me chicane sur mon orthodoxie, j'en appelle au futur concile.

Mes principes de morale sont tous renfermés dans cette règle : Ne point faire à autrui ce que je ne voudrais pas qui me fût fait.

Quant à mes principes politiques, c'est un symbole dont les articles sont sujets à controverse. Si j'entreprenais de les déduire, je pourrais mal m'en acquitter, et vous donner lieu de me confondre avec des gens qui ne sont pas dans mes sentiments. J'aime mieux vous dire en un mot ce qui me distingue, me sépare de tous les partis, et fait de moi un homme rare dans le siècle où nous sommes ; c'est que je ne veux point être roi, et que j'évite soigneusement tout ce qui pourrait me mener là.

Ces explications sont tardives et peuvent paraître super-flues, puisque je renonce à l'honneur d'être admis parmi vous, messieurs, et que sans doute vous n'avez pas plus d'envie de me recevoir que je n'en ai d'être reçu dans aucun corps litté-raire. Cependant je ne suis pas fâché de désabuser quelques personnes qui auraient pu croire, sur la foi de ce journaliste, que je m'obstinais, comme tant d'autres, à vouloir vaincre vos refus par mes importunités. Il n'en est rien, je vous assure. Je reconnais ingénument que Dieu ne m'a point fait pour être de l'Académie, et que je fus mal conseillé de m'y présenter une fois.

Paris, le 20 mars 18⁙9.

TABLE DES MATIÈRES

Avis des éditeurs... v

Essai sur la vie et les écrits de P.-L. Courier.......... 1

Pamphlets politiques. — Pétition aux deux chambres (1816). 35

  Lettres au rédacteur du *Censeur* (1819-1820)............ 44

  A Messieurs du conseil de préfecture à Tours (1820)...... 86

  Lettres particulières................................... 94

  Simple discours de Paul-Louis, vigneron de la Chavonnière,
    aux membres du conseil de la commune de Véretz, dépar-
    tement d'Indre-et-Loire, à l'occasion d'une souscription
    proposée par S. Exc. le ministre de l'intérieur pour l'ac-
    quisition de Chambord (1821)........................... 113

  Aux âmes dévotes de la paroisse de Véretz, département
    d'Indre-et-Loire (1821)................................. 131

  Pétition à la chambre des députés pour les villageois que
    l'on empêche de danser (1820)........................... 136

  Pamphlet des Pamphlets (1824)........................... 149

    Pastorales de Longus ou *Daphnis et Chloé*, traduction de
      messire Jacques Amyot, revue, corrigée, complétée, de

Les nouveau refaite en grande partie par P.-L. Courier.... 163

  Préface du traducteur.................................. 165

Lettres inédites écrites de France et d'Italie (1787 à 1812). 251

Correspondance.. 505

Pamphlets littéraires...................................... 537

  Avertissement sur la lettre à M. Renouard............... 539

  Lettre à M. Renouard, libraire, sur une tache faite à un ma-
    nuscrit de Florence.................................... 543

  Lettre à messieurs de l'Académie des inscriptions et belles-
    lettres... 570

Paris. — Imprimerie BOURDIER et Cie, rue des Poitevins, 6.

www.ingramcontent.com/pod-product-compliance
Lightning Source LLC
Chambersburg PA
CBHW052344020726
47503CB00001B/103